走遍藏北无人区

羌塘变迁纪实

唐召明 著

五洲传播出版社

目 录

序／热地 1

热地：心系"藏北明珠" 3

导言／洛桑丹珍 16

前言 22

第一章　再访无人区 1

　一、难忘无人区 1

　二、天气变幻莫测　盛夏犹穿棉衣 10

　三、羌塘草原变迁　有人无人有人 18

　四、无人区的传说 23

　　（一）"一百个骑兵"的故事 25

　　（二）妖女七姐妹的故事 27

　　（三）雪山演绎千年传奇 30

　五、"人民公社"——嘎措乡 34

　六、荒原迎来"候鸟"型新客人 42

　七、洛桑丹珍，开发无人区的传奇人物 51

　八、他们，改变了无人区的历史 63

　九、荒原两镇新气象 69

　十、高寒草原有寿星 78

　十一、"红镜头"打开久藏的记忆 81

第二章　探测无人区的奥秘 90

　一、科考进入无人区 90

　二、我将随科考团探险 95

　三、1998，科考先遣队出征 100

　　（一）"天湖"——开启科考之门 101

　　（二）不可耕草原暗藏"珍宝" 107

　　（三）未来最佳的旅游地 113

四、1999，玛尼地震现场考察记　　116
　　（一）我为科考当"红娘"　　116
　　（二）无人区无行路　　118
　　（三）轻装、冒险、搏进　　120
　　（四）大雪里失踪的人　　121

五、2001，科考大穿越——科考日记　　124
　　（一）跨世纪科考今启程　　124
　　（二）初遇险情　　127
　　（三）"天湖"——纳木错　　129
　　（四）初遇陷车和迷路新难题　　133
　　（五）吃面条成了最大的幸福　　136
　　（六）发现世界上海拔最高的溶洞和山柳灌木丛　　139
　　（七）手足之情　　146
　　（八）这一夜　　148
　　（九）寻找雪蛙无果，却见蔬菜大棚　　150
　　（十）5万渔鸥和它们的儿女　　154
　　（十一）男儿泪　　158
　　（十二）无人区发现石棺墓葬群　　161
　　（十三）探访象雄古国遗迹·古老的小石屋无门无框·苯教名
　　　　　　刹玉本寺　　164
　　（十四）裸奔在世界上海拔最高的温泉·圣湖·雪山·绿洲　　173
　　（十五）古墓被盗·温泉奇观·藏药宝库·加林山岩画之谜·
　　　　　　发现罕见的车辆岩画·欢呼申奥成功　　180
　　（十六）无人区的基层政权·行车，欢乐与艰难并存　　194
　　（十七）三访嘎措乡·患难情·玛瑙和盐湖·驮盐队　　199
　　（十八）美丽的西亚尔·与老"双湖"一席谈·两次修订的
　　　　　　科考线路·这里是长江之源　　210
　　（十九）凯旋之中遇惊险·汽车方向盘失灵了　　219
　　（二十）歌舞的海洋　　222
　　（二十一）归来话考察　　225
　　（二十二）"踏访"的对与错　　226

六、2002，横跨无人区考察记　　231
　　（一）老院士郑绵平带队出征·湖泊水位上升·伦坡拉，
　　　　　未来的油田·解开"地洞"之迷·盐湖，富有的海　　231
　　（二）奇怪的黑石头、古石器与墓葬·与野牦牛危险"过招"·
　　　　　大峡谷与神奇的巴毛琼宗·史前人类的遗物　　239

（三）发现卤水太阳池储热效应·不容忽视的草原沙漠化·
凯旋前遇风雪·盐湖＂泰斗＂的建议　　　　　　246

第三章　藏北，诱惑之旅　　　253

一、闯荡无人区　　　253
二、我触摸了世界大冰川　　　262
三、发现飞碟形海市蜃楼　　　266
四、留在太阳城的记忆——难忘的野餐　　　269
五、留在太阳城的记忆——新年走基层　　　270
六、留在太阳城的记忆——草原赛马会　　　280
七、留在太阳城的记忆——汽车、牛羊交响曲　　　288
八、留在太阳城的记忆——好吃的羊头、路遇打冬鱼、
暖和的那曲镇　　　293
九、丰富的饮茶文化　　　295
十、无法解开的草原之谜——＂神医＂　　　299
十一、也说铁路开进西藏　　　301
十二、＂天、地、风＂能源三字经　　　305
十三、美丽的湖泊与牧女　　　309
十四、草原首现＂牧家乐＂　　　315
十五、夫妻＂门巴＂留在草原的故事　　　322
十六、消逝的驮羊队　　　326
十七、牛粪，草原之宝　　　329
十八、羌塘精灵——藏羚　　　335
十九、班戈，西部开始之地　　　338
二十、＂班戈人＂——羌塘草原的骄傲　　　351
二十一、走向那曲　　　361
二十二、坐火车回北京　　　370

第四章　藏北，＂禁区＂里的生命　　　373

一、地球上最奇异和最接近原始状态的生态系统　　　373
二、野生动物的王国　　　376
三、理想的野生动物乐园　　　389
四、漫游动物世界　　　393
五、人与动物的共处与冲突　　　397
（一）政府＂埋单＂来解决动物＂肇事＂事件　　　398
（二）动物＂肇事＂多，源自环境得以很好保护　　　398
（三）牧民烦恼：大量繁殖的藏野驴破坏了草场　　　401

（四）人与动物和谐需要长久之策   403

六、鹤舞羌塘   404

七、探访"鸟鼠同穴"之谜   408

八、西方科学家夏勒，数闯羌塘护生灵   411

九、大羌塘，动物的最后避难所   416

十、藏羚羊，灾难后的复兴   418

十一、为保护野生动物而战   421

第五章　援藏·发展·变化   427

一、援藏：从"输血"变"造血"   427

二、"太阳城"阳光更灿烂   437

三、他们，远离故乡   443

四、值得称颂的人们   449

五、让无人区成为繁荣新牧区   452

（一）向往高原　向往神鹰   452

（二）人生的价值在于奉献   459

六、援藏，续延的故事   464

第六章　为卓玛合唱   475

一、从一个人到一群人   475

二、救治卓玛背后的故事   483

（一）我与藏北之缘   483

（二）顾虹：藏族眼中的"活菩萨"   486

（三）旦增：我陪卓玛来治病   489

三、卓玛术后48小时已能进食   491

四、从雪域到北京——卓玛术后与亲人电话连线   492

五、卓玛切除大肿瘤后康复出院   493

六、不该忘记的故事   495

七、我要回家了   498

八、后续的故事和致谢   500

今日那曲／边巴扎西   505

感动的心迹　后记之一   508

后记之二   514

结束语   521

序

第十届全国人大常委会副委员长　热地

召明同志：

你给我送来的《走遍藏北无人区》书稿，我看了，总体感觉，这本书写的很不错，很有吸引力。

从书稿中看得出，为了完成采访任务，你先后6次深入藏北无人区，在恶劣的自然环境和艰苦的工作生活条件下，发扬"特别能吃苦、特别能战斗、特别能忍耐、特别能团结、特别能奉献"的老西藏精神，艰苦不怕吃苦、缺氧不缺精神，克服高寒缺氧、气候

热地同志近照

恶劣以及衣食住行等方面的种种困难，基本上走遍了无人区的山山水水，确实不简单、不容易。我看，很多读者可能对当时无人区的艰苦程度是难以理解的，也很难体会得到。

你用自己的亲身经历和所见所闻，生动描述了藏北无人区的历史、

文化、自然、生态和风土人情，材料翔实、内容丰富，从不同角度展现了藏北无人区的辽阔、壮美、神秘和它的日新月异，比较充分地展示了藏北无人区的独特魅力。同时，也充分体现了自己对藏北无人区和那里牧民群众的深厚感情。

你在书中还深情讲述了在党中央的英明领导下，在全国人民特别是对口支援班戈县、申扎县、尼玛县和双湖县的中国石化、中信集团、中国海油和中国石油等国有大型骨干企业的无私援助下，藏北党政军警民艰苦创业、锐意进取，几十年开发、建设藏北无人区的艰苦实践和取得的伟大成就。

总之，可以说这本书比较好地展示了一个新闻工作者视野中的藏北无人区，相信更多的人通过这本书能够增进对藏北无人区的了解和认识。

是为序。

2013 年 4 月 26 日

热地：心系"藏北明珠"

　　今年全国"两会"前，第十届全国人大常委会副委员长热地在人民大会堂开会前的间隙接受作者专访，介绍了他所亲身经历的藏北双湖无人区从开发建设到发展进步的30多载历史进程和变化。

　　从农奴到国家领导人，今年75岁的热地经历十分传奇。热地在西藏自治区主要领导岗位上工作了近30年，亲眼见证、亲身经历、参与了西藏以及藏北高原，包括双湖无人区的开发和建设事业。

筚路蓝缕

　　出生在藏北那曲地区，一直关心家乡点滴变化的热地回忆说，1976 年

时任西藏自治区党委副书记、自治区政协主席热地（左）与藏族干部交谈（1990 年摄）

1月18日，为了科学保护、合理开发利用西藏那曲西北部无人区的丰富资源，缓解班戈、申扎等县的畜草矛盾，经西藏自治区和那曲地区批准，设立了中共那曲地区双湖办事处。那曲地区2053名牧民赶着16万多头（只）牛羊首批搬迁至双湖无人区，在这片平均海拔5000米、令人望而生畏的人迹罕至的荒原上开始创造新生活。

这年4至5月份，根据西藏自治区党委决定，区党委书记（当时设有第一书记）热地率领工作组专程赶赴双湖，就双湖办事处选址、搬迁牧民群众的生产和生活，以及今后的发展潜力等方面进行实地调研和考察。

热地所带领的工作组风餐露宿，克服高寒缺氧等困难，深入基层，走访牧户，历经一个多月时间完成了有关双湖无人区的调研报告。这份翔实的区域报告，极具科学性、前瞻性和战略性，为西藏自治区党委、政府科学决策，开发和建设双湖奠定了坚实基础。

工作组第一次去双湖无人区，许多人都不了解那里的情况。从拉萨出

时任全国人大常委会副委员长热地在北京西藏中学询问藏族学生学习情况（2007年摄）

发到那曲地区后，热地多次嘱咐大家一定要多带些木板装进卡车里，开始时许多人迷惑不解，后来在无人区车子不停地陷进沙滩里，木板在车轮下派上用场发挥作用时，大家才明白了它的用途，并都为听了热地的话而庆幸，虽然大家也当了几次"团长"（团缩在车里过夜），但次数却是大大减少了。

谈到双湖无人区开发时的艰难困苦，热地深有感触地说："双湖高寒缺氧、地广人稀，自然环境、气候条件十分恶劣。当年，工作组去的时候，那里根本就没有路，只能边走边看，摸着石头过河，有时候走一两天连一户老百姓也碰不到，一路上真是艰难险阻，还有好几次非常危险。那时候，双湖办事处只有几顶帐篷，连遮风挡雨这样最基本的条件都满足不了；燃料十分匮乏，只能是靠捡羊粪、牛粪，做饭、吃饭都很困难；交通工具也只有一辆大卡车和两辆北京牌吉普车，车况都很差，根本满足不了需要；办事处只有一名医务人员，还是个学员，连药都分不清楚，根本不会看病……我们在调研时，办事处的同志提出要求自治区给双湖解决几辆车子、铁锹、十字镐、木料、马车等最基本的生产、交通工具以及基本生活用品，等等。总之，那时双湖工作生活条件的确是异常艰苦，苦到什么程度，今天是连想都想不到的。当时工作组在双湖办事处开会时，我说：'同志们在这么差的条件下开发双湖确实很不容易，特别是为数不多的几位汉族同志。同志们在这里工作，不要说下乡，只要能在这里呆住，坚持下来，就是奉献，就非常不错了……'那时，尽管条件十分艰苦，但双湖的干部群众精神饱满，大家克服种种困难，一心一意扎根和开发建设双湖。"

雪山看得见

几十年来一直关心着双湖发展和变化的热地说，在党中央关怀下，在全国人民无私援助下，在自治区党委、政府和那曲地委、行署的坚强领导下，历届双湖领导班子团结带领双湖干部职工和广大牧民群众艰苦创业，经过30多年的开发建设和发展，双湖已从昔日无人区成为藏北草原深处藏汉民族团结奋斗、繁荣发展的美好家园。尤其是2002年，党中央决定国有大型骨干企业援藏后，中国石油对口支援双湖特别区，更是使双湖迎来大发展的春天。

回首双湖无人区从开发到建设的巨大变化，热地深情地说："昔日无人区变成今朝繁荣新牧区，创造了人间奇迹！30多年的实践也证明了自治区党委、政府决定开发无人区的决策是完全正确的。"

热地说："从1976年至今，国家和中国石油累计投入资金5亿多元，双湖城乡面貌发生了翻天覆地的变化，各项事业从无到有，从小到大，双湖已成为一颗璀璨的'藏北明珠'。"

双湖特别区成立30多年来，总人口从1976年的不足8000人，发展到目前的1.3万多人；牲畜存栏总数已达44万多头（只、匹），可以说是人畜两旺。牧民人均纯收入达到5300元左右；城乡建设初具规模，大部分牧民群众从游牧走向定居，通讯、水、电、路、邮政等基础设施建设不断完善；教育、医疗事业不断发展，乡乡都有了小学和卫生院，"两基"（基本普及九年义务教育和基本扫除青壮年文盲）攻坚基本完成，人均寿命提高到65岁；广播电视已覆盖到所有的乡镇……

今昔对比，双湖人民生活中发生的变化雪山看得见：双湖特别区政府所在地的索嘎鲁玛，已由成立之初的十几间土坯房、几十顶帐篷，发展到现在建设面积达7平方公里的现代化城镇。昔日低矮简陋的土坯房和帐篷已被结实、方便、实用的安居房、宽敞明亮的办公楼、整齐舒适的职工周转房所替代；"风吹石头跑"的土石路面，已经全部发展成为今天宽阔的柏油路和水泥大道。医院、学校等社会服务设施完善，饭店、商铺林立，各类商店物资供应基本齐全。

热地感慨，今天的双湖，经济快速发展、社会事业进步、社会局势稳定、牧民群众生产和生活条件明显改善。牧民群众说："在共产党的领导下，我们生活过得好不好，先看看我们的穿着和装饰，看看我们宽敞、明亮、结实的房子，看看我们一群群膘肥体壮的牛羊，看看我们红光满面的脸色……这些发展变化过去想都不敢想。我们发自内心地感谢共产党、感谢全国人民。"

世界上海拔最高的县

党的十八大刚刚闭幕就传来了喜讯——

2012 年 11 月 15 日，国务院正式下发了"国务院关于同意西藏自治区设立双湖县的批复"。听到这个盼望了几十年的激动人心的消息后，双湖人民奔走相告，欢欣鼓舞。热地说，这也是党的十八大的重要具体成果之一。

热地说，1976 年，刚刚开发的双湖干部职工只有 20 多人，现在已经发展到了将近 600 人；所有的乡村都建立了党组织，而且设置了相应的行政机构和人员编制。在日常工作中，双湖特别区已经形成了比较完备独立的行政管理系统。

热地在谈到双湖撤区建县时说，1993 年，经自治区人民政府批准，撤销双湖办事处，设立尼玛县双湖特别区，建制仍为正县级。在地理标注上，虽然双湖区划归那曲地区尼玛县，但因为双湖地广人稀，加上尼玛县城距双湖又非常远，实际上根本无法实现有效管理。双湖自成立之初到现在，一直隶属于那曲地委、行署领导，干部任命、机构设置等都是由地委、行署直接决定，事实上是按照一个县来对待和管理的。虽然双湖是独立运作的正县级行政区，但在名义上仍是那曲地区尼玛县的一个派驻机构，没有人大、政协、检察院、法院等机构，这样一来双湖区发生一个案子或司法纠纷就需要跑 300 公里左右的路程去尼玛县审理。因为体制不顺，对双湖区实现有效和高效的行政管理、推进生态环境保护与建设等工作带来了许多困难和不便。

热地说，面积达 11.67 万平方公里的双湖区在全面具备撤区建县条件后，2012 年 9 月，自治区人民政府向国务院提交了《关于撤销尼玛县双湖特别区设立双湖县的请示》，报请国务院审批。当年 10 月、11 月份，也就是党的十八大召开前后以及会议期间，热地多次找温家宝总理、回良玉副总理和国务院办公厅、民政部，不仅写信反映双湖情况，而且还多次向中央领导当面汇报，请求国务院尽快批准双湖撤区设县的请示。

"国务院关于同意西藏自治区设立双湖县的批复"下发后，双湖区积极筹备相关机构的设立和人员配备，计划于今年年中正式挂牌成立。届时，世界上海拔最高的县——西藏双湖县，将以崭新的姿态向世人展现它迷人的风采。

附：

热地同志1976年赴双湖无人区的考察报告

【根据时任西藏自治区党委书记（当时设有第一书记）热地档案原始资料重新录入】

自治区党委：

根据区党委的指示，我于4月14日至5月16日到双湖去了一趟。在这期间，我先后到了双湖西北部、加林、江爱、马俄、色拉和西北雪山等地查看，同已搬迁北部的6个公社党支部书记、部分社员群众和双湖办事处党委的领导、机关部分干部进行座谈。对双湖地区的自然环境、水草、矿物，办事处的驻址和已搬迁来的社员群众的生产、生活以及今后开发"无人区"的一些问题作了粗浅调查。现将几个主要情况汇报如下：

一、基本情况

关于开发"无人区"的工作，那曲地委从1975年4月就着手进行了，决定由地委副书记洛桑丹珍同志负责，从申扎、班戈、安多三个县中抽了部分脱产干部、公社（队）基层干部和积极分子组成的三个考察队，共50多人，分成6个考察小组，对双湖地区的大部分地方进行了实地勘察，为开发"无人区"打下了基础。去年下半年，自治区党委正式决定成立双湖办事处，今年1、2月，双湖办事处党委和办事机构的工作人员进驻双湖。在双湖办事处党委、广大干部和社员群众的积极努力下，取得了很大的成绩。

那曲地委决定把申扎县俄久卖、俄久多、来多强玛、吉哇、措折、嘎措6个公社划归双湖办事处管辖，6个公社共有21个生产队、562户、2898人。有牛19103头、绵羊207979只、山羊71329只、马877匹，共有牲畜 299288 头（只、匹）。到目前为止，搬迁至双湖地区的有 389 户、2053 人；牛 11053 头、绵羊 118739 只、山羊 30513 只、马 396 匹，合计 160701 头（只、匹）。双湖办事处党委计划在今年秋季以前，结束 6 个公社的全部搬迁工作。

双湖办事处现有干部、职工 61 人，其中干部 38 人、职工 23 人、县级干部 4 人、区级干部 3 人；共产党员 19 人，共青团员 19 人；30 至 40 岁的 20 人，25 岁至 30 岁的 8 人，25 岁以下的是 33 人。

年轻时期的热地同志英姿

双湖地区的特点是：

1、地域辽阔，气候寒冷。双湖地区现约有 12 万平方公里，平均海拔约在 5000 公尺（米）以上。基本上属于丘陵地区，也有不少大雪山。如，马意雪山、角莫雪山、西北雪山、加林雪山、穷帽雪山、阿俄雪山、司五雪山等等。我们这次调研发现，地图上写的地名位置有的与实际地理位置对不起来；有的比较有名的地名，地图上却没有写上。这里虽然是高寒气候，但有的地方有小气候。如加林、江爱和马俄一带。在加林，去年申扎县驻加林工作组，试种青稞、元根（内地称蔓菁）和白菜。尽管播种期有些晚（5 月中旬播种的），青稞基本成熟了，但颗粒不太饱满，元根大的一个有半斤重，白菜大的一棵有二斤重。今后有可能开发成为农业区的话，可开垦面积至少在 1000 亩以上。据反映，江爱、马俄一带，还可以试种蔬菜。

2、草场面积大。草场面积约占双湖地区总面积的 60%～70%，即有 72000 平方公里到 84000 平方公里，是一个天然的大牧场。其余是山、湖泊和光沙地。有水有草的地方约有3至4万平方公里左右；有草没有人，但有畜用水的地方约有4万平方公里左右。草本植物虽然有几十种，但主要牧草是加扎草和龙马草两种。总的看，草的密度不大，但长的较高，有的大平坝和山坡的草密度则较大。

3、湖泊多。大小湖泊遍及整个"无人区"，主要是盐碱湖。其中的雪盐湖、空空盐湖、加洛盐湖盐质量都比较好。群众反映，这里主要是缺少淡水，但地下淡水潜力却很大。

4、野生动物多。据群众反映和我们的实地观察，这里有野牛、野驴、羚羊（有独角的）、黄羊、狗熊、狐狸、猞猁、狼、大头羊（盘羊）、石羊、兔子等12种。数量最多的是野牛、野驴和羚羊。一群野牛多的有几百头，一群野驴有几百头，羚羊几乎遍布每条（个）山沟与草坝，狼也比较多。

5、矿藏丰富。目前干部、群众所采集的各种矿物标本有几十种，主要有双湖西北的无烟煤（经自治区地质局化验，是煤质较好的地表氧化煤）、康如茶卡的镜铁矿、北措折二队（莫角嘎山东南角）、雪茶卡（北边）和司五的铜矿，以及温区的氯化钾、查嘎山的沥青、马意岗龙的金矿、扎加藏布的铬矿、拉古隆古的化石和黄铁矿、雪哇的石棉、莱卡的玛瑙等等；还发现了多处石膏，扬其补若拉的石膏质量为最好，是透明的。另外，绒马（即荣玛）大温泉的泉华石柱较多，高的大约在5米以上，开发地热很有希望。

6、日长夜短。一般是6点钟天亮，10点钟天黑。有的地方则6点钟天亮，11点钟才天黑。

双湖办事处的全体同志坚持党的基本路线，发扬"一不怕苦，二不怕死"的革命精神，坚持自力更生、艰苦奋斗。他们边学习、边工作、边劳动。他们在平均海拔5000公尺（米）以上的双湖，创建了办事处的驻址。有的同志说："党指向哪里，就奔向哪里，哪里艰苦就到哪里去，组织上派我们这些共产党员、共青团员到双湖来，只要革命需要，不要说到无人区，就是上刀山、下火海都敢去。""越是艰苦的地方，越是要去，长期建

湖水山影相映照的湖泊（2009年8月9日摄）

藏，扎根双湖，建设好双湖草原是我们的责任！"他们发出了自己的铮铮誓言。

创建办事处初期，首先遇到的困难是没有燃料，领导就带头翻山越岭，去捡野牛粪。其次是找水源，修水池，平整土地搭帐篷。白天学习、工作和劳动，晚上则站岗放哨。双湖办事处的同志克服种种困难，取得了一个又一个成绩。

时任西藏自治区党委副书记、自治区政协主席热地（右）深入藏北牧区了解群众生活（土登摄于1991年）

二、"无人区"的形成和开发的意义

藏北"无人区"是指西藏境内西白山以西，木嘎山以北，阿里地区以东，新疆以南的广阔地域。

从历史上看，这里有些地方并不是从来没有人的。旧西藏，曾有贫苦牧民为逃避多如牛毛的苛捐杂税而进入部分无人区居住、放牧。当时，由于西藏"管家、贵族、寺院上层僧侣"三大领主的残酷压迫和剥削，加之土匪出没，以及邻近外民族的不断闯入抢劫，大人被杀掉，小孩被抓走当奴隶，牛羊被赶走……在这种情况下，生活在这里的贫苦牧民只好背井离乡往南搬迁。从此，这个地方就逐渐成了人烟绝迹、野兽成群的"无人区"。

同西藏其它地方一样，藏北草原1975年实现了人民公社化。随着畜牧业的发展，出现了牲畜数量多，草场面积相对不足的畜草矛盾。广大牧民群众在大搞草场基本建设，增加原有草场载畜量的同时，千方百计的在寻找和开辟新的草场。

据了解，申扎、安多、班戈三个县，就有部分社队到北部部分地方去放牧，一般是冬去夏回。这样，就使"无人区"的土地上有了人畜。尤其是申扎县俄久多等公社经过一年来的试验性放牧，实践证明，牲畜膘情比南部好，幼畜成活率比南部高，牲畜疾病也相对减少。南部现在处在青黄不接的时候，有的社队出现饿死牲畜的情况，而北部却未出现类似情况。相反，原来的弱畜搬入北部后，成为膘肥体壮的一类畜，是发展牧业生产的好地方。此外，这里矿产资源丰富，野生动物众多，潜力很大。这说明开发"无人区"有着重大的社会和经济意义。

从历史、现实和长远的观点来看，开发"无人区"是广大干部群众的迫切要求，是巩固集体经济，发展牧业生产的迫切需要，也是巩固边疆的迫切需要。总之，是社会主义革命和社会主义建设的迫切需要。

三、存在的主要问题

1、双湖地区六个公社，一部分驻在北部，一部分驻在南部，在一个队内，有的户与户之间，骑马要走好几天。由于战线长、地域辽阔、居住分散，从客观上造成了工作困难。

2、搬迁北部后，各社队的草场建设、牛羊圈的修建和群众的居住等问题，都要从头开始。

3、办事机构刚刚建立，人员、机构很不健全。部分同志仍然不安心双湖工作。他们说，双湖气候寒冷，交通不便，路程又远，医疗条件不好，患了阑尾炎都无法治疗。中层领导骨干也很少。

4、对双湖地区的东北部自然环境、地理位置等情况还没有完全搞清楚，今后的勘察任务仍然很重。

……上述情况说明，今后开发"无人区"、建设社会主义新牧区的任务仍然是繁重和艰巨的。

四、关于双湖办事处的驻址问题

经我们和洛桑丹珍同志实地勘察，与双湖办事处党委领导，及干部和社员群众座谈，比较一致的意见是办事处驻址设在江爱的西南部为好。其理由：

第一、草场面积大，牧草也好。江爱的西南部草场面积从东到西约

100公里左右，牧草主要是加扎草。现措折公社驻地，今后还可以安排一个公社。

第二、水好。人畜饮水没问题，不缺淡水。现在双湖办事处驻地的水经化验后，硫酸盐的含量较高，达752.96毫克。世界卫生组织规定为200百毫克（最高允许浓度为400毫克）。据说，超过500毫克时，对机体有影响。那里气候与双湖基本相似，或者说比双湖略好一些，海拔约为5000公尺（米）左右，比双湖要低200公尺（米）左右。

第三、地理位置比较适中。距离申扎县尼玛区（江爱的南部）不到200公里，双湖到尼玛300多公里。距离班戈县色哇（瓦）区（江爱的正东）约300公里左右。距离安多县北部（江爱的东北部）约300公里左右，距离巴毛群（琼）宗（在江爱的北部）不到300公里，巴毛群（琼）宗距离双湖240公里。不足的是距离西北部较远，如气候、草场较好的景阳普鲁拉，距离约在400多公里。

第四、修公路比较容易。驻双湖要经过穷帽平坝，过江爱湖。穷帽平坝系泥沙地带，夏天通车困难；江爱藏布（藏布即河流）夏天行车也很困难。驻双湖，穷帽平坝修路困难较多，江爱藏布必须修大桥。驻江爱的西南部，只有一个山沟，从半山腰修一条约5公里左右的公路就可全年行车，其它路段平整地面和填些小沟就可以了。从那曲经班戈、尼玛到双湖约960多公里。驻江爱，经西北雪山、班戈到那曲要比双湖的距离近185公里左右。

问题主要是将来整个"无人区"开发后，西北部和北部距离江爱较远，约在400公里左右，对开展工作不利。

有的同志建议，将来为了更好地进行建设，开发西北部和北部，可在巴毛群（琼）宗建立一个县级单位。这样双湖办事处的驻址，设在江爱的西南部更为合适。

五、双湖办事处党委、干部和群众的几点建议、要求

1、双湖办事处党委建议自治区党委、那曲地委，能尽快地把办事处的驻址定下来，以便更好地进行基本建设。

雪山草原与藏野驴（2009年摄）

2、据群众反映，整个"无人区"主要是缺淡水，但地下水比较丰富。为了发展畜牧业生产，解决人畜饮水的储水池问题，要求解决15部水车和一部分水泥。

3、兽害比较严重，狼也较多。狼和狗熊甚至跑到群众帐篷里吃肉。要求解决一部分狼夹子、火药枪和火药。

4、基层干部、群众迫切要求上级解决一部分木料、打酥油的桶、筐子、抽水机、炸药、铁锤、钢钎等各种生产工具。

5、双湖办事处党委建议给他们调一部分区级领导骨干和医务人员。现在全处区级干部只有三人，惟一的一名医务人员还是个学员，不会看病，药物也分不清楚，而且身体有病。因此建议自治区党委组织部和自治区卫生局给双湖商调两名医务人员。

6、建议上级党委，将现在供应群众每人每月半斤茶叶，提高到每人每月一斤的标准（同安多县多玛区群众一样的标准）。

7、建议通邮路。半月或一月通一次邮车，以便及时地看到报纸和上级的指示，有利于学习和工作。

8、关于干部职工的生活福利问题。4月底双湖办事处从拉萨购买了430斤大葱，运到双湖只剩下130斤，损失很大，建议商业部门给他们调运一部分副食品。

交通工具十分困难。双湖现有的2辆小车、2辆大车，能开动的只有1辆大车，要求解决2辆小车、2辆大车，调1至2名技术较好的司助骨干力量。地委还建议自治区给双湖解决1辆牵引车，以便在没有公路的情况下行车。

9、在搬迁过程中，应坚持自力更生的原则，但每个社队确实有一部分年老体弱、病人小孩和孕妇，既不能走远路，又不能骑马。嘎措公社

70至90岁的老年人就有9人。干部、群众要求给解决马车和汽车运输工具，以便搞好搬迁工作，体现党对牧民群众的关怀和照顾。

10、组建双湖办事处。开发"无人区"的工作中，要求自治区解决开办经费。

11、建议组建双湖人民武装部，或先配两名武装干部。

六、几点具体意见

1、关于双湖办事处的驻址问题。我的意见，目前可暂不确定，待中国科学院赴藏北考察队和双湖、安多、班戈三县（处）联合组成的赴双湖地区东北部考察队回来以后再定为好。

2、今年再由双湖、安多、班戈三县（处）抽调部分干部和积极分子，组织一个赴双湖地区东北部的考察队，把东北部的自然环境、水草弄清楚，以便统筹考虑今后开发"无人区"的规划（现已组织）。

3、对已搬迁双湖的6个公社的整顿、巩固、提高工作，应为双湖办事处党委的重点工作，进一步明确工作方向，做到搬迁一个巩固一个，以利于今后其它社队往北部搬迁。在今明两年内，根据双湖现有力量和东北部的不明情况，暂保持6个公社为好，安多、班戈两县原计划搬迁的社队，暂不要搬迁，待今后勘察工作结束以后，在有组织、有领导、有计划、有准备的基础上，逐步搬迁。

4、原计划从安多、班戈两县划归双湖领导的区、社，因有的区社干部思想不稳定，影响了生产。因此，安多、班戈两县应加强领导，做好思想工作，搞好生产。

5、不要盲目搬迁。未搬前，在总结前段搬迁工作经验的基础上，做好思想教育、物资、运输工具、走的路线、搬迁后的住址、牛羊圈的修建等各项准备工作，避免不必要的损失。

以上情况，供参考。

热地

一九七六年六月十六日

导　言

开发无人区先行者、原西藏自治区人大常委会副主任　洛桑丹珍

《走遍藏北无人区》一书，是作者继20年前《神秘的藏北无人区》后的续集。

这是作者根据20多年来六次进入羌塘无人区见闻所写的游记，真实地记录了无人区从开发到建设的36载历史，反映了这颗新崛起的"藏北明珠"发展的伟大历程，是一部比较好的作品。

本书通过作者从1987年至2009年六次进入无人区的经历、见闻，从各个角度向读者展示了藏北高原无人区的风采。其中有羌塘草

1974年，时任申扎县县长洛桑丹珍骑马进无人区考察

原壮丽的山川风貌、瞬息万变的气象、坎坷曲折的交通线、生动迷人的民间传说，以及国家羌塘自然保护区特有的高原珍稀动物——藏羚羊、野牦牛、藏野驴、黑颈鹤等的生活习性和种种有趣的故事。

书中具体介绍了双湖、尼玛、申扎、班戈、纳木错、色林错、错鄂湖

鸟岛、当惹雍错、达果雪山、加林雪山、西亚尔雪山、荣玛温泉、普若岗日冰川、玉本寺等名胜；还有古城堡遗址、奇特的盐湖、五彩的地貌，以及诸如岩画之谜等广大读者闻所未闻的传奇故事；更有从1998年至2002年间，由西藏自己组织的四次大规模科学考察所取得的丰硕成果。

草原上的赛马会、藏北人民粗犷豪放的歌舞、牧民的生活、劳动、风俗、习惯、宗教感情等等，都具有浓厚的高原风味和特有的民族感情。

书中还用一定的篇幅介绍了改革开放后在党的政策指引下，无人区所发生的巨大变化。其中最大的变化莫过于对外开放，改变了闭塞的状态。全国各地的科学工作者纷纷到无人区考察，带来了现代科学、文化技术的信息，西藏本土和全国兄弟省区的商贩、工匠、建筑工人，从四面八方涌进无人区，一扫无人区沉闷空气，给牧区带来繁荣。尤其是从2002年以后，在中国石油、中国石化、中国海油、中信集团的对口援助下，藏北无人区更是迎来经济大发展的春天。

在书中，作者还用较多笔墨着力描写了藏北无人区崛起的小康示范村——嘎措乡牧民保留集体经营方式创建新生活的业绩，以及描写了班戈县新吉乡牧民斯求卓玛八年多时间在京藏两地无数好心人的帮助下进京求医，并成功从身上切下一个重达5公斤的肿瘤，开始新生活的感人故事。

当然，书中不乏作者和科技工作者的亲身经历。他们历经千辛万苦，克服走路难、语言不通、气候恶劣等难以想象的困难，最终完成了采访和科考任务。在这里，我向作者，向对本书的出版给予支持、帮助的单位和个人表示衷心的感谢。

本书以见闻为主线，特别着重介绍了藏北无人区的古今文明，融进了无人区开发者高尚的情操、美好的心灵以及蔑视困难，特别是在无人区的开发和建设中，藏汉族干部群众团结一致、一往无前的奋斗精神。

这本书热情讴歌了老一辈创业者艰苦奋斗、无私奉献的理想与追求，生动体现了"特别能吃苦、特别能战斗、特别能忍耐、特别能团结、特别能奉献"的老西藏精神，是对后人教育的好教材。

我建议西藏的同志和关心西藏，特别是关心藏北无人区的广大读者来

草原放牧

读读这本书。它对热心了解藏北、建设藏北、献身藏北的各族各界的同志
和朋友有一定的参考价值。

洛桑丹珍

2012年9月7日

那曲地区在西藏自治区的位置

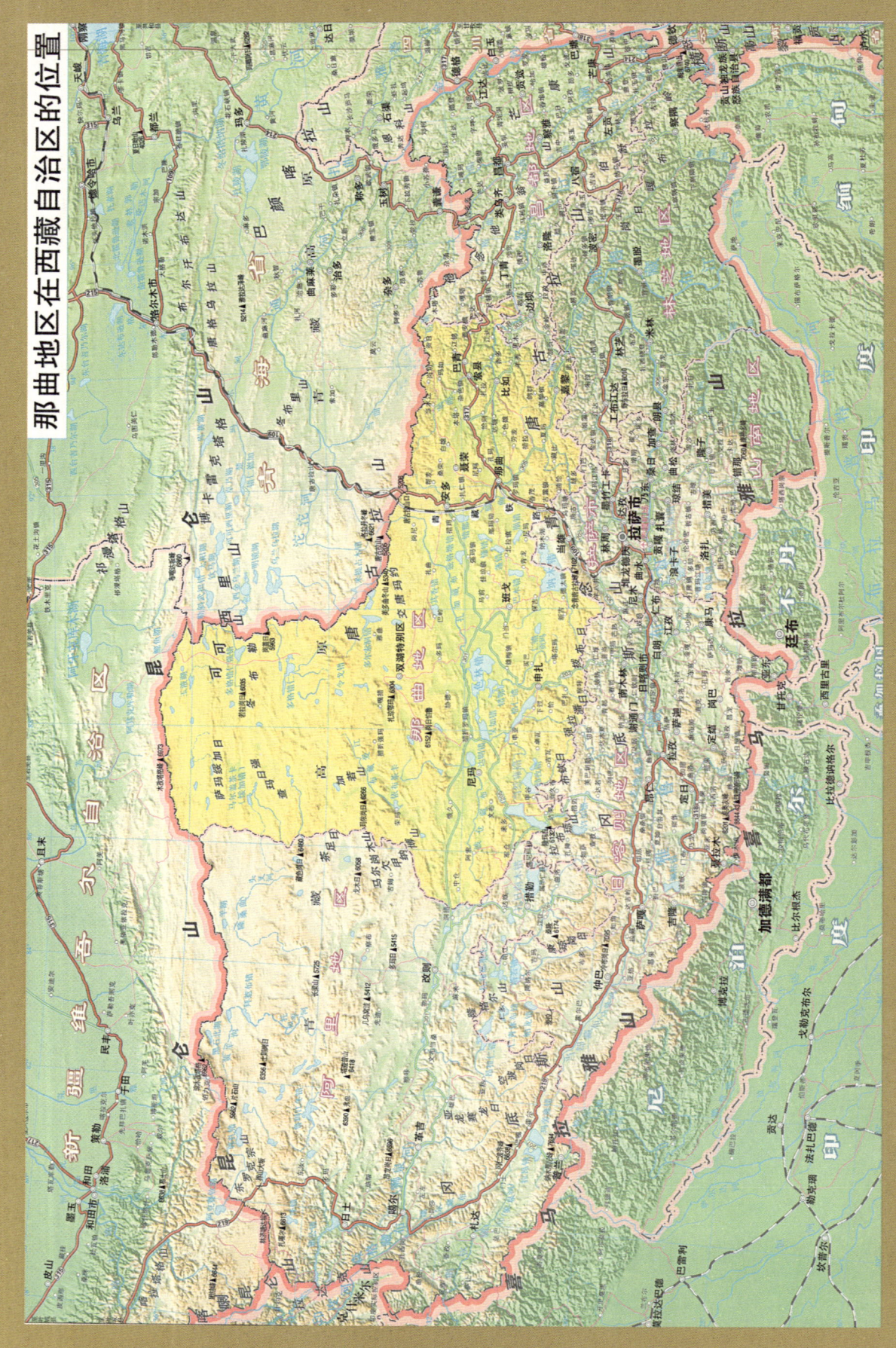

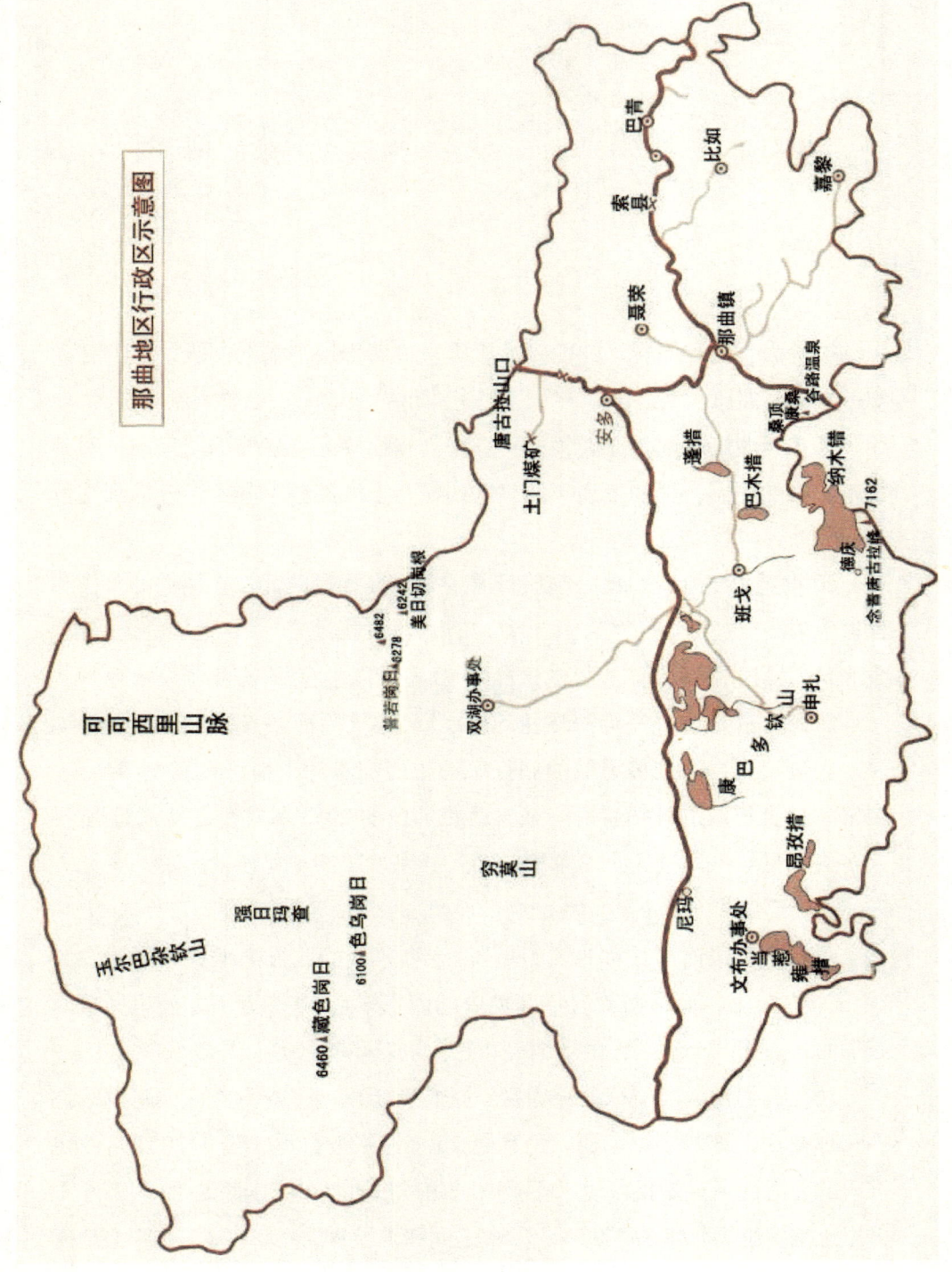

那曲地区行政区示意图

巴青
比如
索县
嘉黎
聂荣
那曲镇
谷路温泉
桑顶
唐古拉山口
安多
蓬措
巴木措
纳木措
土门煤矿
德庆
念青唐古拉峰 7162
雪古岗日 6482
美日切岗根 6242
班戈
双湖办事处
申扎
可可西里山脉
欧莫山
康巴多 钦山
昂孜措
强日玛查
色乌岗日 6100
尼玛
文布办事处
玉尔巴杂钦山
藏色岗日 6460
当惹
雍措

前　言

　　被称为"世界屋脊"的西藏高原历来披着一层神秘的面纱，但鲜有人知道在西藏高原的西北部，有一片更为神秘的土地——羌塘草原无人区。

　　早在西藏解放前，三大领主一直将其描绘成阴森恐怖的"鬼地"对其实施严密的控制，再加上连年的民族纠纷，土匪的频繁骚扰，一提到这片"鬼地"，人们就噤若寒蝉。

　　20世纪上半叶，一些外国旅行家曾先后窥探过藏北，在他们的著作和报告中，藏北被形容为"穷山恶水""西藏的北极地带"。在他们的记忆里，藏北是"异样的荒凉""极度的寒冷""人畜难以生存"，充满了恐怖色彩。

　　然而，就是这片平均海拔达5000米、空气稀薄、气候多变、野兽出没、人迹罕至、令许多勇敢的旅行家都望而却步的土地，在三十多年前，迎来了一批勇敢的开拓者——来自西藏那曲的2053名牧民。他们赶着16万多头（只）牛羊进入亘古荒原，揭开"鬼地"的神秘面纱，书写了无人区的崭新篇章。

　　藏北，在藏语里被称为"羌塘"，意为广袤的北方高地。其面积约为70万平方公里，而在西藏自治区境内的面积多达50多万平方公里。它横跨那曲、阿里两个地区，由于地势高亢、生态环境恶劣而人烟稀少。

　　现在人们常说的"藏北无人区"是指新疆以南、青海西南、阿里东北部和那曲西北部的羌塘草原，面积达20多万平方公里。当年2053名牧民进入的无人区主要是指藏北木嘎雪山以北，扎加藏布江以西的10多万平方公里土地，位于北纬32°40′～36°50′之间和东经84°～90°以内，为那曲地区所管辖。

雪山与戈壁

那是一片被雪峰环绕的土地，在其周围耸立着美切雪山、达果雪山、鲁高雪山和昆仑山。由于交通不便、通讯不畅，挺进无人区的早期牧民大多与外界联系甚少。因此，他们的进驻更为这片土地增添了神秘色彩，亦激发了后来人探访无人区的勇气。

作为新闻工作者，我对西藏高原无人区怀有浓厚的兴趣与强烈的向往，寻找70年代的新中国早期拓荒者正是我藏北之行的初始目的。二十多年来，我六次闯进开发后的无人区，经历了难以想象的艰难险阻，饱受各种磨难，但在付出的同时也收获了一笔宝贵的财富。这本书就是以我的采访见闻为主线写就。那里有壮丽无比的山川风貌，迷人的民间传说，奇特的民族和地方风情，以及动物王国里的种种趣闻；那里交织着开拓者的生活与工作、理想与追求。它静静地诉说着开拓者的坚韧与执着。

随着改革开放之风吹进神秘的荒原，日益频繁的区域交往与便捷的信息传输方式打开了许多与世隔绝的禁区。于是，无人区这个长期被人遗忘的角落，也受到越来越多的关注。由于真正能涉足无人区的人员甚少，而熟悉无人区开发过程的人更是少之又少。我愿揭秘无人区，把自己在无人区采访的所见、所闻、所感献给那些没有去过无人区而又向往无人区的读者们，并以此表达对无人区开拓者的崇高敬意。

无人区的开拓者不仅包括普通牧民，还有藏汉族干部、知识分子、科考地质工作者……在这片土地上，他们用青春和热情，汗水与智慧，在极度恶劣的环境中创造了无人区的历史。

我很庆幸自己选择了记者这一职业，得以踏上这片神奇的土地，成为历史的见证者和记录者之一。也许有人会问，除了荒凉与落后，无人区还有什么可说的？藏族有句老话："荒原深谷里有最珍贵的宝石"。我们今天即将造访的这片神秘土地，五光十色，璀璨夺目，闻所未闻，见所未见……我深信，你一定会喜欢。

第一章　再访无人区

一、难忘无人区

"羌塘米梅龙冬，羌塘米梅龙冬，羌塘米梅龙……"

在北京钢筋混凝土制的办公楼里，我独坐在办公桌前，心里默念着让我魂牵梦绕的这六个字，窗外的视线随之模糊，思绪像潮水一样涌出，直奔数千公里外的羌塘米梅龙冬。

在藏语里，羌塘米梅龙冬意为"北部无人空旷地"。在藏北牧人的概念里，它是西藏北部，甚至包括可可西里的那片无人区。只是藏北无人区与可可西里是连成一片的地域，在行政区划上前者归西藏，后者部分归青海。

如果把青藏高原看做"世界屋脊"，那片无人区就是"屋脊中的高地"。而对我们这些曾闯入藏北无人区的老伙计而言，用土话说，它就是世界屋脊的"脊梁骨"了。

那里平均海拔 5000 米，最低点也比北京和上海的摩天大楼高出几十倍，高寒缺氧、人迹罕至，历来被称为人类的"生命禁区"。

自从 26 年前作为新闻队伍中的一员踏上西藏高原的土地，认识无人区、寻找 70 年代开发无人区的干部群众、开垦无人区这片新闻处女地的冲动就像一块巨大的磁石不断吸引着我，激励着我数次奔向无人区。

远眺念青唐古拉山（2012 年摄）

　　7 月是藏北草原的黄金季节，也是一年中访问无人区的大好时机。因缘际会，2009 年 7 月的一天，开发无人区的传奇人物、原西藏自治区人大常委会副主任洛桑丹珍在北京协和医院的病房内牵线搭桥，帮我同双湖特别区区委书记珠巨取得联系，同时受邀为双湖特别区出版一本画册。借此之机，我将开启平生第六次探访无人区的旅程，再次走进那片魂牵梦绕的土地……

　　然而，天有不测风云，人有旦夕祸福。就在我酝酿启程的时候，为我们四个儿女辛劳了一生的父亲因罹患肺癌，撒手人寰。

　　手捧父亲的骨灰盒，我与弟妹们一起乘火车送父亲回"第二故乡"青海安葬。在泪水长流、跪拜着送别父亲的第十天，我抹去眼中的泪水，赶回北京，如约飞赴拉萨。

　　在心里，我迫不及待地希望早一点抵达那片离天最近的地方，与父亲的在天之灵近些、近些，再近些……

　　在西藏工作之前，我生在山东，长在青海。青藏高原有我 34 个春秋的青春记忆，也使我的身体至今仍流淌着高原那博大而野性的热血。

　　在西藏工作四年多，我曾数十次来到藏北，那里几乎成了我的采访基

圣湖纳木错美景（2012 年 8 月 4 日摄）

地，但令我最难忘的还是 1987 年、1988 年和 1989 年的夏秋冬三个季节进入无人区。至今，羌塘奇异的呼唤仍使我迷茫，使我纯净的梦幻飘向遥远的雪山脚下、冰林丛中。

有首歌曲这样唱道："回到拉萨，回到布达拉……在雅鲁藏布江把我的心洗清，在雪山之颠把我的魂唤醒……"很能表达我对藏北高原情有独钟、深深的眷恋的感情。

2009 年 7 月 28 日清晨，飞抵拉萨的第二天，我乘坐一辆丰田越野车，冒雨前往双湖特别区。与我同车的有位起了个汉族名字的藏族妇女，叫"永向前"；另一位是永向前正在咸阳民族学院读大学的女儿，母女俩是顺便搭车回家的。

一路上，黑红脸膛、身着米黄色西服、戴着白手套的藏族司机觉觉十分善谈。他在区政府开车已经好几年，对无人区的情况是如数家珍。

觉觉的驾驶技术很不错，既快又稳。我透过溅满泥水的挡风玻璃，深情地眺望遥远的地平线。对我来说，这里的一切是那样的熟悉，那样的亲切，无论走到哪个乡村，都丝毫没有陌生的感觉。

我想，父亲的在天之灵，如能俯瞰到天边的儿子，一定会原谅因我仓促赶路而未能在墓前多说说贴心话的不孝之举。

汽车从拉萨沿着青藏公路东行，到达当雄县城，然后左转向北，翻过海拔 5190 米的那根拉山口，再绕过纳木错湖，离班戈县城也就不远了。

与 20 多年前相比，这条拉萨至班戈县的新路，比起原来 500 多公里的老路，不仅路程缩短了近一半，而且没有了颠簸之苦，一路上还能在炊烟袅袅的路边小店得以休息，喝到沁人心脾的酥油茶。

中午时分，汽车进入藏北的班戈县城。这里已经楼房林立了，昔日只有数排破旧普通平房，充其量只能算是村庄的"班戈县城"早已旧貌换新颜。

唏嘘 20 载，宛若弹指一挥间，多少往事涌上心头，如露亦如电……

（一）

1987 年盛夏，我初入无人区，因交通不便，只好先从拉萨搭乘公共汽车，沿青藏公路北上到达藏北草原重镇那曲，寻找进无人区的便车和伙伴。因为我要去的藏北西部尼玛、双湖、班戈、申扎四片草原就归那曲地区管辖。

"闯无人区可不是开玩笑"，听闻我想探访无人区，新闻同行和藏族朋友纷纷向我发出警告。因为筹谋已久，从拉萨出发前，我就尽己所能做好充分的准备：带上两个鸭绒睡袋，一个行军壶以及照相器材和采访本。为了轻装，除了身上穿的衣服外，换洗的衣服一律没有带，却装了一提包罐头，一大堆方便面……在人迹罕至的大草原上采访，吃饱肚子是第一重要的，其次就是交通工具了。

运气还算不错。在那曲镇遇到了陕西省动物研究所一支野生动物考察队。他们应那曲地区科委邀请，到藏北建立高

科考人员在进行大地水准测量（1988 年摄）

尼玛县城边上的河流与通向阿里的水泥大桥（2009年摄）

原野生动物标本馆。正要趁黄金季节再次进入无人区考察，搜集野生动物标本。能与动物学家们同行，真是幸运。对于我，他们既是旅伴，又是老师。

这支考察队由四人组成，专家挤在一辆客货两用车里，同行的还有一辆为考察队拉物资给养的东风牌卡车。两辆车一同行进开发后的无人区，大家心里稍微踏实一些。

考察队那时走的是老路，从那曲镇启程沿青藏公路北上约三四十公里，向西拐入黑阿（现称那狮公路）公路。这是一条横贯藏北高原北部，连接拉萨与西藏阿里地区首府狮泉河的最近通道，也是去往无人区的路。

说是公路，其实这不是人工修建的公路，而是靠汽车轮子轧出来的路，坑坑洼洼、高低不平。汽车颠簸着，蹦跳着，发出沉闷的喘息声，缓缓北行。

到无人区的路是漫长的。因路况太差，直到第二天下午，考察队的汽车才开进"班戈县城"。

当时，在茫茫的荒原上能建设起仅有数排普通平房的城镇，有一批藏汉族干部在这里工作，已经是很了不起的事情了。它是建设藏北草原的一

陕西动物研究所的科考人员在路途中野炊（1987 年摄）

个重要基地。

　　我们住进县政府的"招待所"。这是典型的延安窑洞式房屋，一排共十间，石头到顶，两侧的竖联"工业学大庆""农业学大寨"字迹仍清晰可见。它告诉我们，这房屋至少有十几年的历史了。进到房里，每间约有 10 平米，房顶呈圆拱形。长期的烟熏火燎在墙壁上留下黑乎乎的斑痕。屋顶水泥剥落，用白灰抹得斑斑驳驳。屋子仅有的一个窗子是钉死的，几乎密不透风，一进门，一股潮湿发霉的气味扑鼻而来。

　　同行的伙伴说，如果冬天住这里，生炉子取暖，热气变成水珠会从屋顶滴落下来……在内地，出差采访谁都不会住这样的招待所，可是在这里，几十公里不见人烟，有这样一个宿营地，可以免得露宿草原，已是很大的享受了。

　　就这样，还没进入开发后的无人区，就已经开始感受到无人区的荒凉和落后了。

陕西动物研究所姚建初（左一）等动物专家在无人区为那曲野生动物标本馆制作标本（1987年摄）

（二）

第三天清晨继续赶路，穿过班戈县境不远，看到一条灰白色的湖，卧伏在茫茫的白色尘雾中，它就是闻名遐迩的班戈错（"错"，藏语意为湖泊）。

初进无人区，我们的汽车从班戈错再往前走，绕过著名的色林错，还没有进入无人区，两辆车就陷进了申扎县"382"铁桥边的烂泥中。

这座铁桥长180多米，横跨在藏北最大内流河扎加藏布江上，是前往文部办事处（现改为尼玛县）和双湖办事处（现改为双湖特别区）的必经之地。每次只能通过一辆汽车，汽车上桥常压得桥板"吱吱嘎嘎"乱响，让司机无不提心吊胆。每逢夏季，桥两边的公路软得像海绵一样。汽车在这里陷进泥浆是常有的事。这里是汽车司机开车最为头痛的地方。

扎加藏布江，源自唐古拉山南麓，自东北流向西南，注入色林错。

关于扎加藏布江桥，一说这里曾有过地矿部门设立的"382"地矿点；另一说这里距到那曲的黑阿（那曲至阿里）老路有382公里，故称"382"

桥。司机们说："汽车过了'382'就如同过了'鬼门关'"。

据开发无人区的传奇人物洛桑丹珍回忆，这座被称为"鬼门关"的铁桥是六七十年代，由西藏地矿部门修建的。无人区开发后的很长时间，拓荒者们就是从这里通过扎加藏布江到达双湖草原的。

旧西藏，扎加藏布江上没有桥梁，许多贫苦牧民为逃避藏政府多如牛毛的苛捐杂税而渡江，却时常毙命于汹涌的水流中。今天，这座不起眼的铁桥，为无人区的开发和建设发挥了巨大作用！

当时，为了把汽车从烂泥中抢救出来，29岁的我和动物学家姚建初等人在车轮下挖烂泥、垫石头、推汽车，开始还干劲十足，不一会就气喘吁吁，瘫坐地上，心脏似乎都要跳出来了。直至天近黄昏，汽车总算冲出泥潭通过大桥。我们也因此躲过了当"团长"（团缩在车里过夜）之苦。

20多年后的今天，驶向无人区的路，已是一条正在修筑的平坦沙石路。当我再次来到扎加藏布江时，一座宽阔的水泥大桥跨江而过，思绪还没转回来，就听见司机觉觉说："这座桥是前几年选址后修建的，开车再也不用当'团长'喽！"

原通向无人区的"382"铁桥

1987 年和 1988 年，我两次独闯无人区时，这里大多数路段没有真正的路，而又到处都是路。那些很宽很宽的路是靠汽车轮子碾出来的。绿色的大草原上，车轮压出来的两条辙印宽宽的，亮亮的，白得闪光、亮得刺目。这里

班戈草原挂着牛头祈求路途平安的水泥大桥（2012 年摄）

的路一般都不是一条，汽车司机们开着卡车行驶在平展展的大草原上，看到哪儿平就往哪儿走，这个走左，那个走右，第三个也许选择了中间，久而久之，轧出的路越来越多，不过大都是并排的。有的路段并排三条路、四条路，甚至多达八条、十条。

当时，从拉萨到"无人区"所绕行的 900 多公里路程，大部分路段是"车在路上跳、人在车里跳、心在肚里跳"的搓板路和泥泞路，汽车抛锚是"家常便饭"。即使一切顺利，乘车也要走上三五天时间，加上海拔高、人烟稀少等原因，人们一提起双湖和文部都摇头。那时的双湖和文部无论是自然距离，还是人们的心理距离的确都很遥远。

（三）

今年 36 岁的觉觉老家在申扎县，1976 年开发无人区，刚出生不久的觉觉在阿妈卓姆的怀里，阿爸达瓦赶着牛羊，举家搬迁到原双湖办事处北措折乡。

觉觉说："这几年，依靠国家的大力援助，双湖修了路，建了桥，路通了，生活也富裕了。"他家与许多牧民家庭一样，不仅买了摩托车，看上了电视、用上了手机，还买了辆东风牌卡车，由弟弟驾驶着用来转移草场和运输牛羊粪燃料。

我不由得想起以前科考队司机李师傅曾对我说过的一段话："无人区本没有路，当年开发无人区的那些人，一个个都算得上英雄。他们沿着野驴蹄子印往前走，这些路就是他们开汽车压出来的。无人区里所需要的物资，就是靠这样的公路运进去的。你们别瞧不起这些路，在这片大草原上，这些路才是现代文明的标志呢！"

李师傅的话道出了真理。别看这些路质量不高，起的作用却不小。它伸向哪里，哪里就出现活跃的人群，哪里就有草原开拓者在战斗，哪里就出现帐篷、村镇；它伸向哪里，哪里就告别封闭的过去，与经济文化更发达的地区联系在一起。那一排排伸向远方的路，牵动着旅行者长长的遐想；那并排闪着白光的路，多么像横卧着的六弦琴，无人区的开拓者们拨动着这巨大的六弦琴，奏出了千古荒原上从未有过的优美新生活之曲。

二、天气变幻莫测　盛夏犹穿棉衣

汽车驶过扎加藏布江"382"新的水泥大桥，向北驶入双湖多玛乡地界，就算进入开发后的无人区了。

一路上，我把眼睛瞪得大大的，贪婪地望着车窗外无垠的草原，手中的照相机不停地"咔嚓"。这是美丽神奇的羌塘，多么宁静、多么空旷、多么辽远！汽车奔波几个小时也看不到几顶帐篷、几群牛羊，整个藏北草原，你说它是无人区也不过分。许多地方，好几平方公里平均不到一个人。

严冬的草原路

"远看是山，近看

西亚尔雪山下的双湖区索嘎鲁玛镇（2009年摄）

是川"的平缓草原从眼前掠过，那矮矮嫩嫩的小草铺满大地，像一片片绿茵茵的地毯；那五彩斑斓的邦锦花，白的、黄的、紫的、红的，像是巧手的姑娘在地毯上绣刺的图案；皑皑的雪峰映衬着蓝蓝的天空，显得那么纯洁；蜿蜒的溪水静静地流淌，是那么安详；偶尔遇到几群牛羊，犹如天边浮动的云裳；那看守畜群的牧家姑娘，用帽子和围巾把面部包得严严实实，只露出两只明亮的眼睛；那寂静的公路上，最多的代步工具是牧民驾驶着的一辆辆被打扮得花花绿绿、疾驶而过的摩托车和私家卡车；公路两边还不时掠过一个个写有"保护生态，爱护动物"的警示牌；还有像"哨兵"一样，排列着不断伸向远方的一个个光缆水泥杆。最令人神往的是那些撒在草原上的"明珠"——大大小小的湖泊，有的像蓝色的宝石，有的如闪亮的明镜。

　　七八月份的藏北草原，平展展的草地上飘着淡淡的花香，瓦蓝瓦蓝的天空一尘不染。清新的空气，习习的轻风，暖融融的太阳……论季节，正逢盛夏，可是人人都穿着毛衣毛裤，甚至套上厚厚的棉衣、羽绒服。如果遇到阴天下雨，则要穿上老羊皮袄。

怎么解释这种奇怪的矛盾现象呢？

一些专家告诉过我原委：据气象部门解释，地势越高，气温越低，海拔每升高 100 米，气温则要下降 0.6 摄氏度。即便是盛夏酷暑，在海拔 5000 米的高原上，气温一般只有 10 摄氏度左右。然而这不能说明全部问题。眼前的藏北草原花红草绿，不用温度计也会知道，这时候的温度显然在零度以上。

按自然界的气温看，本来不需要穿棉衣。然而，人体主要靠体内新陈代谢吸收营养并释放热量抵抗自然界的寒冷。来到藏北草原，空气中含氧量比海平面几乎减少了一半，人体处于严重的缺氧状态，没有足够的氧气，人体这部机器就没有足够的能源，也就释放不出足够的热量……

在藏北草原上感到寒冷，不仅仅是因为气温低，更重要的是体内释放不出足够的热量，所以感到从心里往外冷。

前两年，我随北京安贞医院小儿心脏病专家顾虹率领的中美医疗队，在西藏进行小儿先天性心脏病普查中发现，这里患儿比例比内地高出 10 至 20 倍。看来，高原上处处有学问。这些年，青藏高原上兴起的高原医学就在探究人体与高原的联系。

由于地势高亢，远离海洋，又位于地球亚热带纬度带及世界屋脊青藏高原的腹地，藏北高原空气稀薄，密度为每立方米 719 克；气压

由近及远依次是草原、湖泊和山原（2009 年 8 月 6 日摄）

低，仅为 549 毫巴；氧气少，含氧量每立方米为 166 克，相当于海平面的 59%；水的沸点为 84℃；空气干燥少尘、透明度高，大气质量约为海平面的二分之一。

所以，尽管看上去阳光灿烂，极目舒天，藏北草原的气候依然可以称得上是寒冷干旱。受一系列高大山脉的阻滞作用，

通向雪山的道路

印度洋暖湿气流对这里的影响被削弱。冬季，受西风环流的控制与影响，气候非常寒冷，85% 以上的降水集中在每年的六至九月，但大都以冰雹和雪花的固体形态降落。比如在藏北的安多地区，一年之中仅六至九月有液态降水。即使在这一时期，固体降水也仍占三分之一。

相比之下，藏北无人区的降水期更短，主要为七八月份，且多为冰雹。有人估算，藏北无人区平均每年要遇到至少 50 次以上的冰雹。这里的冰雹不但次数多，而且颗粒大，大的像核桃那么大，有时能砸死羊羔，影响牧业生产。

气象学家们说，这里多冰雹的原因与海拔高、地形起伏大、太阳辐射强烈等有关，这些因素使空气的运动呈现出一种非常无序的混乱状态，用科学术语讲就是"乱流运动"。

气流的混乱很大程度上造就了无人区诡异的天气。记得一个风和日丽的夏日，我正在灿烂的阳光下欣赏美景，突然阴云密布，转瞬间倾盆大雨夹裹着黄豆般大小的冰雹笼罩了草原。脚边本来清澈见底的小溪顿时变得浑浊，原本潺潺的细流猛然间滚起浑黄的波浪。刚发愁没地方避雨，霎那间，乌云从头上飘过，又出现了瓦蓝的天空，风雨冰雹已经无影无踪。

最难忘的一次经历是 2001 年 6 月，我随藏北无人区科考团前往无人区考察，在前往纳木错途中，原本万里无云、朗日当空的下午，突然乌云

刀劈式的山势与藏野驴

密布，大雨裹挟着冰雹倾盆而下，道路顿时泥泞不堪，由于暴雨冲毁了多处路面，险情不断，科考车几乎是寸步难行。

这就是羌塘的脾气，一会儿晴，一会儿阴，一会儿风，一会儿雨，喜怒无常，难以捉摸。

晴朗的夏日，草原充满诗意；严寒的冬天，草原则常常刮起可怕的狂风，有时风暴会把牛羊刮进湖泊。当绿满草原时，羌塘是动物的乐园；当

雪山荒原

草原妇女将自己包裹得严严实实

大雪覆盖草原或狂风吹尽牧草的时候，羌塘又变成了可怕的"死亡王国"，有时牛羊无食可吃，互相撕身上的毛充饥，许多牲畜甚至冻饿而死，曝尸荒野。

在青藏高原腹地的藏北草原，雪灾和风灾，几乎成了常年威胁人类生存的主要灾难，使人的意志经受着最严峻的考验。对我而言，最惊心动魄的记忆莫过于1989年底至1990年初的那场大雪灾。那一年，我与死神擦肩而过。

官方数据显示，1989年11月26日至1990年4月的150多天时间里，藏北草原40多万平方公里土地连遭126场大雪袭击，那曲地区的巴青、嘉黎、那曲、比如、班戈、文部等地在内的八个县（处）有16多万人被大雪围困，近400万头（只）牛羊挣扎在死亡线上。

我从拉萨搭乘执行救援任务的直升飞机到重灾区巴青县采访，亲眼目睹了绵羊因饥饿互相啃咬对方身上的毛，甚至连主人披在它们身上的反袍、藏被也被撕咬得粉碎，吞食干净。

满山遍野，躺满了各类牲畜的尸骸，侥幸活下来的牛羊，在它同类的尸骸上，吃力地啃着冻得硬邦邦的皮肉。曾几何时，牛羊也变成了食肉动物。

随着牲畜一只只倒下，寄托着牧民希望的牛羊顷刻间化为乌有。牧民的心碎了……

从灾区传来一封封特急电报，火速送到那曲、拉萨、北京，通过广播、报纸，雪灾的消息传遍全国。

旋即，首都北京来电，中央派运输机救灾空投物资。3月27日，银鹰展翅藏北，给被大雪围困的牧民投下了糌粑、青稞、燃料、衣物和雪镜等

风雪唐古拉山（1990 年摄）

必需品。不几日，中央又电令两架"黑鹰"直升飞机投入到紧张的抗灾救灾工作中。

我当时作为新华社西藏分社的摄影记者，乘坐其中一架"黑鹰"直升飞机从拉萨飞赴灾区采访。

头一天，我与飞行员一起飞赴巴青县灾区，送去救灾工作组人员和药品。夜晚，一同入住那曲饭店。

第二天一大早，因两架直升飞机装载的药品和糌粑等物品过多，我被那曲地区行署秘书长劝下飞机，准备等待下次飞行。没想到两架直升飞机起飞后，我站在那曲镇大草坝上一直等到夜幕降临，也没有看见飞机返航的踪影！

高原的气候常常难以琢磨，许多意想不到的问题随时都会发生。原来，两架直升飞机第二次到巴青县灾区降落时，先降落的直升飞机螺旋桨卷起层层积雪弥漫了整个天空，后降落的直升飞机在人缺氧、机缺氧、视线不良等严酷飞行条件下，突然失去控制，直直跌落到已降落直升飞机的螺旋桨上，生生地被旋转着的螺旋桨打了出去。

藏北特大雪灾发生后，中央派飞机来救援（1990年摄）

先降落的飞机断成两截；后降落的飞机只剩下驾驶舱跌落到地面，我所乘坐的那架直升机货舱和尾部全成了碎片飞了出去……一辆丰田越野车的水箱被飞机残骸打烂，一位名叫洛扎的藏族医生的腿被碎片打伤。

十分幸运的是两架直升飞机上的七八名飞行员和领航员，除个别人受点轻伤外，并无大碍，只是两架直升机彻底损毁。

事后，那曲行署那位身体清瘦、穿着老羊皮大衣的甘肃人秘书长一见到我就开玩笑说："眼镜记者，我当时劝你下飞机你还不高兴。若不是我，你早就命归西天了，别忘了我是你的救命恩人！"我只好相视而笑说，"都是为了工作，就甭谢了！"

这就是性情诡异、险象环生的羌塘。

光阴如梭。今天当我再次前往藏北，前往无人区时，记者的职业习惯让我在车上抓紧时间采访，与觉觉、永向前母女恳谈的主题大多离不开羌塘的气候、无人区的开发建设，离不开近几年央企对口援藏给这里带来的种种变化，离不开眼前见到的和触景生情式的种种联想。

三、羌塘草原变迁　有人无人有人

在藏北草原上旅行，犹如航行在茫茫大海，看不到繁华都市，也看不到错落的村镇，连行人也很难见到。

翻开中国西藏版图，在北纬33°～36°、东经83°～93°这一区域，除了零星的地名和极少数的居民点外，是大片大片的空白。这就是人类"生命禁区"的藏北无人区。

这片约有20多万平方公里的土地，平均海拔约为5000米，周围环绕着冈底斯山、唐古拉山、念青唐古拉山、昆仑山，雪峰林立，气候恶劣，高寒缺氧。

开发无人区的先行者、原西藏自治区人大常委会副主任洛桑丹珍告诉我，很久以前，无人区曾有牧民放牧，那是一些牧民为逃避藏政府多如牛毛的苛捐杂税而迁移过去的，那里离拉萨、那曲都很远，藏政府官员管辖不了那大片大片的"不毛之地"。无人区虽然气候恶劣，倒也是个牧民的"自由圣地"，因此，在贫苦牧民中一直有这样一种说法："过了嘎尔、玛尔、扎玛松，人无贵贱之分"。

旧西藏并非"自由王国"，由于旧中国的封建统治者实行分而治之的策略，藏族牧民和邻近外民族的纠纷连年不断，械斗时有发生。械斗、厮杀死伤的都是无辜的贫苦牧民。本来就为数不多的牧民有的被杀，有的被抓走沦为奴隶。这

藏北牧民过去为防止强烈的风沙，戴着只露出两只眼睛的头套外出（1987年摄）

双湖草原外出的人家（1987年摄）

种民族仇杀直到几十年前还时有发生。

当地牧民说，有一次，牧主逼着几十名贫苦牧民到无人区深处去"放哨"，结果这些人一个也没有回来，连尸骨都没有见到踪影。此外，西藏、新疆交界地带的土匪也常常流窜到无人区活动，他们走到哪里就抢到那里，奸淫烧杀，无恶不作。抢走牧民可怜的财物，赶走牧民的牛羊，掠走年轻妇女。牧民在这些恶势力的侵扰之下无法安定，为数不多的幸存者只得逐步南迁。无人区的边缘也随之南移。

解放前的西藏，三大领主有至高无上的权力，统治着西藏的一切。他们因为不愿意牧民进入无人区脱离其管辖，便利用宗教散布谣言，说无人区是一片可怕的"鬼地"，把那里描绘得阴森恐怖，无法生存。他们还利用手中的权力限制牧民的出行。藏政府曾作出规定：不准牧民越过有人区到"鬼地"去。

多少年来，这些谣言和"法规"，像一道道紧箍，牢牢禁锢着牧民。人们不敢谈无人区，甚至连想都不敢想，无边的恐惧驱使牧民远远地躲开了无人区。渐渐地无人区人烟绝迹，只有野兽出没，成了名副其实的无人区。

从所能掌握的史料来看，18世纪晚些时候，清朝廷从纳木错向北到玉田（克里雅）开辟了一条商路，因这条路十分艰难，在19世纪被放弃了。

1903年瑞典旅行家斯文·赫定（Sven Hedin）从新疆出发向南而行，没有见到人，一直到普若岗日山附近的令戈错东北，他才遇到"三个猎野牦牛的猎人，周围放着两、三个牦牛头和一些蹄子。"这位最早进入无人区的外国人在其考古巨著《丝绸之路》里进行了这样的描述。

1911年，清军赵尔丰的部下，从西藏返回时取道藏北向青海西宁撤退，经过无人区。一个营从拉萨出发时200多人，走到唐古拉山附近，所带的给养全部耗光，继续北行至无人区迷了路，到了冬季四周一片皑皑白雪，方向只能靠日月星辰的方位去辨认，路上只好靠狩猎生存，后来子弹用光了，只好猎取一些小动物来充饥，身上带的火柴也用完了，抓住小动物就生吞活剥填肚。人员连病带饿死了一半多，活下来的继续赶路。前面仍然是空旷无人，除了山还是山，剩下来的人，已经弹尽粮绝，乘骑也吃完了，连捕食小动物的力气都没了，就靠已经死去的同伴身上能吃的东西又维持了数日，死里逃生，最后到达西宁时只剩下16个人。还有一次，1949年解放前夕，从新疆过来的少数哈萨克族牧人，他们来到无人区也没有停留住，很快连人带马退出了这片无人居住的土地。

那曲草原

1976 年，为了解决牧区日益突出的畜草矛盾，开发自然资源，那曲地委、行署报请西藏自治区党委、政府批准，在两级党委、政府的大力支持下，决定开发无人区，并在这里先后设立双湖、文部两个县级办事处，并从附近的班戈县和申扎县划出部分乡村向北迁移。于是，2053 名牧民赶着 16 万多头（只）牛羊首批来到无人区，沉睡的草原苏醒了，"生命禁区"重新有了人烟。

外出旅行的牧民（1987 年摄）

　　经过 30 多年的艰苦开发，双湖和文部两个办事处分别发展成为双湖特别区和尼玛县，建起了居民点、村镇、学校、商店、医院、影剧院和卫星地面站。

　　此次重返羌塘，内心感慨万千。初次进无人区之前，人们给我描绘的无人区是荒凉和空旷。进入无人区，难免有孤寂之感，可是我更多的是感受到它的辽阔，它的坦荡，它的粗犷，它的奔放。这荒原上，找不到江南的小桥流水，看不到北国绵绵的丛林，也没有横断山区的崇山峻岭，可是，它有自己独特的美，那伟岸的雪峰、星罗棋布的湖泊、终年不化的积雪，在阳光下闪着数不清的金光；那无垠的荒原，铺着绿色的小草，起伏着伸向远方，像无边的大海。在大海里航行，你会被滔天的巨浪所激励，而在这里我感受到的是空前的静谧，仿

文部乡玩"骰子"的孩童

文部乡一对玩纸牌的牧民

藏羚羊

排队行走的黄鸭（赤麻鸭）

游弋的斑头雁

佛航行在月球上，万籁寂静。仔细欣赏眼前的大自然之美，也会发现静中之动，那蔚蓝色的、辽远的苍穹与天边的群山吻合在一起，蓝天上飘着一朵又一朵洁白的云，有时，那白云又会像狂放不羁的野马一样飞奔。

汽车在草原上奔驰，只有那些好动的野生动物不时打破寂静的气氛。藏野驴是长跑能手，十几头、几十头甚至上百头野驴，竟毫不顾忌地与汽车赛跑，当它与汽车并行时，你甚至可以伸手拍拍它的屁股。成群结队的藏原羚（俗称黄羊）和藏羚羊，是荒原上最常见也是最胆小的动物，你会看到它们不时仓皇地越过公路，箭一般地窜向草原深处，跑到远处脱离了危险，它们会停下来瞪着惊恐的眼睛继续监视你的动静，直到它感觉你不会威胁它时，这敏感又害羞的动物才会悠闲地去寻找食物。汽车从大大小小的湖边驶过，会惊动数不清的水鸟——黄色的野鸭、灰色的斑头雁、黑脖子的黑颈鹤……

我在去双湖和文部草原之前，在拉萨听到的有关情况是零星的，神秘到渺不可知的。那种谈论不仅是这里距离拉萨有一千公里之遥，不仅因为它广阔的面积差不多占中国版图的百分之三，大概更由于它曾是与世隔绝的无人区，以及现在它20多万平方公里土地上仍有10多万平方公里的无人区。

草原上的羊群

太阳渐渐向银光闪闪的雪峰后边隐去，雪峰在草原上投下巨大的黑影，远处的天际现出一片火红的晚霞。待晚霞慢慢消褪的时候，我们到达双湖草原上写着"双湖欢迎您"的迎宾门。

过了迎宾门，就是拥有四项"世界之最"之冠，即：海拔最高、面积最大、人口最少、野生动物最多的"首府"——双湖特别区。

双湖特别区机关坐落在西亚尔雪山下，现由五百多名藏汉族干部职工组成，远远地看到特别区一大片闪烁的灯光，我不禁惊叹起来——"啊，新双湖！"

四、无人区的传说

西亚尔——透明的水晶山

俄亚尔——清清亮亮的湖

阿木尔——小半圆形头角的白绵羊山

嘎　尔——白色雪峰

玛　尔——红色山脉的雀莫神女峰

占木拉——这一带河滩里的独立峰

很早很早以前，藏北草原就流传着这样一句话：过了西边的西亚尔、俄亚尔、阿木尔，过了东边的嘎尔、玛尔、占木拉，这些地方没有名字，

蓝天下的念青唐古拉山脉（2012 年摄）

人不分贫富贵贱。

这没有名字的地方就是羌塘无人区。说它是无人区，并非绝对没有人烟，只是人烟极为稀少，加上地域极为辽阔，与无人区相差无几。它的地域包括那曲以北、阿里以东的部分地区，甚至囊括长江、黄河源头大片的土地。多少年来，那里曾经是藏政府无力管辖的"自由世界"，贫苦牧民向往的"理想之国"。

由于那里极为特殊的地理位置和自然条件，确有许多地方，人们叫不出名字。那里的人民确实享受着外界无法理解的"自由平等"。

过去藏政府也一度想让收税地盘向北伸展推进，曾派一官员前往北方察看。后来那官员到了江爱山一带，因高寒缺氧，便抖抖索索地返回报告说，前面天和地已经连在一起，水用绳子捆在背上，火挂在腰带中间，叉子枪划着天空喊哩喀嚓响。那是天地的尽头了。

藏政府一听，哇！真的已经到了天地边缘。那么收税就到此为止吧。并将木嘎山以北、扎加藏布江以西划作无人区。

谈起这片人迹罕至的荒原，许多人以"荒凉"两个字概括。在我进入这片土地以前，脑海里也只有"荒凉"的概念。

今天，当我站在这片土地上，当我在这里接触了纯朴的牧民时，我的胸中不禁涌起一股激情的波涛。我感到，用"荒凉"二字概括无人区，未免过于武断。我一进入这片土地，便发现了它的真实面目——富饶！

这片土地是富饶的，不论地表还是地下都有丰富的宝藏，而最珍贵的还是它独特而多样的文化。在那些淳朴憨厚的牧民脑海里，蕴藏着丰富的民间艺术宝藏，尤其是神奇的民间传说。在双湖和文部草原，到处都可以听到美丽动人的故事和震撼人心的传说。

有一天，文部办事处副主任才旺连珠（相当于副县长一级的干部）和我一起来到一座山包脚下。他指着裸露在山头上、参差不齐的怪石，给我讲述了一段段富有传奇色彩的故事。

（一）"一百个骑兵"的故事

故事发生于贫苦牧民在痛苦深渊中挣扎的年代。一个严寒的冬夜，多年与世隔绝、沉寂的文部草原突然响起枪声和马蹄声。来自阿里地区的一股土匪窜进小部落。他们一路奸淫抢掠，十几名牧民眼看着自己的妻子遭到土匪凌辱，大群的牛羊被赶走，勇敢的青壮年牧民抄起棍棒、匕首迎着刀枪冲了上去，与土匪展开殊死的搏斗。

25 户牧民组成的小部落，转瞬间有 13 位贫苦牧民惨死在土匪的刀枪和马蹄下，鲜血染红枯黄的草原。凛冽的寒风中，老人、妇女、儿童哭声连天，一遍又一遍呼喊着亲人的名字。

水草丰美的双湖草原

多彩的雪山之光

　　这些对宗教无比虔诚的牧民，面对着突然遭到的灾难，他们惟一能做的事情就是祷告菩萨来解救他们："大慈大悲的菩萨啊，我们一直虔诚地敬奉您，转经、磕头……现在，我们遭到大灾大难的时候，您在哪里？"

　　不知是虔诚的牧民感动了菩萨，还是菩萨睁开眼睛看到了人间的不幸。突然，纷纷扬扬的大雪从天而降。从未见过的鹅毛大雪很快覆盖了草原……面对着暴怒的大自然，面对着眼里喷出怒火的人群，土匪们个个心惊肉跳，赶上抢掠的牛羊仓皇逃走。

　　不愿离开家园的牛羊，凄惨地叫着，呼唤着自己的主人。土匪们用刺刀驱赶着牛羊上路了，不驯服的牦牛在土匪经过的路口上，一头头死在刺刀下，那些可爱生灵的鲜血染红了洁白的草原。黑沉沉的夜幕笼罩了大草原，土匪们胆战心惊，一个个像惊弓之鸟。他们害怕满腔仇恨的牧民追杀过来，把脖子缩进羊皮袄里拼命逃跑。可是那些牛羊就是不听他们的命令，土匪使劲地挥舞手中的刀枪，那些牛羊却是慢腾腾挪动，越是着急，越是走不快。没走多远，隐隐约约看到前面一座小山包，好像山头上人马晃动，一个土匪以为有兵马追赶来了，慌乱中大叫一声，这群土匪一下子乱了阵脚，向一片平滩奔去，没想到平滩突然塌陷，土匪一个不剩地掉进冰河喂了鱼。

　　这件事在牧民中广为流传，虔诚的牧民都说是菩萨显了灵，惩罚了恶人，为百姓申了冤。他们把心爱的供品送到山上，一座怪石林立的山包被点缀得琳琅满目。牧民说，是那里的一百个神奇的骑兵消灭了土匪，为我们报了仇，雪了恨。从此，那座山便得了一个奇怪的名字——"一百个骑兵"。

（二）妖女七姐妹的故事

班戈县北部有一湖一山。湖是硼砂湖，湖的四周有九道宽宽的湖水蒸发后留下的湖岸圈，一圈绕一圈，十分美丽，绿、棕、蓝等奇幻色彩清晰可见；山叫塔加普山，塔是陡的意思，加普是铁桩，就是说它是很陡的铁桩山。

铁桩山的名字和藏族史诗中的英雄格萨尔连在一起。传说中的格萨尔，是岭国的国王，是藏族民间一位了不起的英雄。他东征西讨，降妖伐魔，为民除害，他的英雄业绩传遍天下。如今的西藏高原还可以见到格萨尔王建功立业的"史迹"。这塔加普山就是一处。

塔加普山，原来是堆阿穷的地盘，堆是妖魔，穷是大鹫鹰。

据传，这个妖魔长着九个头，每个头连着一条命，是个穷凶极恶的家伙。他自恃有点本事，不把格萨尔放在眼里。他看中了格萨尔的王妃门萨本吉，便生邪念，刮起一阵妖风，把门萨本吉从西康卷到巴尔达草原。

格萨尔怎么肯罢休，他举兵讨伐堆阿穷。堆阿穷再凶，也不是格萨尔的对手。格萨尔挥舞手中的宝剑，砍掉堆阿穷一个脑袋，堆阿穷就丢一条命，湖水就降一次。格萨尔手中的宝剑闪着寒光，接连砍掉堆阿穷九个脑袋，堆阿穷连丢九条命，湖水也连降九次。

堆阿穷最后的王牌是一头野牛。这头野牛肚子里有大块金子，是镇国之宝。发起怒来，声震四野。格萨尔用宝剑杀死了野牛，湖水便一下子退到湖心。

格萨尔大获全胜。得救的门萨本吉在陡峭的石头上亲手钉了一根铁桩，亲手把格萨尔王的红战马拴到铁桩上。

格萨尔王凯旋，又遇到妖女七姐妹出来挡道。她们玩弄花招，要与格萨尔掷骰子打赌。格萨尔如果赢了就放行，如果输了就要送命。格萨尔王

久负盛名的班戈硼砂盐湖

是白梵天王王子下凡，天神们暗暗护着他，他是不会输的。

现在，人们可以看到湖岸不远的地方有一条山脉——提惹普姆本堆山，即妖女七姐妹。山上毗连着的七座深褐色的崮状物，像碉堡一样。有人说，那就是老迈不堪的七姐妹。

一位西藏女诗人感叹这段传说，曾随手写下一首诗。诗的最后两节写道：

妖女七姐妹永生永世未能嫁人
那骰子一掷掷了万岁千岁
我见她们长发已坚硬如铁
怅然于这片草滩这片湖水

我也想做个山妖做个山鬼
做诸位妖女的第八姐妹
单单为了守望岁月之旅
饱餐千年孤寂

登上塔加普山，山顶的石头里果然有根铁桩。那铁桩就像是从完整的

念青唐古拉山下的草原（2012年摄）

石头里长出来的，天衣无缝。据当地的牧民说，前几年这根铁桩还是完好无损的，顶端就像刚刚锻过的一样，十分光滑。有些人想试试铁桩的坚固程度，抡起八磅重的铁锤猛砸了一气。结果，铁锤被弹回来跳得老高，铁桩却纹丝不动。又有人用铁钎凿来凿去，想弄个究竟，结果它还是纹丝不动。

我亲眼见到了这根铁桩，它顶端已被铁锤砸得变了形，四周的石头也有被凿出的凹形石槽。"这根铁桩究竟来自何处呢？是什么力量使它立于石头之中呢？"牧民们说，这铁桩年代已经久远了。可是我看到的铁桩却一点也没有锈蚀的痕迹。塔加普山的岩石在大自然的威力之下也在缓缓风化、剥落，可是容易生锈的铁桩怎么会保持的如此光滑锃亮呢？

更为神奇的还有申扎县城不远处的察耐罗村山峰。那里有一根类似铁桩、长在巨石上的大铁链。

在绵延的有13个高峰的山脉里，察耐罗村是西边第一座山峰。它的北侧山势陡峭挺拔、乱石林立、难以攀登。山顶一块巨石上一根大铁链镶嵌其中，黑里透亮地悬挂着，有三四尺之长。

当地群众说，这根铁链是狼神，它经常变长或变短。当大铁链变长时，当地的狼就非常凶，常常吃家畜；当大铁链变短时，当地的狼就非常

清澈的湖水与雪山

温和，很少吃家畜。

据原申扎县副县长石秀介绍，他年轻时身体灵巧，胆子大，曾在1973年登上此山，仔细观察来观察去，确认它不是地球人所为。因为它像是从巨石里长出来的，天衣无缝，并无一点锈蚀。不然，它怎么会忽长忽短呢？为什么会镶嵌在难以攀登的山上呢？又为什么在久远的年代里不生锈呢？

铁桩和铁链的来历确实是个谜，谁又了解其中的蹊跷呢？

（三）雪山演绎千年传奇

在藏北，牧民给座座伟岸的雪山赋予了美丽的传说。牧民说，论勇敢，达果雪山属第一，达果雪山既是古象雄部落的神山，也是藏地四大名山之一，坐落于尼玛县，距离县城约200公里；论英俊，桑田岗桑雪山属第一，它直直向上，身材苗条，头戴彩云帽，身披白羔皮袄，足穿金色靴，腰系一条绿玉带，宛如一个英俊而高傲的年轻王子，耸立在那曲镇南面原古兽区的西面。

色彩缤纷的雪山世界

传说，唐代时期，桑田岗桑是最高的雪山。当时，文成公主远嫁到雪域高原。唐太宗因思念之苦而闷闷不乐。一天，他登上皇宫顶端，极目遥望，看见西面的天边有座挺立的小雪峰，它就是桑田岗桑。他本来就为文成公主的远嫁而伤感，便命一条黑色神犬去除掉它。

神犬奉命，千里迢迢来到藏北高原，有座雪峰却挡住了去路。神犬以为这是太宗所要除掉的雪山。于是它一刀砍下了山头，结果是误斩下蒙宗热山，使它至今只有两个肩膀而无头。

可神犬并不知道，它拎着砍下的头颅回去交差。太宗再次登皇宫顶远望，那山峰依然存在。太宗大怒，命它再次西行，一定要除掉桑田岗桑山。

神犬再次来到藏北，为了不再犯错，它蹲守在桑雄以南的一座雪山脊上仔细观察。可是，藏北的雪山太多了，认不出来哪一个到底是太宗要斩首的，它久久地守侯在那里，雪山都被它蹲出了一个大大的山坑，就这样，它一直到冻死也未曾挪动半步。

神犬死了，它的灵魂来到了桑田岗南麓的巴木荣谷里，当地人称它为"巴木荣齐那"（巴木荣黑狗）。从此，居住在桑田岗桑雪山脚下的牧民，每当中午后，不敢呼喊任何犬只；担心"巴木荣齐那"出来伤害他们，这个习俗直到现在依然不变。

因为古时候，住在这一带的牧民

双湖西亚尔雪山（2001 年摄）

雪山与白云

雪山下的牧羊群

圆月下的山脉

中，有位善良的妇女，对她忠诚的看家犬体贴入微，拿着新鲜的牛羊肉给它吃，鲜牛奶给它喝。一天晚上，夜深人静，她埋好火种准备睡觉，但担心她的犬夜间肚子饿，准备睡前再给它点东西吃。于是她就从帐篷里探出头喊她的家犬。突然，一条大黑犬全身闪着火星，张着大嘴窜进了她的帐篷，她惊呆了！一时不知所措，冷静下来后，随手拿一桶牛奶放到这只犬的面前，那只可怕的犬舔了几下就扬长而去。此后，这家人畜两旺，很快成了当地的首富户。

而另一女人闻讯后，十分嫉妒。有天夜里，她有意备好一桶牛奶便喊起来，那条可怕的巨犬果然来到她的面前。她一看见这条犬，惊慌之中忘记了本来备好的牛奶，而把一桶牛血放到巨犬面前，这条巨犬只舔了几下就走了，不久这家人染上了瘟疫，人畜都死了。

桑田岗桑得知唐太宗因

为从长安可以看到它，早晚会被除掉，加上神犬精灵常在它身边监视，怕被认出来，所以再也不敢继续往上长了，并将脖子缩进了白袍子里。

达果雪山在藏北各大山中当属最勇敢的山神。相传，它跟全藏各大山打过无数次仗，从没有输过，没有流过一滴血，惟独跟藏南德多康山交手时，脸上挨过一箭，至今脸上还在流血。远远看去，达果洁白的雪峰上露出一股股红殷红的东西，很像是在流血。

达果雪山有三个女儿，长女甲岗嫁给了申扎县西北边的亚尔邦山，二女儿杜古嫁给了尼玛县西边的阿索山，三女儿西亚尔嫁给了双湖特别区境内的阿叶尔山。

甲岗出嫁以后，长期在外偷情，并生下一私生子，亚尔邦山得知，对妻子的背叛妒火中烧。一天，它骑马持刀猛冲过去先杀死那可怜的私生子，然后又冲向情敌玛曾古惹山。玛曾古惹吓得连滚带爬刚逃到甲仁湖东面的草滩上，就被亚尔邦一手擒住，摔倒在地，踏上一只脚，抽出它的两根腿筋，驮在自己的背上，使它永远不能站立。亚尔邦还觉得不够解恨，转过身来，怒视着背叛自己的妻子甲岗，一箭射穿了甲岗的左乳，洁白的乳汁哗哗地往外流。甲岗双手捂着乳房，惨叫着阿爸和阿妈，而亚尔邦头也不回地走了。

这时，离甲岗不远的"阿巴"（道士）山对她很怜悯，拿来药为她治伤。伤好了，她和丈夫和好。不过，在甲岗的乳房上仍有个小孔总不能治愈，乳汁常从小孔中往外流。她为此十分恼火，有一天，她骑上马，驮上茶，回到娘家去告亚尔邦的状。

在甲岗山东面半山腰的一块黑岩石上，有一片白色的稀土，是藏药的一种好原料。人们说，那就是甲岗神女的乳房伤孔中流出的奶汁。

人们可以远远地望见在甲岗的东南麓岩壁上有一个自然形成的"仙女牵马"画，十分逼真，像幅水墨画，我当时觉得有趣，无意中还拍摄了照片。人们说，它就是甲岗神女回娘家时的情景写照。

相传，勇敢的达果山神的三女儿的婚姻生活比较美满幸福。除此之外，二女儿杜古也曾有过同样不幸的经历。当初，她奉父之命嫁到邦多地方时发

申扎仙女牵马图（2001 年摄）

现，她的丈夫是个矮小而难看的老头，她感到羞愧难当，无脸见人。这时距阿索山东边不远的果让山乘虚而入，成了插足的第三者。阿索虽老，但不示弱，他一刀砍伤了果让山的前额。远远看上去，这座山上有一道大沟。

牧民群众说，那就是它当年挨过刀的痕迹。从此，杜古女神在痛苦中生活着，直到现在。

五、"人民公社"——嘎措乡

在无人区深处有一个西藏小康示范乡村，那里的 90 多户牧民走"人民公社"时期的集体化道路，住着宽敞明亮的安居房，还可以听到广播，收看电视。

我从双湖特别区驱车出发，沿着一条新修的乡村公路径直向北，来到了这个具有传奇色彩的牧业乡——双湖特别区嘎措乡（即嘎尔措乡）。

汽车驶入嘎措乡，首先映入眼帘的是荒野中那一排排整齐的藏式民

1988 年冬季的嘎措乡

房，以及学校、卫生所、太阳能光伏电站和休闲广场。在雪山湖水的映衬下，这些现代化的建筑和耸立的电视和通信铁塔交相呼应，十分壮观，还有那在湖边嬉戏的藏羚羊，更是构成一幅人与自然和谐相处的完美画卷。

今年 67 岁的白玛是嘎措乡原党支部书记，是一位非凡的人物。他所领导的乡在双湖草原一隅创造了一个政治和经济上的"小特区"：整个西藏高原仅有的一个未实行牲畜私有私养的牧业乡。这个牧业乡组织形式和经营管理方式是独特的——至今仍然保留着"人民公社"时期的集体经济，实行专业化分工，实现了定居、通路、通电、通信和通广播电视。人均纯收入近几年连续在 5000 元以上，最高达到 5540 元，成为西藏最富裕的乡之一。

20 年前，我曾两次来嘎措乡采访白玛书记，这次会面可以说是老友重逢了。在白玛家里，他向我追述了这个乡的创业历程。

1976 年，西藏开发藏北无人区时，嘎措乡人均纯收入不足 200 元，生活贫困。全乡 60 户牧民从申扎县迁进无人区时，除老人、妇女和儿童有资格乘坐上级派来的三辆大轿车外，其余人则赶着 3 万多头（只）牛羊，进行了长达一年多时间的边跋涉、边放牧的大迁徙，先后来到渺无人烟的玛威山一带安下了家。

30多年来，他们享受了大自然的恩惠，也领略了大自然的威力，无常的大自然和求生存的本能是这个牧民集体的初始凝聚力。

白玛老人动情地说，嘎措乡之所以未搞承包经营，是缘于村民的意愿。1983年，正当全西藏落实家庭承包责任制时，上级派来工作组向牧民群众反复宣传新出台的政策。但最后嘎措群众来了个"全乡公决"，以70%的票数确定：选择集体经营方式。

原嘎措乡党支部书记白玛和孙女购物回来（2009年摄）

次年，西藏又把家庭承包责任制延伸为"牲畜归户、私有私养、自主经营、长期不变"的政策，但这里的牧民仍把自己套在集体化的车辕上。这是因为一场惨痛的教训让人们记忆犹新——那年一位放牧员赶着上千只羊在湖边放牧，突遭狂风袭击，许多

白玛在家休息（2009年摄）

羊只被刮到了湖里，放牧员舍身救羊，终因体力不支献出宝贵的生命。在人与自然抗衡面前，村民们深刻地认识到一家一户的分散经营难以抗拒频繁而暴虐的自然灾害，只有依靠强大的群体力量，共同抵抗自然灾害才是出路。

嘎措乡当时虽保留了集体经济，但对经营管理实行了改革——这里仍实行工分制，但不是过去的那种平均主义的工分或"政治工分"。早在1981年，他们就实行过定畜群、定人、定时间、定任务、定指标、超产奖励的"五定一奖"责任制，实施中感觉这种方法也不尽合理。于是，他们根据生产管理实际，逐渐总结出一套按产值、产量记分的方法，减少了吃"大锅饭"的现象。

比如，全乡两个村的青壮年男女牧民分成二至五人一个小组，分别安排在各牧场轮牧。在责任期，他们放牧牛羊的好坏、数量的多少都有严格的记分标准，这些都直接影响年底统一分配时收入的多少。

留在村里的老弱病残，如果参加织帐篷、缝藏袍、捻毛线、宰牛羊、剪羊毛、为牧场服务等力所能及的工作，也有详细的记分规定，年底根据劳动工分多少，按劳取酬。

干部、医生、教师等和牧民群众一样也是根据工作的好坏、成绩的大小计算工分，年底算出各自的劳动报酬。

嘎措乡所辖的两个村共99户，534人，放牧着37290多头（只）牛羊。两个村分别单独核算，只是在经营管理上以乡为单位进行统一安排领导。

1988年安装有风力发电机照明的嘎措乡

1988年两位妇女从乡集体分配到羊肉回家

两位利用暑假替集体捡羊毛归来的小学生（1988年摄）

村委会主任普琼在家里看电视

牧民日玛搬进的安居新房

牧女顿珠卓玛在夏季放牧点的帐篷里与家人通话报平安

　　我在采访中发现，这里的乡、村干部十分辛苦，因为调度劳力、分配工作、记工分、算分配等都要靠他们来完成，为避免吃"大锅饭"，他们制订了有关集体生产经营的若干条款，在他们的管理指标体系中，仅工分制细则一项就多达246个条目，每一项数字管理都精确到了小数点的后几位。

　　走在去村民家的水泥路上，陪同的一村村委会主任普琼告诉我说，这条路、这一排排藏式新房和这些太阳能路灯都是中国石油援建的。

　　跟着普琼主任走进几户没有关院门的村民家里，令我惊喜的是，刚搬新家的日玛也是我的熟人。原来，上世纪80年代我来这里采访时，曾和那曲地区科委几位修风力发电机的技术人员在他家借宿。

　　走进日玛家彩绘的院门，屋外是保暖的玻璃阳光棚，进入屋内是一个大房间。大窗户上挂着淡雅的黄、白两色窗帘，房子正中是烧牛羊粪的大铁皮炉，靠墙边是画着小鸟、花卉的大藏柜，上面摆放着电视机、电话、收录机、磁带、药箱等。四周墙壁上贴着毛泽东、邓小平、江泽民、胡锦涛等领导人的像。两面的墙壁边摆着冰柜、沙发和铺着艳丽藏毯的木床，还有电动奶油分离器、高压锅、缝纫机等等，屋顶上挂着花瓣式的大吊灯。

日玛家5口人，住着两间100平米的大房子。他全家一年纯收入两万元左右，家里近几年添置了一辆东风牌卡车，一辆拖拉机和两辆摩托车。按说这种生活水平蛮不错了，可日玛告诉我说，他家在这个乡不算最富裕的。

日玛，原是文部办事处俄久买乡的铁匠，后来被招婿入赘到这里。他平时在乡里干些铁匠活，妻子和孩子都参加放牧劳动。

骑上摩托车，使用太阳灶的牧民人家

谈起嘎措乡今天的集体经营形式，他说："集体制好在分工具体。要不然，我这铁匠很难发挥自己的特长，会被自家的牛羊拴住。如果把牲畜分到家里，我坚决反对。"日玛指指房里的摆设，"你瞧！集体制并没有坏处！"

据普琼主任介绍，这个村的55户人家，有38户买了摩托车，8户买了大卡车，1户买了吉普车。全村电视机拥有率达到100%，可收看到20个台的电视节目，村里有180多人用上了手机。

我发现，嘎措乡虽然天高地阔，空气洁净，不存在任何污染问题，但乡政府还是制定了卫生制度及检查评比制度。指定了专门的垃圾场、盖了公共厕所。

80年代我来这里时，身材高大魁梧的

暑期放假的儿童在房前玩游戏

乡政府办公室

乡政府所在地的体育锻炼设施

乡政府所在地的第一村

白玛书记带领全乡男女老少自己动手建设新家园，嘎措乡空旷的草原上过去没有一个羊圈和一间房屋，后来不仅建设起了90多间房屋，还安装了40台风力发电机。

当时，按照牧民自己的说法，他们已实现了群众住房化、照明电气化、牲畜羊圈化这"三化"。

今天谈到集体生产形式的好处时，乡村干部巴桑、次仁郎加和普琼说：一是牧民群众有部分自主经营的权力，乡村干部便于管理；二是集体有收入，群众也有收入，遇到自然灾害时有抵御灾害的能力；三是牧民不用一年四季搬来搬去了，为定居创造了条件；四是由于集体经营，能够从根本上解决"五保户"和老弱病残等人员的生活困难；五是人人有活干、有饭吃；六是可以依靠集体经济的力量解决公益教育、医疗卫生上的困难。比如适龄儿童入学期间，村委会给每个学生每天1元多的学习补助，还另记7个工分，并在供给畜产品价格上给予优惠，因此父母都很愿意让子女上学，这里适龄儿童入学率每年都能达到100%；七是在接羔育幼、剪毛的繁忙季节，可以随时集

皓月当空的嘎措乡（1988年摄）

中人力物力，不误生产，保证丰收；八是牛羊可以按公母、强弱分群放牧，便于科学管理；九是每位牧民都能够发挥自己的特长，有放牧经验的人放牧，没有放牧经验的可以做其它的工作；十是大家都不用跟着牛羊转，富余劳力可以进行多种经营等。

　　几位乡村干部一口气讲出了这许多好处。这是他们从三十多年的实践中总结出来的。他们认为，在居住比较集中、草场面积不大、自然环境好的地方实行"牲畜归户、私有私养、自主经营、长期不变"的牧业生产责任制有它的优越性，而在无人区由于客观环境的制约，保留集体生产的组织形式，配合一整套明确和完善的个人责任制，则具有更大的优越性。

　　在自然条件和地理位置上，嘎措乡并没有优越之处，它与其它乡惟一的区别就是，嘎措乡实行的是"人民公社"制度。人民公社作为一个历史产物，现在全国范围内基本上已经废除了。但在这里，它却依然焕发着活力。

　　我想，由于每个地方的情况并不相同，面临的问题也不尽相同，最重

一位老人往壶里灌牛奶，
准备熬奶茶

一位女牧民在夏季放牧点的帐
蓬前用木桶打酥油

牧民日玛家里用上了电冰柜

要的是要实事求是、因地制宜。只要某种所有制形式适合某地区的生产生
活，并能给当地百姓带来幸福，那么，这种所有制形式就有在这个地区继
续存在的必要。

六、荒原迎来"候鸟"型新客人

每当冬去春来，印度洋的暖湿气流缓缓北移，便有数不清的候鸟从南
方返回藏北高原。

踏着春的脚步，一批批"候鸟"型的新客人也开始向藏北高原云集。
这些人来自西藏各地和内地各省市，既有个体商贩，也有各类手艺人和建
筑工人。他们不辞辛苦，告别故乡和亲人，带上牧区需要的各种商品和自

已用的工具，沿着青藏铁路和青藏公路，以及川藏公路，向藏北高原挺进，进入"生命禁区"的双湖和尼玛草原。他们搭起帐篷，支起各种货摊，办起流动服务点，或是租"门脸"开办不同的小商店、饭馆和修理铺，用商品和手艺换取牧民的钞票和畜产品。当无人区飘起雪花的时候，他们又三五成群从藏北高原撤退，沿着青藏铁路和青藏公路，以及川藏公路的路线陆续回到各自的故乡去过冬。

湖南人在双湖区索嘎鲁玛镇经营的"家家乐超市"（2009年摄）

双湖特别区是一个地域辽阔，居住极度分散的县级特别区。它因其5000米的高海拔而有"人类生理极限试验场"之称。

双湖一年中8级以上大风为200天左右，全年最高温度15℃，最低温度零下30℃，气候环境十分恶劣，令许多人望而生畏。

然而，当我游走在双湖区首府索嘎鲁玛镇街道时，却欣喜地看到80年代的帐篷商店现变成了临街的店铺。许多"候鸟"型的客人在这里开办了名为电话超市、迎宾饭店、宏发超市、海盛商店、鸿运超市、富佳百货、家家乐超市、康佳大药房、顺达修理部、王师汽修部、永安百货店、雅洁干洗中心、川味一品香、重庆火锅等十多家店铺和饭馆，并不时有散步、吃宵夜的人出入。

这不禁让我想起上世纪80年代来这里时，因找不到一家饭馆吃饭而发愁，以及人们一年四季吃不到新鲜蔬菜，整顿饭只有干菜和罐头的情景。现在却不同了，"候鸟"型的新客人不仅为这里运来了各种新鲜蔬菜，还在这里开办了不同风味的多家餐馆。

双湖区索嘎鲁玛镇的摩托车修理店（2009年摄）　　双湖区索嘎鲁玛镇的现代妇女（2009年摄）

　　在索嘎中路西头，有家"湖北菜店"。店主是来自湖北孝感地区的陈国华。四年前，他来这里后先投入20多万元，在外地购买了一辆红色中巴车，并雇司机和售票员，在每年六月至十月，跑双湖至那曲地区的长途客运。这是当地历史上的第一辆长途客车，既解决了人们出行难问题，也使他很快赚到了钱。

　　这两年，他看到卖蔬菜获利大，嫌半月一趟的长途客运太辛苦，另外车也旧了，于是将客车转卖给这里的四川人魏登明，自己却叫来初中毕业的女儿当帮手，改行开起了既卖蔬菜水果，又卖日用百货的两间小店。

　　在这里，除了"湖北菜店"外，还有"四川菜店""双湖菜店"。他们所经销的蔬菜和水果约有30多个品种。其价格大约为：韭菜4元、大葱3元、青椒5元、小油菜3元、洋葱2元、白菜2元、茄子3元、西红柿5元和西瓜5元不等。所经销的猪肉价格每斤为20元，冻猪肉为13元。

"四川菜店"店主黄正平告诉我，由于路途远，租车运输成本高和损耗大的原因，这些从拉萨运来的蔬菜和水果的价格自然要高于拉萨市和那曲地区，但需求仍是很旺。他一个夏季进五六次货，至少可以赚到几万元。

　　扎着红白两色方格围裙、戴顶布帽的张女士来自湖南鱼米之乡，有着南方女子的秀丽与能干。她和丈夫自 2008 年 1 月开办了第一家"家家乐超市"后，又在 2009 年 6 月开办了第二家"靓丽日化"商店，并让高中刚毕业的女儿来经营。这位不愿透露名字的张女士对我说，去年他和丈夫一个夏天经营得来的收入，比在内地开店一年赚得还要多。

　　在双湖草原，来自河南的曹国平父子修理摩托车的手艺可谓大显身手。牧民现在买摩托车的多，需要修车的也多了起来。父子俩经常带上工具和配件到措折强玛乡（即北措折乡）、嘎措乡、多玛乡等地去修车。夏来冬去已有五年时间。许多"趴窝"的摩托车，都被父子俩给修理好了。在协德乡一个白色小帐篷里，今年四十多岁的曹国平告诉我，他们一年修理摩托车三四个月，可以挣到 10 万元左右。难怪家乡好几位修车人看着眼热，也跟着他跑到无人区来。看来，只要有本事，无人区倒是一个施展本事的好地方。

　　与 80 年代的"候鸟"型新客人相比，现在的"候鸟"比起原来的"候鸟"，无论从交通条件和生活条件，以及各个方面都得到了极大的改善。

　　1987 年夏天，还没有改名的双湖和文部办事处，两地飞来这类"候鸟"型客人有 1300 多人。他们走遍双湖和文部办事处以及办事处所属的各个乡村。他们当中有铁匠，木匠，盖房子的，修表的，经商的，鞣皮革的，照相的，镶牙的，修羊圈的……"候鸟"的浪潮冲开偏僻封闭的大门，给一向沉寂的荒原带来商品，带来技艺，带来新的信息，带来知识，带来繁荣的机遇。

　　那一年，我在文部办事处运输站的一间破房子里找到来自大西北的货郎李志红、刘富民、傅长生三位青年，他们是甘肃天水地区的农民。李志

随着交通条件的改善，双湖区索嘎鲁玛镇有了好几家小菜店，它让人们吃菜不再难了（2009年摄）

红是一位戴着眼镜、文质彬彬的高中毕业生，看起来身子有些单薄，可想不到，这样一位青年竟能肩挑货郎担来到文部。他对我说，没想到这里最受欢迎的商品会是收录机、儿童玩具、各种食品和色彩艳丽的服装。他很遗憾地拍了拍身边的一个大纸箱子说："这些商品带得太少了"。

他们三人是当年2月6日第一次出远门当货郎的。到了那曲镇，听说文部要举行赛马会，5月4日便带着货郎担，搭乘一辆卡车从那曲镇出发，途中吃的是从牧民那里买来的牛羊肉，住的是牧民帐篷，晓行夜宿，奔波了四天才到达文部办事处。他们找到运输站的简陋的大屋子住下，拾牛粪作燃料，闲暇时打扑克开心，夜里，席地而卧睡在一块旧毯子上。刚来到这里有些不适应气候，嘴唇发紫，脸上爆了皮，每天挑上百斤的两个大纸箱，还要克服高海拔带来的缺氧、心跳加快、头痛、入睡难等困难，真是够吃力的。

李志红说，虽然生活艰苦些，但收入还可以，每天晚上在手电筒下点

在双湖区索嘎鲁玛镇经营服装和化妆日用品的湖南籍女青年（2009年摄）

票子，一般都有几十元钱，心里很快乐。尽管这里气候很差，几乎没有无霜期，个体商贩们夏天也离不开棉袄。他们自我取笑地说："这样下去，这辈子只要有一件棉袄就够了！"临别时我说第二天给他们拍张照，拍张肩挑货担卖货的新闻照片。三位小伙子高兴得不得了，很爽快地答应了。

在文部办事处赛马会期间，我还遇到一位从浙江来的小伙子，他名叫胡天楼，他的镶牙技术在草原上可是大显身手。牧民吃肉多，尤其是吃冻生肉，很伤牙齿。每当小胡摆出镶牙的摊子，许多牧民便围上来。他的身边总是围着许多的牧民看他给别人镶牙，或东摸摸、西瞧瞧，对他的脚踏磨牙沙轮机、小玻璃柜里各种型号的假牙都感兴趣，有位佩戴腰刀的青年牧民提出要包颗金牙。令我惊诧的是，这位镶牙的汉族小伙子能说一口流利的藏语，有两个牧民还不时地和他打打闹闹。原来，他在无人区镶牙，夏来冬去已有三年历史了，他常常跑到一些与世隔绝的乡村为牧民镶牙。据别人讲，他每次来无人区，都能带回上万元，这在当时是一笔不小的收入。

山东来的一位四十多岁的照相个体户来找我，问能不能卖给他几个胶卷。他不知道我是记者，认为我也是个来挣钱的照相个体户。这位农民照相个体户叫韩木义。我问起他照相的情况，当时他告诉我，拍一张"120"的黑白照片1元钱，他把简易的洗印设备带到这里，用手电筒代替电灯印照片。这里的牧民当时很难照张像。他跑到乡村为牧民照相，就是价钱贵点、效果差点，牧民也很欢迎。

1984年从四川营山县来那曲镇修表的青年李正国，1987年也出现在文部草原，不少牧民群众跑很远的路来找他修表。过去找不到人修表有的牧民有三四块表，坏了扔，扔了买，小李来草原可为牧民解决了大难题。

全国各地的商贩、手艺人、建筑工人，尤其是那些勇敢的年轻人，发现了无人区这块"新大陆"。而无人区的牧民，特别是致富后的牧民，欢迎"候鸟"型的新客人。

四川和安徽的农民建筑队，在这里表现了近乎于探险者的勇气。安徽的徐得良要到文部草原一带搞施工，妻子知道了没有阻拦，小俩口一商量，把地交给别人种，孩子交给父母管，干脆一起来了西藏。1987年的盛夏，夫妇俩随着建筑队一起踏上去藏北西部的路。

历史上鄙视经商的藏族群众也走进商品流通领域，给西藏的经济发展增添了活力，也给草原上牧民的生活带来了方便。那时已开发的无人区，有不少帐篷商店是由西藏昌都地区的藏族个体商贩开设的。

每年夏季，昌都地区的三十多名个体商户都要来这里，1987年达到了140多人，他们的流动帐篷遍布于办事处和草原的各个角落。历史上靠近无人区居住的牧民买个针头线脑都要跑很远的路，一只羊换一块砖茶，现在"候鸟"型的新客人为牧民解决了生活难题。

一天傍晚，我信步来到文部办事处北边的几家帐篷商店，在几顶黑色和白色帐篷前，一位昌都个体商贩正从几头牦牛背上卸东西，他到附近的乡村售货刚刚回来。我走进一顶最大的白色帆布帐篷，看到地上摆满商品，老年商贩正在和一位头戴毡帽、腰挎藏刀的牧民讨价还价。另外三位稍年轻的商贩坐在帐篷一角的卡垫上悠闲地喝着青稞酒，欣赏着收录机播

在文部办事处赛马会上，"候鸟"型的商贩摆摊
修表和镶牙（1987年摄）

在文部办事处如"候鸟"一样飞来飞去的商贩
在经营小商品（1987年摄）

放出的藏族歌曲。

　　见我这个脖子上挂着照相机的陌生人进来，歌声和讨价还价声戛然而止，几个人一齐望着我。幸好他们懂些汉语，我和年老的商贩攀谈起来。他对我说，他们的家在昌都地区贡觉县，他名叫嘎达，是最早飞来文部的"候鸟"之一。1983年，他联合本乡的其他三位藏族牧民，凑了些资金，来文部经商，算是一次试验。第二年那三个人怕苦再也不来了，嘎达就一个人来到这里开帐篷商店，每年飞来飞去。

　　现在，嘎达的三位亲戚朋友贡桑、旦增、次仁跟着他来到文部，经营规模一下子扩大了许多。四个人分工合作，有的提货，有的看商品，有的则背着商品或赶着牦牛走乡串户，到一个个帐篷里推销商品，一天下来每人少则挣到十几元，多则挣七八十元。

　　我浏览了一下帐篷商店地上摆的商品，估计至少也有一百多种。什么茶叶、布匹、卡垫、氆氇、民族手工艺品、高压锅、水貂皮、小食品、糖果、藏刀、帽子等等，牧区所需要的日用品，在这里应有尽有，真有点"百货商店"的味道了。

　　1987年夏天飞进文部的"候鸟"有多少？文部办事处公安局局长次彭作过统计。他告诉我，1987年夏天是"候鸟"飞来最多的一年。仅从昌都和日喀则地区来的手艺人、个体经商户、修羊圈的就达920多人。从四川、安徽等地来的农民建筑队、手艺人、商贩也有 100 多人。

近几年，随着西藏科学技术的发展和农业机械化程度的提高，藏族农民的农闲时间比原来长了许多，加之思想观念的转变，农闲时间外出打工的人也就越来越多，已经形成了一股不可抗拒的力量。

在拉萨市里，有很多拉萨近郊的农民趁农闲进城搞建筑、运输；在那曲地区西四县（区）的班戈、申扎、尼玛和双湖，则以日喀则地区的仁布和南木林两县的人为主，称他们为"候鸟"打工族并不为过。

藏北地广人稀，生产门路多而广。每年的夏季是牧民群众最忙的时候，活儿多的忙不过来，而这时正是农民最闲的时候，农民到藏北牧区打工，是一个绝好的搭配，达到了取长补短的效果。

现在，藏北西部牧民群众已离不开这些"候鸟"打工族。在我所到过的每个乡，几乎都有他们的身影。他们从事各种工作，如揉皮子、盖房子、打造家具、补房顶等等。他们样样都会干，有什么活就干什么活，从不挑剔，劳务费也是相互商量着定，一般情况下当地群众都能够接受。他们在当地群众中的信誉很高，有的经过几次合作后就成了好朋友。从他们身上真正能体现出藏族人民勤劳质朴的优秀品质。

他们每年的四五月份，把家里的地种完后，男人们一批一批的直奔广袤的藏北草原，开始过起他们的牧民生活。他们在藏北没有固定的住所，哪里有活就到哪里，几乎不怎么休息。据了解，他们给牧民揉羊皮子，每揉 12 张羊皮就能得到 1 只活羊的酬劳。待到八九月份，他们赶着成群的羊，少则 20 几只，多则 80 多只回家收割庄稼。

这支藏北牧区的"候鸟"打工队伍已经成为藏北牧区不可或缺的建设力量。他们这种劳务的自由交流，不仅在经济上起到了取长补短的作用，同时也在观念上起到了相互交流与学习的效果。牧民和农民在这里搭起了共同富裕的桥梁。

"候鸟"们在藏北草原展翅飞翔，机动灵活。他们像游牧的牧民一样，流动经商、流动服务，哪里没有商业网点、哪里需要建设、哪里需要技术、哪里闭塞落后，他们就飞向哪里。广袤的藏北草原交通不便，信息闭塞，流通不畅，"候鸟"型的新客人，为草原经济带来新的活力。

七、洛桑丹珍，开发无人区的传奇人物

在原双湖办事处北措折乡一顶旧式帐篷里，老牧民穆笛让老伴给我倒上酥油茶。我一边品着清香四溢的酥油茶，一边听他讲述时任申扎县县长洛桑丹珍三次在无人区考察的故事。

如果说自然界的风是有季节性、区域性和方向性的，那么十年内乱的狂风却是铺天盖地、无孔不入的，甚至连四周高山作屏障的申扎县也逃不出它的袭击。

1971 年初夏的一个夜晚，一间破旧的房子隐没在黑暗中，静悄悄的没有一点人声，偶尔传来一两声狗吠更增加了周围的冷清，屋内面对面地坐着两个人。胖一些的，刚过 30 岁，是被罢了官的申扎县县长洛桑丹珍，浓密的黑眉下那一双大眼睛，因为多日失眠布满了血丝，干裂起泡的

唐召明在开发无人区先行者、原西藏人大常委会副主任洛桑丹珍家中做客（1998 年）

嘴唇紧闭着。稍瘦的那位是三十多岁的穆笛。今晚，穆笛带来一瓶"杜康"酒。

"喂，穆笛！"洛桑丹珍终于开口说话了，"我要到无人区看看……唉，就是现在天天挨斗，我不能脱身，给我出个主意吧。"

"你发疯了？！"

"你是知道的，申扎县畜草矛盾一天比一天严重，牧民的生活贫困，我这个当干部的看着能不心焦吗？"

"急有什么用？你的县长职务也没有了，谁听你的？再说这世道也乱呀，前些日子阿里地区措勤县的乡书记被人杀了，十几个凶手偷了牛羊逃进无人区，也不知道抓到没有。"

"逃进无人区了……"洛桑丹珍眼睛一亮，忽然有了主意。

他一把抓起酒瓶咕咚咕咚灌了一气，一抹嘴，拉住穆笛的胳膊大声说："这是一个机会，一个好机会，我要到无人区抓凶手去！"

穆笛是了解洛桑丹珍的，他想干的事情，就一定能做到，他要往哪儿走，九头牛也拉不回来。

沉吟了半晌，穆笛说："你要去，就去吧。可要小心！最好找伴儿一块走。"

第二天，洛桑丹珍的要求被造反派头头批准了，因为这是一份苦差事。洛桑丹珍整理着出发的行装，备了马鞍。有多少人暗中为他捏着一把汗呀！藏族干部次登和汉族干部谢常胜听说这个消息后，放心不下，自告奋勇同他一起前往。那是县里的干部第一次去闯无人区。

洛桑丹珍把批斗会上造反派给他列的种种罪状统统丢在脑后，对同事和牧民爱护的、担忧的、责备的、胆怯的、疑问的目光全当没有看到，他仿佛一下子又恢复了当县长时的那股冲劲儿。

三个人背着半自动步枪，牵着马走出了县府大门，洛桑丹珍深深地吸了一口气。到了吉瓦区，牧民告诉他们，杀人凶手几天前已被驻军抓获。这件事给了洛桑丹珍一个启示：凶手赶着牛羊能在无人区呆上半年时间，说明无人区是可以生存和放牧的。他有些激动。现在，天高皇帝远了，他和两位年轻人一商量，决定以考察无人区边缘的吉瓦乡夏季牧场为由，来探访无人区。

在一个多月的时间里，洛桑丹珍带着两位年轻人白天骑马踏勘荒原，夜晚露宿月下，顺着野驴蹄印找水喝，跋涉上千公里，一直走到玛依岗日一带。他们亲眼看到和亲身体验到的一切都说明，开发、经营无人区是可行的，梦想会变成现实。

从无人区回来不久，洛桑丹珍被"结合"到领导班子，按人之常情，受到冲击后，他应该"吃饭防噎、走路防跌"，小心谨慎才是。可他似乎把挨批斗时遭到的摧残忘得干干净净，一上任就着手筹划深入无人区腹地，搞详细调查。

穆笛清清楚楚地记得洛桑丹珍二进无人区的情景。那是1973年初，洛桑丹珍当上了那曲地区革委会副主任，但还继续在申扎县工作。当时洛桑丹珍的妻子快要临产，家中需要人照顾。但他想的是不关牛棚了，有了行动的自由，要尽快全面了解无人区，绘制一幅开发、经营无人区的蓝图。为此，他夜不能寐，食不甘味。妻子曲吉了解丈夫，她望着心急如焚

开发无人区先行者洛桑丹珍（前排蹲者）与所率领的勘察无人区小组成员合影

1975年的《双湖地区勘察草图》

的丈夫，让他别管自己，干事业去。得到了妻子的理解和支持，洛桑丹珍第二天就动身去请组织来帮忙。告别了妻子，洛桑丹珍带着县商业科副科长向阳、医生洛桑石秀、县公安局格桑和阿郎四位藏族青年干部，以及所需的生活用品、青稞草种子和生产工具，骑马进入无人区。

勘察浩瀚的无人区是很艰难的。洛桑丹珍和四位年轻人，从加林、班松、玛依、江爱，一直走到玛务，跑了上千公里，最后在荣玛大温泉下面安营扎寨，开垦了一亩多荒地，垒筑起挡风石墙，试种了青稞草。这是关系着开拓荒原的一件大事。

工作有了良好的开端，生活却成了大问题。他们的住地距离有人烟的地方二三百公里。三个月时间过去了，他们所带的糌粑吃完了，几个人看到山上的石羊却无力去打猎，只好猎杀平坝子上的野驴，以野驴肉充饥。开始时很不习惯，藏族的风俗是不吃有上门牙的动物肉，在洛桑丹珍的带动下，年轻人都开了"戒"。

香烟抽完了，几个"烟鬼"在令人窒息的寂寞中发狂似地拍打着烟盒，大声地咒骂，恨不得马上离开无人区。洛桑丹珍心里明白，在高海拔

行　程

1. 洛桑单真　　1131公里　7.3—9.12　72天
2. 尼　　朋　　975公里　7.3—9.10　70天
3. 格桑占堆　　1040公里　7.17—8.30　45天
4. 哎　　多　　981.5公里　7.——9.9
5. 巴桑根巴　　630.5公里　7.5—9.10　68天

1975年的《双湖地区勘察草图》中的行程

的地方，人的情绪十分容易激动。他一边劝慰，一边苦思冥想着解决的办法。

没两天，洛桑丹珍的嘴上叼上了一个冒着烟儿的烟斗。他的反常举动引起几位年轻人的好奇。他们乐了！原来这是就地取材：在手枪子弹底座上钻个洞，插上药用针头，接上一截医用导尿管，装上当地一种野草，算是抽"烟"了。而针头和导尿管全都来自洛桑丹珍的"百宝箱"。

一亩多地的青稞草很快长出嫩芽，虽很稀少，但预示着希望。看来，开发、经营无人区并不是幻想。洛桑丹珍每天都到地里观察青稞草的生长，笑得合不拢嘴。年轻人的感情则更加外露，四个人手舞足蹈地欢呼，有时甚至跳起藏族舞蹈，唱起动听的情歌。

夜晚，小小的帆布帐篷里，牛粪火光在灶里一闪闪地跳动，洛桑丹珍向席地而卧的青年讲起开发无人区的设想和美好的憧憬，也念叨着不知是否出生的孩子。

四个多月的时间，他们奔波、勘察、开荒、种田、打猎……很疲劳，也很寂寞。没有粮食，天天吃野兽肉。若不是凭着坚强的信念，在无休止的寂寞中，在难熬的寒冷中，在这没有人烟、野兽出没的荒凉世界，在这狂风呼啸、与世隔绝的天地间，是不能支持下来的，甚至一天的时间也难以度过。

9月中旬，有着顽强生命力的青稞草已长到一米多高，五位探险者要告别这块土地了。他们骑上马，回头望一眼帐篷搭过的地方，不禁生出缕缕留恋之情。洛桑丹珍带着四位年轻人一路风尘返回靠近无人区的尼玛区。

也许是久违了糌粑的缘故，他们在距离尼玛区村庄还有三四公里路程时，就已闻到诱人的糌粑香味，禁不住策马扬鞭奔跑起来。

尼玛区的干部群众用藏族最高礼节欢迎他们，大家互相碰额、贴脸，像欢迎凯旋的英雄，又像欢迎久别的亲人。

有人递给洛桑丹珍一封信。那隽秀的藏文字体正是妻子曲吉的。调皮的年轻人跑上来凑热闹，信马上被打开了："……咱们的孩子出生一个月了，等着你这个当阿爸的给起个名字……"洛桑丹珍多么想插上翅膀立即飞回家，去看看还没有见过面的儿子，可是，眼下有许多事要去做。深夜，他铺开信纸，给妻子写了回信："曲吉，原谅我不能马上回家……就在我俩名字中各取一字，叫'丹曲'吧！"半月后，洛桑丹珍在尼玛区征求了牧民的意见，写出开发无人区的报告。不久，洛桑丹珍这份凝聚了几年辛勤汗水的报告在向县委汇报后，托人带回那曲，送到地委书记曹旭手中。

这次无人区考察，洛桑丹珍的乘骑是一匹马和一匹骡子，而那匹骡子在依布盐湖边不幸被冻死了。"后来牧民群众给这里起名为'洛书记拆西萨'，即'洛

开发无人区先行者洛桑丹珍在家中与老伴曲吉一起整理1975年印制的《双湖地区勘察草图》(2012年10月摄)

书记骡子死亡之地'"穆笛回忆说。

洛桑丹珍回到家里没呆几天就接到了曹旭的电报，请他去地委汇报。听完无人区的情况，曹旭书记笑吟吟地走到藏北地图前略略沉思了一下，用手中的铅笔划出一条从申扎县通往无人区的粗线，"这次给你人员和物资，打通这条路有问题吗？""什么？人员和物资！"洛桑丹珍几乎不敢相信自己的耳朵，高兴得跳起来。

那曲地委领导肯定了洛桑丹珍有关开发无人区的思路，决定利用无人区的大片土地资源，让无人区造福于人类。

当时，洛桑丹珍所领导的申扎县面积约为 30 万平方公里，约有 2.5 万人，放牧着近百万头（只）牛羊，人畜全都集中生活在海拔相对较低、约占全县三分之一土地面积的南部地区，而全县三分之二的土地却在人迹罕至的北部无人区。

申扎县干部没有汽车坐，在县南部地区骑马"下乡"转一圈约需半年时间才能回家，是当时中国占地面积最大的县了。

这里的地盘虽然很大，但多数区域分布在北部的无人区，人畜生活的地方仅局限在南部的少部分区域。

开发无人区最早的加林工作组驻地（1989 年摄）

本来生长着低矮稀疏牧草，载畜量就不高的藏北草原，随着牛羊的增多，人口的逐年增加，畜草矛盾在申扎县表现得尤为突出。当地牧民每年都要与临近的阿里、日喀则地区，以及毗邻的省区发生大量的草场纠纷，当地领导的一份重要工作就是要调解各种草场纠纷，不但牵扯大量精力，还阻碍了牧业生产的发展，并造成人民群众生活上的贫困和近邻关系的紧张。

根据地委领导的批示精神，申扎县委在1973年底召开县、区、乡三级干部会，正式决定开发无人区，并组建加林工作组。其任务有四：进一步深入无人区进行以水草为主的考察；选择搬迁群众的定居点及划分草场；做好搬迁干部群众的政治思想工作及搬迁前的准备工作；做好北迁群众的粮茶及日用百货的供应工作。加林工作组仍由洛桑丹珍担任组长，申扎县委副书记洛桑占堆和县武装部副部长多吉为副组长。

在高原上行走你会觉得天边是起伏的山脉，脚下是无垠的平川，到处都没有路又到处都是路。

无人区，原是野生动物的天下，藏野驴、黄羊奔来跑去，到固定的地方喝水吃草，天长日久，坚硬的四蹄在荒原上留下浅浅的印痕，这是从前无人区的路。

加林工作组当年修筑的用来储备肉的库房（2001年摄）

1974年年初，天寒地冻的季节，拓荒者们将沿着这浅浅的动物蹄印去唤醒荒原，给它注上新的血液，留下人类的痕迹。

在洛桑丹珍率领下，由21名藏汉族干部所组成的加林工作组骑着马，在牧民的帮助下，赶着牦牛驮着粮茶百货等物资向加林山挺进。那是洛桑丹珍在荣玛大温泉下试种过青稞的地方，未来开发无人区的"大本营"。

5月初，加林工作组刚在加林山站稳脚跟，就开始筹划对无人区腹地进行一次全面、深入、更大规模的考察工作，为无人区正式开发打下坚实基础。

此时的加林工作组，既是工作组，又是民兵排，还是施工队。他们在荣玛温泉下修建了长约600米、宽2米、深1米的水渠，从5公里外的加林山顶抬来一块重约200公斤的扁圆大石做磨盘，修建了一座水磨房。还修建了四个院子供群众居住，同时修成了五个畜圈。工作组的住房也是自己动手夯土建的，还修了一座无一根木料的两层碉堡、供销社门市和粮食仓库等。发动群众赶着牛羊从申扎县城把粮茶百货运送到加林来……为牧民群众搬迁做好准备工作。同时，他们还坚持正常军事训练，每季度都要进行两三次的夜间紧急集合，拉练到加林山上。

洛桑丹珍想深入无人区腹地全面考察的想法很快得到那曲地委批准，根据地委指示精神，洛桑丹珍同时负责由地委从安多和班戈两县抽调精干人员所组成的两个考察工作组，加上加林新组建的三个考察工作组，五个组由他统一安排，统一行动。安多县工作组由吴珠带队，班戈县工作组由江措带队，并研究决定在1974年5月中下旬时，各考察工作组分别从各县出发，8月15日在无人区色务库加一起会合。

为此，洛桑丹珍也将亲自带领一个组的四个人向西挺进。这是他第三次在无人区考察，不过这次他将走的更远，担子也更重了。

5月25日，分别由洛桑丹珍、尼彭、巴桑三人带队的三个加林工作组启程上路，他们以色务岗为中心分头向东、北、西方向开始进行考察。

洛桑丹珍所带领的这个组发现，沿途所经之地有些地方水好草好，有些地方无水无草。凡雪山周围水草都很好，而辽阔平原一般都无水无草。

1975年，加林工作组组长洛桑丹珍（右）和同事在所建碉堡上合影

1975年，加林工作组所建的水磨房

如羊吉普绕拉山口水草就非常好，满山遍野都是野牦牛、藏羚羊和藏野驴等野生动物。

他们所经过的湖不是盐湖，就是碱湖。白天考察到处跑，一天干渴的滋味难以忍受。他们两天没喝上水，感觉喉咙像是着了火。洛桑丹珍动员大家用酥油抓糌粑，但谁也咽不下去；最好的办法是把生肉含在嘴里度过难关。有时候，他们明明看到草长得很好，就是找不到淡水。

后来他们逐渐摸索出一条经验，每天下午5点左右就开始仔细辨别野驴路。因野驴是排着队去水源处饮水的，循着这条路一定可以找到饮用水源，并在那里安排住处。在那里，大家感觉像是到了天边，太阳好像是从枕头底下出来，又落到脚底下去了。

那时，考察工作组所有的食品是糌粑、风干肉、酥油和茶四大样。有几次夜里，工作组人员听到帐篷脚下有动静，起身一看，原来是狼在偷吃他们携带的风干牛羊肉。

洛桑丹珍所率领的考察工作组一行，骑马走过美齐岗、康玛、羊吉普绕拉。在前往藏色岗日途中，洛桑丹珍远远看见一座耀眼的透明小山。走近一看，原来整座小山是质地纯净透明的石膏矿。

在翻越海拔6000多米的藏色岗日时，洛桑丹珍发现雪山中有片开阔地水草丰美，生长着各种野花，香气四溢，但周围除了雪山就是石山，地形比较复杂。他们在此住下后突然有不速之客拜访——一条黄狗钻进了他们的帐篷。他们不由得警惕起来，安排了两天时间四处观察，晚上则轮流站岗注意周围是否有光亮。然而什么也没发现，洛桑丹珍一直奇怪无人区

洛桑丹珍和他的家庭博物馆

怎么会有一条家狗呢？这是一个始终没能解开的谜团。

　　他们继续向色务库加会合地点挺进，8月16日到达预定地点。第二天，没有见到其他考察工作组来会合，他们开始在周围寻找。第三天，洛桑丹珍看到一二公里外似乎有个人影在晃动，便警惕地躲在一块岩石后观察。当洛桑丹珍认出来者是尼彭，便迎上前去，而尼彭都快走到洛桑丹珍眼前了也没认出他来。因为洛桑丹珍的衣服早已破烂不堪，脸被晒得像块黑炭。直到洛桑丹珍大声喊着他的名字，尼彭方才醒悟过来，惊讶地叫着："唉呀呀，你都成了无人区的野人了！"

　　9月20日，洛桑丹珍和格桑占堆到那曲地委汇报。不久，洛桑丹珍接到通知又赴拉萨向自治区党委汇报。自治区党委很快做出开发无人区的决定……

　　30多年以后，洛桑丹珍，这位原双湖和文部办事处的第一任领导成为那曲地委书记。后来，调任自治区商业厅党委书记，又调任自治区农牧林业委员会书记兼主任、自治区政协副主席、统战部部长、自治区人大常

洛桑丹珍向来访者介绍他收藏的四角羊头

委会副主任，直至后来退休。职务和工作环境变了，但这位老人关心无人区的心没有变，他时刻惦记着无人区，牵挂着无人区的开发建设事业。我曾在拉萨多次访问过洛桑丹珍。

走进他的家，我首先被他室内特殊的陈设所吸引，一间屋子里陈列着一百多种动物、植物、矿藏标本和照片。他指点着向我介绍："这是野牦牛头，这是藏羚羊头，这是雪鸡，这是黄鸭，那边是岩羊……"说起高原珍禽异兽的价值和习性，他如数家珍。洛桑丹珍后来自费办了家庭展览，展出藏北高原的动物、植物和矿物，不收一分钱。再后来，他的展览物品搬进了西藏博物馆进行免费展出，目的是宣传介绍藏北高原和无人区，以引起全国、全世界的关注。

年过古稀的洛桑丹珍曾对我说："我在藏北高原工作了整整 26 年。其中最初的 17 年是在条件最艰苦的申扎、文部和双湖一带度过的。从前的无人区现在有了两个城镇，人民安居乐业，人与自然、与野生动物和谐相处，成为那曲地区比较富裕的牧区。作为开发和建设新家园的参与者，我从心底里感到欣慰，同时也想让外部世界科学地认识这一地区，使它在

21世纪焕发出更加夺目的光彩，这既是我的衷心祈愿，也是我个人所应继续承担的一份责任。"

也正是基于这样的目的，调到拉萨工作多年后的洛桑丹珍联合部分藏北老领导和科研工作者、新闻记者组成藏北无人区科学考察队，从1998年至2002年，先后四次对无人区进行大规模的综合性科学考察，来还他永生不忘的藏北之情。

八、他们，改变了无人区的历史

银发染鬓却依旧魁梧果敢、率真朴实的洛桑丹珍前几年来北京协和医院治病，我去探望。没想到在病房与上世纪70年代曾在申扎县医院工作、现为北京协和医院麻醉科医生的任洪智不期而遇。

三人谈藏北，说起无人区，聊起70年代那场波澜壮阔的开发史，洛桑丹珍说："当时区党委第一书记任荣很关切地对我说，无人区工作是非常艰苦的，担子是很重的，你们要继续保持与群众的良好关系，这是战胜一切困难的力量。你们还有什么困难需要自治区解决的要提出来，我们一定会帮助解决。"

他说："我回到那曲地区后，落实自治区党委指示的一系列工作开始了：那曲地委组织部研究抽调干部及领导班子的配备；那曲行署办研究安排大小车辆的配备、帐篷和炊具；那曲交通

1977年，一直给予无人区开发事业大力支持的时任西藏自治区党委第一书记任荣（右一）在与西藏爱国人士谈心（戴纪明摄）

部门准备车辆运送物资等等。总之，筹备工作都由我来负责。那时我已担任那曲地委副书记、行署专员，并兼任双湖办事处党委书记、主任，还兼任申扎县委副书记。地区的准备工作基本完成后，但武器需请自治区解决。为此，我再一次去拉萨，自治区党委第一书记任荣除亲自为我们解决了枪支弹药外，还另外指示为我们配备了望远镜和指南针。"

1976 年 1 月 9 日，那曲地区组织干部职工敲锣打鼓，夹道欢送着洛桑丹珍所率领的拓荒队向无人区进发，公路边，干部群众不停地往车上抛着洁白的祝福——哈达。

洛桑丹珍说："当时，我乘坐的北京牌吉普车在前面开道，二十辆解放牌大卡车拉着物资就跟着吉普车的轮印往前开。"遇到不能通过的地方，就下车抬掉拦路的巨石，扛走地上已被烈风骄阳风化的动物尸体，修补坑坑洼洼的地面……前面是埋伏着重重阻碍的荒原，身后是一条粗糙却可以通行的路。

无人区本没有路，开拓者走过的地方便成了路。汽车一次又一次陷进荒漠中的流沙和沼泽里，十几个人喊着"一二三"，一齐用劲把它推出来。用沙石块把汽车轮下的辙印垫平，就算修好了路。就这样，五六百公里，汽车却整整跑了一个月。然而，这毕竟是公路，是汽车可以通行的路了。

第一次进入无人区，卡车驾驶员们第一次看见野牦牛很是好奇，就开车追野牦牛。追了一段路程，野牦牛突然转身顶过来，卡车掉头就跑，但跑不过野牦牛，野牦牛把脑袋伸在车下，好几吨重的卡车后轮被顶了起来，后轮空转，卡车司机加大油门也无济于事，大家吓得大喊大叫，幸运的是卡车没有翻掉。从此以后，卡车司机再也不敢招惹野牦牛了。再遇到野牦牛，宁愿开车绕着走。

两个多月后，在康如这个地方，双湖办事处宣告成立。

条件无疑是极其艰苦的。在双湖草原，一阵狂风能把装满油的大油桶刮倒，能把两百斤重的帐篷吹得像降落伞一样撑起来。水，非常珍贵。尽管当时办事处驻地有很多湖泊和河流，但很多水不能饮用。湖河岸边是白花花的碱面。好不容易在附近的山坡上找到一眼泉水，水倒很甜，但里边含矿物质太多，喝了就拉肚子。尽管如此，这泉水还是宝贝哩！

群雁高飞头雁领。双湖办事处的干部们，为了建设好双湖草原，带头吃苦，拼命工作。当时由洛桑丹珍带队进入双湖草原的藏汉族干部共有十八人，他们既是干部，又是战士。白天，他们捡野牦牛粪，筹划群众的搬迁和物资运输。夜晚，他们轮流站岗放哨，以防有野兽和残余土匪的袭扰。

根据上级领导机关的全面统筹规划，准备首批迁进无人区的有申扎县北部的吉哇、来多强玛、措折（措折分南北两部分，迁移的为北措折）、嘎措（即嘎尔措）、俄久多、俄久卖六个人民公社。搬迁的动员工作开始了，消息传出，激起轩然大波。牧民们世世代代在家乡的草场上生活，看惯了家乡的山，走熟了家乡的路，总觉得家乡的草比别处的好，不能让给别人，更不愿意背井离乡迁到"鬼地"去。

世上有什么人不热爱自己的家乡呢？没有。牧民基层干部和淳朴的牧民热爱着自己的家乡，但他们更相信共产党，相信政府，理解领导讲的开发无人区的意义。在那些难忘的日子里，千百名基层干部和牧民群众成了千百名宣传员，一个共同的声音在草原回荡："过去，我们也想进入无人区，但是做不到。今天，我们有了开发无人区的权利，我们不去开发，谁去开发？难道让它继续成为无人区吗！"

很快，党的号召，变成了广大牧民群众的自觉行动，在各级党组织的领导下，一次具有历史意义的大搬迁开始了，2053名牧民赶着16万多头（只）牛羊首批

1976年，双湖办事处干部在盐湖里自挖食盐。

进入亘古荒原。

　　紧接着，经西藏自治区批准成立文部办事处，申扎县文部的部分牧民群众也进行了草场转移。

　　万事开头难，创业是艰苦的。洛桑丹珍回忆说，随着大批群众的到来，有大量的事情要办，大量的问题要解决。在那曲地委和双湖办事处党委的领导下，藏汉族干部团结一心，投入了紧张的工作。帐篷刚支稳，他们就争先恐后地要求下乡。下乡？"乡"在哪里呢？就在绵延数百里的路途上。搬迁的群众住在哪里，大家的岗位就在哪里。没有马，大家就步行。有的步行十多天，才能找到自己"蹲点"的乡村。

　　刚刚诞生的办事处仅有五顶帐篷、六间活动房。活动房主要用于机要室、人兽药品库和商品门市部。在极其艰苦的环境里，藏汉族干部互相帮助，团结友爱，共同谱写着开发无人区的新篇章。

　　原双湖办事处第一任副书记公觉扎朗告诉我，电影组的同志们都是大忙人，他们每到一个群众放牧点，就忙着支银幕，放电影。一场电影下来，两个脚踏发电机发电的人已是大汗淋漓了。除了放电影，还忙着摆书摊。遇到合适的机会，还要举办"超短期"训练班，教牧民们使用手摇唱机，为乡村培养广播员。

　　5月里的一天，双湖草原上的第一所公办小学在帐篷里正式开学了。尽管学生只有十多名、教材是自己编写的、"校舍"仅仅是一顶帐篷，但这在双湖草原终究是开天辟地的第一所学校啊！同样是在帐篷里，第一家"供销社"也开张了。营业员以大地为柜台，会计用货箱当办公桌，向牧民出售日用百货和生产用品，使刚搬迁来的牧民就近买到了生产和生活

1976 年，洛桑丹珍（右）在救援被陷的卡车

用品。

一段时间，脸膛红黑红黑的公觉扎朗又犯了老毛病，一连十几天睡不好觉，加之闹肚子，体质越来越差，但他仍然不分昼夜地坚持工作，从起草文件到翻译藏文，他都亲自动手，油印出来后，他就带人送往边远的乡村。洛桑丹珍是书记，却穿着一身油污的工作服在劳动，闲暇下来，他有个特殊爱好——找煤。为了找到煤，他常常一连好几天早出晚归，办事处附近的山头，几乎都让他爬遍了。大家很纳闷：双湖草原这么大，野牛粪有的是，费那个劲找煤干啥？洛书记深情地对大家说："我们是来开发双湖草原的，不能只满足吃饭喝水有烧的，要想到以后才行。将来双湖草原发展了可不能没有燃料啊！"

洛书记的一番话顿时让创业者的心透亮了。创业，不能没有长远打算。大家共同四处寻找了几个月，在双湖附近的山里，终于找到一条裸露在地表的煤层。当大家看到自己亲手挖来，又亲手做成的煤球，在铁炉旦燃起火焰时，心里都像吃了蜜糖一样甜。

在无人区考察和开发最繁忙的时候，洛书记时常头痛难忍，一直未能查出病因。无人区开发后不久，上级给双湖办事处派来一支包括兽医在内的四人医疗队。这支医疗队来自辽宁省，其中有位人称"塔医生"的蒙古族外科大夫。"塔医生"为洛书记查出了病因，那是后脖颈长出的两个小瘤子在作怪，建议他去拉萨或内地进行手术治疗。

当时开发无人区的事情很多，洛桑丹珍离不开双湖去治病，便要求就地手术。"如果出现意外责任自负！"洛书记向"塔医生"坚定地说。于是，手术在"塔医生"十分简陋的帐篷里进行，从洛书记后脖颈取出两个蚕豆大的瘤子……还没有拆线，洛桑丹珍就赶赴那曲开会。不过，他的头从此再也不痛了。

创业的路并不平坦，双湖草原好像是有意考一考新来的主人：一场罕见的狂风，撕裂了帐篷，刮散了牛羊，刚刚搬进双湖草原的牧民面临着一场严峻的考验。在狂风面前，无数干部、牧民挺身而出。时任嘎措人民公社的党支部书记白玛就是突出的一个。他从迁移来的全公社 60 户人家、

345 人中，抽出 70 多名青壮年牧民组成突击队，活跃在抗灾保畜的最前线。他们追回牛羊，抢救弱畜，风口抢草，在背风处修筑羊圈……捡干草的队伍里，有白玛 7 岁的小女儿，她背着小口袋，跟大人一样，在狂风中奔跑，为牲畜捡草。大家劝白玛："风这么大，快叫孩子回去吧！"他说："不要紧，就让她和开发双湖草原的事业一起成长吧！"书记的行动，就是无声的命令。在嘎措，男女老少都上阵了，整整干了 12 天。脸被风吹裂了，变粗糙了，火辣辣的痛；手被干草划开了口子，流出了血，没人叫苦，没人逃避。全公社共捡回干草 38000 斤，牲畜过冬有了充足的饲草，在这场风灾中，有效地减少了瘦弱牛羊的死亡。在气候恶劣的高寒牧区，这是奇迹。

搬进无人区的第一年，嘎措人民公社年底牲畜存栏总数，就比年初增加了 6% 以上。

在办事处附近，有些牧民新筑的羊圈被狂风吹倒，砸死了羊只。在机关里看家的双湖办事处女副书记次仁玉珍带领几名干部立即寻找倒塌的原因。原来，牧民垒的羊圈都是四方形的，受风面积太大。于是，次仁玉珍和几位干部在帐篷前的荒漠里抠出大石头背回来，用羊毛绳当圆规，垒起一个瓢形羊圈。经过几天狂风的考验，瓢形羊圈纹丝不动，同时这种瓢形羊圈也减少了沙子和雪对它的掩埋。牧民们看到瓢形羊圈好，很快就推广开来。

1976 年盛夏的一天，次仁玉珍和双湖办事处干部措央一起乘坐一辆解放牌卡车，从那曲返回双湖。刚刚越过死尸山，那辆满载着兽药的卡车深深陷进了细泥之中。他们卸掉车上的货物，然后挖泥，用石头垫起车轮，折腾了半天，才把车子救出来，装上货，继续前行，还不到几百米又陷了下去。就这样，他们整天卸车救车，装车再卸车，反反复复折腾了几天，最后，那辆笨重的卡车深深陷在了色乌措湖畔，再也开不出来了。已有三昼夜没有吃喝的他们，再也无力挖泥救车了。因为那里属于盐碱地带，很难找到淡水，即使雨水，一落到地面，即刻就变成盐碱水，无法饮用。

搬迁

当时，又没有牧民在附近居住。他们无力地躺在齐腿的泥水之中，似乎听到了死神的脚步声。也许是死神看他们太年轻就退却了，第四天午后，司机昂秋在一座山梁背后找到了一个清凉的山泉，于是，他们在泉边烧茶、洗脸，将满面的苦涩、忧愁、疲劳全部一洗而净，并命名此泉为"昂秋曲果"（即昂秋泉水）。人们至今仍如此称呼这救命之泉。

无人区的干部群众在与大自然的搏斗中，打胜了第一个回合。这是创业者在无人区奏响的第一曲凯歌。

九、荒原两镇新气象

有首藏北民歌这样唱道："辽阔的羌塘草原呵，当你不熟悉它的时候，它是如此那般的荒凉；当你熟悉了它的时候，它就变成了可爱的家乡……"

上世纪80年代，我先后见到文部和双湖办事处所在地既没有绿树，也没有宽阔的马路……只有一二十排极为普通的平房。

20多年后的今天，当我再次漫步两个城镇的街头时，原文部办事处已改名为惟一以太阳命名的"尼玛"（藏语为太阳）县。原双湖办事处已改名为双湖特别区。

除了改名外，这两个地方的发展变化也惊人的相似：都是两三层白墙红顶的新楼房、宽阔的街道、漂亮的路灯，以及繁荣的市场、众多的店铺、琳琅满目的商品……这都是从2002年后，由中国海油和中国石油分别对口援藏后所带来的巨大变化。

尼玛和双湖机关所在地，现有藏汉族干部职工1000多人。

20多年前，我两次独闯无人区时，两地的藏汉族干部职工加在一起也就400多人。那时没有一条正规的道路，也没有一座楼房，大部分是土坯房或是"干打垒"（用土夯起来的墙），政府办公地也就是水泥空心砖砌成的白墙铁皮顶房屋；没有上下水，饮用水来自山里流出的雪水和打井水；房间需要常年烧着牛粪炉取暖；两家城镇没有一家餐馆，人们想吃蔬菜水果成了奢望；没有任何娱乐设施，更没有电梯、绿树、蔬菜大棚，以前人们在这里吃牛羊肉容易，见新鲜蔬菜难；两个办事处只有两台收发报机与外界保持着联络。

1987年时的双湖办事处索嘎鲁玛小镇

而如今，尼玛县城建成了面积约有1平方公里的城区，办公、住宅、商业、教育，以及其它建筑物面积共达10多万平方米。并建成建设路、尼色路、木噶路三条主干道，城市照明路灯达到300多盏。

这座海拔4700多米、距离那曲镇600多公里、全年无霜期只有三个月的县城，三层楼高的尼玛宾馆有了无人区的第一部电梯，三层高的日光采暖办公楼大厅有了第一棵绿树，县城边上有了第一个蔬菜大棚，里面种植的青椒、西红柿、西兰花等十余种蔬菜青翠欲滴，使人顿感氧气量倍增……仅尼玛县城一个地方，现常住人口就有1500多人。

在标志性建筑的尼玛宾馆北面是条繁华的商业街道。路两边商店、趸市、饭馆、蔬菜店、修理店、药店、摩托车经销店应有尽有，这里的商品让人眼花缭乱，各种川味和藏餐美食让人胃口大开。

白天看尼玛和双湖，实在太平常了，可是夜幕降临时，站在无边无际的荒原上望一眼尼玛、双湖，你会觉得这是落在草原上的夜明珠。

尼玛镇依山傍水，然而这里的山和水与内地大不相同。光秃秃的山峦绵延起伏，赤褐色、橙黄色、灰绿色……各种颜色的山构成一幅风格粗犷、五彩斑斓的高原风景画。

镇北，清澈的布藏河像龙口吐出的一股玉液琼浆，从远处的峡谷中缓缓地飘流而来。河上一座水泥大桥，把那曲和阿里高原连接起来，这是开发无人区后建起的第一座水泥大桥，也是我亲近无人区二十多年后一直在使用，多次看到的"老朋友"。

经过尼玛镇依山而上的简易公路像一条洁白的哈达，公路两边是绿色的草原，绿油油的草地上各种美丽的野花盛开着，桔黄的、嫣红的、紫檀色的，散发出阵阵清香。

站在高处，偶尔还可以看到卷着沙土奔驰的汽车。牧场上牛羊如彩云浮动，牧人们放开喉咙吆喝着，不时传来清亮高亢的牧歌。

铺着人行道红黄地砖、有着太阳能路灯照明的双湖区索嘎鲁玛镇新街道（2009年摄）

尼玛县设立初期，先是由所组建的申扎县西五区（文部、甲谷、邦多、吉瓦、卓瓦）筹建办事处的工作组，在甲谷区喀尔木乡支起帐篷办公。1982年初才搬迁到这块山环水绕、气候温和、交通便利、牧草茂盛的地方。

1988年，根据西藏自治区关于加强基层政权建设的要求，文部办事处将原来的5个区撤改为乡，27个乡合并为15个乡。经国务院批准，1993年撤处建县，县址定在原文部办事处所在地寺布，创业者在这里用辛勤的双手建设起藏北西部的大本营。

创业者在这里建设了影院、卫星电视接收站、商店，还修建了医院、汽车修理房、柴油机发电房、粮库、畜产品收购站……帐篷渐渐换成了一排排平房，又变成了楼房；照明用电从柴油机发电到光伏电站发电，后到水电站发电；交通从无车可乘，到有了定期长途班车；体育锻炼从两根圆木竖起来，钉上一块木板的简易篮球场变成了面积为500平方米的休闲广场，并有3个灯光球场可供选择。在这高海拔的地方，每天傍晚有不少年轻人在这里你争我抢，较量一番篮球、排球和足球技术。由此，镇南边也就成了一片最热闹的地方。

尼玛县教育事业也从无到有，小学适龄儿童入学率达到98.2%以上，青壮年扫盲率达到98%以上。广播综合人口覆盖率和电视综合人口覆盖率均达到80%以上。现有的14个乡镇全部实现通公路。全县有一半以上的农牧民从游牧走向定居，住进新房。

双湖办事处纪律检查委员会书记熊亮兵（左）在家门口搭塑料布的"小温室"试种蔬菜成功（1987年摄）

我在这里还要介绍一下双湖特别区首府索嘎鲁玛镇。双湖特别区与新疆维吾尔自治区和青海省接壤。

索嘎鲁玛镇西靠西亚尔雪山、前临才多茶卡盐湖。也许是80年代测量海拔高度不精确的缘故，那时称这里海拔高度为 5100 米，现在则称这里海拔高度为 4970 米。

双湖特别区的前身是双湖办事处，它是为开发藏北无人区于 1976 年新建的行政区域。虽说双湖特别区现在行政区划由尼玛县管理，但也仅是在人大和司法方面代管。

双湖的最前身是 1973 年成立的申扎县加林工作组。1974 年初，加林工作组开赴无人区，在加林山下的俄东沟安营扎寨。

1976 年 1 月份，在加林工作组的基础上，成立双湖办事处。"双湖"因其驻地东 5 公里及北 10 公里处，有康如茶卡和惹角茶卡两个湖而得名。

康如茶卡那湛蓝的湖水，见证了藏汉族拓荒者不懈的奋斗；惹角茶卡那静静的湖水，留下了无数开拓者的深深情意。

当年 4 月份，时任西藏自治区党委书记热地（当时设有第一书记）带队赴双湖，就双湖办事处选址、搬迁牧民群众的生产和生活，以及今后的发展潜力等方面进行实地调研。经过一个多月时间的调查了解，热地发现，当时双湖所在地的选址，首先是地理位置不好，地处平坝子，正在风口上，寸草不生；二是当地水源采样检验后，水质不合格。所以，热地回到拉萨后，向自治区党委、政府建议，双湖办事处应该另行选址。区党委、政府同意了热地的建议，决定对双湖办事处进行搬迁。

双湖办事处先是搬到玛威山下的嘎尔措。这里气候条件比较好，新迁来的牧民大都在这一带。1978 年又搬到索嘎鲁玛，也就是现在的双湖特别区所在地。搬来搬去，只是"双湖"的名字一直没有改变，保留至今。

双湖办事处成立时，与文部办事处一样都是县级机构。它下设色瓦、尼玛、查桑、荣玛 4 个区，共有 14 个乡，面积达 18 万多平方公里，人口约有 1 万人，有牲畜 70 多万头（只）。

1988 年撤区并乡时，双湖的 1 区 5 乡划给文部办事处，1993 年 8 月双湖办事处改为双湖特别区，辖 7 个乡、31 个行政村，仍为县级机构。不过，面积从 18 万平方公里变成了现在的 12 万平方公里。

今天的双湖之所以"特别"，至少有两层含义：首先是海拔高。它是目前全国乃至全世界海拔最高的县级行政区，县城所在地海拔 4970 多米，当地人告诉我，爬上几层楼海拔就是 5000 米了。其次是行政关系特殊。从双湖办事处到双湖特别区，虽都是县级建制，却因种种原因一直未被国务院批准为一个正式的县，其行政构架类似于一个县的建制，但人大、政协及一些司法机构却不独立，仍由尼玛县代管。

进入双湖境内感受最深的是地广、人稀。双湖特别区现在的 12 万平方公里面积，已超过江苏省面积（10.26 万平方公里），比三个台湾省面积（3.6 万平方公里）之和还大 1 万多平方公里。汽车呼啸着跑上几个小时，竟见不到一个村庄、一个人甚至一只羊。持续进入视野的依然是碧蓝的天空，刺目的阳光，枯黄的草甸。

经过创业者三十多年的开发建设，索嘎鲁玛镇中心现有了一条笔直宽敞的水泥路，道路两旁有漂亮的太阳能路灯和垃圾箱、党政办公楼、敬老院、职工活动中心、幼儿园、普若岗日宾馆、加油站等新建筑拔地而起，并建起了大型的太阳能光伏电站。与尼玛镇相比，索嘎鲁玛镇的规模更小，自然环境也更为恶劣。

过去，索嘎鲁玛镇最好的建筑是卫星电视接收站，一座用水泥空心砖建起的房屋，如今已被现代化的、设备齐全的广播电视中心大楼所代替。几个高耸的电视和通信大铁塔，在雪山衬托下十分引人注目。镇后山坡东侧有一股从雪山脚下蜿蜒而来的溪水。清清的溪流从小镇旁流过，养育着小镇的居

文部乡文部村（即南村）妇女在淘洗磨炒面的青稞

民，滋润着绿茵茵的草地，一些胆大的黄鸭、斑头雁常嬉戏于小溪中，牛羊在小溪岸边悠闲地啃吃嫩草，走兽与飞禽互不干扰，和睦相处。

别看这小溪流量不大，它却是小镇居

民的生命之泉。双湖草原辽阔宽广，共有大大小小20多个湖泊，可是湖泊大都是盐湖和咸水湖，淡水奇缺是双湖草原的一大问题，这条只有二尺宽的小溪因此显得十分珍贵。正是为了解决以往驻地水质不好，喝水肚子胀的饮水难题，1977年双湖办事处机关几经搬家才到这小溪旁。雪山、荒原、草地、小溪，组成了双湖壮丽的风光。

两年前，双湖安装了自来水管，将溪水引进家家户户，但因冬季太寒冷，水管常被冻裂，人们想了很多办法也无济于事，只好暂时用车拉水，灌入各自的储水箱后再饮用。

与尼玛不同的是，双湖的简易公路边见不到多少野花，却可以找到野葱。上世纪70年代至90年代，在这块蔬菜极度缺乏的荒原上它可起到了特殊作用：小野葱爆羊肉，大野葱包饺子，吃起来别有风味。夏季，拔来野葱洗干净，撒上食盐，捣成酱，制成饼晒干，储存起来，冬天想吃的时候，用水泡一泡，爆羊肉，包饺子，味道照样鲜美。

小镇的东南边以前有座150多米长的玻璃温室，人们依靠它，把春天留在严寒的高原上。这里实在太寒冷了，温室里也

雪山下的文部乡

尼玛县城新貌（2009 年摄）

只能种一些菠菜、油菜、萝卜等大路菜。虽说每人每年只能分到一点点蔬菜，但还是把温室看得非常宝贵，因为它毕竟能给高原带来点绿色，使无人区藏汉族干部职工能吃到新鲜蔬菜。

如今交通方便了，镇里现在有了好几家蔬菜店，人们不用再为吃不到新鲜蔬菜而发愁。2009 年盛夏我来这里时，能容纳 30 多个摊位的暖棚式蔬菜市场已建设完毕，将为人们吃菜提供更多的方便。

七八十年代，小镇西边曾是全镇最繁华的地方，开拓者最早在这片原是杂草丛生、乱石遍地、野兽出没的草甸子上落了脚，先是搭起几顶办公、住宿的棉帐篷，而后盖起一些土坯房子的商店、粮店、银行、书店、学校、兽医站等等。

如今，部分破旧的土房子已被拆除，盖起了一排排具有民族特色的太阳采暖房和楼房，并在绿化带里种植了青稞草；另一部分土房子，如原双湖办事处办公、住宿的土房子却被原封不动地保留下来，为的是教育后人不忘创业史，弘扬和继承艰苦奋斗、以苦为荣的光荣传统。

现在双湖交通、通信以及各项基础设施建设日趋完善，还建设了大型光伏电站，不仅解决了照明问题，也解决了看电视难等问题。

2009年盛夏，我到达索嘎鲁玛镇的第二天深夜，漫步镇上一条由中国石油援建的水泥路上，看到灯火通明的店铺和明亮的街灯，有三三两两的人在散步或是购物，想起我以前来这里时，每晚7点至9点有两小时左右的柴油机供电，其它时间全城漆黑一片，能见到的亮光只有天幕上的月亮和星星，不由得感慨万分！

双湖区区委书记珠巨告诉我，从2002年起，随着援藏资金的大量注入，索嘎鲁玛镇在一天天发生着变化：从整个城镇找不到半块水泥砖，到一栋栋砖石结构的楼房拔地而起；从整个城镇没有一截柏油路，到城镇主路基本铺上了柏油；从入夜城镇一片漆黑，到城镇中心主路有了太阳能路灯。这一切变化在外来者眼中实在不算什么，但在双湖人眼里却是实实在在的"翻天覆地"了。

双湖全镇现在不仅能收看到30多套电视节目，并能使用移动和联通两种手机号码来打电话，与外界进行沟通联系，大大拉近了无

草原野葱

原文部办事处小镇（1987年摄）

尼玛县城的太阳能路灯（2009年摄）　　　　　　双湖区索嘎鲁玛镇新貌（2009年8月5日摄）

入区与外界的距离，使得人们印象中遥远的双湖从此变得不再遥远。

据统计，从1976年至今，国家和中国石油累计投入资金5亿多元，实施了包括人畜饮水、农牧民安居、光伏照明、城乡基础设施建设和中小学校建设在内的50多个项目建设，基本现实了通邮、通信、通电、通路、通水等，有效改善了生产和生活的条件。

过去交通不便、信息不灵的落后状况早已不复存在，双湖特别区现正在向上级有关部门积极申请和争取撤区建县，并起好了县名。届时双湖县将成为世界上海拔最高的县，与从文部演变而来的尼玛县交相辉映，共同屹立在藏北高原。

十、高寒草原有寿星

没想到，在那么高寒的牧区，会有那么高龄的老寿星。

双湖特别区卫生局女局长仓姆觉告诉我，近年来，双湖特别区和全西藏一样，已实现了城镇居民医疗保险的全覆盖，并逐步建立了以免费医疗为基础的农牧区医疗制度，随着医疗卫生条件的逐步改善，双湖区牧民群众人均寿命由和平解放时的35.5岁增加到67岁，牧民群众的健康水平明显提高。

据统计，双湖草原现有80岁至99岁老人89名，几乎每100名牧民群众中就有一名老寿星。

这使我想起来上世纪80年代末所采访的一位老寿星。他名叫次桑，是原文部办事处文部区当穷乡的牧民。

那天我到当穷乡的时候，恰逢老人从附近草原捡牛粪回来。他满头短发，银白发亮。背着一大羊皮袋牛粪，步履稳健地朝我们停车休息的帐篷走来。若不是办事处畜牧局的两位藏族干部介绍，我很难想象他竟是一位时年106岁的老人。

次桑老人身穿一件光板羊皮祆，脚蹬白底、红色高筒的牛皮长靴，穿着红色的运动衫，一只臂膀袒露在皮袍外面。腰板挺得直直的，说起话来铿锵有力，掷地有声。

老人听说我是远方来的客人，尽管是第一次见面，也非拉我们去做客不可。接过我递过去的香烟，老人连连说："吐基其，吐基其！（谢谢！）"趁他和畜牧局的干部交谈，我悄悄地拿起身边的照相机，但我的举动还是被老人发现了。他笑容满面地直视我的镜头，让干部边巴告诉我："我要拍张笑的照片，要让人们知道藏北西部有一位生活得非常幸福的老寿星。"说完，他像顽童一样地等着我拍照……

次桑老人不懂汉语，从畜牧局的两位干部的口中我知道他属马，按藏历推算，他当时正好106岁。草原上不少的牧民都知道这位老寿星。

如果说，草原清新的空气、清静的游牧生活对牧民的健康有利的话，那么，藏北西部的高寒缺氧、恶劣的自然环境又怎样使他长寿？何况他还吸烟、喝酒，秘诀到底在哪里呢？

在两位藏族干部的帮助下，我了解到次桑老人的生活习惯，以此想探索

百岁老人

一下他生活在高原而能长寿的奥秘。按我的有限水平分析，他出生在海拔四五千米的草原牧场，生理机能从小就适应了高原气候和缺氧的环境。从本人的具体条件看，次桑老人有优良的劳动习惯和愉快的心情。虽106岁的高龄，仍然坚持每天放牧牛羊或拾牛粪。闲暇下来，他打开心爱的收录两用机听藏语广播，欣赏欣赏歌曲。或者，手摇小转经筒，叽叽咕咕念念经，以求精神的寄托。总之，从来不闲着。

老人全家七口人，老伴已去世，儿孙们劝他不要干活了，享享清福，可老人跑惯了草原，不愿意闲下来呆在家里。辽阔的大草原陶冶了老人豪爽、热情、奔放的性格。他爱草原，喜欢漂泊不定的游牧生活。他没有烦恼，每天无忧无虑地生活着。他和普通牧民一样，一日三餐离不开糌粑、牛羊肉、酥油茶。常喝自己酿造的青稞酒，尤其偏爱酸奶。这些饮食营养丰富。藏族牧民能够在气候极其恶劣的世界屋脊上生活、劳作、繁衍生息，并有强壮的身体，与他们的饮食有着密切的关系。

次桑老人告诉我，他这辈子从不知道什么是生病，牧区医疗条件差，偶尔头痛感冒，顶多吃几次药就挺过来了。

经过严寒的冬天更知春天的温暖。谈起过去的身世，谈起新旧西藏的变化，次桑老人感慨万千。次桑出生在藏北高原一个人数很少的小部落里。为了寻找水草丰盛的草场，褴褓中的次桑，随着父母，赶着头人的牲畜，从一个部落流浪到另一个部落，长年饥一顿，饱一顿。

十几岁时，父亲含泪把他送给头人放牧，抵偿欠头人的"乌拉"（无偿劳役的意思）。一身破羊皮袄，一双露出脚趾的破靴子是他全部的家当……旧西藏留给他的只有浑身的鞭痕和一腔辛酸泪。西藏和平解放了，昔日的奴隶成了草原上的主人，过上了不愁吃、不愁穿的新生活。次桑老人说："我苦了大半辈子，有了今天的好日子真想多活几年。"然后，用他那双像树皮一样粗糙的大手拍拍肚子，爽朗地笑了，笑得是那样地开心和甜蜜！

看到我们在外边的草地上坐久了，次桑老人起身又一次邀请我们去他的帐篷里喝酥油茶。盛情难却，我们欣然应允。老人住的是一顶黑色的牛毛帐篷，除了几根支撑的木杆外，再没有别的建筑材料。帐篷里放着大红木箱和装满青稞的牛皮袋，木箱上供有佛龛，放着收录两用机。帐篷中间砌有一座火炉，右边是次桑老人睡觉的矮床，床上铺有卡垫、放有被子；左边是我们坐着喝茶的地方。帐篷左下方堆放着做燃料的干牛粪，右下方放着奶桶。一切都显得十分和谐、整洁。看来，次桑老人长寿与他讲究卫生、不席地而卧等良好习惯也有关系。

要告辞了。次桑老人却堵住门口非请我们喝下三碗青稞酒后才肯放行……

十一、"红镜头"打开久藏的记忆

2011年初夏，借"新华影廊"登上京藏列车的采访机会，我再次来到西藏博物馆参观"神秘的藏北高原——自然资源暨科考成果展"，通过观看上世纪70年代一幅幅开发无人区的珍贵"红镜头"照片，去追忆那段自力更生、艰苦奋斗的历史，打开那光荣而又神圣的久藏记忆。

这里一幅幅珍贵的照片，一件件奇异的矿石和植物、动物标本，大都来自开发无人区先行者洛桑丹珍的无偿提供。

上世纪80年代在双湖草原采访时，我就听不少牧民说起洛桑丹珍的爱好。他喜欢搜集矿物和植物标本，搜罗各类野生动物头骨，拍摄照片。他在双湖任书记五年，平时下乡口袋总装着石头，走起路来叮叮当当响，不光珍贵的玛瑙石之类要捡，只要是色彩、形状、纹路好看些的，他总要拾起来，连石英石也不放过，挂在脖子上的海鸥牌照相机总是咔嚓个不停。

现在，这些标本和照片已经成为开发无人区的见证。

这一年，73岁的洛桑丹珍刚搬迁到布达拉宫背后的一个藏式小院。在他那宽敞明亮的新居里，老人拿出展览的小样照片，向我追述了一幅幅照片背后感人的故事。

看着十八名干部在飘着雪花的夜晚，身背半自动步枪排队训练时的"红镜头"，我仿佛回到了当年火红的岁月。

从1974年加林工作组的成立直至1976年决定开发无人区，这是西藏自治区党委、政府根据那曲地委、行署建议作出的重要决策，主要目的是为了科学保护、合理开发利用西藏那曲西北部无人区的丰富资源，缓解班戈、申扎等县草畜矛盾。

在第十届全国人大常委会副委员长、曾担任西藏自治区党委

1976年，双湖办事处成立后的首期欢度"五四"青年节黑板报

书记（当时设有第一书记）热地的记忆里，当时能够开发无人区，从自治区到那曲地区再到相关县里都做了大量工作。"早在60年代时，丰象观同志、郭应龙同志等几任申扎县县委书记，就为缓解申扎县比较突出的草畜矛盾，多次酝酿过开发无人区的问题。"热地后来回忆说。

当年，西藏自治区党委第一书记任荣为新成立的双湖办事处干部从西藏军区协调解决了15支手枪、20支半自动步枪和两挺机关枪等防身武器。这些崭新的武器装备和开拓者崇高的献身精神，令那曲地区许多年轻的藏汉族干部羡慕不已！他们纷纷报名要求参加无人区的开发建设，为能加入到这支队伍而感到光荣和自豪！

在夜晚飘着雪花、十八名干部集合训练的一幅照片里，有对身背步枪的年轻藏族夫妻引起我的注意。她就是当时三十岁出头的原双湖办事处副书记次仁玉珍和她的丈夫央地。洛桑丹珍说，当时的十八名先行者，既是干部也是民兵。

上世纪80年代，我常到那曲采访，与后来担任那曲行署副专员的次仁玉珍十分熟悉。她是一位很富传奇色彩的人物。可以说，那曲地区43万平方公里的土地上，都留下了她的足迹。她23岁时任安

1976年，双湖办事处的干部群众在驻地做广播体操

多县扎沙区区长。1973年她30岁那年，任安多县委副书记。1976年成立双湖办事处，她又被调去任副书记。

当年，她和丈夫把只有4岁的小女儿托给东巧区自己的父母，带上6岁的大女儿央宗来到了无人区进行开发事业。

无人区刚开发时，没有房子，开拓者就自己搭帐篷。吃水很困难，只有用雪水融化。水中含有大量的酶质，按国家规定，超过20%不能喝。但是那里的水酶质含量超过50%，开拓者却喝了一年。冬天风沙太大，嘴唇都是裂的，里面出血，脸经常被晒脱皮。

大人吃点苦，受点罪还好说，最让人心疼的莫过于孩子。次仁玉珍的大女儿央宗嘴上裂了好几道口子，不能笑，一笑嘴上的口子就流血，她就哭。晚上睡觉眼泪往下流，眼泪把白天吹到眼睛里的沙子冲出来，第二天早上干了，一擦，擦出一小块沙土。

不过，喜欢骑马、枪不离身的次仁玉珍，在无人区工作期间可谓大显身手，练就了百发百中的好枪法。

洛桑丹珍指着照片里一位年轻妇女说，她是汉族卡车司机的夫人小王。她当时在新成立的贸易公司工作，也是十八名先行者之一。

"挺进无人区时，她怀有身孕，为了能在艰苦的环境里出生一个健康的汉族宝宝，我特许她少训练，多静养。半年后，我们终于如愿以偿，一个可爱健康的'千金'降生在了海拔5000多米的无人区，这是人类'生

1976年进行拔河比赛的双湖办事处副主任李泉合（左一）和办事处副书记次仁玉珍（左二）

命禁区'的奇迹啊！"洛桑丹珍动情地说。

洛桑丹珍顿了顿，又难过地说："当时居住的帐篷面积小，条件差，小'千金'降生没几天，却被小两口睡觉时不小心给压夭折了！"

从这张照片，我依稀可辨的十八名先行者还有李群合、贡觉扎朗、江措等人。其带队训练的核心人物是洛桑丹珍。

照片中38岁的洛桑丹珍，头戴军帽，脸部黝黑，清瘦身材，左胸佩带着一枚毛主席像章。因为这一年周恩来、朱德、毛泽东三位伟人相继逝世，他们在以自己的一种特殊方式来怀念让他们翻身得解放，过上好日子的领袖人物。

洛桑丹珍说："1976年1月9日，十八名先行者挺进无人区的第二天上午，大家从收音机里听到周恩来逝世的噩耗，我组织整个队伍在靠近江恩的一条山沟里按响所有的汽车喇叭，脱帽为周总理默哀三分钟。"

就在头一天晚上，这支队伍在不停地陷车、推车中几乎干了一个通宵，没有时间休息。

"当时二十辆挺进无人区的卡车在没有路的草原上行驶，虽然我坐着申扎县配发给我的北京牌吉普车在前边引路，但距离长，车轮印不明显，不少的卡车司机看到比较干的草原就往上开，但他们想不到薄薄的表层下面竟是烂泥，相反的是有沙子和石头的河床却陷不了车。"洛桑丹珍一边喝着酥油茶，一边说。

当年开发无人区的艰苦条件，没有亲临其境的体验是很难想象的。

洛桑丹珍向我描述了无人区开发之初在加林山驻地五顶布帐篷里所经历的极度寒冷。他说："无人区严冬的最低温度是零下38摄氏度，其寒冷程度难以想象，在室外几分钟，眉毛、胡须上就会结几公分的冰，眼皮被冰糊住，眨都眨不动；随便摸任何一块石头，手都会被寒气狠狠地粘住，那粘合力足以粘掉手上的一层皮。那里的冰坚硬如铁，用镐刨一下，时常会震得虎口流血。"

洛桑丹珍还告诉我，他们经常遭受暴风雪的突然袭击，风力高达十二级。他感叹地说："那才叫天有不测风云呢！你根本无法分清白天与黑夜，四周任何东西都看不见，狂风呼啸，飞雪怒舞，能见度仅有二三米。坐在车里听不见马达轰鸣声，站在雪地上会被风雪卷跑，在地上打滚。"

1976年，洛桑丹珍（右）等十八名先行者既是干部，又是民兵。这是他们清晨冒雪训练。

唐召明（右）与时任西藏自治区党委常务副书记、自治区人大常委会主任热地合影（1998年摄）

有一次，一场雪灾过后，洛桑丹珍去那曲地区开会返回办事处，他所乘坐的北京牌吉普车通过"382"大桥不久，在茫茫白雪中迷了路，一不小心，汽车一头扎进一个大雪坑。汉族司机李敬华和车上的人想了很多办法也不能将车救出来。

此地距离原双湖办事处尼玛区还有50多公里。夜幕降临了，实在没有别的好办法，洛桑丹珍就与车上的三位乘客一起在小车里当起"团长"，并向车上的三位藏汉族青年"侃故事"，把他肚子里装的传说故事抖落出来，以此调解大家在严寒天气中高度紧张的心情和时而被死亡纠缠的恐惧心态。

好在车里狭小的空间里还能送暖风，但汽油有限，汽车发动机又不能不熄火。大家蜷缩在车里冻得睡不着，听洛桑丹珍讲故事，不一会三位愁眉苦脸的青年就笑得前仰后合。听着狼群的吼叫声，望着车窗外冰封雪锁的空寂草原，他们也就不觉得害怕了。

第二天一早，两位藏族青年踏着没膝的积雪步行50多公里去区政府求援，下午他们乘救援的解放牌卡车回来，把被困一夜的小车从雪坑里给

1976年，时任西藏自治区党委书记（当时设有第一书记）热地（后排戴围巾者）视察双湖工作

拽了出来……

　　无人区开发者初进无人区，创造了无数个记录：第一块黑板报，第一次拔河比赛，第一次赛马会，第一次广播体操……在无数张照片里，还有一个更为珍贵的镜头。

　　那是1976年4–5月间，时任西藏自治区党委书记（当时设有第一书记）热地来到无人区考察工作。在这张照片上，热地与双湖办事处洛桑丹珍等干部盘腿围坐在地上，吃着风干羊肉。遗憾的是这张大逆光照片，加上都戴着单檐帽，所有人的脸全是漆黑一片，如不熟悉照片里的人是很难辨认的。在洛桑丹珍和老伴曲吉使用放大镜的帮助下，我知道了照片中戴围巾的是热地、挨着他的是洛桑丹珍，还有热地同志的秘书。

　　热地出生在那曲地区比如县下曲卡乡一个贫苦牧民家庭，他从农奴的儿子到国家领导人，对羌塘草原的一草一木有着很深的感情。1990年，我在准备出版《神秘的藏北无人区》一书，为西藏和平解放四十周年献礼时，热地欣然为此书挥笔写下"万里羌塘，人杰地灵；振兴藏北，富裕人民"的题词。

光阴似箭，日月如梭。热地从担任西藏领导干部到全国人大常委会副委员长，职务和工作环境变了，但他关心无人区开发事业、支持无人区开发事业的热情一直未变。从 70 年代到 90 年代，他多次进入无人区考察指导工作。

2011 年初，西藏气象事业发展六十年老同志座谈会在国家气象局举行，我见到了热地。他高兴地向我表达着无人区的巨大变化："在西藏自治区党委的大力支持下，昔日的无人区变成了今朝新牧区，我把那里称为'藏北明珠'当之无愧！"

据我了解，除热地多次到无人区考察指导工作外，时任西藏自治区党委第一书记的著名老将军阴法唐，时任西藏自治区人民政府主席向巴平措（现任第十二届全国人大常委会副委员长），时任西藏自治区党委常务副书记杨传堂（现任交通运输部部长），时任西藏自治区人民政府主席白玛赤林，时任西藏自治区党委副书记吴英杰，时任西藏自治区党委常委和纪委书记金书波，以及"老双湖"、时任西藏自治区人大常委会常务副主任土

时任西藏自治区党委第一书记的著名老将军阴法唐，深入双湖办事处嘎措公社向牧民群众宣讲党的十二大精神，同牧民一起研究生产问题（1982 年摄）

1982 年 10 月，时任西藏自治区党委第一书记阴法唐（左二）在那曲地区考察工作时，那曲地委书记洛桑丹珍（左一）一起陪同考察。

登才旺和人大常委会副主任嘎玛，开发无人区的先行者、原西藏自治区人大常委会副主任洛桑丹珍等多位领导也多次到无人区考察或进行调研工作。

2010 年，已是 89 岁高龄的著名老将军阴法唐告诉我，1982 年 10 月份，党的十二大刚结

时任西藏自治区人民政府主席向巴平措（现任第十二届全国人大常委会副委员长）深入那曲地区了解牧民生产和生活情况。图为向巴平措（左一）在双湖特别区嘎措乡调研（2008 年摄）

束，他去双湖办事处考察工作，还去了海拔 5200 多米的"人民公社"嘎措乡。

这一年，阴法唐正好 60 岁。作为一名省部级干部，一名为西藏解放和建设西藏作出巨大贡献的将军，不顾高龄和高寒缺氧来到"生命禁区"考察，让无数干部群众倍受鼓舞和感动！因为他们从阴书记身上仿佛看到了十八军将士当时"长期建藏，两不怕；艰苦创业，守政纪"（即：长期建藏，边疆为家；一不怕苦，二不怕死；自觉遵守政策纪律；自力更生，艰苦创业）的老西藏精神。

阴法唐将军说，80 年代，国务院是批准文部办事处和双湖办事处一同撤处改县的，但因有"双湖环境艰苦、人口少"等反对意见，故后来文部办事处改为"尼玛"县，而"双湖"则未能改县。不过，令老人欣慰的是，在中国石油对口援助下，双湖特别区正在发生前所未有的巨大变化，这次申报撤区改县工作也将指日可待。

第二章　探测无人区的奥秘

一、科考进入无人区

一批开拓者在无人区边缘站稳脚跟，用实际行动逐步改变了无人区的形象。近几年，人们似乎猛然发现了这片荒原的特殊价值，掀起一股考察无人区的热潮。

每当盛夏，藏北高原迎来黄金季节，通向无人区的路便热闹起来，一向沉寂的荒原开始出现外地的汽车。乳白色的、灰色的、蓝色的、红色的；大的、小的、客货两用的；来自申扎、班戈、拉萨的，也有来自西安、北京的……不同颜色、不同型号的汽车云集高寒缺氧的无人区。只要稍加留意，你就会发现这些汽车都有一个共同的特点，车上吃穿用应有尽有。这样的车辆大部分是考察队的。

一路上你会发现坐在车里的科学工作者和影视人员喜怒哀乐皆在举手之间。别人告诉我说这是一种高原反应，仔细回味这话不假。

在无人区，感情波动的幅度大，因为一件小事，一向沉稳的人会和别人大吵一架；一件令人一笑了之的事，会使轻易不动感情的人一蹦三尺高。

对于初到无人区的科研人员和影视人员，沿途奇特无比的风光，令人耳目一新的高原动植物，大自然变幻无穷的暴雨、大雪、冰雹，湛蓝湛蓝的天空，雪白的云朵……一路上迷路、陷车，遇到困难和险情时人们复杂的心理和丰富的表情以及豪爽的语言、粗犷的动作，这一切似乎都与高原的感染不无关系。

进了无人区，首先必须解决吃、住、行问题，不然，将会寸步难行，甚至会被大自然吞没。

记得 1987 年，我第一次独闯无人区时，因没有这些条件，就大大吃了一番苦头，由于语言不通，且不说一天三顿饭解决不了，光是交通工具的问题就让我伤透了脑筋。

有一次，为了能搭乘一辆去乡下的卡车，我背着牧民送的酥油、糌粑、风干肉，怀揣着装满酥油茶的行军壶，在路边整整拦了一个星期的汽车，眼巴巴看着本来就为数不多的汽车从身边一辆辆驶过，谁也不停车。第七天看看手表，已经中午一点钟了，实在没法，只好走到几公里外的一座小木桥上，干脆站在桥中间，"一夫当关，万夫莫开"。

谢天谢地，两小时后总算盼来了一辆解放牌卡车，我手中举着相机和钱，连摇带晃，心里却像打鼓一样怦怦直跳：汽车总不会从我身上轧过去吧？开车的是一位藏族青年，见到我这位像"乞丐"一样不要命的拦车人，气得把头伸出车窗外大声咒骂，摆着手让我躲开。但我已经豁出去要搭上这辆汽车，站在路当中，动也不动。距离我两米远的地方，汽车来了个急刹车。没等我上前解释，从驾驶室副座跳下一人，也许他把我当成了一个发疯的神经病人，不管三七二十一揪住我的衣领，朝我腹部就是狠狠的一拳。

当记者头一次挨打，心里有说不出的委屈。幸亏司机从车上下来用藏语制止了他，招手让我上了车厢。坐在车厢的货物堆上，心里虽有好大的不快，但过了一会我又高兴起来，心想，如果每次挨一拳能坐上汽车，那也值了。

当然，到无人区考察的人多数不会像我这样盲动。进来之前，一般都经过周密的计划，为吃、住、行、安全做充分的准备。只要解决了这些问题，到无人区里走一走，不论科研工作者或影视工作者，都会有所收获，甚至会满载而归。

中国藏学研究中心格勒博士（左三）、安才旦（左一）等藏学家在藏北进行人类学调查（1987年摄）

1984年，西藏地勘局区域地质调查大队百名地质人员比计划提前五年完成了以藏北高原无人区为主的49万平方公里的地质调查任务。

这支地质调查队伍从1979年开始，连续五年活跃在无人区。他们忍受了强烈的高山反应，在无人走过的地方开辟道路，走到哪里就住在哪里。五年时间完成了百万分之一的地质填图49万平方公里，地质路线21000多公里，实测地质剖面791公里，采集各种化石11000多件，发现28个矿种、200多个矿点和找矿线索，查明无人区里铬、锂、硼砂、钾、盐、石膏、金等蕴藏量丰富。

同时，他们根据大量实物资料初步提出了地层区域划分，较系统地建立了各地层分区，掌握了沉积岩相古地理特征，划分了岩浆岩带和变质带。尤其令人鼓舞的是根据板块构造理论，系统地发现和研究了几条蛇绿岩剖面，划分出若干构造单元，结合其它地层、古生物、岩相古地理特征，有说服力地提出了关于青藏高原形成和演化的模式。这对于青藏高原的地质研究，明确找矿方向都具有重要意义。这是一次艰苦而成功的考察活动。

我独闯无人区时正值夏季，也是考察无人区最"火"的时期。陕西省动物研究所、西北濒危动物研究所、北京科学教育电影制片厂、西藏电视台、陕西省援藏土地普查队、国家测绘局第一大地测量队、西藏地质队等近十个单位进入无人区，他们艰难跋涉数万公里，都不同程度地获得了可喜成绩。

陕西省动物研究所的姚建初、陈兴汉、邵孟明、章广平四位科技工作者，乘橡皮艇开进无人区边缘地带的错鄂湖，登上湖中一个小岛。那里鸟类密度之大，为国内所罕见。他们实地测量了面积仅 900 平方米的小岛，但就是这弹丸之地竟栖息着上万只棕头鸥、斑头雁，还发现少数秋沙雁、鸬鹚、赤麻鸭……在这个鸟类王国里，一个意外的发现让他们激动：这里有 2600 多只渔鸥。它们属于渔鸥中少见的一个品种，比青藏高原常见的渔鸥要大。这种渔鸥的繁殖区按说应该在地中海，而这次考察，他们发现藏北高原也有这类渔鸥的繁殖区。

在双湖西亚尔雪山，西北濒危动物研究所科技工作者考察发现了 8 群有蹄类野生动物，其中有藏野驴、藏羚羊和藏原羚（俗称黄羊）、野牦牛、盘羊、岩羊等。他们还在申扎县的洛波错沼泽地带，发现了一群稀有珍禽黑颈鹤，共 23 只。

这个考察队连续三年在无人区对濒危动物和珍禽进行详细考察后，得出了令人鼓舞的结论：无人区这样丰富的野生动物资源，在国内其它地方未曾发现过。

1987 年，在通往无人区的路上，我遇到了国家测绘局第一大地测量队的技术人员段同林、范子丹、谯建军。在狂风里，他们使用测量观察仪，进行无人区大地的水准测量；陕西省援藏土地普查队的科研工作者则是首次对无人区进行国土资源和土壤调查；西藏自治区旅游局的同志进无人区也有自己的任务，对无人区开发旅游业进行首次调查研究，提出设想；北京科学教育电影制片厂《万里藏北》摄制组在进行艰苦的拍摄工作。

这一年，中国科学院第三次青藏高原综合考察队首次进入青藏高原西北部的无人区。这支由 60 多名科技工作者组成的考察队，分

北京科学电影制片厂摄制组正在那曲赛马会上拍摄《万里藏北》影片（1987 年摄）

为自然地理、地貌、地质古生物和生物区系四个专题组。野外考察历时三个多月，考察了喀喇昆仑山、昆仑山和可可西里地区。他们发现，这片无人区从地质上讲，是最终了解古地中海消失、地球板块碰撞特点的关键地带。这里存在着气候极端干旱，而冰川又相当发育的奇特现象；这里有最新喷发的火山；有数目众多的高原野生动植物。实地考察无人区，对研究青藏高原隆起的过程、环境变迁、区域差异和生物区系起源等重大理论问题，都有十分重要的意义。

从事地貌研究的科研人员，查清了这一带气候干燥而冰川相当发育的原因。原来在海拔5000多米的山巅，强大的局部环流作用，使得山顶的降雨量比山下多好几百毫米，这是高山冰川取之不尽的水源。他们认为，青藏高原形成于第三纪末期和第四纪。高原形成的初期是地面强烈上升的阶段；约在第四纪中期发生了剧烈的造山运动，形成现在的地貌格局；这一带气候和地理环境的定型则是第四纪晚期，距今约15000年。自然地理、地质古生物、生物区系方面的科研人员也获得了丰硕的考察成果。他们从考察中得到数千个土壤、化石和动植物标本，在西昆仑山发现了鲜为

捻牛毛线的草原母子

人知的大片雪岭云杉林和高山草甸。在卡拉其古附近初步断定为晚三叠纪的地层中，意外地发现双壳类、腹足类等古生物化石，这些发现，可能成为重新确定地体界线的证据。在动、植物分布及类型方面，向人们展示了一幅生机勃勃的画面：这里过去活动着大群中亚种和中国北方种的陆栖动物，还有众多的青藏高原型的鸟类和鱼类。

1977 年，我国地球物理勘探工作者对藏北无人区盆地开展的面积 40184 平方公里的大规模地球物理勘探取得重要成果，揭开了这个大盆地地质构造的神秘面纱。

专家认为，这里的油气资源潜力巨大，有可能成为除塔里木盆地外，中国 21 世纪第二个石油资源战略接替区。

平均海拔 5100 米以上的无人区，在全球构造上，处于古地中海区域，由于其特殊的自然地理环境和丰富多彩的地质结构，长期为中外地学家所瞩目。

进入 21 世纪，国土资源部对藏北无人区在内的青藏高原进行了全面的 1：25 万区域地质调查。

特别是 1998 年至 2002 年，在西藏自治区党委、政府的高度重视下，本着"精心组织、安全第一、注重效益"的原则，成立了藏北高原无人区科学考察团组委会，并四次组织内地和西藏本地的藏汉族科考人员赴藏北无人区进行科学考察。在野生动物保护、探险旅游、地质矿产资源开发、人文考古、冰川考察等多方面均取得丰硕的科考成果，为西藏的生态保护和发展建设提供了权威、可行的科学依据。

二、我将随科考团探险

如今的人们进入藏北高原无人区会惊奇地发现，在这片辽阔荒寂土地的边缘地带已开始出现人类文明的勃勃生机。而过去，这里除了极少数牧民在夏季短暂地进行游牧外，只有在旧西藏残酷农奴制下不堪忍受的农

1998 年科考路线图

奴，才把它当作最后的避难所。

（一）

20 世纪 70 年代初一个春寒料峭、漠风劲吼的日子，为解决牛羊逐年增多、牧场越来越小的畜草矛盾，从藏北申扎县出发的一支考察队踏上了向更北的无人区探险的艰辛旅程。他们抱着一个目标：在这"万径人踪灭"的亘古荒原中，寻找一块适合人类定居的地方。在无人区生活了四个月后，他们胜利返回。并在以后几年里逐步扩大了考察规模。他们的考察成果使政府在 1976 年做出决策：2053 名牧民赶着 16 万多头（只）牲畜首批闯入无人区。从此拉开了人类经营无人区的序幕。

20 多年后，无人区的双湖和文部两个办事处变成了双湖特别区和尼玛县，总人口达到 3 万多人，牲畜增加到 200 多万头（只）。

人类的顽强努力又一次显示了人类适应自然、征服自然的伟大力量。

但 80 年代的严峻现实告诉我们，藏北高原野生动物资源已有所减少，如不迅速采取果断有效的保护措施，这里丰富珍贵的野生动物资源未来很可能不复存在，"天然野生动物园"的美称就要改写。

　　在居民定居点及其周围，家畜的无计划发展、草场的掠夺式经营、人口无计划增加、珍禽异兽的不断减少、鼠虫害的日益加剧使广袤的藏北高原已开始失去绿色，斑秃、沙石、鼠洞、土丘、土穴随处可见。面对这千疮百孔的面容，人们仿佛听到绿草在呼唤：在不远的将来，藏北丰富的草原植被和野生动物资源将会成为一片沙漠，人们将无法生存，只有移居他方。

　　如何在开发与保护之间取得协调平衡，在保护好野生动物和草原植被的前提下，以发展畜牧业为基础，将藏北高原丰富的资源优势变为经济优势，造福藏北人民，已成为科学界和无人区开拓者必须面对的一个问题。

　　为此，一批又一批的科学考察队于上世纪 80 年代后期陆续进入无人

初冬的藏北草原

红山脉与藏野驴

区，对无人区的生态环境、资源进行了多方位的科学考察和论证。1994年，为保护无人区的生态环境，那曲地区决定放弃继续向嘎措乡以西以北移民放牧的计划。由于保护无人区生态环境和发展藏北地区的经济文化、提高当地人民的生活水平，是两个相辅相成、急需解决的大问题，当地政府和科学界开始酝酿一次更大规模、全方位的、多学科的科学考察活动。

（二）

1998 年 4 月 15 日，西藏自治区人民政府批准同意成立了藏北高原无人区科学考察团。这个考察团由开发无人区先行者、时任西藏自治区人大常委会副主任洛桑丹珍倡议，由一批原在藏北地区工作过的同志组织和参与。考察团具体名称为藏北高原无人区科考团组委会。

科考团组委会组成人员如下：

总顾问：

时任西藏自治区党委常务副书记、区人大常委会主任热地（后任第十

届全国人大常委会副委员长）

时任第九届全国人大常委会委员、全国人大民族委员会副主任委员，原西藏自治区党委副书记、西藏自治区人民政府主席江村罗布

时任西藏自治区党委副书记、西藏自治区人民政府主席列确

时任西藏自治区党委副书记丹增

时任西藏自治区老龄委主任、原那曲地委书记曹旭

主任：

时任西藏自治区人大常委会副主任，原双湖办事处第一任书记、主任，原那曲地委书记、无人区开发先行者洛桑丹珍

副主任：

时任西藏自治区人民政府副主席，原班戈县色瓦区（后划归双湖办事处）干部洛桑顿珠

时任西藏自治区人民检察院检察长，原双湖办事处主任、那曲行署专员、地委书记土登才旺

时任西藏自治区林业局局长，原双湖办事处主任、那曲行署副专员阿布

成员：

美丽的尼玛县文部乡当穷村（即北村）（2009 年摄）

骑摩托车出行的草原人家（2009 年摄）

除那曲地委和行署领导外，还包括像我这样与藏北有特殊情缘的人，以及曾在藏北地区工作过、当时就职于不同岗位的十多位藏汉族人员。

藏北高原无人区科考团组委会下设办公室，办公地点设在拉萨藏北大厦（后迁至那曲办事处）。大规模的科学考察活动在 1998 年至 2002 年间进行。科技工作者将深入班戈、申扎、尼玛、安多和双湖五县（区）进行全面的科学考察活动，以便提出和制定下一个世纪进一步开发利用和保护无人区的可行性方略。这一考察活动对于西藏的经济和社会发展，具有重要的意义。

三、1998，科考先遣队出征

在西藏自治区党委和人民政府的大力支持下，1998 年 9 月 17 日，西藏自治区副主席洛桑顿珠召集十八位有关厅、局、委、室负责人就今后科考活动的有关问题进行专题研究。

11 月 2 日，由西藏地矿、测绘、旅游、藏医等单位十八名藏汉族人员所组成的探越藏北高原无人区科考先遣队，在开发无人区先行者、西藏人大常委会副主任洛桑丹珍率领下，离开拉萨奔向藏北无人区。

我此时因受中央统战部邀请，与《中国西藏》杂志社编辑文群太在西藏各地忙着拍摄惠及西藏百姓的六十二项援建工程画册，无暇顾及科考，而由我西藏的老同事、摄影记者土登替我随队前往。

—淡水湖畔的国家一级保护动物藏野驴

这次科考的主要任务是利用一个多月时间，深入到藏北西部的班戈、申扎、尼玛和双湖四县（区），初步调查了解各种自然资源——水草、地质矿产、药材、民俗文化的现状，同时规划、设置旅游景点，并实地测量各景点之间的路线里程，进而提出今后科考的具体方案，开启西藏史上首次由自己所组织完成的对藏北无人区大规模的科考活动。

（一）"天湖"——开启科考之门

藏北高原约 70 万平方公里，从地图上来看，那些文字标识稀少的地方大都是无人区。在这片不可耕作的土地上，有着世界湖泊数量最多、湖面最高的高原湖区。它色彩奇幻、矿藏丰富、壮美迷人，犹如镶嵌在高原上的一颗颗璀璨"蓝宝石"。我们科考先遣队开启科考之门的第一站便是世界上海拔最高的大湖——纳木错。

从拉萨去纳木错，海拔 5190 米的那根拉山口是必经之处。站在山口，回头是白雪皑皑的雪峰，远看是美丽而又圣洁的蓝莹莹湖水。

"纳木错"是藏语称谓。"纳木"意为天，"错"为湖，意为"天湖"。

它位于念青唐古拉雪山下，西藏班戈县与当雄县的接壤处，按当今的行政区划图，约三分之二的湖面在那曲境内，三分之一的湖面则属于拉萨市。

纳木错是在第三纪喜马拉雅山运动期凹陷中形成的。当时湖面比现在大一倍以上。由于后期气候的变化，湖水退缩，现面积仅为1940平方公里。海拔4718米的纳木错现是西藏最大的咸水湖，也是世界上海拔最高的大湖。

由于纳木错湖水的退缩，侏罗纪地层中的石灰岩渐渐露出水面，逐步形成扎西多半岛。后来，湖水仍在不均匀地继续退缩，由于渐蚀岛上的石灰岩，又形成了多彩多姿的喀斯特地貌。

从空中俯瞰，与陆地相连的扎西多半岛酷似一头伏在湖中饮水的巨大犀牛，其面积约为10平方公里。在纳木错诸多岛屿里，它的知名度最高。

当清晨霞光静静铺洒在海拔7117米高的念青唐古拉雪峰时，这里是雪山、草原和湖泊的动人世界。雪峰下，纳木错湖水的白色浪花不停地轻轻拍打着岸边，形成高原特有的壮美景象。

在藏北古老的神话里，纳木错和念青唐古拉是生死相依的夫妻，是藏

"圣湖"纳木错黄昏美景

北牧民传统精神生活里的"神山"和"圣湖"。

古老的象雄文字

对"神山"和"圣湖"的崇拜，这是藏族自远古先民时代就已开始的，属于藏北的传奇故事。在这些故事中，人们把雪山和湖泊不仅神话，同时也人格化了。

牧民们告诉科考人员，念青唐古拉和纳木错在藏北的神界里一个是国王，一个是王后。那座低于主峰的雪山是他们的小儿子，被称为"小唐拉"。在主峰高不可及的情况下，人们就在这座小山上插满经幡，以示对神山的敬奉之意。

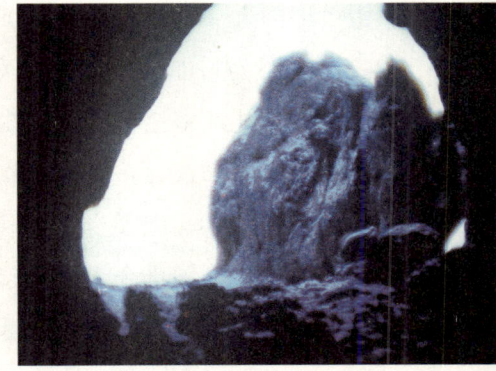
纳木错扎西多半岛溶洞景观

牧民们还说，他们多次见过纳木错里有龙，有时三至五条龙为一群。龙的活动规律是春季出水腾空，秋后下降沉湖，盛夏躲入云层，寒冬钻在水中。平常它们伴随着巨大的风浪活动。夏季，每当风雨来临前，群龙带起水柱升空，带着卷雾入水，同时伴随着巨大的声响。人们见过的龙有黄身白鳞、蓝身黑鳞和黑身绿鳞三种颜色，并称它与藏族壁画里的龙很相似。

纳木错扎西多半岛上的玛尼石长墙

虽然科考人员在纳木错并没有发现相传已久、虚无飘渺的所谓龙，但却发现了实实在在、极为丰富的地貌、溶洞，以及民俗文化。

科考人员登上纳木错的扎西多半岛，首先映入眼帘的是两座15米多高、直径约有10米粗的巨大石灰岩溶柱。两根奇异的

纳木错扎西多半岛的迎宾石柱

石柱整齐地排列在岛前的平滩上，竟然一样高，一样粗，还形成一个间距8米左右的天然石门。

相传，这两根石柱是佛教大师莲花生和妻子措吉越西在欢迎远方的来客。

科考人员在扎西多寺喇嘛的带领下，开始"转湖"。他们先来到纳木错"浴门"。所谓"浴门"，就是固定洗澡的地方。按照藏族习俗，在"浴门"洗浴会将罪恶洗净，长寿吉祥。纳木错有两个"浴门"，即嘎尔拉莫东浴门和扎西多浴门。扎西多浴门在扎西多半岛的西段。那湖边层层叠叠的岩石光滑如镜，藏族先民在这"浴门"上垒起一人多高的煨桑台。台上飘着缕缕青烟，煨桑台上下和周围挂满五颜六色的经幡，与碧蓝的湖水融为一色，整个场景令人肃然起敬。

朝拜"圣湖"的人来此沐浴，先将一条洁白的哈达抛入湖中，如果哈达立刻沉入水底，便视为大吉大利；反之则认为不吉利。这是藏北牧民世代流传下来的习俗。

申扎县牧女在纳木错转湖时的盛装

纳木错还有种祭祀水族"鲁"的传统仪式。凡前往"圣湖"朝拜的人们，大都随身携带"鲁本"。所谓"鲁本"，就是一种口小腹大的小陶罐，上面画有各种吉祥图案，内装五谷和宝石等物。

藏族群众认为，"鲁"既是财富之王，又是小气之神。只有人们虔诚祭祀，他们才肯把财运降给人间。还认为，其首领居住在"圣湖"之中。因此，人们为了讨好水族中的权贵者"鲁王"，故将"鲁本"千里迢迢地送入湖里。

在纳木错转湖（2001年摄）

　　随着岁月的变迁，人们为了携带方便，已将原来的小陶罐"鲁本"改成了缎布袋。把所谓宝瓶里的内容装在一个小巧精致的绸缎袋中，代替"鲁本"投向湖里。

　　藏族群众说，"鲁"居于水中，跟"龙"有区别。他们认为龙是一种空陆两栖的稀罕动物。而"鲁"是指可以变化，有时有形，有时无形的水神。

　　藏族群众祭水神"鲁"，不是为了来世，而是为了今生的消灾避险，走运发财。藏族群众供佛与祭"鲁"目的完全不同：供佛是为了来世得到超脱；祭鲁则是为了今生的快乐。正是那些希望今生得到更大快乐的人们，才在这两大浴门前多投宝瓶，祭"鲁"不止。

　　人们通常祭过水神之后，接着去"合掌洞"。科考人员考察发现，"合掌洞"因其形态像两手相合而得名。它属自然形成，洞深4至5米。传说人们进去出来后可以净化灵魂，像初生的小孩一样天真、善良。由于进洞的人太多，此洞壁被擦得光亮如镜。

　　扎西多半岛还有一处三洞相连的套洞，中为洞深约15米的"香巴拉

远眺念青唐古拉山主峰（2012 年摄）

洞"，里面的钟乳石叠似层层梯田，洞顶天光一线，亦真亦幻；左洞洞口呈纺锤状，面向圣湖，有天光水影映入，被称为"天堂之门"；右洞伸向山崖的深处，黑暗幽深，望而生畏，叫"地狱之门"。

科考人员安营扎寨的山脊上有一道百余米长的"玛尼石墙"，是千百年来转湖信徒日积月累而成。这墙由刻着经文和佛像的一块块石板和石头垒砌，至今它还在不断地加长加高。据说，往这石墙里添加"玛尼石"有助于积长功德。

在扎西多半岛一悬崖顶上，由于石灰岩的溶蚀而形成一片小石林。远远望去，很像是上万名喇嘛在拜湖诵经。它们造型逼真，被人们称为灵物。像这种既有奇沙，又有怪石的自然之物，在扎西多半岛比比皆是，五花八门，不胜枚举。此岛被藏族群众称为"吉祥岛"，看来与这些自然之物是有着密切联系的。

扎西多半岛还有不少绘制在溶洞壁上的岩画。这些岩画以其游牧、狩猎等特有的内容富有魅力地反映了高原人类社会的童年，尽管他们不可避

免地带有某些幼稚与粗糙，然
而却表现出一种生动、朴实、
富于幻想的色彩。

　　科考人员认为，这些岩画
与考古学、历史学、民族学、
民俗学以及艺术史等有着重要
的关系。曾经有人认为，西藏
没有岩画，其实，西藏也是岩
画艺术的发祥地。如果说早期
地球上面是茫茫的沧海，那
么，海水初次让给人类活动的
舞台，当然应当是地球之巅的
世界屋脊。从这点上似乎可以
这样认为，藏北高原是青藏高
原的摇篮，艺术家的诞生地。

转纳木错"圣湖"的牧民人家

　　从西藏近年来的考古工作来看，也证实了这一点。因为藏北高原是青
藏高原惟一发现旧石器晚期石器工具的地区，其考古年代在距今 28000 年
前；藏北高原发现的地表新石器工具是距今 7000 年左右的工具遗存。由
石丘墓葬、小型青铜动物饰物、巨石遗址及古代岩画共同构成的远古文化
遗址群，更加证实了藏北地区的早期文化不仅相对密集，也相当繁荣。也
就是说，藏北草原至少是青藏高原早期文明的一个重要的、繁荣的地区。

　　这些人类早期以审美眼光绘制的岩画，使用纪实手法描绘出丰富多彩
的生活，把瞬间变成永恒，为人类留下了不可多得的历史宝藏。

（二）不可耕草原暗藏"珍宝"

　　藏北草原地势高峻，气候寒冷干燥，生存条件恶劣，但其地质条件特
异，矿产资源异常丰富。

　　西藏和平解放前，藏北高原无人区的矿藏资料几乎是一片空白。

奇特的喀斯特地貌（2009 年 8 月 3 日摄）

西藏和平解放后，在开发利用和保护藏北无人区环境资源活动中，虽有一批又一批的多学科的科考人员进入戈壁荒滩、雪山峻岭……到1990年底，已探明包括金属、非金属、固体燃料矿产共232种，大小盐湖100多个和地热点200多处。但这些探明的矿产资源大都局限在无人区南部，而在无人区北部广袤的土地上，由于严酷的自然环境和难以企及的条件限制，这里仍然是地球科研和生物科研的空白点，许多重要的湖泊、山脉在地图上还没有明确的标出和命名，大量的自然资源还有待进一步的探明和开发。

正处于科考发现时代的藏北无人区，有探索就会有收获。这次科考先遣队深入到无人区北部腹地考察，在很短的时间里就发现金、铜、锑、铁、石膏、磁铁、化石、硫磺、玛瑙、玉石、煤、琥珀，共12种矿产17处矿点。

藏北无人区的有色金属矿产，尤以黄金矿最为著名。上世纪90年代初，西藏地矿厅地质五队在当地群众的配合下，在申扎县境内发现了地质储量达十吨以上的崩纳藏布大型砂金矿。1994年，崩纳藏布砂金矿和此县的甲岗水电站，以及班戈、申扎、尼玛和双湖等县（区）的绒山羊养殖，

才多茶卡中的盐类矿物（1998年摄于双湖特别区）

一同被列入国家在西藏的六十二项援建工程。

　　1997年10月，申扎县崩纳藏布砂金矿建成投产。不久，海拔4700米的申扎县甲岗水电站也开始发电，并为金矿提供了强大的动力。由此，两个吉尼斯世界纪录产生：世界上海拔最高的水电站和世界上海拔最高的黄金矿。

　　到1998年7月底，崩纳藏布砂金矿所建造的两艘100升采金船共生产出砂金1200千克，折合纯金938千克。在藏北，乃至西藏实现了手工采金到机械采金的伟大转折。

　　说起这座金矿的发现，还有些巧合。那是80年代末，西藏地矿厅地质五队正在东部的下秋卡进行砂金矿评估，申扎县矿产公司的人前来邀请地质五队去看看本县的铅锌矿情况，地质五队遂派人前往，正赶上当地群众挖井挖到了砂金。根据这一线索，1989年，地质五队在崩纳藏布下游先是勘明了五十公斤的砂金储量，后又历经三年艰苦努力，为西藏探明一个十吨储量的大型金矿。

　　同时，西藏地质五队还在尼玛县中仓乡探明一个储量达4.4吨的中型金矿。

依布茶卡中的盐类矿物（1998年摄于尼玛县）

这次科考先遣队在考察中也是收获颇丰。在尼玛县文部乡南村（老文部乡）边上的沟中就新发现了一座砂金矿。

科考人员在这个砂金矿的沟内用水勺淘金，每次约重一公斤。他们在十次淘洗过程中，已见到好几粒呈深黄色的片状砂金。

在现如今的尼玛县荣玛乡东北方向，科考人员还发现了一座长为150至200米、宽约50米的铁矿。据目测，这里的赤铁矿品位在35％以上，从地表显露出的矿石规模来看，很具有开采价值。

在双湖特别区以东，科考人员在海拔5442米的地方发现了砂岩裂隙中的锑矿。他们从地质构造和岩石组合等分析后认为，此矿是一个规模不小的锑矿，很具有开采价值。

科考人员从文部乡返回尼玛县途中，在波仓藏布河谷发现方圆数十平方公里大片半截裸露在平滩上的白色、黄色、淡黄、浅绿的玉石矿床，就连这里一人之高的三个大羊圈也都用脸盆大小的玉石垒砌而成，其旁边还有几个三平米大小的玉石瓮（羊羔出生后的暖房）。许多晶莹剔透的大块玉石像撒在草原上的"珍珠"。它们半截裸露在外，半截埋在土里，极易开采。阳光下，那些玉石羊圈泛着五彩柔和的光彩。

草原暖羔瓮

洛桑丹珍告诉我，原双湖办事处俄久美乡的牛羊圈都是用淡青色玉石垒砌的，他的家庭博物馆里就摆放着这里的一块脸盆大小的淡青色玉石。

　　藏北高原由于气候的变迁，地壳的上升和湖面的退缩，许多近乎干涸和浓缩后的湖水结晶出丰富

尼玛县吉瓦古遗址（1998年摄）

的钠、钾、钙、镁、锂、氯等多种盐类矿产。有的盐湖中所含铀、钍量之高，在国内外大陆盐湖中实属罕见，在位于双湖特别区嘎措乡以西方向的孔孔茶卡（即空空盐湖），科考人员考察发现，这座近于干涸、海拔4820米的盐湖结晶盐分程度很高，是过去藏北牧人驮运盐巴的地方。

　　历史上，藏北牧人祖辈赶着驮牛或驮羊从这里挖取食盐运到农区进行"盐粮交换"，唱响了数百年古老而又悲凉的驮盐之歌。

　　类似这种可食用的高质量盐湖，在无人区腹地还有肖茶卡（即雪盐湖）、朋彦茶卡（即朋叶盐湖）、毕洛茶卡（即切洛盐湖）等。这几个盐湖在历史上都是农牧产品交换时期的主要食盐，也是藏北西部牧民祖辈食用的盐巴。不过，洛桑丹珍告诉我说，这里面最有名的还属朋彦茶卡盐矿。在西藏农区，人们最喜欢吃朋彦盐巴。因为此盐除食用外，还可以治疗胃病。农区老人只要看一眼盐巴就会知道它是不是朋彦茶卡的盐巴。朋彦茶卡不仅有著名的食盐，在它南面的买多山上还有一种过去牧人用来当"火镰石"的红玛瑙。

　　盐是人类生活和生产必需的食品，对于牧区的人更是如此。它除了食用，过去几乎是牧民的货币，牧民用它来换粮食、茶叶和其它日用品。有人估计，藏北盐湖有170多个，食盐的储量极其可观。

　　在牧民眼中，一个个盐湖就是一位位慷慨的女神。每年五六月份，在

一眼不断喷向对岸形成泉华的温泉水（1998年摄于荣玛温泉）

　　草原即将返青的时候，专门由壮年男子组成的驮盐队出发了，他们要到遥远的西部无人区一带，那里的盐湖很多。一支驮盐队，往往有几十上百头驮牛，或是成百上千只驮羊，由一二十名男子骑马带领，一般来回要走三四个月，一两千里的路。这是一次考验人的毅力和耐力的远征，充满了艰辛。男人们一出家门就要说隐语，内容全是男女私情和性的内容。每天午后停下来露宿，凌晨三点多钟启程。一二个月才能到达盐湖。在一个个牛皮袋装满盐后，他们开始返回。大家筋疲力尽，行程更为艰苦。眼前是一片又一片无尽的草原，一座又一座雪山，一道又一道河流。裤子磨破了，屁股磨烂了，脚走得又红又肿，前面依然长路漫漫。藏北民歌《驮盐歌·途中悲歌》唱道："……我从家乡出发的时候，我赶着羊子千千万万。当走过无草无水之地，我可爱的羊纷纷死去；我从家乡出发的时候，我花袋装满酥油肉茶。当步履沉沉踏上归途，我驮盐人吃草喝雪水……"

　　而今，这种持续了成百上千年的劳作方式已经结束，许多地方用上省时省力的汽车运盐。尤其是为消灭过去的"大脖子"病，西藏政府现已明令禁止人们食用这些没有加碘的盐。驮运队连同一起的驮盐文化已渐渐淡出人们的视野。

　　为了很好地利用数千万年来一直沉睡的盐湖资源，这次科考先遣队在考察过后已向自治区人民政府提出建议：利用那曲地区或申扎县的水电优势，在那曲地区所在地或是在申扎县合办碘盐加工厂，将无人区的资源优势变为经济优势。

　　对于藏北丰富的矿产资源，正如藏北牧民在歌中唱道："地上盐矿与硼砂，地下地热石油煤；如此丰富矿产资源，世间少有堪媲美"。

（三）未来最佳的旅游地

　　8000万年前的印度板块构造运动，造就了约70万平方公里、脱离海洋成为陆地的藏北。也正是这片高原陆地汇集了高原最奇美的自然景观。

　　科考人员在藏北考察旅游资源时，无不为那犹如金字塔般耸立的雪峰、原始辽阔的草原、纵横曲折的河流、星罗棋布的高原湖泊、成群结队的野生动物等组成的自然景色所陶醉；无不为那悠久的历史、独特的文化、古朴的民俗所痴迷，并由此提出开辟"羌塘草原无人区探险游"的旅游设想。

　　10年后，这一设想终于变成现实。1999年，西藏在已开辟一百多条旅游线路的基础上，新增加了包括"羌塘草原无人区探险游"在内的五条

2009年8月3日，许多游客在纳木错湖畔海拔5190米的那根拉山口合影留念。

班戈县保吉乡风光（2001 年摄）

山地间飞翔的黑颈鹤

生态旅游线路，并很快成为游客趋之若鹜的地方。

科考先遣队当年所提出的旅游设想，完全基于严谨而科学的基础之上，并非空想。科考先遣队在对班戈县保吉乡娘日贡东溶洞的三天考察中，编制出 1：500 比例尺的平面图，基本搞清了洞内的特征。现将他们的科考成果简单罗列一二，便可见一斑。

天门洞：在离保吉乡约 30 公里处的鱼形山上，海拔为 4880 米，洞口离地面约 70 米左右，进洞的第一个大厅高度在 1.5 米～ 6 米。

从一厅中心向北 20 米就进入第二个大厅。这个大厅的主要地质特点，显示了溶洞晚壮年期特征。随着溶洞的扩大，洞顶和洞壁发生了岩块的崩落，有些地段崩落的岩块长达 20 多米。

由第二大厅中心点向东南 40 米，可见一个 3.5 米宽、高 1.8 米左右的洞口，中间有一石笋，形如一人坐在洞口当中把守。

进入这个洞口后宽广的第三大厅展现在眼前。这个厅有许多石葡萄、石钟乳等，其形态各异，栩栩如生。洞内有一约 8 平方米的小“湖泊”。这湖泊清如明镜，泉水不断从湖底涌出，并从溶洞的小裂缝中流向洞底暗河。湖水的两边均有塔式石柱。

在小湖泊的左边有一平台，传说是仙女们沐浴后休息和换衣服的地方。平台的左侧有一个佛龛，它是净身后供佛的地方。

地门洞：在天门洞以西约 300 米处，面积小于天门洞，海拔为 4820 米，洞口离地面约 10 米左右。由洞口进洞后有一大厅，洞底平坦。洞后有一大厅，东西长 50 米、南北宽 30 米，最高可达 10 米左右。

按照西藏自治区旅游局干部汪剑明的科考建议，藏北地区的自然旅游资源按其属性可分为地文景观、水文景观、生物景观和天文景观。以上的娘日贡东溶洞仅是地文景观洞穴中的一部分。

说起地文景观，值得一提的还有雪山景区部分。藏北著名的雪山景区包括格拉丹冬雪山景区、念青唐古拉山景区、甲岗山景区、达果雪山景区、玛依雪山景区、藏色雪山景区、江爱日那雪山景区、西亚尔雪山景区等。

此外，藏北地区最具特色的旅游资源还包括独特典型的高原生态系统，丰富的野生动植物资源等。这里的羌塘国家级自然保护区是西藏最大的野生动物繁殖地，仅国家重点保护的一、二类野生动物就达 30 多种，其中首推藏羚羊、藏野驴、野牦牛、藏原羚和黑颈鹤等野生动物。

类似男性阳具的干达泉华柱
（1998 年摄于申扎县）

类似女性阴户的马夏扎普
（1989 年摄于申扎县买巴乡）

汪剑明认为，从长远来看，保持羌塘土地健康的根本方法是寻找替代性收入，逐步减轻人类对草地的压力。在许多人眼中，这里仍是特殊的土地，其山川和野生动物有足够的吸引力，管理得当的旅游是将资源转化为财富的对环境破坏较小的方式之一。

这次科考人员从文部乡境内的当惹雍错向尼玛县进发的简易公路，是条备战公路，也就是原来的黑阿公路，现在的那（那曲）狮（狮泉河）公路。它横穿藏北，修在丘陵山脊之上。坐在车上看这里的远山起伏，雪野一片格外地爽目。这是一条极有发展前景的旅游线路，后来的事实也证明这里是"阿里大北线"自驾游最为推崇的一条旅游线路。

2000 年，羌塘草原从西藏自然保护区升格为国家自然保护区，已成为世界上最典型、最完整、最大的高原生态系统。其顶级的自然风光和独特的民俗文化使它成为未来发展生态旅游的最佳之地。

四、1999，玛尼地震现场考察记

人的一生难免会有许多的遗憾，但最遗憾、最刻骨铭心的事情不会很多。对我而言，有一件最遗憾的事不是升官加爵，也不是金钱名利，而是一次未能去藏北无人区进行地震科考的活动。

（一）我为科考当"红娘"

当时间定格在 1997 年 11 月 8 日，西藏藏北无人区玛尼发生 7.9 级地震，这是上世纪 90 年代发生在中国大陆内震级最大的一次地震。为此，实地调查其地表破裂的几何学和运动学特征、发震断层的长期活动习性、大地震的复发行为，以及与此相关的块体运动学图像等，对判定未来大震形势都有十分重要的意义，加之藏北西部处于地震多发带，五级左右地震时有发生，国内外科学家对此十分关注。

玛尼地震地表破裂带

　　于是，中国地震局地震专家一方想进无人区考察，而我们组委会一方正要组织北京各学科专家去无人区考察，只是中间缺少一个牵红线的人。我在北京做记者朋友多、关系广，自然成了双方最理想的"红娘"。

　　1999年初，受组委会主任洛桑丹珍的委托，我与中国地震局徐锡伟博士接洽，一拍即合。很快，中国地震局与我们组委会达成互助协作、共同考察的协议，开始准备实施无人区玛尼地震大考察。

　　当年9月6日，在组委会的组织下，中国地震局徐锡伟、薄万举、侯康明、曹忠权四名青年地震专家飞赴拉萨，我却因受组委会委托在撰写编辑《离天最近的地方》科考书籍，以及在京筹办邀请其他学科专家2001年到藏北无人区的科考活动而不能脱身，也就留下了念念不忘的终身遗憾。

　　为了精心组织好此次科考活动，西藏自治区人大常委会副主任、藏北高原无人区科考团组委会主任洛桑丹珍钦点了组委会成员、几进无人区科考的西藏地矿厅教授级老高工巴登珠随同科考，并选派组委会干部尼玛、炊事员巴桑、卡车司机索多等，全力做好服务保障工作。整支队伍共16

人，分乘四辆大小汽车于1999年9月16日从拉萨出发，科考路线是拉萨—那曲—班戈—双湖。

（二）无人区无行路

青藏高原素以"地球第三极"著称，已成为当今地学界研究的热点之一。发生于藏北无人区的玛尼大地震自然引起了国内外地震科学家的极大关注。法国宇宙科学研究院、美国麻省理工学院、加州大学、美国行星和地球物理研究所、劳伦斯国立年代学实验室等纷纷来电来函，要求与中国地震科学家一同考察地震现场。

美国加州大学教授派泽还利用卫星雷达干涉技术，初步获得了玛尼地震地表破裂的长度、左旋水平位移量等参数，但因缺少地震现场资料而无法验证其结果的正确性。在这种情况下，作为中国年轻一代的地震科学家徐锡伟和同伴们感到有责任、有义务、有能力承担起这项重任。他们向单位提出去考察申请，但苦于一时无法与西藏取得联系，无法对玛尼地震实施现场考察。

恰在此时，我这位"红娘"出现，促成了此事。

班戈县女道班工人（1989年摄）

在西藏藏北无人区科考团组委会的组织下，参加这次科学考察的中国地震局青年专家有地质研究所博士徐锡伟、第一地形变监测中心研究员薄万举、西藏自治区地震局副研究员曹忠权和兰州地震研究所博士侯康明。

藏北无人区对他们的真正考验是从离开双湖特别区开始的。科考队第一天便出师不利，只走了8公里，东风牌卡车就陷入近几年干枯的湖底淤泥中，进退两难。用丰田牌越野车，前拉后拽也无济于事，且轮胎越陷越深。

曾被交通部命名为"天下第一道班"的唐古拉山道班工人在维修道路时野炊（1990年摄）

当地"森警"乘北京牌吉普车赶回双湖求救。三位司机用千斤顶和枕木顶车，其他人员到处拣石头填到车轮下，一点点地将车身抬起。好不容易等来救援卡车，蓝色丰田牌越野车急忙调头让路，一不小心掉进泥潭，动弹不得。大家决定：先将东风牌卡车救出险地，然后再救刚刚被陷的丰田车。结果是一波未平又起一波，营救车刚将东风牌卡车拖离泥潭，却又掉进后面一个更大更深的泥沼中。直到晚上八时，才将两辆车拉出泥沼，科考队只好返回出发地点。

由于无人区地表含有水分，加上近几年全球气温回升造成了无数沼泽陷阱。科考队在本来没有路的无人区行进，前往地震震中区也就充满艰辛。他们再次离开"双湖"后，越往北走，陷车的次数也就越多。除了有一天顺利前进了一百公里外，其余每天只能走二三十公里。还有一天只走了三十来米，几乎是在原地打转。科考队员不仅要克服高原反应，还要为陷入泥潭的车辆搬石头来垫车和推车，平均每人每天搬运用于垫车轮的石块约有一立方米，所付出的劳动绝非平常所比。在离开"双湖"后的第五天，曹忠权开玩笑说："这几天大家搬的石头，够在这里造一所房子了。"

（三）轻装、冒险、搏进

1999年10月1日是建国五十周年大庆，收音机里传来了江泽民总书记举行盛大阅兵仪式的实况。这支由十二人组成的藏汉族队伍，也以特殊的方式庆祝着这一盛大节日：搬石头、挖泥巴、推车……向沼泽宣战！由于头一天，四辆车全部陷入泥沼，不得已科考队当时只好就地安营扎寨。从早晨八点到下午三点半，行进了3公里，陷车三次，最后累得实在没有力气了，这才停顿下来。巴登珠和徐锡伟当即四处探路，发现到处都是沼泽，觉得这样走下去，一个月也到不了目的地。

卡车上装有全部的生活补给和汽油，没有卡车，就等于失去了后勤保障。但要完成既定的科考任务，惟一可行的办法是派少数人只带少量的两桶汽油和食品，分乘两辆小车轻装前进。此地距离玛尼地震的地表震中还有288公里的路程，科考组决定冒险一搏，因为此时已别无选择。车变轻了，陷车的次数少了许多。但人少了，一旦陷车，每个人的劳动强度却增加了。在确旦错西南，当丰田车陷于一片沼泽地后，只能将四轮用千斤顶顶起，用石头垫高，直到第二天凌晨大地冻硬时才脱了险。"吃一堑，长一智"，后来在巴毛琼宗，他们的车每次过沟或沼泽地，都先用冰镐试探，找到可靠地段后再通行。

无人区白天的气温在摄氏零下10度左右，晚上则降至零下25～30度。科考队员的耳朵冻掉了皮，皮鞋永远是湿的，冻的脚趾头发痛。更难受的是晚上睡觉，一米七八的汉子必须蜷缩在一米三的"丰田旅馆"车里。最不情愿做而又非做不可的是早晨起来穿鞋，那时的鞋被冻的硬邦邦，非得用铁锤敲软后才能伸进脚。而一伸进去，又好像掉进了冰窟窿。所以每天起来后的第一件事，便是围着两辆考察车转圈，使冰冷的脚恢复知觉。在便携式卫星仪的导航下，考察组人员历尽千辛万苦，来到了玛尼地震的极震区玛尔盖茶卡（盐湖）东北角的地震破裂带。车刚停下，徐锡伟、曹忠权和侯康明便跳下来，一边跑一边欣喜若狂地喊着"地表破裂带！"就连两位司机也连忙下车来看个究竟，他们用形象生动的语言说："像拉链一样把大地拉了一条大缝。"三位科考队员在兴奋之余，忘记了饥饿和疲劳，开始测量起地表破裂带的宽度、位移量，观察地表破裂带的几何结构特征，司机将大米淘好，准备点火做饭，却发现水是咸的。而此时车上的矿泉水只剩下六瓶，每人只能分到一瓶多，水已关系到科考队员的"国计民生"。

考察工作仍在继续进行，没有水，便无法做饭，人体也就无法获得能量补充。慢慢地队员之间的谈话减少了，到最后每个人都不说话了，但他们仍坚持工作。到了第三天，他们在破裂带西端发现双崖河时，饥渴万分的大家总算喝上了水，吃上了到达震区后的第一顿饭。

（四）大雪里失踪的人

10月7日夜晚飘起了小雪，队员们以为这里的天气不久就会转晴，没料到第二天醒来，眼前已是白茫茫的一片。大雪把藏北大地覆盖的严严实实，车辙已无影无踪。茫茫雪原，路在何处？徐锡伟当即决断科考组继续向东考察，追踪东端的破裂带。上午11时，在便携式卫星仪的导航下，他们告别了极震区。

纷纷扬扬的大雪使得留守在大本营的巴登珠、薄万举以及藏北无人区组委会的人员坐立不安。每天傍晚，巴登珠和薄万举站到附近最高的山头上，向北面的琵琶错（湖）方向眺望。他们默默无语，一站就是两三个小时，一直站到天黑为止。按照事先约定，10月8日考察组应该回来了。

10月11日晚上，发电机停了，大家都已睡觉，帐篷外传来喊声。薄万举、尼玛、巴桑等人立即穿好衣服拿着手电筒出去。手电光照见了两个狼狈不堪的人影，原来是徐锡伟和司机两人回来了。一进帐篷，徐锡伟就问："曹忠权和侯康明呢？"他们两人早三个小时出发，理应早到了，但他们却没有回来，很可能是迷路了。

原来这天下午，在离大本营约 25 公里处，徐锡伟的车因汽油耗尽而搁浅于一条深约两米的小沟里，三名科考队员和司机只好挤入另一辆"丰田"车回大本营取油。

没行驶多久，又陷入到一条开阔的河谷泥塘中。曹忠权和侯康明当即离开车，步行去约 14 公里外的大本营求援，预计天黑之前赶到。晚上 7 时多，不见救援的人和车到来，徐锡伟和司机两人也步行返回大本营。

此时，两人的失踪让所有的人大吃一惊。夜晚的气温下降到零下 20 多度，如不尽快找到人，会有生命危险，况且他们已有两天没有吃饭了。大伙一商量，决定连夜开着大卡车去找人。凌晨 3 点多钟，卡车一路上的鸣笛声终于有了回声："在这儿，在这儿！"原来迷路的曹忠权和侯康明，正在距离大本营 23 公里处的一条小河旁绝望地来回踱步，他们连饿带冻，已经快支持不住了。

在大本营温暖的帐篷里，曹忠权和侯康明讲述了失踪经过。原来，他们两人在离大本营还有 1 公里的地方，看到了一条当初陷车的车辙，两人以为走错了路，转来转去，其结果是离大本营越来越远。夜深了，在寂静的雪地里，除了风声外，再没有其它声音了。于是，侯康明说："现在正

严冬的戈壁滩

空中俯瞰雪域高原

是野兽出没的时候，最危险了。"他已经累得不行了，总想坐下来。这个时候坐下来，也许就很难再站起来。曹忠权为了不让他坐下去，便赶紧往前走，与他拉开距离。侯康明见同伴走远，只好在后面追，边追边提议："我们还是背靠背坐下来吧，这里最安全。"两人来到了一个小河滩附近，寒冷的气温使他们觉得身上的羽绒服变得越来越薄。这时他们最希望的是能够喝上一碗热烫烫的小米粥……

　　1999 年 9 至 10 月，在极端艰苦的条件下，他们纵横跋涉 4000 多公里，历时一个半月，对 1997 年发生在西藏藏北无人区的玛尼地震进行了首次科学考察。

　　科考表明，藏北无人区玛尼地震地表破裂带位于玛尔盖茶卡北缘的地震断裂带上。这条总体上近于直立的断裂带是玛尼地震的发震断层。玛尼地震地表破裂带沿北向东分布。它全长 120 公里，规模巨大、现象丰富，由一系列左旋剪切断层、地裂缝、鼓包等斜列而成。考察还表明，这里曾在 1973 年 6 月 14 日、7 月 11 日发生过两次里氏 7.3 级左右的地震。这为以后判定我国大陆大震的发展趋势提供了模拟试验的科学数据。

回到北京，中国地震局为玛尼地震科考组四名青年专家庆功，我应邀参加为他们所举行的科考报告会。与会者们都为他们勇闯藏北无人区的无畏精神所感动，也为他们的科考成果所激励。在许多青年地震专家眼中，现在的藏北无人区不仅是地震的科考"宝地"，也是他们一展身手的向往之地。

五、2001，科考大穿越——科考日记

（一）跨世纪科考今启程

6月26日　晴转多云有小雨　拉萨至当雄

这是我一生中难忘的日子。我此前三次闯入藏北无人区，其中有两次是独自闯入无人区，由此也就深深地爱上了这片"新闻宝库"和这里的人民。

2001年6月26日上午10点，我们的队伍正式在拉萨布达拉宫广场挥旗开拔。开发无人区先行者、西藏自治区人大常委会副主任洛桑丹珍亲自为我们献上洁白的哈达壮行，然后大家欢呼合影留念。灿烂的阳光下，布达拉宫格外雄伟，我们的红色旗帜在布达拉宫广场高高飘扬，引来不少人围观。

此次为期一个月的大规模综合性科学考察活动是经西藏自治区人民政府批准、藏北高原无人区科学考察团组委会组织实施的对藏北高原无人区进行第三次综合性科学考察中的一次最大活动。

这项跨世纪的科学考察，以其探测20万平方公里、平均海拔5000多米无人区的奥秘，为保护、经营好这块世界上最大、最奇异和最接近原始状态的处女地提供更为准确、科学的资料，也为今年西藏和平解放五十周年和中国共产党建党八十周年献礼。

科考人员从拉萨布达拉宫前出征（2001 年摄）

　　我们这支队伍包括了十多位地矿、考古、文物、历史、岩画、动植物、药剂等多学科的藏汉族专家，还有经我鼓动，包括我在内来的五名记者。他们是中国青年报记者杨得志、中央人民广播电台记者黄光辉、《中国西藏》杂志社藏文编辑巴桑，以及刚参加工作的新华社西藏分社摄影记者格桑达瓦。

　　当年我 44 岁，是新华社北京分社主任记者。除此次进行新闻报道外，我还担负着藏北高原无人区科考团副领队的职务，主要是配合科考团领队、当年 63 岁的西藏地质高级工程师巴登珠做好财务、宣传等工作。

　　后勤保障上，我们所乘坐的是四辆丰田 60 型越野车（亦称"陆地巡洋舰"）。这种车虽然车型较老，但是采用钢板悬挂系统，对于藏北极其恶劣的道路较为适合。另有一辆东风牌大卡车满载我们的军用帐篷、各种食品、蔬菜、肉类和炊具，还有科考使用的各种挖掘和研究工具、绳索、长梯子。为了防备因泥泞道路导致的陷车，还准备了镐头、铁锹等各种修路工具。

　　此次大规模的科学考察是沿藏北西部的大片无人区进行活动，主要通过班戈、申扎、尼玛和双湖四县（区），全部行程达到上万公里。

按照计划，我们今天的行程是从拉萨到当雄，途经念青唐古拉山脉，顺道参观亚运会火炬点火纪念碑。这里是 1990 年藏族姑娘达娃央宗用太阳光点燃圣火的地方。但是，由于拉萨至羊八井之间正在整修公路，我们不得不绕道林周县前往当雄，一路交通不畅，耗去我们整整一天的时间。

当天我们的基本行程如下：

上午 11:35，通过全国最大的吊桥——达孜大桥；

上午 11:57，前方路段塌方，等待；

下午 13:05，到达林周县城，这是一个农业大县，号称"拉萨的粮仓"。车队全体人员在一家兰州饭馆就餐。在这里，正宗的甘肃拉条子让大家胃口大开。最后，杨得志操着甘肃家乡话和"老板"一通神聊，我负责结帐时，20 碗香喷喷的拉条子只收了我们一百元钱。

下午 15:05 从林周出发，16:45 到达雄伟壮观的彭波恰拉山口，经总领队"巴工"用 GPS 测定，精确位置是北纬 30.11168 度，东经 91.26629 度，海拔 4871 米。我们按照藏族风俗下车献上哈达，挂上五彩经幡，堆起一座座玛尼堆，预祝此行一路顺风！

此后一路泥泞，晚上 9:30 终于到达当雄县城。我们这 20 人的队伍对县城里的小旅店来说是一个非常庞大的数字，辗转几家都无法容纳，最后在一家尚未正式营业的旅店驻扎，成了他们的第一批客人，每个床铺 20 元，3 人一间，干净整洁，非常不错。

在尚未找到旅店前，我和分社摄影记者小格桑、中青报小杨就急着到处找长途电话，时间已晚，要赶紧发稿。我和小格桑辗转了好几家，好不容易才找到一家"藏茶馆"里的长途直拨电话传出了照片和文字稿件，总算松了口气！为庆祝西藏和平解放五十周年，新华网西藏频道给我和小格桑特别开设了科考专栏，总社和分

科考中的大草原（2001 年摄）

社每天都有人在等待着我们的稿件和消息，是万万不能耽误的。小杨比较幸运，在一家小饭馆很快找到一部普通市话，用163上网，把稿件传回了报社。

唐召明与《中国西藏》杂志社巴桑在科考路上合影（2001年）

晚上10:30吃晚饭，为了犒劳大家，我这位怀揣5万元现金的"副领队"特意点了几个菜，每桌还上了一瓶白酒——"藏乡醇"。大家风卷残云，一扫而光。

（二）初遇险情

6月27日　多云有中雨　当雄至纳木错

上午9点30分，我们离开当雄，前往圣湖——纳木错。这个西藏最大的湖泊，其魅力我体验了多次，今天又要见到它，心情还是颇为兴奋。

可惜，"老天爷"似乎是非要告诉我们藏北探险不容易。我们的车队

2001年通向纳木错的路

科考人员拽拉科考车辆通过遇险道路（2001 年摄）

从当雄出发，沿着雨后泥泞不堪、颠簸起伏的山路前行不到20公里，大家的兴奋劲儿还在高涨的时候，一辆由前方驶来的载重卡车的后半轴断裂，把狭窄的山路死死堵住，路边就是滚滚奔流的河水，四辆越野车尚可爬山绕道而行，但满载的东风牌卡车却无法通过。

眼看这辆坏车在这荒郊野地一时无法修好，经过大家合计，科考队总领队、经验丰富的西藏地矿厅教授级高工巴登珠和我商量，没有更多的等待时间，惟一出路就是率领大家从坏车旁边开出一条路来。

巴登珠是科考队伍里年龄最大的老人。他心地善良，十分平和，被我们尊称为"巴工"。在他的指挥下，所有考察队员，从专家到记者，从司机到厨师，大家冒雨，全体动手，挥锹抡镐，搬运石头，历经六个多小时，终于在坏车旁建成一条十多米长的简易便道。

为了避免卡车滑入江中，大家用绳索把卡车全力拉向靠山的一面。下午5点05分，在一片喊号声中，我们的东风牌卡车在全体队员的齐心协力下沿着便道安全通过。大家欢呼雀跃，为纪念这条凝聚藏汉民族情的路段，我们给它命名为"七一路"，以此庆祝建党八十周年。

又经过一番风雨中的颠簸，傍晚时分，终于远远地看到纳木错湖边扎西多半岛的剪影。此时，纳木错湖上最后一缕阳光正在悄悄隐去，我只能远远地看着它神秘的身影渐渐消失。

晚上10点多，我和小杨、小格桑乘坐先导车到达扎西多半岛。由于纳木错的旅游热，岛上建起了两家简易旅店，三四个人一间的毛坯房，墙壁薄的互相喘气都听得见。好在被褥还比较厚也比较干净，想想要比十年前我驾驶单位的北京牌吉普车，与总社和分社同事觉果、林慧、查春明等人在此住过的山洞，要算是"天堂"了，也比住六个人一间的大帐篷好了许多。我写完日记便早早入睡，希望明天有个好天气拍照。

（三）"天湖"——纳木错

6月28日　晴转多云　纳木错扎西多半岛

清晨，我早早起来，拎着尼康300MM的大镜头去"天湖"——纳木错拍朝阳，随后和科考人员开始考察。同屋的小杨也赶紧起来，背着摄影包往湖边跑。纳木错真是名不虚传，美丽极了。远处是白雪皑皑的念青唐古拉山脉，近处是一望无际、无比清澈的湖水，置身其中，如临仙境。

自古以来，人们用数不清的诗篇称颂南国的桂林山水和东海之滨的西子湖。殊不知，令许多人望而却步的藏北高原上，也有一颗璀璨的明珠，它就是世界上海拔最高的大湖纳木错。

纳木错在藏语是"天湖"的意思，蒙古语称"腾格里海"。它4718米的湖面海拔高度，比南美玻利维亚高原上的"的的喀喀"湖面高出900米，世界上还没有一个大湖

纳木错西岸的多加寺

"圣湖"纳木错

能超过她的高度。

据科学考察，由新生代第三纪喜马拉雅运动凹陷而成的古纳木错，第三纪末和第四纪初时面积很大，在 1 万年以来的全新世，西藏气候逐渐变得干燥起来，湖水蒸发，面积缩小。从现存的三道古湖岸线来看，湖水共下降 80 米。原来的湖心岛逐渐变为现在的扎西多半岛。

6 月的纳木错仍然充满寒意。不过，湖面上的斑头雁、天鹅、棕头鸥、黄鸭却不畏严寒，或嬉戏于湖面，或翻飞于蓝天，给纳木错带来勃勃生机。

应当感谢大自然这位功法无量的造物主，清澈透明的纳木错深藏在西藏高原腹地，像一面瑰丽的宝镜平铺在大草原上。湖的南面是绵延的念青唐古拉山，白雪皑皑，朦朦胧胧，披着一层神秘而迷人的面纱。蓝天、白云、雪山，清晰地倒映在湖水中。湛蓝的天空、巍峨的雪山、辽阔的草原、浩淼的纳木错成为美妙和谐的一体。

相传，纳木错的水源是天宫御厨的琼浆玉液，它被天宫神女当作一面绝妙的宝镜，实际上，纳木错的水来自于念青唐古拉山上的冰雪。

神秘的藏北高原，山山水水到处都有一层神秘的色彩，号称"圣湖"的纳木错更不例外。

纳木错是藏区的四大圣湖之一。湖的形状像金刚度母神，湖东南面深入湖心的扎西多半岛由石灰岩构成。由于年长日久的溶蚀作用形成了许多峰林、溶洞、天生桥、石柱等岩溶地貌，美丽多姿。

湖的四周各有一座寺庙，东面是扎西多波切寺；南面是古尔琼白玛寺；西面是多加寺；北面是恰托寺。这四座寺庙象征着佛学上的温、怒、权、势，寺庙壁画有上百年历史。

据说，纳木错是帝释之女，念青唐古拉之母，是地域之神。据经书记载，在雪域有三个圣地："上有冈底斯山，中有纳木错，下有扎日朝拜地"。因此，被牧民群众视为重要的朝圣地。从古至今，从未间断过朝圣的香客。每到藏历羊年，数不清远道而来的香客到这里"朝圣"。他们手摇转经筒，口里喃喃地诵着经文，不知疲倦地围着纳木错绕行一周。

在纳木错周围有许多著名的山峰，其中最著名的当属念青唐古拉。它

冬季纳木错是一片雪的世界

胡兀鹫

既是整个藏区很有名的护法神，也是北部草原众神山的主神。在藏传佛教五大教派中，苯教和黄教都敬奉此山，把念青唐古拉神列为烟祭中的众神之首。

面对这样的景致，我手中的相机开始响个不停，数码、反转和普通胶片拍了不少，累得气喘吁吁，好不容易才坚持走回房间——这毕竟是海拔4800米的藏北高原。

今天的纳木错扎西多半岛格外热闹，从早到晚，旅游的人和车辆络绎不绝。两家小店全部客满，部分游客不得不住进帐篷。一些游客看到我们卡车上插的"藏北高原无人区科学考察团"大旗，好奇地纷纷前来询问，一听我们往后一个月的艰苦行程，都不由感慨一番，羡慕、担心和惊讶都在其中。

上午，我们在扎西多半岛首次发现了青藏高原特有的珍禽胡兀鹫。

被称为青藏高原卫生"清道夫"的胡兀鹫以动物尸骨为食。胡兀鹫在西藏只有千只左右，属国家濒危物种，过去只有在西藏西南部时有发现，而在藏北是第一次发现。

考察人员发现，在扎西多半岛西北角突兀的悬崖峭壁上有一个很大的胡兀鹫杂草屋，只见雌鸟飞出飞进，在给四个月大小的雏鸟喂食。这种头顶和后颈为白色、头顶周围有一圈黑羽，长有胡须、腹部为褐色的胡兀鹫，体长一米多。

西藏大学化生地系藏族副教授次仁告诉我，由于胡兀鹫孵化期长达半年，每窝又只产

科考人员用望远镜观察飞翔的胡兀鹫（2001年摄）

一至两枚，加上雏鸟出壳时又在"三九"隆冬，所以繁殖率很低。这次胡兀鹫在藏北高原的发现，将会对胡兀鹫生活习性和繁殖规律的研究带来深远的影响。

他说，纳木错扎西多半岛离拉萨200多公里，交通便利，这有利于我们对胡兀鹫的观察和研究，一旦掌握了胡兀鹫的繁殖规律，就能保持和提高胡兀鹫的繁殖率，这对于藏北乃至西藏清除动物尸骨和促进环境保护都将会带来很大的益处。

中午时分，我试验用海事卫星电话连接手提电脑发稿，不知为何，总是无法接入网络，令人无比懊恼。下午我和小杨相互用电脑试验，也是无法发稿。晚上，我和小格桑只好用海事卫星电话一个字一个字地念稿子给新华社西藏分社副社长朱国贤，请他记录下来，帮助发稿。这也是迫不得已而为之，因为海事卫星电话每分钟的费用将近五十元人民币，太奢侈了！

晚上九点多，大家回房休息，中国岩画网的小潘却发疯似地冲进房间，抓起摄像机就往外冲。我放下手里的日记本，也马上拿起相机跟着冲出去，只见夕阳给远处的念青唐古拉山脉抹上一道极其瑰丽的金色，湖水越发湛蓝，一切仿佛都在画中。听到动静的游客们也纷纷出来，竞相举起相机拍下这难得的瞬间。

（四）初遇陷车和迷路新难题

6月29日　多云转晴　扎西多半岛至多加寺

清晨，我们挥别朝阳中美丽的扎西多半岛，驱车前往纳木错西侧——班戈县多加寺。

纳木错面积庞大，跨越了西藏两个地区的两个县。最东头的扎西多半岛属于拉萨市管辖的当雄县，最西头的多加寺则属于那曲地区管辖的班戈县，就管辖的湖面积来看，班戈县要大于当雄县。也就是说，从我们进入班戈县境内起，才算是真正走入了广义的藏北无人区。因此，今天的行程也颇有些意味。

科考人员帮助车辆通过泥泞路（2001 年摄）　　　　人拉车拖被陷科考车辆（2001 年摄）

　　藏北无人区毕竟不是旅游景点，我们第一天进入就遭遇了一次下马威，让大家初尝无人区的冷酷和艰难。

　　上午出发后，我们沿着纳木错南岸向西行进。一路阳光明媚，一群群的黑色牦牛和洁白羊群，把大片青绿色草地和湛蓝的湖水点缀得分外妖娆。我们的车队在雪山和湖水之间穿行，清风吹来，颇为惬意。

　　然而，没过多久，我们的车就开始接二连三地陷入小河和沼泽当中。大家不得不一次次地下来推车。越野车还相对好一点，用另外一辆越野车在前边拉，后边有三四个人一推就可以了。最让人头疼的是我们那辆满载的东风牌大卡车，在临近德庆乡的一片沼泽地上，15 公里的路，竟陷了四次车。我们用四辆越野车在前面拉，全体队员和附近赶来帮忙的牧民群众近 30 人推车，并及时在车轮下垫木板，这才好不容易一次次将大车从沼泽中弄出来，耗去了五个多小时，弄得大家精疲力尽，而天色却渐渐暗下来。由于无人区既没有路，也没有人家和任何建筑，司机只能凭借经验和车辙来判断。我们都担心天黑会迷路。

　　不幸的事情还是发生了，晚上 12 点多，我们的车队迷了路：前面是一片沼泽，而我们的目的地多加寺则毫无踪影。我和"巴工"商量，以我所乘坐的藏 AA0774 米黄色丰田为先导车，为大家探路。

进出无人区车辆被陷在夏季的泥泞路（2001年摄）　　　　　　　科考车辆通过山口（2001年摄）

　　半个多小时后，我和小杨、小格桑所乘坐的探路车找到了正确的路线。我们不断鸣喇叭、大声喊叫让远处的车队过来。经历了一番折腾，整个车队聚拢到一起继续前行，我们的米黄色丰田车在最后护卫。

　　万万没有想到，前面的车辆再次走错了路线，并很快不见踪影。情况紧急，同车的小杨、小格桑和我合计了一下，决定先找到多加寺，与班戈县来迎接我们的干部汇合后再寻找整个车队。

　　我们车上的藏族司机欧珠驾驶技术相当高超，半小时后，我们远远看到一辆丰田越野车的灯光。我们迅速迎上去，原来正是班戈县前来迎接我们的同志。班戈县委、县政府昨天接到西藏自治区人民政府的电话通知后，立即由县政协主席嘎玛益西带队，于今天中午赶到多加寺等待我们。久等不至，他们开车沿途寻找，恰巧碰到我们这辆走对路线的丰田车。

　　在茫茫夜幕中折腾了一晚上，这时真是意外的惊喜。但其它车辆依然迷失在夜幕中，让人忧心忡忡，而我们车上的油料也已快耗尽。班戈县的同志问明情况后，安慰我们不要着急，嘎玛益西主席上我们的车前往相距很近的多加寺作宿营准备，县委办公室主任带车前去寻找车队。

　　10分钟后，我们到达一处临湖的悬崖边，多加寺就建在这高高的悬崖上。沿着山路摸黑爬上去，我们累得气喘吁吁，脸色憋得紫红，一时说

木纠错湖畔的东热寺

不出话来。

不一会儿，远处传来两声清脆的枪声，嘎玛益西主席告诉我们："放心吧，找到你们的人了！"原来，这是他们约定好的信号。听到这话，我们都长出了一口气。

等大家全都聚齐到多加寺，已是凌晨两点。寺院的房屋很小，也没有什么吃的。我们已经整整十七个小时没有吃任何东西了。在昏暗的烛光下，大家就着喇嘛提供的酥油茶，草草吃了点自带的饼干和青稞炒面。没有人说笑，陷车和走失的阴影笼罩着我们，让所有人心情沉重。

我这两天有点感冒，一早虽吃了药后有些好转，但经过这一天不停地折腾早已疲惫不堪，昏昏欲睡。在寺院小屋地上铺开卧具，倒头就睡，进入藏北西部的第一天就这么不顺利的过去了。

（五）吃面条成了最大的幸福

6月30日　晴　多加寺至班戈县保吉乡娘日贡东溶洞

清晨，我和小杨、小格桑早早起来，三人都擅长摄影，于是我们携带着"长枪短炮"一齐上阵，从多加寺的峭壁上拍摄朝阳中的纳木错。从这个角度看纳木错，别有一番景致。远处海拔7117米的念青唐古拉山脉主峰清晰可见，顶端积雪皑皑，格外庄严巍峨，脚下纳木错湖水轻轻荡漾，神山和圣湖交相辉映，分外壮美。

上午参观了多加寺。这座建在悬崖上的寺庙，虽小但十分精致。多加寺已有700多年历史，是藏传佛教之一的宁玛派寺庙。寺院凿壁而筑，建有五座修行洞、三座法王殿，另有经堂供奉着松赞干布与勘钦菩提萨多的佛像，四面的石壁上雕刻着百尊释迦牟尼与莲花生大师的小佛像供香客朝拜。

由于藏传佛教的宁玛派僧人都戴红色僧帽，所以此派也称为红教。多加寺主持见我们到来，便为我们一一介绍所供佛像情况，并亲自向我们来自北京的几位同志敬献了洁白的哈达。中国岩画网小贡本来一直眼睛疼，戴上这条洁白的哈达后，他竟感觉不疼了。大家都说这哈达来的不易，确有不凡之处，于是格外小心地把它珍藏起来。

在多加寺，我们遇到了66岁的女藏医阿尼措珍。老人告诉我，她23岁时，到拉萨学了几年藏医，回到家乡后，她自己出钱买药，并免费为周围的牧民看病。这么多年来她的药费基本上是收不回来的，谁付得起就付一点，付不起的她就免费看病、送药。周围几个乡的牧民都到她家里看病拿药，她在这一带很有名气。不过她家的生活条件并不太好，因为这些年她在购买药物上投入太多，把自家的很多收入都搭进去了。

她说现在最大的困难是药价不断上涨，而她个人的家庭收入有限，很多药买不起，只好经常到山里采集药草和矿物，自己调制藏药，但这种药草、矿物的种类和治病范围有限，无法真正解决当地用药困难的问题。她现在已经开始将自己的藏医药学知识，免费传授给两位本乡的年轻人，希望他们能像自己一样为这一方百姓解除病痛之苦。

临近中午时分，我们离开多加寺，告别了这位令人尊敬的女藏医，前往班戈县保吉乡娘日贡东溶洞。临出发前，被我们称为"阿黄"的中央人民广播电台记者黄光辉悄悄溜下湖中，想尝试一下在世界海拔最高的大湖

纳木错自然保护区多加寺管理站（2012 年摄）　　　　科考人员向寺庙僧人了解风土人情（2001 年摄）

中游泳的滋味，和大自然亲近一下。不料湖水极为冰冷刺骨，"阿黄"下水二三十秒钟就赶忙跳了出来。

小格桑见了，向大家唠叨了一路，批评"阿黄"不该亵渎圣湖。后来还是总领队"巴工"为"阿黄"打圆场，解了围，说不信教的汉族群众不在此例。

"巴工"是一个心地极其善良的老人，昨天大家又困又饿的遭遇让他颇为不安。今天，他和我商量后，率领东风牌卡车先行开路，为大家准备宿营地和晚餐。

我们其他人在班戈县干部的带领下，沿途参观了普布扎日岩画。这里的岩画都是洞穴岩画，分布在纳木错西岸的其多山上，与扎西多半岛的岩画相比均属吐蕃王朝的后期作品，只是内容题材和使用颜料有所不同。

扎西多半岛的两处洞穴岩画，洞深均为 3 米左右，洞壁曾被湖水冲蚀得十分光滑。在这光滑的洞壁上用棕红色矿物颜色绘制的各种图像，内容及题材十分丰富，有鹰、虎、牦牛、藏羚羊、舞蹈、狩猎征战，枝状植物、佛塔、日月图像、宗教符号等等。

在考察其多山腰上的三处普布扎日岩画时，我们看到这里最大的岩洞宽约 4 米，高约 3 米，深 2 米多，岩画用棕红色和黑色矿物颜料当涂料绘

考察娘日贡东溶洞时的宿营地（2001年摄）　　　　　科考闲暇时的简易足球赛（2001年摄）

制而成。内容主要为鹏鸟、盘羊、马、牦牛、鹿、藏羚羊，另有人物骑马放牧、狩猎，枝状植物、藏文字体、佛教建筑等。特别要提及的是，这里用黑色颜料作画在我国岩画中十分罕见。

　　考察了其多山上的岩画，我们还在纳木错西面的普布扎日山发现了一群分布于喜马拉雅山脉及中国西部，飞翔在蓝天上的六只雪鸽。因上午考察时间有限，我们很快就匆忙赶路去了。

　　下午五点多，我们远远地看到一处山沟内，四顶军用帐篷稳稳地挺立在风中，我们的红色科考团大旗插在东风牌卡车上迎风飘扬，大家不由得欢呼起来，总算打开了沉闷的空气。这是"巴工"率领先头部队为科考团搭建的无人区之家。刚一下车，厨师就端上了热腾腾的面条，尽管配料只有肥猪肉罐头和大白菜，但对于两天没有正经吃饭的我们，那就是难得的美食了。坐在帐篷里吃着面条，我们都不由得感慨——"什么叫幸福？此时就是最大的幸福！"

（六）发现世界上海拔最高的溶洞和山柳灌木丛

7月1日　晴　班戈县保吉乡娘日贡东溶洞

　　清晨，大家个个兴奋地钻出驻地帐篷，在"巴工"的指导下，开始为

考察班戈保吉乡娘日贡东溶洞

探索娘日贡东溶洞做准备工作。

　　娘日贡东溶洞海拔 4800 多米，是迄今发现的世界上海拔最高的溶洞。我们此次对娘日贡东溶洞紧密相连的天门洞和地门洞进行了考察。

　　娘日贡东溶洞就在我们宿营地不远处的山中，看似平常的一座座山包，中间却是大有乾坤：由于构成山体的石灰岩受到地下水的溶蚀和机械侵蚀，形成了一个个溶洞，大的溶洞连通成串，构成了成串的地下廊道和大厅。曾详细考察过这里的"巴工"告诉我们，"里面美极了！"

　　为探索溶洞，早在拉萨我们就做好了充分准备：两台发电机、十几捆伸缩方便的军用电缆盘线、六盏防爆照明灯，每人还有一套矿灯和矿工安全帽。一大早我们就把个人装备穿戴起来，为了应付洞内复杂的光线和攀爬的需要，我特意带了一台尼康 D1 数码相机，它的感光度可从 100 调到 1600，一张存储卡可以拍摄几百张照片，免去了换胶卷、装闪光灯的麻烦，对这种光线复杂多变、攀爬相当困难的采访非常适用。

　　我戴好安全帽，腰间别着矿灯，胸前挂着相机，身上又裹了一件长长的军用雨衣。我这副装扮再加上数十天从未刮过的满脸大胡子，远看上去很像名矿工，大家见后笑个不停。

准备就绪后，我们向山上进发。天门洞是最大的溶洞，面积达 3300 多平方米，其洞口在距地面 70 米左右的山坡上。我们除了自己携带各自的装备外，还要一起把汽油发电机、十几捆电缆盘线和防爆照明灯抬上去，这在平原地区都不是易事，更别说在海拔 4800 多米的地方了。好在科考队中藏族队员占了大多数，高原适应性强，大家齐心协力终于把所有设备顺利搬运到洞口。我们几个汉族队员累得一屁股瘫倒在地，脸色青紫，大口喘着粗气。

稍事休息后，我们在总领队"巴工"的带领下走进溶洞。洞内非常难走，脚下是一块块崎岖不平的石头，棱角突出又非常湿滑，一不小心，腿上就被磕的生疼；头顶上是一块块凸出的滴水岩，不停地滴水，许多地方空间非常狭小，经常把我们的安全帽碰得嘣嘣响。大家只好手脚并用，不断摸索着前进。

洞内原本是漆黑一片，我们把汽油发电机放在洞口发电，用电缆盘线一段段把电引进洞内。在需要仔细观察和拍照的地方，随时插上防爆照明灯，再加上每人佩带的矿灯，天门洞内的景观基本可以看个明白。

天门洞结构复杂，由很多洞相互连接而成，如果不注意，很容易迷失方向。洞

纳木错湖畔的多加寺（2012 年摄）

"巴工"率巴桑和贡续（从左至右）勇探娘日
贡东地下溶洞

科考队员在"巴工"的指挥下考察娘日贡东溶洞

里还能看到很多动物的骨头，还有棕熊的脚印。其中，最大的溶洞厅为
1700多平方米，溶洞顶上全是钟乳石。靠近角落的地方是石笋和石柱，
样子千奇百怪：有的像宝塔；有的像比萨斜塔；有的像观音菩萨；有的无
法形容。溶洞里还有一个暗湖，水出奇地清澈，静得像一面镜子。洞里很
潮湿，到处都能听到嘀嗒嘀嗒的滴水声，与洞外的干燥气候形成鲜明的对
比。在洞里，你无法想象自己是在藏北高原，给人感觉到了江南一样。看
着这样的美丽景色，我们都非常兴奋，毕竟这是在海拔4800米的藏北高
原无人区啊！

　　我们看到的这些，并不亚于云贵、广西一带的喀斯特地貌溶洞景观。
大家不停地拍摄，"巴工"则一个劲儿地提醒大家千万不要敲打钟乳石，
标本可以从已经散落在地上的各种石头中选取。

　　这已是"巴工"第二次到这里了，只是当时装备不全，有些地方没能
测量。但这种环保意识却时时刻刻体现出来，让我们深受感动和教育。

　　为了探索天门洞里的一个地下洞，"巴工"带着《中国西藏》杂志社
的巴桑和中国岩画网的贡续一起腰捆绳索，拿着防爆照明灯准备下洞。

　　三人出征，不能有任何的闪失，我在洞口指挥所有的藏汉族科考人员

和司机，分成三拨拉着绳索为他们先照相，后放绳，那气势和场面大有勇士一去不复返的感觉。

当时我们根本不知道这个洞的深浅，也不知道洞里到底有什么，站在洞口看不到底，洞口很滑，徒手无法上下。直到他们下到洞底，这才松了一口气。他们上来后说，洞里并没有什么可怕的东西，只有一些动物的骨头，面积不是很大，是一个独立的深洞。

经过一上午的探索，大家收获颇丰，但也都累得一塌糊涂。溶洞里滴水确实厉害，不知不觉中，我的军用雨衣已是里外全部湿透，里边的毛衣也被渗透，风一吹，脊背上透出阵阵寒意。

下午，班戈县干部给我们引路，我们还在海拔4800多米的保吉乡朗雄，发现了面积达300万平方米的山柳灌木丛。它是迄今为止发现的世界上海拔最高的大片山柳灌木丛。

山柳（藏语朗玛）是西藏一种最为常见的高山灌木树。在西藏低海拔的大部分山区都生长这种灌木。它平均高度为两米多，可作为建筑材料。但在藏北西部这种灌木还属首次发现。由于海拔高、气候干旱、风沙大的原因，这里的山柳灌木平均高度只有80厘米，只有拉萨等相对较低海拔地区灌木丛的一半，不过长势很旺盛，在高海拔地区有着广阔的种植前景。

新发现的大面积山柳灌木丛（2001年摄）

那曲藏族朋友曾告诉我："在羌塘，我们是多么盼望拥有一棵树啊！每次去拉萨、去山南，看到那些高高的白杨树，我们都想去拥抱它，甚至想挖一棵栽到草原来。"

这次科考，我们驱车走了上千公里，除了拉萨的当雄县，没有一棵树，哪怕是低矮的灌木丛。

由于终年高寒缺氧，使藏北高原不能生长树木，就是草也长不高，从来没有出现"风吹草低见牛羊"的景象。为了树，那曲行署曾专门出台奖励措施：在那曲，凡栽活一颗树者奖励5000元；谁若能让藏北高原的草长高一寸，给予重赏。但这奖金一直没有人来兑现。

藏北牧民给我讲过一个广为流传的"嘎布叫"的故事："很久以前，在众树集会的盛大节日里，树王却悲哀地发现所有树种都来自南方，'树木之国的领地应拓展到北方啊'！一想到那片荒凉、干旱、风雪的北方高地，几乎所有的树木都退缩了。最后，勇敢的'嘎布叫'挺身而出。那时，它还是一个挺拔秀丽的乔木。它只向树王提了一个条件：把身子藏在地底，往下生长，只把脑袋露出地面。就这样'嘎布叫'来到藏北高原。它在地下盘根错节地生长着，贴在地表的只有像火一样的红叶。"

班戈县保吉乡娘日贡东溶洞前的溪流（2001年摄）

红红的"嘎布叫"无疑是牧民对树的幻想和赞美。

我们这次所发现的大片山柳灌木丛，就像"嘎布叫"一样，虽长不高，但科技工作者却对它极为珍视。

西藏大学化生地系藏族副教授次仁告诉我，这种植物在藏北高海拔地区具有很高的推广价值。一旦试种成功后，将会在改善藏北高原的环境气候和防止草原沙漠化等方面发挥重要的作用，并产生深远的

科考人员科考新发现的大片山柳灌木丛（2001 年摄）

影响。

离开让人惊喜不已的山柳灌木丛，回到了娘日贡东溶洞脚下的营地。营地前有条非常清澈的小河，河边青草覆地，河里长满水草，水里的鱼儿十分肥美。

傍晚，巴桑叫我们去捉鱼。我因要抢发照片和文字稿没能前去，只好坐在不太远的军用帐篷前一边工作，一边观看他们捉鱼。没有工具，阿黄、小贡和小杨拎着两把铁锹就一起去了。河里有许多鱼，游来游去，颇为诱人。

无人区的这些鱼大概从来没被人抓过，巴桑和小贡用铁锹当鱼叉，没多久就搞到了四条，每条都在一斤以上，细长而无鳞。但这鱼确实聪明，立即学会了对付的本事，躲在密密的水草下再也不出来了。

此后整整一个多小时，他们毫无所获。原本想给大家做一顿红烧鱼改善一下生活，现在只好改做鱼汤了，晚上我们加上葱、姜一烧，味道极为鲜美，获得大家的一致赞美。

（七）手足之情

7月2日　晴　班戈县保吉乡娘日贡东溶洞至申扎县买巴乡

刚刚在班戈县保吉乡娘日贡东溶洞旁过了两天虽辛苦但有一日三餐的日子，今天却又一次遭遇了不停的陷车和饥寒交迫。

上午从宿营地出发。在野外生活，每次的宿营和开拔都需要费一番功夫。我们使用的是四顶81式步兵班班用单帐篷，其中厨师和司机帐篷一顶，西藏大学四位专家一顶，"巴工"、西藏藏医学院藏医学专家格桑顿珠和《中国西藏》杂志社巴桑三人一顶，我和小杨、小格桑、阿黄，还有《中国岩画》网的潘文彬、贡续六人一顶。每顶帐篷有11根立柱，10只带拉绳的角钉，另有帐篷袋、天窗等一些附件。每次开拔时，各帐篷宿营人员必须把帐篷按顺序拆卸后折叠整齐，并把所有的零件归置完备，这样下次宿营时才能迅速找到所有备件，搭起帐篷。

此外，为了不污染无人区的环境，对生活垃圾的处理也非常谨慎。可降解的垃圾一律就地挖坑掩埋，不可降解的垃圾随车带走，在路过县城时抛弃到垃圾点。

上午出发后，我们的蓝色丰田和东风牌卡车不时陷入沼泽中。这里的路相当难走，看似平坦干燥的草地，下面往往是被掩藏起来的烂泥，稍不小心就陷入其中，车越动弹车轮压出的水越多。只能靠其他车辆在前面拉，人员在后面推才行。蓝色丰田和东风牌卡车的司机也许是在好路上开惯了，照样大大咧咧，横冲直撞，结果经常陷车。这两辆汽车被大家无奈地称为"蓝爷爷"和"东风爷爷"，一路上需要小心伺候，因此耽误了许多时间。

途中参观了夏瓦寺。由于陷车，我们再次遭遇了夜寻多加寺的经历。晚上漆黑一团，茫茫一片的无人区，没有一点光亮，又没有任何建筑，只能凭着地图上的坐标和指南针寻找。我们的车队数次误入歧途，等终于找到正确的路线，已是半夜，而更多的沼泽又横亘在我们的前方。除了一早喝的那点稀饭，我们一整天都没有什么干货进肚，饿得一塌糊涂。凌晨一点半，我们终于到达申扎县买巴乡，藏族厨师用特大的高压锅煮了一锅白挂面，加了两个红烧猪肉罐头，点缀着几片葱花，人均不到一片肉。

科考团领队巴登珠（中）与原尼玛县县委书记才仁桑珠（左）在推被陷科考车辆（2001 年摄）

闻着鲜美异常的面条，"巴工"非要坚持除开车的司机外，让包括我在内的汉族同志先吃面条，而他和几位藏族科考专家则要留在最后吃。科考数天来，他那么大年龄的人一直起早贪黑，事无巨细，太辛苦了，我怎么能同意他最后吃饭呢？就这样我们先是为吃饭的顺序争执不下，之后又因为

科考人员在藏北无人区推出泥潭里的汽车

睡觉的安排而互不退让。乡政府腾出的小会议室只能睡下六七个人，天很快就要亮了，人多房里住不下，又来不及搭帐篷，"巴工"坚持要和十多位藏族同志在屋檐下席地而卧，把房屋留给汉族同志。

在这次科考中，藏族同志一直在照顾汉族同志，主动抢重活、干累活。当晚，我实在无法控制自己的感情，两眼湿润，后来干脆冲着他大喊："如果你还承认我这位领队的话，就睡在屋里，否则明天我就辞职不干了！"嚷归嚷，"巴工"笑着坚持说，"藏族同志习惯了。"哎，这位心如金子一样的藏族同志，谁能拗得过呢？

藏族科考人员在室外露宿（2001年摄）

　　睡在燃着牛粪火的屋里，我们几位汉族同志的心情久久难以平静……在藏北无人区，我时时被一种民族情、兄弟情所感动，本想做更多的工作以报答给我厚爱的西藏高原和藏族人民，但终因工作考虑不周，留下了许多遗憾。诸如使用海事卫星时电话无法上网传输文字稿件，一些急稿只好通过电话口述来传输；另一些文字稿件则因传输太奢侈只好窝在电脑里等等，使人愧疚不已。

（八）这一夜

　　7月3日　晴　申扎县买巴乡至申扎县县城

　　今天是此次科考中很有纪念意义的一天。我们在历经数天的陷车、饥饿之后，终于到达申扎县城；更令人高兴的是开发无人区先行者、西藏自治区人大常委会副主任洛桑丹珍从拉萨转道那曲赶到申扎县与我们汇合。

　　上午从买巴乡出发后不久，我们便不断遇到黑颈鹤、藏野驴、俗称黄羊的藏原羚等野生动物。这些野生动物都不太怕我们的车队，还好奇地向我们回头张望，有时藏野驴和汽车赛跑，一派从容祥和的景象。惹得大家手中的相机、摄像机一起拍个不停。

今天主要的时间用在了赶路上，途中参观了买巴乡西边的拉日扎普岩画。这是一个属二叠系石灰岩地层中的溶洞，洞深约50米、宽12至20米，洞口较小，仅为2米宽，3米高。洞口有人工砌成的墙、石梯，洞内有滴水和少量的石笋；洞壁有用棕色、红色矿物颜色画的岩画，内容很丰富，有展翅大鹏、牦牛、羊、马、人、高山、太阳、月亮、树木、藏文和宗教符号等。这些图像的出现可能与苯教有关，再加上这些地区是属于古象雄范围内，故推测时代属于吐蕃时期。

在参观木纠错湖边的东热寺时，不巧遭遇湖边大批蚊子，密密麻麻，满车、满身、满脸都是蚊子，搞得大家狼狈不堪。

下午三点半到达申扎县县城，这是一个以南北一条街为主的小县城，比不了内地的一个镇。申扎县政府所在地的申扎镇在格仁错湖边上。三面夹山，背风向阳。

我们的车队径直开到县招待所，服务员告诉我们——自治区人大常委会副主任洛桑丹珍早已打电话为我们预定好了房间，他本人也将在傍晚赶到。

走进招待所的房间，第一眼看到的就是电视机！这真是久违了。电视机上贴着"浙江省人民政府赠"的字样，显示这是一件援藏物品。桌上摆着"红牛"饮料、"百威"啤酒和泛青的苹果、香蕉，服务员端来热呼呼的酥油茶告诉大家：这都是县政府特意为大家准备的。经历了这些天的疲惫和食物的单调匮乏，这些水果和饮料简直让我们觉得太奢侈、也太喜出望外了。

傍晚时分，自治区人大常委会副主任洛桑丹珍赶到，大家都很高兴。"洛主任"是开发无人区的先行者，在藏北草原有着极高的知名度和威望。

今年63岁的洛桑丹珍对藏北的感情非常深厚，他从担任申扎县县长到担任自治区人大常委会副主任，尽管职位不断变化，但他时刻惦记着无人区的开发事业。他在担任省部级领导多年后，仍亲自负责组建成立了"藏北高原无人区科考团组委会"，并担任组委会主任。我们的此次活动，就是组委会组织的第三次大规模考察活动。我们所有的路线、安排都是洛

洛桑丹珍（右一）在为科考车辆通过泥泞路指
路（2001年摄）

洛桑丹珍（右）与科考人员交流（2001年摄）

桑丹珍在拉萨时亲自制定的。

晚上聚餐，我们惊喜地见到了许多新鲜蔬菜。深受当地藏汉族群众称赞的年轻县长论白介绍说，这些蔬菜全部是县里自产的。这引起了我们的浓厚兴趣，决定明天去看看蔬菜温室。

晚上气氛热烈，大家互相敬酒、唱歌，闹到很晚，让我们真正体会到了藏族的豪爽和热情。在这种热烈气氛下，大家都喝了不少酒，小格桑和阿黄都喝醉了。我和小杨差不多都喝了半斤以上的"小糊涂仙"，好在头脑清醒，我这科考团的"管家"最后并没有忘记去结帐。

（九）寻找雪蛙无果，却见蔬菜大棚

7月4日 晴　申扎县甲岗山——申扎县城

一大早，我们就到海拔6440米的申扎县甲岗山寻找雪蛙。在藏族传说中，雪蛙是一种很神奇的精灵。据说，雪蛙生长在海拔5800米的雪线以上，具有极强的生殖能力。每到繁殖季节甲岗山附近河里的鱼类都要纷纷游到甲岗山上与雪蛙交配后再回到河里产卵。传说中的雪蛙体形不大，但体力强劲，从石头上走过都会留下脚印。由于这种种传闻，雪蛙成为最具生殖能力的象征，在藏药中极其名贵。许多港澳和海外的富商纷纷以重金求购，但真正见过它的人极少，找到活雪蛙的人更是罕见了。我们在拉萨就听说过雪蛙的神奇，但询问了很多人只有组委会的平措老人曾经在一位前西藏贵族家中见过一只干货。活的雪蛙什么样，谁也不知道。

雪蛙果然不是那么容易见到的。我们10多个人费了九牛二虎之力，好不容易爬上5800米的雪线，个个脸色发紫。休整一会，开始仔细寻找。一个多小时过去，别说雪蛙，连任何动物的影子都见不到。这毕竟是海拔5800米的雪线。不过，也算没白来，我们找到了雪莲花，这也是比较名贵的药用植物。每人采了几朵，也算是小有收获吧。

今天还有一收获是考察了申扎县电站旁的一个地热温泉。多年沉积的石灰熔岩形成了高高的绿色苔藓小山包，山包口"咕嘟、咕嘟"往外冒着沸水。这是由石灰与寒水石成分合成的天然温泉。

一起考察的藏医学专家格桑顿珠对我说，此温泉的寒水石成分在藏药里是一种广泛入药而功效极好的天然矿物之一，可用于治疗消化系统的疾病。

下午，我们几位记者来到申扎县城边的蔬菜大棚。走进大棚，见到各种翠绿的蔬菜长势茂盛，红红的西红柿和翠绿的黄瓜挂满枝竿，成为雪山

科考人员在申扎县电站旁考察地热温泉（2001年摄）

四川农民胡少南投资 20 多万元所建成的蔬菜大棚（2001 年摄）

脚下一道亮丽的风景。

　　种植蔬菜的胡少南是位 50 多岁的复员军人。他曾在四川农村种过菜，几年前到申扎县做泥瓦匠的时候，看到这里的群众长年吃不到新鲜蔬菜，便萌发了种植大棚蔬菜的想法，于是，他投资 20 万元建起了蔬菜大棚。用羊粪作肥料，通过烧火来提高棚内温度，逐渐解决了高海拔地区种蔬菜难的问题。

　　胡少南在蔬菜大棚连续试种蔬菜成功后，便开始尝试大面积种植。目前在他的带领下所种植的 7 个蔬菜大棚蔬菜长势良好，夏天已能供应西红柿、黄瓜、茄子、辣椒等 30 多个蔬菜品种；冬天，最少也能保证 10 多个品种。基本上能解决当地群众吃菜难的问题，也从而结束了藏北西部高海拔地区群众长期以来吃不到新鲜蔬菜的历史。

　　过去，海拔 4700 多米的申扎县城由于气温低，生长期比拉萨长三分之一，蔬菜生长非常困难，当地群众吃的蔬菜全部由汽车从拉萨运来。加上路途遥远，费用大，菜价高，一般百姓很难吃得起。新鲜的蔬菜经过长途跋涉运到申扎时，夏天往往已腐烂变质，成了烂菜；冬天由于寒冷脱水，成了冻菜或是干菜。吃到价廉物美的新鲜蔬菜，也就成了当地群众长久以来的一种渴望。

胡少南在蔬菜大棚中，拿着熟透的西红柿高兴地对我说，他种的蔬菜很受当地牧民群众欢迎，每天早上买菜的人络绎不绝。估计今年蔬菜纯利润能够达到十多万元。

　　采访完蔬菜大棚，我们几位记者又参观了县城。这是一个袖珍的城镇，县城仅有 1000 多人口。全城一条长不到千米的主要街道上，有一个邮局、一家菜店、两家理发店、若干小卖部和小饭馆。

　　其它就是县委、县政府、公安局、财政局、税务局等政府机构。居民大部分是县里的干部及其家属，小部分是到此谋生的流动人口。说到这儿不得不佩服四川人，生存能力极强，他们几乎垄断了这个小城的商业和饮食服务业。

　　出来 10 多天，我们已是蓬头垢面、满脸胡子。于是我们几名记者一起到小理发店去理发。每人 15 元，理完后顿觉精神一振。

　　令人高兴的是这里有卫星地面接收站，晚上给家里打电话报了平安。这里的卫星电话收费不高，每分钟在一块钱左右，不过传输速率较低，而且时断时续。于是，我和小格桑最后还是通过海事卫星，向总社和分社传出了这两天的照片和文字稿件。

四川农民胡少南投资 20 多万元所建成的蔬菜大棚。2000 年，他在这里试种蔬菜成功后，基本上解决了当地牧民群众吃菜难的问题，也从而结束了藏北西部高海拔地区群众长期以来吃不到新鲜蔬菜的历史。

（十）5万渔鸥和它们的儿女

7月5日　晴　申扎县—错鄂湖鸟岛—马跃乡

早晨从申扎县出发，前往错鄂湖鸟岛。

错鄂湖是申扎县色林错的卫星湖。色林错是西藏第二大咸水湖。据科学调查，它是历次造山运动、地层断裂造成的内湖。

色林错中分布着若干岛屿，因小地形、小气候的缘故，这里许多岛屿成为各种鸟类栖息的乐园。

中午到达色林错，在一望无垠的大草原中，色林错如同一块蓝宝石泛着神秘的光芒。

传说，色林错下有暗河通印度恒河，湖中有大旋涡，深不可测。湖中常有湖牛、湖羊和湖马，凫上岸来与家养牲畜交配，所产下的后代非常强壮。这些都为色林错披上了一层神秘的色彩。

驶近色林错南面的错鄂湖，附近的草原上不时有翻飞于蓝天白云下的棕头鸥、成"人"字飞行的斑头雁、婉转啼鸣的百灵鸟……错鄂湖如一片青云，从遥远的天边冉冉而来，更远处是逶迤绵绵的白色雪峰，巨大的山

错鄂湖岛上新发现的古遗址（1989年摄）

影倒影在湖水里。

7月的藏北草原到处是花红草绿的五彩世界，那黄、那蓝、那白、那绿与浩淼的湖水、巍峨的雪峰融为一体，十分雄浑、壮美！

当一只只身体洁白的棕头鸥鸣叫着从我们头顶掠过时，车还未停稳，人人都急着跳下车，拿起相机拍摄。只见湖面中、小岛上，密密麻麻地布满了各种五颜六色的鱼鸥、棕头鸥、斑头雁……

一个月前，自治区人大常委会副主任洛桑丹珍带领由自治区林业局动物专家刘务林、自治区博物馆考古专家更堆等人组成的一行六人的科考小组，对错鄂湖六个小岛的鸟类和文物古迹进行了考察。这次我们又来全面考察这几个小岛。

错鄂湖海拔高度

错鄂湖岛上新发现的化石（1989 年摄）

错鄂湖鸟岛新发现的渔鸥（1998年摄）

错鄂湖鸟岛的棕头鸥（1993年摄）

为 4562 米，面积约 244 平方公里，湖内水生植物生长茂盛，鱼资源十分丰富。

我们在错鄂湖东面"桑勒日热"岛上发现：5 万多只迁徙渔鸥密密麻麻地居住在 4650 平方米的沙砾地面上，"生儿育女"繁衍后代。

早在 1987 年，陕西动物研究所姚建初等科技工作者就发现了这里新迁徙来的渔鸥，只是数量比过去更多了。

这种体长 60 厘米、头部为黑色的渔鸥繁殖地过去仅分布在地中海，以及青海和内蒙古地区。错鄂湖鸟岛大群渔鸥的新发现，使这个小岛成为迄今我国海拔最高、数量最多的渔鸥繁殖地，并改写了渔鸥繁殖地不在西藏的历史。

西藏动物学家刘务林曾在 80 年代初考察过此岛，那时小岛的栖息繁殖鸟是比渔鸥个体小 20 厘米的棕头鸥，而从未发现过渔鸥在这里繁殖。现在的考察发现，岛上已经没有棕头鸥，替代的全是新飞来的渔鸥。

在错鄂湖的六个小岛中要数这个新发现渔鸥的小岛最为热闹。只见天上飞的、地上跑的、窝里趴的无不是渔鸥。多的数不清的渔鸥，构成了一个渔鸥独霸、鸟声鼎沸的王国。经测算，每平方米平均有 2.5 只渔鸥，每窝有 3～5 个蛋，最多的渔鸥窝每平方米有 6 个，有的窝蛋多达 20 个。

刘务林告诉我，如同人们常常选择丰饶的土地作为自己的家园一样，鸟类也喜欢根据自己的习性选择适当环境作为自己生存、繁衍的基地。地处藏北高原的错鄂湖拥有丰富的鱼类资源，以及无人伤害和干扰的宁静自然环境与地理条件，为渔鸥的繁衍栖息创造了得天独厚的条件，使得这里变成了渔鸥新的繁殖地。

在湖岸边强烈的日光下，小格桑在我头顶上撑开雨衣遮光，以使我能看清电脑屏幕，使用海事卫星向西藏分社和总社摄影部现场传输文字和图片稿件。

传输完稿件，我们又来到错鄂湖南侧的色多岗坚林岛。在这个岛上，我们发现了两处文物古迹。其中的一处在错鄂湖北岸的坡地上，在离湖边约有 100～400 米的地方分布了四座房屋遗迹。这些房屋十分狭小，每间房内面积仅两平方米左右，高度也只有两米左右，门也很小，人要低着头才能进去。

这些房屋每个门前都有一小院落，院内有 1～3 个小房间，房屋呈馒头状。仔细观察，房屋墙体是用石块层层垒筑，快到盖顶时，四周使用长条形石板逐渐收缩成穹隆顶，顶部中间留有一个小孔当天窗。

还有一座依坡而建的两层楼房，其下层有一小院落，院内有一间房；二层楼建在第二个坡地的水平线上，上下每间房也同样十分低矮。

类似这样的石头房遗迹曾在西藏阿里地区发现过。看来，古人为了生存和与恶劣的环境作斗争，因地制宜，就地取材发明了穹隆顶式的石头房。

考古专家更堆认为，这些房屋距今有上千年历史，是古象雄时期至吐蕃时代留下的遗迹。

可我一直想不明白，这样的小石屋古人如何居住，难道古人很矮小吗？看来，这些未解之谜还有待科学工作者来解开。

离开错鄂湖鸟岛，我们在"洛主任"的带领下来到一处奇异的地方。这是一所建在高高悬崖上的房子，离地面将近 20 多米。以前"洛主任"曾多次到过这里，因为没有工具无法攀登上去。这次，我们使用折叠铝合金长梯，一段段往上接力，终于爬上了这个极为险要的房子。这房子里面很宽敞，墙上镶嵌着藏羚羊角作为攀登的梯子。西藏大学考古和历史学专家仔细研究了残留的遗迹，始终无法确定这个建筑的年代和用途。在这个悬崖上建房子，即使使用现代建筑设备都相当困难。那么古时候，是谁拥有这样高超的建筑技术？而把房子建在这里的目的又是什么？这依然是不解之谜。

晚上我们在马跃乡附近的一处草地上安营扎寨，"洛主任"也自带行李被褥和我们一起住大帐篷、吃白煮面条和大锅菜，还不时把大家随手丢弃的垃圾收集、填埋起来……面对这样一位经常深入基层、平易近人、吃苦在前的省部级干部，大家都深受感染并由衷地表示钦佩。

（十一）男儿泪

7月6日　晴　申扎县马跃乡

上午兵分两路：一路考察宿营地旁边山体中的溶洞；一路考察马跃乡附近山上的岩画。

考察岩画的一路人员发现，马跃乡嘎尔一带的岩洞大多都有岩画。

在嘎尔南面的沟里，有一陡壁上的岩洞。此洞口距崖脚有15米之高，洞下方有一人工垒起的暗堡，堡内有供人们上下用的踏脚口，每次只能一人上下，十分险要。

为了攀爬这样的岩洞，我们这次专门买了一个6米高的梯子，搭在陡壁上往上爬。

此洞全长18米多，洞口宽度从4米多向内逐渐缩小至不到1米。洞中有石阶梯和生火及休息的遗迹。由于洞中漆黑一团，壁上有十来处岩画本来就颜色暗淡，辨认图案相当困难。后来，小杨试验用数码相机加闪光灯拍摄，效果非常好。难以辨认的图案，在数码相机的显示屏上清晰可见。西藏大学的几位专家纷纷过来让他帮忙拍照后辨认，收获不小。几乎所有的图案都被完全辨认出来，有挥动法器的人形，有牛羊，有宗教符号，等等。

另一个叫"金钟浪德嘎"的岩洞，处在白垩系石灰岩中。洞内有坛城、马、人物、佛像和魔鬼像，洞外还有一幅3米多高的佛像。

科考人员考察溶洞（2001年摄）

我一直习惯称呼"洛主任"为"洛书记"，是因为他是开发无人区的首任书记。上午我跟随"洛书记"率领的一路科考人员考察溶洞，令我十分感动并难以忘怀。

科考人员科考高山岩洞（2001 年摄）　　　　带头探一小洞的洛桑丹珍出来时浑身都是
　　　　　　　　　　　　　　　　　　　　　　泥土（2001 年摄）

　　我们到一个小山洞去考察，"洛书记"也要跟着进去。这个洞只能一个个爬进去，出来时再一个个退着爬出来。我坚持要进洞，"洛书记"说："那不行，你是汉族，你扛不住，你在洞口守着就行。"他把我留在了洞口，而自己却钻进了洞。

　　在这氧气不及平原一半的无人区，洞里就更缺氧气了，形象的说我们在内地呼吸一次在那里就要呼吸两三次。

　　不一会，"洛书记"和藏医学专家格桑顿珠像个土人似地从洞里退了出来，我上前去拉拽时，眼眶变得湿润润的。

　　常言道：男儿有泪不轻弹。

　　依我说：只是未到动情时。

　　我自信属于硬汉一类的"老西藏"和老新闻记者，在二十多年的工作与生活经历中，遇到的艰难困苦不计其数，但一直不屈不挠，拼搏奋进，很少有望而却步甚至伤心落泪的时候，而此时我却被"洛书记"无私无畏的精神所打动，情不自禁地挥了泪！

藏族科考人员在对新发现的高山蛙进行称重
（2001 年摄）

下午的考察很令人振奋，我们在海拔 4700 多米的申扎县雄梅乡发现了一种专吃草原"三害"之首毛虫的高山蛙。

这是在海拔 4500 米以上地区，首次发现高山蛙。新发现的高山蛙生活在总面积约 60 平方公里的那通湿地上，平均分布密度为每平方米 1.5 只。这种高山蛙平均体长 34.4 毫米左右，平均重量 6.6 克。因高山蛙是高原草场害虫的天敌，所以它深受牧民的喜爱。

这种高山蛙的新发现，填补了我国高海拔地区没有蛙类生存的空白。

在雄梅乡十村扎果那东山谷的河川岸边，我们又发现牧民修房时在地表一米以下所挖出的一只马鹿角，而阿里地区曾发现当地有鹿存在的岩画。科考人员认为，这次鹿角的发现和岩画中的鹿，从一个侧面印证了上千年前藏北无人区有鹿存在的事实，同时证明当时的海拔高度可能要比现在低，气候也比现在要好些，而现在无人区早已没有鹿了。

在雄梅乡另一村庄，我们还发现了牧民曾在地下挖出的人头骨。这头骨已被当地一喇嘛锯成两半，当宗教上的头盖碗使用。据村干部介绍，这一头骨是群众无意中从墓葬里挖出来的，出土现场早已被破坏。

科考人员通过对这一人头盖骨表面观察断定，墓主人是一女性老人。这一头骨的发现和出土情况说明，这一带有古墓葬，古人类曾在此生活过。

从上世纪 70 年代直到本世纪，中科院考察队、西藏考古队等先后都对藏北无人区进行科学考察，并取得显著成果。除了发现各种动植物外，还发现了旧石器时代的打制石器，新石器时代的细石器，象雄时代的岩画和石头房屋遗迹，以及后来吐蕃时代的墓葬等。这些都表明了藏北人类历史活动几乎包括了各个时代，考

新发现的高山蛙（2001 年摄）

古证明藏北无人区曾有人类活动，其历史要早于文献记载。

晚上，我们在帐篷外给贡续、巴桑和小杨过了一个难忘的生日。说来凑巧，这次科考队中，7 月出生的居然有三位——贡续 7 月 3 日、巴桑 7 月 6 日、小杨是 7 月 9 日，于是便凑在今天一起过。晚餐时，大家纷纷与他们握手祝贺，有人拿来一瓶辣酱，有人找出两袋榨菜作为贺礼。"洛书记"从自己车里拿出三瓶白酒。我们用杯盖盛上酒，在藏、汉、英三种语言的"祝你生日快乐"歌声中，大家干杯庆贺，醇烈的白酒一饮而尽。在海拔 4800 米的藏北无人区度过生日，恐怕会是他们一生中的惟一一次。

（十二）无人区发现石棺墓葬群

7 月 9 日　晴　尼玛县岗龙乡戈芒村

我们结束对申扎县当琼地貌科考后，在"洛书记"带领下，昨天经过一天泥泞路的艰难跋涉，到达了尼玛县城。

县委书记才仁桑珠（后任那曲行署副专员）继昨天在尼玛县境内接我们到达县城后，今天中午又陪我们一行来到尼玛县岗龙乡戈芒村考察古墓遗存。

这处古墓遗存距离县城有 43 公里，遗存在戈芒湖边，其地理坐标为东经 87°12′，北纬 31°34′，海拔高度为 4634 米，遗存的西面和北面

有一座呈南北走向的小山坡，当地人称为戈芒山。给我们带路的原戈芒村村长曲扎老人的家，就住在离遗存有100米左右的地方。

我们在这里发现了八处石棺墓葬。这个石棺墓葬群的主要特点是在地表上用石块砌成圆形、椭圆形或梯形标识，其中有一处地表石堆上立有两块高不到1米，宽20多厘米的"黑石柱"，石板上无任何人工的加工痕迹。其它残存的"黑石柱"还有五六块，但都已倒下，也无任何人工加工的痕迹。

为了彻底弄清此处遗址是墓葬遗存还是房屋遗存，我们在一个被盗挖过的墓穴地面先开了个1平方米的探方进行试掘，后又扩充到3平方米进行试掘。

对于这次试掘，大家都充满了期待，我更是挥锹铲土，忙得不亦乐乎，准备报道一个大新闻。"洛书记"也不闲着，拿着小型摄像机摄像。

午饭时，县委书记才仁桑珠还让县招待所食堂给我们送来了可口的饭菜，更让大家干劲倍增。

欢迎科考人员到来的乡村妇女和儿童（2001年摄）

我们去掉表层土后，露出的是一些长短不一的石板，石板呈东西向有序排列，最长的石板长0.7～0.8米，短的0.44米，厚薄不均。此外，还有两处有石板组成的几何形图案。所见的事实可以断定，这是石棺墓葬群。

而此时，有一考古人员顶着大多数人都希望继续挖掘的压力，提出我们此次考古因不够挖掘资格，应停止继续挖掘。

至此，我们停止了挖掘，而后清理好现场，绘图、拍照、记录后回填土方，保持原状，

科考后回填石棺葬（2001 年摄）　　　　　　　　科考测量石棺葬（2001 年摄）

供以后专业考古部门来挖掘研究。

　　戈芒湖附近原是人迹罕至的地方，上世纪 70 年代开发无人区后，迁到这里的牧民没有石棺葬的习俗，周围也从未发现有石棺葬标志的黑石岩材料。西藏大学考古专家次旺分析说，这可能是比较原始的遗柱遗址。

　　今天，我们还调查了解到，尼玛县境内类似这样的石棺墓葬群点有五处。它们分别是吴尔多乡的足扎玛布；岗龙乡的吴永；岗龙乡的罗玛嘎木；阿索乡的多热加扎古；达玛沙吉瓦乡的地穷。

　　另外，在申扎县境内还有马跃乡的曲木地、雄梅乡的达龙两处石棺墓葬群，以及永珠乡石棺墓葬等。

　　据了解，西藏各个地方都已发现石棺葬，具有代表性的石棺墓是拉萨曲贡遗址和昌都相皮遗址，他们处于新石器前后，据今约有三四千年的历史。石棺葬在西藏盛行可追溯到佛教传入之前的 1300 多年，佛教传入西藏后，石棺葬逐渐消失。这次藏北无人区石棺葬墓群的发现，很大可能是外族人留下的。至于它的来龙去脉，虽然还有待发掘和研究，但从现在的试掘情况看，这一重大发现对于西藏和藏北的历史文化已具有很重要的研究价值。

（十三）探访象雄古国遗迹·古老的小石屋
无门无框·苯教名刹玉本寺

7月11日　阴　尼玛县文部乡

探访象雄古国遗迹

公元8世纪被吐蕃王朝所灭的古象雄王国，曾在青藏高原显赫一时，并在藏北高原发源了西藏原始宗教——"苯教"。如今与著名的达果雪山、"圣湖"当惹雍错一同并世的古象雄王国遗址，在尼玛县境内仍然有无数断壁残垣。

这样神秘的地方，自然是我们少不了的科考内容。

冒着清晨的细雨，驱车向西然后转南行。出尼玛县没有多远，便开始翻山，汽车在一座座山岭间发出沉闷的声音，车速比人走的速度快不了多少。高原缺氧，汽油不能充分燃烧，功率自然受到影响。在这里汽车也有"高原反应"。

汽车在崎岖的山路上蹦蹦跳跳地行驶了大约100公里，翻过高高的山口，映入眼帘的是雪山、草地、湖泊、农田和村庄，景色非凡。

这里是文部乡北村，也就是以前的文部办事处文部区当穷乡，现在

尼玛县文部乡游玩的村民（2009年摄）

的乡政府所在地。附近有个湖泊叫当穷错。村庄的半山上有座正在修缮的寺庙，名叫当穷寺。此寺属于藏传佛教格鲁派（亦称黄教），主供释迦牟尼佛和宗喀巴大师。当穷山上，曾发现有大量不同种类的植物化石和古象雄人居住的山洞。

尼玛县文部乡的老人与儿童（2009年摄）

午饭，我们在当穷寺喝酥油茶，吃糌粑，稍事休息。

汽车沿着当穷错继续向南行驶30多公里，是美丽的"圣湖"当惹雍错。当惹雍错北岸是过去的双湖办事处文部区文部乡，曾经的文部区首府所在地，也就是现在的文部乡南村。宽阔的湖对岸是美丽的达果"神山"。达果雪山和当惹雍错，是苯教徒的神山和圣湖。它们久负盛名，双双坐落在这里。它们与佛教所认为的冈仁波齐峰和玛旁雍错身价一样，而且湖底相通，藏北高原的佛、苯教徒都传说，朝拜过此山此湖就不必转别的山别的湖了。

在荒芜的藏北，当惹雍错湖畔有着"小江南"的独特气候，这里是整个藏北无人区惟一可以种庄稼的地方，并盛产优质的克什米尔山羊绒。

一千多年前的古象雄王国据说就建立在这里，后来不知为什么悄然没落在历史尘烟中，成为西藏史上的著名公案，让学者们至今众说纷纭。

离文部乡南村20多公里的穷宗是一座几十米高的石山，方圆百十米，青灰的岩石在高原的烈日下映出浓厚黑影，如一匹史前巨兽，蜷伏在湖边饮水，又仿佛静默守护着高原圣湖，无言的见证着历史沧桑。

这里是一千多年前的古象雄王国遗址，是藏族群众心目中的圣地，人们跋山涉水来到这里转山，然后心满意足地踏上迢迢归途。山脚悬崖下丕有天然形成的狭小石缝，人们常常蜷曲着身体艰难地钻过去，以求吉祥平安。

山坡下蓝色的湖水泛着粼粼波光，深邃若梦。山上到处都刻着藏传佛教六字真言"唵嘛呢叭咪吽"，像一件疏落的外衣披在古老的古迹上。山路高处的平地上盖着几间修行人的小屋，山崖上有几处据说是千年前象雄古国的废墟，层层石块叠起，迎着高原的罡风，坚忍不拔的永恒静默，破败的残墙在日光下象征着时光的无情印记。

路边的岩石上有很多宗教神迹，有些印记是高僧足迹，就像天然形成一般，深深印在岩石中，透着坚忍执著，沧桑久远；有些印记是宗教符号，比如青色岩石上的白色"卍"字，牧民们说是自然形成，仔细观察其实是人力所为。

古老的象雄产生过极高的文明，它不仅形成了自己独特的象雄文，而且还是西藏传统土著宗教"苯教"的发源地，对后来的吐蕃以至整个西藏文化都产生了深远的影响。

穷宗附近的当惹雍错是苯教徒最看重的圣湖，湖边今存一座建于悬崖山洞中的寺庙——玉本寺，相传为苯教最古老的寺庙，香火尤盛。

史载苯教的缔造者敦巴辛绕是象雄第一代王。穷宗地处达果山脉中段以西，规模可观的遗址群背依达果雪山，西邻当惹雍错，地势雄奇，富有王国都城之气势。遗址总占地面积约有1平方公里，似一扼险而踞的大石堡山寨。

古象雄一般分为上、中、下象雄。上象雄以冈底斯山与玛旁雍错为中心，基本上以阿里地区为主；中象雄以达果雪山与当惹雍错为中心，基本上以那曲地区为主；下象雄以丁青县六峰山为主，基本包括那曲与昌都的部分地区。

我们此次科考和过去的科考表明，文部乡远古时期的确是象雄文明盛行的地方之一。比如这里气候温和，适宜人类居住，能够耕种农田；发现有西藏土生土长的原始宗教的苯教寺庙，达果雪山与当惹雍错被奉为苯教护法神；岩画内容离不开苯教，有苯教崇拜的太阳神、月神、大鹏、苯教的逆时"卍"符号；发现了古象雄的语言和文字；发现了吐蕃时期很多藏王姓名与象雄语有关；在申扎县发现了被称为苯教十二护法神山的当琼山；还发现"达果""当惹""鄂扑""鄂莫"等地名与象雄有关……

据苯教史书《象雄密史》《忿怒续部目录》等记载，象雄古国曾出现十八个"恰如坚"国王，其中晶氏射当王赤金光恰如坚和林穆氏天王琉璃光恰如坚，曾把象雄达果地方当作国都进行统治。

达果雪山是西藏四大雪峰之一。达果山脉，七座雪山常年冰雪覆盖，云霞笼罩，被当地群众称为"七兄弟"或"七勇士"。在它周围还有八座雪山，被称作"八卫士"。象雄苯教认为在360座雪山上依附着各种世间神妖，其中达果雪山是最有名的神山。

当惹雍错被列为西藏三大圣湖之一。苯教典籍称"天上滴下一滴口水，示现祥慧天如美容"，意为天王造就，是苯教殊胜之地。

传说，当惹雍错的湖主是措敏列吉旺姆，她是这里180条江河的主神。此湖形状像把金刚杵，上部椭圆形，腰部细窄，下部长方形，四面雪山环绕，令人称奇不已。

从佛教传入西藏且渐渐普及后，作为西藏原始宗教的苯教已淡出了历史舞台。即使一些偏远地方还保留有少量的寺庙，但也深受佛教的影响，从寺庙的建筑到僧人的着装，已很难把它们跟佛教区别开来。然而，当人们看到转经人围绕

达果雪山下具有小气候环境的当惹雍错湖和农田（2009年摄）

当穷错湖畔

寺庙逆时针行走时，那它肯定是苯教寺庙。因为藏传佛教无论何派，都没有逆时针转经的。

这里的文部寺是座苯教寺庙，紧邻村子。在西藏，寺庙跟村子连在一起还是少见的，一般离村子都有一段距离，且大多数都在村子上方的山坡上或者干脆修在山上。过去有很多寺庙用水大都是从山下背，很不方便。现在好了，寺庙里都打了井，背水的历史算是结束了。

苯教是西藏主张万物有灵的最古老宗教。早在佛教没传入吐蕃之前，它是统领雪域高原的惟一宗教。然而，那时的苯教并没有建寺的习惯，修建寺庙还是文成公主进藏以后的事。

我看到的文部寺壁画色彩艳丽，光泽度极好。在西藏，只要是50年代以前的壁画，所用颜料都是就地取材的矿石，手工磨成粉状，用水稀释后作画，这种壁画可以历经千年而不褪色。可惜很多寺庙壁画在"文革"时都受到不同程度的毁坏。而文部寺之所以能够保存完整，主要得益于"文革"时此寺被征作文部区粮店仓库来堆放粮食，才得以很好地保留。

古老的小石屋无门无框

我过去在当穷乡，现今的文部乡北村几次见到过有低矮门的小石屋。这些小石屋是全石结构，不曾用过丁点铁、木。尤其令人费解的是，其中不少石屋建在悬崖上。

这次乘考察的空隙，我又一次细观山坡上的几座古老的小石屋：全石头构成的石房，屋顶用的是大石板，门框低矮又无门板，只能弯腰进去。这是什么原因呢？我找当地干部问了个究竟。

据说，这和古民俗有关，是为防止行尸闯入室内而特别设计的。原来，死者去世后的一两天内，要放置在家里，不能送往天藏台。起尸事先都有预兆，面部膨胀，肤色呈紫黑色，毛发上竖，身上起水泡，然后缓缓睁眼坐起来，接着举手直直朝前跑去。所有起尸有个特点，就是不会讲话，不会弯腰，不会转身，连眼珠子也不会转动，只会直盯前方，挺着个僵直的身体往前跑。

民间还传说，如果起尸冲入家里，会给活人带来不幸。于是根据起尸不能弯腰的特点，为房屋专门设计了矮门，起尸撞到门框倒地后就起不来了。也不知这种解释是否正确，权

当穷错湖畔的玛尼堆（2009 年摄）

当惹雍错湖畔（2001 年摄）

科考人员远眺当穷错（2001 年摄）

且先作为一种说法，待日后考证。

上世纪 80 年代，我在文部办事处、现今的尼玛县城以北约 10 公里处两座高耸的山下看到，约有 2000 平方米面积的古迹废墟，也全用石头建造。在这古迹的东南侧，还有一处人造石林，有十多根，每根约有一人高、一人粗，当地人称它为"盟杜孔"（盟墓坑）。

类似这种形状、结构，建在悬崖上的小石屋，我以前在申扎县北面的达琼山等地也见过不少，它们好像是同一历史时期建造的。

苯教名刹玉本寺

由于此次考察分几路人马，我很遗憾没能再访玉本寺。我站在文部乡政府所在地的北村村头，遥望通向玉本寺的崎岖小路，不禁想起 1987 年去玉本寺时的那一幕幕情景。

从文部乡北村到玉本寺约有七八十公里，有段路要翻山越岭，道路崎岖难行，以前是骑马前去，现在可乘当地的双轮"摩的"前往。

玉本寺，这是一座建造在溶洞里的建筑物。相传，作为玉本寺经堂的溶洞上可见天，下可通湖底。从前这一带是鳄鱼、乌龟、青蛙、鱼怪作乱的鬼湖。湖水泛滥，淹没农田村庄。后有苯教活佛生力嘎布路经此地，为淹在水中的百姓开凿出口，把妖魔关在洞中变成石头。乌龟不听话，居然想站起来，活佛一脚踩去，龟背上从此留下脚印。

尼玛县当穷寺喇嘛与群众（2001 年摄）

尼玛县文部乡处处充满"苯教"色彩（2001 年摄）

尼玛县当穷寺（2001 年摄）　　　　　　　尼玛县文部乡玩耍的孩童（2001 年摄）

　　寺庙后有一石洞，洞口有块石头悬着，从悬石边侧身进去，里面豁然开朗。再往上爬，上面还有一个洞，岩壁上画着各种"图腾"符号。洞里布满像海石花一样的东西，看起来确实很像是海底的沉积物。

　　玉本寺主持丹增次仓活佛 20 多岁，西藏昌都地区丁青县人，16 岁时出家在丁青县哲蚌寺当小喇嘛。前几年他去阿里地区冈仁波齐"转山"朝拜被这里的群众发现，认为他是转世活佛。人们流着热泪挽留了他。本来对活佛的认可需要繁琐手续，有关部门曾劝戒过百姓，无奈劝戒无效，丹增次仓便成了玉本寺活佛。

　　年轻的苯教活佛很善谈，一副雄心勃勃、立志振兴苯教，胸有成竹的样子；也炫耀玉本寺已有 1000 多年历史，历经数十代活佛，鼎盛时期曾输出过上千上万的喇嘛。后来每况愈下，终至没落。前三年由政府拨款重建。他缅怀香火最盛时期的威仪，祈望着苯教的黄金时代在自己手中复现。

　　苯教是西藏本土的原始宗教，一种万物有灵的信仰。纯粹的苯教所崇拜的对象包括天、地、日、月、星辰、雷电、冰雹、山川，甚至土石、草木、禽兽。现在的苯教有别于初期苯教。自佛教输入西藏后，苯教为了争取生存，已吸收了佛教的许多内容。苯教的主神也是释迦牟尼。历史上虽曾有过著名的佛苯之争，但苯教早已无力与佛教相抗衡，只有部分地区残留下苯教。

"老唐，天快黑了，我们到回去的路上等吧！"小格桑一句话打断了我的回忆。

由于有一路人马所乘坐的一辆"陆地巡洋舰"走错了路，无法取得联系，夜幕降临，我们大部分人马只好夜宿离这里不太远的当穷寺。

炊事员开始为劳顿一天的藏汉族科考人员准备晚饭，因"洛书记"和领队"巴工"停留在尼玛县城，没有来文部乡，我此次肩负着率队科考的重任，刚才便背着相机焦急地走到路边去迎候还没有归来的一路人马。

尼玛县文部乡当穷村（即北村）和当穷寺（2009年摄）

（十四）裸奔在世界上海拔最高的温泉·圣湖·雪山·绿洲

7月12日　晴　尼玛县文部乡

裸奔在世界上海拔最高的温泉

昨晚十点多钟，失去联系的一路人马终于安全回来了，我高兴地请大家喝放在车上的"沱牌"白酒。于是，大家欢天喜地的小庆一番。

一大早，我们去当惹雍错，继续进行昨天没有完成的科考任务。

去当惹雍错，文部温泉是必经之地。温泉海拔4516米，周围雪山林立。泉眼在半山坡上，从停车处到泉眼，不到100米的距离。这个温泉并不十分美丽，但它的药用价值在方圆几十里却有口皆碑，那是因为它对胃病、风湿、皮肤病有特效。

这个温泉的泉眼如碗口般大小，泉水"哗哗哗"地往下淌，水温在45至50摄氏度之间。当地人在下面挖了两个坑，一大一小，用碎石头简单围了一下。大的围墙较深，中间有一小洞供水溢出，此池可供三个人同时泡澡，这是专供男人用的。小点的池子是专供女人用的，围墙不到半米。站在男池，对女池的一切动静可一览无疑，不但无法抵挡寒风，连春光也无法抵挡，如同是在藏北草原上裸奔一样。

村民们告诉我，每年的沐浴节，周围的人都要来这里泡澡。沐浴节时泡温泉是有讲究的。比如第一次下水时是10分钟，第二次则是15分钟，第三次20分钟，这样一点点的增加，直到你所能承受浸泡的最长时间。然后开始一次减5分钟，最后减到第一次泡的时间为止。每年沐浴节时，因为人太多，都有老藏医在一边安排时间，根据个人情况，或15分钟、或半个小时，大家轮流进池子。据说，沐浴节时这样泡上一周，一年都不会感冒。

在高原泡温泉，时间是不能太长的，否则起来时很容易晕倒，还容易忘事。据说，每年沐浴节时就有人不听藏医劝告，泡得时间太长，起来后晕倒的、丢三拉四的、爱忘事的人很多。

我以前在这里泡完澡后就出现过小症状，先是感觉大脑"断电"，一片空白，连自己的眼镜也不知哪里去了，找来找去却发现眼镜就架在鼻子上。离开时，还有些头晕，走起路来双腿发软，头重脚轻。最严重的是晚上又吐又拉，持续了好几天。

我向一起科考的藏医学专家格桑顿珠请教。他告诉我，这温泉伴有少量的硫磺，泡泡能够自然治疗痛风、黄水病等疾病，但不宜泡得太久，如出现一点症状也属于正常现象。

圣湖 · 雪山 · 绿洲

当惹雍错——文部草原上的"圣湖"，远近闻名。

牧民中流传着一个故事，说当惹雍错是达果神山的妻子，她生了九个女儿，有七个已经远嫁，只剩下两个女儿，就是神山旁的两座小雪峰；还传说，当惹雍错、玛旁雍错、羊卓雍错是三姐妹。如有妇女和母畜难产，运气好的话，捡了"三姐妹"任何一个湖边的死鱼吃了，小孩和小畜都能顺利降生；另据说，当惹雍错的水草茂盛，常有像栋房子一样大小的湖怪浮上水面，仅眼珠就有脸盆那么大。十几年前，文部办事处副主任才旺连珠向我说起湖怪时讲得神乎其神。

我一人走到神奇的当惹雍错湖边，神经顿时兴奋起来，端起长镜头相机，两眼不时地紧盯着湖面等待奇迹的出现。"湖怪"，诱惑力多大啊！青藏高原关于湖怪的传说很多，可都拿不出确实的证据来。我带着一种莫名的侥幸心理——那怕是万分之一的希望也不能错过，只要湖怪出现我一定要拍下这一难得的瞬间，留下珍贵的照片。

站在湖边，不由想起一个关于当惹雍错"湖怪"的传说，它给我的印象太深刻了：上世纪七八十年代，文部区政府办公地点还在当惹雍错湖畔，区委书记刘文学闲暇到湖边钓鱼。他用拴牦牛的牛毛绳系个大铁钩，挂上大块牛肉当饵料，绳子另一头系在腰上——愿者上钩。一会儿，他感到水中有一股巨大力量往下拖他。他急忙解下腰间绳索，拼命逃跑，牛毛绳顷刻间不见了。

眼前的当惹雍错湖，曾经叫唐古拉攸木错，是冈底斯山北麓的内陆湖，长 70 公里，宽 12 至 20 公里，湖面海拔 4535 米，面积 1399 平方公里，是西藏高原的第三大湖。它是由高山雪水积聚而成的。每到夏季，冰雪融化，湖水上涨；当严寒来临时，冰封雪锁，湖水开始回落。

在圣湖之畔，端起相机良久，我盼望的"湖怪"没有出现，只好遗憾地离开湖边。

记得 10 多年前，在文部区政府门口，我见到藏族区委书记时，便急切地打听，湖里是不是有水怪，他毫不犹豫地回答"有"。"你见过吗？"他摇摇头。"有人见过吗？"他点点头，"老人在冬季湖冰面上行走时见过。"我高兴地接着追问："能告诉我是哪位老人吗？"他却说不出一个名字。但无法解释的是，确实有人见过"湖怪"。在那曲镇，那曲地区文化局局长阿布曾带我访问了文部办事处帮多区区长玉珍。

1974 年夏季的一天，时值中午，帮多区区长玉珍带着乡里的几位妇联主任去参加地区的妇代会。牵马行走在当惹雍错湖东岸的山梁小道上时，她发现了湖里有两个四五人之高的怪物。怪物全身呈黑灰色，像旱獭一样站立着，两后蹄踩在水里，两前蹄弯曲胸前。同水里怪物打了个正面，可把几位妇女吓坏了！区长玉珍以为湖里的怪物是云彩的影子，抬头看天空无一丝云彩。她们稍一定神再细看时，这两个怪物脑袋有点像野

当穷错湖畔青稞田

驴，有耳朵，还有犄角。相互对视了十几分钟，那两个怪物悄无声息地直直地坐着下了水，没有了踪影。

阿布和玉珍还介绍说，现任那曲地区政协副主席江白家人在 60 年代也见到了当惹雍错湖中的怪物。那是一个炎热的中午，江白的家人在当惹雍错湖畔的夏季草场挤牛奶，一头种牛耐不住热跑到湖水里泡凉。不一会江白的家人发现种牛不见了，而种牛泡凉的湖水却泛起一股股殷红殷红的血，江白家里的几个人跑向湖边，所见的是一个巨大的黑砣砣，两只眼睛的大小如同汽车的一对大灯，明亮明亮的。等怪物转身游到湖底时，才发现它是一个长形的大东西。

看来，这谜一样的湖怪是否存在，仍没有人能解。由于我们科考时间和设备等方面的限制，无法搞清这一问题。不过，湖里有丰富的渔业资源倒是实实在在的。湖里的无鳞鱼，样子颇像黄河鲤鱼，肉质细腻、味道鲜美，是适应高原严峻自然环境的一种特殊的鱼类。因当地群众没有吃鱼的习惯，渔业资源也就没有开发。有人在湖边垂钓，一个小时就钓到三十多条几斤重的大鱼，带有牛肉饵料的鱼钩下到水里很快就有鱼上钩。

在西藏高原，许多湖泊实际上是雪山之子。当惹雍错的四周层峦叠嶂，逶迤绵延。有些山峰超过海拔 6000 米，峰顶的积雪终年不化。这一带的山脉大都东西走向，而当惹雍错周围的山则明显地向南北延伸。东北岸南面的山麓，巨大的断层三角面组成的陡崖，延伸数公里。有的地方平滑的石英岩壁高达二三百米。东岸山地海拔近 6300 米，有现代冰川发育，并保留有许多完好的冰斗、冰悬谷和其它古冰川地形。附近的古冰矿碛物一直延伸到湖里。

湖的东北侧山底有几十间石屋，紧邻屋前横着一条 10 多米宽、20 米深的大沟。沟底有一股清清的溪流，是从雪山上流下的雪水汇集而成。那冰冷的溪流碰撞在岩石上能溅起几米高的浪花，发出轰鸣声。令人惊奇的是，那沟底竟生长着几十颗苍松和翠柳，最大的有脸盆口粗，大树周围还有一片茂盛的灌木丛。这是我在藏北西部见到的仅有的绿树，它比平原地区的绿树要珍贵千百倍。

"吃水不忘挖井人"，而当年栽树的就是开发无人区先行者、西藏自治区人大常委会副主任洛桑丹珍。70年代初，文部属于申扎县管辖，时任申扎县县长的洛桑丹珍看到这里气候温暖，便想到了种树。他趁牧民赶着牦牛到他家乡拉孜县农区进行畜

尼玛县文部乡的老姐妹（2001年摄）

产品和粮食交换的机会，让牧民从农区驮回几十棵不到一米长的小树苗。

　　为防止数十日的长途跋涉，树苗在驮牛背上被灼晒成干枝，"洛县长"让牧民把树苗与换回的青稞一同混装在褡裢式的牛皮口袋里驮运回来，以保持树苗的水分不被蒸发。没想到树苗一次就在文部、下秋措两地试种成功，并在文部长成大树，成为当地群众"逛林卡"的好去处。

　　当惹雍错湖畔，水草丰美。微风吹过，菜花飘香，青稞摇曳。在藏北西部，这是少见的景象。不远处还有银河似的羊群，繁如珍珠般的牦牛。草场山间，野生动物出没，有皮毛华贵的旱獭、草狐；有高山珍禽雪鸡；有展翅蓝天的大雁；还有野驴、藏羚羊、藏原羚……我万万没有想到藏北会有这样一块小气候的绿洲。这是雪山、草地、农田、湖泊、河流构成的神话般的世界。站在"圣湖"岸边，那蓝蓝的湖水和湖中倒映的雪山，湖面上那蒸腾的气流会把你引进一个迷人的仙境，仿佛是进入了山间的"香帕拉"（美好的世界）。

　　除了美丽的景色，"圣湖"当惹雍错周围还有许多神奇的传说。如，有的沟里水喝了不得麻风病；有的沟里水喝了不得"脏病"。还传说，玉本寺里有草、水和石头"三长寿"等等。这里的一切都那么让我心醉。

　　中午科考结束，我们回到当穷寺的临时住地吃午饭。午饭后，我背着相机走出当穷寺大门，来到村里。

村口高大的经幡在迎风招展，山坡上盖着层层房屋，红白石墙厚重朴素，错落有致。当穷错湖边一带有几十亩青稞地，有身穿藏装的三三两两的妇女在田间拔草。因当穷寺正在维修，寺里的喇嘛于是在湖边支起两顶白色大帐篷在里面诵经，一大群放暑假的孩子在帐篷周围玩耍。绿色的青稞麦浪衬着碧蓝的湖水，远方映着皑皑雪峰，仙境般的藏北风光，真可谓举世无双。

　　其实，当穷错数百万年前和当惹雍错是同一片浩荡的古湖，气候的干燥，水位的不断下降，导致湖区被分离成两个部分。由当穷错南行到当惹雍错，就是行进在当年的湖底世界。这正是当穷错名字的来历，藏语里"当穷错"即小的当惹雍错之意。

　　由于光线的折射，当穷错一天之中能变换成蓝、黑、黄三种颜色。湖东岸是连绵不断、屏风般矗立的褚红色山壁，它们清晰地记录了当惹雍错湖水一次次下降的历史。被湖水冲刷而成的阶梯从湖畔山顶一圈又一圈地一直环绕到湖滨。

　　据说，当穷山上的许多山洞曾是古象雄人的居室。山上至今还能找到各类动植物化石。

　　最令我惊讶的还是村庄里二、三十户人家的门前和房顶上出现了太阳

尼玛县文部乡妇女在为种植的蔬菜浇水（2001 年摄）

能灶和用于发电的太阳能电池板,这对于过去祖辈逐水草而居的牧民来说是一个了不起的变化。

看到被现代文明熏陶的乡村,我欣喜地只顾拍摄,没想到几位享受"日光浴"的青年男女身前有一条并不叫唤的大黑犬,突然起来狠狠地朝我右小腿咬了一大口,且紧咬不放,疼的我大叫起来。幸亏几位青年男女及时大声喝住了这只大黑犬,才使我脱开犬口。

我弯腰细看,隔着厚厚的条绒裤和里面的毛裤,我的右小腿竟被犬牙咬出两大排沁着鲜血的深牙印。我害怕被染上狂犬病,在这没有注射狂犬疫苗的地方,我只好赶快回到车上翻出我们驱寒喝的"沱牌"白酒,倒在伤口上反复擦洗消毒了一番。

晚上藏医学专家格桑顿珠看过我的伤口说:"请放心,藏北的狗不会有狂犬病。"一句话使我放下了一颗悬到"嗓子眼儿"的心。这恐怕也称得上是藏北高原紫外线辐射强,使细菌难于繁殖、动物很少有传染病的另一个世界奇观吧。

文部乡两个村的地方性区域小气候得天独厚,不愧为藏北西部的"小江南"。历史上这里就种过少量的青稞。如今,面积约1.7万平方公里,人口为1800多人的文部乡有农田近千亩,年产青稞20万斤左右,并种植着部分蔬菜,还放牧着4万多头(只)牛羊。

开发无人区的先行者洛桑丹珍告诉我,上世纪60年代,在全国"农业学大寨"中,文部乡还是西藏亩产千斤粮、过了"纲要"的有名乡村。

关于种植青稞,文部有一动人的传说:很久以前,达果神山从文部地区去堆龙地区找寻上好的青稞种子,触怒了当地众神,众神穷追不舍,当达果神山历尽千辛万苦回

盛夏当穷错

到文部的时候，青稞种子只剩下几十粒，他把几十粒种子小心地撒在妻子当惹雍错的身旁，当惹雍错则用自己的乳汁悉心浇灌，精心培育，嫩绿的青稞苗长出来了，夫妻俩在牧民的欢呼声中定化了。从此文部的青稞糌粑成为藏区最甘甜的极品。

考察雪山脚下"圣湖"的文部乡，来去匆匆。但那里大自然神奇的色彩，那里迷人的风光，那里善良的人民，古朴的风情，却深深地刻在了我的记忆之中。

（十五）古墓被盗·温泉奇观·藏药宝库·加林山岩画之谜·发现罕见的车辆岩画·欢呼申奥成功

7月13日　晴　尼玛县荣玛乡

古墓被盗

昨晚从文部乡回到尼玛县城，县委书记才仁桑珠等县领导来到我们下榻地——一排土房子的县招待所，看望第二天将回拉萨的"洛书记"。等我送走县领导，再和"洛书记""巴工"谈科考工作，上床休息已是凌晨两点多钟。

上午九点多钟，我们从县城驱车前往上百公里外的尼玛县荣玛乡（原为双湖办事处荣玛区）考察古墓、岩画和温泉。

中午时分，到达荣玛乡政府。正赶上乡、村两级干部在我们原计划住宿的会议室里开会，我们只好在这个背靠加林山，前临依布茶卡盐湖的乡政府旁边支起两顶帐篷，留下炊事员、卡车司机和夜里闹肚子有些体力不支的小格桑等人休息，其他人去考察距乡政府十几公里远的古墓、岩画和温泉。

荣玛在藏语里是"红色峡谷"的意思。离荣玛乡政府不远，两边山体呈绛红色，如喇嘛袈裟的颜色一样，凝重而高远。

也许是"巴工"记错了路，他带我们爬了好几个山包才找到乡政府北面的那座古墓。此古墓是1998年10月份，由"巴工"和"洛书记"等人考察时发现。当时这里只有个半米深的圆坑，而这次等我们考察时，此古墓已被盗挖一空。

洛桑丹珍（右）与时任尼玛县县委书记才仁桑珠（后任那曲行署副专员）交流（2001 年摄）

这个被盗挖的古墓只剩下一个 3 米多深的大坑。大坑旁有盗墓者遗留下来的黑、黄色皮鞋各一只，还有一些喝过的饮料罐、破碎的湖南产瓷碗，以及石灶、煤堆，捞盐湖"卤虫卵"（丰年虫）的细纱网具。

从这些遗弃的物品和搭过的四顶帐篷痕迹，以及卡车车轮印迹来看，盗挖时间可能发生在今年的三四月间，距我们的到来也就不过 3 个月的时间。

盗墓者很内行，盗坑很规范，3×2.5 米的行距，向下挖至 3 米多深，堆积的沙土不超过 13 平方米。这座古墓被盗挖后没有回填，当地牧民无人知晓。对于这起无头案件，我们虽很愤怒，但也很无奈。看来，藏北无人区不仅需要保护野生动物和生态环境，还需要保护人类遗存和文物古迹。

下午 3 点多，大家回到荣玛乡临时住地吃晚饭。今天上午吃饭时间较晚，故一日三餐变为两餐。晚饭是很稠的大米稀饭，外加红烧肉。

吃饭前，"巴工"按照多天以来的常规，又领我们祷告，这是康区藏族群众的一种祷告词语，汉语意思为"农民兄弟干农活，农活实在很辛苦；在我们吃饭时，感谢农民朋友们。"这真管用，自此之后，我发现一路上大家特别珍惜粮食。

正在吃饭，一位名叫桑珠的老牧人给我们送来一只刚宰杀的绵羊，并一再追问"洛书记"在哪里。

这位老人听说"洛书记"带领人来考察，特意赶来看望。他说："'洛书记'带领我们开发无人区，过上富裕生活，不能忘了老书记啊！"我给桑珠老人200元羊肉钱，他拼命摆手不要。最后见推托不掉，老人只肯收180元，说按当地的羊肉价这些钱都给多了。

藏族一般不太吃当日所宰杀的牛羊，我们只好先将羊肉装上卡车，等来日再享用了。

饭后，一部分人要去考察不远处的荣玛温泉和岩画，小格桑因闹肚子只好继续留下来休息。

考察温泉和岩画，大家下车后要徒步翻越几座山沟。一路上，尼玛县政协主席贡扎坚持要替我背着几十斤重的大摄影包，说让我有体力去拍摄更多的照片。

温泉奇观

我们的领队"巴工"头戴着一顶有后帘，可遮脖颈，有些像电影里的白色"日本兵"帽。

他今年63岁。不过，在爬山过程中，他比谁都快，令我们这些年轻人自叹不如。

我们来到了一个东西向的大山谷。北面是连绵的加林山。这里的俄东

荣玛温泉

荣玛温泉水蜿蜒流淌

科考荣玛温泉

科考人员在荣玛温泉休息（2001年摄）

沟，曾是开发无人区最早的"大本营"。

走进加林山下的一条大山沟。只见那山峦怀抱的峡谷中，一股热气升腾，遮盖了半个空中。那热气忽暗忽明，随时变幻着迷人的色彩。一个个高矮错落的泉水岩柱，在这轻纱般的雾霭中时隐时现。啊，多么富有诗意的地方！是人间，还是仙境？一时间我们就像穿行在轻烟缭绕中的神仙一般，自己也弄不清楚自身所在了。

时值7月中旬，这里的草原刚有了点绿色，远处雪山依然银装素裹，而在这温泉水流淌的地方却是郁郁葱葱，一群群小虫飞来飞去。这股热泉水温很高，泉头喷出来的热水，接近沸点，半个多小时可以煮熟鸡蛋。充沛的泉水顺山势而下，使整个山谷地温上升，生出满地的绿色苔藓。附近的山沟里，空气中散弥着热气。在风和日丽的日子里，山谷温泉始终保持着恒温。在莽莽冰雪覆盖的荒原上，这是一片奇特的土地，就连飞离无人区的有些赤麻鸭（俗称黄鸭）也选择这里长期安了家。

在红石崖旁边，一池热水之中，有密集的泉眼，整天"咕嘟、咕嘟"地往外涌冒着一朵朵跳跃、翻滚的水花。正中有几眼大热泉翻出的水花高出水面有一二尺……几眼泉水比大碗口还粗。

有趣的是，大池子边有一小片"石林"，每根岩柱本身就是一眼热泉。这些岩柱是由不断涌冒出的泉水中的矿物质日积月累形成的。一个个岩柱奇形怪状：有的像头戴盔甲的武士，有的似亭亭玉立的石笋，有的如倚天而立的长箭……最粗的岩柱两人抱不过来，最细的岩柱只有水桶粗！最高的有十几米，最低的只有一二米。那些高高的岩柱上还挂有冰凌，那是因为岩柱堆砌得太高了，泉水已无力从顶端冒出，而从岩柱中间流淌出来，上半部岩柱冷却了，遇上浓浓的雾气，凝成水珠，在冷风中结成冰凌；那些从顶端吐水翻花的岩柱情况则不同了，热泉水从下到上流经整个岩柱，它就像巨大的岩石筑成的热水管道，始终保持着适宜的温度，一年四季都长着毛绒绒的苔藓。那些较低矮的岩柱顶部泉水不停地涌出，并不断沉淀新的碳酸钙物质，就像戴着一顶顶洁白的帽子。其中有一高达几米的白色泉柱就像一位和蔼可亲的白发老人在那儿默默地凝视着每位来访者。更有趣的是有一温泉小溪两旁，两股强劲的水柱在小溪上面相互交叉喷射，构成一幅美丽的"水帘彩虹"。

据我们测算，在这个面积不到 0.1 平方公里的热泉区内，至少有 74 个泉眼，水温一般在 40℃左右，最高可达 70℃。稍低于当地 81℃的沸点温度（因地势高，沸点温度低于海平面的 100℃），所以此处为一个高温热泉区。如果用这里的温泉来发电，则每秒钟可有 2 万千瓦的电能，这将是羌塘高原上很有开发价值的地热区。

迷人的温泉让人流连忘返，下午 4 点多钟，我们仍不愿离去。这真是造物主伟大的不朽杰作！《中国西藏》杂志社的巴桑和两位藏族科考人员抵不住温泉的诱惑，犹豫再三终于鼓起勇气跃入自然水池中沐浴起来。我们几个人为防感冒着凉，只泡了泡脚。这是我们来藏北无人区第一次有幸洗个快澡和泡泡脚，一扫连日奔波之疲劳，顿感精神气爽！

"巴工"告诉我，羌塘高原内部因地壳较为稳定，地热水活动弱，泉区数量较少；但在有断层的地方，特别是有几组不同走向的断层的地方就不同了，受地壳深处岩浆活动影响的地下水沿着断层裂隙溢出地表，因而不仅数量较多，还常常形成温度较高的温泉。

藏药宝库

西藏藏医学院的藏医学专家格桑顿珠，是我们此次科考最受欢迎的人。每到一处，牧民们围着他看病拿药，有的甚至拉他到家里给卧床的病人看病，而这一切都是免费的。有时我们赶了一天的路，刚一下车，闻讯而来的牧民就会围上来找他看病，他连饭都顾不上吃，更别说休息，但他从来没有怨言。

同时，格桑顿珠也常常是最兴奋不已的人，因为他发现，藏北无人区里有几十种储量很大且很丰富的动植物和矿物资源可以用于藏药。

根据藏医药理论，玛瑙、琥珀等40多种珍贵矿石均可入药，其中95%以上的珍贵矿石在藏北西部申扎、尼玛和双湖三县（区）都有分布。方解石、文石、铜矿石、锌矿石和金矿石等48种普通矿石，在藏北西部的班戈、申扎、尼玛和双湖四县（区）全有分布。

此外，藏北无人区还大量分布着藏药常用的黛赫石、赤石脂、针铁矿、正长石、炉甘石、五骨髓、青石棉、阳起石、龙骨石、胆石、雄黄、雌黄、石墨、钟乳石等丰富多彩的天然矿物，以及治疗寒病的精盐、助消化的大青盐、调节胃功能的芒硝、速养伤口的硼砂、治疗腹胀和疼痛的碱花等等。

格桑顿珠告诉我，我们刚考察的荣玛温泉是由石灰和寒水石所组成的天然温泉。在此泉水泡澡对治疗胃病、寒病、关节炎、黄水病、皮肤病、骨折等病症有明显疗效。

在藏北无人区有许多温泉，功能各不相同。比如，尼玛县的底燃温泉，是由煤与方解石合成的天然温泉。泡此泉水能治疗胃病、唾液过多症、痛风、黄水病等顽固性疾病。同样，尼玛县晋措麦和文部温泉是由石灰与方解石所组成，并伴有少量硫磺，是一种能治疗痛风、黄水病等疾病的温泉。

格桑顿珠看我一脸茫然的样子解释说，自然温泉就相当于配好药方的药浴池，不同的药浴池治疗不同的疾病。

他说，溶洞和温泉的方解石、寒水石是平常藏药里广泛入药，且功效极好的天然矿物之一。经合理加工配药能止泻，对涎水过多症及中暑症均有一定疗效。

而这些沉淀形成的碳酸钙物，在班戈县保吉乡娘日贡东溶洞、申扎县"电站温泉"和甲岗山温泉、尼玛县文部温泉和荣玛温泉、双湖特别区扎琼鄂玛温泉有着极大的储量，具有良好的藏药开发前景。

在历史的长河里，与中医学、古印度医学、古阿拉伯医学并称为"四大传统医学体系"的藏医学并不为内地人所熟知。其实，藏医学有着3000多年悠久历史，是藏族人民防病治病的智慧结晶，与中医及其他民族医学共同构成了中国传统医药的伟大宝库。其中，我认为藏医学与中医学最大不同之处在于矿物也可入药。

根据藏医理论，金子味苦，入药可以去毒；银可止脓血；铜可退烧；铁可治疗眼疾、水肿；绿松石可治肝、肺发热；珍珠可治脑病等等。矿物入药乍听起来有些不可思议，其实是有科学依据的。

格桑顿珠解释说，藏药里许多名贵的药物，里面均含有金、银、汞、铜等金属。他们的制作过程要好几个月，加工的过程本身就是一个不断进行化学反应的过程，通过化合、分解等反应进行去毒，提取有效物质后才能治疗疾病，且藏药有一药治多病的效果。

如把无人区发现的自然纯金，经过合理加工入药，可用于延寿和治疗金属中毒，也能用于抗衰老；如把金矿石合理加工入药，可排黄水、通络、解毒；如把无人区的银矿石，经合理加工入药后，可用于肺脓、排黄水、肝病、中暑等症的治疗；如把自然铜，经合理加工后入药，具有排黄水、通络、解毒及对脑病、骨折、内外伤等疾病治疗的功效；如把红玛瑙合理冶炼制成药品，可用于颅内血管不通所引起的顽固性头痛和脑出血等疾病的治疗；如把琥珀，经合理加工后入药，可以治疗视觉模糊，眼睛翳障等疾病，并可治疗中毒、癫痫等疾病。

加林山岩画之谜

走出荣玛温泉不多远就是加林山俄东沟。这里是无人区开发史上永远不能忘记的地方。1974年初，加林工作组在这里安营扎寨，进行了无人区开发的伟大事业。加林工作组，也因加林山而得名。在这条沟的山坡上，现存有大量的岩画。

美丽、壮观的加林山，因山顶有对像马耳朵一样的奇峰，故藏语全称为"加林达瓦阿角"（加林马耳朵之意）。

"远看是山，近看是川"，这是藏北高原的一大特点。加林山是一片不高的丘陵，圆秃秃的山包，远处有雪山环绕。

远望加林山，犹如观赏一幅四季景色的绝妙画作。它，山顶白雪皑皑如严冬，这里是冰封雪锁的世界；山肩生长着低矮的"帮草"（草原上最为常见的一种牧草）似春秋，这里是野牦牛的世界；山腰间的石山上绿草茵茵如初夏，这里是棕熊、猞猁、岩羊、野兔、野鸡等动物的世界；山下"花红草绿"像盛夏，这里是藏野驴、藏羚羊、藏原羚等动物的世界，山脚下还有康如和惹角两个美丽的盐湖。

加林山俄东沟的沟口坡前，是无人区拓荒者最早的驻地。这里现仅剩下几个土墙羊圈和用牛粪垒成的圆锥形库房，以及加林工作组驻地的土围墙和用石头垒筑的二层小碉堡。惟有它见证了当年一批先行者艰苦创业、不畏困苦的豪迈气概。

开发无人区事业最早的驻地加林山（2001 年摄）

顺着俄东沟往山上走五六百米，山沟里铺满了裸露的油光发亮、青褐色的大石块，石缝中夹着零星的枯草。就在这些大石块中散布着岩画，似乎让人难以理解。最早映入我眼帘的是一个不规则的方形石块，棱角很不分明。平滑的石面上均匀地密布着麻点组成的清晰可辨的画面：放牧人赶着几头牦牛的图案颜色浅淡、略凹，凹陷处也是自自然然的麻点，绝无雕凿痕迹。沿着山坡寻找，我们又见到了八块有岩画的石块。

　　这些石块有大有小，图案不一。最大的有一米多高，最小的也有两尺多。图案既有单一的牛羊、野兽和"图腾"符号，也有猎人开弓和放牧的情景，还有数个战士持盾、执矛准备战斗的场景，以及奔跑、跳跃和攀登的图案。笔法简洁，表现抽象，看来年代久远，像是人类穴居的年代留下的。当然这只是猜想而已，它的来历还有待科学的考证。

　　我们试着用铁器凿凿有岩画的石块，那些石块竟坚硬无比，铁器凿过不留一点痕迹。翻过另一山包，又一奇观展现在我们眼前：四周雪山环绕的一个个丘陵山包，满山是那油光发亮的青褐色麻石，在阳光下闪耀着荧荧光泽。与西边的山沟岩画相比，这里岩画数量更多，内容更为丰富，画

加林山和夏桑山分布着大量岩画。这是加林山岩画和夏桑山岩画图案。

面图案更加清晰，手法也更加写实。除画有人、牛、羊、马、野兽、"图腾"符号外，还有耕耘土地图。仅我们见到的各种岩画就有50多块，我们无法拍下所有的岩画，只能有选择地拍摄了其中的一部分。

这些岩画在无人区开发前就已存在。传说，这里很久以前还是格萨尔王的古战场。开发无人区时，第一批到达这里的工作组就发现了这些岩画。

看到这么多的岩画，可把中国岩画网的潘文彬和贡续两人乐坏了！作为西藏自治区政府组织的科学考察团成员，他们一路上用摄像机记录了大量的岩画，可以说是收获颇丰。

加林山的岩石都是从高热的地下挤出的火山角砾岩，因含铁质（但不是铁矿），经氧化作用表面呈青褐色，有斑痕。

加林山岩画一直被认为是西藏岩画中年代最早的一类岩画，同时它还是羌塘草原上为数并不多见的地表石岩画类型。这里的岩画都在地表的大石上，每个石块上图像数量不等，有人做过估算，有岩画的石头在100块左右。然而，迄今为止加林山岩画的整体数量似乎还是缺乏一个准确的统计。

我每次来加林山，都觉得它有一种神秘感。对于那些大都在低矮山包上的岩画，藏族牧民传说得神乎其神，说这些岩画来自超自然的神的力量——怎么可能是人制作的呢？对于这些岩画，如果是人制作的话，同一块石头上的图案为什么早晨跟黄昏时显现得不同，比如牦牛变成羚羊，过些日子又复出了呢？还有岩画那忽而有忽而没有的现象又怎样解释呢？

这些岩画当然是人制作的，但不是近代人。那么，到底是什么年代的创作呢？

1988年，我曾拿着照片在北京采访了中央民族大学教授、藏学研究所所长李秉铨先生。他认为，这些岩画是史前期文化，距今有4000年到10000年。那时候，人们还没有学会制造工具，这些岩画肯定是远古人画上去的，而不是凿上去的，更不是超自然力所为。对于岩画的价值，李秉铨也作了分析。他说，岩画上有狩猎、放牧，还有耕耘，可见那时当地农牧业已经发展到一定水平，这是藏族人民值得骄傲的文化！它对于研究藏民族的起源、文化的发祥地、气候的变化，都具有重要的价值。过去，西藏只发现了山南文化、阿里象雄文化、昌都卡若文化等旧石器文化，始终没有发现也没有想到，藏北高原还保存着史前文化。岩画的发现意味着可能要重新改写藏族起源地只在山南和雅鲁藏布江一带的理论学说，在高原人类发展史上它将同半坡、仰韶文化一样具有划时代的意义。

发现罕见的车辆岩画

在加林山岩画的考察中，我们再次惊喜地发现，这里的一幅车辆岩画与前些天在尼玛县岗龙乡所发现的另一幅车辆岩画很相像。这是在西藏尚属首次发现的车辆岩画，对于研究古代文化的传播、迁徙情况具有重大意义。

在岗龙乡夏桑岩画群里所发现的车辆岩画，是幅双马挽车的画面。从表面"石锈"的颜色深度上看，显得比较古老。

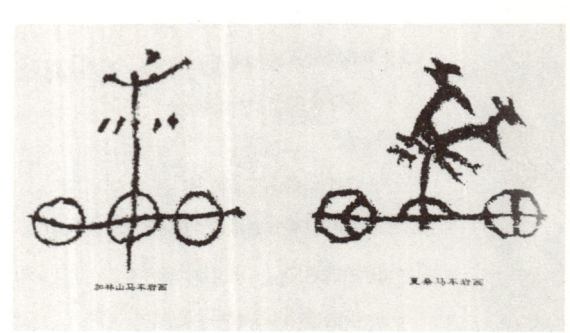

罕见的车辆岩画手绘图片

牧人介绍加林山岩画（2001年摄）

这幅车辆岩画在一面长条阴面山崖上，车辆画的面积约为18×20厘米。这辆车为两轮、一舆、单辕、双马挽车。

在加林山一块孤立岩石上所发现的车辆岩画，面积约为18×25厘米。这辆车为三轮、一舆、单辕，仅有车身，未刻马匹，似是未完工的画面。

西藏大学艺术专家洛桑扎西告诉我，车辆岩画是我国北方岩画中非常独特的文化现象，在内蒙古、宁夏、甘肃、新疆与青海等省区均

科考人员考察加林山岩画（2001年摄）　　　　　　科考人员在原加林工作组驻地考察（2001年摄）

有发现，而在藏北，乃至西藏是首次发现。尼玛县境内的夏桑岩画与加林山岩画，两处相隔几百公里，按说是不一样的，但我们发现的岩画造型风格却非常相近，更特别的是两处车辆岩画与青海省境内的野牛沟和卢山岩画中的车辆岩画造型如同一辙，其车辆的结构和车身的表现角度基本一致。

车辆岩画在藏北的发现有两种可能性。一是车辆岩画仅仅是作为一种狩猎的隐喻或象征，而不是作为使用物在岩画中被描绘，车辆岩画的更大可能性是属于外来文化中的具有特殊意义的某种符号；二是车辆岩画属于记录现实生活的岩画范畴，它曾在藏北草原上出现并服务于它的主人们，因为这一地区流传着达果神山上有条宽敞山路的说法，那是马车通行之道，虽然这只是一种民间流传的说法，但它有助于人们了解过去这一地区人们对马车的概念和使用等情况。

洛桑扎西认为，车辆岩画的年代上限可以大致推断为距今3000年，下限可推断为距今1400年，即相当于西藏考古年代学分期中的"早期金属时期"。加林山与夏桑两处车辆岩画表面的"石锈"颜色较深，这可能是长时间的风化、腐蚀等原因所致。

近十多年来，岩画在西藏被广泛发现，对于曾一度忽略了中国岩画存在的世界岩画，对曾长期缺乏西藏岩画资料的中国岩画档案，这无疑是一

加林山一块有岩画的岩石　　　　加林山岩画的瓜棚反映了这里曾有过农业的
　　　　　　　　　　　　　　　　低海拔气候（1987 年摄）

个值得欣慰的收获，一个意料之中的收获。这是因为此前有关西藏岩画的
线索只是一些西方人士的零星记述。

　　最早提到过西藏高原岩画的是著名的瑞典探险家斯文·赫定，他在
《亚洲腹地旅行记》一书中写到，曾在西藏北部某个海拔约 4500 米的山谷
中发现"一块山石上雕刻着几个拿弓的猎人追赶着羚羊"。此后，二战期
间从印度战俘营逃出进入西藏的意大利人奥夫施莱特在拉萨附近也发现岩
画。他在一篇古迹调查报告中提到在某处的大圆石上发现刻有马类动物的
图像。

　　另一位发现过岩画的意大利人是著名的学者杜齐，他在其名著《穿越
喜马拉雅》一书中提及，在拉达克，在西藏西部、后藏和藏东地区发现巨
大花岗岩石上的"岩石雕刻"。这些"雕刻物一般是动物，经常出现大角
野山羊，还有骑在马背上的人，进行战斗的武士，后期还有塔的雕刻物"。

此外还有一些西方人士也提及曾在西藏高原见到过刻在岩石上的图像或符号。

这次加林山 3 个多小时的岩画考察很令人激动！这既为西藏岩画填补了一个空白，也丰富了我国的岩画宝库。

欢呼申奥成功

黄昏，大家回到乡政府临时住地，既兴奋又忐忑地惦记着这样一件大事：晚十点零八分，万众瞩目的 2008 年奥运会举办城市将在莫斯科国际奥委会第 112 次全会中揭晓。

我们在想，怎样才能最快地获得这个消息：用我们发稿的海事卫星打电话去问？可海事卫星电话非常昂贵，一分钟要几十块钱，而且在无人区又不能上网，投票的具体时间也不太清楚，当地又看不到电视。相互间询问了半天，好在领队"巴工"有一个短波收音机，说用这个试试。

到时间了，小杨和阿黄负责调中央人民广播电台节目，没想到快要到宣布结果的时候信号受到干扰。

小杨换了个台，俄罗斯台也在说这件事，但是大家都听不懂俄语，也不知道申办成功没成功？我们一看时间好像过了投票时间，都很着急，最后调出"……天安门广场向您报道，现在整个天安门广场都沸腾了！"大

藏汉族科考人员在宿营地帐篷里收听到北京申奥成功的喜讯后欢呼 (2001 年摄)

家都"哇！"的一声，这肯定是成功了！我们几个记者住在一个帐篷，有些藏族科考队员包括司机这时已经睡觉了，小杨就到他们帐篷把帐篷掀开，告诉大家北京申奥成功了！

虽然在无人区，但我们也一定要庆祝一下。一向心细的小杨把过生日的时候"洛书记"送他的那瓶酒找出来，没有下酒菜，当时有熟土豆，是准备万一白天饿了吃几个的，便拿来当下酒菜。土豆加白酒庆祝北京申奥成功，又敲饭盆又欢呼。后来大家都被我们吵醒了，也一起参加进来，跟我们一起敲饭盆庆祝！我还拍了新闻照片传至北京，但卫星线路非常繁忙，因为申奥成功大量发稿的原因，我传了四五次才传到北京。

第二天我发的"'无人区'里传出欢呼申奥成功声"的新闻照片在《北京晚报》等报纸刊发出来，成为此次科考最难忘的典型瞬间，照片中的许多人对我说："唐领队，一瓶酒，几个土豆，一帮老爷们胡子拉茬地在帐篷里敲着饭碗，欢呼北京申奥成功，还能上报纸，你也太牛了！"

（十六）无人区的基层政权·行车，欢乐与艰难并存

7月14日　晴转阴　雨　荣玛乡至嘎措乡

无人区的基层政权

上午9点多钟，我们科考车队离开荣玛乡，沿着连绵不断的雪山前行，前往双湖特别区北措折乡，然后再到嘎措乡。

这里的荣玛乡、北措折乡和嘎措乡原都是真正的无人区，上世纪70年代开发藏北无人区时，才有了这三个新的乡镇。

现在的尼玛县荣玛乡和双湖特别区北措折乡，以前是原双湖办事处的荣玛区和查桑区，嘎措乡只是查桑区所管辖的其中一个乡。

双湖办事处的前身为申扎县加林工作组；文部办事处的前身为申扎县西五区办事处，两个办事处都是当年开发无人区的产物。

我清楚地记得，随着经济的日渐繁荣无人区的基层政权也日臻完善。

1988年8月至10月，在那曲地区工作组的帮助下，双湖办事处和文部办事处根据地广人稀、居住分散、交通不便的实际情况，经过深入调查

原文部办事处乡村人家（1989年摄）

和反复论证，进行了行政区划调整。经过撤区并乡后，当时的双湖办事处有"七乡"。即：巴岭乡、买玛乡、多玛乡、和平乡、南措折乡、北措折乡、嘎措乡。巴岭乡的乡址在缅乡鲁马；买玛乡的乡址在格拉；多玛乡的乡址在果根温泉；和平乡的乡址在三雄；南措折乡的乡址在原尼玛区公所所在地；北措折乡的乡址在原查桑区公所所在地；嘎措乡的乡址在玛威山下。

　　文部办事处原有帮多、卓瓦、吉瓦、甲谷、文部五个区，22个乡，84个村。撤区并乡后，现有"十五乡"，即：荣玛乡、卓瓦乡、卓尼乡、申雅乡、吉瓦乡、达果乡、甲谷乡、岗龙乡、文部乡、莱多乡、阿索乡、中仓乡、军仓乡、俄久乡、吴尔道乡。共有78村，3300多户，1.7万多人，有牲畜108万头（只）。

　　双湖和文部办事处人民政府的换届工作当年全部结束。一些乡新成立了乡政府，乡干部由牧民选举产生。每个乡各配备了包括妇女干部在内的乡干部七至九名，建立了乡党总支和党支部。

行车，欢乐与艰难并存

　　今早我和小格桑一样开始闹肚子，路上不时地要停车"方便"。"巴工"告诉我："这是乡里那口3米多深，不卫生的井水造成的！"

唐召明在科考中留影（2001 年）　　　　　　　　　　　　唐召明在科考途中就餐

　　去往北措折乡的路上，不时下着小雨，似乎预示着路上会很不好走。这里空寂的草原上，野生动物众多，成群的藏野驴、藏羚羊、藏原羚不时地出现在车前，逗得我们这几位摄影人不时地停车拍照。今天，拉肚子有些好转的小格桑用尼康数码相机"大炮"镜头，还远距离给我拍了张特写照片。

　　这张照片拍得很好。照片上的我，戴顶白色运动帽，满脸是黑黑的大胡子。鼻尖爆皮，嘴唇干裂，真实而生动，让我很喜欢。以往，都是我给别人拍照片，而自己却没有几张好照片。

　　藏北无人区平均海拔 5000 米，能见度非常高，太阳辐射非常强烈。考察半个多月，我就已经晒得跟当地干部没有区别了。我这才发觉，原来自己早已融入到他们当中。这让我感到很欣慰。

　　我是个山东人，虽然从小在青海长大，后又到西藏工作。但随着年龄的增长，尤其是调到北京后长期生活在内地，再次来到高海拔的无人区，气候还是有些不适应。考察期间，我每天早上尽量都喝酥油茶，但嘴唇还是裂开了，老是出血。每天早上起床时，我的上下嘴唇会粘在一起，不能说话，也不能呼吸。我要一边用舌尖从里面把血块舔湿，一边用手指蘸水把外嘴唇弄湿，这样嘴才能张开，才能说话。这还不是最苦的，最苦的是我们有时午饭只有饼子、榨菜和辣椒酱，光吃饼子难以下咽，就蘸着辣椒吃，但辣椒碰到嘴唇，痛的眼泪都会流出来。本想不让辣椒碰到嘴唇，就把嘴张的大一点，结果把伤口抻的更大，痛的更厉害。

从考察活动的第一天开始，我就没再剃过胡子，一是想保护皮肤，再就是想看一看自己留胡子是个什么样。这些天，我真成了一个大胡子，整个人都变了个样。

草原上本没有路，都是司机靠经验选择道路或者靠技术通过泥泞地，有时前面的车顺利地过去了，但后面的车就是过不去，所以走哪里心里老是没底。后来陷车成了我们考察活动的一个内容，每次陷车，大家什么都不说了，很自觉地拿出工具挖车、推车。

从荣玛到北措折，全程160多公里，按说在内地用不了三个小时就到了，而我们的汽车在无人区却跑了一整天。

原因是中午时分，"巴工"所乘的白色丰田车在通过一湖边泥泞路时没有冲过去，车轮深深地陷进烂泥里。其它冲过这道"鬼门关"的小车，不敢轻易冒险去救援，怕造成"全军覆没"。

汽车司机习惯性地在车下打起"千斤"顶，顶起车轮，然后将我们搬来的一块块石头垫在车轮下，在"巴工"高喊着"一二三"时，大家一齐使劲推车。结果是车轮一次次打滑直空转，走不到十米就不走了。最后只好让大马力的卡车冒险用钢丝绳去拽小车。虽然小车被救了出来，可大卡车却又陷入泥潭。

对于无人区，我感受最深的莫过于交通的不便。在这里，当地牧民的许多车没有牌照，也没有指示灯，按他们的话说，只要四个轮子能转就

科考车辆通过被阻河流（2001年摄）

双湖办事处和平乡牧民在装车外运畜产品（1987年摄）

行。因为当地许多地方没有修过路，车辆也就不必交纳养路费、汽车管理费等费用，牧民买车也就不必上牌照。有的车刹车失灵，车主就在自家门前堆一个土堆，每次回家时把车直接撞在土堆上车就停住了；有的车电瓶坏了，点不着火，车主每次回家就把车停在附近的斜坡上，第二天从斜坡上滑下来，车就能启动了。

当日下午两点多钟，大家饿着肚子不停地推车、挖车，最后是两辆小车冒险用绳索一起去拉大卡车，像是小牛拉大车一样，加上我们使劲推车，大卡车才像个喝醉酒的醉汉摇摇摆摆地冲出了这片已被车轮辗压得直往上冒水泡的沼泽地。

我和小杨、小格桑三人的汽车司机欧珠，此时饿得胃病犯了，直喊胃疼。大家只好先来到一个有水的小山包前烧茶吃点糌粑，然后继续赶路。

下午4点20分，我们到达了北措折乡。这时距离目的地嘎措乡还有50公里左右。

我上次去双湖查桑区距今已有十多年了，前两次都是路过。查桑曾当过双湖办事处的所在地。由于这里海拔5000多米，冬季气候恶劣的时候，连藏北牧人出身的干部也叫喊头痛胸闷。因为气候和水草不好，双湖办事处在这里驻扎不久就搬走了。

双湖办事处搬走了，这里便成了区委所在地。一个查桑区，方圆5万平方公里，仅一两千人，可谓地广人稀，这里的牧民人均面积可以称得上是个小"国王"了。在这样的生存环境中，人们太需要团结、搞群体化了。于是，在西藏就有了一面不倒的集体化旗帜——嘎措乡。

在这个原是查桑区、现是北措折（亦称措折强玛）乡的地方，我们停留了20分钟，然后继续赶路，晚6点多钟汽车终于到达了我三次光顾、一直难以忘怀的嘎措乡。

（十七）三访嘎措乡·患难情·玛瑙和盐湖·驮盐队

7月15日　阴转雨　双湖特别区嘎措乡

三访嘎措乡

昨晚，我们科考团一行安营在嘎措乡小学。赶上暑假，寄宿的藏族小学生都放假回家，只有几位老师还在学校里值守。

这是前两年新建的小学，整个建筑为新型的太阳能采暖房，是全乡最显眼、最漂亮的建筑。

嘎措乡有两个村，我们住的第一村是乡政府所在地。它背靠玛威山，前临蓝宝石般的恰岗错，面对着巍峨绵绵的安木雪山。

今晨我漫步在村庄的街道上。村庄西南角是嘎措乡小学。这里水泥砖房洁白整洁，木地板，整齐的新式桌椅，双层玻璃（两层玻璃之间种着花草），水泥铺地的篮球场，外加一个足球场，学生宿舍和食堂紧挨着教室排成一排，很是现代化。

上世纪80年代，我先后两次来这里时，那时的小学教室只有两间昏暗、低矮的土房子。一间放着教学用具和坏了的桌子板凳；一间是学生们上课的地方。

嘎措乡转经佛塔

嘎措乡小学

巴多是乡小学第一任教师，并兼任着乡供销社的营业员。这是他在售货（1988年摄）

嘎措乡小学学生在踢足球

而今天它已是我们此次考察中所经过的各乡小学中设施最齐全、校舍最整洁、学习环境最好的小学。

今年23岁的斯秋老师对我说，现在的教师已由10年前的1名增加到现在的3名，学生也从20多名增加到51名。这位1999年从那曲师范学校毕业的年轻校长，与两名代课教师次旺、卓玛分别担任着学校四个班的语文、数学、英语和体育等课程。他说，目前还缺少1名教师，以后应该是每个班有1名老师才能忙的过来。

憨厚朴实的次旺出生在开发无人区之后的玛威山下，是位土生土长的年轻教师。他告诉我，他的小学教师是我曾经采访过的老教师巴多。

巴多，搬迁无人区后的嘎措乡小学第一任教师。1988年我来这里时，嘎措乡小学20多名孩子，就巴多一名教师。同时他兼任着乡供销社的营业员，既管采购，又负责售货。牧区缺少有文化的人才，能识几个字在这里可大有用处。巴多有文化，便身

捆绑晒干后的羊皮　　　　　角对角待挤羊奶的羊群　　　　　嘎措乡母女俩

兼数职。但是，乡里并不亏待他，当时除了教书工资每月60元外，年终分配时巴多的工分收入也高于一般的牧民。

嘎措乡小学与整个村庄和别的地方不一样，它是亘古荒原上的"新主人"。20多年前，嘎措（即嘎尔措）乡座落在申扎县城附近的嘎（尔）措湖畔，因草场载畜量饱和，生产无法发展，群众穷得要命。1976年，开发藏北无人区，全乡北上，男女老少赶着成千上万只牛羊，进行了长达一年多时间的边跋涉、边放牧的大迁徙，在玛威山下定居下来，但仍沿用"嘎（尔）措"乡名。

嘎措乡目前是西藏惟一保留集体公社制度的乡，所谓公社制度，就是所有的财产都是公有的，这在全国也是少有的。

走在村庄里，我很少见到青壮年男女牧民，所见到的大部分是老人、妇女和儿童，因为那些青壮年都在很远的牧场放牧，很少回家。

从乡长达瓦占堆介绍的一些数字里，我们可以看出这里的牧民群众过着一种自己独有的新生活。

嘎措全乡两个村，90户，495人，有绵羊32367只，山羊6994只，牦牛1959头，马122匹，小汽车1辆，东风牌卡车3辆，个体小汽车两辆，人均年收入3209.06元（现金60%，实物40%）。全乡80%户有太阳能电灯，所有牧民都从游牧走向定居，住进自己新盖的住房。目前，全乡个人存款达到了 40 多万元。

2000 年上级部门拨药品，乡里和个人集资建立了乡卫生所。乡里现有小学一所，51 名学生，分四个年级，学费全免，伙食和住宿村里全包。学生每上一天课，村里给学生家补助 1.10 元，另记 7 个工分；如果学生业余时间参加劳动，同样记工分，到年底有工分收入。

在内地上学要交学费，而在这个偏远的草原上，牧民子女上学还可以赚钱，这也是"羌塘"的新鲜事儿。

想起前些年西藏牧区教育不景气的情况，一家一户个体经营的牧民不愿送孩子上学，有的上了学又中途退学。他们想到的是眼前利益，让子女留在家里放牧，可以多养点牛羊，多收入一点。相比之下，嘎措乡的干部们有着长远的眼光。他们舍得花钱培养自己的后代。可以想象，要不了多久，这个乡的牧民平均文化水平要明显高于藏北草原的其它地方。这是嘎措乡的希望。

我每次来嘎措乡，都要去看望令我崇拜的、带领全乡牧民走上致富道路的原乡党支部书记白玛。

现在，嘎措乡集体经济一天天壮大，人民生活迅速提高，靠的是什么？干部们说，这是靠党的领导和全乡人民的共同奋斗；牧民们却说，是干部好，白玛书记他们带领全乡人民走社会主义道路，才有了今天的好生活。

刚搬到无人区时，嘎措乡空旷的草原上没有一个羊圈和一间房屋。白玛书记带领全乡男女老少自己动手建设新家园。他们开发无人区的事业得到了上级的关怀和支援。到 1988 年，全乡的 74 户人家建设起 90 多间房屋，安装了 40 台风力发电机。

嘎措乡党支部书记白玛把这个 490 多人的牧业乡管理得井井有条。经商的、放牧的、各司其职。几年来，全乡人均收入达 3000 元以上，是全西藏人均收入最高的乡。

这次我在乡干部陪同下去看望白玛书记。很不巧，这位全国劳动模范并兼任着双湖特别区副书记一职的老书记，到拉萨参加西藏和平解放五十周年庆祝活动去了。只有他的老伴在玻璃式的日光采暖房外，用羊拐子默默地捻着羊毛线。家里显得很冷清，似乎缺少了以往家人的欢笑。

陪同我的乡干部很难过地告诉我，白玛书记的双胞胎儿子一年前开车外出拉物资时，汽车陷进路上的烂泥里，一个儿子开车，另一个儿子挖车轮下的烂泥，却不幸死在了卡车的车轮下。

为不影响工作，白玛书记忍受着丧子之痛，在大家的挽留下，毅然决然地提前一年办理了退休手续，但仍坚持工作，以辅佐年轻干部，来平静内心的极大痛苦。

藏族家里一旦有人去世了，一般都不愿提及逝者的名字，也不挂遗像，为的是让死者灵魂能够无牵无挂地升天。面对白玛书记家如此巨大的悲痛，最好的办法是人们暂时不去打扰，也不要提起此事。我现在惟一能做的只有留下心底那一遍遍为生者的祈祷和祝福！

清晨，集体放牧的羊群

患难情

十多年前，嘎措乡政府所在地的第一村，有60多间土木结构房屋，全村39户人家，除一两户住帐篷外，家家都有房住。

村庄后面还高高挺立着几十台翘着尾巴、刷刷地转着长长风叶的风力发电机。

捆绑羊角，待挤羊奶

帮助大人挤羊奶的孩童

可是，如今风力发电机所剩无几了，见到的几乎都是便于维修、更先进的太阳能硅光电池板。

在村庄后一堆废铁里看到有几台过去是"宝贝"现在却已报废了的风力发电机，我不禁触景生情，思绪万千。

1987年盛夏，我一人搭乘汽车闯进无人区后，经历了许多难以想象的困难，比如搭车走路难、吃饭住宿难、语言不通采访难，有时，甚至可以说是在死亡线上挣扎，但是无人区人民给我的厚爱却永远不会忘记。那里神奇的风光、奇特的气候和众多的珍禽异兽不时地在脑海里浮现，无人区人民的音容笑貌，以及他们纯洁坦诚的胸怀，像磁石一样吸引着我。重返无人区是我的心愿。

终于，又得到一次机会。我得知那曲地区风能实验站的汽车要去双湖草原嘎措乡，为牧民维修风力发电机，对我来说，这是一个喜讯！我带上老羊皮大衣和大小三台照相机，以及各种长短不同的镜头，两个摄影包，一个铝皮箱，乘长途客车匆匆赶到了那曲镇。时间是1988年11月13日，初冬的藏北草原已进入冰封雪锁、滴水成冰的季节。

这次开车去双湖嘎措乡的青年司机索加，是我的老相识。1987年夏

安装有风力发电机照明的嘎措乡

季，我同陕西省动物研究所的动物学家一起去文部草原，坐过他的车。不过，难为情的是一辆卡车的驾驶室里连司机只能坐3个人。我和修风力发电机的青年技术工人余和平、才旺，还有司机索加的弟弟才旺彭措和嘎措乡的铁匠日玛，共5个人坐车，其中3人需要坐在装着青稞的汽车车厢里。天寒地冻，可以想象坐在装着青稞的汽车里该是什么滋味了。那曲地区计经委副主任孙光明是一位极热心的汉族老干部，他找到司机索加不放心地千叮咛万嘱咐，让他一路上照顾我。

藏北草原是我国一大风区，风能密度每平方米达150瓦至200瓦，风能资源异常丰富。自1984年由国家投资开发这种能源以来，那曲地区风能实验站已经安装了100瓦风力发电机287台，分布在那曲地区的十一个县和办事处。一听说要发展风力发电，为牧民安装风力发电机，那曲地委行署的领导首先想到了无人区，那里条件最差、生活最艰苦、风能资源也最丰富。在那里安装风力发电机，既需要，又可行。

1987年7月，风能实验站决定把嘎措乡作为风能利用的试点，委派余和平和扎西顿珠搭乘去双湖草原的汽车，带上40台风力发电机的风叶、立杆、蓄电池和工具，到嘎措乡为牧民安装第一批风力发电机，并负责日后的维护和保养，及为当地培养维修人才。从此，这块最偏远的土地，牧民结束了世世代代用酥油灯照明的历史。

11月18日出发的头一天下午，风能实验站站长茨真，看我这次去无人区的决心很大，叫我和他一起到司机索加的家里商量谁坐汽车驾驶室的问题。商量结果是大家轮换坐汽车驾驶室。

第二天清晨，天还未亮，我们这些要出发的人已开始忙碌起来。烤汽车，把路上需要的东西装进车厢。带的东西有吃的羊肉、糌粑、大米，用的锅碗瓢盆、被褥、风机维修工具和零件等。我自己的东西除了摄影器材和刚买的两个罐头、几包方便面和一包饼干外，别的什么东西也没有。8点钟汽车要开动，不知司机索加和其他人商量好了，还是索加有意照顾我，他执意把我拉进了汽车驾驶室。

凛冽的寒风中，汽车出了那曲镇，我和余和平坐在汽车驾驶室里。我

那曲地区风能实验站的技术人员帮助牧民
维修风力发电机

那曲地区风能实验站技术人员为牧民检查
风力发电机的电源线路。

那曲地区风能实验站技术人员为牧民检修
保养风力发电机。

紧裹老羊皮大衣还嫌冷，真不知汽车车厢里的人会被冻成什么样子。

草原上的风很大，我走出驾驶室，好像有人推着一样。你站在那里，风能吹着你跑。车厢里的三位大男人戴着皮帽下的脸被冻成了紫色，手脚不听使唤，他们从被褥里钻出来，好不容易从车箱下来"小解"，一时又站不稳，要很长时间才能"小解"完。我走上前让才旺和我换换，请他坐进驾驶室。他嘴巴在动，结结巴巴说出"不……用、不用……"，摆摆手又爬上了车厢。据司机索加在驾驶室里讲，才旺有一种病，犯了病就会昏倒，不省人事，我很替才旺担心。

我又坐进汽车驾驶室，才旺的举动使我有些动情。外面狂风呼啸，气温零下三四十度，别说坐在无遮无挡的车厢货物上几小时，就是几分钟也需要点勇气和毅力。

离开城市那纷杂的世界，唯有这时更能感受到人与人之间所存在的亲密和谐的关系。这不仅仅是一种朋友般的友谊，其中更包含着藏族人民崇高的美德。他们宁肯自己受冻也要保护好进牧区的汉族同志，先人后己、吃苦在前……

几天后，我们开车前往几十公里外

的嘎措乡第二村维修风力发电机。天气更加寒冷，在敞开式的车厢里乘坐犹如上了绞刑架。我实在不忍心，想让车厢里的才旺挤进驾驶室。实在没地方，索加想了一个办法——用汽车加水用的铁皮桶翻过来底朝天放在余和平双腿中间当板凳。才旺侧着身子，手扒着驾驶室的门边先进腿，后进身，身子贴着仪表板架，脸贴近车的挡风玻璃，坐在余和平的双腿间。这一上下车，需要好一会才能坐好。尽管这样，空间还是太小，索加每换一次排挡，中间的我双腿紧往余和平的腿上靠，甚至不得不侧起身子靠在余和平的身上，以腾出换排挡的位置。时间一长，腿脚麻木，也无法动一动了，但藏汉族四人挤坐一个狭小的卡车驾驶室的温情却是暖暖的。我不免想起在大城市的公共汽车上，有人被挤了碰了一下就大骂起来，不免觉得有点可笑。

从十多年前的回忆再回到这次大科考，藏族同志依然给予同行的汉族同志更多的关爱和帮助。一路上，因为帐篷不够，我们常需要露宿野外。"巴工"要求住野外时，帐篷要留给汉族同志住。所以每到目的地，只要一说帐篷不够，藏族同志马上就会在野外铺好床，而把帐篷留给我们几名汉族同志住，没有丝毫怨言。高原温差大，夜里气温都在零度左右，虽然是盛夏，依旧寒风刺骨。

实际上在相处的过程中，互相谦让或者互相关照在一般人来说是最起码的品格，问题是藏族同志这么做非常自然。一帮人在一块儿走了半个多月，我发现在艰苦的环境下相处一段时间是了解人的最好途径。

就这样，藏族的奉献精神让我一路感动，一路心潮澎湃，双眼经常是湿润润的。

玛瑙和盐湖

我采访完嘎措乡后，接着与大家一起去考察周围的玛瑙和盐湖。

在嘎措乡与北措折乡之间的山坡上有好几处玛瑙矿点。从地面上捡起的玛瑙来看，这些玛瑙大都呈褐红色和紫红色，稍大些的玛瑙发育并未完全成熟，但仅从地表上所考察到的玛瑙数量就很多，有一定的开采价值。遗憾的是我们没有钻探设备，无法到地表深处去发现质地更好的玛瑙。

同行的藏医学专家格桑顿珠拿着从地表上捡起的玛瑙向我介绍说，此玛瑙除可以作为日常生活中的装饰品外，制成藏药，还可以治疗颅内血管不通所引起的顽固性头痛和脑出血等疾病，并有着显著的疗效。

　　在北措折乡境内的底玛盐湖，我们还发现了大量的精盐，精盐由湖里卤水结晶而来。它作为平时的食盐，具有很好的开胃作用。

　　精盐，被当地牧民群众称为黑盐。它还是藏药中重要的盐类药材，能治疗寒病、胃功能下降、消化不良等疾病。

　　与当地牧民谈起精盐，70多岁的老牧人曲扎向我讲起过去古朴驮盐队的传奇故事。

驮盐队

　　在粗犷而又辽远的藏北无人区，那些高原湖泊大多为咸水湖。在枯水季节，太阳炙晒、长风吹掠，湖水不断蒸发，薄薄的盐便如白纱一般附于湖滩之上。这是上天赐予的厚礼。过去吃苦耐劳的藏北牧民每年藏历三月（与农历大致相同）成群结队，长途跋涉来到盐湖驮盐，除了供自家食用外，盐巴还可用来交换青稞，以维持生计。

　　曲扎原是申扎县牧民，70年代开发无人区时搬迁到这里。过去，申扎

运羊毛的牦牛队

县牧民由于临近盐湖，故出现了不少用盐巴到农区换粮食的驮盐队。

在曲扎的记忆里，驮盐队有着自己的一套古老的驮盐运输规矩。每个村庄都要选派身体强壮、可以信赖的小伙子去完成到无人区驮运盐巴的任务。出发时，全村人为驮盐人送行，举行祈祷仪式，目送驮盐人赶着牦牛上路。驮盐队还有一条奇特的规矩：驮盐队必须由清一色的男人组成，一路上不允许惦记或谈论别的女人，更不允许接近路上的女人，哪怕是自己的妻子也不行。这一个地道的男性世界里通行着一种只有牧区男子才听得懂的语言。这种与日常语言全然不同的另一套特殊的语言，从离开部落或家乡的山头那天开始使用，直到返家之日或望得见家乡的山头时才终止。这种驮盐专用语言在使用中偶尔说走了嘴，说出日常用语就会受罚。但一般只罚打一壶浓浓的酥油茶就可以了。

这样做是因为挖了盐巴后，"盐湖女神"便成了他们的"情人"。驮盐时带女人同去或接触女人，会对不起"盐湖女神"，她妒忌发怒会带来灾难。遥远的路上，驮盐人不能忘了"盐湖女神"，每天必须用一套驮盐人继承下来的专用语言讲些"低级趣味"的话，那是为了说出对"情人"的思念，以取得"情人"——盐湖女神的欢心。这样做的目的是为了感谢盐湖女神为牧民奉献了盐巴。由于驮畜边走边吃，每天赶路不过十几二十公里。走完全程少则一个月，多则两三个月。驮畜因不堪饥渴劳累，沿途倒毙的很多，驮羊尤甚。

驮盐，不仅要劳其筋骨、苦其心志，一旦碰上雪灾或是匪徒，还会有生命之危。故而在藏北有这样一个说法，如果一个男人一生参加九次驮盐，就能报答父母的养育之恩。

中午时分，我听完老人讲述的动人故事，就匆匆与大部队返回嘎措乡吃午饭去了，然后驱车奔向下一站的双湖特别区。

下午6点半钟，汽车驶近"双湖"，目及之处是那一根根伸向远方新竖起的电线杆，令我这位"老西藏"万分惊喜！因为这里正在建设装机容量为320千瓦的西亚尔水电站，它建成后将会使双湖草原更多的人家用上电灯，看上电视，享受现代文明给家庭生活带来的多彩世界。

（十八）美丽的西亚尔·与老"双湖"一席谈·两次修订的科考线路·这里是长江之源

7月16日　晴　双湖特别区

美丽的西亚尔

经过20天的风雨兼程，科考团终于到达无人区腹地双湖特别区。

今天一早，我和小杨、小格桑留在双湖特别区采访，"巴工"率西藏大学各学科的专家和阿黄，去西亚尔雪山考察冰川。

西亚尔——透明的水晶山，终年冰封雪锁。传说它那两座高高耸起的主峰是一对孪生姐妹。很早以前，西藏著名的念青唐古拉山和纳木错本是一对恩恩爱爱的夫妻。随着岁月的流逝，妻子纳木错已失去青春的容颜，好色的念青唐古拉山便另寻新欢，与西部玛旁波木热里山女神私通起来，不久，生下了这对孪生姐妹。它怕纳木错知晓，就把这对私生子藏在了遥远的荒原深处。

传说终究是传说。然而，西亚尔的两座主峰的确很美。一对圆圆耸立的山峰，如冰雕雪砌，银光闪烁。在云雾缭绕的清晨，朝阳喷薄而出，西亚尔如同妙龄少女，薄纱遮面，时而微露笑靥，时而羞颜隐身，千变万化，气象万千，雄浑之中有无限的魅力。来到这实实在在的瑰丽雪山下，反倒觉得进入美妙的梦境，我们仿佛踏进充满神秘色彩的天堂。山下的湖水湛蓝湛蓝的，蓝得出奇；天上的云一缕一缕的，平挂天际，如洁白的丝

壮丽的冰川

冰川石龟

絮。空气是那么清爽，贪婪地吸一大口保管把你的五脏六腑洗得干干净净，一切令人心醉！

科考队员脚踩千年积雪，仰望万里蓝天，一步一喘气，历经六个小时，终于登上西亚尔的阿木岗日冰川。

从不服老的"巴工"还爬过一道宽宽的冰裂隙，最后到达海拔 5800 多米的冰川最顶端。

阿木岗日冰川由四个近于平行的"U"型冰川谷组合而成，其中由北向南第三个冰川谷，交通方便，汽车可直接通行到冰川附近。此冰川长 1500 多米，宽 500 多米。在冰舌前端的陡岩上，可见融化的冰水形成的小瀑布，流水声响彻山谷。

在海拔 6000 多米的西亚尔雪山，其岩石缝里生长着许多雪莲花。我曾饱览过雪莲的风姿。它长着密密的叶子，全身披挂着白色的长长的绵毛，宛如绵球。有趣的是，它绵毛交织，形成了无数的"小温室"，创造了自身的小气候。白天，高原上火辣辣的阳光对它好像特别偏爱，它从阳光中吸收的热量，超过了周围的土壤和空气。到了夜间，它又施展抵御寒冷的特殊本领，温度下降的很缓慢。它的自我保护本领使它能有效地保暖御寒，防止水分蒸发，而满身长长的绵毛又是一个保护伞，使自己免遭高原强烈紫外线的伤害。它顶端的条纹花瓣，又常常受到两面长绵毛的保护……就是这些形态特征和特殊的适应性使雪莲能在高寒贫瘠的高山上生长、繁育、延续后代。

提起雪莲，人们都知道它与雪有着不解之缘。雪莲贵在不贪肥美的沃土，不恋湿润的春风，不选安逸的河谷，偏偏扎根冰雪之乡。它生长在海拔 4800—5800 米之间的高山上，在雪线附近的岩石缝里安家落户。它茎叶刚劲挺拔，根系粗壮结实，任凭天寒地冻，风狂雨骤，它总是笑迎寒风，身披白雪，在严酷的环境里顽强生长。作为一种药用植物，它可以治疗妇女病和风湿病，为人们解除痛苦。

与老"双湖"一席谈

昨晚我们住在双湖区委腾出的几间办公室里，没想到这为我采访提供

嘎措乡的畜圈与住房（2001年摄）

了许多便利。

清晨起床后，趁未到上班时间，我先逛了逛这座十分熟悉的新城。70年代前，这里还是一片人迹罕至的无人区。1976年的那场藏北西部牧民大迁徙，才使得这里成为有人类居住的地方。

80年代我三次来这里。与那时相比，"双湖"新城已相当繁荣了。经过20多年的开发建设，街上不仅有了各种各样的百货、修理店铺，还有了几家蔬菜店和饭馆。

在这个世界上海拔最高的城镇街头，我看到几台轰鸣的挖掘机正伸着长长的挖斗，在开挖几条宽宽的深沟，然后再铺设上水和排水管道。与此同时，文化馆、邮电所、法庭等建筑工程也在挖地基……这是开发无人区以来的首次大规模建设。

等我回到住地，双湖特别区区委书记范科创已在他的办公室等候了。我和范书记是老相识，因为我以前来这里时与这位"老双湖"有过多次接触。

范书记是位身材清瘦、办事干练的汉族干部。他在这里工作多年，脸膛黑红黑红的，还有些发紫，这是强烈紫外线常年辐射和严重缺氧致使红细胞增多的结果。

嘎措乡人家（2001年摄）　　　　　　　嘎措乡游牧点帐篷（2009年摄）

快言快语的范书记告诉我，在国家的大力支援下，今年这里进行了自70年代无人区开发以来最大规模的城镇建设，仅基础设施的上水和排水工程就投资了550万元，城镇道路投资了100万元。

此外，还有数百万元用于乡村学校、乡机关、乡村公路、扶贫搬迁等方面的建设。

双湖城现有一座光伏电站和一台大马力柴油机，一起为城镇供电，结束了过去只有一台小型柴油机发电，严重缺电的历史。

范书记自豪地指着现面积为12万平方公里、约有60万头（只）牛羊、9500多人口的双湖地图说，畜牧业生产要发展，必须找到一条适合本地实际情况的经营形式。目前，双湖有三种经营形式并存，并在进行试点。

这三种并存的形式：一是牲畜承包到户，草场承包到户模式；二是嘎措乡集体经济模式；三是股份合作模式，即劳动力和生产资料实行优化组合，年底按股分红。

嘎措乡小学的学生（2001年摄）

　　他说，根据当地近年来儿童入学率低、退学率高和劳动力少的实际情况，第三种模式按说最适合藏北牧区，因为它可以有效地帮助解决缺少劳动力的人家，以提供生产资料来替代劳动。可他们发现，这种模式在140公里外的和平乡进行三年试点时，却遇到不少困难。

　　他说，嘎措乡集体经营模式虽然很好，但对于具有经营头脑的人来说，却感到束缚了手脚。

　　在嘎措乡小学采访时，教师斯秋也说过类似情况。

　　双湖特别区畜牧局副局长尼玛顿珠则向我介绍了嘎措乡集体经济形式的众多优势。他认为，集体最重要的优势是便于管理，村与村之间不存在纠纷，畜产品便于销售，也便于抗灾和救灾等等。

　　比如，别的乡一斤山羊绒只能卖到60至70元，而嘎措乡却能卖到170元，翻了一番还多。

　　当别的乡羊肉卖不出去时，嘎措乡却发挥集体优势，以羊肉和农区粮食进行交换的方式，或派专人到区镇和地区去销售，把出栏的羊子卖的一只都不剩。

他说，干部下乡和进行科技推广都愿意去集中居住的嘎措乡，而不愿去别的乡，因为别的乡居住太分散了。

双湖草原每年从9月至第二年3月都会遭受风灾、雪灾的袭击。风大时，吹掉屋顶，羊被吹到湖里。雪大时，雪的厚度达到膝盖以上。而此时嘎措乡则能发挥集体的力量，战胜各种自然灾害，显示出了人多力量大的作用。

作为畜牧局副局长，尼玛顿珠最挠心的事是双湖畜牧人才的匮乏和双湖建制的问题。比如，有的乡连个兽医都没有，以前分配下来的乡兽医最小的也有四十多岁，年岁偏大了。为解决这一问题，他们每年都要举办一次兽医培训班，自己来培养兽医人才。

"双湖以前是个县级办事处，现在又是个县级特别区"，尼玛顿珠带着至今未被认可的不满。因为双湖没有建县，上级拨给这里的畜牧业建设投资显得不足。

他说，1998年是上级历年拨款投资最多的一年，也仅有225万元。而这不多的投资还要用于草场网围栏（铁丝网栅栏）、羊羔暖棚、人工种草等建设，再考虑别的建设就显得捉襟见肘。

比如，双湖草原北部有些地方缺少淡水，人畜饮水困难，需要建几十

嘎措乡牧民在石头围墙里试种青稞（2001年摄）

口太阳能抽水井，可是每口井需要费用 3 万元，牧民群众自己掏不起，建设投资又不足。从 1995 年到现在，只建了 15 眼太阳能抽水井，根本无法满足需要。

尼玛顿珠希望我向上级有关部门反映一下，双湖特别区应尽快改为县，不能再是"申扎县的私生子"。他继续说，20 多年前的申扎县 30 万平方公里，南部畜满为患。1976 年开发无人区，将申扎和班戈县牧民向北迁移。现在无人区已发生很大变化，牧民安居乐业，人畜两旺，区改县的时机已经成熟，他还告诉我，"这是我和广大牧民群众的共同心声啊！"

两次修订的科考线路

按原计划，明天一早我们将驱车从双湖向东前进，翻越唐古拉山，去考察长江源头格拉丹冬，最后从安多撤回那曲回到拉萨。

没想到，因车队赶上雨季，不停地遭遇陷车，多次陷入困境。"巴工"认为，车队明天如果按计划去长江源头考察，很可能再次遭遇泥潭而寸步难行。

晚上，我和"巴工"找专家们就改变线路问题与大家一起商谈，不少专家都和"巴工"看法一致，认为应放弃雨季考察长江源头。最后决定提前结束考察，直接从双湖去班戈，经那曲返回拉萨。

这已是第二次更改科考路线了。第一次是今年初，其考察路线是从尼玛县向北到达荣玛乡后，继续向西北方向前进，经藏色岗日雪山，直插到

科考人员商讨科考线路（2001 年摄）

洛桑丹珍（左）与科考团领队、高级工程师巴登珠在研究科考线路（2001 年摄）

昆仑山脉下的黑石北湖，然后沿昆仑山脉向东进入可可西里山，再南下翻越唐古拉山，考察长江源头格拉丹冬，从安多到那曲，再到拉萨。这条三角行状的考察路线几乎横贯了整个无人区，因所计划路线太长，计划考察内容较多，出发时间太晚，供给线路太长，因此，在拉萨出发前便修改了原来的科考路线，即舍弃对北部可可西里一带无人区的考察，而将这部分考察留到明年冰雪未融的三四月份进行。

后来，事实证明这一决定非常正确。因为此次考察赶上雨季，行路实在太难了！我们常有一天陷车好几次的痛苦经历，不仅耽误了时间，还在挖车、推车中消耗了大量体力，以至于大家疲惫不堪，不可能实现更远距离的科学考察。

这里是长江之源

今晚打开日记，我在为未能去长江源头感到有些遗憾的时候，也打开了采访《万里藏北》摄制组拍摄长江源头时的记忆闸门，那一幕幕影片镜头仿佛又在眼前回放。

长江，我国第一大河流，也是世界上第三大河流。在世界四大河流中，唯有它发源于雪山。最早，它是唐古拉山主峰格拉丹冬雪山脚下的一股几乎看不到的溪流。它蜿蜒曲折，汇集百川之水，形成浩浩荡荡的三龙，从青藏高原奔流而下，流经 6380 公里，注入波涛汹涌的大海。在我国亿万人民中，见过长江、领略过长江奔放气势的人不记其数，而到过长江之源的却屈指可数。

1988 年 3 月 4 日，由 13 人组成的《万里藏北》摄制组进入长江源头。他们当中包括北京科学电影制片厂的三名年轻人，来自那曲地区机关、安多县以及安多县多玛区的干部和牧民。多玛区的牧民常常在格拉丹冬雪山脚下的牧场放牧，他们最了解长江源头。

江源的雪山、草原、冰川、溪流，构成了一幅宁静壮美的图画。这图画是大自然的神奇之笔绘成的。摄制组一行来到江源的当天晚上就住在格拉丹冬雪山下海拔 5700 米的冻土上。看来，大自然并不欢迎他们。狂风卷起的砂石吹打着刚刚支起的一顶大帐篷，13 人全部挤在一顶帐篷里。

一天没吃顿饱饭了，大家肚子饿得咕咕叫，藏族炊事员煮了面条，拌上辣酱，可谁都吃不了几口。海拔高，气压低，水烧到七八十度就开锅，面条成了烂糊糊。这时候，藏族同志带的糌粑、风干肉特别受欢迎。

一夜的狂风，吹得长江之源天昏地暗。清晨，"丰田"越野车向不远处的格拉丹冬驶去。这是一座海拔6620米，南北长50多公里，东西宽20多公里的巨大冰峰群。长江的真正源头在格拉丹冬西南侧的姜根迪如大雪山。格拉丹冬，藏语意思是"高高尖尖的山峰或如耸立在高空的白经幡。"这里是银光闪耀的冰雪世界。远远望去挺拔高峻的姜根迪如雪山，昂首翘尾，入云出雾，就像是一条银色的狂龙，飞舞在银色的波涛之间。山下，两条晶莹的大冰川，分别向南北方向延伸，那水晶般的冰体绵延数里，壮丽无比。那令人神往的冰塔林，千姿百态，堪称一绝。

摄制组来到南坡岗恰乔巴冰川，人间的一大奇观展现在眼前。简直用不着选角度，到处都令人惊叹不已。静静而卧的冰川，顶端是一座碧玉般的山峰，看山势陡峭险恶，看体态俊俏娇美。山下是一道道瀑布一样的冰舌，一直延伸到了雪线附近。

由于一年四季气温的变化，那冰雪无数次消融冻结，形成了许多奇特的冰塔林。塔林中冰崖峭立，有的高达数十米，崖壁上面挂着一条条粗大的冰凌。那晶莹剔透的塔林中，还藏着数不清的大大小小的深邃透明的冰洞。洞中，冰柱林立，冰廊迂回，洞顶到处悬挂着千奇百怪、长短不一的冰笋。地上，崩塌下来的冰笋、冰凌，如水晶般皎洁，像翡翠样碧澄，似白玉样洁白无暇，像珍珠般瑰丽夺目……北国的冰灯展怎能与这里的美景相比，只可惜它生在空气稀薄的高原上，藏在寒光逼人的冰峰之中。

这巨大的冰川，姿态变幻的冰塔，神奇莫测的冰洞，乍看上去纹丝不动，似乎千古不变，其实它时时刻刻都在变，都在经历着一个缓慢而剧烈的变化过程。白天，当烈日高照、气温上升时，冰川表面悄悄地融化，那融化了的冰川水，从高高的冰塔林中飞落而下，形成万道珠帘，欢唱着，跳跃着向山下流去。正是这庞然大物落下的那一滴滴晶莹的冰水，汇合成了万里长汇最初的涓涓细流，浩浩荡荡的大江就从这里开始。

狂风中，摄制组的忻迎一、廖崴和海潮明全然忘了头痛，三位年轻人身穿羽绒服，脚蹬特制的登山鞋，扛着沉重的拍摄器材，兴高采烈地爬上爬下，把数不清的美景收进镜头。

格拉丹冬不仅有瑰丽的景色，还有动人的传说。距摄制组拍摄地约百公里的地方，有座雀莫山。它海拔5485米，雀莫山背后还有座小山。据说，雀莫山和这座小山是格拉丹冬的妻子和儿子。当年，美丽而又贤惠的雀莫临产了，给格拉丹冬生了一个白胖胖的儿子。因为儿子长得像母亲，残酷的格拉丹冬为此便不理睬雀莫。一直得不到丈夫温情的雀莫伤心至极，便将儿子藏在自己的身后，永远不让格拉丹冬见到。

摄制组一行结束对长江源头的拍摄，告别时，心中不禁赞叹：格拉丹冬，你真是美丽、神奇的宝地！

（十九）凯旋之中遇惊险·汽车方向盘失灵了

7月17日　雨　双湖—班戈—那曲

凯旋之中遇惊险

清晨8点，我们告别了双湖特别区，结束此次科考任务，打道回府。路线是先经班戈县，然后到那曲地区首府那曲镇，再返回拉萨。

一路上淅淅沥沥的小雨伴随汽车前行，大家心里紧紧张张的，生怕路上下雨再次陷车。

中午时分到达多玛乡，我们在一家酥油茶馆吃点东西，喝杯酥油茶，稍事休息。我们车的司机欧珠抽此空去更换颠簸磨损严重的钢板胶套。在藏北无人区科考对汽车耐磨损、耐颠簸、耐拖拽都是一种考验，时间长了，所有的车多少都会出些毛病。

人们常说："你越怕什么就越来什么"，此话不假。下午2点50分，我们的车队被堵在上百米的翻浆路上。有几辆外地大卡车司机因不熟悉路，想从翻浆路旁边的草原上绕过去，未成想车是越陷越深，动弹不得，从车牌来看，有湖北、成都和广东的。其中有两辆挂湖北临时牌照的大卡车是新车。

小格桑告诉我说，这两辆大卡车是来西藏送货的。他们送完货，一般是把车卖给当地，不仅能挣钱，还能到西藏旅游一次。

从班戈县去双湖的三辆日产越野车在我们车队的左侧，三辆车的司机看起来熟悉路况。他们先下车看路，搬来石头把该垫的大泥坑先垫上，再研究泥水里深深的车辙印，哪里容易陷车，哪里辙印中间容易蹭上车底盘。待一切妥当后，司机上车加大油门，顺着泥泞老路，哪怕汽车一蹦三尺高，也毫不犹豫地驾驶汽车往前冲，最后是全部通过了泥潭。

我们的两辆丰田车仿效着也冲过了这个"鬼门关"。可后面"白丰田"和"蓝丰田"两辆车的运气不好，全陷进泥潭，后来"蓝丰田"折腾出了泥潭，然后用绳索去拽出"白丰田"。最后剩下的东风牌大卡车怒吼着往前冲，还是没有逃出厄运，陷进泥潭。"蓝丰田"去救援，挂上钢丝绳却根本拉不动。

无奈之中，我们乘坐的"黄丰田"车去救援。司机欧珠是我们此行中驾驶技术最好、经验最丰富的司机。他总会有很多办法不陷车或少陷车。最后，"黄丰田"和"蓝丰田"两辆车用绳一起去拉大卡车，才将大卡车救援出来。我一看手表，已是下午3点20分。

没想到，刚走出泥潭的白色丰田车在离班戈县城还有12公里的缓坡路上，后轮左刹车又失灵了。前两日此车刹车皮垫因漏油已修理过一次。我不由得惊出一身冷汗！

十分幸运的是车速慢，没有发生危险。此车坐着"巴工"等人，在这崎岖难行的路上一旦出事，是要车毁人亡的。

我曾在新华社青海分社当过汽车司机，知道刹车失灵的危险性！我让司机尼玛不要着急一定要先修好刹车再走。实在不行，我们可以原地安营，也绝不冒险。我十分理解此时大家在科考结束时那种归心似箭的心情，但凯旋时，更要注意安全，因为人的生命比什么都重要。

晚上9点半钟，我们终于到达班戈县城，此时雨也越下越大。我们在一家未关门的饭馆叫了几个炒菜，大家囫囵吞枣似地吃碗米饭，去县招待所登记住下，安排妥当已是夜里11点多钟。

汽车安全到达班戈县城，我揪着的心终于石头落地，稍一放松，倦意袭来，在日记上草草写了几个字，便和衣早早睡下……

汽车方向盘失灵了

7月18日　雨　班戈县至那曲镇

上午9时，就要离开班戈县城了，往车上装着行李，我突然有种莫名的难舍之情。想想可能是每次匆匆来，匆匆去，没有在这里深入采访的缘故。

11点多，汽车来到班戈县的江措，径直开到插着一块写着藏文"茶水"字样的小木牌土房子前。走出屋外迎接的女主人是位穿红衫、名叫卓玛的漂亮姑娘。凑巧，小格桑认识她，还帮她给茶水站起了个"茶水驿站"的好名字。

卓玛与另一姑娘经营着这家茶水站。卓玛很热情，也很大方，还和我这满脸胡子的"老头"照了张合影照。

她告诉我，这里有个湖泊名叫"巴毛错"，如果湖南边过几年修通公路，翻过一座山包就可到达纳木错，届时到拉萨的路会近很多，不用再受绕行那曲镇之苦了。

喝着醇香的酥油茶，眼望窗外花红草绿的大草原，加上凯旋时的好心情。一切都让人心醉。

可是好心情时间不长，下午3点多钟，我们又遇到更加令人揪心、十分危险的事情。一路上经常坏车、被我们无奈地称为"蓝爷爷"的丰田车先是像醉汉似的猛然左右摆动，接着朝左侧一大沟径直冲去，伴着一阵泥水飞溅的大刹车，汽车屁股猛一甩，右轮空悬，车身斜着来了个几乎是360度的大调头停住。原来，汽车

班戈江措茶水站（2001年摄）

唐召明与班戈江措茶水站女主人合影留念（2001年摄）

方向盘在达瓦手中失灵了。

坐在车里昏昏欲睡的几位西藏大学的专家走下车，当明白咋回事时，不由得都被惊吓出一身冷汗！

停车检查，原来是方向盘栏杆连接处的"和尚头"因磨损过度，先是摇晃，后干脆脱落下来。

又一个万分的幸运！汽车方向盘失灵在了无人、无车的大草原上，如果失灵在山路上，那将会车毁人亡，其后果不堪设想。

几位藏族司机用雨衣挡住雨水在车下修车，我心里仍在砰砰直跳。两小时后修好车，我和"巴工"让几位藏族司机仔细检查汽车方向盘和刹车后，重新上路。

临近黄昏，我们走出无人区，踏上平坦的青藏公路，看见南来北往的车辆，仿佛又回到人间。

夜晚，我们到达那曲地区首府那曲镇，住进了感觉是"天堂"般的那曲饭店……"20多天的长途跋涉，我们行程上万里，遇到种种艰难险阻，但有了穿越无人区的经历，我想，我们所有的人日后都会从容地应对各种各样的困难，而不会退缩。"我在日记中写道。

（二十）歌舞的海洋

7月19日　晴　那曲至拉萨

这一路科考可谓是马不停蹄。上午10点钟离开那曲镇，下午3点到达当雄县龙仁乡考察藏族文化。

这里上百名牧民正在跳着大型"锅庄"（圆圈舞），为西藏和平解放五十周年的庆祝活动进行着演出前的排练。

今天我们的"向导"是"巴工"车司机尼玛的大女儿，她在龙仁乡小学当老师，中午特意赶到当雄县城与我们在餐馆共进午餐，其实就是碗热汤面。随后，她带我们来到"锅庄"舞排练地。

今年40岁出头的司机尼玛有三个女儿，两位当老师，一位在内地读中专。尼玛说，他18岁结婚，所以女儿都长大了，生活挺幸福的。

看到这里的"锅庄"舞，不能不提及著名的尼玛县文部乡舞蹈。

西藏素有"歌舞的海洋"之称，藏族人民几乎人人能歌善舞。尼玛县文部乡是无人区里的"小江南"。这里的农牧民过着定居生活，其象雄"锅庄"舞因其独树一帜而闻名藏北高原。

1987年盛夏，我第一次到文部乡，赶上一个摄制组想为当穷村拍几个跳"锅庄"舞的镜头。消息传开，小小的村庄沸腾了。黄昏时分，全村几十户的老人都换上节日的盛装，在湖边点上几堆篝火，几十个人或是上百人围成一圈，唱呀跳呀，当穷湖畔变成了歌舞的海洋。

这是牧民无拘无束的歌舞晚会，兴高采烈的牧民们手拉着手，跳起"锅庄"和"旋子"舞。他们有时用脚打着节拍，有时用击掌伴奏。男女分成两组，歌声此起彼伏，相互呼应，一人领头，众人依词而合。随着歌声，时而慢步摆动，姿态逍遥洒脱；时而踢踏成舞，刚健豪放，粗犷有力。中间伴着"嘿！嘿！嘿！嘿！"的呼号，高潮迭起。置身于这种热烈的气氛中，没有不陶醉的。

跳累了，便围在篝火旁边，烤着风干牛羊肉，喝着青稞酒。休息一会儿之后，又一次翩翩起舞，如此反复再三，直到天明。有的人跳得实在太累了，就随便倒在附近的草地上打起呼噜来。

文部有20多种传统"锅庄"舞跳法，所吟唱的歌词大多与古象雄历史和当地的人文地理有关。一个有代表性的"锅庄"舞《圣地象雄》歌词，就讲述了神山是"达果雪山"、圣湖是"当惹雍错"、宗是"当惹穷宗"、王是"黎美加布"、王后是"琼斯加姆"等，而舞蹈动作是从古老的

藏北牧民跳"锅庄"(圆圈舞)(2001年摄)

象雄宗教祈祷仪式中逐步演变而来。虽然象雄文明早已消逝，但在文部乡民的曼歌翩舞中，那一段辉煌的历史却成了永不磨灭的记忆。

西藏的歌舞是有历史传统的。尤其牧区，草原交通不便，牧民难得像内地人一样，到集市听曲看戏，他们常常自编自唱，边歌边舞，自得其乐。歌舞是西藏高原上千家万户的"家常便饭"。在西藏是"会说话的就会唱歌，会走路的就会跳舞"，说的就是这个道理。

在旧西藏三大领主统治的年代，农牧民处于被奴役的地位，过着非人的生活，歌舞是他们自我排忧的手段，也是向神灵祈求"幸福"的寄托。解放后，农牧民成了国家的主人，现在的西藏高原向外界敞开了大门，他们的歌舞也更加舒展、奔放。

无人区的群众和西藏其它地区群众一样，激越的民歌与优美的舞蹈表现出他们豪放的性格和对生活的热爱。

乘车行驶在无人区的草原上，时常能听到牧民悠扬的歌声。

在无人区的乡村采访，时常能看到牧民载歌载舞的情景。

辽阔的无人区也是欢笑的歌舞海洋。歌舞是西藏人民生活中不可分割的一部分，歌舞融进了西藏灿烂的文化之中，是藏族文化的精华之一。

有人说，只要来过藏北，或在藏北工作过，不管是谁都会有一生割舍不下的"藏北情结"。究其原因，其实是藏族文化使然。

夜晚，我们回到车水马龙、灯火辉煌的"圣城"拉萨，住进了藏北饭店。可我还沉浸在对藏族文化美好的回忆之中。它是那样地清晰，那样地难忘，永远镌刻在脑海里，相伴一生，挥之不去！

（二十一）归来话考察

7月20日　晴　拉萨

今天上午"热烈欢迎藏北高原无人区科考团凯旋归来座谈会"的红色横幅悬挂在拉萨藏北饭店会议室里。它告诉我，2001年科考大穿越历经25天的风餐露宿和艰苦跋涉圆满结束，曾伴随科考团在无人区一路飘扬的队旗被立即送往西藏博物馆展出。

一切似乎都在梦中，又在现实中。20名藏汉族队员昨晚一个也不少，全部安抵拉萨。

一群男性刮完胡子，理完发，换完衣服，一夜没见，再见时个个神清气爽，帅气十足！

科考归来在拉萨合影（2001年摄）

座谈会开始前，几次去无人区指导科考工作的科考团组委会主任、自治区人大常委会副主任洛桑丹珍，先为每位队员献上一条洁白的哈达，然后像个老顽童似地与大家举手欢呼着合影留念。

这次活动是迄今为止规模最大的藏北高原无人区科学考察行动。在历时近一个月的考察活动中，科考团克服高海拔和雨季带来的种种困难，横穿平均海拔 5000 多米的藏北西部大片无人区，主要通过当雄、班戈、申扎、尼玛、双湖、那曲等地。全程行程近 5000 公里。科考团内的专家对沿途地区的地质矿产、文物古迹、历史文化、岩画、野生动物、高原植被、藏医药及旅游资源等进行了全面的考察和研究，获得了一批具有重要意义的科考成果。

此次考察中，先后发现了世界上海拔最高的高山灌木丛，全国最大、海拔最高的鱼鸥繁殖地等一批对高原生态研究具有重要价值的地点，并对班戈县保吉乡娘日贡东溶洞群、尼玛县古代石棺墓，以及扎西多、普布扎日、加林山等多个岩画点作了详尽的考察和记录，掌握了大量的原始资料，对于进一步研究和保护藏北无人区具有极为重要的现实意义。

总结以往的经验和教训是为了以后更好地工作。对我们来说，明年向无人区更北腹地的科考将比今年更为艰苦、环境更为恶劣，所有交通车辆和物资必须准备充分，尤其是要确保车辆的良好性，不能再出现刹车和方向盘失灵的安全事故。

在科考人员的选择上，将以自然科技为主，以发现藏北无人区腹地更多的未知世界。

作为新闻工作者，我很期待来年科考的新挑战，也期待着这一天的早日到来。

（二十二）"踏访"的对与错

7月30日　晴　北京市灯市西口

今天是我结束 2001 年科考大穿越活动，从拉萨飞回北京的第四天。午饭后，我在办公室翻阅近期报纸，看到当天《中国青年报》所刊登的

"我们还要踏访多少'无人区'？"的文章。无人区到底该不该"踏访"，我作为文中所指活动的主要随行者，对此篇文章的解释观点与之完全相反。两种观点各有各的道理，到底是哪个对，哪个错呢？

（一）

原文照登：

"近段时间以来，中央电视台《新闻30分》节目里每天都有科考人员在羌北无人区考察的成果：不是找到了藏羚羊繁殖地，就是发现了大量的藏野驴。对这些有益于人类进步、发展的科学考察活动，我一向持'鼓与呼'的态度，但这次我却不免有些担心。

我的担心缘于《中国记者》2001年度5月的一篇文章《记录一块湿地的消失》。1999年3月，黑龙江电视台记者胡鑫和哈尔滨工业大学教授叶平，一同前往地处黑龙江省龙江县的哈拉海湿地考察。一进入湿地，他们便被那里丰富的生物资源和清新环境所感染，回来后，胡鑫马上制作并播发了《我省西部地区发现一块保持原始风貌的湿地》的报道。然而，当他们10月初再次进入那块生态宝地时，所见情景却一下子使他们惊呆了：那茂密的芦苇和瓦蓝的湖泊不见了，取而代之的是一眼望不到边的黑土地；一行行被推土机翻搅的痕迹清晰可见，长在土里的苇根横七竖八地裸露着……哈拉海湿地已被秘密开发了！

叶平教授痛心不已：'早知道这样，我宁愿不发现这块湿地，这样也就没有人知道它有多珍贵，也就不会那么快被破坏，那样的话，当地老百姓也就可以多从湿地中受益几年……'

没有理由不让我对藏北无人区的境遇担忧。这几年，我们在生态保护、环境保护方面做了不少工作，但好像却又给人以'发现一处，破坏一处'的印象：我们'发现'了名满天下的黄果树瀑布，但由于近几年对旅游资源的过度开发，原生植被几乎已被破坏殆尽。

专家预言，用不了50年，黄果树瀑布作为景区将不复存在；我们在新疆塔城盆地中央'发现'了中国第二大优质天然草原——库鲁斯台大草原，但由于无节制地抽采地下水和大面积垦荒，致使大草原的芦苇、芨芨草等高原草甸大面积枯死，已经出现严重沙漠化现象；我们'发现'了周庄这个秀美的江南水乡，由于不堪游人的过度'踏访'，已经风光难再。

不久前的《北京晚报》报道：有一个大型生存竞技纪实电视节目'走入香格里拉'正在全国征集志愿者。活动要求参加者在只用'十根火柴，十天的干粮'，此外不许携带任何生存物品的情况下，在这美丽的仙境中生活30天。尽管参赛费需要5000元人民币，但报名者仍有挤破头之势。对于一个普通人来说，'猎奇'的成分可以是比较大的，但对于一个有组织、有计划的团体来讲，我想总该有一个目的吧？遗憾的是，我们看到的现象，却很难对其产生积极的联想。

我们对环保投入了前所未有的精力和财力，但问题依然严重。农民为了生存，不惜放火烧荒，毁坏家园；一些风景名胜区为了挣更多的钱，不惜灭绝一些珍稀物种去开发'配套'的旅游设施，致使生态环境严重恶化。而现在，我们又在不断发现的'新领地'里制造一幕又一幕的生态悲剧，那我们的生态环境究竟到何时才能得到真正的'保护'？！这种现象的屡屡发生不能不让人对'科学考察'产生置疑：我们的'发现'究竟是为了什么？

我们有人力、财力去'发现'，为什么不去做、或很少做后续文章——在发现后更好地施以保护！

有专家认为：对自然生态最好的保护就是不去开发。

就在我结束此文的时候，又从不少媒体上看到'藏北无人区科学考察团'所取得的重大成果：除了发现大量鱼鸥，还发现了越来越多的黑颈鹤、斑头雁、藏羚羊、野牦牛向藏北迁徙的趋势等，还配发了鱼鸥翔集的诱人照片。我更无法预料那里下一步的境遇了。"

（二）

我的解释：

这篇"我们还要踏访多少'无人区'？"的文章，对无人区的科学考察提出了质疑。本人恰恰参加了文中提到的"藏北无人区科学考察团"。作为考察团的副领队和随行记者，我愿以自己双重身份的体会与这位先生及环保人士商榷。

藏北高原无人区平均海拔5000米左右，它夹在昆仑山、唐古拉山和冈底斯山之间，东西长1200公里、南北宽700公里，是迄今地球上鲜有的几块自然生态仍然保持完好的大陆之一。

为什么要去无人区科学考察？其实，就这一问题我和无人区的开发者，及京藏两地的环保者都已讨论过多年了。可以确切地说，要想更好地保护生态环境，了解自然环境的真实情况，十分需要严谨的科学考察。

2001年7月份的这次考察，一共历时25天。科学考察队的十几位成员多为环保、地矿、动植物、考古、岩画、藏医药等诸多领域的专家。的确如上文中所说"除了发现大量鱼鸥，还发现了越来越多的黑颈鹤、斑头雁、藏羚羊、野牦牛向藏北迁徙的趋势等，还配发了鱼鸥翔集的诱人照片。"这些野生动物之所以向藏北迁徙，正是因为在对无人区多次科学考察的基础上，制定了一系列有力的保护措施，为野生动物的生存提供了良好的环境，所以才吸引了上述大批野生动物向藏北迁徙。

事实上，从19世纪末至20世纪初，来自英、俄、法、德、美、瑞典和印度等国家的科学家、探险家及旅行家们，抱着各自不同的目的来到包括藏北在内的青藏高原地区，进行了内容十分广泛的调查和观察，包括地形测量、采集动植物及岩石标本等。考察内容涉及地质、地理、生物及其他相关分支学科等方面。其中瑞典著名探险家斯文·赫定曾于1899年至1908年间三次率队分别从藏北的西、南及东缘穿过，对沿途所见做过较多有价值的记载。

在他回国发表的巨著《1899~1902年中亚旅行之科学结果》和后来九卷本《西藏》一书中，都有关于藏北高原的种种记载和论述，并且成为当时及以后较长时期认识藏北高原的重要地理文献。

从20世纪30年代至今，一批批中国科学家多次对这里进行了不同学科、不同领域、不同规模的考察，对藏北无人区有了初步认识。

在他们研究的基础上，1991年初，原中国林业部决定，将20多万平方公里的藏北无人区建为野生动物保护区，并颁布了自然保护区的种种规定，还向群众散发了藏文的保护野生动物小册子。1993年西藏自治区人民政府在西藏境内建立了羌塘自然保护区，并于2000年升级为国家级自然保护区，总面积近30万平方公里，成为世界上最大的陆地荒漠野生动物自然保护区，野生动物得到了更为严格的保护。

1998年至2002年，在西藏自治区党委和政府的高度重视下，由开发人区先行者、西藏自治区人大常委会副主任洛桑丹珍负责组建了藏北高原无人区科学考察团组委会，并在拉萨藏北大厦设立办公室，四次组织科考队赴藏北无人区进行科学考察，行程上万公里，克服了常人难以想象的困难，取得了可喜的阶段性成果。初步掌握了当地自然资源的分布情况，采集了丰富的标本，收集了大量影像图片资料，发现了极具考古价值的岩画、古遗址和溶洞，为今后进一步保护无人区提供了更为科学、准确的依据。

同时，在西藏博物馆开设了"神秘的藏北高原——自然资源暨科考成果展"展厅，常年展出。其目的是帮助人们直观地感受无人区迷人的魅力，更好地认识和了解这片神奇的土地，提高人们的生态环境保护意识，促进藏北高原无人区的合理保护和利用。

我作为藏北高原无人区科学考察团组委会成员之一，直接组织和策划并报道了这几次科考活动，是"踏访"无人区的具体实践者。

我认为，关键问题在于对生态环境的损害，并不是科学考察惹的祸。洛桑丹珍在藏北高原工作二十多年。他告诉我，过去，当地牧民保护野生动物的观念淡薄，时常捕猎野生动物。青海、宁夏等地的盗猎分子在暴利驱使下，也曾千里迢迢赶到藏北，大量猎杀藏羚羊等珍稀野生动物，对当地野生动物资源造成了破坏，因此，并不是科学考察引来了破坏生态的行为，而是旧的生活习惯和巨额利润的引诱使然。

随着自然保护区的建立和一系列强有力的保护措施，当地干部群众的观念已经大为改变了。

如果说藏北无人区人迹罕至，那么去过珠穆朗玛峰的人可是不少。每年光登山者就有数百人之多，而每天赶到大本营一睹珠穆朗玛峰真容的旅游者更是络绎不绝。但是，珠穆朗玛峰地区的环境和生态并未因此而遭到破坏，关键就在于严格的环保要求。在那里，我印象最深的就是对垃圾的处理。大本营专门建了混凝土结构的垃圾池，并设置了大量的密封垃圾筒。所有到达营地的人员被告知的第一件事就是严禁乱扔垃圾。垃圾筒一满，立即密封，整齐地堆放在垃圾池中。每隔一段时间，就有专车把这些垃圾运送到很远的定日县城。这种方式，付出的成本不小，但却在游客不断的情况下有效保护了珠穆朗玛峰的清洁。这种做法，值得许多地方学习。

行进在藏北高原，不时看到成群的藏原羚、藏野驴悠闲地从我们车边跑过，看到被称为"鸟类的熊猫"的黑颈鹤不时地在身边翩翩起舞，成群的斑头雁、赤麻鸭和鱼鸥在湖水里游弋。这些珍禽异兽，丝毫没有怕人的迹象，一派人与动物和谐相处的景象。这是我们此次考察最感到欣慰的地方。而这种欣慰的背后，是通过许多科学家、环保人士和政府部门的种种努力，并付出辛勤汗水才换来的。

六、2002，横跨无人区考察记

（一）老院士郑绵平带队出征·湖泊水位上升·伦坡拉，未来的油田·解开"地洞"之迷·盐湖，富有的海

2002年4月30日，为期23天的横跨无人区科学考察宣告结束了。由于这期间恰逢犬子出生，我未能与科考队员一起展开实地考察，只能通过对科考队员的采访，再次感受无人区、了解无人区的种种故事了。

老院士郑绵平带队出征

4月7日11时，西藏自治区党委和人民政府在布达拉宫广场举行盛

大壮行仪式，西藏自治区人民政府常务副主席洛桑顿珠为每位考察队员献上一条洁白的祝福哈达。

24位来自中科院地质与地球物理所、中国工程院、西藏大学、西藏博物馆、西藏藏医学院、浙江博物馆的科技工作者将从这里出发，再次向藏北无人区发起挑战。

这支由年过六旬的中国工程院院士、著名盐湖学家郑绵平所率领的综合考察队成员中，有好几位是自1998年以来，多次进入藏北无人区科考的科技工作者和新闻记者。他们是我们尊称为"巴工"的西藏地矿厅教授级高工巴登珠、西藏藏医学院从事藏医研究和教学的格桑顿珠，以及新华社西藏分社记者格桑达瓦等人。

值得一提的是这次还有两名我的同行、杭州都市快报的顾乡和徐璞随科考团进行了全程跟踪采访报道。

这次考察是2001年未能完成部分科考区域的继续，即从拉萨到双湖特别区后向西，经孔孔茶卡、北措折、江爱，然后转北到玛尔果茶卡、错尼湖，再向东到多格错仁，再转南到龙尾错和双湖，走了个近乎长方型的路线，最后返回拉萨。

这是藏北高原科考团组委会所组织的第四次科考行动，前几次获得了不少科学成果，但由于交通工具和考察时间选择不宜——6至10月，虽然天气暖和，但地面冻土开始融化，无人区内又没有道路，极易陷车，使得科考任务举步维艰。这次科考之所以选择在冰雪还未消融的4月间进行，就是希望能赶在5月份无人区道路化冻之前，往北走更远的路，获得更多的资料。

科考队的车队由六辆"丰田"越野车和一辆载重五吨的东风牌卡车组成，与去年的科考一样，东风牌卡车是补给车，装了12桶200公升的汽油、8瓶煤气、白菜莴苣土豆共6筐、200公斤糌粑、300公斤大米、50公斤面条、100公斤面粉、5条砖茶以及腌肉和罐头，还有科考使用的各种挖掘和研究工具、绳索、长梯子，以及镐头、铁锹等各种修路工具。

湖泊水位上升

藏北无人区的大量雪山、冰川等固体水库是湖泊形成与生存的重要源泉

进入4月份的藏北西部，大雪常常会飘然而至，漫天飞舞的雪花常使人容易迷路。4月9日那场大雪，就让科考队员迷路了。

当日上午，郑绵平院士带着一部分科考队员从班戈县城出发去班戈错，多次在西藏考察盐湖的郑院士一年前在那里设立了一个科考点，那里有一艘橡皮艇，考察队这次要在许多湖泊取样，需要使用它。

风雪中，天地间白茫茫一片。大雪盖住了所有的车辙印，司机们只能尽力辨认，朝着大致方向往前开，中午一点到达湖边后用望远镜把整个湖岸搜索了好几遍，就是不见科考点的踪影，最后找到位牧民一问才知道，这个湖叫巴木错，在班戈县的东面，而班戈错却在班戈县的西北面，两地差了200多公里，这才意识到走错了方向。

晚上科考队员夜宿班戈县城，第二天找寻到了班戈错。郑绵平院士说，中科院盐湖中心自一年前在这里设立科学观察试验站后发现，班戈错的水位较90年代初上升了1米左右，原干枯了的另一湖（主要为硼砂）已灌满1米以上的水。

郑绵平院士认为，这与冰川雪线退缩等原因有关。同时他认为，50

年代曾被大规模开采的班戈错虽只遗留了少量粗粒硼砂，但卤水里的大量硼、锂、钾仍可综合利用。尤其是未来几年青藏铁路的开通，相对其它含锂、硼砂、钾的盐湖，这里交通更为方便和快捷，大有其综合开采利用的价值。

伦坡拉，未来的油田

4月11日，科考车队通过扎加藏布江上的"382"桥不远处是伦坡拉油田。这个油田是前几年勘探时发现的。据中科院地质与地球物理所赵平介绍，这个油田油太稠，开采时需要往油井里灌大量的蒸汽才能出油，开采成本太大。

原来，由于地质构造的原因，伦坡拉的原油属于特稠油。不少石油物探队过去在藏北打探井时，总是"口口见油，口口不流。"1997年，中国新星石油公司率先在伦坡拉盆地利用热采油工艺进行开采，并以此结束了西藏无石油的历史。

稠油热采是先把蒸汽压进探井，摄氏三百度的蒸汽用来加热地层，让稠油流向井筒，然后喷射出来。

依布茶卡盐湖

然而，由于伦坡拉盆地的大气压只相当于内地的百分之五十三，水的沸点为82摄氏度。目前，国内的蒸汽发生器都不能在藏北高原使用，蒸汽温度不够，稠油无法开采。于是，这个公司想尽办法改造蒸汽发生器，三吨的发生器用上了六吨的燃烧器，用"小马拉大车"的方法，使温度达到300摄氏度，最终让探井喷出了黑棕色的石油。

据了解，藏北伦坡拉盆地是已知的世界上海拔最高的含油气盆地，其含油气远景资源量为1亿至1.5亿吨，目前已获探明储量300万吨，一个储量上千万吨的中型油田已具雏型。

解开"地洞"之迷

到达双湖的第三天，科技工作者驱车帮助当地牧民揭开了"地洞"之谜。

这个奇怪的"地洞"位于双湖西70多公里处，那里是一马平川的草原，直径6米左右的洞口却突兀地在蓝天下张着大嘴，整个洞深约50米，底部还有个黑乎乎的东西。

洞是牧民上世纪80年代发现的，谁也没敢下去，说里面"亮晶

雪山与蓝天

晶"的。

考察队员用镜子反射阳光到洞里，里面果然有"亮晶晶"的反光，岩石上还有绿色的东西，科考人员怀疑是矿物。

西藏大学藏学系达瓦次仁学过登山，他第一个下洞，紧接着的是中科院的赵平研究员和地科院的陈宏武高工。这个"地洞"上部深约20米，主要为松散的浅灰色钙质砂岩层堆积，"亮晶晶"的东西全是倒挂的冰凌，岩石上的绿色物质是藻类，一擦就掉，是从渗透的地表水带进去的。

往下30米时洞变小，倾角约有60度，倾向西南。据分析，此洞的形成可能与地下孔隙水聚集成冰，在夏天融化而垮塌有关。赵平研究员解释说，洞底有冰是因为这里的地下恒温层在零摄氏度以下。

随后，郑绵平院士在"地洞"附近找到了小颗粒水晶，双湖特别区书记珠巨也证实，这里的确有个关于水晶矿的说法。据推测，这个"地洞"可能是前人为采矿而开设的，至于谁开的矿，就无从知晓了。

不过，专家们认为这一地洞的发现，对藏北高原的地质构造和地形变化的研究还是具有重要的意义。

五彩的山原地貌（2009年8月2日摄）

盐湖，富有的海

4月15日，考察队正式从双湖出发，向更北的无人区腹地挺进，去考察孔孔茶卡、肖茶卡、玛尔果茶卡等盐湖，双湖特别区区委特意为考察队屠宰了2头牛、20只羊，随后区委书记珠巨、办公室主任欧珠等人也加入科考队伍，来为大家提供后勤保障服务。

藏语中，湖泊通常称为"错"，盐湖叫"茶卡"。

谈起盐湖，人们往往会想到柴达木。在多数中国人的心目中，柴达木在遥远的大西北。50年代，当新中国开始大规模经济建设时，人们好像突然发现了祖国的聚宝盆柴达木，注意到盆地里众多的盐湖和盐湖里丰富的宝藏。

渐渐地，了解柴达木盐湖的人越来越多。可是至今仍然很少有人知道藏北高原的盐湖，其实藏北高原才是我国盐湖分布最密的地区。

在藏北高原众多的湖泊中，盐湖占有特殊的地位。青藏高原共有盐湖200多个，其中170多个分布在藏北高原一带。

藏北高原和柴达木的盐湖，一个个都是宝库。湖表卤水和晶间卤水含有碳酸盐、硫酸盐、硼酸盐、氯化钠等近百种矿物和40多种化学成分，可以成为我国无机盐工业重要的原料基地。其中锂的储量占世界首位；硼、镁、钾名列世界前茅。一些盐湖里天然沉积的石盐、钾盐、硼酸盐、芒硝矿床，达到了工业开采要求。

这次在对几座盐湖的科考中，所有队员无不惊叹藏北无人区丰富的盐湖资源。

藏北高原虽然非常干燥，可并不缺水，这里湖泊面积达25000平方公里，占全国湖泊总面积的四分之一，有近500个面积超过1平方公里的湖泊和300多个面积超过5平方公里的湖泊。它是世界上湖面海拔最高、范围最广、数量最多的高原湖区。

通常，每升湖水中含盐量大于50克的湖泊，称为盐湖。

这次在80多平方公里的玛尔果茶卡考察时，郑绵平院士笑着说："你们可以躺在湖面上看书。"因为盐湖的盐度达到25%，浮力就可以将人托至水面，而玛尔果茶卡的盐度是30%，只比死海低5%。

玛尔果茶卡位于北纬33°50′，东经87°，湖面海拔4830米，面积80平方公里。雨季时湖水深仅5厘米左右，干季时大部分时间几近干涸，为时令湖。由于近期气候干旱，湖泊强烈退缩，在湖北岸留下两级砂砾堤（古湖岸遗迹），分别高出湖面1.5米与5米左右。湖水pH值为7.3，化学类型属硫酸镁亚型，矿化度318克／升。湖底全为白色食盐盐晶组成的沉积层，湖心处盐层厚度1.5米以上，盐矿藏量十分丰富。盐湖中并不是没有生物的，一种名叫"丰年虫"，也称"卤虫"的红色小虫子就在卤水中活的非常滋润。

珠巨书记说，这种小虫子是区里的主要经济支柱，最高时卖到六七十万元一吨。

卤虫是一种高级水产饲料，像对虾养殖就少不了它。事实上，世界上有85%以上的水产养殖动物都可用这种七八毫米长的甲壳动物作为活饵料来喂养。

唐召明（左）与双湖特别区书记珠巨合影留念（2009年摄）

郑绵平院士在无人区考察过27个盐湖，其中有10个让他发现了卤虫。

在孔孔茶卡，考察队遇上20多位来自当雄县和日喀则地区的藏族群众，他们开了八辆东风牌卡车到盐湖采盐。

孔孔茶卡岸边的盐带宽达百米，如银似雪，踩上去"嘎嘎"作响。藏族群众像装土一样往编织袋里铲着盐巴；一位藏族青年穿上防水裤走下盐湖铲盐——盐湖都不深，像玛尔果茶卡深度只有1米，刚铲上来的带水盐巴是粉红色的，往岸上一放，很快变成雪白色。

类似孔孔茶卡这样的盐湖在藏北高原还有许多，它们都是高原隆起过程中气候逐渐变干旱的产物，所形成的各类盐矿资源储量十分可观。

孔孔茶卡年产食盐 5000 吨，在藏北众多盐湖中，这只能算中等规模。像依布茶卡、亚根茶卡、朋彦茶卡、肖茶卡等盐湖，浅浅的湖水下，盐层厚达 1 米，仅这些盐湖里的食盐就够西藏人民食用数万年。

由于这些盐巴都没有加碘，易造成缺碘的"大脖子"病，故他们的盐巴现只能运到牧区，而进不了拉萨等城镇。

据郑绵平院士介绍，西藏自治区每年需要加碘盐约 2.5 万吨，全部来自青海，西藏还没有加碘的食盐厂。

郑绵平院士认为，现在每年从藏北盐湖开采的盐巴在 1 万吨以上，这些盐巴一般用以物易物的方式流通，主要用于牧区的人畜食用或出口到尼泊尔。因此，尽快在那曲等地建立加碘盐工厂，无论从牧民群众的健康，还是从经济效益、合理利用本地资源方面都是十分必要的。

（二）奇怪的黑石头、古石器与墓葬·与野牦牛危险"过招"·大峡谷与神奇的巴毛琼宗·史前人类的遗物

奇怪的黑石头、古石器与墓葬

4 月 16 日是科考队收获最大的一天。中午，科考车队到达海拔 4823 米的肖茶卡盐湖，大家在牧民达芒家喝酥油茶时，意外发现他家门口扔着一块黑石头。

这块石头表面光滑，有八厘米大小，五六斤重。达芒说，这是天上飞来的石头，而且附近山上有不少这样的石头，于是大家捡起来认真研究了一番。

郑绵平院士告诉大家，这石头来自地球核心部位，叫超基性岩。这种物质只出现在两块大陆板块的结合部位，是大陆板块相互挤压将它抬升出地面的，而我们所处的位置，正好处在印度板块和欧亚板块的缝合线上。

在达芒的带领下，郑院士等人赶到8公里之外的一座山头，果然发现长约2公里、宽约600米的超基性岩体。

在肖茶卡例行取完水样后，西藏博物馆夏格旺堆和西藏大学达瓦次仁在盐湖东南边采集到一件非常精制的由玛瑙制作的"细石核"（一种形状细小的打制石器），其形状为圆锥体。同时发现这件石器周围的地面上，分散地遗留有六个用三块石头围成的灶炉，灶灰有些清晰可见，有些模糊不清。

一件精美细石核的发现，使人们了解了这是一处早期人类活动的地方。经过一段时间继续搜寻后，又发现了一件黑色火石岩打制出的砍砸器，以及同一材质制作的石片刮削器和一件材质为角岩的磨具石条。

在盐湖西南有座山丘，山麓坡地上还有一处石块砌筑的早期游牧民族搭建帐篷所用的半圆形围圈。

这里位于双湖特别区北措折乡境内的西北方向，海拔高度为4780米，从乡政府所在地到此约有35公里。

通过对居住在湖边的一户牧民的拜访了解，在过去五十年内，所发现的石器采集点一直没有牧民的安营活动。据夏格旺堆和达瓦次仁两位专家推测，很早以前，肖茶卡西南岸一直是牧民们选择季节性定点游牧的一个理想场所。

此外，夏格旺堆和达瓦次仁还在不远处的帕度错附近发现了门突尔墓葬群。这座墓葬群地处古湖滨坡地，也处在次玛绒藏布河谷口台地。当地牧民称它为"巴吴扁热"（藏语为"英雄竞武之地"）。

据了解，"门"为古象雄时期就存在西藏南部的一支古老部落，到吐蕃雅隆部王朝时期的中后叶，被吐蕃王朝吞并。

这个墓地面积约为70×60平方米，海拔高度为4940米。根据地表石圈标记，能辨认的墓葬有5座。最大的一座墓葬东西长约12米，南北宽约7米。整个墓葬群的地表外围是一条宽度为0.6～0.7米厚的石砌墙，靠近西面的围墙内在一条线上排列有8根立石。整个墓葬群越往北规模越小，最北面的一座墓葬长宽在1.5～3.5米之间。

在次玛绒藏布河谷的台地边缘，两位专家还发现了两件黑色火山岩石片打制的刮削器。从石器制作工艺上看，属于非常典型的旧石器传统技术，其与肖茶卡所发现的打制刮削器在原料和技术特征上是相同的。

据了解，从这里顺着次玛绒藏布的河谷通道，向北可到达北措折乡境内的肖茶卡。往南或西南可以通到尼玛县境内。无论如何，次玛绒地点作为从古至今游牧民族来往于南北的交通通道，曾在历史上发挥过传递众多文明信息的作用。

两位藏族专家认为，他们所采集到的石器，大致年代可能为距今7500～3000年之间；而墓葬群中被当地群众称为"门突尔"的遗存，可能与公元前一千纪（公元前1年至前1000年）左右后出现的象雄文明相关。

关于藏北无人区内是否存在过古人类的问题，目前依然是学术界争论不休的课题。从事西藏考古研究的夏格旺堆说，这主要是因为没有在无人区内发现比较有说服力的考古依据，仅靠几次科考发现的一些零星的石器和墓葬，还不足以说明全部的实质性问题。

与野牦牛危险"过招"

4月17日中午，考察车队驱车前行，也许是汽车的轰鸣声惊扰了前面300多米处的野牦牛，八头硕大的野牦牛有七头不紧不慢地朝山里跑

自然形成的"长城"墙

去，而剩下的那头却原地站立不动。

这头野牦牛腹部长毛拖地，个头差不多是内地黄牛的两三倍，威风凛凛。

看到逼进的汽车，这头野牦牛"呼"地转过身，翘着棍子似的尾巴，直朝汽车顶来，吓的司机们紧急倒车，四下奔逃。

野牦牛、藏野驴和藏羚羊是藏北野生动物的"三大家族"，老大当属野牦牛。这种动物个头魁梧壮实，有的重达上千公斤。它生性桀骜不驯，两只粗大的犄角是势不可挡的锐利武器，若受敌人威胁，便会拼命展开厮杀，即使身负重伤也决不溃逃，一副越战越勇、决战到底的凛然气慨。

考察队第二次被野牦牛袭击是在几天后去多格错仁的一条山沟里。一头正打算穿山沟的野牦牛，对不赶快通过的汽车很不耐烦，便从山上猛冲下来，用它粗大坚硬的大犄角来顶汽车。记者格桑冒险下车想拍张照片，结果闪光灯一闪，却把野牦牛招惹过来，奔着格桑就顶过来，吓得格桑赶快钻进车里，脑袋重重地撞在了车门框上。更令人恐怖的是它认准了格桑所乘坐的白色丰田车，且一直狂追不舍，直到把汽车撵出山沟才罢休。

在无人区，有着许多关于野牦牛和它的生活习性的种种传说和故事。十多年前，双湖办事处副书记欧珠旺堆给我讲过这样一个真实的故事。

前些年，有名猎手不遵守国家保护野生动物的法令，开枪打伤了一头野牦牛。狂怒的野牦牛向他猛冲过来，那猎手落荒而逃。看看追得紧了，他丢下猎枪，野牦牛用大蹄子踏了几下，踩了个稀巴烂；他又丢下帽子，野牦牛又踩烂他的帽子。无计可施，他一边跑一边把衣服一件件脱下来丢掉，丢一件，野牦牛踩一件。最后他赤条条地钻进一个大石头的夹缝里。野牦牛过来，拱了拱石头，大石头纹丝不动，它只得怏怏离去。这次惊险的遭遇教育了那个猎手，从此再也不敢招惹这庞然大物了。

大峡谷与神奇的巴毛琼宗

考察队继续驱车北上，无人区的戈壁、荒漠风光越来越壮美。在北纬33度27.544分，东经87度25.730分，汽车爬上一座大峡谷，这里海拔高度为5000米。

珍稀金丝野牦牛

实施攻击的野牦牛

　　长达数公里的大峡谷，最深处达百米，两边的山脉岩石一片赤红，非常奇特。尤其是那堵几乎垂直的红色岩壁从中间将峡谷一分为二，南面是一座冰封的湖泊，湖水从冰层下渗透过岩壁，在深谷中汇成一条清澈的小溪。

　　大家打开地图才知道，这是江爱的一条深谷，名叫红水沟，推测是因为河边红色岩石而得名。切断它们的红色岩壁形成于距今一亿年的第三纪时期。

　　从双湖北进的第六天，科考人员来到了巴毛琼宗。"巴毛"是格萨尔王时期的一位女英雄的名字，"琼宗"的含义是拴马地。

　　巴毛琼宗离双湖特别区近400公里，海拔高度在4870多米，被称为"野生动物的退休地"。许多野生动物，特别是野牦牛在自知衰老后，就会来到此地等待最后时刻的降临。

　　在巴毛琼宗营地附近有个叫玛尼的泉眼点。在那里，一股清泉汨汨不断地从玄武岩中的一条裂隙中流出，在其附近尚残留去年冬天形成而至今未完全消融的泉水冰碎体。也许是受泉水滋润惠泽以及小气候环境影响的缘故，巴毛琼宗一带的草原较为丰茂，植物除了常见的飘着淡紫色长芒的紫花针茅外，还有鹅冠草、羊茅、棘豆、赖草、硬叶苔草等多种适于食草动物采食的草类。四季不断的甘泉、丰美的草场，使这里成为野生动物的天堂和乐园。

　　巴毛琼宗不仅有富饶的动物资源，巴毛琼宗南面的石海石林也颇为壮观。那里山上山下到处是巨大的岩石，大地仿佛盖上了一层厚厚的石被，周围的牧民称它为石海。我以前在石海中漫步时，曾发现无数个黑黑的略带暗绿色的石柱突兀离奇。虽然它比不上云南"石林"，但也别有风采。它们形如石菜、石笋、石树、石蘑菇、石桌、石房、宝塔、苍鹰、象鼻子……石柱千姿百态千奇百怪，使人仿佛进入岩石之国。

那么，这种奇观是如何形成的呢？据地质学家介绍：两三百万年以前，那里的火山活动非常活跃。火山和地壳裂缝中喷出的大量炽热的玄武熔岩在地面翻滚、流淌，覆盖了大地。年代久远了，就形成了今日的石海。石海中的巨大玄武熔岩经过漫长的冻裂、风化和剥蚀，逐渐分崩离析，最后形成形态各异的石林奇观。

22日11点多，考察人员登上火山口，昔日烈焰喷射、岩浆四流的大熔炉已经耗光了它所有的能量，已成为死火山，成了世界上最宁静的地方。漏斗般的火山口深有300多米，长约1公里，周围全是黑色的玄武熔岩，漏斗的底部，一个600多平方米、白色的冰湖将火山口封得严严实实。冰湖边，除几只飞动的雪雀和跑动的高原兔外，整个火山异常宁静。

巴毛琼宗火山群遗迹的发现，为包括藏北无人区在内的青藏高原曾在第四纪初期发生过强烈的构造活动提供了有力的证据。

巴毛琼宗火山地貌

巴毛琼宗火山口

史前人类的遗物

巴毛琼宗是由火山岩形成的较为独立的中小型山群组成。考察人员在这 1000 平方米左右的地方，共采集到了 100 多件以石片、石器为主要特征的打制石器，而这些刮削器和切割器绝大部分以灰色或黑色的硅质岩来制作。同时，还在这里发现了一座占地面积为 400 平方米左右的古石丘墓葬群。

巴毛琼宗是考察队在藏北无人区内发现石片和石器数量最多、分布位置最北的地点。

考古专家根据所采集到的石器特征，以及还没有发现它们与陶器共生的情况来推断，它们应当属中石器或新石器早期古人类文化的遗存，地质年代距今在 7500 年左右。在目前几乎无人类居住的藏北无人区北部发现古人类活动遗物，这说明在很久很久以前的某个时期，这里的气候还较为暖和，适宜人类居住和生存。那个时期，原来仅分布在较低地方的古人类，随着气候的转暖，也向高处和高原北部扩展，一直分布到了藏北高原最北部。

从所发现的这些细石器的地点来看，它们不是靠近湖边，就是附近有泉水。因为湖边常有茂盛的草地可供野兽栖息，便于古人放牧牲畜，而泉水又解决了人畜的饮水问题，所以这样的环境有利于古人类居住生活和进行渔猎、游牧等生产活动。

藏北无人区内石片、石器的发现，对于研究藏北高原古地理环境的变迁历史有着重要意义。据推测，大约从距今 3000 年左右开始，晚期的全新世新冰期来临，结束了中期的全新世气候最时宜期（距今约 7500 年～5000 年），其时气温降低，气候变得干燥起来，致使许多湖泊退缩，湖水下降，湖水化学成分也发生了很大变化，原来的淡水湖变成咸水湖或盐湖。与此同时，原生的乔木林也逐渐退出羌塘高原而让位于稀疏低矮而耐干旱的草本植物。古人赖以为生的渔猎资源和生态环境的变化，迫使古人不得不向其它较低地区迁移，而他们所打制的用来劳动的石器工具，却默默地留在这沉寂安静的群山谷地湖盆之中，成为我们今天追索古人类活动以及他们居住环境变迁的线索和证据。

其实，藏北高原自然生态环境的剧烈变化，除了跟全球气候变化有关外，也与高原近期隆升活动有关。隆升的结果加剧了这一地区气候干冷的发展趋势，以致近期更为寒冷干燥，成为人类的"生命禁区"，仅在暖季才有少数牧民来此进行短期的游牧或食盐开采活动。

（三）发现卤水太阳池储热效应·不容忽视的草原沙漠化·凯旋前遇风雪·盐湖"泰斗"的建议

首次发现卤水太阳池储热效应

在藏北双湖境内海拔 4900 米的错尼盐湖，郑绵平院士率领科考人员凿开 40 厘米厚的冰面，通过对水温和盐度的定深取样，获得以下数据：冰面下的湖水表面温度为 -1℃，越往下，盐度越高，水温也越高，在盐度为 14.6% 的湖底，水温达到了 18℃。

在确定湖底没有温泉后，郑绵平院士说，这叫"卤水太阳池储热效应"。

"在美国，人家挖个大水池，倒入卤水，用来存储太阳能发电，而在藏北，盐湖有的是。"郑绵平院士认为，这对今后西藏太阳能的充分利用有重要意义。

壮美的山原（2009 年 8 月 3 日摄）

郑绵平院士进一步解释，错尼湖的盐度随着深度有差异，上部盐度低，下层盐度高，而且湖水的水温与卤水盐度的密度分层密切相关，这种现象符合卤水太阳池效应的原理。太阳光因为卤水的密度分层，进入卤水后热量储存在卤水的下部，尤其在中下部温度会更高。

郑绵平院士认为，青藏高原分布着很广的卤水湖，而且有丰富的太阳能资源。卤水太阳池效应在错尼湖的证实将会开拓西藏新能源利用的新方向，特别是开拓西藏丰富的太阳能和卤水湖资源的新途径，包括太阳能卤水储能、取暖和发电，以至于用它来生产无机盐等方面都具有广泛的开发前景。

不容忽视的草原沙漠化

4月25日，郑绵平院士和双湖特别区书记珠巨去考察若拉错湖边的一个老沙金矿，回来后说，那边的草原已经沙漠化，车转了一天也无法通过沙漠而进入沙金矿。

郑院士乘坐的是顶级的丰田越野车"沙漠王子"，这样的车都不能战胜沙漠，说明部分草原沙漠化问题已很严重。

藏北高原面积虽然很大，但生态环境却十分脆弱。

这里无边无际的广袤草原，牧草低矮稀疏，植物通常高不过20厘米，合成鲜物质的总量一亩地只有50公斤左右。只是地域辽阔，野生动物和放牧的牛羊才有了必要的生存条件。

二十多年前，为了解决畜草矛盾，时任申扎县县长、现任西藏自治区人大常委会副主任的洛桑丹珍以超凡的勇气，率领干部群众开发了文部（现改为尼玛县）和双湖两片草原。

迄今为止，由于土鼠、毒草和毒虫的严重危害，又无法根治，使这里脆弱的生态环境开始出现局部沙漠化。

土鼠是破坏草原的最大"杀手"。走在藏北草原，随处都可以看到直径四五厘米的洞窟，我曾数过被土鼠破坏的满目疮痍的草原，最多时一平方米竟有五六个鼠洞。

牧民年年用鼠药灭鼠，可时间长了，土鼠却产生了抗药性，灭鼠效果大打折扣。

初冬的草原

　　为了灭鼠，这里曾实行按交老鼠尾巴给予奖励的方法，鼓励牧民多灭鼠，但无奈土鼠太多，一只只地灭鼠，成效缓慢。

　　尾巴短小，体态肥胖的土鼠在草原上窜来窜去，见有人来"嗖"的一下钻进洞里。当你堵住前面的洞口，它却从后面的洞口早就跑掉了，让人奈何不得。

　　这些看似不起眼的小动物长着锋利的牙齿和前爪，每年以可怕的速度啃吃着并不丰美的牧草，破坏着草原的根系。

　　还有毒草，谁也不知道它们的学名，只知道它们从古至今一直存在。这种毒草常常混杂在牧草中，牛羊一吃即会倒地毙命。目前，牧民对付毒草的办法是一根根地拔掉。

　　更有毒虫，也没有人能够叫出它们的名字。与蝗虫不一样的是，它除了啃咬牧草，还会在牧草上留下病毒，牛羊吃了会染上口疮疾病。

　　从珠巨书记所提供的数据来看，双湖草原正以每年5%的面积迅速退化！

　　目前，双湖政府已决定，不再向北开发新的牧区，不去打扰野生动物最后的一片家园。珠巨说："目前最紧迫的任务是保护好现有草场，阻止现有草原荒漠化。同时利用丰富的盐湖资源多种经营，以减轻对局部草场的压力。"

凯旋前遇风雪

龙尾错，这是考察队的最后一站，距离双湖约有130公里的路程。但老天爷好像有意考验科考队员的毅力。大家好不容易找到几间牧民定居房，却发现没有主人。只好在房外搭帐篷安营。夜晚却迎来进入无人区最大的风雪天气。

清晨，大风裹着雪花不时从烧坏的帐篷顶落下，军用帐篷摇摇欲坠。幸好定居房前有废弃的建材用来压住帐篷角，才稳住帐篷不被吹走。

考察队的汽油快用完了，有的人挂上了输液的盐水……

29日下午，郑绵平院士召集所有人员开会，决定本次科考在第二天返回双湖时结束。然后，郑绵平院士赴那曲向地委汇报，剩下的色林错湖底科考工作将由来自中国地质科学院盐湖中心的陈宏武和刘喜方主持执行。另外，夏格旺堆、格桑顿珠和达瓦次仁所组成的考古小组已在24日由巴毛琼宗南下赴尼玛县考察，目前尚在野外工作。其他人员全经双湖、班戈、那曲返回拉萨。

这次科考，科考人员最北端到达北纬35度22.279分、东经88度17.433分、海拔4822米的若拉错。从4月7日至4月30日科考队从无

草原牧山羊

人区返回双湖，历时 23 天，行程 2700 多公里，加上由双湖返回拉萨共 30 天，全部行程为 3700 多公里。

科考队从拉萨出发时还是灰蒙蒙一片，回到拉萨已是满城葱绿、鲜花吐艳了。

盐湖"泰斗"的建议

我国盐湖"泰斗"郑绵平带队到藏北无人区考察后认为，西藏高原湖泊水位变化复杂，冰川雪线退缩，藏北无人区草场沙化明显，生态环境脆弱。建议有关部门在无人区建立湖泊水文生态科学观察站和气象站，以积累不可复制的科学基础数据，为保护自然生态环境提供科学依据。

这次郑绵平院士带领各学科专家，对藏北无人区的 33 个各类湖泊水位变化、水生动植物，以及地质矿产、岩画古迹、野生动物的活动及分布、各种地形地貌等进行了综合性考察。

考察中首次动用机动橡皮舟深入鄂雅错和玛尔果茶卡中作定深取样。据初步统计有 10 个盐湖有卤虫产出，3 个咸水湖产西藏拟溞，大多数盐湖均有卤蝇产出，尤其是龙尾错产出大量卤蝇，与野燕等飞禽构成简单生物链。

值得一提的是，西藏拟溞为高原特有的枝角类卤虫。它具有个体大、耐低温低氧等特点，很有希望将其驯化到海水中大量培养，作为海水名贵动物幼体的活饵料，有着重大的理论和实践意义；卤蝇可作为提取治疗创伤的高效金属蛋白，同样具有着广阔的开发利用前景。

五彩的雪原地貌

这次考察确定了不同类型矿点和鉴定群众报矿样品 19 处。这些矿点包括油页岩、石膏、玛瑙，以及玉、铁、锑、硫、沥青、煤等。其中在北纬 33°43′，东经 87°12′，海拔 5100 多米的堂日卡巴地区发现断续延伸的长约2公里、宽100多米的油页带，地表所采样品可燃烧，有良好的成矿前景；玛尔盖茶卡西面的淡绿色软玉，色泽良好，矿体总长约100米（据地表风化矿石估计），可作为工艺品材料开发；巴毛琼宗古近纪（老第三纪）石膏帽规模较大，长约5至6公里、宽近1公里，地表已大部分次生变化为透亮的透石膏和部分粒状石膏，为寻找自然硫和油气提供了有利线索；首次发现雅木尕嘛木尕超基性岩。这个长2公里多、宽500至600米的超基性岩

草原牧民人家

体表明，沿西藏高原北纬33度04分一带，可能存在蛇绿岩套（一种混杂岩），这为找寻铬铁矿和铂族元素提供了找矿线索……

调查表明，无人区的草原生态条件较为脆弱，局部地区已明显沙化。如若拉错北部草丛沙堆发育，车辆已难行驶。

郑绵平院士返回拉萨后向有关部门建议：应部署无人区区域地质调查和专业性重点调查，详细查明区域地质背景，编制1:25万地质图，进一步查明此地区自然资源状况和自然生态条件，以便妥善保护自然生态环境和合理开发利用；在藏北建立湖泊水文生态科学观察站和气象站，为保护草原湖区生态环境开发利用提供科学依据；开展"盐湖牧业"试验点以发展高原大盐湖产业，减少牧业发展对藏北草原的压力；加强和完善羌塘野生动物保护区和缓解藏北南部草场过载的矛盾，建立无人区野生动物保护及其生态条件的研究项目；组织气象学、冰川学、盐湖学、植物学和沙漠学等多学科联合攻关，研究世界屋脊环境演化与亚洲及全球环境的相互影响。

当记者问及开发盐湖是否会影响生态环境时，郑绵平院士肯定地表示"不会的"！

"盐湖产业是一种清洁产业，盐湖中的资源都是国计民生中宝贵的资

藏北西部"富士山"

源，我们的目标就是'吃干榨净'，利用高科技工艺进行综合利用。其次，盐湖都处在水域的最低点，不会对周围的环境和生活造成影响。"

相反，郑绵平院士认为，盐湖的开发有利于环境保护。"盐湖对于环境非常敏感，我们要在盐湖中建立很多观察站，对环境进行观测和预警。"

此外，盐湖大都处在荒漠地区，附近牧民可以通过盐湖开发获得新的就业机会，有助减少大量放牧造成的草场负载，牧民生活改善后可以不再烧牛粪，避免造成污染，有助于改善生活和生态状况。

第三章 藏北，诱惑之旅

人往往有一种好奇心理，越是神秘越要探询，越是要刨根问底，弄个究竟，这大概是一种强烈的求知欲望吧。从 20 世纪 80 年代起，世界上冒险探奇的新潮涌进中国这片古老而又青春焕发的大地。青年人纷纷踏上旅游探险之路。有人徒步考察黄河、长江；有人迈开双脚沿长城旅游；有人骑车在名山大川旅行；有人驾车周游世界；勇士漂流大江大河，甚至为此献出宝贵的生命……

哪里还有吸引探奇者的角落？许多人把目光投向了世界"第三极"。藏北高原无人区正在以它特有的神秘色彩召唤着越来越多的来访者。

一、闯荡无人区

在内地，一提起去西藏旅游，人们往往会激动不已，而一旦谈到辽阔、壮美的藏北，并且曾在藏北之行中碰到内地朋友的话，那种心情怎是一个"激动"二字了得。

（一）

2009 年 7 月 30 日下午，我从居住的普若岗日宾馆二楼拍摄雪山下的双湖新街道，见两辆越野车驶进一路之隔的双湖干部职工活动中心。我赶快收起相机，去找新来的客人。

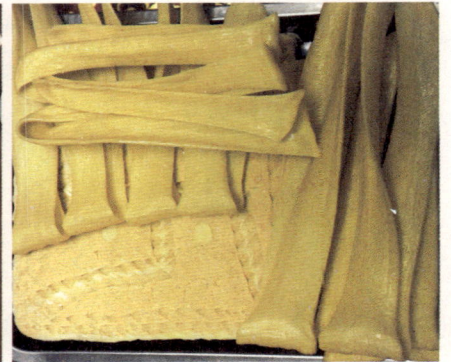

藏族传统美食——"熄"和"风干羊肉"　　　　　　　　　　藏族传统美食——曲拉

在距离不到百米远的活动中心，我见到风尘仆仆的几名游客。互通姓名，才发现对方是早闻其名、未见其人的在海南日报工作的罗庆，他同样也熟悉我的情况，我们两人既是同行，又互闻其名，双手相握，很是激动。

这位四十多岁的同行老弟，原在贵州日报当记者，后去海南日报工作。最近几年，儿子考上大学，手头宽裕了，由此开始迷恋旅行。在西藏，他除了没有到过藏北无人区、墨脱县和亚东县外，已走遍大半个西藏。

晚上，我端着区领导让人送给我的一盆酸奶和一方盒风干羊肉来到活动中心，与罗庆等人共享。这里牦牛酸奶酸酸的、香香的、嫩嫩的，加点白糖很是好吃，罗庆连吃四碗，把肚子都撑圆了。两年后，他还在电话里向我提及双湖的酸奶真好吃、真香！

罗庆告诉我，为到普若岗日冰川游览，他半年前就与深圳、广州的几位朋友在网上联系，确定行程。他们乘火车一同到拉萨，租了两辆丰田车，从拉萨踏上"大北线"之旅。

所谓"大北线"，就是指从纳木错（或那曲）经班戈、双湖（也可以不经过）、尼玛、改则、革吉到阿里狮泉河镇的线路。

他们一行四人中，有位脸庞白净，让人敬佩的年轻姑娘，她名叫刘晓，网名叫"格格"，在深圳罗湖外语学校工作。

前一年，她和两名年轻伙伴到藏北高原旅游了一次，觉得不过瘾，

藏族糌粑食品——措

今年便与罗庆等人再次来到藏北，我问她"你父母不为你旅行担忧吗？""我父母和我一样喜欢旅行，很支持！"她回答说。

我与罗庆等人在活动中心正吃着酸奶，聊着天，无意间抬头发现大堂上有位穿着入时、脸庞白净细嫩的女服务员正在忙碌，甚感诧异。因为双湖人脸颊晒得黑是出了名的，在这里能见到位脸庞白净细嫩的人是件稀罕事。

我和她攀谈起来，才知她是刚到这里任职的女经理，名叫王丽芳。

两个月前，新婚不久的王丽芳在双湖医院工作的老公惠甲锋的劝说下，从甘肃庆阳农村来到双湖，承包了这个能接待二十多人的活动中心。由于脸庞保养得好，加之出门少，当地强烈的风沙和紫外线，还没有来得及给她脸上留下"高原红"的灼伤痕迹。

"我以前一直在家乡闲着无事可做，没想到来无人区还能干番事业，虽觉得苦些，却值得！"当问及她有无高原反应时，她嫣然一笑地说："我觉得只要没有心理上的'缺氧'就没事，有不少高原反应严重的人，恐怕有一半是心理在作怪。"

作为一名"老西藏"，包括我在内的许多人都很认同这一观点。我有位名叫嵇永强的同事，前些年在采访途中因车祸而献身。他在新华社西藏分社工作期间曾写过多篇《不要撒娇！》的文章。其大意是一些汉族干部来藏工作，往往容易夸大其词，把西藏说得如何如何地艰苦，如何如何地缺氧。这种撒娇不仅加重了自己身体本身的缺氧，也严重脱离了实际情况。

其实，在高原上长期工作和生活，不一定不长寿，身体也不一定会因

自驾游车队驶向藏北无人区雪山

此而垮掉。我所熟知的著名将军、"老西藏"阴法唐已近90岁高龄，他坚持年年回西藏看看，身体依然好好的。

据王丽芳讲，这两年双湖迎来了"旅游热"，这些游客大都来自广东、海南等地，一般都是自驾或是租车来旅游，其不畏艰险、勇往直前的探险精神令人敬佩，令人感动。

实际上，藏北无人区"大北线"旅游热浪早在上世纪80年代就已开始了，不过那时交通不像现在这样发达，许多旅游者自己没有汽车，也租不到汽车，他们大都是搭车闯入到无人区的。

（二）

1988年夏季，双湖草原就迎来过两位北京小客人——北京艺术学校的两名男学生，他们利用暑假，带着压缩干粮自费来到双湖草原旅游，进行摄影和美术创作。当时办事处主任索朗公布热情地接待了他们，安排他们住进办事处的客房，他们在这里住了七八天的时间，办事处没有收他们一分钱住宿费，遗憾的是谁也没有记住他们的名字。

两位年轻的学生一路搭车来到双湖办事处，他们告诉索朗公布主任："神秘的无人区一直强烈地吸引着我们，此行虽然父母亲竭力反对，但最终还是实现了我们的愿望。"

唐召明与双湖办事处主任索朗公布合影
（1988 年摄）

据索朗公布介绍，两位年轻的学生衣着打扮还真有点藏味，他们俩身穿在拉萨买的氆氇藏装，蹬着藏靴。

一天清晨，两位年轻的学生上西亚尔雪山采雪莲花，并进行摄影和美术创作。夜幕垂挂的时候，还不见他们回来，可把索朗公布给急坏了，他自己驾驶办事处的一辆北京牌吉普车去寻找。后来在路上找到了这两名疲惫不堪的学生，索朗公布把他俩拉进车里，狠狠地发了一通火："这是双湖的地盘，我有责任负责你们的安全，你们乱跑一气，出了事怎么办！"

发火归发火，索朗公布很关心两位年轻学生。考虑到两位学生是自费来双湖的，手头的钱可能不宽裕。索朗公布告诉他们，钱不够找他，借多少钱都行，"能还就还，不能还就算了，请相信藏民族"。索朗公布看得出两位学生是正派人，他为内地老人不让儿女出门闯闯的封闭思想想不通，看到两位学生整天吃压缩干粮，索朗公布帮他们买来方便面、挂面和罐头。

当两位年轻人告别双湖办事处时，索朗公布这位热心人给他们找到一辆去那曲的顺路汽车，并送他们两对藏羚羊角以作纪念。

对于索朗公布的秉性，我在上世纪 80 年代去无人区时就领教过。这位身材不高，说话办事直来直去、不会拐弯抹角的藏北人，生性耿直，不管对谁都一个态度，以致于经常让来人不太愉快。我与他就有段"从冷到热"的故事。

（三）

我与索朗公布第一次见面是 1988 年 10 月，在拉萨召开的一次会议上。

1987 年盛夏，我第一次独闯无人区，他不在家我没有机会见到，可他敢于和野牦牛打交道的经历我却有所耳闻。没见到他之前，我想他一定是个天不怕，地不怕，身材魁梧高大，热情豪爽的藏族干部。

听说双湖办事处来了人在拉萨的西藏自治区招待所开会，我准备去看看。正好参加会议报道的另外两位记者也想找双湖办事处的人采访，我们便一同相约趁中午休息时间去拜访他们。

没想到，我们却受到索朗公布的冷遇，坐了次冷板凳。

他听说我们是记者，要采访了解双湖办事处的情况，一句话就噎住了我们："双湖那里没有什么可以报道的"，说完再不理睬我们竟独自出了门。

幸好同房间的双湖办事处书记格来打破了尴尬的气氛，很热情地介绍了情况。索朗公布前后几次进出房门，一会儿出去，一会儿进来。他似乎对记者有一股无名之火，最后他按捺不住了，打断格来书记的话："我对你们记者最没有好印象，你们出去吧！"我们记者采访时还很少遇到这样的被采访者，竟然直截了当地下了逐客令。

事后我知道了一些事情的情由。原来，1987 年一个摄制组在双湖草原北边拍摄野牦牛的镜头，当时的办事处副书记索朗公布陪同前去。拍摄中一头被惹恼了的野牦牛朝汽车冲过来，情况万分危急！负责安全保护的索朗公布只好开枪射击。后来，和摄制组同行的一位搞摄影的同志回到北京后把被打死的野牦牛照片刊登在报纸上，呼吁全社会来保护野生动物。责任从上到下追查到了索朗公布身上，他很恼火："我为保护他们的安全，打死野牦牛，现在他们却回头来告我！"他愤愤不平，对记者自然有了一种反感情绪，火也就发在了我们的身上。

1988 年 11 月份是我第二次独闯无人区，36 岁的索朗公布时任双湖办事处主任。他性格直率，心地坦荡，这次见到我冬季独自一人搭车闯进无人区，从一见面他就对我很热情。他对办事处张新坡副主任、欧珠旺堆副书记说，上个月，他在拉萨对我的态度不好，现在记者不辞辛苦跑到无人区里来，他对记者的看法转变了。

第二天晚上，他特意邀请我再次去他房里和我长谈，向我表示拉萨那次见面的歉意！他给我斟上一杯酒，请我吃他做的羊肉包子。他举杯劝酒，真诚地说："你昨晚的到来，使我感动了。格来书记也告诉我，你这位新华社记者让他佩服！我们要学习你这种吃苦精神。""你过奖了，我来这里只是很短的时间，值得学习和称赞的是你们这些长期工作在这里的同志。"我赶紧纠正他的话。索朗公布有些激动，嗓门越来越大，"不少人谈起双湖就色变，根本不敢来这里。而你接连两次搭车来双湖，作为一个汉族记者那是了不起的事情。你是我们双湖最好的朋友！"没有菜，索朗公布还是高兴地喝起酒来。他接着说，"我相信你的毅力和决心，能做出成绩来。不过，这次你最好不要去嘎措乡。""为什么呢？"我不解地问。"因为那里海拔太高，又是冬季，我担心你有一天会倒下去。你需要的情况我可以全部提供给你。"我望着眼前的这位藏族干部，一股暖流涌上心头。但还是告诉他，我感谢他的一片好意，但我还是一定要亲眼看看嘎措乡，并解释记者去调查研究的重要性。最后，索朗公布表示支持我去，可他对我的吃饭、住宿、身体状况有些不放心，一再叮咛。

谈到双湖草原的开发建设，他自豪地告诉我，双湖办事处有两件事是全西藏别的地方没有的。一是嘎措乡保留着集体生产经营形式，人均收入却为西藏之首；二是牧民集资入股三四十万元，在藏北草原重镇那曲办起

结伴而行的自驾旅游者在相互救援被陷车辆

了涉及旅馆、商店、食堂、运输等多种经营项目的"西亚尔公司"。这是西藏牧民有史以来开办的第一家公司，开业之时轰动了整个雪域高原。

以后数年，我们一直保持着密切的联系，情同手足。上世纪90年代，我调到北京工作，他到北京为野生动物争取保护资金，我就天天陪着他跑原国家林业部。当时有位林业部干部笑着对他说："你为双湖要钱，还有新华社记者陪伴，够牛！"

（四）

一亿年前地质史上最年轻的造山运动，隆起"世界屋脊"。同时，又在这块高原上撒下众多的湖泊。

茫茫的雪山，夏日消融后雪水便在高原上四处流淌。这些湖泊和蜿蜒的河流虽然赏心悦目，但对于交通却是重重的障碍。

这几日陪我采访、常驻双湖区的尼玛县人大副主任昂杰告诉我，因去普若岗日大冰川路上的河水上涨，单车涉水过河很容易被困而无人救助，即使区里派车也最好是找个伴一同前往，以便互相照应。

昂杰告诉我，2008年三名来自广东的自驾车游客去看大冰川，因汽车发动机被河水淹灭熄火，那里又无手机信号，因此被困三四天，没吃、没喝，濒临生死境地，幸亏有过路车帮助，捎信到区里。区领导闻讯后派人在镇里找了辆大卡车去救援，把他们进水的越野车运回镇里来修理。

在遇到罗庆的第二天一早，恰巧区里给我派的车有事，我未能实现与罗庆等人同去大冰川的愿望。

晚上罗庆等人从大冰川回来，他对我说："去冰川有条大河挡道，很难过去。同行去的四辆汽车就我们的车冒险冲过了河。"他告诉我，幸亏他们的司机巴桑开车勇猛，愣是冒险冲过了河对岸45度角的陡坡，终于如愿以偿地触摸到了大冰川。

8月1日一早，罗庆一行将离开双湖，前往尼玛县。而我还没有去成大冰川，正为如何去大冰川发愁时，又有四辆越野车驶进了双湖干部职工活动中心。

经与这支车门喷印着"迷醉藏西北穿越之旅"的自驾游车队领队"大山"商量，他同意我明早搭乘"渔公"和"一牧"的丰田越野车一同前往大冰川。

这些从重庆、深圳、广州、东莞四地通过网上联系搭伴而行的越野ə族成员，绝大多数人第一次来西藏，满心都想着一睹大冰川的风姿，哪怕是一条畏途，甚至付出生命代价也在所不惜。

这支十二人、四辆车的队伍2009年7月20日在四川都江堰会合。21日，四辆车踏上川藏北线奔赴西藏开始了"大北线"之行。

这四车十二人的队伍里有教师、大学生和商人等不同职业的人，其乘车情况为，头车成员：大山（领队）、大可、南茜、喜树碱。二号车成员：老愚、愚太和小愚一家三口，小愚是深圳大学一年级学生。三号车成员：渔公、一牧。尾车成员：巴士、小米、萝卜。

7月21日，这支队伍开拔走上川藏北线，男士们途中一律削发明志。一路上，一行人都没有明显的高原反应，就连在海拔5000米的双湖镇住了三晚，洗热水澡，也没人有"高反"！

双湖街上有淋浴，25元一个人，四川人开的，一个小锅炉带几间浴

自驾游车队一行人

室，水是四川人用三轮车从小河里拉来的，大山他们都去洗了个澡。

当天下午，领队大山他们去双湖林业公安分局办了去普若岗日冰川的通行证，并请好了向导。

印有"迷醉藏西北穿越之旅"的自驾游车队

8月2日，在向导的带领下，我们驱车前往90多公里外的普若岗日冰川，不停地频繁陷车，车相互施救，人又推又挖，真是累死人。

但苦中也常伴随着欢乐。当汽车驶入世界上第二大陆地自然保护区、面积仅次于靠近北极的格陵兰国家公园的"羌塘国家级自然保护区"腹地时，成群奔跑的藏野驴、藏羚羊和野牦牛不时出现在眼前，又让大家惊喜连连，顿觉再苦再累也值得！

我们驱车过了一道河后，冰川近在咫尺，但冰川融化形成的第二道河的水流十分湍急，挡住了我们。眼前的冰河由于雨季不停地涨水，急流已多次阻断了部分自驾游车队的前行道路。

为安全起见，广州中学的"大可"身穿水裤下河探路，"渔公"驾驶的丰田越野车载着我和"一牧"探水路，先沿河边上溯到一个宽阔的地方，登上河中一滩，再涉第二道水过河。因为在这样的地方，一旦汽车被闷熄火，发动机进水，那只有到双湖区去找大货车来帮忙运走。见前面三辆丰田车涉险过河，"老愚"驾驶的韩系车比其它三辆日系车底盘稍低，理智地放弃了，一家三口人遗憾地驾车而返。

二、我触摸了世界大冰川

过河后我们停车，在向导的带领下徒步走向冰川。这是被确认为除南极、北极以外的世界第三大冰川。

横亘在冰川前的河流

　　走近普若岗日冰川，各种不同形状的冰塔、圆圆的冰蘑菇和连绵的冰墙不断跃入眼帘，景观非常奇特，就连一直将脸捂得严严实实、不肯露出"真容"的深圳女大学生小米，也兴奋地取下围巾惊呼："这里太美了！"

　　据我了解，冰川学界根据冰川的规模，将其分为冰盖、冰原、山谷冰川等类型。最大的如覆盖南北极大陆的成百上千万平方公里的冰川被称作冰盖；规模仅次于冰盖，成百上千平方公里大小的冰川被称作冰原。由此，普若岗日大冰川亦被称为普若岗日冰原。

　　我们登上被称作"冰舌"的冰原末端。这里的冰舌高近百米，分几个坡面。最底层坡度最大，超过 45 度。其冰峰晶莹剔透，冰洞空旷如宫，令人仿佛置身于宝石山和水晶宫。尤其是那一个个冰塔、一个个冰柱、一个个冰蘑菇……构成了一个神奇的童话世界。

　　在一面几十米高的冰墙下，我伸手去摸，感觉冰凉冰凉的、硬硬的，这就是冰川，是冰而不是雪。再仔细一看，冰壁上好像刻着精美的图案，这些图案很随意、很现代。其实，这些图案是由夹杂在冰川中间的泥土、砂石构成的，见证着冰川演变的历史。

普若岗日冰川

来自深圳的自驾游游客"萝卜"在冰川上展示强健体魄

唐召明在普若岗日冰川留影（2009年）

　　冰舌上，有个直径四五米的洞口，一条带冰的河水从这洞口像脱缰的野马拥挤着、咆哮着飞瀑到下面巨大的冰宫里，发出隆隆声响，好似有黄河壶口瀑布之势。

　　我透过一洞口往下瞧，这巨大冰宫的西面是个大敞口，里面很亮堂，飞瀑到下面的水从这里流出。细细观察，此洞高约50多米，洞内宽阔可容上千人。洞内纹理规则有序的巨大冰块堆积如山，晶莹剔透如人工雕琢。巨大的冰柱悬空而下，成排的冰帘四处悬挂。无需人工点缀，浑然天成。

　　在冰河拐角有个隆起的沙土包。"一牧"和"渔公"站在那里让我给他俩拍照，"一牧"一手搭着"渔公"的肩膀，"渔公"一手扶着冰墙，结果"渔公"脚下一滑，身体前扑，把"一牧"也给带倒了。两人抱着扑倒在下面就是河水的斜坡上。幸好"渔公"右手肘撑在隆起处，没有往下滑，我在按动相机快门时，亲眼看到两人滑下坡，可把我吓坏了！慌忙丢下相机去拉他俩，等他俩爬起来站稳了，再往下一看，我们都倒吸一口冷气，要是继续滑下去的话，非在冰河里丧命不可！

　　后来"一牧"在他"迷醉藏西北穿越之旅"的博客里写道："……唐记者赶紧过来拉我们，我是直到身体重心担在隆起上，才舒了口气。回头

来自重庆的自驾游游客"渔公"（正脸）和"一牧"（背脸）在冰川拍照时不慎滑向坡下冰河，在命悬一线时，幸亏我及时发现和搭救，并无意中拍下了这一惊险瞬间。

一看，倒吸一口冷气，要是滑下去，我俩非死不可！"

穿行在冰原中间，冷风、寒气逼人，像是被关进了大冰箱。但长期坚持冬泳、来自深圳的"萝卜"，却出人意料地脱去上衣，裸着上身让大家给他的健美造型拍照，引得大家前仰后合，寒意顿无。

我们所触摸的普诺岗日冰原面积为 422 平方公里，冰原表面平坦，呈西北东南方向条形分布。冰原向四周山谷放射，溢出 50 多条长短不等的冰舌，最低处海拔 5350 米，最高海拔 6800 多米。

白茫茫的冰原紧邻绵延起伏的沙丘，清莹莹的湖泊如同一颗颗明珠镶嵌在冰原周围，这种冰川、沙漠、湖泊融为一体的景色堪称世界奇观。

三、发现飞碟形海市蜃楼

8月3日，"一牧"和"渔公"一行去阿里，途经尼玛县，我正好搭车前往。人大副主任昂杰一早特意赶到宾馆为我送行，并给我带了些路上吃的风干羊肉和一箱红景天饮料。

当天目的地是尼玛县城，距离双湖特别区有 300 多公里。

自驾游的游客在冰川上合影留念

　　蓬莱的海市蜃楼，是天下一大奇观。可人们并不一定知道，在藏北草原旅行，也常有海市蜃楼出现，这一路我就为此奇观惊叹不已。

　　清晨，火红的太阳烘烤着大地，用不了多久，无人区大大小小的盐湖就泛起层层银色的云烟。举目远眺，你会发现许多意想不到的景象：汽车在湖上飞奔，牛羊在草原上滚动，影影绰绰，蔚为壮观；正午，似乎还有形状不同的岛屿，洪水波浪包围的礁石，随波逐流的扁舟，劈波远航的巨轮，桅杆林立的港口……驱车前行，渐渐地，这一切都消失得无影无踪了。夕阳落山时，则是另一番景象。时而出现错落的高楼大厦，时而闪出繁华的城镇，真是变化莫测。这就是人们常说的"海市蜃楼"，是盐湖上一种特有的幻景。

　　盐湖上有海市，草原上也有奇景。正午的阳光洒在草原上，水气蒸腾上升，快速摇弋流动，使远山被托起，宛若悬浮的海岛，远方，幻化出一片片蔚蓝的湖水，直延伸到视线的尽头。暗蓝的山形倒映水中清晰可辨……那些绿的草、蓝的水、青的山，换个角度，就全部隐去了。走近细看，只是一大片碱化了的泛白的原野，稀疏地生长着坚硬耐旱的野草。

"快看，快看……那有飞碟！"驾车的"渔公"一声喊叫，又一次把我和"一牧"有些疲惫的兴奋神经调动起来，还没有看清在哪里，慌忙让他先停车。见我们停车，其它三辆车也跟着停下来。

顺着"渔公"所指方向，我们向东边天际望去，果然有一黑黑的大圆盘在蓝天背景下像在旋转着脱离地平线，我赶紧用"大炮"镜头将这一盛景捕捉下来，然后从相机显示屏上细细端详，发现它是草原蒸汽托起的远山，只是与飞碟太像了。

我拍摄的"飞碟"特写照片马上被大家争相传看，然后他们把我300毫米的大镜头当道具，挨个拿在手中拍照留念。一路上忙拍照和写日记的"一牧"告诉我，下次旅行他要争取淘汰自己的"老套筒"，买个像我手里这个一样、价格不菲的大镜头。

两天后，我在尼玛县城找网线上网，将"藏北无人区出现飞碟形海市蜃楼"新闻照片发出，很快被新华网等网络媒体在重要位置竞相刊登。我当天搜索了一下，就有上百条之多。

其实，大自然演出的魔术，要比现实中真切的自然景观更具有一番难以言喻的魅力。因为它在为人们增添许多乐趣的同时，也驱赶了旅途的疲劳。

藏北无人区出现飞碟形海市蜃楼（2009年摄）

四、留在太阳城的记忆——难忘的野餐

傍晚，到达藏语被称为"太阳"的尼玛县城，赶上了尼玛宾馆接待检查团，客房全部爆满。宾馆负责人费尽周折为我挤出个床位，但越野e族的十二人住房却无力解决。我只能与他们楼上楼下地跑遍县城所有住店的地方，最后住进一家普通旅馆。

第二天一早，"一牧"和"渔公"等人就要离开尼玛去阿里了，我因要去申扎和班戈两县，还要赶回北京参加六十年"国庆"大典的报道，只好与他们就此分手。晚饭"渔公"埋单，在街头一家川菜馆吃饭时，大家为我不能同行而惋惜，我心里也颇觉依依不舍。

尼玛县城一直是我多年来留有美好回忆、最难忘的地方。

当我漫步街头时，我惊讶地发现，以前在旧址住过的县招待所大院早无踪影，取而代之的是一栋栋漂亮的新楼房和整齐划一的藏式采暖房。我脑海里不免忆及在这里居住时，那些含有浪漫色彩的点滴生活和往事。

那是1987年7月，西藏最美丽的季节。陕西省动物研究所要到无人区捕猎和制作野生动物标本，我随同前往。

艰苦的无人区生活，也有乐趣。那时，尼玛县名叫文部办事处。在它缓缓流淌的布藏河边，几位动物学家将制作野生动物标本的动物精心地剥皮处理，剔剥下来的肉自然也就成了我们饭桌上的美餐。这其中最好吃的要数野驴肉。

俗话说的好："天上的龙肉，地上的驴肉"。滋味鲜美的野驴肉具有高蛋白、低脂肪的特点，若不是这次采访机会，我恐怕一生也很难吃到野驴肉。在接连两天吃野驴肉的餐桌上，我这个单位里有名的能吃肉的山东大汉，每次望着大盆的野驴肉，都把肚子吃的圆圆的。结果，由于吃得过多，使我一周多时间浑身发烧，夜里不能睡觉，事后我真后悔，不该贪嘴吃那么多的野驴肉。

那时，我还没有结婚。同事们在看到我"难忘无人区之行"的文章后，就煞有其事地给演绎成"金枪三天不倒"和"月夜雪地裸奔"的传奇故事，并盛传至今。

五、留在太阳城的记忆——新年走基层

1990年的新年快到了，那曲地区基层政权建设工作现场会将在文部办事处召开。得到消息后，新华社西藏分社领导朗杰决定让司机嘎玛开车，与我一同前往。这是我第三次进无人区，与前两次独闯无人区相比，这是我条件最好、最惬意的一次旅行。

（一）

1989年12月26日，从未尝试过无人区严冬季节旅行的我们，冒着零下20多摄氏度的严寒，随同十多辆"丰田"和"尼桑"越野车从那曲镇浩浩荡荡地向文部办事处进发。

参加文部办事处基层政权建设工作现场会的那曲地区和各县领导及相关人员在文部办事处合影留念（1989年摄）

那曲地区和各县领导在文
部办事处参观（1989年摄）

彭扎、杰巴、果多、向东等县领导干部在中仓
乡人民政府前合影留念（从左至右，1989年摄）

　　从那曲到文部的740多公里路程，车队走了两天，途中夜宿班戈。一路上，每到一所乡政府，"访问团"成员都要去转一转，看一看。乘停车空挡，我都尽可能地选择高角度多捕捉些冰雪世界的精彩瞬间。

　　隆冬的大草原，滴水成冰，狂风劲吼，奇冷无比。我每次爬屋顶，站墙头拍摄，总是缩着脖子，每次举起挂在脖子上的尼康FM2相机，拍不上两张照片，就要将冻麻的双手揣进老羊皮大衣袖筒里暖和暖和。

　　我们队伍中有位英姿飒爽的女干部。她身着五彩皮袍、腰系子弹带、佩带六四式手枪、手拿照相机，是时任那曲县县长、后任西藏人大常委会副主任的嘎玛。她见我冻得不行，就对身边的朗杰建议说："你们单位应该给唐记者做件羊羔皮袄，要不他拍摄太冷了！"出发之前，我只是久仰这位闻名藏北高原的"巾帼英雄"，并不相识。今天，她关心一个素不相识的记者，并为之说情，着实让我感动！我心头一热，眼里顿时湿润了。

　　事后，从没有写过诗的我，写了这样一首抒发感情的小诗："藏北称嘎玛，高原女强人。西部偶得遇，方见英雄色！"

　　几年后我调到北京，青海分社藏族女记者华卫列告诉我，她去玉树采访，遇到一起开会的嘎玛。女县长还夸我去无人区特能吃苦、让人佩服的事情。

唐召明（右）与现西藏人大常委会副主任嘎玛合影（1998年摄）

嘎玛当时是那曲地区十一个县（处）惟一的女县长，原是班戈草原的牧羊女。她干练、果敢，性格比男子还要坚强，被人们称为"高原女强人"。

她刚参加工作时，文化知识掌握得不太多，但她以顽强的毅力刻苦自学，能力也迅速提高，34岁担任了那曲地区最大的县——那曲县县长，成为西藏史上少有的女县长。

嘎玛挚爱西藏的牧民生活，她从小喜欢骑马打猎，13岁时曾从马背上掉下来，摔伤了右手腕，现在还留着伤，但她毫不在乎，每次下乡也很少坐汽车而喜欢骑马，身上佩戴着手枪，雄赳赳气昂昂，内心无比快乐。

1998年，在她担任那曲行署常务副专员时，我受中央统战部之邀来藏拍摄六十二项重点援建工程画册。到那曲刚一见面，她就送给我一面袋好吃的风干羊肉，让我带着路上吃。

我所熟悉的藏北人都像嘎玛一样开朗豁达、热情豪放。他们不论对方地位和职位的高低，总是坦诚相见，不改本色。这就是辽阔大草原所陶冶的羌塘性格。

"访问团"到达办事处后，住进了平房式的县招待所。屋里收拾得干干净净，铁皮牛粪火炉烧得很旺，飘着股淡淡的草香味。在茫茫的雪原，就像住进了内地的"星级宾馆"。

原那曲县女县长、现西藏人大常委会副主任嘎玛的风采（1989年摄）

参加文部办事处基层政权建设工作现场会的
与会人员在参观学校（1989年摄）

文部办事处镇小学（1989年摄）

　　经过十三年的开发建设，文部当时 12 万平方公里的草原，从人口稀少甚至无人到有人，从游牧到定居，从帐篷到房舍，旧貌变新颜。如今这里已成了"百万牛羊满山坡，人均收入六百二"的地区，成为人均收入名列西藏前茅的新牧区。

　　办事处所在地已成为颇具规模的小城镇，与它前两年相比，条件已明显改善。"访问团"的成员们决定再到牧民家里看个究竟。时任那曲地区行署专员、后任西藏人大常委会常务副主任的土登才旺和地委副书记明加带领各县领导，驱车行程八九百公里，访问了七个乡的牧民家庭。当突如其来的一行人进入申亚乡一村牧民索次家时，45 岁的主人有点不知所措，又是倒酥油茶，又是端两大盆熟肉和油炸果子请大家吃。

　　索次家的摆设令来访者惊讶不已：五间土木结构的房舍，既有双层玻璃的客厅，又有装满羊

参加文部办事处基层政权建设工作现场会的人员
使用无线通讯工具与外界联系（1989年摄）

那曲县女县长嘎玛与文部办事处主任加央多吉交流（1989年摄）

双湖办事处副书记欧珠旺堆、文部办事处主任加央多吉、双湖办事处副主任张新坡在参观中交流（从左至右，1989年摄）

肉、酥油的仓库。客厅里的钢丝床上铺有龙凤呈祥的卡垫，刻有传统图案的一对藏柜上放着两部收录机。屋外，修建了大大的羊圈，还有十多个底大口小、保暖性能很好的暖羔瓮（羊羔出生后的暖房）。文部办事处主任加央多吉说，索次一家在文部牧民中属中等生活水平。阿索乡牧民阿珍一家十五口人，家有1800只羊，50头牦牛，今年向国家出售羊毛750公斤、山羊绒50公斤、酥油25公斤，现有存款达1.5万多元。

　　为了全面了解文部草原牧民生活，"访问团"走访了中仓乡"特困户"

那曲地区基层政权工作现场会在文部办事处召开

巴拉一家。巴拉一家虽有300多只羊，但在这里却是一个"特困户"。一位县长感慨地说，如果说传说中的"西天"是个"极乐世界"的话，那么文部草原应当称为当代藏族牧民过上社会主义新生活的"乐园"。

率队参加文部办事处基层政权建设工作现场会的那曲地区行署专员土登才旺（中）与文部办事处干部握手（1989年摄）

在申亚乡乡政府，我还见到了当年44岁的女乡长卓玛。她是全国"三八"红旗手、那曲地区惟一的女乡长。

在她的带领下，这个乡253户人家，1984年后，就盖房178间。全乡现在几乎家家都有了房屋，乡供销站、民办小学、兽防站、卫生所一应俱全，人均收入达到630元。

白天考察时，在藏北高原工作了近三十年的文部办事处党委书记公觉扎朗见到我后十分高兴，邀请我晚上去他家喝酥油茶。

他家在镇南边的一排平房里，屋里摆设很简单，只有几件普通的藏式家具。他的夫人央金和上小学的女儿玉珍见有客人来访，将手抓肉、酸奶、奶片、酥油茶等食物统统摆在小藏桌上，不停地劝我吃，劝我喝……

我眼前的公觉扎朗头戴鸭舌帽，身穿中山装，看上去文质彬彬。其实，他是一个内柔外刚，干活不要命的"拼命三郎"，曾获全国优秀党务工作者等多项荣誉称号。

公觉扎朗是少数在那曲西部四县（处）都任过职的人之一。他老家是西藏墨脱县。1960年，公觉扎朗从西藏民族学院毕业后，分配到申扎县工作。1976年开发无人区时，被调到双湖办事处任副书记，是当年的开发无人区先行者之一；1980年调班戈县任副书记；1981年又调文部办事处任副书记，后任书记。

1984年，担任办事处书记的公觉扎朗带领办事处领导一班人，认真落实"牲畜归户、私有私养、自主经营、长期不变"的生产责任制，狠抓

文部办事处书记公觉扎朗一家在喝酥油茶

基层政权建设，促进了牧区经济的大发展，牧民人均收入由1979年的193元上升到1989年的620多元，一半以上的牧民建了新房，从游牧走向了定居。

当谈及办事处所取得的成绩时，公觉扎朗谦虚地说："我们虽然取得了一定的成绩，但在教育、通讯等方面还要进一步努力。"

（二）

当"访问团"来到文部办事处吴尔多乡时，我还采访了几户离开文部草原30多年，又从新疆返回自己故乡，在政府帮助下开始新生活的牧民家庭。

这些归来的藏族牧民，解放前生活在申扎县境内。1959年，有的人因参与叛乱，有的人因受叛匪胁迫，向北越过无人区逃往印度，没想到途中迷失方向，来到新疆。他们在向当地驻军投诚后，便留在了新疆维吾尔自治区巴音郭楞蒙古自治州和静县巴音布鲁克区。这些年，藏北巨变的消息不断传到新疆，引起他们的思乡之情。1988年，他们得到国家民委、新疆和西藏政府的帮助，陆续回到藏北，并被安排在申扎、尼玛、双湖和班戈四县（处）。

"新疆是个好地方，草场丰茂，牛羊肥壮。"61岁的次登说，"我们一个生产队有五十多户藏族，一直信奉佛教，很受政府重视。但是，随着年岁渐长，我的思乡之情也越来越浓。"

1988年，西藏和新疆两地政府协商，根据藏族牧民的意愿，把与次登经历相仿的一批藏族牧民接回西藏。于是次登一家和大约600多户藏族牧民一道，回到了故乡藏北草原。

与当年出走不同的是，他们不必再走无人区的畏途，而是乘着政府提供的车，先到拉萨朝佛，然后再从青藏公路平平坦坦地返回家园，绝大部分在文部和双湖草原安家落户。

"政府给我们每人20只羊、3头牛，并且发给2000元作安家费，还分配了草场。" 次登的儿子嘎

尼玛县城新建的居民太阳能采暖楼（2009年摄）

桑齐美很满足地告诉我。当年离开家乡时他才三岁，如今已是精力充沛的男子汉，还有了三个可爱的儿女。

现在，次登和嘎桑一家三代七口人已拥有250只羊、11头牛和1匹马。嘎桑说，现在生活水平与在新疆时差不多，只是刚回来有些不太习惯。

环视他家的帐蓬，仍比较简陋，新添的只有缝纫机、藏柜等，但也较陈旧。嘎桑解释说，家里正准备在一两年内盖房子，从新疆回来时带了近两万元钱，去年卖羊毛、羊绒又挣了近千元，盖房子，添家俱绰绰有余。"

次登一家所在的文部办事处吴尔多乡三村，一共安置了七户从新疆返回的牧民。据村长嘎曲介绍，全村人均收入在500元以上，五十多户中已有一半从帐蓬搬进房屋，平均每人有60头牲畜，有的人家还买了汽车。

归来的牧民中，有少数经济困难户。文部和双湖两个办事处从财政中拿出部分资金救济他们；从粮站购买了一部分粮食和糌粑送到缺粮户的家中。

"我们的责任是帮助从新疆回来的兄弟尽快富起来。" 三村村长嘎曲说。

晚上回到招待所，我见到身穿红棉袄、十分秀气的服务员索娜。与她聊天发现，她家也是从新疆迁回故乡，在文部办事处吴尔多乡安了家。她

文部办事处基层政权建设工作现场会的参观活动（1989年摄）

家三代十三口人放牧着 300 多头（只）牛羊，两个哥哥买了两辆汽车跑运输，过上了较为富裕的新生活。

（三）

1989 年岁尾最后一天的晚上，文部办事处的会议室里热闹非凡。"寒舍迎佳宾，喜聚庆新年"的红色横幅悬挂在会议室，五个吊灯下，摆了九张大桌子，两台彩电正播放着电视节目，再有五个小时将进入 1990 年元旦。

酒会上，文部办事处主任加央多吉致新年祝词，身穿白板皮袍的那曲行署专员土登才旺手举酒杯宣布酒会开始。

喝酒最能体现人的性格，有人开玩笑说，不到东北不知道自己酒量大小。我说错了，应该是不到青藏高原不知道自己酒量大小。与藏族同胞喝酒是一种绝妙的享受，不急不缓，不推不让，仿佛酒就是从天而降的甘露，让我们从中品味生活的乐趣。

这天晚上，我喝多了！其原因是我和新华社的恩师、"老西藏"张万象合著的《神秘的藏北无人区》一书，不久前由西藏人民出版社出版发行，并在那曲赛马会上成功地举行了首发式。

我是青藏高原熏陶出来的酒徒。这种场合，我"借花献佛"来感谢那曲地区，以及文部、双湖的许多领导，是他们从各方面给予此书的真诚关怀和支持。行署专员土登才旺带病热情作序，地区文化局局长阿布认真负责地校阅书稿，地委宣传部多尔吉等人为解决出版中的种种困难竭诚努力。

我本来有半斤多北京"二锅头"的酒量，一高兴，也就不理会将近5000米的海拔高度了。

在西藏，乃至藏北，大家喝酒不管是辣的还是甜的，也不管是啤的还是白的，只要拉开架势喝，最后不放倒几个人，誓不罢休，大家喝的就是爽快和豪放。

这天晚上，我也不管是啤酒，还是白酒，只要对方喝啥我就喝啥。藏族同志喝酒喝惯了，喜欢大杯一扬，没有夹菜的习惯，喝完酒接着就是笑声和歌声，而不像汉族同志喝一口酒，夹一口菜，中间还要说很多的话。

这是我一生中在高海拔地区喝酒最多的一次，也是酒醉的最厉害的一次。我喝了一阵后感觉有点头重脚轻了，再后来就跑到院外吐起来。当新年零点钟声敲响的时候，我已被别人扶回房间，床前放个脸盆就开始"哇、哇……哇"狂吐。直到第二天中午，胃里还火烧火燎的，一阵阵地反胃，连胆汁都吐出来了……

到最后，我也不知道自己喝了多少酒。事后我隐隐约约地记得，与藏北"访问团"所有头戴鸭舌帽的人痛饮。那时西藏时兴鸭舌帽，"访问团"里有一半左右的人都戴这种帽子。酒酣之时，我与之

参加文部办事处基层政权建设工作现场会的申扎县县委书记格桑次仁（右三）与双湖办事处副书记欧珠旺堆（右四）在迎接1990年元旦到来的联欢晚会上畅饮（1989年摄）

喝酒的人在眼前也就全变成了戴鸭舌帽的人。我喝酒是不管别人喝不喝，自己总是先把自己酒杯里的酒一饮而尽。

我们当晚一起切磋酒文化，共同畅饮的人员有：那曲地区行署专员土登才旺（后任西藏自治区人大常委会常务副主任）、地委副书记明加、副专员洪思法、地区经计委党组书记多托（现任西藏自治区政府副主席、那曲地委书记）、地委秘书长刘慧根、地区畜牧局副书记昂扎、地区公安处副处长张培中（现任西藏自治区人民检察院党组书记、检察长）、地区粮食局局长索朗次仁、地区人民银行副行长白玛仁增、地区行署卫生所所长诺章，还有文部办事处书记公觉扎朗、主任加央多吉和副主任贡觉、副书记张满文，以及双湖办事处副主任张新坡和副书记欧珠旺堆、巴青县副书记恰多、聂荣县委副书记杨宗占和副县长布玛、那曲县委书记杰巴（后任西藏自治区林业厅党组书记）、索县县委书记李焕庭和县农牧局副局长李潭林（现任那曲地区行署副专员）、申扎县委书记格桑次仁（现任西藏自治区政府副主席）、班戈县人大主任彭扎、安多县委副书记向东和副县长果多、比如县长丹增和县委副书记索朗培杰、嘉黎县长江村旺扎等人。

人生难得几回醉，我觉得自己酒醉值得！因为，我们在"一起走过"，一起共享了中华民族几千年来的酒文化，我也体会了一把《康巴汉子》歌词里"……当青稞酒在心里歌唱的时候，世界就在手上就在手上"的豪迈与激情。

六、留在太阳城的记忆——草原赛马会

七八月份，牧民利用草原上的黄金季节举行一年一度的草原赛马会，这是草原上的盛大节日。1987年盛夏，我恰巧遇上了文部办事处的赛马会。

由于草原上地广人稀，游牧一方的牧民渴望聚会和交流。于是，赛马

文部办事处赛马会新搭起的帐篷城（1987年摄）　　文部办事处赛马会上的帐篷市场（1987年摄）

会便成为牧民十分钟爱的一个节日。

　　离赛马会开始还有十多天时间，草原上的人们已经开始忙碌起来。设在文部办事处布藏河对岸的赛马场已人山人海了。西藏和全国各地的商贩、手艺人来了，骑着马、赶着牦牛或乘汽车的牧民来了，他们来参加赛马会，顺便交售畜产品，购买自己需要的日用品。

　　一时间，赛马场出现了上百顶帐篷，蓝色的、棕色的、黑色的、白色的，好似巨大的莲花盛开在平静、青绿的水面上，二三十辆汽车进进出出，犹如繁华的集镇。

　　来参加赛马会的牧民，衣着朴素、大方、美观。成年男子身着羔皮长袍，有布面的，也有绸缎面的，各种颜色的长袍都镶着三四指宽的水貂皮长边，透出一股英气。

　　妇女们的穿戴打扮，格外引人注目。她们多数人头戴宽边礼帽，身着皮长袍，领口和袖口镶有桔黄、湛蓝、朱红等各种颜色的绒布条，色彩十分鲜艳。长长的黑发梳成"百缕"辫子，各式各样的装饰品，把几十条细辫子串联起来。背上还佩戴着玛瑙、绿松石和成串的珍珠，走起路来叮铛响，十分悦耳。

　　赛马会的第一天，实际是表彰发奖会，表彰抗灾保畜的先进乡村和先进人物，上千名牧民规规矩矩地盘起两条腿坐在帆布搭起的临时主席台

参加文部办事处赛马会的妇女和儿童（1987年摄）

前，尽管天空有热辣辣的太阳，但没人走动，没人说话，会场静悄悄的，扩音器里传出一个个获奖牧民的名字。当获奖者双手接过奖品时，草地上便响起一阵热烈的掌声。

第二天上午十点钟开始正式比赛。第一个比赛项目是骑马长途赛跑。我来到赛马场的时候，离比赛开始还有个把小时。骑手们牵着各自心爱的坐骑，那些马一个个都被打扮得花花绿绿，一个老者用孔雀毛蘸着金质酥

那曲镇赛马会（1987年摄）

文部办事处赛马会上的汽车队（1987年摄）

油灯里的"圣水"，洒向骑手，预祝赛马成功，取得好名次。有人告诉我，这是特意从"帐篷寺庙"请来的喇嘛。"庄严"的仪式结束后，骑手们才进入场地开始赛前的准备。人越聚越多，人们不约而同地排成两排，焦急地等待着激动人心的比赛开始。

"叭！"随着一声清脆的枪声，马群向观众这边狂奔而来。观众们一个个屏住呼吸，睁大了眼睛，紧紧盯着那遥远天边冒出的一团团的黄烟。

离终点的白石灰线越来越近了，骑手们拼命挥动着鞭子，只见每匹马的尾巴都在狂奔中立得笔直，一匹接一匹闪电一样从我眼前掠过。近千人的欢呼声蓦然爆发。我只顾不停地按动着快门，竟显的有些忙碌起来，我从相机的取景框里发现，最先骑马冲过终点的是一个穿蓝色藏袍的中年牧民。这里的比赛，没有很精确的计时办法，只按先后到达终点的顺序发给骑手第一、二、三、四、五名的纸条，以纸条为据去领奖。

瞧！获得前五名的骑手多么得意，多么神气！牧民们的欢呼声、口哨声此起彼伏。老人和儿童把一条条洁白的哈达献给为本村争了光的骑手，又是一阵骄傲的欢呼声和掌声。

草原变成了欢乐的海洋。比赛一项接着一项：短途的高速冲刺；跑马

那曲镇一年一度传统赛马会上的拔河比赛
（1987年摄）

文部办事处赛马会上的跳远比赛（1987年摄）

射箭；在狂奔的马上俯身拾哈达……表演一项比一项精彩，竞争一次比一次激烈。勇敢的骑手打马狂奔，突然，他们从马背上俯下身来，拾走草地上一条条洁白的哈达。有的骑手甚至头几乎着地跑出去很远，才重新翻上马背，以显示他高超的骑术。

骑马射箭比赛，精彩的场面一幕接着一幕出现。一位青年骑手来了一个出色的斜俯躬身拉弦，一张弓如一轮满月，"嗖"的一声，箭中靶心，人群中爆发出一阵欢呼声："打中了，打中了！"

抱石头比赛——是一种独特的高原赛事。一个个强悍的牧民，光着膀子使足力气把石头抱起来，扛到肩上，石头越抱越大。最后只剩下一个人还在抱的，他就成为胜利者。

传统的赛马会增添了新的内容：儿童短跑比赛，跳高比赛，跳远比赛……这些体育比赛，因地制宜，用铁锹挖起一片草皮，把松软的土块拍碎，就成了"沙坑"。牧民们对这种新的体育项目很好奇，一个接一个争着参加跳远比赛、跳高比赛。赛场上，滑稽场面常常使人捧腹大笑。他们

"候鸟"型的藏族商贩在文部赛马会上使用录音机录制演唱的歌曲 （1987年摄）

把两根木杆插进"沙坑"，中间横着一根细细的竹竿。身强力壮的青年牧民在起跑前一个个脱下藏袍，只穿件颜色鲜艳的运动衫，憋足了劲往前冲，可是跑到横竿前却犹豫起来，往往是撞倒竹竿完事；有的没跳过横竿却摔倒在泥土里……这些勇敢的运动员，许多人从来没见过跳高是怎么回事情，这是有生以来第一次参加跳高比赛。

那些惨败的跳高运动员垂头丧气，可是观众却发出一阵阵欢快的笑声。比赛间隙，是文部区的业余演出队大显身手的机会。悦耳的歌声，奔放的舞蹈，吸引了热情的观众，演出场地被围得里三层外三层。

我好不容易才挤到圆圈里，只见最里层的一圈摆着几十台高档收录机，各种规格的都有。有人还把录音机抱在怀里，一个个磁带盘都在转动着……演出结束了，草地上、帐篷里到处响着录音机录下的歌曲和舞蹈的踢踏声。

我漫步在色彩鲜艳的帐篷之间，夹杂在身着各色服装来来往往的牧民中。第一次来观赏赛马会的我，沉醉在快乐的海洋里。看到帐篷，我想用手去摸一摸，进去坐一坐；看到人，我想一个个地和他们交谈一番。赛马会期间，文部草原的牧民几乎全部汇集到这座临时性的帐篷城市里来了。

文部赛马会购买录音机的牧民使用计算　　　　文部赛马会为获奖者颁奖（物品）（1987年摄）
器与汉族流动商贩算帐（1987年摄）

　　我边走边看，来到帐篷市场。藏汉族商贩地摊上的商品琳琅满目。这些商品来自祖国的四面八方。

　　一位老牧民，买了一个闪闪发光的高压锅，小心翼翼地抚摸着；一个四十多岁的牧民买了一台红色的收录机，掏出随身携带的电子计算器正在算账；身穿节日盛装的母女俩在选购着纱巾……照相、镶牙、修表的个体户摊点前都围了不少看热闹的牧民。

　　文部办事处外贸公司的一辆卡车前排了很长的队，牧民们整箱地买着兰州啤酒。

　　在这里，我碰到了时任双湖办事处副书记的欧珠旺堆和文部办事处副主任的才旺连珠，我请他们介绍点赛马会的情况，便一起走进才旺连珠家的白色帐篷。这两位藏族干部，都穿一身中山装。

　　相传，赛马会是沿袭西藏民族英雄格萨尔王每次出征前要举行跑马射箭的习俗而形成的，每次1～6天，已有千年历史。不过，古老的传统赛马会，也随着社会发展不断增添新的内容。

　　赛马会选择在七八月份是有道理的。这是草原的黄金季节，羊毛剪过了，酥油打好了，牧草开始贮藏了，最忙的季节已过，该欢庆丰收了。在这阳光灿烂、牛羊肥壮的季节，牧民们便带上帐篷赶着牲畜，怀着喜悦的心情，来参加赛马会，尽情欢乐一番。然后卖掉畜产品，买回日用品，准备迎接严冬的来临。

文部办事处副主任才旺连珠（左二）与来当地参加赛马会的双湖办事处副书记欧珠旺堆（左一）在牧民帐篷里了解生产情况（1987年摄）

才旺连珠说，自从文部办事处成立以来，他们每年都要举行一次赛马会。如果说他们的赛马会和别的地方不一样的话，那就是办事处几乎家家户户都搬到了赛马场。说完，他爽朗地笑了。

夜晚，寒风习习的草原上出现了另一番景象。

临时竖起的木杆上挂起银幕，男女老少都盘着腿坐在银幕前的草地上，等待着电影的开始。许许多多牧民看电影时的虔诚令我感动，禁不住端起相机，按动快门，拍了一张牧民看电影的照片。闪光灯一闪，打扰了银幕前的观众，他们不知发生了什么事，一个个回过头来目瞪口呆地望着我，有的相互询问这是什么光？有几个胆大的男青年看到我手中相机的闪光灯亮着红色小指示灯，凑过来抢着要看看会发光的相机。他们几个为了证实一下刚才这如同白昼的闪光是这"小玩艺"发出的，请我再表演一次。好时机！我忙趁机又拍了几张照片。这一下可够热闹了，许多人站起来不看电影了，都围过来看稀奇，我反而成了"新闻人物"，被围在中间。为了不影响牧民们看电影，我已经来不及解释了，何况有些牧民听不懂汉语，我赶快从人群中往外"逃"……

历时半个月的赛马会结束了。牧民们开始陆续撤离布藏河畔。回味这些天来丰富多彩的比赛盛况，我领悟了一个道理：每个民族都有本民族的传统和习惯，汉族地区乡下的庙会算是很热闹的了。可是，在藏北，人们可以跑几百里、几千里路，到一个平坦的地方聚会与娱乐，其热闹和欢乐的情景，远远胜过庙会。这正说明人们在自己的生活环境中，哪怕是再偏僻，再荒凉，也能找到属于自己真正的乐趣。因为他们对生活充满信心，对家乡的土地充满爱恋之情。

七、留在太阳城的记忆——汽车、牛羊 交响曲

牦牛，被称为高原之舟。在漫长的年代里它一直是藏族人民主要的运输工具。

这种高原上特有的动物能抵抗住摄氏零下二三十度的严寒，长途旅

纳木错与玛尼堆牛头

使用牦牛驮物运输的牧民（1988年摄）　　　使用牛角挤羊奶的妇女（1987年摄）

行可以负重一百多斤。虽然它行动缓慢，但颇有耐力。在青藏高原上，牧民驮运盐巴、毛皮、粮食，搬家转移草场都离不开它。山羊、绵羊也承担一部分运输任务。瘦小的山羊是一种机灵的动物，长着一撮"小胡子"，一对弯弯尖尖的角，走路、爬山、欢蹦乱跳，一身灵气。整天"咩、咩……"叫个不停。性情温顺的绵羊也是走路能手。

过去每当盐粮交换的季节，藏北草原上常常可以看到牧民赶着大队牛羊，长途跋涉，风餐露宿。牧民就是依靠牛羊把盐巴驮到农区，换回粮食。

牛羊是牧民衣食住行的主要来源，然而靠牛羊运输，毕竟是原始的方式。路途遥远，沿途牛羊吃草饮水困难。大队牛羊行动起来既费时间、又难管理，跑一次几个月，牛羊掉膘也是很大的损失。

当汽车出现在草原上的时候，牧民的眼睛亮了，"还是这家伙灵，装得多，跑得快！"二十多年前，用汽车运输对牧民而言，好像还是一个遥远而虚无飘渺的神话。这神话似乎在一夜间变成了现实！如今，无人区一半以上的牧民远距离交售畜产品、搬家、盐粮交换已经不用牛羊，而用上

前去驮运物品的牦牛驮队（1988年摄）　　　用刀割羊毛的牧民（1988年摄）

了汽车。有的购买了私人汽车，更多的是包汽车运输。

藏北高原纵横交错的运输线上，奏响了牛羊、汽车交响曲。这是时代的乐章，是草原上改革开放的赞歌！

为了感谢牛羊的功绩，牧民过去常在一些牛羊耳朵和脖颈长毛上系上红绳或红绸，染红牛尾毛或颈毛，放逐草原，让它们自由游荡，成为"神羊""神牛"或成为领头牛羊。

在西藏的广大牧区，我时常看到寺庙前和路边的"玛尼堆"上供着刻有经文的牛角和头骨。

藏族牧民是很重感情的，当汽车全部取代牛羊运输的时候，藏北高原的牧民会不会把一部分汽车当作供品供起来，感谢它为牧民作出的贡献呢？

盛夏，是无人区牧民交售羊毛和搬家转移草场的繁忙季节。上世纪80年代，我在文部草原见到过这样壮观的场面：从远道而来交售羊毛的牧民们不是赶着驮毛的牛羊群，而是乘拉羊毛的汽车来到办事处贸易公司的。那些搬家转移草场的牧民把帐篷、锅碗瓢盆、粮食以及作燃料的牛羊粪装在汽车的车箱里。汽车在前边开道，牧民赶着牛羊在后边雄赳赳地前进，有的小羊羔坐进汽车的车厢，神气地"咩、咩"呼唤着跟在车后的母亲……驾驶汽车的藏族司机不少是刚刚离开牧场不久的牧民，他们是草原新出现不久的个体汽车运输户。个体汽车、办事处车队的汽车、附近各县的汽车开始组成一支交售畜产品、转移草场的浩浩荡荡的队伍。

当时，谈起汽车运输的迅速发展，文部办事处主任加央多吉说，现在，牧民包汽车已形成了一种热潮，这是牧民生活中一种了不起的深刻变化！以前，牧民转移草场，到贸易公司和供销社交售羊毛、畜产品、买粮食，都要赶着牛羊驮着大包小包，风餐露宿，非常辛苦。沿路随地支灶、埋锅、烧茶、煮肉，夜晚就露宿在草原上。到达目的地，少则半月，多则一两个月或更长的时间。每次长途跋涉，都有不少牛羊背磨破了皮，有的甚至累死在途中，活着的牛羊膘情也会明

一位牧民在双湖办事处贸易公司购粮后分装在褡裢袋里，准备用牦牛驮回家（1987年摄）

显下降。每年的冬季，文部草原要宰杀十多万头（只）牲畜，因为长途运输膘情下降，不知要损失多少牛羊肉。如果要算大账，全西藏，那损失的数目就更大了。

现在情况发生了变化。牧民开始认识到用牛羊搞运输损失太大，而包汽车运输既省时间，又省劳力，还可以避免牛羊掉膘，花点运费是合算的。

这一年，我在双湖草原遇到色瓦区巴岭乡的扎西昂秋，他是一位汽车运输个体户，一年多以前他花了两万多元买了辆解放牌汽车。正值交售羊毛、转移草场的季节，他连续十多天没闲着。附近的牧民一听说他的汽车回来，纷纷登门雇车，没办法，他只好白天黑夜连续干。他说："没想到，这两年牧民真的变了！"如今牧民中用车的人越来越多，无人区的汽车运输现在不存在货源不足的问题。脸上黝黑的扎西昂秋食指和拇指相互捻着，做出点钱的姿势，神秘地对我讲："现在牧民的手里这个多了。"

听说文部的申亚乡牧民索仁包了汽车交售羊毛，我找了两位藏族青年干部一起来到索仁的家。

随着交通条件的改善，运输从牛羊换成了汽车。这是文部草原牧民在卡车车厢里"剪"羊毛（1987年摄）

文部办事处贸易公司在为牧民交来的羊毛称重（1987年摄）

　　40岁上下的索仁正在那里"剪"羊毛，准确地应该说是在那里割羊毛。他手中握着一把带柄的刀，两个膝盖压住躺在地上的绵羊，十几岁的儿子抓着羊角，刀看起来很锋利，只见一团团羊毛不断地从羊身上滑落下来，十几分钟一只羊就被他"剪"完了毛。据说"割毛"并不比剪毛慢。无人区乃至西藏至今还有不少的牧民沿用这种古老的"剪"毛方法。妻子和两个女孩把割下来的羊毛扭成绳打成捆。

　　有趣的是，两排绵羊和山羊相互角对角地站在索仁的旁边，它们为什么这么守纪律，一动也不动？走近一看，原来有一根绳缠住两排相互对着的羊角，准备给它们挤羊奶。

　　我们的到来，打扰了他。索仁站起来用羊毛擦了擦那双大手，笑着告诉我们，他明天才装运羊毛。看来我是早到了一步。说起这两年党的富民政策来他很激动，这次是他第二次包汽车交售羊毛和搬家。过去"爱畜如子"只是停留在口头上，而现在却体现在行动上。他的一家人生活过得很富足，生产积极性越来越高，盖房子的木料已经堆放在帐篷前。他说，明天交售羊毛后，马上搬家，一个星期就可以干完这些活。这样快的速度，牧民以前从来不敢想，如果那时说出这样的话，别人一定会以为他是在说梦话。索仁无限感慨地对我说："现在，牦牛和羊终于解放了！"

　　千百年来，无人区茫茫草原上只有野兽出没的蹄印，或是牦牛队和驮羊队偶然走过踏出的小径。而今天，标志着现代文明的汽车沿着日益伸展的草原路纵横驰骋。

八、留在太阳城的记忆——好吃的羊头、路遇打冬鱼、暖和的那曲镇

当 1990 年新年钟声过后，我们"访问团"结束对文部办事处南部申亚乡、卓尼乡、卓瓦乡、岗龙乡、中仓乡、阿索乡、俄久乡的访问，冒着更低的严寒驱车去访问文部办事处北部的荣玛乡（原为双湖办事处荣玛区）、双湖办事处的北措折乡，然后东进去双湖办事处嘎措乡和双湖办事处访问，最后经班戈返回那曲。

从文部驱车向北行驶的草原路，说是路，其实多半是后车跟着前车，一轮又一轮辗过后逐渐形成的辙印。这些辙印顺着一个又一个开阔辽远的草坝子向远方蜿蜒伸展着。

这些路没有边沟，没有路拱，一下雨就翻浆，一干燥就凝结，多数路面坑坑洼洼。

冬季大雪已将坑坑洼洼的路面和沟壑都填满了，满眼没有别的颜色，只剩下白茫茫的一片雪原和那些正在残雪枯草中觅食的野生动物。好在寒冬的大地冻得梆梆硬，宽阔无边的草原路很多，顺着依稀可辨的道路，不走错路倒也顺利。从文部办事处绕行荣玛、北措折、嘎措三个乡到双湖办

在扎加藏布江上破冰打冬鱼的外地人
（1990 年 1 月 4 日摄）

那曲地区新年"访问团"人员路途中体验拉网打冬鱼
（1990 年 1 月 4 日摄）

事处的 700 多公里路程，已没有了夏季那种陷车之苦，只是车外狂风和极低的温度，让一些想如厕的人轻易不敢下车。

1 月 4 日一大早，"访问团"离开最后一站的双湖办事处返回那曲。头天晚上，办事处为"访问团"成员每人准备了一大袋路途吃的食品和肉。其中最好吃的是那个焦黄焦黄的完整绵羊头，就像刚出炉的北京烤鸭一样，让人食欲大增。如不是为解馋，我真想把它当作艺术品带回去放在屋里供起来。一路上，我和分社领导朗杰每人啃着个大羊头，就着瓶"沱牌"白酒，在车里边吃，边喝，都赞其好吃、好香！

车窗外狂风怒吼、滴水成冰，我俩吃着肉、喝着酒，倍感惬意！此时，我觉得这烤羊头比起内地那些山珍海味好吃多了，以后有食品大赛真可以一决高低。

几口小酒过后，醺然微睡中，蓦然感到一个猛刹车。醒来一看，前面的车都停在"382"桥边。我心里非常纳闷，下车跟着大家走到江边，才知有人在藏北最大的内流河扎加藏布江冰面上打鱼。

由于当地藏族群众不吃鱼，再加上交通不便，扎加藏布江生长着无数特有的高原无鳞鱼。这种量大味美、蛋白质含量高、有极高营养价值的无鳞鱼，可与著名的青海湖湟鱼相媲美。

江面上凿开了许多冰洞，足有半米多厚，七八个来自甘肃的捕鱼人正从半米多厚的冰洞里吃力地往外拉网，网眼上挂满了一尺多长的大鱼。身穿白板老羊皮袍、戴着皮帽和皮手套的捕鱼者告诉我，在此打鱼拿到那曲和拉萨去卖，除去各项成本可以挣不少钱。

在高海拔的冰面上破冰打鱼是项艰苦的工作。打鱼者先用冰锥在冰面上砸出一排比脸盆稍大的冰洞，放下网绳，然后用一根竹竿把网绳从另一个冰洞勾出来，网就没入湖水之中，网的两头绑上浮板，算是下好一张网，打鱼人依次在湖面上砸冰、穿绳、下网，由于冰洞口氧气多，冰层下的鱼都往洞口游，不一会依次收网，就会有许多鱼挂在网上。

他们几个人一天能网几百斤鱼。打鱼者在湖面有一鱼仓，也就是把鱼堆放到一起，码成长条形状，再浇上一些水，把鱼都冻在一块，防止野兽

一辆运送邮件包裹的汽车在从双湖返回那曲的途中休息就餐。过去由于交通不便，邮政人员往往要风餐露宿好多天才能到达目的地（1987年摄）

夜里来偷吃。

看到收网上来的一尺多长的鱼很多，网很沉，"访问团"成员还帮着拉网，其他人助威，很是热闹。

当天下午四点多，"访问团"回到那曲镇。我和朗杰，还有司机嘎玛突然感觉海拔4500米的那曲镇气温很高，比出发前暖和了许多，身上热热的，没有那么冷了，似是回到"天堂"一般。这也许是我们从极冷的地方走到温度相对较高的地方，身体相对暖和的缘故吧！

九、丰富的饮茶文化

2009年8月3日，我从双湖特别区来到尼玛县，每天依旧少不了喝十几碗浓浓的、醇香的酥油茶，其中滋味就像品香茗一样，越品越香。

在藏北草原上，走进任何一顶帐篷，或是一间房屋总有两样不可或缺的东西——那就是一包包砖茶和一袋袋粮食。

茶叶对人们来说并不陌生，但在内地，饮茶并不是人人都喜好的。爱喝茶的人捏一小撮茶叶放在壶里或杯中，用开水泡之，然后边喝水，边续水，慢慢品味。不爱饮茶者对茶一无兴趣，二不讲究。然而藏族，尤其藏北人却完全不同。他们宁可一日无饭，也不能一日无茶，饮茶是生活中最不可缺少的生活元素。

藏北人饮用的茶叶大都来自四川、云南等地，用机器压制成砖型，故称"砖茶"。学名称作茯茶。茯茶一般都装在竹皮编的条形筐内，每条内装二十块，携带、运输非常方便。

据藏族史料记载，西藏高原盛行饮茶之风，是从松赞干布时期与唐朝之间的茶马贸易开始的。松赞干布统一西藏，迎娶尼泊尔赤尊公主和唐朝文成

正在烧茶的帐篷人家（1989年摄）

双湖嘎措乡正在喝酥油茶的人家（1988年摄）

申扎牧民利用电动搅拌机打酥油茶（2009年摄）

公主后，西藏的商业贸易兴盛起来，而茶马贸易成为吐蕃与唐朝的主要贸易。

唐高宗时"缣马交易"、唐玄宗赤岭的"互市换马"开始了唐朝与吐蕃茶马市场之端，用良马和唐朝换茶。对此，唐朝专门成立了"茶马司"，负责与吐蕃之间的茶马贸易。743年，唐蕃会盟，立碑于"赤岭"（今青海湖东面的日月山），建立了"茶马互市"。

打制酥油的牧女（1987年摄）

为了交换茶叶，吐蕃曾派专人经营藏、汉茶叶贸易。茶叶一经传入西藏，它所具有的助消化、解油腻的特殊功能，使之成为肉食乳饮的藏民族的饮食必需品，上至王公贵人，下至庶民百姓，纷纷竟相争求。于是，系于两地之间的茶马古道也应运而生。

宋朝时开辟了多条通往藏区的"边茶古道"，相继在雅州（今四川雅安市）、黎州（四川汉源县）、调门（四川天全县）等地设立"茶马互市"，从而开辟了由川西经甘孜、昌都至西藏的茶道。这条古茶道行程约有四五千公里。

据记载，明初茶贵马贱，每匹马可换茶50多公斤；明末茶贱马贵，每匹马可换茶250多公斤。民国时期，通过川藏、滇藏贸易，输到西藏的茶叶量更大。据1941年统计，每年从康定输到拉萨一带的茶叶就达20多万包；从云南输到西藏的茶叶约2.6万多包。这种"茶马互市"不但繁荣了藏汉经济，而且促进了西藏民间贸易的发展。

汉地与藏地之间的茶马贸易，对西藏茶文化的形成，起到了推波助澜的作用。久而久之，一种新型的、具有西藏民族特色的酥油茶文化逐渐形成。

牧民煮茶，先是将一大块茶放入一个大锅中，加上一锅水，煮开后再熬半个小时左右。

打酥油茶时，先在一米之高、带有木制"活塞"的圆木筒内放些酥油，而后倒入滚烫的茶水，再将"活塞"上下用力提拉，几经搅合，水乳交溶呈粉白色液体，倒回壶内稍加热后便可斟入茶碗中饮用了。牧民家自产酥油，放的多，又新鲜，茶味道更是醇香浓郁，好喝极了。

在藏北，喝茶的茶具也十分考究，喝茶的茶碗有瓷碗、银碗、玉碗、木碗等。一般使用最多的是木碗。这种木碗一般用桦木、杂木制作而成。用木碗喝酥油茶有不烫嘴、喝茶香、携带方便等特点。有些木制碗还镶嵌了银内套以示华贵。

藏北人喝茶最突出的特点就是要在茶内加入适量的食盐，使茶更可口，反之就是个很大的憾事。每当外出，必不可少地要带茶和盐，他们用毛织的或羊皮做的小袋装盛。

茶有清热、消食、解毒、利尿等多种功能。由于牧民群众饮食结构比起城市居民更离不开牛羊肉，也就更离不开酥油等奶制品，因为他们喜饮酒，而吃新鲜蔬菜很少，因此茶很大程度上能弥补人体所需要的各种微量元素。

随着社会的进步、生活水平的提高、电力走入高原人家，不少人都使用电动搅拌机打酥油茶，使这一传统的饮食习俗被赋予了现代的操作方式。

酥油大都由牦牛奶制成。这种酥油呈黄色，营养价值很高，能有效补充人体所需能量。在草原上，无论是谁踏进主人家门，端出的一定是甚浓的酥油茶，先请客人喝一碗，然后才寒暄议事。

酥油茶有御寒、增氧、防止皮肤干燥的作用。初来西藏的内地人，往往容易口干舌燥，甚至嘴唇干裂。这时喝碗热乎乎、散发着茶味且酥油醇香的酥油茶，不仅能滋润干裂的嘴唇，还能增加体内热量，增强抗寒和抗缺氧能力。

一方水土一方情，藏民族丰富的茶文化，悠久的饮茶历史，共同构成了中华民族茶文化的大观。

十、无法解开的草原之谜——"神医"

有着3000多年悠久历史的藏医学是藏族人民防病治病的智慧结晶，与中医学及其它民族医学共同构成了中国传统医药的伟大宝库。许多人都知道藏医，但很少有人知道西藏巫医也源远流长。前不久，我在翻阅一本多年前的《雪域文化》杂志时，看到一篇名为《不可思议的神医》的文章。它讲述的是文部办事处吉瓦区一名"神医"能给人吸出病虫和石头的神奇故事。

上世纪80年代末90年代初，我几次来文部办事处采访，满耳朵就充斥着这位"神医"的种种治病传奇，并听说他家门口，搭起许多不辞辛苦前往求医的牧人帐篷。几年后，办事处干部还告诉我，那位著名的"神医"病故了。我没有亲眼所见，故不能妄加推断，此事也就成了我心底永远无法解开的谜团。

这位深受当地牧民群众推崇的"神医"其实是位巫医。他名字叫增扎。那时增扎老人已有七八十岁了。

文部办事处乡村医生在为牧民看病（1989年摄）

据我了解，他早年是那曲卡加部落的民间降神者，后到文部草原定居，在这里生儿育女，过着普通人的生活。

1989年的一天夜里，增扎老人做了一个梦。在我的印象里，做梦似乎永远是此类故事开场的固定形式——梦见一位名叫"阿扎拉"的印度老神仙，骑着一匹枣红马飘然而至。递给他一张写有四字经文的经书，并对他说你早年降过神、驱过妖。现在世间人兽有许多疾病，需要有一神医，

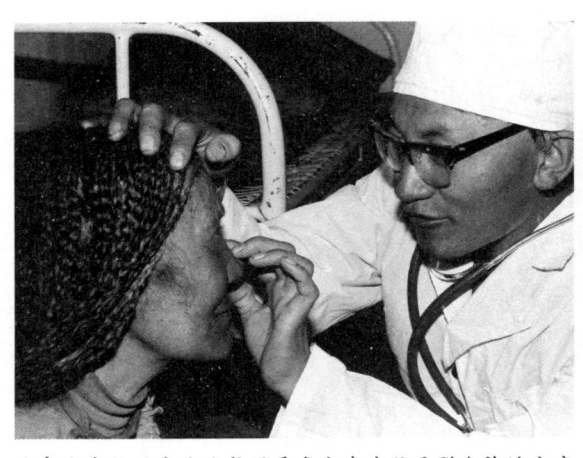

文部办事处卫生院院长罗桑多吉在为牧民群众诊治疾病
（1987年摄）

因此，你要打制一把手柄上镶嵌"金刚"护法神的铜刀，研修一种法术，去解除人兽间的病痛。说完，那神仙飘然而去，老人便苦诵秘诀，修得法术。

此时，老人的儿媳妇腹部长了个肿瘤，疼痛难忍。老人说，我来试试。那时，老人的自信心不足，先拿亲人做个试验。老人用一块黑布蒙在患处，使用那把铜刀，做起了外科手术。切除肿瘤之后，以食指蘸口水涂抹，即刻便好，竟然不见刀痕。由此，增扎老人便声名大噪。

开始时，人们将信将疑。文部办事处有位藏族干部名叫向阳，他平时经常头疼，便决定去试一试。他睡进帐篷后，老人伸出手指说，你的病就在这里，说完就从向阳的额角上抓出一条虫来，令人十分惊讶！

那曲地区文工团团长多吉才旦患有背疼的老毛病，他抱着试一试的想法，找到这位"神医"。老人先是用捻珠，从背部四周往中心捻动，向痛点挤压过去。而后，口吸捻珠，吸出黑色的血水，治好了疾病。多吉后来逢人便说，可能是抽烟的缘故，过去睡前总要咳嗽一通，背也疼，说也奇怪，自那天后背不再疼痛，也不咳嗽了。

与多吉才旦同去的其叔，患肺病，常常咳嗽。老人用同样的办法，即口吸捻珠，吐出来极浓的黑色痰液。并说，这就是你的病根。

不少人看见过老人做藏药。遇到危重病人，他让大儿子去捡若干白石子，又叫小儿子捡若干黑石子，然后放在火很旺的铁锅里去炒，不用铲子只用手指翻搅，真奇怪他为什么不怕烫。

还传说，这位老人可以不见病人，而是以患者的靴带诊断病情且不失手。更有甚者，说他还是一位心理学家。有位藏北牧民欲去求医，带了不少酥油，为了不尴尬，便将一半酥油埋在路上，另一半带给"神医"。没想到，老人却说，你的病不要紧，赶快上路吧，要不埋在路上的那一半酥油就叫人偷了。

那曲地区藏医院是一座现代化医院。按照藏族惯例，天文历算的业务也设在藏医院。于是，有人说这所藏医院能够推算雨雪冰雹，甚至还能预测地震。

在藏北，生活中有着不解之谜，自然界也同样有许多不解之谜。如夜间，在人迹罕至的大草原空中、地面上到处会出现火光。有时如手电光，有时像信号弹，有时更像汽车灯光；还有加林山能吸下来飞鸟，名叫"刚塘"的不结冰湖泊，以及湖里能够看到湖羊和湖怪等等。关于人的传奇那就更多了，五花八门。就拿《格萨尔》说唱艺人来说，所有的《格萨尔》说唱艺人都不识字，却能说唱世界上最长的英雄史诗。玉梅是藏北牧民，没上过学，但她能说一百多部《格萨尔》，天天录音也要三十年。她讲述自己是怎样开始说唱《格萨尔》时说，16岁那年，她赶着羊群上山去放牧，在草地上睡着了。她开始做梦。梦醒后，她病了一个多月，两眼发直，眼前一直出现战争场面，她看到了格萨尔和许多岭国的英雄们，病好后，就会说唱《格萨尔》了。让你感到真亦假，假亦真，百思不得其解。

相信有种超自然、超人类的力量存在的藏北人，不少人能绘声绘色地向你讲述他们离奇的见闻，还能带你去看实物实证。这也许是藏北人总以某种独特方式，在保持它传之久远而又独特的民族文化吧！

十一、也说铁路开进西藏

2009年8月4日上午，我到达尼玛县的第二天，来到年轻县长赵兵的办公室采访。

年龄不到40岁的赵县长是西藏汉族的第二代，他从安多县来尼玛县上任只有八个月时间。

草原上的孩子们（2001年摄）

　　这位毕业于咸阳西藏民族学院的县长很沉稳、善谈。因长期工作在牧区的缘故，他对畜牧业情况了如指掌。

　　说起尼玛县山羊绒独具特色、畅销国内外时，他很自豪，但也为"靠天吃饭"的畜牧业的薄弱基础而揪心。"1997年那场大雪，一夜之间让牧民生活陷入赤贫，长时间难以恢复，原因就是畜牧业基础太不完善了！"赵兵说。

　　由此，他立志要抓住县水电站建成和青藏铁路通车的难得机遇，夯实畜牧业基础，加大畜牧业产业化步伐，加强网围栏建设，提高防灾、减灾的综合能力。

　　他说，为让牧民群众的腰包早日鼓起来，全县近年来通过加大绒山羊基地的扩建，发展农牧民合作经济组织等手段来促进经济的大发展。目前，牧民人均收入已从2002年的不足1200元，发展到现在的4000元左右。

　　了解西藏的人都知道，藏北畜牧业在严酷的自然环境下，数千年来基本上"靠天养畜"，改变其面貌，需要付出比内地多几倍，甚至几十倍的艰苦努力才能见到成效。

挤羊奶（2001 年摄）

在这点上，我很佩服藏北人的远见和"敢为人先"的勇气与魄力。

2006 年 7 月 1 日青藏铁路通车，"铁路概念"深入到尼玛草原。尼玛县当年就在铁路沿线开始投资建设牛羊肉加工厂，尽管厂址距离县城有 700 公里之遥。

问其原因，尼玛县县委书记布琼说："尼玛有世界上离污染最远的草场，外面的消费者享受不到，牧民群众也不能把这么好的资源转化为收入。"把牲畜赶到铁路边的那曲镇进行加工，就可以将这"绿色"的畜产

日落夜归的牧羊群（1987 年摄）

藏北无人区"小江南"的尼玛县文部乡人家（2009 年摄）

品运到拉萨和更远的内地。

历史上曾鄙视经商的草原牧民，随着青藏铁路的开通和旅游业的发展，传统观念正在发生着变化。

8 月 6 日，我搭乘文部乡副乡长罗志勇回乡的汽车，访问了在当惹雍错湖边开设的第一个家庭旅馆。

文部乡南村紧邻当惹雍错，全村现有 250 多户，1000 多人。村民们长期以种植青稞、油菜、圆根（内地叫蔓菁）、土豆、萝卜、白菜等农作物为主要收入来源，过着简单而闭塞的生活。2006 年 7 月 1 日，青藏铁路通车后，旅游业升温，不断到来的游客为这里带来了商机。第二年，村委会副主任普南，腾出自家两间房屋，经简单装修后，开起当惹雍错湖边的第一个家庭旅馆。开业以来，已经接待来自北京、广东、上海等地的许多游客。这里物价低廉，每位客人每天只收费三四十元，即使如此，普南仍预计今年收入将超过一万元。

最近，他的旅馆里又添置了藏式家具、被子，并可以为客人提供一日三餐，住宿条件得到极大改善。

普南告诉我，自己开办家庭旅馆既能增加现金收入，还能在村里起到示范作用，让老百姓从旅游的发展中得到实惠。目前，村里成立的二十人文艺队，既让游客欣赏到了当地特有的"象雄锅庄"舞蹈，又增加了收入。

十二、"天、地、风"能源三字经

8月7日一早，我乘坐尼玛县安排的一辆"三菱"越野车，离开尼玛宾馆和送我的县宣传部部长夏彦，前往240多公里外的申扎县。一路上，连绵起伏、晶莹洁白的雪山陪伴远行。

此时的内地已进入盛夏时节，而这里依旧是寒风习习，一片冰霜的世界。

汽车一路的轰鸣声，不时地吸引着路两边悠闲漫步的长角藏羚羊、白屁股的藏原羚。这些可爱的"生灵"瞪着好奇的圆眼望着，只有汽车距离近了，才一溜烟跑掉。那圆鼓鼓、胖嘟嘟的旱獭不时地在洞口张望，一有动静，马上钻进洞里。草原上有数不清的老鼠洞，那些不安分的老鼠钻进

尼玛县城新建的居民房（2009 年 8 月 6 日摄）

钻出。汽车在路上颠簸着前进。眼前掠过的山呈现出不同的色彩，我痴迷地啧啧称赞时，司机巴热不以为然地说："好景前边多着呢！"

果然，前面的许多雪山山顶终年不化的积雪晶莹剔透，山腰以下裸露出黑、红、褐、青、黄不同的颜色。远远望去，蜿蜒的小河在山底和五彩的山峰相呼应，如不是亲自来看一看、走一走，你发挥最大胆的想象力恐怕也难以勾画出这里的美景，那大自然固有的色彩，那大自然无与伦比的壮美！

尽管车外风光很美，也很诱人，但让我最惊喜无限的还是沿路看到的可以发电照明的一块块太阳能电池板，一个个转动着风叶的风力发电机，以及烧水做饭的瓦状太阳能灶。

千百年来，牧人吃的是牛羊肉，烧的是牛羊粪，点的是酥油灯。"能源"，在这里只是个空洞模糊的概念，而现在全然不同了。

青藏公路自上世纪 50 年代通车后，藏北日益繁荣起来，然而"能源荒"依然困扰着藏北。过去一入夜，各县（处）和各单位柴油发电机轰鸣起来，成为寂静草原的一大特色。油、煤、柴，在藏北都是不容易弄到的东西，就连牛粪也一天天涨价。

时间进入 21 世纪，我再访藏北西部的班戈、双湖、尼玛和申扎，惊喜地发现这里正大力开发新能源，寒冷的藏北无人区已日益变的更加暖热了。

从班戈、双湖、尼玛到申扎，一路上，我不仅随处可见城镇里的一个个太阳能路灯，一栋栋太阳能采暖楼和采暖房，一排排房顶上斜立着的太阳能热水器，就连牧民家也常常可以看到安放在窗前、屋顶和院内的电池板、太阳能灶。利用太阳能烧水做饭和发电照明，既方便又干净，老天爷还不收燃料费。

太阳能是我们这个星球上最主要的能量源泉，而西藏高原又是世界上太阳能极为丰富的地方，仅次于终年酷热的非洲撒哈拉大沙漠，居世界第二位。

由于西藏高原空气稀薄、气候干燥，大气透明度好，太阳辐射透过大

使用太阳能照明的嘎措乡夏季放牧点帐篷
（2009 年摄）

钻探地热资源为那曲镇提供热能（1987 年摄）

气层时能量损耗少，加之纬度低、阴雨多云的天气少，所以阳光辐射强、日照时间长。

从有关资料来看，我国南方一年中，太阳能利用时间一般为 9 个月，北方 6 个月，而西藏一年 12 个月都可以利用。

在拉萨，每平方米土地一小时接收的太阳辐射热量，相当于开启一千瓦电炉一小时所散发的热量。

藏北高原是"世界屋脊"上的高地，其日照时间更长，太阳辐射也更强，太阳的辐射热量也就超过了号称"日光城"的拉萨。

西藏的太阳能利用是从上世纪 70 年代开始的，但其普及率和使用率藏北西部为最高。

近年来，在国家大力支持下，这里充分利用极为丰富的太阳能资源，广泛应用在照明、取暖、通信、广播电视等诸多方面，尤其是太阳能照明设备深入到城镇和乡村后，使这片高海拔"生命禁区"90% 以上的牧民用上了电，彻底告别了使用酥油灯照明的历史，大大提高了牧民群众的生活质量。

藏北人除了用太阳能发电和烧水做饭外，还用它搞温室种植、室内取暖等。在藏北西部，开拓者们将太阳能用于蔬菜生产后，使无人区不再为吃不到新鲜蔬菜而发愁，甚至冬季也能吃到自己生产的新鲜蔬菜了。

维修人员在双湖特别区维修城镇光缆线路。目前，藏北西部4县（区）的许多乡镇都已开通光缆，进一步提升了通信传输能力（2009年8月3日摄）

天上有个太阳，地下有片热田。上世纪80年代，在那曲镇首次利用地热温室种出了各种新鲜蔬菜。两座总面积为1800平方米的地热温室，由于温室四周和空中架设了地热暖气管道，即使在冬季零下30摄氏度的严寒下，夜间的温室气温也可保持在8摄氏度以上，为蔬菜提供了良好的生长条件。

双湖特别区还利用丰富的地热资源，建成多玛乡温泉浴室，以治疗皮肤病、关节炎、风湿等疾病。

藏北曾有"铁皮城"之称。因为这里每年有近三分之一的日子刮大风，比号称"风库"的甘肃省安西县还多。所以，班戈、双湖、尼玛和申扎，甚至包括那曲地区首府的那曲镇房顶上都看不到瓦片，只有用大铁钉牢牢钉在房架上的大块白铁皮。站在高处俯瞰，阳光下的城镇全是耀眼的银光。

近三十年来，包括无人区在内的整个藏北建筑逐渐用预制板代替铁皮，而大风也变成了造福人们的能源。

藏北高原是我国一大风区，风能密度每平方米达150瓦～200瓦，风能资源异常丰富。就双湖特别区而言，一年有两百多个大风日。

自1984年由国家投资开发这些能源以来，短短几年时间那曲地区风能实验站已经安装了100瓦风力发电机287台，分布在那曲地区的十一个县（处）。

1984年7月，那曲地区风能实验站把嘎措乡作为风能利用的试点，为这里的牧民首批安装了40台风力发电机。从此，这块最偏远落后的土地上，牧民结束了世世代代用酥油灯照明的历史。

1988年，我随维修风机的技术工人来到嘎措乡，晚上住在铁匠日玛家里。

日玛家的房后，就竖着一根五六米高的铁杆，杆顶叶片迎风飞旋。这就是深受牧民欢迎的小型风力发电机。它的总重量为75公斤，发的电可以储存，很适合家庭使用。如果拆卸了，用一头牦牛就可把机器驮走。日玛为我敬上酥油茶，随手拉亮了电灯，刚才还阴暗的屋里一下子亮堂起来。

对于居住分散、流动性大的无人区牧民来说，利用风能和太阳能发电，较利用其它能源更为方便。

藏北"天、地、风"能源三字经，使牧民告别了祖辈照明的酥油灯，看上了电视，实现了磨糌粑、打酥油等方面的机械化，提高了生活质量，过上了现代新生活。

飘动经幡的尼玛县城（2009年摄）

十三、美丽的湖泊与牧女

8月7日，驱车从尼玛县前往申扎县，一路上伴随我们前行的除那些多彩多姿的雪山外，还有大大小小蓝宝石般的湖泊。其中最大、最美的当属格仁错了。

傍晚时分的湖光山色（2009年摄）

　　藏北之行，我经过"一错再错"的大小湖泊有无数个，其中包括色林错、班戈错、当惹雍错、当穷错、巴木错、崩错、达则错等等。格仁错虽在高原湖泊中算不上有名，但在此次去申扎县的路途中，依然让我激动不已。

　　藏北高原湖泊星罗棋布，在无人区北部多为咸水湖和盐湖，在无人区南部则有不少淡水湖。它们色彩奇幻、壮美迷人，犹如镶嵌在高原上的一颗颗宝石。

　　这些湖泊随着草原上季节、天气的变化而变化。冬季，冰封的湖面洁白一片，仿佛所有的生命都瞬间凝固；夏季，时而湖水碧蓝，时而白浪滔天。

　　格仁错海拔4629米，水域面积为475.9平方公里，是一条长条状的湖泊。汽车顺着山势，七弯八拐，每拐过一个弯，就是另一片天地。你永远无法预料山那边迎接你的将是什么惊喜！也许是一群牛羊，也许是一顶黑帐篷，也许是一间石头房子……这种未知的美丽混合着无名的期待，让我的心随着山势起伏着。艳阳高照，碧空万里。在光线折射下，格仁错湖水变成深浅不一的蓝色，从湖岸边伊始，颜色由浅及深向湖中心漫了开去，美丽湖泊与雪山相互辉映，构成一幅五彩斑斓的美丽画卷。

格仁错与西藏众多湖泊一样，两岸雪峰连绵，依靠周围雪水的溶化补充湖水的蒸发。它像高原所有湖泊一样，上午水平如镜，十二点过后湖面渐渐地变得不平静，一波接一波的湖浪向岸边拍击而来。在湖边的碎石上小坐，看着浪花你拥我挤的朝前赶，也是件很惬意的事。

湖边的空气略显潮湿，略有寒意，我拉紧衣服拉链，仍感觉风过处，肌肤生凉。格仁错是个淡水湖，湖水中有许多飞禽。我幻想，如果把这个湖搬到盛夏的北京，该让多少人欣喜若狂啊！

申扎地处藏北高原的大湖泊盆地。这里地势较缓，丘陵、高山、盆地相间，丘陵坡度较大，相对高差一般在 300 到 500 米之间，地表多为风化的冻裂碎石堆和岩石坡。我国海拔最高、面积最大的色林错黑颈鹤国家级自然保护区就地处这里，格仁错是其中的一部分。

美丽的湖影山色（2009 年摄）

由于格仁错湖水矿化度低，适于水生生物和水禽的生长繁衍，尤其是低洼湖区内广泛分布着大蒿草等组成的沼泽草甸滩地，加上巴汝藏布、永珠藏布等内流河，将格仁错和色林错之间的七八个小型湖泊相串一起，使这里发育着良好的内陆湿地和水域生态系统，而成为"鸟类熊猫"黑颈鹤理想的栖息地。

当地牧民告诉我说，申扎县境内最有名的色林错过去被称为"魔鬼湖"。为什么叫"魔鬼湖"呢？我通过查阅资料得知，藏北民间对纳木错、色林错、格仁错的来历有个美丽的传说。

相传很久以前，在拉萨以西的堆龙德庆，居住着一个名叫色林的恶魔。他身子高大如山，每天吞食着许多生灵，被害的不计其数，残忍极了。后来，大慈大悲的莲花生大师降到人间。他听闻此事，非常怜悯那些生灵，决定降服此魔，为民除害。莲花生大师来到堆龙德庆，找到色林，施展法术大战几十个回合，色林渐渐无力招架，顺着山谷向北且战且退，莲花生大师紧追不舍。

色林仓皇逃到藏北，找不到藏身的地方，见有个碧蓝的湖，就一下子

由于光线折射所产生的一湖两色的湖水（2009年摄）

申扎雪山下的人家（2001年摄）

钻了进去。可湖水清澈见底，从湖底可以望到天空，从此就叫"天湖"，也就是现在的纳木错。色林无法藏身，跳上岸继续跑，莲花生大师紧紧追赶。

色林跑到申扎东面时，前面又有个湖，他怀着一线希望跳进去，但湖水太浅，无法掩盖住他的身躯。这时莲花生大师已经到了湖边，色林没法上岸，于是，他横游到对岸，向东北方向继续逃去。这个令色林无法藏身和长游的湖后来便被称为"长游湖"，也叫格仁错。

色林拼命逃跑中，又见一大湖，水深且浊。色林知道这里可以藏身，就一头钻进湖底，瞬时无影无踪。莲花生大师赶到岸边，就把本来居住湖中的七个精灵叫来，让他们在岸边守着，永远不要让恶魔出来。并将此湖命名为"色林错"。在色林错南边的平滩上，直直仁立着七个石山，远远望去就像七个坚守岗位的勇士。牧民说，那就是监视色林的七个精灵的化身。

在西藏，许多雪山和湖泊被藏族群众神话后，成为当地一种丰富的民间文化而广为传诵。

现实生活中的格仁错沿岸，是申扎县牧民放牧的上好的冬季牧场。现在草场已经分到户，牧民从游牧走向定居。平时，这里的老人和孩子们住

脸涂奶制品保护皮肤，捻牛毛线
的藏族妇女

外出旅行脸上涂红的牧女

用红糖水与植物拌和涂脸保护皮
肤的尼玛县文部乡老人

在定居房里，年轻人则在牧场边搭个帐篷，放牧牛羊。在藏北草原，牧民们都愿意住在湖边，不仅因为湖边水草茂盛，主要还是为了人畜饮水方便。

黑色牛毛帐篷搭在湖边草地上，偶有一两顶冒着袅袅青烟的，那是牧民家正在煮茶。如果口渴了，去讨碗茶喝是没有问题的。在这里，甚至在整个高原，淳朴牧民的心跟蓝天一样纯净，跟大地一样广阔。

汽车司机巴热见我对周围的湖泊和雪山感兴趣，就向我讲起了这里关于仁错湖的故事。

仁错湖位于申扎县塔尔玛乡，在它的一旁有个碱湖。那碱湖里的粉末时常会随风吹起，宛如一股股散落的烟云在漫天飞舞。

巴热说，仁错湖与碱湖之间有个五十米宽的间隔，乡村公路正好从间隔中通过。那碱湖约有 70 平方公里，看上去仿佛湖面上洒满了白色的面粉，其周围遍地都是被风吹散落的碱粉，形成了形状各异的碱粉堆。

他记得小时候，农村老家经常用买来的天然碱作为洗发液洗头，或做饼，老人还作为治疗关节炎、脚气等病的重要天然偏方。

据了解，藏北一些湖泊主要的化学沉积物有钙、钠、碳酸镁和硫酸盐等。含有高浓度硫酸钠的湖泊称为苦湖，含有碳酸钠的湖泊称为碱湖。

巴热说，昔日此处的牧民依赖着出售天然碱维系着生活，碱粉成为农区百姓受欢迎的生活用品，因使用天然碱粉做成的面食特别好吃。

传说，仁错是纳木错和念青唐古拉山的女儿。远望乳白色的念青唐古拉山，就像是仁错湖上托起的洁白哈达。

在格仁错湖畔，我发现下过乡的妇女与藏北其他妇女一样，喜欢使用一种藏语称为"木子"的草本植物经粉碎，与红糖、牛奶搅拌成糊状涂在脸上来保护皮肤。乍看起来像是唱戏的"黑花脸"。

爱美之心，人皆有之。生活在世界屋脊上的藏族女性，也是这样。可高原刺骨的寒气、弥漫的风沙等大自然合力摧打着她们那如花般娇嫩的面容，往往使她们未老先衰。即使这样，她们在这恶劣的生活环境中，也尽最大可能地使用美容护肤品来留住她们的青春。其中，"木子"草美容就是她们生活中的结晶。这种方法长期使用能使皮肤起到增白、减少皱纹、消除面部色素和雀斑的作用，其功效恐怕并不亚于珍珠美容霜一类的护肤品。

十四、草原首现"牧家乐"

傍晚，汽车穿过"申扎县人民欢迎您"的迎宾门到达申扎县城，我住进了八年前曾住过的县招待所。

申扎县城坐落在三面环山、一面临罗布果天然湿地的山坡下，蜿蜒曲折的申扎藏布河静静地在城边流淌，滋润着美丽的大草原，养育着这里的人民。

"申扎"藏语发音为"先擦"，意为洁白、透明和无暇的盐巴；另一含义为"皮火筒状山沟前"（由所在地的甲觉底布山名而来）。古时这里称纳仓德巴，1886年改为申扎宗（相当于内地的县），地域包括今尼玛县、双湖特别区大部及申扎县除原巴扎区以外的全部区域。

逛县城的牧民群众（2009年摄）

1959年建县时，将以前的申扎宗与从达那仁钦则谿卡（村）分出的"亚巴部落"和从谢通门谿卡划出的"巴林部落"等部落一起合并。

1976年1月，为了开发北部无人区，经西藏自治区党委批准，从申扎县划出尼玛区所属的五个乡和申扎区嘎（尔）措乡，从班戈县划出色瓦区，成立双湖办事处。紧接着，从申扎县划出文部、甲谷、帮多、吉瓦、卓瓦五个区，成立文部办事处。

目前，划来划去的申扎县辖8个乡镇及73个行政村，约有人口4万多，面积从过去的大约30万平方公里缩减到现在2.525万平方公里。

申扎县府所在地是甲觉底布，海拔4680米。

与我八年前来时相比，这里的城镇建设虽比不上班戈、双湖和尼玛的发展速度快，但从摩托车经销店、蔬菜水果店、网吧等店铺的大量涌现，及繁荣的大棚市场上，我仍能强烈地感受到许多点滴的变化。第二天上午，县宣传部部长才旺多吉告诉我，申扎镇二村和三村所开办的"牧家乐"旅游度假村效益显著，出于新闻敏感，我当即决定去看看。

申扎镇是申扎县府所在地。这个镇的二村和三村"牧家乐"就坐落在不远处的甲岗雪山脚下，与申扎县城隔河相望。从县城驱车不到十公里，二村和三村的村庄便展现眼前。两个村庄都是一排排崭新的白墙黑顶

申扎县城大街（2009年摄）

裙边、房顶四角为红方柱的藏式定居房。由于这些房子与邻县的日喀则地区南木林县的建筑风格相似，故当地人称它为"日式建筑"，从中可以看出日喀则经济文化对申扎县具有一定的辐射作用。这两个村庄的户与户之间，都是新修的水泥街道相连，所有的街道干净整洁，呈现出欣欣向荣的村容村貌。

申扎镇三村是藏北西部四县（区）首个开办"牧家乐"旅游度假村的村庄。这里的牧民从历史上的鄙视经商到放下牧鞭去"下海"经商，其第一个"吃螃蟹"的勇气令我这位"老西藏"甚为敬佩！

我们乘车往南走不多远，便听到路西木栅栏里的七八顶白帐篷里传出欢歌笑语声，只见人们出出进进，甚是热闹。才旺多吉告诉我，这就是三村的"牧家乐"旅游度假村。"虽然很少有来自远方的游客，但它为县域人们休闲娱乐提供了最佳去处。"才旺多吉满脸带着收获的喜悦在说。

走进河对岸三村，我发现村庄里都是水泥硬化路面，路两侧是排排漂亮的太阳能路灯，还安装了健身器材。

在玻璃式采暖房的村委会，墙壁上首先映入眼帘的是申扎县委颁发的"安全文明村"金色牌匾，以及藏汉文两种文字的"学习落实科学发展观心得体会"墙报。

　　年过六旬的三村牧业经纪人才旺在村委会高兴地说："今年6月6日，村委会投入3万多元开办牧家乐旅游度假村仅2个月，就接待游客3000多人次，创收2万多元。"他对成立专业合作经济组织后所发生的变化颇为得意和自豪。

　　我发现，这里的专业合作经济组织在辽阔的草原上发挥了很大作用。在分离酥油生产间，四位年轻的妇女在脸盆粗的牛奶木桶上，双手握着木杆式活塞一上一下地打牛奶，在分离酥油；一位年老的妇女在房前水泥空地上摊晒奶渣；四位男女牧民在村庄后为几十头牦牛挨个挤牛奶，还有四五位妇女手拎橡胶桶，在草地上捡拾湿漉漉的牛粪，然后倒在草地上，再用手摊成一个个牛粪饼晒干，最后摞成牛粪垛，作为冬季取暖的燃料……大家分工明确，各司其职。

　　我们来到二村，村党支部书记桑旦早早地就迎候在村口，给人一种热情而沉着的印象。他把我们领进村文化室，屋里牛粪烧得正旺，暖烘烘的。桌子上摆有丰盛的二村特色的风干牦牛肉，桑旦将热气腾腾的酥油茶端来，我们一边细细品尝牦牛肉的独特风味，一边与桑旦攀谈起来。桑旦话语虽不多，但每说一句，总能道出二村昔日的贫穷与今日走上安康生活的感慨。

申扎县申扎镇三村成立的专业合作经济组织，大家分工明确，各司其职。这是捡拾摊晒牛粪燃料的妇女（2009年摄）

申扎县申扎镇三村成立的专业合作经济组织，大家分工明确，各司其职。这是一位妇女在摊晒奶渣（2009年摄）

申扎县申扎镇三村（2009 年摄）

申扎县申扎镇三村成立的专业合作经济组织，大家分工明确，各司其职。这是挤牛奶的妇女（2009 年摄）

　　品尝完极有特色的当地风干牦牛肉，便在桑旦引路下参观二村的专业经济合作组织成果——短期育肥基地。育肥基地约有几亩地，建有一排暖房，里面几头圈养的牦牛正在悠闲地啃吃着草料。"从其它乡村低价收购牦牛，精心圈养几个月，宰杀后集中在县城市场供应，或是根据客户需求进行宰杀供肉。每头牦牛纯收入可达两三千元，利润空间十分可观。"村支部书记开心地说。

　　这个村的"牧家乐"也在不远的草原上搭建了十多顶帐篷，还在"牧家乐"里开了一个超市，啤酒、饮料等商品琳琅满目，应有尽有。

　　盛夏时节，这里是欢乐的海洋。在这块青青的草地上，那些大小各异、具有浓郁特色的一顶顶帐篷里，歌声和笑声不断，人们无不沉浸在其乐融融的氛围之中。

　　据介绍，申扎县从 2001 年开始，将申扎镇二、三村作为试点村，开始探索规模经营之路。这里实行劳动联合与资本联合相结合的股份制。其主要特征就是民主管理，风险共担，按股分配。目前，二、三村规模经营入股率已达到 100%。

在县委、政府的指导和帮助下，这两个村通过劳务输出、牦牛短期育肥，以及开办小卖部、茶馆、沙石料厂和种植大棚蔬菜、制作酸奶等多种方式实施规模经营，经营效益初见成效。

申扎镇干部给我提供了两个村去年分红的数据情况，从中便可以看出一些变化。

申扎镇二村，47 户，218 人，总收入 55 万多元，现金收入 37 万多元，已兑现 20 多万元。一等户分红现金 1.6 万多元，比去年收入增加 4862 元；二等户分红现金 6472 元，比去年收入增加 2068 元；三等户分红现金 1705 元，比去年收入增加 415 元。

申扎镇三村，53 户，228 人，总收入 54 万多元，现金收入 27 万多元，比去年增长 11.9%。其中一等户分红现金 2.1 万多元；二等户分红现金 6637 元；三等户分红现金 2073 元。

远眺申扎新面貌（2009 年摄）

晚上我返回县城，因县招待所餐厅正在维修，我与县人大副主任王树林在厨房与餐厅人员一同就餐，没想到却吃到了人工驯化养殖的大雁肉。大雁学名叫"斑头雁"。大雁肉虽纤维较粗，但经县招待所四川厨师精细烹饪还是蛮好吃的，别有风味。

申扎农畜产品市场里的台球场（2009 年摄）

申扎县申扎镇三村的村委会太阳能采暖房（2009 年 8 月 9 日摄）

今年 38 岁的王树林，与长期在藏工作的许多汉族干部一样，从小把孩子交给内地老人照看，并带大成人。夫妻俩和 13 岁的儿子，三口人分住在三地：王树林在申扎县，妻子在尼玛县，13 岁的儿子在河南省老家。

难怪"老西藏"的许多子女和父母感情不深，见面很陌生，就是长期不和孩子在一起生活的缘故。

两人饭后一起聊起"牧家乐"度假村的变化，王树林还告诉我一个好消息，这两个度假村以后将增加藏式文艺演出，并与申扎县奶制品加工厂加强合作，引进新的特色产品。让游客在感受藏北最美风情的同时，也能感受到最好的服务。

十五、夫妻"门巴"留在草原的故事

近两年，洛桑丹珍每次来北京协和医院治病，我总会与探望他的一对夫妻相遇——他们是北京协和医院麻醉科、妇产科的医学专家任洪智和徐苓。

这对夫妻怎么和洛桑丹珍如此熟悉呢？从他们叫"洛县长"的称谓中，我恍然大悟。原来，他们是申扎县的老战友、老同事和老部下。

与两位年过六旬的老"门巴"（医生）聊起西藏当年的往事。这对曾在藏北西部战斗了九个春秋，奉献过青春年华的老教授仿佛又回到了雪域高原，回到了那激情澎湃的年代。

1970 年，刚刚走出北京协和医学院大学校门的任洪智和徐苓等五名同学被分配到西藏工作，其中一人去朗县，两人去林芝，两人留那曲。女同学徐苓和男同学任洪智虽被分到那曲地区，但不能在一个县工作。

那时，内地医学院分到西藏的汉族大学生少，名牌大学的更少，各个县求贤若渴，争着要人。有不少缺医少药的县分来一名学医的大学生不知要等多少年。可徐苓是一个从未出过远门的女孩，她很想与同学任洪智能够分到一个县工作，以便有个照应。

按照当地的规定只有夫妻才可以分配到一起工作，所以惟一的办法只有两人结婚。于是，24 岁的徐苓与 27 岁的任洪智当即在那曲镇办理了结婚手续，并被分配到当时条件最艰苦、面积最大的申扎县工作。与他们姻缘一样，此时分配到林芝的吴明江和女同学魏珉也结为夫妻，为的是同到林芝地区波密县医院工作。

三十多年过去了，仍保持着藏北人热情、豪爽、纯朴性格的夫妻俩清晰地记得当时的往事。"我们在那曲招待所花了 32 块 5 毛钱，由一个姓马的回族厨师做了一桌很不错的饭菜，请大家吃顿饭就算结婚了！"徐苓回忆说。身旁的任洪智也补充道："最难忘的是我们的结婚证为藏汉文两种文字，字写的相当漂亮！"

新婚没几天，夫妻俩就乘汽车奔向只有两百多人的申扎县城，来到仅

申扎牧民牵羊过河（2001 年摄）

有几名藏族医护人员、两间土房子的县人民医院报到。

任洪智和徐苓的到来，在给当地牧民群众防病治病带来希望的同时，他们也面临着高寒缺氧、语言不通、交通不便等诸多困难。

这里缺医少药，地广人稀，医生必须是"全能的"。不仅要会诊治各种各样的疾病，还要学会生活。

不过，当地干部群众也给予他们无微不至的关怀和照顾。县长洛桑丹珍亲手从县干部坐骑里挑选出两匹最好的马送给他们。一匹温顺的小白马和一匹走路稳、耐力强的高大枣红马；任洪智每次外出巡诊，洛桑丹珍都要千叮咛万嘱咐，让藏族医生陪着当翻译；县领导外出开会回来都不忘给两名汉族医生带点蔬菜；谁家有点好吃的，都不忘叫来汉族小夫妻一起来品尝……

"洛县长和当地的干部群众都把我们当成'心肝宝贝'，而我们回报的却太少了！"任洪智动情地说。

一年后，任洪智泥瓦活、木匠活一起跟着干，帮助县医院盖起了四排有诊室、手术室和病房的土房子。

为解决手术室的取暖和无菌问题，任洪智把房子一分为二，在隔壁闩制作了一个烧牛粪的特大号铁皮炉，把隔墙变成烟筒，通过烟墙将热量散发到手术室。后来，事实证明效果不错，能达到术中的温度要求。

当时的条件无疑是十分艰苦的。有天晚上，电闪雷鸣下起大雨，刚到申扎县工作不久的任洪智骑马外出巡诊，土房子屋顶漏雨，又没有接雨水的家什，徐芩只好裹着湿被子熬过一夜。

第二天一大早，徐芩找到三十出头的县长洛桑丹珍。"洛县长"不仅安排人帮这位漂亮的女医生修好漏雨的屋顶，还发给她一支防身的半自动步枪。

后来，洛桑丹珍的老伴曲吉告诉我，她的儿子丹曲出生时，"洛县长"正带着几名年轻干部在无人区考察。徐芩在新建的病房里为她的儿子接了生。"那时县上所有找徐'门巴'看过病的人，都夸她人漂亮、医术高！"曲吉不止一次地这样说。

广阔无垠、风沙弥漫的申扎草原，信息不灵，交通不便，骑马巡诊一

帐篷里留守的儿童（1988年摄）

次往往需要数月时间，有时还会无功而返。

有一次，申扎县帮多区牧民多吉生病卧床不起，捎来请医生去看病的口信。任洪智很快带了一名当翻译的藏族小伙子骑马上路，在草原上整整骑马走了八天，才赶到病人所居住的帐篷。当见到病人多吉时，他歉疚地说，已看过病了。任洪智很纳闷，从患者递给他的药方和药品上得知，一支北京医疗队前几日在阿里措勤县巡回医疗时，听说附近有个病人，就绕行给多吉诊治了心脏疾病。

第二天，他和藏族翻译骑马返回县城，这一个来回就耗去十七天时间。难怪过去牧区流动小学，藏族儿童一年学不了几个藏文字母，就是因为老师骑马从这顶帐篷到那顶帐篷，再到另一帐篷，把绝大部分时间都消耗在广阔无垠的草原奔波的路上了。

艰苦的草原生活，也有无数的乐趣。申扎县城旁的河里鱼很多，这对年轻的白衣天使闲暇下来便去钓鱼，改善生活。

这些从没有被人钓过的鱼很傻，十分容易上钩。任教授告诉我，他用个大铁锁一头栓上鱼绳，挂上七八个大鱼钩，再钩上点羊肉，另一头拴块木板，扔进河里，包准十几分钟钩子上就会挂满一尺左右的大鱼。

有时半天下来，钓的鱼用细绳串起来有好几米长，无法拿回家。许多钓的鱼自己吃不完，除部分送人外，夫妻俩就把剩下的鱼晒成干。有一次，他们发现鱼干还能做燃料，比牛粪耐烧。一、二条鱼干可烧一整夜。后来，鱼干作为他们烧火做饭和取暖的燃料，又派上了新用场。

1979 年，这对年轻的夫妻已为县医院带出了十多名藏族医护人员，并为上万名干部群众诊治了各类疾病。当他们想回北京，报考协和医院硕士研究生时，洛桑丹珍虽然舍不得他们离开，但他为年轻夫妻的未来着想，为了他们能与家人团聚，不仅支持他们去应试，还亲自把他们送上车……

如今，老夫妻俩最大的愿望是不看病了，想回西藏看看。他们梦想着到藏北草原上扬鞭策马再走一回，以还他们永世不忘的高原情、民族情和兄弟情！

十六、消逝的驮羊队

绿色羌塘虽是我国五大牧场之一，但却没有"风吹草低见牛羊"的景色。短小得如"寸头"的牧草，当地名叫"那扎"，蛋白含量极高，极适于牛羊的生长。

驮羊和驮牛，与茶马古道中佩戴着铜铃的驴马一样，在青藏高原扮演着重要的角色。用牛羊驮运盐、青稞、茶叶等生活必需品过去是藏北牧民日常生活的重要组成部分。

驮运队是远古以来牧民和农区、集镇进行货物交换的主要方式。北部无人区是盐湖的世界，历史上的盐湖大都又分布在申扎和班戈两地界周围。于是，申扎和班戈便出现众多驮盐队，成为曾经的一个独特风景。

二十多年前，我来羌塘时，在路上偶尔能见到运输的"轻骑兵"——驮羊队。

二十多年后，我再来羌塘，别说在路上见到驮羊队，就是找遍申扎县，直至整个西部，连支驮队影子也没有找到。驮羊队已被汽车运输所取代。

以前我见过的驮羊队，每群羊少则四五百只，多则上千只，后面由二至

申扎县申扎镇三村牧户院落（2009 年摄）

五人驱赶。羊身上搭着两个毛织口袋的褡裢，里面装着粮食或盐巴。除了两根毛绳作为前后辔外，羊背上别无任何鞍具。难怪在"惜木如金"的西部草原喜欢用羊运输，而不用牦牛运输，只因牦牛驮运，需要很多木制鞍垫，否则无法驮运。

申扎县上了年纪的男子，有一半参加过驮盐队。申扎镇旺堆老人告诉我，18岁时，他与村里几位牧民赶着七十多头

逛街的妇女儿童（2009年摄）

驮盐牦牛去那曲，在渡扎加藏布江时遇到一支驮羊队，这种驮羊队一般都会有几头驮食品的牦牛。他们渡江后，驮羊队也跟着下水，牛队在前，羊队在后。结果，羊群下水后，无法立足，只有游水，一游水，背上的盐袋沉入水中，许多羊四脚朝天地被水冲走了。一支有五六百只驮羊的队伍，渡江之后只剩下不到一半的驮羊。那是一个多么悲惨的景象啊！四十多年过去了，驮羊在水中翻身冲走的样子至今他还历历在目。

开发无人区先行者之一的次仁玉珍，曾向我介绍了驮羊为无人区开发事业所作出的重大贡献。

双湖办事处自宣布成立以来，所做的第一件大事是将大量的粮食运往羌塘深处，供给北迁的牧民。由于没有公路，加上地域辽阔和居住分散等原因，很长时间只好依靠羊群来驮运粮食。

1976年，刚开发的无人区迎来了第一个寒冬，牧民面临着断粮的生存考验。

有一天，开发者们在办事处驻地的帐篷前，忽闻从玛依雪山不同方向传来"哒！哒！"不断的"乌尔多"（一种牧羊的抛石毛绳）的摇甩声。"咩、咩……咩"的羊叫声瞬时响彻寂静的草原，成千上万只绵羊朝办事处驻地汇集而来。每群羊都有上千只，由三四人驱赶。这些羊身上都有两

申扎县牧民骑摩托车外出旅行。目前藏北西部4县（区）牧民几乎家家都有了摩托车（2009年8月10日摄）

个毛织口袋的褡裢，里面装着人们急需的青稞粮。

在一片问候声中，办事处的干部纷纷出门寒暄，碰额头亲热一阵后，就出现了腾沸的场面：粮食保管员先是将一大苫布平铺在地上，把台称放在中间，然后将驮来的青稞粮按斤数称好，再由驮羊分送到各乡村，最后送到群众的手中。于是，有的人用"乌尔多"去拦羊群；有的人冲进羊群捉羊卸褡裢；有的人去装粮；有的人用事先准备好的针线缝袋口。人们边劳动，边唱着牧羊歌。一时间，惊恐羊群乱逃的蹄声和叫声，震耳欲聋，其场面蔚为壮观！

褡裢卸完了，迅速倒出青稞粮按8斤一袋来称重，然后再装进新褡裢。接着，再次捉羊驮粮。捉住一只就将一边8斤共装16斤青稞的小褡裢搭在羊背上，先套前鞧，向后拉紧扶正，再套后鞧就算完事，然后将羊放走。再捉第二只，将千万只羊逐个捉来驮粮，每只羊仅用三五秒种就能完成，速度之快令人瞠目！上了粮驮的羊叫个不停，惊恐地逃进羊群里。然而，跑速明显地慢了，腰背朝下微弯，可见16斤的东西对于羊来说太沉重了，更惨的是它们还要将这沉重的东西日夜驮在背上，一直驮到终点。

在没有走完整个旅程前，不管路途多么遥远，主人是不会卸驮的；也不会给它们安排专门的吃草、饮水和休息的时间，只能边吃草边走路，长途跋涉，昼行夜卧。由于路途中缺少淡水，有时几天喝不到一滴水也要坚持前行。每天最少要走50多公里路，许多羊背被磨压的皮破肉烂，甚至烂透皮肉，脓血与褡裢粘在一起，当它们勉强支撑到终点，驮子一卸，甚至可见羊的心肺，真是惨不忍睹。然而更悲惨的结局还在后面，因为空气直接进入胸腔会导致其即刻毙命。每次驮运，都以牺牲驮羊的生命为代价，给畜牧业发展带来了很大的损失。

全部粮食驮上羊背后，最后将小帐篷和简单的生活用具驮在几只个头大、称之为"罗布"（宝贝）的羊背上出发。"罗布"算是羊群中的幸运者，虽然背负的东西体积很大，也很重，但因是主人的生活用具，每天晚上都要卸下来使用，所以它们可以过背上没有驮物的轻松夜晚。

那时人们还时常看到，在驮队的羊群中有几只没有驮子的空背羊，那是人们以备途中用的活食物。在藏北牧区无论人们长途运输或去朝山转湖，一般都采用这种办法。赶些活羊走路，何时需要就何时宰食，便可以不带更多的其它食物。

当时，那些驮羊队将几十万斤粮食运往四面八方，驮进千家万户。在那辽阔的大草原上，羊比牦牛驮运更方便、更省时、更便于驾御。无论北上驮盐，还是南下到农村交换粮食，以及平时搬家都愿意依靠羊来完成。

这种特殊地区的驮羊运输习俗，是当地牧民世世代代同恶劣环境顽强抗争的产物。昔日的驮羊队现已从藏北草原上消失，留下的只有模糊不清的羊蹄印。

汽车运输代替牛羊运输，是时代和科技发展的必然，其优点显而易见。它不仅拉得多，跑得快，还减少了牛羊损失，提高了牲畜出栏率，节省了时间，使牧民的生活变得越来越富足。

十七、牛粪，草原之宝

"暖暖的太阳猪狗同享，热热的火是人的福气……"这是申扎县雄梅乡二村的牧女们清晨捡拾牛粪时，唱起的牛粪牧歌。

8月10日天还未亮，我就坐上县政府安排的"丰田"越野车，从申

捡牛粪（1987 年摄）

扎县前往 220 多公里外的班戈县采访。

当阳光静静地铺洒在绿色的草原时，勤劳的藏族牧女已走出炊烟袅袅的房屋和帐篷，一边唱着欢快的牛粪牧歌，一边开始拾回一筐筐、一桶桶新鲜的湿牛粪了。她们用双手将其拍成直径为六七寸左右的圆型"牛粪饼"整齐地晾晒在帐篷或房屋附近的空旷地带或山坡上，为花红草绿的草原平添了朵朵黑色图案，远远望去，就像那一幅幅美丽的山水画。

一路上我看见，那些牧民房屋和帐篷外都有一个个一米多高、用来挡风的牛粪矮墙；都有一个个牛粪垛；都有一个个矮墙羊圈。这些用牛粪砌成的墙和圈，既可防止野兽侵袭，又可以防寒保暖。

牛粪作为燃料已有千年以上的历史了。牛粪在藏语里叫"久瓦"，意为燃料，没有粪、尿的含义。人们对它不但没有不干净的概念，而且还觉得很亲切。

在藏北，牧民们不论是在家，还是游牧在外，甚至朝拜神山圣湖都离不开牛粪燃料。

我过去赶上冬天来西部，住进县招待所，屋中央都有个烧牛粪的铁皮炉，屋角则堆着牛、羊粪燃料，要自己生火取暖。说心里话，我倒挺喜欢闻牛粪的干草味，也喜欢拿着屋角的一块块牛粪饼，用废旧报纸或煤油自己来引燃牛粪火，然后铲几簸箕火力猛、但不耐烧的羊粪蛋在牛粪火上。不一会，当铁皮火炉被烧的通红，屋里暖和起来，驱赶走身上的寒气时，让我很惬意，也很有劳动的成就感。

现在的人们使用火柴或打火机点燃牛粪比较容易，而以前没有火柴和打火机，牧民们就用火镰磨擦干牛粪，使之发热起火。火是暗火，再将暗火吹燃成明火来做饭烧茶。

当然，现在有了火柴和打火机，但火柴和打火机也不是立刻就能点燃牛粪的，尤其是在寒风

捡拾牛粪的姐妹俩 （1987 年摄）

嗖嗖的草原上，火柴一闪即灭，没有辅助工具也是不行的。牧民们于是使用当地生长的一种很软的灰色苔藓，长度在一厘米上下。它的燃点很低，谓之火绒草，将其搓成灯芯装在火柴盒里存放。用时，用两根火柴夹住一根火绒草，把火柴擦燃后，明火虽被风吹灭，但已将火绒草点燃，当然也是暗火，微弱得几乎看不见有火，但牧民们非常麻利地将火绒草埋进牛粪末里，用风囊轻轻地吹，初不见动静，再吹三两下，就有青烟从牛粪里升起，再吹三两下就有火苗往上窜，接着明火忽忽直舔壶底。要不了一根烟的功夫，一壶茶便烧好了。

牛粪在藏北，不同季节还有不同的名字，其颜色、硬度和火力都不相同。夏季里的牦牛粪经过日晒雨淋，呈白色，烧起来火力很强，牧民称它为"交瓦色嘎玛"。这种牛粪干透后比较坚硬，一般不易弄碎。

那些勤快的牧女每天将牦牛排泄在圈内的牛粪用背篓或桶运至草坡上，再用双手加工成饼状或小块块晒干。这种经加工的牛粪被称为"炒

来"。这种牛粪火大尘小，属于理想的家用燃料。

冬季牛食枯草，牛粪既黑又黄，质软火弱，当地人称这种牛粪为"交瓦玛苏玛"。

在西藏，大家都知道牛粪很重要。没有它，就吃不上饭，喝不上茶，取不了暖。与此同时，人们还从牛粪火味里嗅出了家庭的温馨；艺术家也从中悟出了艺术的真谛。

前不久，我在京的西藏好友翟跃飞举办《在西藏不在西藏》个人画展，其中有幅装置作品就叫《牛粪墙》。那大木板上粘贴着300多块有着牧女手印、散发着淡淡草香的牛粪饼。

翟跃飞告诉我，这些牛粪是他让藏族朋友从拉萨航空邮寄而来。当时，他的朋友将600多块牛粪饼拿到邮局，分装为10多个纸箱邮寄时，让柜台前的许多人很不理解，牛粪运到北京干什么用呢？

藏族朋友喜欢开玩笑，他的朋友就告诉办理业务的女营业员，西藏牛粪在北京市场卖的可好了，你也赶快买些储存起来，等着升值后也卖到北京去，女营业员半信半疑地说："真的吗？！"在填写邮寄物品名称时，不方便填写"牛粪"，他的藏族朋友干脆就写上土特产品和工艺品，然后邮寄到北京。

牛粪不仅是重要的燃料，也是集市上的商品。每到赶集的日子，城镇的农牧民，将质量最好的干牛粪装入藏式的牛毛袋中，驮至城市出售，价格低廉。上世纪90年代时，每10公斤仅为人民币7元左右，深受拉萨市民的欢迎。拉萨市过去还以干牛粪为主要原料，现在大都改为用电力、液化气等燃料了。

此外，在西藏的其他一些习俗中，牛粪还是木柴、煤炭、天然气和其它现代燃料所替代不了的一种吉祥物。

在新居落成乔迁之喜时，新居里一定要事先安放好汤东杰布（供奉的永固柱神）塑像，一袋上好的牛粪和一桶清水。寓意主人住进新居后的生活富裕、幸福安康。

同样，民间举行婚礼时，在特定的位置中央要悬挂用五彩哈达挽扎的象征婚礼吉祥物的彩箭，彩箭下面摆放一袋上好的牛粪和一桶清水，上面各系一条洁白的哈达，象征新婚夫妇婚后生活美满、儿孙满堂。

最有特色的要数藏族同胞过年时用牛粪做馅，讨运气的习俗了。有一年除夕夜，我在同事次仁卓玛家一起吃年夜饭。这顿饭是一顿面食，将面掐成小疙瘩与青稞麦片、豌豆、人参果、碎肉、萝卜等九种食物煮在一起，平时这种饭叫"突巴"，而在除夕夜的这顿饭是专为驱鬼仪式做的，故改称为"古突"。为了增添吃年夜饭的气氛，做饭时在面团里包了些不能吃却又能在引人发笑时讨个吉利的东西。

饭端上来后，每个人顾不上吃饭，而是一个劲地在自己的碗里挑东西，有的人吃出来的是辣椒，有的人吃出来的是火炭。因为辣椒说明吃到它的人是辣子嘴，引得众人哄堂大笑，而吃到火炭的人说明他的心是黑的，又是一阵大笑。就这样每吃出来一样东西，众人就笑一阵，到后来吃出来的东西还有石头、羊毛等九种以上。最后当有人吃出来一小块牛粪时，大家又是一阵哄堂大笑。笑完后，众人举杯向他祝福，因为吃到牛粪的人是最有福气的人。

两位在草原上摊晒牛粪的妇女（1987 年摄）

开发无人区先行者之一的次仁玉珍，曾与她所在的探险队从安多县北上无人区考察。尽管他们在漫长的旅程中像珍惜粮食一样地节约所携带的牛粪燃料，但由于运力有限，加之路途遥远，从有人烟的地方带去的牛粪很快就用完了。此后他们每天除了完成各地段的综合考察外，最艰巨的任务就是寻找野牛粪等燃料。若找不到牛粪，他们就无法战胜零下几十度的严寒，直至严寒威胁到生命；而有了牛粪，他们就能安然无恙地走出生命禁区。为此，考察队的炊事员托美严格规定大家，在漫长的旅途中，每天只能在一早一晚烧茶期间才可以烤火取暖。

有几次，次仁玉珍与探险队人员因找不到一小块淡水冰块而感绝望时，总会"柳暗花明又一村"，最后找寻到野牦牛踪迹而发现有冰的地方，因为野牦牛口渴也是找冰去舔的。如果没有牛粪，即使有冰也是无法喝上热茶的。

为了解渴，有一次，他们在车上装了几麻袋冰块，因没有牛粪还是喝不上酥油茶，个个嘴唇干裂，浑身发冷。在绝望的时候，他们偶然遇见一个野牦牛夜卧的地方，一大片半尺多厚的牛粪层救了大家。他们在荒无人烟的地方终于找到生命的绿洲。

当晚，他们在帐篷里把牛粪火烧得很旺很旺，探险队的汉族干部何红专眼望通红的火炉，激情澎湃，当即赋诗一首，并朗读给大家听：

牛粪啊！你是暖的源泉春的化身，

想当初你是馨香的牧草，

火热的牛腹中炼成的焦炭。

虽然你的肤色如此漆黑，

虽然你的名字如此肮脏，

只要我们握住你的手，

春天的气息就飘然而降。

大家听后，无不为这首动情的牛粪诗拍手称好，并一起唱起"暖暖的太阳猪狗同享，热热的火是人的福气……"的牛粪牧歌，来颂扬牛粪燃尽自己，温暖别人的献身精神。

十八、羌塘精灵——藏獒

从申扎到班戈的路上，我常常被那些看守羊群、狂追汽车的藏獒所吸引。在空寂辽阔的大草原上，看到勇敢、慈态和凶悍的藏獒，我和藏族司机常常会忍不住朝它们按声车喇叭或是吼上两声。

藏獒速度奇快，甚至能超越我们颠簸行驶中的"丰田"越野车。为了攻击目标，藏獒不断地扑向轮胎去啃咬，被甩飞后再扑上来啃咬，如此反复，直到你走出它的领地范围，才傲慢地甩甩尾巴离去。

在藏北，藏獒也被称为"牧狗"。它因体格高大、性格刚毅、力大勇猛、记忆惊人、野性尚存而令人望而生畏，是惟一不怕猛兽的犬种，有"中华神犬"之称。

"藏獒"属牧羊犬，身长四尺，壮似牛犊，头大腿短，是草原上的忠诚卫士。在一望无际的草原上，牧民常常会遭到野兽袭击，这时他们所豢养的藏獒就会挺身而出，同野兽拼个死活。在藏北草原，一只成年藏獒能守护四五百只羊，能同时打败三只野狼。

与现代城市那些养尊处优的宠物狗相比，藏北的牧狗因看家护院、保卫牛羊，而活得更为本份，更有尊严，从而也显得更加阳刚和威猛，让人们从心底多出几分敬畏。

在雪域高原，人们相传藏獒是熊的后代，故个大、毛厚、色黑、凶猛、力大耐寒、食量较大，也许是因为有了熊的血统，它比起猎狗行动迟钝，速度较慢。

至于藏獒是不是熊的后代，还有待于探讨。学术界一般认为，藏獒应属于食肉目犬科，狗熊属于食肉目熊科，它们是不能杂交的。

追溯藏獒的由来，最早的文献记载源自东汉《尔雅》记载："犬四尺为獒"（古四尺相当于今天的 80 至 90 厘米），还有世界著名旅行家马可·波罗撰写的游记。公元 1275 年，马可·波罗在游记里描述道："西藏有如此大的犬只，如此凶猛，其形如藏驴，吠声如狮。"

草原藏獒

　　清乾隆时，陪同六世班禅大师东进的清政府驻藏都统傅清，将一只藏獒带到北京曾引起朝野轰动。朝野上下都为藏獒的英姿、气势大加赞叹。

　　据说，马士提夫犬、大丹犬、纽伯利顿犬、圣伯大犬和纽芬兰犬，这五大盛名的猛犬与德国的牧羊犬都含有藏獒血统。也就是说，藏獒是世界猛犬的祖先。

　　牧家的藏獒，看样子无精打采、昏昏欲睡，但只要你想走近帐篷，它们便一跃而起，可怕地向你冲来，你若不及时躲避，主人不喝住它们，有可能就会付出血的代价。越是不声不响，仿佛对外人不感兴趣的狗，咬起人来越是厉害。

　　即使是刚落地不久的小牧狗也绝非像猫一样是可以让人玩弄的对象。它们自幼不习惯温柔的爱抚，而偏爱在旷野大风中高叫，跟随大狗们任意飞奔。

　　10几年前，在尼玛县文部乡，我的小腿曾被藏在人群堆里的一条黑犬咬了一口，就是那钻心的痛让我明白了不吱声藏獒的厉害。

　　同时，藏獒也是最有情的动物。有一年的夏天，那曲地区牧场的四名牧工赶着60多头牦牛，带了条藏獒前往亚根茶卡驮盐。在他们驮盐回来的路上，因为内部发生争吵，一人在杀死三名同伴后，趁夜色骑马逃跑了。当那曲地区行署派十几个人赶赴现场察看时，那条有半个月没吃一口食的藏獒，耷拉着脑袋仍守护在三位主人的尸体旁。当远远看到陌生人来时，它却精神一振，疯狂地扑上来，将马背上的人一个个拽下来，又咬又拖，弄得办案的人难以对付。后来办案人用两根栓马绳，套住这条藏獒的脖子，总算制服了它。附近有位牧民见这是条好犬，要走了它，并用铁链拴在帐篷门口。但那藏獒始终不吃任何东西，直至饿死，随主人而去。

上世纪80年代，文部有位干部告诉我，牧狗平时乱哭叫是不正常的。它可能预感到某种灾难将要发生。

1986年夏天，文部办事处文部乡发生6.5级地震，震前头两天，文部乡的牧狗都在不停地哭叫，似乎要向主人传递某种信息，但村民视狗哭为不吉利，未能去理会。而此时别的动物却没有任何异样。

藏獒是藏北牧民的最佳保护犬，也是牧民忠实的朋友和伙伴。在人烟稀少、居住分散的藏北有条藏獒守夜，牧民就不用担心野兽或盗贼会闯入畜圈和帐篷。

1962年严冬的一个夜晚，安多县色务乡牧民卓真旺培家的羊群遭到狼群的袭击，遗憾的是他家没有藏獒，八百多只羊被狼赶走。一路上，大多数羊不是被咬死，就是被咬伤。事后，他抹着伤心的泪水说："我要有条犬，就不会这样惨了！"

20多年前，有位老牧女独自赶着羊群，驮着帐篷到无人区去放牧，白天，她上山牧羊，晚上放牧回来，走进帐篷准备生火时，却猛然发现自己坐的羊皮垫子上睡着只大灰狼。她吓懵了！丢下羊群，从帐篷背后钻出去朝有人方向逃去，一群羊全留给了这只大灰狼。

不少的藏北朋友告诉我，藏獒只有在遇到野兽时，才会表现出雪域神犬的凶猛。一天深夜，有位牧民被狗的叫声惊醒，赶紧起身察看，只见羊圈旁边，牧狗正和一只野兽搏斗，两只黑影斗成一团。

大约过了20分钟，藏獒战胜那只野兽，血迹斑斑地向主人走来。当主人拿着猎枪和手电筒去看那头野兽时，才发现那只野兽是只雪豹。它的脖子已早被牧狗咬断，躺在地上。

令人惊奇的是，藏獒在经过殊死搏斗后，如果是生命垂危，决不回家求助，而是独自远远避开，默默地死去。一天傍晚，那曲县门堆乡牧民洛珠家养的牧狗，迟迟未把羊群赶回家来，洛珠便去牧场寻找，结果在牧场发现三具狼的尸体，却没看到自己的牧狗。他沿着一些断断续续的血迹寻找，最后在很远的一条河边才找到它的尸体。

为此，每逢年三十，藏北牧民都要在年前给牧犬过年，让牧犬吃好、吃饱。"城里的狗是玩物，不值钱。我们的狗是宝贝，是帮着看牛羊的，是我们的守夜'神'！"牧民对我说。

近年来，随着人们生活水平的提高，很多喜欢养狗的人对藏獒情有独钟。在内地，现在的一只纯血统成年藏獒约上百万元人民币，雪白的藏獒价格甚至能达到上千万元，抵得上一栋高档别墅。

五年前，北京宠物园举办藏獒展，我带着5岁多的儿子与北京铁道报记者朱河一起去拍照。河北的一家藏獒园送来一条牛犊般大小、全身通白的雪獒参展。那位来自青海、与我是"老乡"的饲养员牵着这条雪獒让我儿子照相。他告诉我，这条纯种的雪獒最低出售价是800万元。他还说，这个价格是浮动的，主要受外貌、年龄、体质、毛色等因素决定，一般说来，最贵的藏獒起价都会超过七位数，在北京抵得上一栋别墅。

随着藏獒从青藏高原走向像北京这样的大城市，藏獒的基因也慢慢地退化了，他们已经不像过去那样充满原始的野性。它们只有生活在草原，经受严酷环境的磨练，才能是真正凶猛的"中华神犬"。

十九、班戈，西部开始之地

3000万年前，当特提斯古海翻卷着留恋的浪花向南退去，喀喇昆仑山、冈底斯山和念青唐古拉山便崛起于高原北部，不尽雄姿的千山万壑之中，留给我们的是万里羌塘、是今天这星罗棋布的湖泊、是宽阔无际的草原……

班戈县城新貌（2009年摄）

　　我此行所走过的西部，是藏北高原的主体部分。这片"高地里的高地"格外辽阔，是一片没有崇山峻岭的纯牧区。这是藏北地势西高东低呈倾斜状所致，其景致也与藏北东部高山深谷、半农、半牧区完全不同。这片藏北最高地多为戈壁和荒漠，比起藏北东部，无论是气候和自然环境都是最恶劣、最艰苦、也是人烟最稀少的地方，甚至还有大片无人区。迄今为止的一切科学手段都无法将这里改造成农田和果园。

（一）

　　在藏北这片最苍凉的地方，班戈是交通枢纽，往返西部的必经之地。班戈，藏语里被称为"吉祥保护神"，它因班戈错而得名，其地海拔4747米。

　　班戈县原面积约为10万平方公里，1978年，班戈县色瓦区划归新成立的双湖办事处。1987年班戈县新吉区统一乡又划归申扎县。至此，形成现在只有约3万平方公里的区域面积。

　　班戈县城四周群山环抱，其低矮、高差不过百米的山坡上多为风化裸露的岩石和沙砾。县城北侧有条蜿蜒曲折、名叫"江龙玛曲"的小河，小河流经之处形成的"绿洲"是人们洗衣、游玩、晒太阳的好去处。

班戈县居民在县城河边清洗私家汽车
(2009 年 8 月 14 日摄)

班戈县居民在县城河边洗衣和游玩
(2009 年 8 月 14 日摄)

　　通常，如果从班戈驱车向西，继续往西走一天的路程就是尼玛县和申扎县，如果向北走一天的路就是双湖。以前从拉萨起算，这三地都距拉萨上千公里左右。说起西部，连那曲地区的人都觉得遥远。

　　2009 年盛夏，我从班戈走双湖、去尼玛、经申扎，最后又回到了班戈。转完一圈，我发现这个交通枢纽，给西部的经济建设和发展带来不小的变化。

　　驱车从申扎到班戈，我发现在这偏远的乡村路上有家千里飘香的酥油茶小馆。这家小馆令我十分惊叹！不是因为年轻女主人有着苗条的身材、俊俏的脸庞，而是在于女主人有敢于经商、善于经商的勇气和头脑。

　　走进这家茶馆，里面正播放着悦耳的牧歌。屋里摆放着几副娱乐牌桌，经营着牧民急需的日用品和摩托车用的汽油，院子里还晒着刚从牧民手中收购来的羊皮。来这里喝酥油茶和买东西的人一直络绎不绝。

　　过去牧民一直视商人为奸商，很瞧不起生意人。可如今，草原上的女人也能加入到经商行列，与男人一争高低，这是草原上从未有过的新鲜事。

　　在与女主人德庆聊天中，她笑着对我说："每个月四五千元的经营收入，比起前两年没有禁止破坏草场大量淘金的那阵子少多了！"目前，她在琢磨如何扩大茶馆规模，多挣些钱，计划去逛拉萨，游北京，坐坐火车和飞机。

20多年前，西部的砂金矿开发和石油勘探，还有申扎县甲岗水电站等工程的进行，作为西部交通枢纽，班戈出现了从未有过的繁荣，茶馆、餐馆等小型服务业应运而生。

班戈县新吉乡的"圣地欢乐茶馆"（2012 年摄）

开车的藏族司机告诉我，几年前，德庆嫁给这里的一个挖砂金的"老板"，生下两个孩子后，两人各奔东西。

25 岁左右的德庆，有着高原女人的热情、质朴和美丽。不是亲眼所见，我很难想象出一名年轻女子能抚养两个孩子，还能让茶馆生意如此红火。

藏北妇女，在我眼中一直是世界上最善良、最贤惠，也是最能干的女人。

千百年来，藏北男人只要离开家去盐湖驮盐巴，或是往返城镇出售畜产品，买回粮食和茶叶等生活必需品后就可以百事不管了。帐篷内外的所有活，如挤奶、放牧、捡牛粪、鞣皮子、打酥油、捻羊毛、晒奶渣、磨青稞、抚养孩子等等一切，全由女人包干。就像德庆一样无怨无悔、任劳任怨、劳碌不息。

（二）

时隔多年，我再次漫步班戈街头，发现自己所熟悉的那排"文革"中兴建，两侧写有"工业学大庆、农业学大寨"楹联的延安窑洞式石房早已被拆除，而变成排排藏式新房。仅剩下那座由汉族老木匠李恩义在上世纪60 年代所建造的大礼堂。想想看，这些年自己也从青年步入壮年，不免生出几多感慨。

班戈既是西部开始的交通枢纽，也是人才流动的大"摇篮"。

在这世界上最严酷的、最苍凉的土地上，一批批的藏汉族干部群众勇敢、顽强的工作、生活和劳动着，与大自然进行着最为壮观和最值得歌颂的抗争。

23年前，我在几排土平房采访过的班戈县小学副校长申却坚村、班戈县中学校长胡蓉和副校长骆正军，还有班戈县副县长赤列群培等人都已离开。现任县长（后任县委书记）的巴塔，一个年龄不到40岁、思想十分活跃、敢于开拓的人物。

巴塔是独生子女，但他13岁时就离开父母和家乡，开始独立生活。他先后在天津红光中学、武汉司法学校、中央民族大学读书，具有研究生学历。

我与巴塔是经中国石化首批援藏干部李一超介绍，在北京相识的。更令我惊喜的是巴塔是我上世纪80年代所相识的藏族朋友、那曲地委组织部副部长昂强巴的儿子。与他的父亲一样，他也是一个英俊而又朴实的藏族男子汉。

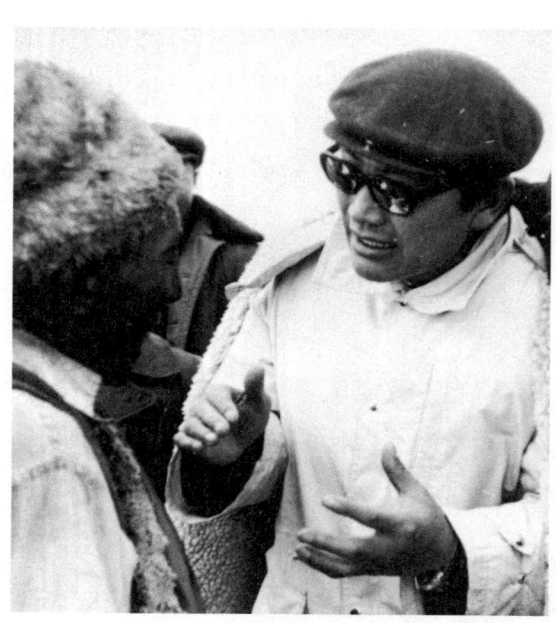

那曲地委书记李光文在藏北特大雪灾中慰问灾民
（1990年摄）

藏北自然灾害多，我多次在抗灾救灾现场见到过昂强巴，特别是1989年底至1990年初的那场大雪灾中，我还看过昂强巴所拍摄的许多有关那曲地区抗击雪灾的珍贵照片，其中包括干部群众在雪山挖雪开路，直升飞机运送救灾物资等，作为一名地道的那曲人，昂强巴为藏北雪灾留下了许多来之不易的宝贵资料。

那场特大雪灾当时惊动了党中央、国务院。中央电令正

藏北特大雪灾（1990年摄）

在西藏执行飞行任务、来自北京陆航基地的两架"黑鹰"直升飞机就地执行救灾任务。

我当时作为除飞行员以外惟一的编外飞行成员，乘坐其中一架"黑鹰"直升飞机从拉萨飞赴灾区采访。头一天中午时分，两架直升飞机到达那曲镇，停在镇南的大草坝上，迎候飞机的昂强巴等地区领导有不少人在飞机前，请我帮助他们拍照留念。至今，昂强巴还保留着他与直升飞机的合影照片。

谁也无法想到，这是两架直升飞机与人们的最后一次合影，也是最后的飞行。第二天上午，两架飞机在巴青县灾区降落时相撞损毁。而我当时因两架直升飞机装载药品和糌粑物品过多，被劝下了飞机，也就与死神擦肩而过。

其实，我被劝下直升飞机纯属偶然。其原因是两架直升飞机里临时加装了汽油箱，加上起飞海拔高度太高，每架直升机从平原上4000多公斤的载重量，此时在高原上减少到只有500多公斤的载重量，稍装点东西就超重。

昂强巴喜欢摄影，而老师就是我的同行，西藏日报社驻那曲记者站汉

藏北特大雪灾发生后，中央派飞机来救援（1990 年摄）　　　　唐召明与失事飞机最后合影

族记者杨棣。

　　说起昂强巴学习摄影，还有段小插曲。那是 1986 年，文部办事处一带发生强烈地震。

　　当时，开发无人区的先行者洛桑丹珍任地委书记，洛桑丹珍决定派一个小组翻越海拔 5900 米的冲赛雪山，到文部区一个灾情不明的村庄查看情况，重任落在昂强巴肩上。昂强巴带了两个人：一个是年轻的藏族干部多托（后任西藏自治区人民政府副主席），一个就是记者杨棣。选择杨棣是考虑到他会摄影，可以用照相机记录灾情。

　　那是一次艰难的跋涉。为了保护杨棣，上山时，昂强巴和多托一前一后，把杨棣夹在中间向上爬；下山时，昂强巴和多托一左一右，把杨棣夹在中间一起往下滑。

　　事后，杨棣告诉我，他难忘这次经历，更难忘昂强巴一句感人的话："别客气！你在这里是'少数民族'，照顾你是应该的！"

　　从文部回到那曲后，昂强巴很欣赏杨棣在此次考察灾情过程中所表现出的不怕吃苦的精神，同时也欣赏杨棣拍摄的那些反映灾情的珍贵照片。为此，在杨棣指导下，他购买相机迷上了摄影。以后他每到一地，都会用相机记录下他所看到的一切，有些作品还上了画报。

　　我清楚地记得，1999 年，担任西藏自治区党委组织部副部长的昂强巴，被评为全国民族团结进步模范个人，我在北京听说后，为这位藏族老朋友高兴不已！

前些年，昂强巴从领导岗位上退下来。让他最感欣慰的是儿子巴塔越来越有出息，与他一样，也是一个工作上的"拼命三郎"。前几年，巴塔在工作中出过一次车祸，六根肋骨摔断，肩胛骨断为三截，在医院住院40多天。伤未痊愈，便投入到紧张的工作之中。

这次我来班戈县，赶巧巴塔县长在拉萨开会，没有见着。巴塔县长不在，副县长程令文接待了我。这位毕业于西藏农牧学院兽医系的汉族干部，1993年来到班戈县兽防站工作，后与分到县里的河南籍女机要员张俊叶结婚。他是汉族干部中的安心工作者，不仅因为这位山东人在这里安了家，将11岁多的儿子交给河南老家的岳父、岳母照顾，还因为他习惯牧区生活，会讲一口流利的藏语。只是有明显的高原红细胞增多症，呈紫色的"多血面容"。

我后查阅医学书籍获悉，高原人红细胞易增多，主要起始于机体对长期低氧环境的生理反应。红细胞适当增多，能使机体在低氧环境下的供氧与耗氧得到平衡，是机体对低氧环境下的一种代偿性适应。反之，若不能维持体内氧的消耗，就会引起红细胞的持续增生，容易出现血液粘稠度增高等病理现象。

程令文对班戈的山川、河流、湖泊、地形地貌，连同高山草甸、草原植被等等，十分熟悉。他如数家珍地着重向我介绍了近年来班戈县发挥交通优势，努力探索切合实际的科学发展之路的情况。如针对全县南北气候差异较大，牧草品种、草原植被各有不同的特点，实施牧业结构调整。在保吉、德庆等适合牦牛生长的东南部乡（镇）发展牦牛养殖；在佳琼、门当等西北部适合山羊生长的乡（镇）发展"软黄金"山羊绒生产的养殖。同时，扶持一批专业户、专业村，推进畜牧业向产业化、规模化发展。

2006年青藏铁路通车后，纳木错被评为"国家级风景旅游名胜区"。纳木错作为班戈和当雄的界湖，班戈县不遗余力地按照资源保护、改善生态、优化环境、群众受益的原则，积极推进纳木错"圣象天门"景点等方

纳木错北岸的"天洞"（2012 年 8 月 4 日摄）

纳木错北岸正在修建的"圣象天门"步道（2012 年 8 月 4 日摄）

面的特色旅游，并规划实施"以游牧文化为主的万里羌塘民俗风光游"和"以极限运动为主的西部探险游"，不断打造地域、人文、民俗文化等特色旅游品牌，拉动产业链，来带动相关产业的发展。

"圣象天门"犹如一头走向纳木错饮水的大象，它类似广西桂林著名的吸水象鼻山，独特而又神奇。

相传很久以前，苍海隐去，大地显出身来。有一天，羌塘山下两头发狂的大象挣脱绳索狂奔起来。许多大山听说后，吓得六神无主。首先是申扎县西北方向的亚邦山向西逃之夭夭，继之各大山也都向西拔腿欲跑。在这千钧一发的紧急关头，勇敢的达果山张弓射中其中一头发狂的大象，它倒在今天纳木错西北边的门当乡乡政府后面，成为"大象"山；另一头大象被射中受伤后，奔向纳木错，却因流血过多而亡，成为今天的"圣象天门"山。

（三）

"圣象天门"景观（2012年8月4日摄）

　　说起美丽的"圣象天门"，我不能不提及在纳木错湖边长大、放牧、最后到北京读书归来，当上新华社摄影记者、西藏摄影家协会副主席的觉果。对于他，我再熟悉不过了。因为他是我在藏期间的同事和在北京的校友。我还曾给他当过一次没有成功的"红娘"，后来他娶了重庆汉族女画家，婚礼就在纳木错湖畔举行。

"圣象天门"周围美景（2012年8月4日摄）

班戈县牧民后代、新华社记者觉果
（2002 年摄）

班戈县牧民后代、新华社记者觉果回家
省亲（1987 年摄）

　　觉果的家就在班戈一侧的纳木错湖边。纳木错的夜晚，水声如歌，藏历十五，月亮又大又圆。过去，这里的男人最重要的任务之一是赶着牛群或羊群去驮盐巴，要走几千里。妇女留在家里挤牛奶、磨青稞、捡牛粪、酿酥油。小孩从小要放牧，带上干肉和糌粑，一放牧就是一整天。干肉是冻干的，非常好吃。觉果从六七岁开始放牧，开始时是小牛犊、羊羔，到10 岁开始放牧大畜，一人放一群。11 岁时，他到班戈县城上小学，从家里到县城骑马要走两三天。学校主要学数学和藏文。当时国家对牧区学生还没有实行包吃、包住、包穿的"三包"，吃的东西要学生自己带，一个月要带十八斤青稞，一只羊。

　　从到北京上学开始，觉果的人生轨迹发生了变化。他和那曲的五个孩子进入中央民族学院附中学习。1985 年，他又和七名同学被作为新华社定向代培生被送入中国新闻学院新闻系读书，大家同在一所院校的新闻系，我只是高他们一届。

　　1987 年 7 月，觉果和其他七名同学毕业，成为新华社西藏分社的记者。恰巧我早于他们半年从新华社青海分社调到新华社西藏分社当记者。我和觉果在一个摄影组工作，相互亲密无间。当时，觉果刚毕业回到西藏，他想要回家看看。

于是，我当临时司机，开着分社的北京"212"吉普车，与分社领导朗杰一起送觉果回家，顺便进行采访。那时从当雄去往纳木错的路不好走，车快到觉果家天全黑了。可汽车大灯偏偏出了问题，不亮了。好在离觉果家的帐篷不远，我只好用一闪一闪的转弯灯照亮，在坑洼不平的草地上摸黑往前开。觉果忙叫来弟弟给车打手电筒照亮引路，很晚才到觉果的家。

这些年，觉果的阿爸一人含辛茹苦既当爹、又当娘地把几个孩子拉扯大，见到儿子从北京学成归来，太高兴了！他给我们杀羊、煮肉、灌血肠，请我们吃羊肉大餐。觉果几年没有回家，他感觉到地大天高，太阳光亮得刺目。

现已是新华社高级记者的觉果，常年在西藏跑来跑去，但每

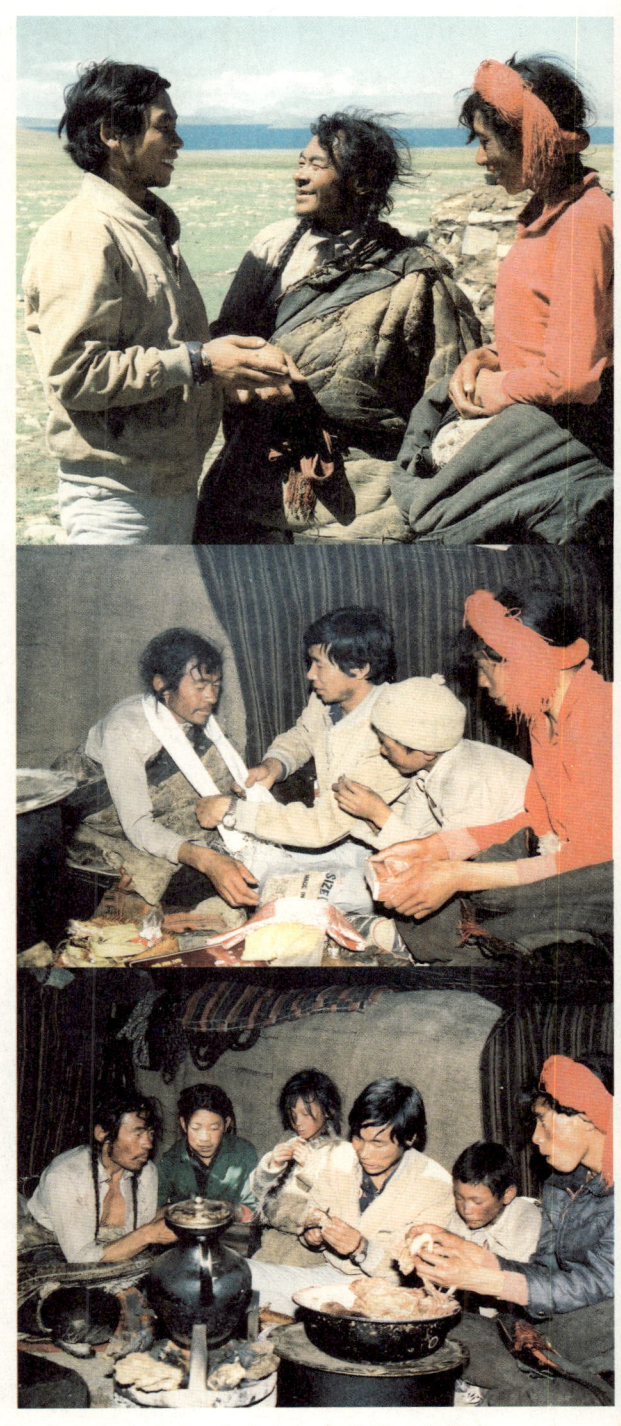

班戈县牧民后代、新华社记者觉果回家省亲（1987年摄）

年仍要去两次纳木错。以往5月的纳木错还飘着雪花，觉果就带着睡袋，有牧民的帐篷就借住一下，没有就打开睡袋露天睡在雪地里。他在纳木错湖边拍摄了大量有关牧民一年四季的生产生活照片，用相机镜头向人们讲述了一个个平凡而又动人的故事。2001年至2006年青藏铁路施工期间，觉果又近百次往返于青藏铁路格尔木至拉萨段的施工现场，记录下铁路穿越高原的每一个历史时刻，广受人们的好评。

（四）

藏北是西藏文化底蕴最为浓厚的地区，由于牧区生活方式极为原生态，受现代影响相对较小。在班戈，处处传诵着格萨尔王抑恶扬善、弘扬佛法、传播文化的传奇故事，格萨尔王是他们引以自豪的旷世英雄。

相传，班戈错在格萨尔的传说里是魔王堆阿穷的生命，湖魔王有九条命，被格萨尔王消灭后，湖水暴降成今日的小湖泊。

班戈人自称是"吉祥保护神"的臣民。也许是这片吉祥草原滋润的缘故，这里一直喜事连连。地道的班戈人嘎玛成长为西藏自治区人大常委会副主任；多托成长为西藏自治区人民政府副主席。前不久，班戈县尼玛乡由几十人一起对唱、对舞来表达爱情，赞美新生活的传统大型舞蹈"尼玛谐钦"后被列入国家级非物质文化遗产保护名录。

正在改建的纳木错至班戈县油路（2009年摄）

这年 8 月份，我在路途中发出"纳木错至班戈县油路改建工程 10 月将完工"的照片报道。纳木错至班戈油路是西藏自治区"十一五"（2006–2010 年）期间的重点工程，全长 170 多公里、总投资为 3.5 亿元。它是藏中地区通往那曲西部各县（区）乃至阿里地区公路的重要一段。

这段油路的建成，使汽车从班戈县到自治区首府拉萨的行车路程从过去的 600 多公里，缩短至现在的 360 多公里，行车时间也从过去的 10 多个小时，缩短为现在的 5 个多小时，这对改善藏北西部通行条件、扩大青藏铁路运输辐射范围、改变沿线群众生产生活条件，促进旅游业的发展将发挥巨大作用。

我不由得从心里发出赞叹，迷人而美丽的班戈啊！因为有您，西部从此不再荒芜；因为有您，西部交通才如此通达……

二十、"班戈人"——羌塘草原的骄傲

是采访工作的需要，还是出于自己的偏爱，更是为救治"大脖子胪瘤"斯求卓玛爱心的感动。总之，在过去的 25 年间，我十多次奔向班戈草原，投入到它温暖的怀抱。前不久，我十分荣幸地被班戈县委、县政府授予"荣誉市民"称号，真正成为草原人。正如一首民歌中所唱的那样：

你初到羌塘，寂寞寒冷会使你惆怅；

一旦投入她的怀抱，草原变成温暖的家。

是的，乍到班戈的印象确实如此，何止惆怅，有时简直是恐惧。但是，当你走遍班戈的山山水水，迈进牧民的帐篷以后，才能了解它的真情与伟岸。

（一）

在我以前的印象里，冬季的班戈县风很大，也很冷，还缺氧。1987 年严冬，我初次来这里采访就深受其寒冷无比的考验和头疼气喘的折磨。

从游牧走向定居的班戈县牧民人家（2012年摄）

白天，我走在街上，稍跑几步心跳加快到120多次，难受得不得了。好不容易熬到夜里，十点以后发电机不发电，躺在床上无法在狂风掀动铁皮房顶"咣、咣……咣"声中入睡，到了第二天，脑袋像是被万把钢针扎似地疼痛难忍。

后来，由于采访的需要，我多次从班戈走进双湖、尼玛和申扎三县（区）。对它的了解多了，感情的联系很快增强了生理的适应性。说来奇怪，高原反应也减轻了。

盛夏的草原十分美丽，蓝色的纳木错和班戈错等湖泊被雪山环抱，到处是绿草茸茸，溪水潺潺，黑色牦牛、白色羊群漫游在绿色的海洋里。一切显得那么自然、和谐、恬静、坦荡和宽阔，地和天是一样的大，走到尽头便是天涯海角。然而草原并不总是这样优美惬意，到了冬季它就像暴君，狂怒起来会吞没一切。

在大自然显得神圣无比、威力无穷，人类显得渺小的同时，与大自然搏斗而生存着的人们却又显得那样的强大。

（二）

黝黑的笑脸，顽强的生命。在与大自然搏斗中，有两位牺牲了自己的

雪山下的班戈县乡村（2012年摄）

生命、敢叫日月换新颜的优秀藏汉族干部，他们就是西藏优秀县委书记论白和全国优秀组工女干部祁爱群。

说起优秀县委书记论白，我和他有过一次短暂而又难忘的接触。那是2001年盛夏，藏北无人区科考团到达申扎县城的第一个夜晚，年轻县长论白带领其他几位县领导来看望大家，并一同在县招待所聚餐。于是，大家吃饭、喝酒，热闹了一番。

那个夜晚，我感受到了论白的豪爽和热情，同时也感受到了他的"抠门"。

这个所谓的"抠门"，其实是论白没有让县里来"埋单"，而是科考团自掏腰包。我这位科考"管家"结完帐后心里好一阵不舒服。当时，几名队员也觉得他不近人情，为公家"抠门"不值得。

五年后我在北京突闻噩耗，已调任班戈县任县委书记的论白乘汽车涉水过河时，因公殉职。

想起大家那次在申扎县一同吃饭、喝酒的第二天，是论白亲自远行为我们的科考车队涉水过河察看水情、亲自引路，其亲和力和朴实的作风至今难已忘怀。岁月悠悠，我所拍摄的有关他的镜头竟成了永久的记忆。

后来在北京，我多次从与他共事过的中国石化援藏干部李一超、祝传林

原班戈县县委书记论白（中）、县长扎南（左）和中国石化第一批援藏干部、常务副县长李一超（右）到河南兰考县的全国县委书记榜样焦裕禄纪念馆接受教育，并合影留念（2002年11月5日摄）

那里听说到许多感人的故事，越发地敬重他，也理解了这位县领导一直很"抠门"的原因。因为他为当地牧民群众谋利益时，是不考虑个人得失的。

2005年8月21日，一件令人意想不到的事发生了！

那天，论白一行正赶往拉萨，准备向对口援藏单位领导汇报援藏工作，同时协调当雄至班戈县藏中电网延伸立项的有关事宜，并到青龙乡和尼玛乡检查职工周转房、村级文化室建设项目进展情况，不料在横渡荣庆河时，被困在河中央。头天晚上班戈县下了整夜的雨，河水猛涨，水位达到入夏以来的最高位置。

此时的河面宽达四五十米，水流非常湍急，河水已淹没车顶，情况十分危急。

论白和车里的人都站到了车的保险杠上。为了保护女同志和小孩，他果断决定："我站前面，女同志站中间，司机把小孩背好站后面。快！"

随后，论白又将公家的照相机和3.7万元公款一一扔上岸去。

司机扎西提醒说："书记，您自己的10万元银行贷款还在车里呀！"

论白回答到："先不要管它，你们站好，注意安全！"前来营救的群众迫不及待地拿着结好的绳子，八个人排着队走下河。在湍急的河水中，论白大声喊道："你们要小心，慢慢来，注意安全，把绳子扔给我们就行，你们要特别小心！"

绳子扔了过来，由于长时间在水中浸泡，绳子突然断了，论白被卷入激流。

噩耗传出，人们难以相信，年仅 38 岁的论白就这样走了。

雪山垂首，江河呜咽；草原含悲，万人哀泣。8 月 21 日，一个令人永远难忘的日子。

这天，刚结束援藏任务回到北京的李一超在外莫名其妙的丢了手机。第二天一早，当饭店的服务员为他找回手机时，他没想到第一条短信是接替他的第二批援藏干部祝传林发来的："有紧急事情，速回电！"

"我似乎有某种感应！"事后李一超告诉我，"我拨通电话，突闻论白去世，犹闻晴天霹雳，禁不住在电话里失声痛哭！"

回想往事，李一超不无感慨地说："论白虽比我和扎南县长小好几岁，但工作有水平，我们都佩服他。"有时，论白像个小孩子似地常拉着李一超，到街头一间破旧的台球室里打一次 5 元的台球，赢了后甚是兴高采烈！

（从左至右）中国石化首批援藏干部、班戈县常务副县长李一超，班戈县县委书记论白，班戈县县长扎南，中国石化首批援藏干部、班戈县委副书记韩凤鸣，班戈县副县长李建民在布达拉宫前与中国石化的援藏汽车合影留念（2002 年 12 月 30 日摄）

"老西藏"、副县长程令文用几个"最"评价道："论白是我眼中最有水平、最有威信、最有能力、最具人格魅力、最令藏汉族佩服的好干部。"

许多人都不会忘记论白为班戈县人民谋发展、谋利益的精彩人生。

2001年，在论白的积极推动下，申扎县完成全县的草场承包工作。2002年10月，带着大干一番事业的决心，论白来到了班戈县。在他担任班戈县委书记的三年时间里，他成功地推行了以"草场承包到户"为主要内容的牧区改革，成为藏北牧区改革的一面旗帜，被誉为牧区的"第二次革命"。

2003年4月，班戈县门当乡遭受罕见的雪灾，论白顶风冒雪、深入到雪灾最严重的牧民家中，积极帮助牧民群众度过难关，并拿出自己的1450元慰问受灾群众。

2003年12月13日，全国优秀组工干部祁爱群因劳累过度，突发大面积脑溢血，在持续六个多小时的抢救过程中，论白一直守候在医院里。他常说在班戈县，汉族才是"少数民族"，要关心爱护他们。藏汉民族一家亲，一枝一叶总关情，他对藏汉族干部群众的关心一直有口皆碑。

当他了解到牧民玛吉的孩子生病需要转院治疗后，他利用在北京学习的机会，四处求医。原班戈县县长、现任那曲县县长的扎南说："他的心离老百姓最近，他的权力都用在了群众的身上。"

如果从家庭来讲，论白也许不是一个好儿子、好丈夫、好父亲。他工作17年来，除了给抚养自己长大、已瘫痪20多年的阿妈寄些生活费外，很少有时间在床前尽孝，也未能多陪陪阿妈，就连想去拉萨看看布达拉宫的惟一心愿，也是在阿妈弥留之际才得以满足。阿妈去世后，他原想为阿妈添置一件新藏袍的许诺却成了心中永远挥之不去的愧疚。

论白的妻子永忠继承了藏族妇女勤劳、贤惠的传统美德。她理解丈夫的工作，自己将两个女儿拉扯大。两人婚后，在一起的时间最长的也没有超过一个月。论白全心投入工作，即使妻子生病、生孩子也没有陪过一天。但论白心里却时时刻刻装着群众，惟独没有自己。

有一次，论白回家，一年多没有见面的女儿开门出来："叔叔，您找谁？"一句问话，让论白愣住了，酸楚的眼泪禁不住夺眶而出，屋里也传出了妻子嘤嘤的抽泣声……

正是从他们几乎是众口一词的夸奖中，我认识了一名"焦裕禄式的好干部"，一名优秀的藏族县委书记。

（三）

在我到达班戈县的第三天，中国石化首批援藏干部李一超如约而至。我俩这次在班戈县还有项光荣的任务——与当地领导共商如何接送"大脖子肿瘤"斯求卓玛进京治病的大事。同时，一起到"祁爱群和论白事迹纪念馆"，去缅怀两位英模。

与我俩一起前去缅怀英模人物的还有县委副书记、中国石化第五批援藏干部陈志清，以及副县长程令文和财政局局长李正斌。走进纪念馆，首先映入眼帘的是论白的半身塑像，李一超含泪先向这位亲如兄弟的藏族干部默默三鞠躬。

李一超在我眼中是个性情中人。他的父亲李本信和母亲何蜀江都是解放西藏的十八军老战士，他的童年有几年曾在西藏军区大院里度过，对西藏怀有特殊的感情。

中国石化第一批援藏干部李一超（左）、第五批援藏干部陈志清（中）和班戈县副县长程令文来到班戈县祁爱群和论白事迹纪念馆，一起缅怀两位英烈。图为三位干部在论白雕塑前。(2009年8月12日摄)

李一超（中）在回忆他向祁爱群赠送这顶矿工帽的经过（2009年8月12日摄）

这次他从北京飞到拉萨，受老父之托去看望藏医泰斗强巴赤列。这位双眼失明、双腿已无法行走的藏族老人听说李本信儿子来看自己时，高兴地哭了。他说："你爸是个好人啊！"原来，李本信和强巴赤列私交甚笃，许多年一直有书信往来。

"文革"时期，西藏自治区卫生局局长李本信为强巴赤列平反了冤假错案，不久强巴赤列当上了全国政协委员……

最后，还看望了论白离世后的孤儿寡母，为她们送去一直资助的钱款。

李一超动情地告诉我说："祁爱群和论白都是我的好同事、好战友！"在祁爱群的遗物里，有一顶很醒目的白色矿帽。那是李一超当年在拆迁工地上赠送给祁爱群的。李一超回忆和祁爱群共事的日子，心中久久难以平静。

2003年12月13日，周六，一个寒冷的冬日，对于班戈县委组织部部长祁爱群来说，每年这个时候是工作最忙的时节。早上起来，她用暖瓶里的热水烫开冻上的牙膏，简单洗漱完毕，就开始准备十一点即将在县政府招待所由她主持召开的2003年度班戈县国家公务员考核会议了。

一年一度的公务员考核是干部职工们关注的一件大事，在连续紧张工作了四个多小时后，她突然觉得胸口发闷，想出去透透气，然而意想不到的事情发生了，年仅40岁的祁爱群因在高寒缺氧的环境中过度劳累，突

参观者在共同缅怀祁爱群的事迹（2009年8月12日摄）

祁爱群生前的工作笔记（2009年8月12日摄）

发大面积脑溢血，倒在工作岗位上，用宝贵的生命深刻诠释了"特别能战斗、特别能吃苦、特别能忍耐、特别能团结、特别能奉献"的老西藏精神。2004年，她被追授"全国优秀组工干部"荣誉称号。

当时在内地休养的副县长李一超闻讯后后悔万分。2003年11月，班戈县对口支援单位的中国石化集团公司，组织安排部分县、乡党政干部去上海等地考察培训。李一超想让祁爱群去，想让她到内地休养一下，也可以回家看看父母和女儿。但祁爱群的态度特别坚决，说："我现在工作正忙，还是忙完了工作再回家过年。我回上海的机会还是很多的，而我们的藏族干部很多都没有去过上海，还是把这个机会让给他们吧。"她无私地把名额让给了别人。李一超痛心地说："当时如果我再坚持一下，让她去，也许她就不会这样。"

"在我心中，她总是神采奕奕、不知疲倦的模样。2002年刚刚进藏时，我第一次见到她是在县委组织部办公室。她给人一种十分秀丽、十分文静，又一丝不苟、严肃认真的印象，后来，我们在一起工作，对她慢慢地熟悉起来。"李一超向我介绍说。

"组织部是干部之家"，这是祁爱群常常挂在嘴上的话。对县里的年轻干部，她总是像姐姐一样，以一个女性特有的细心给予照顾，关心他们的成长。她平易近人，善于沟通交流，善于做思想工作，真心诚意解决问题。无论汉族还是藏族干部，思想有了包袱，都乐意向她倾诉，她总是耐心地引导他们。

"由于我分工主管人事工作，对当地一些干部比较熟悉。在组织人事工作中，她注重向我征询意见。2003年我带领班戈县乡两级干部在内地参观学习时，她还几次打电话向我了解情况。她就是这样认真负责，从方方面面调查情况，收集意见，汇总研究。"李一超说。

祁爱群的丈夫老袁在地区工作，她又在班戈，不能时常照顾家庭、体贴丈夫，心里充满了歉疚。一直生活在上海父母家的女儿也是她最大的牵挂。

祁爱群是生活中的贤妻良母，一个普通女性。援藏干部李一超等人刚

那曲地委副秘书长王亚东（左）向那曲老地委书记洛桑丹珍介绍那曲烈士纪念馆展览情况
（2012 年 8 月 7 日摄）

到班戈县时，身体不适应，对人满腔热情的她主动关心援藏干部的生活。她的丈夫老袁在那曲工作，时常给她捎来新鲜蔬菜、水果，她总是分送一些给援藏干部。她叮嘱援藏干部在班戈工作要保重身体，却轻易不透露自己身体有病。

2003 年 9 月间，县里主要领导和班子成员分带十个工作组，在各乡镇开展草场承包工作，就剩祁爱群和李一超在县上。当时，那曲地委"三个代表"重要思想宣讲团要来班戈县。那天晚上，电闪雷鸣，气温骤然下降。快十点钟时，李一超和宣传部小莫看见她神情疲惫，脸色苍白，并开始流鼻血，赶紧劝她回去休息，但她仍然坚持到宣讲团的到来。

第二天，她鼻子塞着棉球，拖着虚弱的身体，主持了四个多小时的报告会没休息。事后李一超才知道，由于在高原工作，她长期高血压，鼻子时常流血。同事们看见了，心疼她，她却总是微微一笑说："这是高原反应，问题不大。"

2004 年 7 月底首批国企援藏干部结束任务，在那曲地委行署大院集中待命，李一超抽空和司机小扎西去农牧局宿舍区看望祁部长的爱人，他万分内疚地对老袁说："上次我为什么就再没坚持让她去上海考察培训呢？如果再坚持一下，她还不至于这么早就走了。"老袁眼里充满泪水说，如果爱群地下有知，一定会感谢你们的这番心意。

在李一超将要离开班戈返回内地前夕的一天晚上，到当地的县政协主席嘎玛益西家里告别。交谈中，他提起祁部长，这位60岁的藏族老人泣不成声，缅怀之情无以言表。

祁爱群和论白没有惊天动地的业绩，也没有更多的豪言壮语，他们留给人们的一切只是朴实无华，真诚坦荡。

班戈的同事们把他们比作羌塘草原上开着花朵的小草"那扎"，深深扎根、朴实坚韧……他们就是永远盛开在羌塘草原上的"那扎"花。

二十一、走向那曲

8月12日一大早，离开班戈，越野车沿着那狮（原称黑阿公路）简易公路向东驶去，前往那曲。

头天晚上，副县长程令文在县招待所请原来的"李县"吃饭、喝酒，我和副书记陈志清作陪。饭后，县财政局局长李正斌和青龙乡书记小何、县办公室小刘等人也来看望老领导，刚喝完白酒，李一超倡议大家找个地方小聚。于是，冒着小雨，十几人来到县招待所路对面的一家小饭馆，点几个小菜继续喝啤酒。

几年没有见老领导"李县"了，大家聚在一起，自然要喝个痛快，唱个痛快！一晚上，连喝了五六箱瓶装和听装啤酒，歌也唱了一首又一首。其中唱的最多的是"青藏高原"。

大家喝的都很尽兴。不过，尽兴后最难受的是陈志清。他喝酒豪爽不打折，喝得大醉，直到第二天送我俩的路上，还"哇、哇"地呕吐不止。

时任那曲地委书记边巴扎西（现任西藏自治区人民政府副主席）与那曲地委老书记洛桑丹珍（右）在那曲合影（2012年摄）

在西藏，援藏干部要学会过"五个一工程"关。即每天"一斤粮食、一斤饮料、一斤蔬菜、一斤水果和一斤酒。"可见，喝酒在西藏也算是一种考验！

（一）

我们到达那曲镇已是中午时分，一年一度的那曲赛马节正在举行。

8月的羌塘草原，正值黄金时节，数以万计的牧民骑着骏马，带着各种物品，从方圆百里的地方汇集到那曲。在那曲镇南面形成一个临时帐篷城。

那曲赛马节，也称羌塘恰青赛马艺术节，藏语叫"达穷"，是藏北规模盛大的传统节日，每年8月初举行，为期5至15天不等。

在举办赛马节的同时，那曲往往也举办物资交流大会，那是一种大规模的贸易集会。

赛马节的帐篷区，有不少小白布帐篷。布帐里面主要是茶馆，也有回族开的"小马烤肉"等等。那曲地区县（区）和各个机关单位也都搭建起各自的帐篷。这些白布帐篷大都缝有八瑞图、花卉、鹏等图案，甚是精美。其面积一般近百平方米，里面放置着藏式沙发、茶几、成箱的啤酒，还有电视机和DVD。

我跟着李一超和陈志清穿梭在班戈县和那曲县的帐篷里，会会众多的老同事和老朋友。

藏族热情好客，我和李一超在敬酒歌中自然推脱不掉，喝了不少飘着淡淡清香、类似内地米酒的青稞酒，及现在十分畅销的拉萨啤酒。

在藏北，人人都是酒神。我这一米八的山东大汉虽有半斤多"二锅头"的酒量，但也喝得脸红脖子粗，走起路来头重脚轻。因李一

唐召明与现那曲地区政协副主席并兼任那曲县县长扎南（右）合影留念（2009年摄）

超要急着赶回北京开会，我两若不是拿着扎南县长派人刚买回的当晚火车票，定会再次当"醉神"了。

身材高大魁梧的扎南和身体略显单薄的李一超原都在班戈县当正、副县长，扎南现已调任那曲地区政协副主席并兼任那曲县县长。我和扎南县长以前见过面。他还清楚地记得，1989年那曲赛马会上首发《神秘的藏北无人区》一书时的情景，并鼓励我写续集，这让我深受感动。

随后，扎南县长带我们参观由那曲地区旅游局投资修建的一顶巨大的黑色牛毛帐篷，当地人叫做"巴拿扎西林杰"。这个"巴拿扎西林杰"是根据藏北传统工艺，由纯手工制作而成。制作用时8个月，仅牛毛就用了4300公斤。总占地面积达3600平方米，内部有效面积达666平方米，可供上百人自由活动，堪称是牛毛帐篷之最。

它像一只巨蟹停歇在草地中央，接受着每个参观者的赞叹。

扎南县长向我们介绍了大"黑帐"里所展示的牧民的生产和生活用

今日那曲镇的民族体育赛马场（2012年8月7日摄）

具。李一超还身穿白板老羊皮袍，挎上过去牧民打猎用的"叉子枪"，并请我帮他拍照留念。

本次赛马节的亮点在于民俗文化帐篷村。它由"巴拿扎西林杰"为中心的18顶民俗帐篷组成。帐篷村展示了民族习俗、民间艺术、历史典故、神话传说、舞蹈戏曲、服饰饮食等特有的藏北文化。

今日的那曲地区综合市场（2012年8月6日摄）

今年赛马节还新增加了一个"那曲地区首届魅力虫草节"。由于平均海拔都在4500米以上，那曲地区的虫草被公认为是最好的虫草，其中又以聂荣县虫草为最佳。

可过去的那曲，是没有人拿虫草来卖钱的。在牧民眼中，虫草是山神的肠子。如果挖虫草，山神就没法活了。到了上世纪60年代，虫草有时仅是牧民果腹的食物而已。实在饿了，上山挖袋虫草，在水里洗一洗捞起来煮熟吃，感觉人特有精神。

上世纪80年代，在那曲买斤

昔日的"铁皮城"那曲镇（1987年7月8日摄）

虫草也就上千元。而现在虫草越来越值钱，"最好的能到14万元一斤"，当地干部告诉我。

离开帐篷城，扎南县长和陈志清等人送我和李一超到那曲火车站上火车，顺便逛逛我们久违了的那曲镇。

（二）

海拔4507米的那曲镇统辖着那曲地区40多万平方公里的辽阔土地，是世界上海拔最高的城市，也是整个藏北高原的心脏。

青藏铁路、青藏公路、格拉输油管线等西藏"生命线"横贯那曲镇。

上世纪80年代，由于建筑材料短缺的原因，只有一二条大街的那曲镇大多是铁皮顶房屋。这些白铁皮房屋顶薄，挡风性能差，夏天像蒸笼，冬天成冰窖。

当下冰雹的时候，那曲镇的房顶叮叮当当，整个城镇像演奏一曲盛大的打击乐。当阳光灿烂的时候，站在草坡上望去，蓝天下的整座城镇又闪着白晃晃刺眼的白光。

那时，那曲镇"鹤立鸡群"的最好建筑是群艺馆、风能站大楼、地区

那曲镇新貌（2012年8月5日摄）

医院和那曲饭店。镇上白天是没电的，晚上照明只能靠燃油发电机，而且发电时间只限每晚8点到当晚12点四个小时，生活十分不便。

仅仅20多年，那曲镇早已结束不通电的历史，"铁皮城"也早没有了铁皮顶房屋，就连当年最好的建筑也淹没在一片新型的建筑群中。

如今，那曲镇宽阔整洁的街道上，具有浓郁藏族文化传统的建筑满眼皆是，舒适而富有民族特色的赛马场馆，规模宏大的中信那曲大酒店、中国电信大楼成为新城的标志性建筑。

在那曲镇最繁华的浙江路和辽宁路上开了许多店铺，藏汉族生意人在大声地吆喝售卖酸奶、酥油茶及任何可买卖的东西。一座规模很大的"浙江商城"前几年开业，五花八门的商品应有尽有，让人眼花缭乱。

提起那曲镇，我不得不提自己难以割舍的感情和经历。1987年3月，我沿青藏公路采访进藏，从青海格尔木市搭乘运粮大卡车到达的第一站就是那曲镇。我和汉族司机还一起为粮库扛卸过大麻袋装的青稞粮。

生活异常艰苦的那曲镇，是我每次乘长途汽车"常回家看看"到西宁的必经之地，也是我以后的采访基地，精神的伊甸园，现实生活的乌托邦。这里的西亚尔公司招待所和那曲饭店是我常住宿的地方。

在西藏工作四年多，我对于那曲的熟悉甚至超过了拉萨。这是因为我一直被一大群优秀的人感动和激励着。他们当中有西亚尔公司经理桑穷、自治区总工会那曲地区办事处主任格来、那曲科委主任孙光明等人。

1991年5月，我从西藏调到北京工作，依然选择乘卡车走青藏公路与那曲镇告别。冥冥之中，似乎高原厚土也在挽留我。

告别那曲镇的凌晨，单位送我的卡车在离开那曲镇不远，为躲避一头在雨中突然横穿公路的牦牛直接冲下山去。卡车四轮朝天翻在距路基有十多米深的软沙坑里。当我和司机嘎玛、还有办公室主任旺堆从碎了玻璃的驾驶室爬出来时，竟然皮肉未伤……后来那曲人还帮我们把车翻转过来，修好车，再次送我乘车驶向西宁，奔向北京。

（三）

我登上有很多台阶的那曲火车站，车站脚下是总投资达14.54亿元的世界海拔最高、西藏最大的物流中心。

青藏铁路那曲物流中心占地面积达8000亩。它相当于20多个北京"鸟巢"的面积。这个巨大的物流中心于2007年9月28日开工建设，分为散装物流区、综合物流区和生产加工区等，具备产品加工、储存、贸易、配送等现代化物流功能。

在那曲物流中心园区内，蓝顶白墙的六座大型仓储中心气势宏大，散装区巨大的龙门吊正在装卸一车车从内地而来的各种物资，一派繁忙景象。

2009年8月竣工的青藏铁路那曲物流中心（2012年8月8日摄）

据说，青藏铁路那曲物流中心近年来已与28家企业达成入驻意向，意向资金共计12亿元，涉及物流企业18家、工业企业10家，包括牛羊屠宰、制革、食品加工、虫草加工、制酒、物流业。

同时，那曲地区还抓住青藏铁路通车后进藏游客逐年增加、西藏旅游不断升温的有利时机，围绕32处具有开发潜力的景区（点），初步设计形成了五条经典旅游线路：青藏铁路沿线游、西部旅游环线游、藏北西部探险游、藏东自然景观及宗教文化游和藏东自然景观游。

青藏铁路的开通，促进了人流、物流、资金流、信息流，推动牧民走出牧场走向市场。那曲地区因势利导，积极推动畜牧产品加工业的发展。目前，总投资1016万元的那曲、安多等四个铁路沿线牦牛育肥带项目，尼玛等西部绒山羊扩繁基地，安多多玛绵羊育肥场项目已经完成，显现出巨大的作用。

扎南县长告诉我，那曲县近两年以劳务入股、草场入股、牲畜入股、畜产品加工增值等类型的农牧业专业合作组织为主体，积极打造牧业的特色化、规模化和产业化，并在资金、技术上给予大力扶持，相继在铁路、公路沿线建立了畜产品加工流通示范点，并初步形成以"酸奶、肉羊和酥油"等为主打产品的绿色产业链，打造出"羌牛"品牌，有效推进了青藏铁路特色经济带的形成。

人类文明的每次飞跃，都与工具紧密相连。在海拔4513米的那曲站候车，听着广播里传出"一条条巨龙翻山越岭，为雪域高原送来安康，那

那曲镇的新街道（2012年8月摄）

那曲车水马龙的街道（2012年8月5日摄）

刚修建完工的那曲地区藏医院
(2012 年 8 月 7 日)

那曲新建的服装批发城（2012 年摄 8 月 5 日摄）

是一条神奇的天路哎……"《天路》之歌，我禁不住思绪万千。

1954 年 10 月 11 日青藏公路修到那曲，结束了那曲无公路的历史。而当时的那曲镇只是一座围绕孝登寺形成的自然村落，几十间土坯房和零零散散的帐篷分布在寺院周围，人口不足千人，城区面积不足 0.5 平方公里，没有任何一座具有现代意义的建筑物。

青藏公路的通车，把这片古老的土地带入现代文明，西藏 80% 以上的物资通过这里源源不断地输送到拉萨。

2006 年 7 月 1 日，火车开进那曲，使这个交通重镇更是焕发出新的生机。如今的那曲镇城镇建设规模已达 10.3 平方公里，城镇常住人口达 12 万多人，高峰期流动人口高达 30 多万人。

以前，青藏公路修通时，人们说的最多的是内地的大米、面粉来了；而今，青藏铁路开通后，人们谈论更多的是要去北京、上海看一看。

若干年前，提起到西藏旅游，在渴望和向往之后，人们最担心的两件事就是"高"和"远"。因为进藏只有通过航空和公路两种运输方式。航空运输运力有限且价格昂贵，走公路又十分漫长且艰辛，因此旅游界有"出国容易进藏难"之说。

青藏铁路的开通运营不仅改变着藏北人发展经济的思路，也在潜移默化地改变着人们的生活，青藏铁路正激发出那曲大地前所未有的活力。我有理由相信，那曲的明天一定会更加美好！

二十二、坐火车回北京

8月12日傍晚，我和李一超一个朝东，一个朝西分别离开那曲。李一超乘西去的火车到拉萨，然后飞往北京；我则乘东去的火车前往西宁稍作停留，然后再乘火车返回北京。

自2006年7月1日青藏铁路开通以来，我虽多次从北京乘火车到拉萨，往返于这条神奇的"天路"，但从那曲车站上车还是头一次。

列车从那曲开出不久，是那沿青藏铁路线蜿蜒40公里的错那湖。它清澈碧蓝，静静地映衬在蓝天下，是青藏铁路沿途非常秀美的地方之一。

过了错那湖，列车开始翻越唐古拉山。一路与青藏铁路相伴的青藏公路也由此分道而行。

夜幕降临，我所乘坐的拉萨至西宁K9812次列车窗外，是黑黢黢的广袤高原和皑皑群山。与黑暗形成对比的是车内灯火通明，雪白的布单，舒软的地毯和桌上艳红的绢花，还有随处可见的藏式饰品，一切都让长途旅行变得十分舒适和惬意。

当列车通过一片灯火通明、海拔5072米的唐古拉火车站时，我不由地回想起上世纪80年代由于交通不便，途经青藏公路时的一些艰难片段，感慨良多。

唐古拉，既是青藏铁路的最高点，也是青藏公路的最高点。青藏公路走海拔5231米的唐古拉山口，铁路则走海拔5072米的唐古拉火车站。

海拔5072米的唐古拉火车站（2010年7月7日摄）

"唐古拉，伸手把天抓！"自古以来唐古拉就是一道天险。当年除和平解放西藏的部队外，还没有任何大规模的队伍从这里通过。它严重地影响了西藏与内地各省份的联系与交流。

唐古拉的含氧量只有内地的一半，水的沸点约为80摄氏度，气温常年在零下20摄氏度以下，终年积雪，生物学家称这里是"生命禁区"。

1985年8月，青藏公路改建工程全部竣工。这是世界上海拔最高的柏油公路，也是目前通往西藏里程最短、路况最好且最安全的公路。青藏铁路通车前，西藏的绝大部分物资都通过这条柏油公路来运输。

1987年3月，进藏工作时第一次踏进西藏，我走的就是这条交通大动脉。当时住的地方只有兵站和工程兵的帐篷，条件很差，晚一点赶到的客人，不仅吃不上饭，喝不上水，甚至也住不上房子，只能在车里坐一夜。我当时拍摄了"风雪千里青藏线"专题图片报道，由此与青藏公路结下了不解之缘。

1998年，我再走青藏公路，沿线除了兵站，还有了一连串的小城镇，还有居民点，根本不愁吃和住，让人不再觉得孤单。

斗转星移。2006年7月1日，青藏铁路全线建成通车。青藏高原的交通设施由公路发展到了铁路。通过青藏铁路这条钢铁大动脉，西藏人民急需的各种生产、生活资料，可以源源不断地运来；高原丰富的物产，也可发往内地。久居高原的藏族同胞乘火车，经过4064公里的路程、46个小时就可抵达首都北京；而对不太熟悉西藏的游客来说，沿途雪域风光神奇壮美，密封增氧车厢宽敞舒适，在青藏高原旅行成了一种享受；在内地求学的雪域学子则可以"常回家看看"了！

记得2008年盛夏，我在北京开往拉萨的T27次列车上遇到了许多在北京、辽宁、山东等地上大学的藏族大学生及西藏班（校）的藏族中学生假期回家。许多学生都乘坐火车。他

拉萨开往北京的T28次列车到达那曲车站（2012年8月12日摄）

内地求学回家度暑假的藏族学子在京藏列车上相互进行对歌比赛（2010年7月4日摄）

们告诉我，青藏铁路开通后成了藏族学生们回西藏的首选，既实惠，又方便，他们再也不用乘飞机了。在北京西藏中学读书的藏族女生德吉兴奋地说："坐火车不但可以为家里省钱，沿途还可以看看家乡美丽的风光和巨大的变化啊！"

"青藏铁路通车我们是最大的受益者！"北京西藏中学校长李士成曾对我表达了该校800多名在校藏族学生、140多名教职员工这一共同的感受。

1984年以来，中央政府拨款在全国26个省市开办西藏中学或西藏班，学生的食宿、服装、医疗等经常性费用支出均由国家承担。但由于回家费用太高，在内地学习的西藏学生一般在学习期间都尽量不回家。

李士成给我算过一笔帐，藏族学生从北京乘飞机回西藏，如果机票不打折，往返需要5000多元；而北京开往拉萨的列车通车后，如果买半价的学生硬座车票，一个往返仅需500元左右，费用仅为过去的十分之一。

"青藏铁路通车后，交通费用大大降低，还为汉族老师到西藏家访提供了可能。"李士成和几位教师谈起青藏铁路给汉藏师生带来教学、以及生活和学习的深刻变化时，纷纷赞叹不已。

自青藏铁路开通后，北京西藏中学的学生暑期回家几乎都选择乘火车。

正是从2006年7月1日起，西宁至拉萨有了1956公里的钢铁大动脉，将那位叫保罗·泰鲁的旅行家在《游历中国》一书中"有昆仑山脉在，铁路就永远到不了拉萨"的断言化为乌有。

也是从这天起，沉寂千年的苍茫雪域新添了巨龙的欢唱，我国的"铁路版图"覆盖所有省级行政区。

也正是从这天起，北京与拉萨八千里路云和月的空间距离不再遥远；首都与雪域高原，四十多个小时就可以心手相牵……

第四章 藏北，"禁区"里的生命

一、地球上最奇异和最接近原始状态的 生态系统

这片夹在昆仑山、唐古拉山和冈底斯山之间，东西长 1200 公里，南北宽 700 公里的藏北草原，是迄今地球上尚存的极少数几块自然生态保持完好的大陆之一。

为保护好这片人类的特有遗产，1987 年经原国家林业部和西藏自治区人民政府组织的"西藏珍稀野生动物考察队"深入考察，在藏北无人区划出以保护完整高原荒漠（湿地）生物多样性特有生物和自然地理环境为主要目的的综合型自然保护区。1993 年西藏自治区人民政府正式批准在藏北高原建立羌塘自然保护区，位置约为：北纬 31°44′～36°30′，东经 85°13′～91°15′，总面积为 24.7 万多平方公里。

这个保护区的初期建立预计要花费 300 万元以上，原国家林业部野生动物保护协会为此拨出 15 万元专款，用于新批准的羌塘草原"野生动物自然保护区"的人员设置和前期保护工作。1993 年 2 月 15 日，我在北京以"藏北草原建立世界最大动物保护区"为题进行了采访报道，并作为新华社通稿播发，被《新华每日电讯》《人民日报》（海外版）、《北京日报》等报纸广泛刊登。

2000 年 4 月，西藏羌塘自然保护区升级为国家级自然保护区，总面

一辆汽车通过提示牌

积扩大到 29.8 万平方公里，范围覆盖到那曲地区西部的双湖、尼玛和安多县（区），及阿里地区北部的部分乡村。

这个自然保护区根据其自然状况和人类社会活动，以及开发程度分别被划为南北两大块。以色林错、格仁错湖泊群为主体的申扎湿地自然保护区，总面积约 4 万平方公里。这一地区俗称为南羌塘。人口密度相对较高，自然气候条件较好，牧业开发较早，有大面积的湿地和沼泽，是西藏特有水禽黑颈鹤等水鸟的重要的夏季繁殖地区；在扎加藏布和波仓藏布两条江河以北的广大干旱、寒冷地区，习惯上称为北羌塘，人口十分稀少，绝对无人区就在这一保护区内。迄今这里基本还保存着较原始的自然面貌，保存着世界上最珍贵的野生生物群落，生活着独特的野生动物群体，如野牦牛、藏羚羊、藏野驴、藏原羚、盘羊、棕熊、藏狐、雪豹、藏雪鸡、赤麻鸭等珍禽异兽，以及紫花针茅、羽柱针茅、篙草、青藏苔草、垫状驼绒藜、昆仑篙草等植物群落。

羌塘自然保护区生态系统独特，野生动物资源丰富，并因其特有性和生态脆弱性而具有极其重要的保护价值。另一方面，保护区内高原地貌奇特，地质类型复杂，冰川、湖泊众多，地质遗迹保存完好，对于研究青藏

羌塘国家自然保护区石碑（2009年摄）

高原的形成、演化和发展以及开展科学探险旅游和生态旅游均具有重要价值。

保护区内已知种子植物300多种、哺乳类动物39种、鸟类91种、鱼类13种，其中列为国家重点保护的野生动物有藏羚羊、野牦牛、雪豹、藏野驴等30多种。

羌塘自然保护区是大羌塘的核心，虽然不适宜人类生存，但却极适合珍稀野生动物生存，是野生动物最集中的地区，是最具高原生态特征的生态地理单元。

这里雪峰林立，地势平缓开阔，湖泊星罗棋布，大气一尘不染。蔚蓝色的天空白云飘荡，湖水荡漾着碧蓝的秋波，水天一色。

体大雄壮的野牦牛、优雅善跑的藏羚羊、英俊潇洒的藏野驴、轻盈灵巧的藏原羚、有着粗大而盘曲之角的盘羊随处可见，其旺盛和独特的生命力为羌塘草原增添了无数的精彩，草原也因它们而美丽。

羌塘草原是地球上最寂静的神秘地区，是远离人类侵扰的一片净土。它对我国高原荒漠珍禽异兽的生态学、生活习性、经济价值、利用价值、繁衍发展、科学价值、生态价值、基因价值等方面的研究提供了不可多得的场所；对保护区野生动物的生理适应性的研究，还将有助于人类揭开对氧的利用之谜，解决人类在特殊缺氧条件下，如何有效利用氧气的问题。

如在羌塘自然保护区，空气含氧量约为我国东部平原地区的二分之一左右，而野牦牛却能以小跑的步式前进，步态十分轻捷自如。有时候，为了躲避血吸虫的叮咬，少受皮肉之苦，它们经常登到海拔6000多米的山坡上歇息。野牦牛的耐力好，善于长途跋涉和爬山越岭，是因为它们的呼吸频率、脉搏频率以及血液中红细胞和血红蛋白含量会随着海拔的升高而加快或增多，这样，血液中的氧含量也就跟着增加了。故在缺氧的条件下，它们的行动仍很自如，如履平地一般。

对于这个世界上最奇异和最接近原始状态、平均海拔最高的陆地荒漠野生动物自然保护区，世界野生动物保护基金会副董事长柯蒂斯·波伦兴奋地说："……我认为这是一个十分令人兴奋的事态发展。划出这一大块生态保护系统是十分重要的。这个保护区比美国最大的两个野生动物保护区译空河三角洲国家野生动物自然保护区和北极国家野生动物自然保护区均大三倍，比非洲最大的保护区坦桑尼亚的塞卢斯禁猎区大四倍。"

多次来羌塘考察的美国著名动物学家乔治·夏勒博士高兴地说："中国西藏羌塘自然保护区是当今世界上海拔最高、保存最完整、未经人类破坏的一块野生动物乐园。"

目前，羌塘国家自然保护区内生活着大约 2 万牧民，放牧着 100 多万头（只）牲畜，这些牧场主要分布在所划定的实验区和南部缓冲区内，然而，保护区的核心区和北部缓冲区依然是无人区，是野生动物的家园。

二、野生动物的王国

"羌塘你是生命的禁区，也是生命复活的土地；藏北你是万物的禁区，也是万物诞生的摇篮……"这首诗反映出了藏北高原的真实原貌。

说起野生动物，人们会自然地联想到茂密的非洲热带丛林，那里大象、狮子随处可见。然而，人们也许不知道壮美辽阔而又荒凉的藏北无人区，也是一个野生动物的王国。

（一）

在藏北草原采访的日子里，不论走到哪里，都免不了要和野生动物打交道。驱车行进在草原上，随时可以看到成群的俗称"黄羊"的藏原羚。它们个子不大，小巧而灵活，最明显的标志是屁股上有块心形的白色印迹，黑色的小尾巴搭在白屁股上，跑起来一甩一甩的，样子很是可爱。它

生活在羌塘自然保护区的国家二级保护动物藏原羚

们少则三五只，多则几十只甚至上百只一起活动。这种动物在藏北草原最常见。它棕灰色的毛色与草原的色调极为协调。如果它躺在草地上一动不动，猎人和猛兽很难发现它，这是它的自我保护本能。这种体态轻巧的动物机警好奇，你在草原上行走，它会歪着脑袋一动不动地凝视你。当你停住脚步，它会马上意识到你将对它构成威胁，于是拔腿就跑。跑一程，它又站住回过头来向你张望，身不由己地露出它最明显的"白臀"标记，在确认没有危险后，便目送着客人远去。

滨河湖畔，地势平坦开阔，水草丰盛甜美，是高原另一珍贵野生动物——藏羚羊频繁活动的场所。

见过藏羚羊的人都说这种动物很美。其美不在于皮毛，而在于那两支长长的角，那对角长约两尺，造型优美。

藏羚羊主要分布在西藏、青海、新疆三省区交界处约70万平方公里左右的高寒荒漠地区，其中80%的区域在西藏羌塘境内，世界上藏羚羊的种群数量70%生存在羌塘境内。

牧民们说，藏羚羊的生活很有规律，也很有组织纪律性。平时公羚羊和母羚羊都是分群活动，只有每年十月份的交配季节才会相聚。此时母羚羊从北向南迁移，派去迎接的一只公羚羊在前面带队，另一只公羚羊在后面收尾，大群的母羚羊则在中间排队前进。而其它公羚羊全都汇聚在南部的固定地点等候母羚羊的到来，以完成繁衍后代的交配工作。

到了第二年四五月份，母羚羊准备返回北部产羔地，公母羚羊此时开始分群，对那些稍大的小公羊也要强行分群。它们年复一年，年年如此，动物家族里自有它们特有的温情，多么有趣！

藏羚羊是一种善于奔跑的动物，跑起来轻快洒脱，迅疾如风，时速每小时可达80公里，比起藏野驴来跑得还要快。对于藏羚羊的善跑，当地藏族群众有一种解释：藏羚羊胯下有风翅膀，那是两个风袋，使它能够飞快奔跑。夏季，藏羚羊常常躲到雪山上和河湖里，或是躲在地坑里避热。对这种情况牧民的解释是，藏羚羊的背皮下有一种虫，称背虫。这种虫冬天化为油脂，春天则变成虫子在皮下活动，就像冬虫夏草一样。"虫子"在毛皮下活动，常常使藏羚羊奇痒难忍，只好选择凉爽的地方，以使背虫"冬眠"一会，减轻骚痒。后来我看到藏羚羊，仔细观察了一番，皮下果然有密密麻麻的寄生物，形状扁平，很像蛹，看了让人心里直发麻。

大自然往往遵循着天然的法则。藏羚羊家族也遵循着一些庄严的自然法则生活、繁衍、发展、壮大。每到发情交配季节，藏羚羊好像听从一种无声的命令，全都自动来到无人区南部固定的半荒漠草甸上集结。长着乌黑的脸和四肢，有着直插蓝天般双角的公羚羊在母羚羊到达后，甚是忙碌。它们一个个都忙于争斗角逐，施展全部本领以取得对母羚羊的占有权。有趣的是，在藏羚羊家族这场争夺异性的角逐中，往往不是强者取胜，而是弱者反败为胜，常常会看到强者惨死在弱者的利角之下。开始当然是弱者斗不过强者，实在抵挡不住强者的进攻时，弱者被迫落荒而逃，强者不肯罢休，紧追不舍，追着追着，弱者实在跑不动了便就势往地上一

生活在羌塘自然保护区的国家一级保护动物藏羚羊

趴，它的两只长长尖尖的角伸向后方。乘胜追击的强者猝不及防，两只锐利的羊角就会刺进它的胸膛，使它一命呜呼。这是藏羚羊家族的奇闻，也是动物王国里的悲剧。在这里，"物竞天择，优胜劣汰"竟有了一个例外。

在激烈的搏斗厮杀中结束"生儿育女"的第一阶段工作。每年春夏之交，成千上万的藏羚羊又云集北部的另一处完成真正的"生儿育女"任务，那才是真正可歌可泣的场面。传说藏羚羊产羔时，正是大雁列队北飞的季节。藏羚羊和大雁，一种走兽，一种飞禽，这两种看来完全不同、生活习性也没有丝毫相似之处的生灵，竟然年年汇聚在同一地区。在那里它们和平共处，互为补充，配合默契，大雁吃藏羚羊生产后的胎盘，藏羚羊吃大雁的粪便。这简直令人难以思议，可它又是那么合理。

牧民还告诉我："虽然天上的空间无限大，但是大雁的飞翔守规矩；虽然地上的道路宽又广，但是羚羊行走不离道。"这说明天上最守纪律的是大雁，地上最守纪律的是羚羊。听了关于藏羚羊的故事，我对牧民的这番话有些理解了。藏羚羊产羔离开"产房"时的情景也很能说明这一点。此时，成百上千的公羚羊会自动组织起来，共同承担"父亲"的神圣职责，当先锋，作后卫，精心呵护母羚羊和出世不久的羊羔。过河的时候，公羚羊首先跳下水，在下游排成屏障，一旦小羚羊被水冲倒，公羚羊便用身子拦住它，帮助小羚羊爬上岸——动物王国里的这种"父子亲情"千古不变，令人感动，引人遐想。

奔跑的藏羚羊

迁徙中的藏羚羊

　　原双湖办事处书记阿布，曾在藏色岗日和玛依岗日一带遇到过产羔的藏羚羊。那浩浩荡荡的一群，足有上万只。远远望去刚能望见它们的影子，那喧嚣声已充耳可闻。藏羚羊群前进卷起的尘土遮天蔽日，犹如千军万马通过大草原。这是动物王国里的盛大节日，是威武雄壮的"阅兵式"。

　　藏色岗日和玛依岗日地区，海拔6000米左右，四面环山，沟壑纵横，峡谷深切，水草丰茂，是自然保护区的核心区域，也是藏羚羊产羔季节的集群地。

　　从1988年到以后的十多年时间里，美国著名动物学家夏勒博士，多次到羌塘考察。他曾在玛依岗日核心区观察过数以千计的成群藏羚羊。在这里，所有的藏羚羊都是雌性的，绝大部分都已大腹便便，临近生产。周围山坡上，河谷里，它们或是卧地休息，或是悠闲地觅食。这些准妈妈都经历了很长的旅程，才到达这片隐秘的高地周围准备生产。显然，他们已经很疲惫了。

　　"9076只藏羚羊"，中美羌塘野生动物考察队女翻译康蔼黎，通过望远镜在这里不无兴奋地宣布了此结果。

　　我在原双湖办事处荣玛区往北几十公里处，也有幸目睹并拍摄了成百上千只藏羚羊迁徙的壮观场景，还见过藏羚羊的产羔过程。

那是六月中旬的一天，藏羚羊在开阔的地方生产。我通过照相机的长镜头进行观察，有只母羚羊侧躺着，在半个小时内站起来六七次。突然，它的后退开始抽动，几次用力之后，湿漉漉的羊羔产了出来。母羚羊站了起来，刚产的羊羔也挣扎着试图站立起来，但马上就跌倒了，它的腿还没有力气支撑身体。但十多分钟后，它就可以跟母亲走动了。对于小羚羊，它必须在出生后尽快能够站立和行走，因为它们需要迁徙，不会在一个地方逗留很久。如果不能跟随，那么就会落在后面，而丢失妈妈的幼小生命注定是无法生存的，它们将会被狼和熊吃掉。

藏羚羊不怕行进途中的汽车，而汽车一旦停下来，它们就会撒开四蹄拼命奔跑。

有一次，我乘车去双湖办事处北部嘎措乡采访，路遇一群藏羚羊。它们雄的一群，雌的一群，各自为阵，有几百只之多。我让司机赶快停车，还没等我举起相机，机敏的藏羚羊早已开始奔跑起来。公羚羊垂直向上的黑长角，从侧面看就像独角一般。因此，也有"独角羊"之说。他们奔跑起来像古代军队整齐排列的长矛，浩浩荡荡，宛如战斗即将开始，甚为雄壮。

开发无人区先行者洛桑丹珍，曾给我讲过有关野生动物的真实故事。1959年，解放军部队在无人区剿匪，一群藏羚羊在远处山顶排队行进，头上的长角好似叛匪的叉子枪不停地摆动，部队发现后，旋即做好战斗准备。可是过了十多分钟也没有动静，战士们再一细瞧，原来那是一群藏羚羊。

还有一次，有群叛匪猛然发现天际尽头，有不少移动的物体向他们驻地方向走来，他们以为是剿匪的解放军部队。不知谁大喊一声，早已如惊弓之鸟的叛匪顿时吓得屁滚尿流，丢下帐篷和东西就跑。跑出好远，再回头看看，原来竟是一群行进中的藏野驴。

（二）

无人区野生动物"三大家族"的藏羚羊是胆小的动物，而藏野驴则完全不同。

藏野驴，靠着四条灵巧的细腿，奔跑起来一般时速可达45公里，最高时速甚至可以达到60公里。

对于汽车的到来，它们并不惊恐，仍泰然自若地继续在草原上轻快地跑着，有时伸脖子昂头，排成一字队形，目不转睛地注视我们——俨然草原之主欢迎远方来客的架势。据考察，藏野驴喜欢群居生活，少则四五头，多则成百上千头一起活动。它们的集体也有自己的头领和纪律。藏野驴是羌塘草原最常见的大型动物。

藏野驴强壮、优雅，脸上看起来总是略带些好奇的样子，头颅硕大。世界著名动物学家夏勒博士在他《青藏高原上的生灵》一书中对藏野驴的特征描述道："四肢和身体下侧，包括颈下方呈白色""在背脊部，一条深色条纹从鬃毛处一直延伸到尾端"。

成群的藏野驴跑起来蔚为壮观。有一次我搭乘的汽车遇到一大群奔跑的藏野驴，上百头藏野驴奋蹄奔跑，蹄声如雷，沙土飞扬，一时间天昏地暗。我们加快车速追了上去。可是这群傲慢的家伙似乎不把汽车放在眼里。它们从容地奔跑着，有时与汽车并驾齐驱；有时还特地从汽车一侧跑

生活在羌塘自然保护区的国家一级保护动物藏野驴

到另一侧，与汽车嬉戏，好像有意向我们炫耀它们的本领。没多久，它们居然把我们的汽车远远地甩在了后边。它们得胜了还不时回过头望一望我们的汽车。

藏野驴过的是一种群居生活，群与群之间互不干涉，和平相处。每群野驴都有一个"首领"。"首领"属于"雄性公民"，是决斗出来的强者，在族群里享有绝对权威。一群藏野驴往哪处跑，到何处去，都由"首领"决定。它的四蹄迈向哪里，驴群就一个接一个排列有序地紧跟其后，绝不会另寻别的道路。

西藏动物学家刘务林告诉我：世界上有两种野驴，一种是非洲野驴，另一种是亚洲野驴，它们都是典型的沙漠和草原动物。亚洲野驴又可细分为伊朗驴、蒙驴和中国境内的藏野驴，我们所见到的即是后一种，它只分布于青藏高原。藏野驴不仅善跑，也极能耐渴，有时可数日不饮水。它们也不怎么挑食，极耐粗食。正由于具备这些优点，它们能在羌塘这一恶劣的环境中繁衍生息，成为高原上最为常见的大型优势动物。

在无人区旅行，我们还常常看到性情凶狠的狼、肥肥胖胖的棕熊、鬼头鬼脑的藏狐、性情狡猾而又谨慎的猞猁。有时还能看到岩羊，它活动在

国家一级保护动物藏野驴在草原上奔跑

栖息在山原上的国家一级保护动物盘羊

藏雪鸡　　　　　　　　　生活在羌塘自然保护区的国家二级保护动物猞猁

那些险峻的山岩上。岩羊爬坡的本领真令人吃惊，它们可以沿着光溜溜、陡峭的山岩跳跃攀登，敏捷地登上海拔6000多米的高峰。我曾两次爬上高山去拍摄岩羊的活动，每次都没有成功。那站岗放哨的岩羊发现了我，立即发出信号，通知低头吃草的岩羊群。我还没有来得及靠近它们，岩羊早已跑得无影无踪。而这次我从文部乡回尼玛县城途中，真是"踏破铁鞋无觅处，得来全不费工夫"，意外地遇见路边石山上的十几只青色岩羊，让我拍摄了不少好照片，还进行了照片报道。

在石山上还生活着一种盘羊。他的体重超过藏羚羊和黄羊，大的上百斤重。但由于肥胖，它爬山履险的本领虽比不上岩羊，但是它有很好的听觉、嗅觉和眼力。

雪豹是高原上的珍贵动物。它活动在雪山、冰川附近。其四肢强健，无论腾跳扑抓还是闪跃扫咬，都迅猛异常，是除野牦牛之外的强者之尊。在裸岩山谷里，也常常可以见到猞猁。海拔4000至5000米的高寒地带是藏雪鸡的活动场所。在那里，每天清晨藏雪鸡的"咯、咯、咯"的叫声此起彼伏，给茫茫荒原增添了盎然生机。藏雪鸡的体重一般在1.5公斤左右。

1994年深秋，中美羌塘野生动物考察队在海拔5100米的那曲河考察

生活在岩石上的国家二级保护动物岩羊

栖息在山原上的国家一级保护动物盘羊
（2009 年 8 月 7 日摄）

棕熊（崔立军摄）

时，惊喜地发现了一窝棕熊：一只熊妈妈带着三只小熊，并被跟随的央视《走入大自然》摄制组拍到。

西藏动物学家刘务林告诉我："一窝有三只小棕熊，这在藏北是一个重大发现。因为高寒缺氧的原因，藏北棕熊的生育率一直很低，而通常带的熊仔仅为一两只，三只实属罕见！"

（三）

野牦牛是藏北最有气魄的野生动物，堪称这个野生动物王国的"将军"。我上世纪 80 年代几次闯入无人区就想着拍摄一些野生动物照片，向国内外报道这个野生动物王国里的种种成员。为此，我每次进无人区，都要了解野牦牛的情况，搜寻野牦牛的踪影。双湖的干部群众也都给我讲述了野牦牛的生活习性，以及有关野牦牛的种种传说和故事。

野牦牛喜欢生活在 5000 米至 6000 米的高山峻岭中。它们体魄强健硕大，最重的可超过 1000 公斤，体重差不多是家牦牛的两倍。它身上披着淡黑色和黑褐色的毛，走起路来，身下厚厚的长毛像战袍一样摆动，好不威风。

这种动物性情蛮悍，常常在草原上大摇大摆地走动，傲慢地扫视着周围的一切。遇到敌人，它会使用两只粗大的犄角作武

野牦牛

器向敌人发起凶猛的进攻，打败甚至杀死一切对手。别看这家伙凶顽蛮横，但它却对自己的"妻子儿女"倍加爱护，一旦发现险情，老牛会犄角朝外，把牛犊围在当中。平时，雄性野牦牛也常常把"妻子儿女"围在牛群中间，在自己的保护下采食，不准它们随便走动。

野牦牛的舌头也是强有力的武器。它发起怒来用舌头舔你一下，就会把你的皮肉揭掉一层。牧家妇女常用晒干的野牦牛舌头当梳子用。它的皮层极厚且韧性强，牧民过去把偶尔猎获的野牦牛皮切割下来，晒干后还可当菜板使用，在上面砍骨剁肉一辈子也使不坏。

性情强悍的野牦牛传宗接代的方式也是惊心动魄的。每年的七八月份是野牦牛发情交配的季节。雄性野牦牛相遇，必然展开一场激烈的角斗，胜利者获得对雌性野牦牛的占有，战败者只能灰溜溜地落荒而逃。那些不安分的雄性野牦牛有时还会跑到家牦牛群中寻求"配偶"。牧民们每遇到这种情况便敲锣打鼓想吓走它们，可是无济于事。在西亚尔雪山下，我有幸看到野牦牛与家牦牛搏斗的情景：一头雄性野牦牛追赶一头雄性家牦牛，向它猛扑过去。开始，家牦牛并不示弱，摆开架势迎了上去。可是家牦牛毕竟不是野牦牛的对手，没有几个回合，野牦牛就用粗大的犄角把家牦牛挑起来，抛向半空，待它落到地下时，又就势顶上一角，可怜的家牦牛当即腹部破裂，死于非命。

藏北草原上关于野牦牛的传说很多。与草原上的神话传说不同，有关野牦牛的传说，许多都是生活中真实的故事，是当地牧民和无人区开拓者们的亲身经历。

还是在开发无人区的早期，开发者坐一辆拉货的解放牌卡车，在草原上和一头野牦牛相遇。野牦牛瞪着圆圆的双眼怒视着这从未见过的"怪物"，汽车开动，野牦牛以为汽车要向它进攻，突然野性发作，一低头，就把好几吨重的卡车尾部顶了起来，使汽车后轮悬了空……

有一次，我和西藏旅游局的考察人员乘坐一辆"丰田"越野车，去草原拍摄野牦牛，双湖办事处干部在汽车里给我们讲述野牦牛的故事。刚讲到这里，我们发现远处走来一头野牦牛，顿时心情紧张起来，心脏好像一下子悬到了半空。开车的藏族司机了解野牦牛的脾气，与这个庞然大物打交道，他一点也不敢麻痹大意。他小心翼翼地转动着方向盘，与野牦牛兜圈子，为我们选择最佳的拍摄角度，争取最理想的拍摄距离。这时候在我们的视线范围之内出现了两头野牦牛。司机开车与其中的一头周旋，掩护我们为另一头拍摄特写照片。突然，那家伙瞪着眼睛毫无顾忌地向我们的汽车走来。不好！司机赶紧掉转车头避开它的锐气。它不耐烦再与我们周旋，慢腾腾地向远处走去。办事处副书记欧珠旺堆劝我们不要再接近它了，因为一辆"丰田"小汽车很难对付两头凶狠的野牦牛。它们若发起火来，可以毫不费力地把小汽车掀翻，然后用它们的四只大蹄子把汽车踩得稀烂。我们只得遗憾地转移了。路上，欧珠旺堆又讲起野牦牛的故事。

"如果遇到雄性野牦牛，事情就更麻烦。"欧珠旺堆的脑子里储存了许多有关野牦牛的故事。他说，一支考察队在草原上宿营，一名考察队员不甘寂寞，骑着马离开宿营地独自外出游荡。他悠然地爬上一座小山头，没想到眼前突然出现了一头野牦牛。那是一头离群的雄性野牦牛，性情暴躁。不知是打扰了它的安静，还是出于防敌的本性，它见人来便猛冲过来，如猛虎下山势不可挡。越来越近，容不得你仔细思考，三十六计走为上计，赶快跑。无奈那马被这场面吓呆了，任你使劲抽打，它就是一动不动，四肢僵直地像钉在地上一般。万般无奈，只好开枪射击。野牦牛迎面连中四弹，可是四颗子弹并没有立刻打掉它的威风，眨眼间野牦牛那锐利的角已插进马肚子，牛头一扬，马肚子立刻开了花，野牦牛和马同时倒下，考察队员也被抛到岩石下，险些丧命。

（四）

1989 年，我国实施野生动物保护法后，青藏高原上的藏羚羊、野牦牛、藏野驴、雪豹、黑顶鹤等均被列为国家一级保护动物。1991 年，面积达 20 多万平方公里的藏北无人区被原国家林业部批准为野生动物保护区。此后，滥杀野生动物的现象得到遏止。1993 年西藏自治区人民政府在这里建立了羌塘自然保护区，2000 年羌塘升级为国家级自然保护区，野生动物得到更为严格的保护。

再访藏北无人区，写有"禁止追赶野生动物"的警示牌不断进入我的视野。在没有一棵树木的藏北无人区，双湖特别区林业局森林公安分局局长才旺罗布对我说，他们的主要任务是在各交通要道及藏羚羊配种点及繁殖点进行武装巡逻。仅 2008 年上半年，六名"森警"就在所管护的 12 万平方公里草原上巡逻 44 天时间，行程上万公里，走访了 668 户牧民家庭，并向上千人发放了宣传画报和宣传单。一旦发现枪杀藏羚羊的现象，他们就按照枪杀一只属于刑事案件，枪杀两只属于重大案件，枪杀三只属于特大案件而给予严惩。

经过大力宣传和保护，大量珍稀野生动物得以繁衍生息。才旺罗布说，据他们初步观察，目前双湖约有藏羚羊 5 至 7 万只、野牦牛 8000 至 1 万头、藏野驴 4 万至 4.5 万头，野生动物的种群数量明显增加。

尼玛县林业局森林公安分局局长努琼也告诉我，在羌塘保护区设立前，尼玛县只有北部的荣玛乡有野生动物，而现在连尼玛县南部的卓尼、达果、卓瓦、吉瓦、文部等乡也有野生动物了。他们所查获的猎杀动物的现象也从十多年前的每年十几起减少到现在的不足一起。

这就是神奇的藏北无人区，生机勃勃的"无人区"。

羌塘自然保护区不准车辆鸣高音喇叭的警示牌　　　　　　　藏汉英三种文字的警示牌

三、理想的野生动物乐园

　　高寒缺氧、气候恶劣的藏北无人区，被视为"生命的禁区"。可是为什么在这种令人望而生畏的环境里，数不清的野生动物却能生存，并一代又一代地繁衍发展呢？

　　科研工作者揭开了其中的奥秘。他们经过周密的科学考察认为，地形独特而又复杂的无人区，高山、草原、荒漠、河湖交错分布，变化万千，是野生动物栖息繁衍的理想环境。这里有适宜野生动物生存繁衍的优越条件。

　　高原日照时间长，可以促进植物的光合作用；夜间气温低植物呼吸微弱，有利于植物有机质的积累。所以无人区的牧草虽然因为气候因素而长不高，但草质很好，蛋白质和脂肪等营养成分的含量都很高，这就为大批食草动物提供了丰富的美味佳肴。

　　高原上阳光充足，能加速呼吸，增强细胞功能，促使动物骨骼发育，提高野生动物抵御自然灾害的能力和繁殖成活率。高原上地形独特而又复杂，因而大面积的雪灾和风灾比较少，灾情到来时，野生动物总能寻到躲避灾情的场地；低温寒冷，不利于细菌的繁殖，减少了野生动物的发病率；一年四季，茫茫白雪和雪山之水为野生动物提供了不竭的水源；高原

黑颈鹤

草虽然长不高，但因面积大，使野生动物有丰富的食物。

广阔的无人区，地域宽广，渺无人烟，没有人类生活和因此而带来的各种骚扰，安宁的环境是野生动物生存发展的有利因素。但是，随着无人区的开发和发展，野生动物生存繁衍面临的不利因素正在逐渐显露，这就向我们提出了新的问题。

为了深入了解、研究和保护无人区的野生动物资源，多年来，科技工作者进行了艰苦而卓有成效的工作。

20世纪七八十年代，中国科学院青藏高原综合考察队、中美羌塘野生动物考察队、西北濒危动物研究所野生动物考察队、陕西动物研究所野生动物考察队均对藏北高原的野生动物进行了持续的考察。他们得出了令人鼓舞的结论：藏北高原无人区的野生动物分布区域要比新疆阿尔金山野生动物自然保护区大得多。在这里开辟国家野生动物公园的条件十分优越，十分理想。

1987年夏天，更大规模的考察活动又在藏北草原等地展开。原国家林业部牵头并提供资助，由西藏农委筹办并邀请西北濒危动物研究所、西藏大学、西藏林业厅等部门，组成两支科学考察队分别奔赴昌都和林芝地区、那曲和阿里地区，进行一年多的大规模的野生动物普查工作。这次普查的目的是对西藏野生动物的种类、分布、数量、环境质量、生活习性做出全面报告，为建立自然保护区提供依据；为以后有计划地开发野生动物资源提供依据；为开展旅游、开设高原狩猎场提供依据。

负责考察那曲和阿里地区的考察队，在那曲地区科委的协助下首先进入无人区。这支队伍经过考察，获得丰硕成果。

在双湖草原发现国家一级保护动物、青藏高原特有物种——野牦牛3000头以上。

初步查明，在藏北高原共生活着 10 万多只藏羚羊。

号称"鸟类熊猫"的黑颈鹤已被列为濒危物种，目前全世界黑颈鹤数量不过万只，全都分布在我国的云贵高原和青藏高原，其中大部分又分布在藏北高原。1987 年 5 月 4 日，在那曲和当雄两县的交界地带，考察队发现了四群黑颈鹤，共有 200 只。他们还发现，申扎、双湖、文部都是黑颈鹤的繁殖区。每当严寒降临，黑颈鹤飞到喜马拉雅山北侧聂拉木县一带，以及雅鲁藏布江中游地区气候温和的地方过冬；待高原气候变暖，黑颈鹤又飞回藏北高原，度过春、夏、秋三个季节。

据了解，当今世界现存鹤类 15 种。美国一个鹤类研究中心已经搜集到其它各种鹤类，惟独没有黑颈鹤。黑颈鹤的故乡在中国，藏北高原是它们安全宁静的乐园。

考察队发现，藏北高原上的藏野驴、藏原羚的数量之多，远远超过其它动物。

考察队的科技工作者经过艰苦跋涉，考察了藏北高原的广大地区。根据考察成果，他们提出了自己的看法：藏北高原野生动物资源如此丰富，国家应该采取更有力的保护措施。

考察队建议：在双湖草原建立有蹄类动物自然保护区；在申扎草原建

黑颈鹤

立高原鸟类自然保护区。这两个自然保护区逐渐发展成国家野生动物公园是可行的。只要创造一定的条件，这里发展高原旅游业很有前途。

盛夏季节，我随陕西省动物研究所考察队的专家们来到文部办事处，动物学家姚建初向我谈起高原野生动物，他说："几乎与内地在形态上都有差异的野生动物，在这里资源相当丰富。它们大都属于国家一、二级保护动物，具有很重要的学术价值。这里的野生动物都有自己的代表性、独特性、区域性。经过这次对珍禽异兽的调查，我们认为应加强保护野生动物的宣传工作，加强对野生动物的保护和饲养驯化、繁衍后代等方面的工作。如果工作不抓紧，仍然没人管，虽然划了保护区，状况还和过去一样，野生动物自生自灭，有些动物甚至会走向灭绝。那将是国家的重大损失，也将是整个人类的重大损失。"姚建初呼吁应在科学考察的基础上合理设置自然保护区。这件事具有很重要的意义，历来被认为荒凉无用的无人区，可以开发起来为西藏旅游事业服务，为建设社会主义新西藏贡献一份特殊的力量。

西藏自治区旅游局也派出一支队伍考察了无人区的旅游资源。他们从当地实际出发，提出了发展藏北高原旅游事业的设想和建议。他们认为，旅游部门也应花功夫保护好藏北高原的珍禽异兽。他们建议，把那些自然形成的公路稍加整修，使无人区与外界保持密切联系，再建设一些简便适用的服务设施……藏北高原旅游业将具有自己鲜明的特色，也就是浓郁的"乡土"味。只要游客愿意，可以让他们住牛毛帐篷、喝酥油茶；饮青稞酒；吃糌粑和手抓羊肉；可以开展骑马、射箭、登山活动。临别时，若有几件当地的特产作纪念品就更有意义了。比如，无人区里有丰富的玉石资源，可以用它作原料雕刻藏羚羊、野牦牛、藏野驴、黑颈鹤等当地的珍禽异兽。这些对于来自国内外的旅游者而言，将是有意义的纪念品。高原旅游的吸引力还来自高原神奇的风光，变幻的气候，富有诗意的牧民生活和丰富多彩的藏北文化。谈起藏北高原旅游，凡到过无人区的人都充满信心。万里藏北是一片神秘莫测的土地，对于那些向往探险觅奇的国内外游客，这里无疑是理想的旅游胜地。

人们有理由相信，青藏高原的旅游热终将扩展到广阔的藏北草原，无人区一定会走向更加美好的明天。

四、漫游动物世界

上世纪 80 年代，我初进无人区，交通工具仍然是天字第一号的难题。没有汽车，在漫无边际的藏北高原很难活动。当时，我正为交通工具发愁，西藏自治区旅游局的一个调查组来到双湖。他们的目的是调查藏北的旅游资源，为发展高原旅游业做准备。调查组乘一辆"丰田"越野车，要到野生动物出没的藏北大草原实地察看。这是个千载难逢的良机，可是，汽车已经满员，双湖办事处副书记欧珠旺堆出面说情，终于打动了旅游局的周处长，他答应休息一天，为我腾出一个位置。

天蒙蒙亮，我搭乘的小车从双湖办事处出发，朝北边的跃进拉山驰去，那一带是"野牦牛的世界"。大约行驶了一个多小时，在汽车的颠簸中我已经昏昏欲睡。突然，同行车刚的一声呼喊惊醒了我。原来，他发现草原上有一个很大的野牦牛头骨。顿时，我睡意全无，惊喜地向前望去：只见几十米外的野牦牛头犄角竟像两座黑铁塔，衬着纯蓝的湖水和天幕，显得那么壮美。没等汽车停稳，车刚已迫不及待地跳下汽车飞快地向野牦牛头骨跑去。他举起双臂，发了狂似的大喊："野牦牛……野牦牛……"一边喊一边把脖子上挂的照相机取下来放在草地上，去抱野牦牛头骨。车刚膀大腰圆，抱起它还那么吃力，走不了几步，已是上气不接下气了。我和旅游局的小贺，以及北京来的小简也发了狂，一边跑一边嚷，"太棒了！""太美了！"似乎只有这个"太"字才能表达心中的狂喜之情。可能因为在露天的时间太久了，野牦牛头骨受到风雨的侵袭，只有牛角连着头骨。粗大的犄角根部有碗口粗，两犄角中间能坐下两个人。我试着抱了一下，有六七十斤重。车刚忙着往车里抬，欧珠旺堆却不紧不慢

成群的野牦牛

地说："先放在这里吧。这东西前边有很多，回来再拿。"车刚怕别人拿走了他捡到的宝贝，先拍了一番照。我趁机也拍了几张野牦牛头骨的"大特写"照片。在照相机的取景框里，两只两尺长的牛犄角几乎占满了整个画面。从这两只犄角上我仿佛看到野牦牛那威风凛凛的雄姿。天空、湖水、草地在画面上只占了很少的空间。车刚苦苦思索一番，为这张突出野牦牛角的照片起了一个名字——"草原之魂"。我觉得这名字好，含蓄、贴切。野牦牛，无人区里最凶猛的特大动物，粗大的犄角是它的象征，没有比这个名字更恰当的了。车刚放心不下这个宝物，找了一个低洼的地方把它藏了起来。小贺眼馋得不得了，订了个"君子协定"：下次不管谁发现了野牦牛头骨只能归他，别人不许要。汽车又启动了，他们几位一路笑，一路唱，一路争论，话题是谁捡的野牦牛头骨能成为拉萨之最。唯有我沉默无语。如果不是搭乘别人的汽车，我也真想捡一个带回去。无奈它太重，太大了！六七十斤重，光一只角就有两尺来长，我没有交通工具，无论如何是背不回去的。一直睁大眼睛注意望着窗外的小贺忽然喊了一声："万岁，这里有一个大野牦牛头！"话音刚落，"嗬，那边还有一个。""这边也有一个……"大家睁大眼睛四下张望，一会就发现了五六个野牦牛头骨。在一个山坳里，我们发现了一副全身骨架齐全的野牦牛，皮肉已经不见了。车刚跑过去试着想把骨架掀起来拍张照片，没有成功，只得遗憾地摇摇头。显然，我们已经进入了"野牦牛的王国"。

那些遗尸荒野的野牦牛，是死于猎人的枪口，还是被疾病夺走了生命，不得而知。不过欧珠旺堆告诉我们，现在野牦牛已经被列为禁猎的国家一级保护动物了。

岩羊

"野牦牛王国"里，也有藏野驴、藏羚羊、藏原羚。汽车驶进一片平坦的草原，一头藏野驴跑到我们的车前，像是在给汽车领路，一直不愿离开。我和车刚、小简三个人都拿着照相机，把头伸出车窗外忙不迭地拍摄。欧珠旺堆副书记和藏族司机也被我们的情绪感染了，一见到好的镜头，马上就喊："快拍，快拍！"

汽车继续前进，我们终于遇到了活生生的野牦牛。那一个个庞然大物拖着长长的黑色"长裙"，傲慢地迈着方步。我们很想接近它们，可是一见到它们向我们逼近，我们便马上跳上汽车逃跑。有两头野牦牛反反复复与我们兜圈子，使我们"浪费"了不少胶卷。回来的路上，幸运的车刚又捡到一副藏羚羊头骨，那约两尺长的油黑色羊角风化了，起了鳞皮，变为淡黑色，像是刚发掘出来的古文物。大家都羡慕车刚。发现的野牦牛头多了，小车里装不下，车刚和小贺每人只好挑选了一个最大、最漂亮的大犄角野牦牛头骨抱进车里。据欧珠旺堆从牛角的粗细判断，这两头野牦牛生前体重都在1000公斤以上。对这两位年轻人，我简直嫉妒了。在我看来，得到这样的宝物，并不比拾到黄金逊色。晚上，回到办事处，我和车刚、小贺同住一室，梦呓中我和他们一样还在念叨着野牦牛头骨。

和谐愉快的相处只有一天，他们就乘车离开了双湖。我为重新找交通工具发起愁来。等车的日子里闲着无事，只能在这个袖珍城里转来转去。一天晚上，汉族大学生、办事处纪律检查委员会书记熊亮兵请我去他家吃饭。饭后，熊亮兵拿起一杆还没有启封的崭新的猎枪，说："走吧，一起去打几只野鸽子，试试枪。"在外边转来转去，没发现鸽子，枪也没试，我却在办事处附近的垃圾堆里意外发现许多动物头骨，有野牦牛的、藏羚

国家一级保护动物藏野驴在草原上奔跑

羊的、盘羊和岩羊的，还有藏原羚的……那些动物头骨上的角各式各样，有粗大的，有短小的，有长长尖尖的，有卷曲的。在这里，它们都成了垃圾。站在那里我盘算着，如果把这些动物头骨运进城市，摆在室内的厅堂，并不亚于一件件非常珍贵的工艺品，尤其是搞美术和雕塑的人得到这样一件头骨一定是非常高兴的。可没有交通工具，大的野牦牛头背不动，小的野羊头骨很多，捡不胜捡，拿点什么好呢？汉族大学生熊亮兵知道这些头骨的价值，挑来捡去帮我选了一个完整的盘卷着一对大角的盘羊头。盘羊又名大头羊，也叫大角羊。这种浅棕色的动物体重可达60公斤以上，是野羊中最大的一种，也是我国的珍稀动物，有很高的观赏价值。它的一对弯曲的螺旋形的大角很美，所以还有人称它为大头弯羊。我还挑选了两对大岩羊角和一对藏羚羊角。这意外的收获使我兴奋不已。晚上，说起捡到的宝贝，那种眉飞色舞的劲儿，办事处的干部也觉得好笑。欧珠旺堆副书记和张新坡副主任说，这些东西你想要，我们保证帮你捡它一卡车。

后来，我搭乘一辆解放牌卡车回拉萨，坐在车厢的货物堆上细心地保护着这些宝贝，中途把它们带到了藏北首府那曲。当我背着这些宝贝走进那曲饭店时立即引起人们的注目，一进饭店大门就有人问我这是不是盘羊头。登记住宿的时候，我把盘羊头放在一条长木椅上，一会儿就招来许多人。有一个高个子、黄头发的外国青年游客问我这盘羊头是从哪里买的？我告诉他是从无人区捡的。他既羡慕，又似信非信地摇着头。

没想到，晚上在那曲饭店里竟和车刚、小简、小贺相逢，他们见到我的狼狈相大吃一惊。一个半月时间里我从没有换洗过衣服，裤子撕破了几道口子，上面的油泥可以刮下厚厚的一层。人显得更黑了，脸也被风吹裂了，像干树皮，如果不是早已相识，他们一定会把我当成"叫化子"。"野牦牛，你还活着！""喂，野牦牛，你是怎么回来的？"我告诉他们是坐在卡车的货厢里回来的，不仅活着，还背回了盘羊头。

虽然相处时间很短，但他们佩服我独闯无人区的勇气和吃苦的精神。也许这使他们萌发了送我"野牦牛"绰号的想法。三位好友见到了盘羊头，爱不释手地左看右看。这盘羊头骨虽然比不上他们的两个野牦牛头骨威武，却别有一番风味，不需要加工就是一个很好的标本。每天晚上，他们都要来看，软磨硬泡要用野牦牛头和我换盘羊头。见我不点头，小贺和车刚开玩笑说，趁我不在时来偷。我被缠得没办法，只得忍痛割爱，把一对岩羊角送给了他们。车刚对我神秘地说："野牦牛，你捡的这个盘羊头带回拉萨，将会成为拉萨之最。拉萨谁家有盘羊头我都见过，都不如这个盘羊头大和美。"说完，又情不自禁地夸耀起他的野牦牛头骨也会成为拉萨之最！小贺在旁边听了不甘示弱，说着说着，两人争执起来。说实话，两个人捡的野牦牛头骨各有千秋，争来争去，谁也说不清哪个会成为拉萨之最。

我回到拉萨，美丽的盘羊头骨招来许多观众，没放几天，就被一位藏族老同志借去了。他给羊角缠上一条洁白的哈达，挂在门框上边，确实有几分威武的气势。

五、人与动物的共处与冲突

近年来，随着生态环境的不断改善，藏北无人区的生物多样性呈现全面恢复状态，无数的生命在这里顽强而蓬勃地繁育、成长，羌塘自然保护区内的野生动物品种已达 1000 多种。

（一）政府"埋单"来解决动物"肇事"事件

据西藏自治区林业厅调查显示，西藏自然保护区建设取得重大成就，野生动物资源储量比 20 年前增长 30% 以上。随着野生动物种群增加、活动频繁，"扰民"事件也时有发生。在羌塘国家级自然保护区内的那曲地区双湖特别区，10 年来野生动物累计给当地牧民群众造成的损失在 100 万元以上。

近年来，藏北无人区的棕熊和野牦牛"肇事"比较频繁。野生动物活动给当地牧民群众造成了不小的财产损失。

为了解决这一问题，2009 年，西藏自治区政府和有关部门拿出 1000 多万元，用于补偿野生动物对农牧民造成的损失。

这是自 2006 年西藏自治区政府施行《西藏自治区重点陆生野生动物造成公民人身伤害和财产损失补偿暂行办法》后，为野生动物"扰民"采取的又一补偿举措。

据西藏自治区林业厅介绍，2009 年，已兑现那曲地区 2008 年野生动物肇事损失金额 1059.94 万元。

"这里野生动物丰富，但国家重点保护动物野牦牛、棕熊等伤害牲畜，甚至伤害人的事件时常出现。政府给老百姓的损失'埋单'，提高了群众保护野生动物的积极性。"在藏工作 21 年的双湖特别区政法委书记赵多希说。

（二）动物"肇事"多，源自环境得以很好保护

双湖特别区政法委书记赵多希介绍说："地处保护区腹地的双湖特别区，近年来随着野生动物数量的逐年增多，不断发生棕熊袭击家畜、损毁房屋甚至伤人的事件，人熊矛盾空前加剧。"

赵多希还说，从 80 年代以来，他们制定规章制度，依法对野生动物进行保护。同时，加强对枪支弹药的管理，对乱捕乱猎和倒卖走私野生动物及其产品的行为采取了有效措施，坚决予以制止。

上世纪 80 年代初，冲突的方向是人对于动物，也就是猎杀。而今，

奔跑中的藏野驴

冲突更加表现为相互的影响，即人和动物活动区域的重叠，导致相互间矛盾的凸显。除了人类活动继续干扰野生动物和它们的栖息地之外，特别是随着保护区内野生动物种群数量的逐渐增多，人类的财产也受到了来自野生动物的影响和破坏。

据双湖特别区林业局人员介绍，棕熊常常在房屋主人不在的时候闯入屋子，翻箱倒柜搞得乱七八糟，还会咬死羊圈里的羊只，由此给当地居民造成了许多损失。过去，这种破坏性的棕熊常常被射死。但是，由于近年来政府采取了严格的野生动物保护政策，将民用枪支没收，包括棕熊在内的很多野生动物大概都觉得靠近人类居住区没有那么危险了。

尽管棕熊能够在野外找到它们所需要的食物如鼠兔，有的季节还有喜马拉雅旱獭，但是毫无疑问，房屋里的食物以及牧民们的羊群则对它们具有更大的诱惑力。

美国著名动物学家乔治·夏勒博士在1991年调查中也有这样的记录："12月17日，有一只雄性棕熊跑到依布茶卡西部一个牧民的帐篷处并咬死了一条狗。一位妇女逃离了那帐篷，随后那只熊闯进去吃掉了一只绵羊的后腿和身体后半部……"

帐篷前的乌鸦（2001 年摄）

　　"十多年前，棕熊侵害人畜、房屋的事情还极其少见，可近几年来，这类事件却惊人地增长。"常驻双湖特别区的尼玛县人大副主任昂杰介绍说，每年都有 200 至 300 户牧民申报遭熊侵害，损失金额达到 50 万左右。2003 年，62 岁的牧民布琼甚至被棕熊袭击致死。

　　双湖特别区林业局森林公安分局局长才旺罗布告诉我，2007 年北措折乡一村扎彭家的羊圈，一晚上有 64 只绵羊不知是被棕熊还是雪豹咬死。目前，按照一只绵羊补偿 250 元的标准，扎彭受损失的绵羊将拿到 16000 元补偿款。

　　尽管棕熊和雪豹"肇事"带来许多损失，但当地居民还是在呵护它们。才旺罗布给我讲了这样一件感人的故事：五年前，林业人员在巡护中，发现几天前牧民家中有一只被母熊丢弃的小熊。不知什么原因，几次带着两只小熊多次光顾这户牧民家的母熊只带着另一只小熊走了，而将这只小熊抛弃。林业局人员为此将它带回来喂养，从小吃食堂剩饭和藏汉族干部送来的食物长大的棕熊一月前撕破铁笼跑了出来，怕伤及周围的人们，双湖区的领导干部还为此召开了一个紧急会议，商定对策。开会结果是将它放回草原。后来，在警车的暗中护送下，长大的小熊自己安然回归山野了。

随着人们环境保护意识的增强，近年来胆子越来越大的野牦牛慢慢地来到人们身边，甚至会做出一些"横行霸道"的事情来，令人心忧，也令人欣喜。

尼玛县森林公安分局民警江白罗布说，交配季节，公野牦牛从雪山上下

在草原上追逐家牦牛"欺男霸女"的野牦牛

来，混在家养牦牛群中谈情说爱，霸占家养母牦牛，家养公牦牛敢怒而不敢斗。如此也就罢了，公野牦牛上山还要强行把家养母牦牛带走，且一去不复回。在双湖特别区嘎措乡，还发生公野牦牛发情期时冲破网围栏，把母家牦牛赶到外面，占为己有。类似这样的事情不断发生，牧民不干了，便与野牦牛不停地发生争斗。霸气十足的野牦牛怎容得有人阻挠，于是经常发生人与动物的冲突事件。

2008 年，尼玛县境内的棕熊和野牦牛"肇事"事件引起的国家补偿金累计就有 105 万元。

（三）牧民烦恼：大量繁殖的藏野驴破坏了草场

据双湖特别区林业局森林公安分局局长才旺罗布介绍，仅在双湖特别区就有藏野驴 4 万至 4.5 万头，比十几年前增加了一倍以上，出现了藏野驴与家畜争草场的现象。

随着藏野驴数量的大幅上升，人们开始抱怨它们和家畜抢夺草场。当100 多头藏野驴聚集在一个草场上，而这个草场是牧民用于储备冬季牧草的时候，冲突和抱怨也就在所难免了。

"野驴是国家级野生动物，它们来牧场吃草，就只能让它们为所欲为吗？！"双湖巴岭乡牧民次多愤愤不平地说。

野生动物和家畜之间的矛盾一直困扰着双湖区委书记珠巨。他说："家畜在和野生动物的竞争中处于劣势，经常吃不饱，膘情下降，损害牧业。"

　　2003年，美国著名动物学家夏勒博士等人在依布茶卡一带调查时发现，在双湖区北部的乡镇，牧户拥有的网围栏数量非常少。虽然当地畜牧业冬、夏两季区分不明显，但一般都预留一块良好的草地，供春季接羔育幼时使用。然而成群结队的藏野驴却在冬季进入这些草场，逗留觅食。他们并不知道这些草场是当地人留给春季羊羔的食物。夏勒博士的研究表明，藏野驴冬季和夏季的主要食物都是针茅属的植物，而这些也正是家养牦牛、山羊和绵羊的食物。因此藏野驴和家畜之间的食物竞争，就成了当地越来越明显的矛盾。

　　藏野驴的取食习惯是引发牧民抱怨的主要原因。双湖牧民说，藏野驴不仅吃地面上的草，还刨地面下的根。

　　才旺罗布说，藏野驴对草场破坏极为严重，特别区多次向自治区林业厅提交了将藏野驴从国家一级保护动物降为二级保护动物的报告，要求将它作为经济性动物适量捕杀，控制其数量。

　　比如，在申扎县的一个村庄，牧户曾轮流驾驶摩托车将藏野驴从村里的草场上驱赶出去。双湖区在几年前，也曾出现过在饮水处悬挂布条，驱赶藏野驴的行为。以上种种，揭示了对野生动物进行管理的需求。

双湖办事处副主任张新坡在喂食驯养的斑头雁和黄鸭（1988年摄）

双湖办事处工作人员家养的斑头雁和黄鸭（1988年摄）

（四）人与动物和谐需要长久之策

在采访中，我常听到这样的问题：藏北无人区野生动物受到保护后，繁殖速度很快，野生动物与家畜争草的问题日益突出，同时还不时有野生动物伤人的消息。到底是野生动物与家畜争草，还是人与野生动物争地盘？是动物伤害了人，还是人伤害了动物？

比如30多年前，人们只在双湖南部有季节性的游牧。而如今，双湖定居着1.2万多人，放牧着44万多头（只）牛羊。同时，这片生长着低矮稀疏植物的土地还是藏羚羊、藏野驴、野牦牛、藏原羚等动物的栖息地。

在双湖南部局部区域，野生动物已被赶出水草丰美的区域；在中部，它们正面临人类的竞争，已经建立的定居点和自然道路、将要建立的网围栏稳步占领了它们生活千百年的草地；在北部，野生动物仍能自由漫步。然而这里的气候如此恶劣、植被如此稀疏，连适应能力最强的人类都没有去占用。

野生动物并不是贫瘠土地的特产，它们一样需要良好的草地。人口在增长，牲畜和野生动物也在增多，并已出现冲突。而牧人的生活，几乎完全依靠牲畜。值得庆幸的是，这里还是完整健康的生态系统，草地尚未退化，仍生活着健康的野生动物种群，牧民仍能放牧数量较多的牲畜。

目前西藏政府补偿的范围是野牦牛、棕熊造成的直接损失，而没有包括藏野驴等动物在牧户草场上取食造成的间接损失，尤其是那些破坏草场，数量激增的藏野驴。

在非洲的塞伦盖蒂，上世纪70年代即开始计算野生有蹄类动物在私人草场上取食造成的损失。至今，双湖除了嘎措乡仍保留集体经营体制，其余乡镇大部分完成了牲畜、草场的家庭承包。在目前的政策框架下，从牧户的角度来看，野生动物就是在家庭草场上取食。

位于保护区内的双湖，现在已经主动把野生动物聚集的配种点、产羔点、生活点列入核心保护区，如巴岭乡南部是野生动物的繁殖生活点，他

与人类和谐相处的斑头雁（1988 年摄于双湖）

们将该地的十几户牧民群众搬迁到其它地方，把生存空间让给野生动物，人与动物之间形成和谐相处的格局。

目前，保护区是"多功能利用区"，家畜和野生动物均有权利使用；而保护区外同样生活着数量不少的野生动物。客观地看，这里原本就是野生动物的地盘，人类的介入打破了这里固有的生活秩序，从而产生了一系列不可调和的矛盾。

如何协调牧民和野生动物的需求，看来是牧民、政府和科学家需要共同努力来解决的课题。

六、鹤舞羌塘

再次驱车来到申扎县，色林错已影影绰绰出现在前方。我透过汽车玻璃，发现不远处有几只优雅、高大的黑颈鹤贵族般地昂首挺胸，迈着细长的腿悠闲踱步。

我赶忙让司机停车，端着相机接近沼泽地里时而振动双翅扑打嬉戏、时而仰颈向天引吭高歌的黑颈鹤，直到距离一二十米远的地方才按动快门。让我喜出望外的是，这些平时羞怯怕人、很难接近的"鸟类的熊猫"依然我行我素，不慌不忙地继续漫舞。十几年前，我与藏北无人区科考人员在色林错湖口发现一群20多只正在觅食的黑颈鹤。不过，那时的黑颈鹤生性机敏，见我们靠近远远地就飞走了。

体长约120厘米、体重4至7公斤的黑颈鹤体态婀娜多姿，一双漆黑的长腿萧然肃立。黑颈鹤因其头、喉、及上颈均为黑色而得名。

它主要分布于西藏和青海、四川、云南等省区，只有极少数个体在冬季见于印度、不丹等与我国临近的地区。

在中华民族传统文化中，鹤是吉祥、幸福、长寿的象征，深受人们的喜爱，而黑颈鹤被称为"雪域神鸟"。在古今藏文诸多文学作品里，时常能够看到有关黑颈鹤的描述或故事，藏族谚语里也有不少涉及黑颈鹤的比喻或描述。

黑颈鹤是典型的候鸟，每年三月份排着"一"或"人"字队形，由藏南迁居到藏北，选择人烟稀少、有山峰为屏障，有食物可寻觅的开阔的湖泊、河流、沼泽作栖息地。它们往往五六只成一群，多则数十只终日嬉戏觅食，选择伴侣。

很有意思的是，黑颈鹤休息时常常把一只脚缩到腹部下边，头插到翼下，单脚独立或者用嘴梳洗羽毛。它能与斑头雁，以及鸥类、鸭类等和睦为邻。尽管小小的棕头鸥有时凌空俯冲而下，或尖叫、或恫吓、或戏弄，

黑颈鹤

但是它绝不反击，反而低下脑袋，垂下尾巴以示谦让。进入繁殖期，那些强悍的老鹰前来袭击时，黑颈鹤也只是伸缩长颈，张开大嘴，摆开争斗的架势，吓唬一下来犯者而已。但是，在"生儿育女"期间，它绝不允许同一鸟类接近自己的巢区。

4月底5月初，黑颈鹤进入繁殖期，成双成对的"情侣"离群而去，寻找被水隔绝的较为僻静的干草墩或苇草丛构筑巢穴。用枯草筑成的椭圆形巢穴完工后，成双的黑颈鹤便常常在隐蔽的巢区附近，两头相对，伸展抖动双翅，伴随嘹亮的叫声，翩翩起舞，求爱交尾。5月底开始产卵，多数一窝产卵两枚。以后的工作就是以雌为主，轮流孵化了。30天以后，雏鸟出壳。小小的幼鹤，只要羽绒一干就能独立行走下水了。只需3个月，羽毛丰满的小鹤在父母亲的护卫下就可以练习飞翔了。

令人不解的是雏鸟跟随父母采食时，雏鸟间经常发生激烈殴斗，有时斗得头破血流，满身是伤，甚至一方丧命为止，而父母却置若罔闻，不管不问。这种自相残杀、危害生命的现象，现在已经引起科学工作者的关注。

据科学工作者研究，为增加起飞的动力，黑颈鹤常常会迎风奔跑。它在进行水平的扇翅飞翔时，其最高速度不借助风力可达每小时13公里。借助上升热气流，鹤类可以盘旋着上升到想要达到的高度，然后离开这股热气流向前滑行，同时降低飞翔高度。接下来它们会寻找另一股热气流再重复这个过程。由于扇翅飞翔很消耗体力，黑颈鹤总是尽量借助热气流滑翔，速度会慢一些，但却节省了体力消耗。

在迁徙期间，黑颈鹤通常会花费

刚出壳的雏鸥

两天的时间摄食来保证一天的飞行。开始，鹤类以家庭或较小群体迁徙。迁徙途中不断有小群体加入，最后壮大成几千只的鹤群。它们每日的飞行距离变化很大，如果遇到恶劣天气，可能只飞几公里；如果中间找不到好的中途停留点，它们可能就飞几百公里。当风势有利时，鹤也会连续几天进行额外飞行。在夜晚，迁徙的鹤群会以能淹没它们脚趾的浅水区作为集结区栖息。

黑颈鹤是国际上最受关注的濒危物种之一，又是在世界上15种鹤类中最晚被发现的。1876年，由俄国探险家尼古拉·普尔热瓦尔斯基在我国青海湖首次发现并定名。

色林错的自然环境非常适合黑颈鹤的繁衍生息。因为它那巨大的湖体蕴藏着很丰富的渔业资源，是一座难得的活鱼库。湖里游动着数不清的高原无鳞鱼和贝类，为黑颈鹤提供了丰富的食物资源。黑颈鹤的食物很杂，鱼虾、贝类、甲壳类的动物和草种植物根茎均为它的食物对象。它在湖边的沼泽地里还能把嘴伸到几厘米深的地下，把深埋的在地下的贝类逐个叼出来吃掉。

2003年，国际鸟类红皮书和濒危物种公约把总数不到万只的黑颈鹤，列为急需挽救的濒危物种。因为高原特殊的自然环境，黑颈鹤繁殖率低，种群增长缓慢，因此愈加显得弥足珍贵。

为保护这种高原独有的鹤类，1993年，西藏成立色林错黑颈鹤自然保护区，2003年晋升为国家级自然保护区，总面积达1.89万多平方公里。范围覆盖到周边的23个卫星湖，一举成为世界上面积最大的黑颈鹤自然保护区；高原高寒草原生态系统中珍稀濒危生物种最多的地区。

美国国际鹤类研究基金会主席乔治·阿吉波在考察了藏北黑颈鹤种群的生存环境后吃惊地说："正当人类为生态环境感到无比忧虑时，想不到黑颈鹤在这里还拥有一片优美、宁静的天空，我真为它们感到高兴！"

自从这里建立自然保护区，政府即采取了严厉的保护措施。曾有两位外地牧民途经这里，因不懂而误拾了两枚黑颈鹤蛋，结果被罚掉两头牦牛。假如情节更严重，例如枪击黑颈鹤，那将被追究刑事责任。

据科学工作者最新考察，截止到 2011 年，色林错黑颈鹤国家级自然保护区内黑颈鹤种群数量已由保护前的 1000 多只恢复到现在的 6000 多只，其它野生动物种群数量也呈现逐年递增趋势。

黑颈鹤能够与人类相亲相近，毫无疑问，这是大自然的慷慨奉献，也是藏民族珍爱、保护动物的结果。

七、探访"鸟鼠同穴"之谜

人们在藏北草原旅行，目及之处，发现最多的野生动物莫过于高原鼠兔了。这种很像老鼠，但尾巴却超短的小动物往往在草丛间疾驰而过，窜入洞穴；而那些洞穴也是东一个、西一个，数不胜数。

这种外形很像老鼠，其牙齿、摄食方式和栖居活动习惯等行为都与兔子相近的小动物，被人们命名为"鼠兔"。究其原因它们是兔，而不是鼠的近亲。

高原鼠兔是草原上分布广、数量多的一种小动物。它们的毛色亮褐，腹部夹带白色，有着成人拳头大小。

我对鼠兔感兴趣，完全是记者职业使然。因为褐背地鸦、雪雀等鸟类与鼠兔同居一穴，属于奇闻。

有好几次，我都要耐着性子拍摄这种"鸟鼠同穴"的奇特现象。因为我发现这种长着毛茸茸的脸，有着明亮眼睛和圆形耳朵，像田鼠却没有尾巴的小动物从洞里探出头的时候，总是保持着高度的警觉。

羌塘的鸟类由于无树营巢，大多都钻到洞穴中去了。这种名叫褐背地鸦的鸟，比麻雀稍大，不善飞翔，两脚很强健，嘴细而弯曲，常在草地上跳跃觅食，遇到危险赶紧往洞里一钻。它在洞里筑巢、产卵、育雏，故出现鸟鼠同穴的奇特现象。

早在 2000 多年前的汉代就有"鸟鼠同穴"之说。如汉代《尔雅·释

冰雪中的小鸟　　　　　　　　与鼠同穴的小鸟　　　　　　　沼泽地的觅食鸟

鸟篇》载"鸟鼠同穴，其鸟为鵌（徒），其鼠为鼱（突）。"据后来东晋郭璞《尔雅注》中解释"鼱似鵽（多）而小，黄黑色，穴入地三四尺，鼠在内、鸟在外。"详细注解了这种名叫"鵽"的小鸟雀入住三四尺深、名叫"鼱"的鼠洞里，而且鸟雀住洞前，鼠住洞里的情况。

　　19世纪以来，一些国外探险家在关于亚洲中部的探险记录中，也有"鸟鼠同穴"的记载。

　　19世纪的七八十年代，沙俄军官普热瓦尔斯基曾进行过四次所谓亚洲中部探险考察。他在青海、西藏等高原地区见到鸟鼠同穴的鸟有三种，而同穴的鼠则为拉达克鼠兔。

　　20世纪50年代，我国动物学工作者在新疆见到角百灵鸟与长尾黄鼠、灰旱獭在同一穴口。20世纪70年代中期，中国科学院青藏高原综合科学考察队队员，在藏北高原目睹了褐背地鸦在黑唇鼠兔洞穴中进进出出，而鼠兔则蹲坐洞旁或在草地上奔跑的场景。

　　1976年，我国科学考察队员在西藏阿里地区则看见一只白腰雪雀衔着羽毛进入鼠兔的旧洞；又见几只棕背雪雀的幼鸟出入在其它鼠兔废弃洞中，这些雪雀正利用鼠兔的旧洞做窝营巢，产卵育雏。

　　身材瘦高、睿智热情的西藏动物学家刘务林告诉我，他在多年的考察中发现，青藏高原的"鸟鼠同穴"现象十分普遍。与鼠同穴的鸟类除褐背地鸦外，还有白腰云雀和棕背雪雀。这些比麻雀稍大的小鸟，既吃草籽

两只亲吻的鼠兔（康蔼黎摄）

也吃昆虫。小兽动物则有鼠兔和旱獭。

事实也印证了这一点。我在双湖小镇后的草滩上就拍摄过这种"鸟鼠同穴"的共生现象。

那次我所拍摄的是只褐背地鸦。当时它嘴里叼着条小虫想往洞里钻，只见它东看看西瞧瞧，十分警觉。我站在三五米外的地方，这只小鸟也许很少见过人类的缘故，它并不十分怕人，不一会就钻进洞去。过一会又从洞里钻出来。显然这洞里有只雏鸟，它在喂食。

鼠兔是藏北高原最常见的野生动物，满地都是它们的洞口，不留神有可能崴了脚。它也是食物链的基础，狼、狐狸和棕熊之类食肉动物的基本口粮。这小东西很机灵胆大，只要屏气不动，蹲在它们的洞口等着，过不了几分钟鼠兔就忍不住要探头出来，可以近距离观察。

人们过去见到"鸟鼠同穴"，以为是鸟与小兽同穴而居，其实这是误解。科学家发现，在同一洞穴中，并不是鸟鼠同穴的。曾经有人挖了大量洞穴，发现鸟在洞中把洞道完全堵死了。鼠兔的洞穴洞口很多，多达一二十个，鸟多半选择鼠兔已经废弃了的旧洞，或者只占其中的一个洞口。由于鸟和鼠并不同出一个洞口，就不可能在地下有密切交往。

偶然，鼠兔在受惊危急的情况下，会临时闯进鸟的洞穴"避难"，或者在刮大风、下冰雹或下雪时，小鸟暂时到活兽的洞穴中躲一下，可以少吃一些苦头。但是，这种同居的时间并不长，总有一方会出洞逃逸。

那么，为什么小鸟喜欢在鼠兔洞穴中进进出出呢？为什么会利用废弃洞来繁衍后代呢？

科学工作者解释说，"鸟鼠同穴"大都发生在高海拔的青藏高原，这里除了草原和荒漠，大都没有林木和高大灌木丛，隐蔽条件差，气候寒冷。特别是在海拔 4000 米以上的高原，几乎终年无夏，夜间气温常在零度以下，日夜温差达 20 多度，以及强风日数多，风速猛烈等不利自然因素，可能迫使褐背地鸦等小鸟尽量利用鼠兔废洞来繁殖后代。同时，洞穴内还具有气温稳定、受外界气候变化影响小、较为隐蔽、鸟类在里面繁衍后代幼鸟不易遭到天敌袭击等优点。

也有科学工作者认为，这是动物的共生现象。鼠类长期昼伏夜出，视力极差，加之在平坦的沙漠、草原觅食，极易受到鹰这类天敌的攻击，而同穴的小鸟则能"鸣声报警"，使它们得以"闻警逃脱"。同时，因鸟类不会打洞，便借住鼠类的洞穴，就形成了这种相依为命、同穴而居的现象。所以，鸟鼠同穴只能出现在青藏高原这样特殊的地理环境之中，而在林木茂密的地方，鸟是没有必要借住地上洞穴的。

八、西方科学家夏勒，数闯羌塘护生灵

2008 年 3 月 6 日，我前往中科院地理所报告厅参加《中国国家地理》杂志的大讲堂，见到仰慕已久、多次未能在藏北高原谋面的美国著名动物学家乔治·夏勒博士。

身材瘦高、头发花白的夏勒博士虽已 75 岁高龄，但依旧腰板挺直，神采奕奕。夏勒博士是国际野生动物保护协会（前身是纽约动物学会）资深保护专家，有着第一个被中国政府允许进入西藏羌塘开展研究的西方科学家、第一个揭开藏羚羊被大量盗猎真相等"光环"的科学家。他曾被美国《时代周刊》评为世界上三位最杰出的野生动物研究学者之一。聆听他关于"西藏羌塘上的野生动物"的讲座，无疑是在享受精神"大餐"。

夏勒博士的讲座生动而感人，配之他拍摄的精美幻灯片播放，更是让听者为他的才华、为他的敬业所叹服！我在被讲座深深打动的同时，不由得想起夏勒博士在羌塘的点滴往事。

那是 1991 年深秋，年过半百的夏勒博士已七次闯进藏北无人区。

夏勒博士有一段极不寻常的经历，他曾从西藏、新疆、青海三个方向七次进入世界屋脊这块迄今仍蒙着神秘面纱的土地——藏北无人区。

当我西藏的老同事李志勇、多穷在藏北无人区腹地与夏勒博士相遇时，这位纽约动物协会研究部主任正率领一支中美联合考察队行进在茫茫大草原上，为防陷车，身材修长的夏勒博士一马当先走在车前探路。

听说西藏一行的队伍中有自治区计委、农委的负责人，夏勒博士带着翻译找上门来，摊开一张大比例西藏地形图，一边比划着，一边郑重地提出了他的建议：如果能够把羌塘自然保护区的范围再向西扩大些就更好了。因为据他考察，西部栖息着上千头野牦牛，同时也是藏羚羊的繁殖地。

早在80年代，他提出的关于抢救举世瞩目的大熊猫的建议，就得到中国政府的采纳。

作为野生动物研究的权威，夏勒博士在大型食肉类动物领域有独到见解，他撰写出版了十部专著。在过去的十年里，他同原中国林业部合作，相继对大熊猫、雪豹及金丝猴进行科学研究，他每年都花相当长的时间在中国默默地工作，夏勒博士的妻子和儿子也都曾随他一起前来考察过。

当时他正与西藏高原生物研究所人员共同对青藏高原的野牦牛、藏羚羊、藏野驴等大型动物的分布、迁徙作考察。这个1988年就已开始的考察项目得到原中国林业部的大力支持。他指的是批准建立的20多万平方公里的羌塘自然保护区。

有人问夏勒博士，常年累月奔波跋涉，风餐露宿，除旷野荒原一无所有，难道就不感觉太枯燥？对这个问题，博士回答得十分简单："我习惯了，我喜欢。"

自1952年走出大学校门，开始投身于初起的野生动物保护事业，"我再也没有想到过要退出，也再没有对其他事情产生过兴趣。"夏勒博士说。

当我的老同事李志勇、多穷询问目前世界动物保护现状时，夏勒博士沉思了一番。他说："每当一个国家的政府采取积极措施保护野生动物时我就感到振奋。然而不幸的是，我在世界各地常常看到捕杀野生动物的现实，这又使人非常气愤。"

与夏勒博士分手之后，我的老同事得悉，当冰封雪锁，大地冻得硬邦邦的时候，夏勒博士还将第八次进入无人区。

1998年凝聚夏勒博士十年心血的中英文《青藏高原上的生灵》一书问世，并很快成为畅销书。它向世人展示了他在羌塘野生动物，尤其是藏羚羊研究方面所取得的可喜成果。

夏勒博士是最早揭示藏羚羊被大量盗猎真相的科学家。据他估计，20世纪初，生活在青藏高原上的藏羚羊超过100万只，而到了90年代中期，其数量只有65000至72500只，将近90%的藏羚羊在短短的几十年中消失了。如此快速的消减使人不由得联想到了美洲野牛的悲剧。

夏勒博士在研究中不断探寻着令藏羚羊大量减少的原因。已知的草原上人口密度的上升、各类道路建设的增加、牧民家畜数量和牧场的增加、自然灾害的发生等，都会对藏羚羊造成影响。而夏勒博士则第一个将"沙图什"贸易和藏羚羊的锐减联系在一起，他指出这种贸易正是导致藏羚羊日益减少的关键原因。

藏羚羊拥有地球上最精细的羊绒。由它们的绒毛所编织成的披肩被称为"沙图什"，意为波斯羊绒之王。它是世界公认的最美、最柔软的披肩，有"软黄金"之称。

由于这种毛绒制成的披肩十分轻巧，可以穿过戒指，又叫"戒指披肩"。藏羚羊绒被走私到克什米尔后制成的披肩，成了西方社会最时尚的奢侈品，一条披肩可高达15000美元。

从20世纪80年代后期开始，"沙图什"披肩在世界上其他地区的许多富有人士之中成为一种"不可或缺"的时尚。在美国、墨西哥、英国、法国、意大利、比利时、瑞士、中东地区、澳大利亚和我国香港等地，对"沙图什"的需求不断上升。

在金钱的巨大诱惑下，盗猎者铤而走险。在盗猎最严重的青海可可西里地区，偷猎者甚至驾驶着摩托车或卡车追踪藏羚羊，在夜间包围它们，用灯光照射使藏羚羊出现暂时性视觉消失，然后用枪大批屠猎，杀羚取绒。

奔跑的藏羚羊

　　谁能想到，一只藏羚羊只能剪取 100 至 200 克羊绒。一条女士的披肩需要 300 至 400 克的羊绒，相当于取自两三只藏羚羊。而一条男士披肩则需要五只藏羚羊的羊绒。无数的高原生灵成了一些人炫耀高贵和优雅的牺牲品。

　　在此之前，人们对于这种"戒指披肩"的原料来源一无所知，"沙图什"贩卖者一直在向欧美消费者宣扬其原料来自绵羊、野山羊、家山羊，甚至为西伯利亚鹅的羽绒，以此掩饰"沙图什"背后对藏羚羊的血腥屠杀。

　　1992 年，夏勒博士在历经两年的跟踪调查后，向人们公布了他的研究成果：制造"沙图什"的惟一原料是藏羚羊的羊绒，采集绒的惟一方法是先把藏羚羊杀死。由于"沙图什"贸易，将近90%的藏羚羊在短短的几十年消失了。

　　1970 年以前，由于地理环境和气候条件的影响，对于藏羚羊的猎杀可能还局限在当地牧民的范围内。可是到了 1980 年，由于世界时尚需求的不断增加，藏羚羊羊绒价格的不断上涨，从而引发了对藏羚羊的大规模猎杀。

　　据调查，"沙图什"披肩主要生产地的印度克什米尔 1997 年加工绒量是 3000 公斤，这就意味着有几万只藏羚羊被猎杀。

　　从 2000 年开始，我国政府加大了对反偷猎行动的资金投入。当年 7 月，国家林业局向青海可可西里地区的管理部门拨款 200 万元，用于藏羚

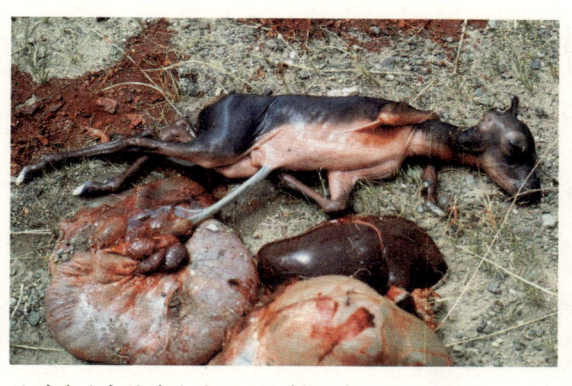

被猎杀丢弃的藏羚羊胎儿和内脏（1987 年摄）

羊的保护工作。

由于藏羚羊的活动范围，主要分布在西藏、青海、新疆的高原地区，另有零星个体分布在印度地区。也就是说从我国东部青海向西一直延伸到印度地区，要实施全面的保护工作相当困难。在以往的反盗猎中，已有野生动物保护工作者受伤，甚至牺牲。

"中国政府高度重视藏羚羊等野生动物的保护工作。藏羚羊早已被列入一级野生保护动物，还先后建立羌塘、可可西里、阿尔金山等大型自然保护区，面积达到 60 万平方公里，差不多是一个德国或者两个英国的面积，引起国际社会的广泛关注。"提起羌塘，夏勒博士的讲座充满感情。在一阵热烈的掌声中，我的回忆被打断。

目前，在夏勒博士等中外动物学家的努力下，已促使欧美世界禁止"沙图什"贸易，极大地推动了我国藏羚羊的保护事业。

"在前两年的穿越活动中，我们大概看到 9000 只藏羚羊，2000 头藏野驴和 1000 头野牦牛。其中藏羚羊的数目有了很大的增加，这说明中国政府采取了很好的保护措施。"这位从事了 50 年野生动物研究保护工作的老人有点兴奋，他指着一张照片说。

演讲快结束时，夏勒博士指着一张有藏羚羊分布的地图告诉大家，"中国政府现在采取了非常好的保护措施，与当地反偷猎的民间组织一起工作，国际组织也花了非常大的精力阻止藏羚羊绒毛产品的国际买卖活动，藏羚羊得到了很好的保护，偷猎幅度大大减小。至少在某些区域藏羚羊的数量在显著增加。"

他同时认为，藏羚羊的迁徙线路非常长，要保护它，就要保护它栖息的环境，它迁徙的整个栖息地。这样，就需要多个行政区合作。

夏勒博士呼吁，人类在保护野生动物方面要尽自己最大的努力，才能使藏羚羊这一古老的物种拥有美好的未来。

九、大羌塘，动物的最后避难所

长途跋涉在渺无人烟的青藏高原无人区，要消除寂寞感的最好办法是，观赏车窗外时隐时现的野生动物。

这里所说的青藏高原无人区，其实就是传统意义上的大羌塘。"羌塘"在藏语里意为北方的空地，狭义指藏北无人区。它是以西藏羌塘为主体，有少部分横跨在青海可可西里和昆仑山，以及新疆阿尔金山，面积约为70万平方公里的广袤土地。这四片地方连在一起，构成了世界上独有的超级无人荒原。

由于可可西里的概念被炒热，以致于人们一度用可可西里代替了这片广袤的荒原。实际上，可可西里不论是行政疆域还是地理疆域都只是大羌塘这片土地的一部分。

在青藏高原无人区驱车漫行，进入视野的是各种野生动物。三三两两的藏野驴潇洒地漫步草地；藏羚羊顶着美丽的黑长角，悠然地甩开修长的双腿，结队纵跃；藏原羚携老扶幼从边远的草原地平线上奔驰而过；岩羊冷峻地战立在山岗上，仿佛一个剪影；偶尔，也会看到一只灰黄色脊背的狼在草丛中耸动……

青藏高原无人区栖息生活着藏羚羊、野牦牛、雪豹、黑颈鹤等三四十种国家一、二级保护动物，是迄今为止世界上少有的几块未开发区域之一；也是我国重要的生态保护区和水源涵养地。域内河流、湖泊众多，中华民族的母亲河长江源头就在这一地区。同时，这里还是动物最后的避难所。

30多年前，真正意义上的青藏高原无人区约有50多万平方公里，而现在约有20多万平方公里。

目前，地处大羌塘核心区的西藏羌塘国家级自然保护区面积达29.8万平方公里，人类占据的无人区面积已经超过10万平方公里。我在海拔5000多米的原双湖办事处查桑区、荣玛区等地看到，这里自1976年开发无人区后，许多地方已有牧民居住，并日渐繁荣。

青海可可西里国家自然保护区面积为 4.5 万平方公里。我在海拔 5000 多米的风火山口看到，这里也有牧民居住，上千只绵羊和数百头牦牛放牧在山坡上。在青藏公路和铁路沿线，从五道梁和经风火山至沱沱河，也有牧民居住。

目前，西藏羌塘除了实验区和缓冲区外，在核心区仅有极少数正在搬迁的牧民在若拉、玛依和羌玛错地区活动，大部分地区依然是真正的无人区。

正如乔治·夏勒博士在北京的一次讲座上所描述的那样："2006 年冬天 11、12 月份，我们穿越北部羌塘，穿越了 1500 公里的路程，我们没有遇到一个人。在这片区域，我们没有看到人类的活动，但是我们看到很多野生动物……"

对于进入无人区边缘一带游牧和定居的牧民来说，野生动物是一种有利用价值的资源，过去的捕猎在所难免。

不过，西藏羌塘牧民通常在一定的范围内行猎，真正可能对野生动物造成威胁的，是大规模的商业性或娱乐性猎杀。

我国 1989 年开始实施野生动物保护法，藏羚羊、野牦牛、藏野驴、雪豹、黑顶鹤等均被列为国家一级保护动物。上世纪 90 年代，西藏自治区把 20 多万平方公里的藏北无人区划为羌塘自然保护区。

狼

由于加大了打击力度，强化了保护措施，曾在西藏羌塘所出现的疯狂盗猎早已被遏制，过去牧民那种"野生无主，谁猎谁有"的传统观念已发生转变，不少牧民还成了野生动物的专职保护员。

现已远离枪声的羌塘，藏羚羊重新拥有了和平安宁的生存环境，并以每年 7.6% 的速度增长，现已达 15 万多只。同时，其它野生动物也呈现出逐年递增的趋势。

原始的高原自然生态，众多的野生动物使青藏高原无人区充满了生机和活力。

瑞典探险家斯文·赫定曾在他的书中勾勒出令人神往的远风景："我们向未知世界越行越深，把一串又一串山脉抛在身后，每穿过一个山口，一片新的景观就会展现在我面前，展现出它的野性，荒芜的远景，直至那神秘的地平线……"

我时常在想，人类保护野生动物其实也就是保护自己。如果有一天野生动物消失殆尽了，千山鸟飞绝了，那么地球也就会万径人踪灭了。

十、藏羚羊，灾难后的复兴

早在上世纪 70 年代末和 80 年代初，我在新华社青海分社当汽车司机的时候，就听说过人们在青海可可西里疯狂淘金的事情。

有年冬天，一些淘金者在青海可可西里被大雪所困，地方政府曾请求中央派直升飞机去救援。那时管辖其境内可可西里的青海格尔木市，一些干部还因办理采金证，接受贿赂最终进了大牢。

由于农村贫困的原因，那时涌入可可西里的淘金者有不少人是青海和甘肃的回族和撒拉族。

大量淘金者为了发财梦，盲目进入可可西里后，由于食物严重短缺并缺乏相应的管理，先是猎杀野生动物以补充食物的严重短缺。后来，随着淘金者人数的日益增多，一部分人开始专门猎杀藏羚羊，并形成夏季淘金、冬春"打猎"的不法格局。到 80 年代中后期，这种边淘金，边"打猎"的人数超过上万人。

从 1992 年起，这种以补充食物为目的的"打猎"逐渐发展成大规模的只取皮不谋肉的团伙盗猎，且愈演愈烈，并蔓延至西藏羌塘一带，甘、

黄昏中的藏羚羊（2001 年摄）

青、藏等地的一些藏汉族也参与其中。

美丽的羌塘草原，是藏羚羊的主要栖息地之一。它因藏羚羊的存在，变得格外美丽；也因藏羚羊的存在，成为不法分子活动的最主要场所。

盗猎团伙使用现代交通工具和现代武器进行盗猎活动，其行为极为疯狂、残忍，而且高度组织化。一次进山少则猎杀几百只、多则猎杀上千只藏羚羊。

盗猎团伙摸准了藏羚羊的生活规律，在其迁徙地设下埋伏，用现代枪械大规模地疯狂猎杀，然后将皮毛通过非法渠道运到"黑市"出售。一时间，被称为野生动物最后避难所的地方也就成了野生动物最恐惧的地方。

青海可可西里对藏羚羊的疯狂杀戮曾让国内外震惊！在令人心颤的枪声中，成千上万张血淋淋的藏羚羊皮让无人区几乎变成"无羊区"。

我通过回放可可西里的盗猎案，看到一个盗猎团伙的巢穴周围，藏羚羊尸横遍野，母藏羚羊已经被剥皮，腹内胎儿被遗弃在雪地上，藏羚羊的鲜血把从此流过的小河染成鲜红色……加上母羊腹内的胎儿，被非法猎杀的藏羚羊足有上千只。

据有关部门对外公布的数字，从 1984 年到 1992 年，仅青海可可西里地区藏羚羊种群数量就从 20 多万只锐减到 2 万多只。

据乔治·夏勒博士估计，到 1995 年，青藏高原藏羚羊总数从最初的上百万只已急剧下降至约 5 万至 7.5 万只。藏羚羊，这个曾经的高原精灵被人类的贪欲已猎杀到了濒临灭绝的边缘。

拉萨海关缉私局的统计表明，仅 1996 年至 1997 年，拉萨海关下属聂拉木和狮泉河海关就查获走私出境的藏羚羊绒 843.85 公斤。专家分析，一只成年藏羚羊最多只有 2 两绒毛。那么，843.85 公斤该有多少藏羚羊被

奔跑中的藏羚羊

人类武装猎杀！

为了严厉打击盗猎藏羚羊、走私藏羚羊制品的活动，有效地保护藏羚羊，我国政府相继在藏羚羊分布区的西藏、青海、新疆设立了羌塘、可可西里和三江源、阿尔金山自然保护区，并在羌塘、可可西里、阿尔金山周边地区组建和成立了11个森林公安机构，以及设立专门的保护管理机构来保护藏羚羊。

1999年，首次由国家发起的武装反盗猎行动——"可可西里一号行动"打响，藏羚羊分布区内的各自然保护区开始了依法保护藏羚羊的艰难历程。

这年的10月12日，对每位关注藏羚羊命运的人来说，都是一个刻骨铭心的日子。这天，首次保护藏羚羊暨贸易控制国际研讨会在西宁召开，中、英、法、印、意、美和尼泊尔等与会国代表一致通过了《西宁宣言》，在世纪之末向全世界发出保护藏羚羊，制止藏羚羊绒贸易的强劲声音。

从1999年到2009年的十年间，西藏那曲地区与县、乡层层签订藏羚羊保护目标管理责任书，明确奖惩措施，初步建立了以乡村为基础，自下而上的野生动物保护管理体系，在没有树木的保护区建立了拥有60名正式林业干部职工和24名专业森林公安民警的保护队伍，并聘请了部分牧民作为专职野生动物保护员。

与此同时，完成那曲地区管理局和安多、尼玛、双湖三个管理分局及若拉、玛依、玛曲、鲁玛加纳四个管理站，以及野生动物救护站、监测站等方面的建设；实施了迁移牧民、划定四季草场、落实草场责任制，以及控制草场载畜量、加大牲畜出栏率和商品率等措施，以化解野生动物与家畜争草的矛盾。

目前，羌塘国家级自然保护区内的藏羚羊种群由 20 世纪 90 年代初的 6 万多只恢复到现在的 15 万多只，野牦牛的种群也由保护前的 5000 多头恢复到现在的 1 万多头。

按照西藏动物学家刘务林前不久宣布的考察成果，西藏藏羚羊数量现已接近 20 万只。这对曾哭泣过的藏羚羊家族，无疑是一个极好的喜讯！

多次参与中美野生动物考察的乔治·夏勒博士，在他《青藏高原上的生灵》一书中称赞说："我惊喜地发现原本令人担忧的情况完全改变了。在双湖、绒玛（尼玛县北部）、嘎错（双湖西南地区）、萨桑（查桑）和其它一些我们所经地区，在西藏林业局和各地方政府孜孜不倦的努力下，野生动物得到了很好的保护。"

如今，无论是坐在"天路"上呼啸而过的列车里，还是驱车行驶在青藏公路上，藏羚羊、藏野驴、藏原羚等野生动物已经成为随处可见的一道亮丽的风景线。

十一、为保护野生动物而战

许多人都记得青海可可西里索南达杰烈士，但少有人知道藏北羌塘也有位和索南达杰一样的英雄。他就是在 2002 年 6 月 1 日，为保护野生动物壮烈牺牲、年仅 40 岁的罗布玉杰。

这次我到藏北无人区，罗布玉杰生前战友、尼玛县林业局森林公安分局民警江白罗布，在尼玛宾馆向我追述了罗布玉杰的事迹。他黑红的脸上不时露出骄傲、激动和愤怒的神色，眼睛里也充盈了对战友怀念的深情泪水。

（一）

玛依岗日，位于尼玛县荣玛乡境内。它是羌塘国家自然保护区的核心区域。

秋天的羌塘，大批的藏羚羊来到玛依岗日地区繁衍生息。它们集体迁徙的景象蔚为壮观。同时，这里也成为盗猎不法分子经常侵扰的重点地区。

尼玛县森林警方肩负着打击非法盗猎、保护野生动物的重任。面对日益疯狂的盗猎行为，他们冒着随时可能发生流血牺牲的危险，每年都要深入到无人区进行历时七个多月的艰苦巡逻。

罗布玉杰是名骨干民警。2002年入秋以来，他听说当年的藏羚羊皮价格又上涨了许多，便多次和伙伴们扎营在保护区，随时监控。5月12日，由罗布玉杰带领的四人巡逻小分队，深入到玛依岗日一带巡逻。

5月31日，在完成完玛依色拉、察俄如、多杰折布等区域后，罗布玉杰对巡逻小组的同事们说："明天我们再到色务岗日去巡逻一次，那里是偷猎分子常去的地方。"6月1日，罗布玉杰带领巡逻小分队再次来到色务岗日。

海拔6000多米的色务岗日地区晴空万里，蓝天白云下，一群群的野生动物不时向他们张望，然后悠闲地低头吃草。巡逻小组来到一个湖边，在一片茂盛的草地上停了下来。罗布玉杰看着晴朗的天空，兴奋地对大家说："我们再往前巡逻一下，如果再没什么发现，回来就在这片草地上休息。"

巡逻小组正往前走着，突然发现前面有一个人背着小口径步枪鬼鬼祟祟向前跑，看见巡逻车后，那个人加快了步伐，在一座山坡后，他举起枪，朝警车瞄了瞄。巡逻队员立即驱车赶了过去。罗布玉杰打开车窗，拿起"八一"自动步枪，向天空中鸣了几枪。在距离那人20米左右的地方，罗布玉杰大声喊到："赶快把枪放在地上，不然我们就要开枪了！"那人看到无路可逃，只好束手就擒。

罗布玉杰走向前出示了警官证，严厉地说："你叫什么名字，在这干什么？"

那人心虚气短，支支吾吾地说，他想打几只藏羚羊。凭着多年的办案经验，罗布玉杰断定，此人还有同伙。遂采取攻心战术，对那人说："你要积极配合巡逻小组的工作，老实交代情况，争取宽大处理。"

在威严的"森警"面前，那人无奈地说："我叫布次仁。"

"你们一共有几个人，现在在哪里，有几杆枪？"罗布玉杰问。

"我们一共有五名同伙，在山后面，每人有一杆枪，他们正在山后猎捕藏羚羊。"嫌犯布次仁说。

罗布玉杰马上决定押着嫌犯，向盗猎者的所在地进发，继而一举摧毁这个盗猎团伙。

警车行驶不远，嫌犯布次仁说有近路可以到达。罗布玉杰思忖了一下，正准备在一个山头上停下来，以占领制高点。谁知车刚一停下，盗猎的不法分子密集的子弹向警车袭来，罗布玉杰心一沉，盗猎者已经设下了埋伏。

原来，狡猾的盗猎者听见了枪声，早进行了准备，他们埋伏在离警车70多米的地方，打算警车一开进山沟，就把巡逻队成员全部干掉。

山头上光秃秃的，除了汽车以外没有任何隐蔽物。罗布玉杰迅速命令巡逻队其他成员押着嫌犯赶快下车，躲在警车后面，他准备下车突围。这时，偷猎分子的子弹像雨点一般密集地封锁着警车，当时车上只有罗布玉杰和战友江白罗布有枪，其他队员都没有武器。而八名盗猎分子中，六人持小口径步枪，要想突围，谈何容易？

罗布玉杰一咬牙，勇敢地跳下车，还没等站稳，一颗子弹就击中了他右手无名指和小拇指，顿时鲜血直流。

罗布玉杰强忍疼痛，他一边还击，一边告诉战友注意隐蔽。这时偷猎分子的子弹再一次密集地向他袭来，其中一颗罪恶的子弹穿透了他的眉心，罗布玉杰当场牺牲。

出师未捷身先死，长使英雄泪满襟。

英雄就这样走了，为了自己所钟爱的事业献出了年轻而宝贵的生命。罗布玉杰虽然带着未竟的事业走了，但他给我们留下的，是他那短暂而辉煌的人生道路上一串串闪闪发光的足迹。

（二）

2002 年 6 月 14 日清晨，尼玛县的藏汉族干部群众无不沉浸在悲痛之中，这里草原无语、雪山静穆，连空气都是那样的凝重。当天，2000 多人一大早就赶到追悼会现场，共同悼念他们心目中的英雄——罗布玉杰。

肃穆的灵台两侧柱子上贴着"丹心扶社稷浩然正气，铁臂护山河警魂永存"的悲壮挽联。在摆满花圈的灵台上，端正地放着他的大幅遗像。许多人举目仰望灵台上那张熟悉的面容，禁不住失声恸哭。哭声穿过窗户，飘向辽阔的羌塘草原……

灵堂前摆满的花圈上挂着许多挽联、挽幅，一幅幅低垂的挽联，倾诉着人们无限的哀思和崇敬之情。胸前戴着白花的人们怀着沉痛的心情，双手捧着洁白的哈达，迈着沉重的脚步，一步步踏上台阶，走到罗布玉杰的遗像前，深深地鞠三个躬，默默地捧起哈达，敬献在英雄的遗像前……

英雄走了许多年，家里连一张照片也没有留下。"按照藏族习俗，人死了照片都要烧掉，不留人间。"江白罗布饱含热泪告诉我。

（三）

罗布玉杰，1962 年 10 月出生于那曲地区索县荣布乡三村一个普通的农牧民家庭，家中除了父母外，还有两个比他小许多的弟弟。1974 年他被送往西藏财经学校读书，罗布玉杰非常珍惜来之不易的学习机会，学习十分刻苦，是全班品学兼优的好学生。

从西藏财经学校毕业到 1988 年，罗布玉杰一直在尼玛县文部乡工作。在文部乡工作的十年时间里，罗布玉杰把自己的全部精力和热情都扑在工作上，十年如一日地勤奋工作，从没休过一次假，以至于文部乡大部分人都认为他是一个无父母的孤儿。父母劝说他好多次，让他调回索县老家，照顾一下家里，罗布玉杰却说："这个地方虽然艰苦，但是最需要我。"

1994年，罗布玉杰被调到林业公安，他平时就十分喜爱小动物，决心要好好保护这些自然界的小精灵。有一次，他到岗龙乡搞动物资源调查，途中看到一些牧民摆摊设点买卖狐狸皮。他细心地向群众解释："狐狸是国家保护动物，猎杀、买卖狐狸皮都是非法的。"

罗布玉杰下乡经常携带一本《野生动物保护手册》，不但自己认真学习，而且积极向牧民群众讲解野生动物保护法的具体内容。时间久了，牧民群众都知道罗布玉杰对野生动物有很深的感情，是个英勇的"森警"，哪里有偷猎和非法买卖保护动物皮毛的事儿，都乐意告诉他。

1996年4月的一天，他在检查一辆东风牌卡车时，发现车内藏有40张藏羚羊皮。开车的商贩掏出5000元钱对他说："兄弟，放我一马，这些钱就是你的了。"罗布玉杰严词拒绝，并对商贩进行了处罚，没收了羊皮。恼羞成怒的商贩扬言要干掉他。

就是这样一个愿意为保护野生动物舍身的民警，将自己的鲜血洒在了他所热爱的羌塘大地。

罗布玉杰牺牲后，西藏自治区主要领导同志责成公安机关立即侦破此案，决不能让英雄的鲜血白流。经过专案组的侦破，先后抓获了桑吉、亚吉等案犯。在罪犯的住地，公安人员查获藏羚羊皮85张，收缴枪支6只，子弹700多发。

那曲地区中级人民法院一审对被告人桑吉、亚吉犯故意杀人罪，非法捕杀珍贵、濒危野生动物罪，判处死刑，缓期两年执行，剥夺政治权利终身，并处罚金6000元人民币。其他罪犯也得到了相应的法律惩处。

犯罪分子受到了正义的审判，羌塘草原回归了昔日的宁静，藏羚羊又可以自由地奔跑，罗布玉杰的英灵终可含笑九泉。

（四）

尼玛县林业局森林公安分局局长努琼告诉我，尼玛县牧民群众按照藏族传统习惯，在英雄罗布玉杰牺牲地的碑前自发地牵起经幡。神山圣湖在护佑着英雄，英雄也在继续守望着这里的生灵。

努琼局长说，提到藏羚羊的保护，人们只知道可可西里，知道英雄索南达杰，却少有人知道羌塘草原英雄罗布玉杰。其实，藏羚羊除了生活在青海的可可西里，还生活在西藏的羌塘和新疆的阿尔金山，而这三个地方，都同时有人在做着保护藏羚羊的艰苦工作。

尼玛森林公安现有4名"森警"，140多名牧民野生动物保护员。但15万平方公里的面积对他们来说，还是太大了。

努琼介绍说，羌塘70%的盗猎案件都是经过群众举报以后破获的。他们以往每年都要进行至少两次以上的大型巡逻，每次进山都是好几个月。每次都是与世隔绝，生死未卜。

努琼局长告诉我说："我们这支队伍是1993年成立的，以前是派出所，2002年改为森林公安分局。虽称为森林警方，巡逻的地方却是不长树木的荒原，人类的'生命禁区'。这对身体和意志都是一个极大的考验，但大家在困难和危险面前，从没后退过！"

他们以前外出巡逻都带帐篷，一般扎营的地点都会选择在有水源的地方，因为有水的地方野生动物一定会经常光顾。于是他们就经常在"野牦牛窝"安营扎寨，野牦牛随时瞭望他们，并给他们留下生活烧饭取暖的牛粪。他们也给自己起了一个"帐篷派出所"的名字。直到1998年，建立保护站有了房子住，就再也不用带帐篷了。

为了藏北无人区人与自然的和谐，野生动物的"保护神"们常年穿行在茫茫戈壁、沙滩、荒漠和草地，忍受着寂寞和高寒缺氧，默默守护着尼玛县15多万平方公里的动物保护区。可有谁知道，就在这宁静之中，随时都有偷猎分子向野生动物举起枪支，也随时都有像罗布玉杰一样的英雄为保护动物献出生命。但是动物保护者们毫不畏惧，为的是让野生动物像风一样，在动物王国里自由自在地尽情奔跑！

第五章　援藏·发展·变化

一、援藏：从"输血"变"造血"

　　西藏和平解放 60 年来，其发展繁荣与中央的特殊关怀和全国人民的大力支援密不可分。和平解放初期，进藏人民解放军和大批专业技术人员、干部就积极投身于西藏的革命和建设事业。西藏民主改革之后，大批各民族的干部、科技人员、教师、医生和技术工人响应党的号召，不怕艰苦，奔赴西藏，为西藏各项事业做出了巨大贡献。

　　60 年来，国家一直高度重视并不断加大力度，坚持做好援助西藏发展的工作。尤其是党中央在 1980 年、1984 年、1994 年、2001 年和 2010 年先后召开五次西藏工作座谈会，确立兄弟省市和中央各部委的对口援藏，确定大批涉及农业、工业、交通、能源、教育、卫生、市政建设等领域的项目，使西藏经济社会取得了飞跃式的发展。

　　上世纪 80 年代召开的两次西藏工作座谈会，贯彻党的十一届三中全会路线、方针和政策，开创了西藏社会主义建设的新局面。1984 年，党中央第二次西藏工作座谈会确定 9 省（市）43 项援藏项目。

　　进入 90 年代，西藏再次获得了发展良机，国家总投资近 300 亿元，开始了农业、能源、交通、邮电等行业一大批工程项目的建设。第三次西藏工作座谈会又确定了 62 项援藏工程，作出了中央各部门和 15 个省（市）对口援藏的重大决策。

　　2001 年 6 月，中央第四次西藏工作座谈会再次加大全国支援西藏的

中国石油办公厅副总经济师、扶贫与对口支援办公室主任陈根文（左）在双湖区工地上调研（2007年摄）

中国石油援建的双湖特别区文化中心正在修建自来水工程（2009年7月29日摄）

双湖特别区多玛乡正在安装广播电视接收设备（2006年摄）

力度，确定国家直接投资的建设项目117个，总投资约312亿元。对口支援西藏工作再延续10年，进一步加大支持力度，将西藏尚未建立对口支援关系的双湖、班戈、尼玛、申扎等30个县（区），以不同方式全部纳入对口支援范围，并确定由中国石油、中国石化、中国海油、中信集团等部分国有主要骨干企业和省（市）分别承担对口支援任务。

历史翻开了新的一页。2010年1月，中央第五次西藏工作座谈会召开，会议确定对口支援西藏政策延长到2020年，完善了经济援藏、干部援藏、人才援藏、科技援藏相结合的工作格局，建立了援藏资金稳定增长机制，为西藏加快发展提供了坚强后盾。

目前，在中央特殊关怀和全国人民的大力支援下，西藏经济社会发展正在实现伟大的跨越。

（一）

近年来，地处藏北西部的双湖、尼玛、班戈、申扎四县（区）在央企的对口援助下，当地牧民的生产和生活发生了可喜的变化。

双湖特别区，因其海拔5000米的高度而被称为人类的"生命禁区"。当地人用三个"特别"来概括它：特别高，特别远，特别缺氧。然而这些都未能阻挡人类的脚步：1976年，一批先行者怀着人定胜天的决心和勇气闯进了这片无人区建功立业。2002 年，中国石油援藏干部肩负着崇高使命，来到了这片贫瘠的土地艰苦创业。

截至 2009 年，中国石油在双湖投资 1.6 亿多元，援建了涉及交通、能源、文教、卫生等多个领域的 59 个项目，极大地推动了双湖的经济发展，也从根本上改变了牧民的生产生活条件。

过去，双湖的牧民点酥油灯照明，许多适龄孩子辍学在家，全区没有一条完整的道路。为了从根本上改变这里牧民的生活状况，中国石油"以抓好双湖基础设施建设为近中期规划"，帮助双湖建设了政府办公楼、普若岗日宾馆、市政道路、幼儿园、敬老院……

我这次入住的普若岗日宾馆是双湖的第一座楼房，与街边的路灯一样，屋内供暖也依靠太阳能。宾馆前是索嘎中路，戴着对大金耳环、起了个汉族名字的宾馆女经理永向前说，这是中国石油对口援建的第一批项目。尤其是这条投入上千万元所修的水泥路，使城市有了骨架，让双湖特别区的城市布局有了一个起点，也为双湖规划建设奠定了坚实的基础。随着援藏工程的建设，双湖特别区公安局、农行、财政局等单位也都纷纷建起了办公楼。

我的藏族老朋友、双湖特别区区委

中国石油在双湖特别区多玛乡援建的安居房，使牧民群众摆脱了逐水草而居的游牧生活。（2008 年摄）

中国石油援藏干部、常务副区长王晖在双湖教育基地向中学生介绍大庆精神（2010 年摄）

中国石油援建的双湖光伏电站（2009 年摄）

书记珠巨在双湖工作了 30 多个春秋。他对我说，双湖与过去相比发生了"翻天覆地"的变化。无人区刚开发时，区政府所在地只搭了几顶大帐篷，后来逐渐盖了一些土坯房，直到 1984 年才有了土木结构的办公房。中国石油援藏后，城镇一下子变了大模样。2003 年，宽敞的党政办公楼建起来了。2006 年，藏汉族干部职工全都搬进了既宽敞舒适、又采光取暖的阳光房。

珠巨说，以前村子里开会都到村长家。现在，中国石油投资 1000 多万元已为 12 个村庄修建了村委会办公场所，并配置了电视机和电冰箱。

古人云："眼见为实"。到双湖的第二天，我跟随中国石油两位审计人员和陪同的双湖常务副区长、中国石油援藏干部王晖，一起来到城镇边上的仲鲁玛村村委会检查援藏工程。

这个村委会占地 350 平方米，设有卫生服务站、兽防站、村委会办公室、防灾库房，还配有太阳能蓄电池以及必备的家具等，总投资超过 80 多万元。这么漂亮的村委会，即便在内地也是不多见的。

年轻的副区长、中国石油援藏干部王晖告诉我，双湖有 12 个这样漂亮的村委会。这让我很惊讶！双湖地区地广人稀，每 10 平方公里约有一个人，这么好的建筑是不是有些太奢侈了？我后来发现，搞规范化村委会建

双湖特别区区委书记珠巨（右）在向中国石油援建工程的项目审计人员敬献送别"哈达"（2009 年 7 月 29 日摄）

中国石油援建的双湖区幼儿园（2008 年摄）

双湖特别区牧民在"风光互补"的发电站前挤羊奶（2009 年摄）

欢度双湖建制三十周年庆祝活动（2006 年摄）

对口援藏的双湖区索嘎鲁玛镇新貌（2010 年摄）

设，凝聚着援藏干部的良苦用心。因为这里地广人稀，政府对牧民的管理有鞭长莫及的情况，加上双湖"十年九灾"，一遇雪灾，牧民就会束手无策。村委会作为基层政权建设的一部分，是村民心中的神圣殿堂。村委会建设有利于提高牧民的防抗灾能力，丰富牧民的生活；有利于牧民集中定居，减少对一家一户的分散投入。

多玛乡村干部告诉我，中国石油从 2005 年起援建的村委会非常实用：集办公室、会议室、卫生所、抗灾燃料仓库、粮食仓库等多功能于一体，还配套了太阳能光伏照明和电视卫星接收器。这在多灾的双湖发挥了很大的作用。

通过多年的对口支援，双湖特别区现已实现 86% 的乡镇有卫生院，85% 的牧民住上了定居房，84% 的村有村委会，儿童有学上，大多数牧民

尼玛县俄久乡牧民俄赛在挤羊奶。她身
后是中国海油为牧民援建的安居住房
（2009年摄）

尼玛县俄久乡牧民人家。新房是中国海
油为牧民援建的安居住房（2009年摄）

家庭有了电视机和摩托车。

（二）

　　在双湖、尼玛、班戈、申扎四县（区）基础建设初具规模之后，几家
援藏企业更加注重改善民生，逐渐把援藏资金向农牧区倾斜，让更多老百
姓受益。目前，这里每年援藏资金的70%左右都用在了草原建设和牧民
身上。

　　在藏北无人区的牧民定居房或帐篷外，我几乎都能看到一块块太阳能
硅光电池板，其中不少是援藏企业无偿送给牧民的。有了它，牧民可以照
明、看电视了。

　　当我再次来到双湖嘎措乡时，被眼前的景象怔住了：一排排整齐、明
亮的白墙、红顶藏式房屋，在雪山湖水映衬下显得蔚为壮观。

　　在中国石油的援助下，这个乡的90多户牧民搬进这些每套建筑面积
为100平方米，加上院子、阳光棚实际利用面积超过200平方米的新房。

为了激励老百姓正确处理对口支援与自力更生的关系，中国石油建这些安居工程时不搞大包大揽，每套房总造价18万元，其中由村民每户出资3.8万元，民政投资5000元。这一做法，受到当地政府的首肯。

　　我在藏北无人区采访的日子里，跟当地人聊天，"援藏干部"或"援藏项目"是出现频率最高的词。无论是县城的建设还是牧民的网围栏，都跟援藏有关。

　　羌塘西部草原不像其它地区，由于其海拔高度更高、高寒缺氧更为严重，长期以来，当地牧民的生活年复一年，没有什么大变化。自从中央制定并实施央企在这里援藏后，牧民的生活真可以用"日新月异"来形容。

　　在尼玛县，中国海油援藏项目组主管干部文强告诉我，截止到2009年，中国海油先后投资1.51亿元，用于改造尼玛县城，以及改善牧民的生产生活条件。其中他们所援助的3000套太阳能供电设备，解决了3000户贫困牧民的生活和照明用电问题。

　　能够住上新房子，是尼玛镇三村次仁做梦都想不到的好事。当我来到距离尼玛县城18公里远的尼玛镇三村时，我发现由中国海油援建的50户牧民定居点，几乎家家户户都在家中最醒目的位置挂起毛主席等领导人的画像，画像上还挂着洁白的哈达。

　　过去，次仁和大多数牧民一样过着逐水草而居的生活，走到哪儿，支

中国海油为尼玛县城修建的环城路正在施工（2009年摄）

中国海油为尼玛县援建的新广场（2009 年 8 月 8 日摄）

起帐篷就是家。现在，中国海油援建的定居房不仅让他有了"新家"，还不用点酥油灯了，因为家里有了太阳能照明灯。

过去没有电，只有昏暗的酥油灯照明，次仁一家晚上与许多牧民一样除了睡觉便无事可做。现在可大不一样了，家里不仅有电，用上明亮的电灯，还能看电视，连打酥油茶也用上电动的了。

为了让牧民从游牧走向定居，中国海油还投资 1300 万元分别在俄久、申亚和卓瓦 3 个乡新建了 5 个牧民定居点，共安置 177 户牧民。

我在俄久乡一村采访时，带着孩子在羊圈挤羊奶的牧女俄赛停下手中活，兴奋地指着新搬入不久、面积为 90 多平米的定居房说："新房子，亚咕嘟（好）！"

班戈县佳琼镇五村坐落在美丽的达如湖畔，有 48 户牧民 232 人。中国石化近年来在这里援建牧民安居工程，兴建网围栏，使四处为家的牧民有了安定温暖的家。镇长多吉尼玛对我说："中国石化援助全乡建起 250 户定居房，这为牧民就医和上学提供了很大方便。"

现在，班戈县 10 个乡镇、95 个行政村，已经有 3000 多户牧民在中国石化的帮助下定居下来，有 2000 多户牧民用上了中国石化配套的太阳能照明设备。

中国海油为尼玛县牧民援建的安居房（2009年摄）

　　过去我印象中的"雨天一路泥，雪天一路冰，晚上一路黑"的班戈县城街道，在中国石化首批援藏干部李一超和韩凤明等人的努力下，投资近2700万元，于2003年开工修建了吉江扎西路和幸福路。

　　李一超曾向我描述说，道路施工伊始，县城方圆一二百公里的牧民都搭便车、骑马专程来县城观看建设工地；县城道路完工的消息传开，长期生活在乡下的群众，特意来体会走在水泥路上的感觉。

　　我在班戈县城看到，以前的土路变成了两条宽阔整齐的水泥路，路边安装了太阳能路灯，每当华灯初上，街道两旁整齐排列的几十盏路灯，犹如两条黄龙盘旋在县城中央，伸向远方。晚上没事从不出门的班戈人，现在也喜欢上街散步了。

　　县党政办公楼、党政会议中心、县城宾馆、农贸市场、干部周转房，一个个项目的相继落成，让这个地处羌塘草原深处的小县城变得繁荣了，有了现代城市文明的气息。

<h1 style="text-align:center">（三）</h1>

　　为使对口支援工作更上一层楼，让援藏成果在藏北无人区落地生根，几家援藏企业加强人才培训，为当地经济的发展奠定了坚实基础。

　　在双湖，中国石油把技术援藏作为援藏工作的重点，每年投入50万元，组织双湖区干部职工和专业技术人员赴内地培训、考察。7年来，已选派七批共206人，为双湖培养了一支能够带领牧民群众脱贫致富的干部队伍。

在尼玛，中国海油有重点、有步骤地实施以提高干部队伍素质为核心的培训计划，已选派80名正科级以上党政干部，分四期赴内地进行培训，还送出去几十名教师、医生和餐饮服务管理人员到内地进行1至6个月的岗位业务培训。

在我到达尼玛的一个多月前，他们还组织16名牧民对西藏12个县具有代表性的农牧业经济、特色产业示范点进行为期18天的考察学习，以开阔视野，更新观念。

2008年至2009年，中国海油还分别投入55万元和75万元，用于后备干部内地培训及科技实用人才的培训，以提高尼玛县发展的软实力。

在班戈，截至2009年，中国石化先后投资1.3亿元，大力实施城镇建设工程、扶贫富农工程、助学工程、安居工程、送光明幸福工程、草场建设工程等八大民心工程。

中国石化还十分重视当地的教育和培训工作，年投入50万元用于县、乡、村三级医生、教师等人员的技术培训，以及牧民的技能培训，并组织县、乡两级近百名干部到我国经济发达地区参观学习。

此外，他们还投资引进具有现代企业管理模式和经营理念的"纳木错建材开发有限责任公司"，让它成为造血型工程、财源性工程。同时，扶持贫困的普保镇一居委会创办了制砖厂、建筑

中国石化援建的班戈县中石化小学（2012年摄）

中国石化援建的班戈县中石化小学教学楼内景（2012年摄）

中信集团援助的3065台太阳能灶，使申扎县许多牧民家庭用上了清洁能源（2005年摄）

班戈县城公路未通车前（2002年10月11日摄）

中国石化援建的县城公路幸福路通车（2003年10月8日摄）

中信集团为牧民援建的安居房（2009年摄）

队等多个经济实体。

在申扎，中信集团则结合实际情况制定了"输血与造血"并进的方针，狠抓小城镇规划与基础设施建设。中信集团先后投资约1.3亿元，完成了涉及能源、交通、教育、文化、卫生、市政、牧民定居等领域的基础设施建设项目，培训干部70人。

2008年，中信集团投资30多万元为申扎县修建了斑头雁养殖基地。此举成为申扎县有史以来禽类养殖第一个开创性先行试点，为群众增收开辟了渠道。2010年，中信集团投资兴建的中信那曲大酒店正式开业，并将50%的股权捐赠给申扎县政府。此举将作为输血式援藏项目可为申扎县经济发展长期发挥效应。

在几家援藏企业的大力援助下，藏北无人区已不再是荒凉之地。对此，今年55岁的尼玛县建设局局长索郎旺加感触颇深。他说："尼玛是距离那曲最远的县，条件很苦，过去没人愿意到这里工作，但近两年尼玛已成为那曲西部四县（区）中最吸引人的地方了，每年都有30多名大学生主动前来。县城人口也从无人区开发时的几百人上升到现在的4000多人。"

二、"太阳城"阳光更灿烂

原文部办事处改为尼玛县，而"尼玛"在

尼玛县城老城区（2009 年摄）

藏语里又是太阳的意思。这名字不但好听，还切合实际。因为平均海拔
5000 多米的尼玛县，与双湖特别区一样，无疑是离太阳最近的地方。

我很喜欢双湖、班戈和尼玛新城，尤以尼玛甚之。这座"太阳城"规
划合理、很干净，每天清晨有环卫工人在清扫街道。全城仅有的一条街道
笔直地一通到底，街道两边还铺着人行道砖，既漂亮，又美观。

由于这里气候条件不适宜植物生长，街道两边没有铁栅栏一类围起的
"绿化带"，全铺着人行道砖，街道两边的建筑也是全新的，在藏式的基础
上还增加了现代元素，色彩更加柔和、造型也更加大方，显示出独特的风
格。全城看上去简洁而无杂乱之感。当地人说，这都是援藏干部的功劳，
因为尼玛县城就是援藏的项目之一。

从中国海油第一批援藏干部起，他们就十分重视尼玛县城的建设。
2002 年至 2004 年，中国海油主要用在县城建设的援助资金就有 6000 多
万元。

尼玛县地处羌塘核心部分，随着羌塘探险旅游热不断升温，城里便不
断出现各种肤色的探险爱好者。于是援藏干部又筹集资金，在县城的中心
位置修建了尼玛宾馆，条件相当不错，暖气热水一应俱全，还安装了藏北
无人区的第一部电梯。比起内地的宾馆，一点不差。

尼玛县城新楼房（2009年摄）

　　说起这个宾馆，我听说了这样一段真实的故事。2001年，中央第四次西藏工作座谈会召开后，确定了继续"支援西藏"的政策，相关援藏的政府和单位由受援的县自主选择。尼玛县地处偏远，等县上接到通知，派人去到那曲地区选择对口援建单位时，省、市级的政府单位早被其它县选完了。无奈，随便选择了中国海洋石油总公司，当时县委领导都有些失望，认为一家公司能帮一个县干什么呢？

　　其实，犯嘀咕的不仅是尼玛县的领导，中国海油总公司的"老总"也同样犯嘀咕。有位"老总"说："我们从没有听说过尼玛县，更别说对它的了解了。问遍所有的熟人，没有一个人去过。找遍图书馆，也找不到一星半点的资料。没办法，只能摸着石头过河！"

中国海油党组成员、副总经理武广齐到尼玛县调研（2005年摄）

　　2002年6月，中国海油第一批援藏干部崔立军和王跃到达尼玛县赴任，分别担任尼玛县副书记和副县长之职。

　　由于尼玛老城区正处在山风口，风沙很大，一年中除七八九三个月外，其它月份都有狂风肆虐。援藏干部与县委领导商议后决定，把县城重新规划，建到河对面背风向阳的山谷里，中国海油还派来专业的设计施工队伍，所有的建筑都严格按照施工图进行。

几年过后，加上中国海油第二批援藏干部于永杰、吕明的辛勤努力，县城里的干部群众惊喜地发现中国海油的援建项目使自己原来的土房子变成了藏式小楼，门前一刮风就尘土飞扬的土坝子变成了宽阔的水泥路面。原本乱糟糟、随地摆放的地摊不见了，取而代之的是窗明几净、物质丰富的农贸市场，甚至连街边的垃圾桶也有了"可回收"和"不可回收"之分，还开通了县城至那曲镇的定期长途客车。

尼玛县的干部群众心里真是高兴啊！没想到"随便选来"的援藏单位竟如此尽心尽力，看到援藏干部为尼玛的建设操劳不已，进出藏都是直奔机场，在拉萨连个落脚点也没有。特别是进藏时，高原反应本来就强烈，还带着氧气瓶，马不停蹄地赶回尼玛县，当地干部实在不忍心。他们向中国海油领导提建议：在拉萨购买一套房子，让援藏干部在进出藏时有个地方休息，缓解一下高原反应。还说购房的资金不用援藏资金，由县上自行解决。没想到这个看来很合理的建议被中国海油领导一口回绝，理由很简单："我们援藏的是尼玛县，我们的干部就必须在尼玛工作，如果呆在拉萨，那我们还叫尼玛县的援藏干部吗？"

一句很实在的话，让尼玛县干部群众从心底倍感温暖！

尼玛县文部乡村民次成旦增在收看"村村通广播电视"（2009年摄）

尼玛县城正待销售的摩托车（2009年8月9日摄）

中国海油援建的学校电脑室（2007年摄）

尼玛县城的一位妇女在使用自来水洗墩布
（2009 年摄）

中国海油为尼玛县俄久乡牧民援建的安居房
（2007 年摄）

尼玛县牧民骑摩托车去草场

　　我这次来尼玛县，一直住在尼玛宾馆。宾馆前是个有电照明的水泥地大广场，两边是文化活动中心和政府办公楼等新建筑，而这些建筑，包括我住的尼玛宾馆在内都是由中国海油援建。难怪夜晚在这里散步、打篮球的人，人人都夸援藏好，都说"我们的援藏干部好"、"我们的援藏力度大"、"我们的援助实在"等词语，似乎前面不加"我们"不足以表达自己的自豪感。

　　尼玛县城虽是一个小县城，但"麻雀虽小，五脏俱全"。农贸市场、修车铺、小超市、各种风味小吃店、电信等等，真是应有尽有。

　　县城街道边有卖肉的牧民，牛羊肉都是新宰杀的，绝对新鲜。还有三五家蔬菜店，像西红柿、莴笋、黄瓜、白菜等都有，还有活鸡和活鱼。告别了过去那种一年四季吃干菜，拿着钱无处买新鲜蔬菜的历史。

　　可以说，西藏的每一点发展进步，都离不开国家的大力支持和帮助。自西藏和平解放后，国家对西藏的政策一直以扶持为主，不但免掉一切税收，国家还投资修水渠、建网围栏和育羔房。经过几十年的努力，藏北牧民是真的富裕起来了，马匹作为主要的传统的交通工具已经退出历史舞台，取而代之的是飞驰在草原上的汽车和摩托车。

　　谈及援藏给这里带来的变化，在尼玛县工作了 12 年的汉族干部、县农牧局局长谢秀国兴奋地告诉我，现在这里乡乡通公路，仅尼玛县就有 80% 以上的牧民人家购买了摩托车，还有不少

中国海油领导与尼玛县的孩子们在一起（2007年摄）

的牧民买了汽车和拖拉机。

以前，牧民放牧一天要走20多公里，十分辛苦，现在是轻松骑着摩托车放牧；以前，牧民每年到县城购买日用品和粮食，骑着马来回一趟少则半月，多则一个多月，现在是自己驾驶着摩托车和汽车来回一趟仅要几天时间；以前，牧民迁移草场、交售畜产品全靠牛羊来驮，现在运输任务几乎都换成了汽车或拖拉机。

荣玛乡是尼玛县北部最偏远的一个乡。1976年开发无人区时，它从申扎县迁进无人区，原归双湖管辖，后划归到尼玛管辖。

西藏和平解放前，荣玛乡的牧民生活在申扎，他们戏称自己的生活是"一件藏袍穿到头、搬家只需一头牛"。而如今的牧民群众生活富裕程度外人是无法想象的。

前些年，我到荣玛乡附近的几户牧民家里采访，就已是家家户户都有摩托车，还有不少家庭有了汽车。

我这次来尼玛县城，见到一位开着东风牌卡车的荣玛乡牧民，他名叫才多。他往自家的东风牌卡车里装着新买的电视机、藏柜、卡垫等物品。见我好奇，他兴奋地告诉我："援藏干部给我们盖了许多漂亮的定居房，我买这些东西是为搬新居用的。"

在尼玛各乡的公路上，我不时地看到车门上印着"中海石油赠送"字样的丰田牌客货两用车。这种车虽比不上小轿车漂亮，也没越野车潇洒，但作为乡政府的办公用车却非常实用。

晚饭后，我喜欢在尼玛县城先转一转，看一看，然后再用援藏干部文强房里的网线上上网，发些新闻照片报道。

也许是这里离太阳最近的缘故。尽管是晚上八点多钟，当我漫步在平坦、宽阔的大街时，太阳仍高高地挂在山头，阳光也似乎更加灼目、更加灿烂了；在天空的另一边，月亮却悄悄地爬了出来。在尼玛的日子，我天天都能看到这日月同辉的奇景和美景。

三、他们，远离故乡

援藏，一个让人感动的话题！

从十八军进军西藏开始，60年来，全国各地陆陆续续以各种方式派遣了一批批援藏干部，招工招干、毕业分配、国家有关部门和各省市诸多领域的各专业对口支援等等，在西藏各项建设事业中发挥了巨大作用。这一光荣传统也被命名为"特别能吃苦、特别能战斗、特别能忍耐、特别能团结、特别能奉献"的"老西藏精神"。

援藏工作历经60年，经历了一个不断发展、改进与完善的过程。尤其是1994年中央第三次西藏工作座谈会后，援藏工作在方式和力度上都有了很大的转变。根据这次西藏工作座谈会确定的"对口支援、分片负责、定期轮换"的新时期援藏方针，确立了祖国与西藏之间在"经济开发、教育卫生、干部交流等方面建立长期的、主动的、多方面的、相对稳定，各方配套的对口支援关系"。1995年，国内十五个省市（后增加重庆市）分别对口支援西藏七地市，其中浙江、辽宁两省对口那曲地区，主要分布在气候、交通条件相对条件好一些的地直单位，以及东中部的那曲县、安多县、比如县、嘉黎县、索县和巴青县。

2001年6月，中央第四次西藏工作座谈会召开后，又一次加大全国支援西藏的力度，将西藏尚未建立对口支援关系的30个县（区）全部纳入到对口支援范围。其中，中国石油、中国石化、中国海油、中信集团和神华集团对口支援那曲双湖、班戈、尼玛、申扎和聂荣五县（区）。由此，拉开了援助藏北无人区的大幕。

西藏高原有句"那曲苦，阿里远，昌都险，拉萨是总开关"的顺口溜。这里所说的"苦"是指那曲海拔最高、条件最艰苦。而那曲西部双湖、尼玛、班戈和申扎四县（区）又是那曲地区海拔最高、条件最艰苦的地方。

在藏北西部，内地汉族援藏的方式虽不尽相同，但有一点是一样的：那就是他们，远离故乡！

告别家乡，离开父母妻儿或热恋中的情人，来到高寒缺氧的无人区，对汉族来说这是一个严峻的考验！

没有战场上的冲锋陷阵，没有血与火的洗礼，但语言困难，气候的恶劣，生活的艰苦和不习惯，亲人离别的痛苦等等，无一不摆在他们面前。

严重的缺氧使人过早的衰老、脱牙、记忆力衰退，甚至患上高原心脏病。

尤其是上世纪七八十年代，新开发的藏北无人区业余文化生活单调乏

亲如兄弟的双湖办事处副主任张新坡（右）和副书记欧珠旺堆（左）在查看当地水资源（1987年摄）

亲如兄弟的双湖办事处副主任张新坡（左）和副书记欧珠旺堆在双湖草原合影留念（1987年摄）

味，青年人在难熬的寂寞中打发漫漫的时光。

路是那么遥远，交通又不方便。回家探亲一次往返路途就要耗去 2 个多月时间。

当父母的，常常思念远在内地的子女，牵挂他们的生活、学习，担心亲属和朋友照顾不周，荒废了孩子的学业；年轻人独身一人倒也轻松自在，可是要自己动手做饭，因为这里没有食堂和饭馆。

邮车半个月来一次，翻开报纸都是旧闻，日报成了月报，一封信经过一个月时间才能送到收信人手中。

30 来岁找不到对象，好不容易盼到休假到内地，找人帮忙介绍个对象，人家听说小伙子在西藏工作，不用提无人区，姑娘早已转身"拜拜"了。

夜晚看书常没电，几个汉族青年凑在一起想心事，如哪位找到女朋友个个羡慕至极。收到姑娘情书如获至宝，回信可要字斟句酌，马虎不得，生怕姑娘变了心。实在不行，"三个臭皮匠顶个诸葛亮"，你一句，我一句共同讨论起草一份"情书"。

还有，无人区的汉族小伙子个个晒得黑，20 几岁的青年看起来都像是中年人。

这一切往往使一些人望而却步。能在这里愉快生活和工作的确不容

原双湖办事处生活大院（1988 年摄）

易。从一定意义上讲，他们也是英雄。

没有来过这里，没有这种感受。来了这里，我不能不佩服那种崇高的献身精神！有的人去了一次无人区，就大吹特吹，诉说怨屈，宣传如何了不起。而无人区的汉族长年累月地在这里生活、战斗却没有怨言，勤勤恳恳，默默无闻。

他们的名字无人知晓，他们的贡献无人了解。"蜡炬成灰泪始干"用在他们身上我觉得再恰当不过了。他们是我心目中的英雄。如果有人问我什么样的人才是男子汉和女中豪杰，我会毫不犹豫地回答："他们是真正的男子汉和女中豪杰！"

原双湖办事处副主任张新坡是那曲地区民族团结先进个人、优秀共产党员。他是一位受无人区干部群众爱戴和交口称赞的汉族干部。

他在处理个人和集体关系上的事情，是令人难忘的。当地藏族干部告诉我，1987年底，张新坡的奶奶病危，老人家临终前想见见远在西藏高原的孙子，电报一封接一封发到了双湖办事处。奶奶从小抚养他长大，张新坡何曾不想马上回到河南农村的老家去见见奶奶，侍奉她老人家，尽孙子的一点孝心呢！但眼前的工作又使他不能离开。

正值办事处领导班子人手少，工作忙。他悄然地将一封封电报装进衣兜，把孙子的一片孝心凝聚在信中，并汇去钱请亲属替他照顾好奶奶。直到他的奶奶带着未见到孙子的遗憾告别了人世，他也没有向别人透露一星半点的消息，也没有找理由脱身回家。过了很长时间，办事处的索朗公布主任知道了此事，生气地埋怨他时，张新坡却淡淡地说："在个人利益和集体利益发生冲突时，还是要以集体利益为重。"

张新坡的妻子陈桂月在双湖办事处粮站工作。由于长期在高原，她和丈夫一样患有心脏病、胃溃疡等多种疾病，身体一直非常虚弱。9岁的儿子又远在河南农村，令她时常思念。而她在做好自己工作的同时，竭尽全力支持着丈夫的工作，从没有半句怨言。后来，她的病情不断加重，开始吐血，大把大把地吃药也不起作用，仍一声不吭地继续工作。办事处索朗公布主任和格来书记发现后急了，一次次地给张新坡和陈桂月做工作，让张新坡送她去内地，疗养治病，夫妻俩硬说工作太忙不肯离开。实在无法，索朗公布和格来两人给那曲地委组织部写报告，让张新坡送爱人到内地去治病，经地委组织部同意，这才硬使他们夫妻离开了双湖草原。张新坡人到了内地，心却早已飞回了双湖草原。两个月后，他把妻子治病的一切事情安排妥当，告别了支持他工作的妻子和儿子离开河南老家，一路风尘于春节前赶回双湖办事处。

双湖办事处北措折乡的篮球赛（1989 年摄）

按理说，他有充足的理由在家过个团圆年，也可以借此治治病，照顾一下妻子，多待几个月，同分别的儿子多享受几天天伦之乐。然而，他并没有这样去做，他带着对高原的热爱，对藏族人民的热爱，默默无闻地又将自己的全部身心投入到无人区的开发建设事业中去了。

双湖办事处开车的李启玉师傅是一位性格开朗的驾驶员。别看他30多岁，身材瘦小，却开了十几年汽车，驾驶着汽车长期在无人区东奔西跑。脸被强烈的紫外线晒脱了皮，背有些驼，缺氧使他嘴唇干裂，指甲凹陷。但他驾起车来，却是一名虎将。

一位来自"天府之国"的四川人在没有公路又到处是公路的荒原上开车，常常一跑就是十几个小时，困了趴在汽车方向盘上打会盹，饿了吃口冷馍馍。

有一次，汽车掉进冰坑，周围没有人烟。他和两位搭车的藏族干部当"团长"（团起身子在车里过夜）。幸好他在高原行车有经验，总是随车带着帐篷、锅、碗、汽油炉、挂面，这些帮助他们在冰天雪地里度过了一个个寒冷而漫长的夜晚。后来盼来了一辆过往的汽车，总算解了围。回到双湖办事处，被冻肿没有知觉的耳朵和手脚在屋里稍一暖和，痒得就像猫抓得一样难受。

原文部办事处机要科陈杰是我的山东老乡，二十四五岁，一见到我那个亲热劲儿真如久别重逢的亲兄弟。在那里，难得遇到一位外边来的老乡。为了请我吃顿饭，他跑了很多家才找来几根莴笋炒了一盘菜。由于机要科就他一人，在长达四五年的时间里，他一直自己起火做饭，宿舍是办公室，烧的是羊粪蛋，锅碗瓢盆摆了一地，墙壁到处是下雨时漏水的痕迹。不过，小伙子很有事业心，他正抓紧时间学习函大的课程。

通过他我又认识了另一位山东老乡，夫妻俩一个是汽车司机，一个是商店的售货员。在当时只有十几位汉族干部职工的文部办事处，能遇到几位老乡实在难得。若不是陈杰提前介绍，我会把李师傅的妻子看成一名藏族女售货员。她耳朵上挂着两个大耳环，一口流利的藏语连买东西的牧民都佩服！她语言通、态度好、服务热情，在办事处这座 10 多米长的商店里工作了七年时间，和藏族人民结下了深厚的情谊。

夫妻俩把两个上小学的孩子交给山东的父母代管，却怕老人太溺爱孩子。当父母的总惦记着孩子的学习，每当谈及孩子，当母亲的总要流泪，因为毕竟每隔一年半的休假才能见一次自己的亲骨肉啊！

我们再来认识一下开发无人区时的一位女性吧。双湖的干部告诉我，那姑娘叫罗南琴，人们都亲切地称她"小罗"。

1975 年以前，小罗还在那曲地区商业局工作。听说要开发无人区，她报了名奔赴双湖草原，成为第一批干部中惟一的汉族女干部，在无人区开始了她的新生活和工作。

一年过去了，她细嫩的皮肤变得又黑又红，人们开玩笑说她的脸上有了"高原红"，以后找对象没有人要。小罗还为此流过不少眼泪！她在双湖工作时，为了无人区的开发和建设同男同志一样出了不少力。

这里我只介绍了几位双湖和文部的早期开拓者，还有更多的无名英雄，无法一一描述。在藏北无人区采访的日子里，我为他们那些平凡而可贵的事迹打动，力图想摄下无人区开拓者的群像。我觉得，在内地的平静环境里过着幸福生活的人们，应该了解他们。

唐召明二进无人区时在途中采访（1988年）

四、值得称颂的人们

1988年，我二进无人区，来到双湖办事处。因为办事处没有饭馆，过去连个食堂也没有，我还是依旧来到张新坡副主任家里"蹭饭吃"。他的家，要算当地吃饭人数最多的"小食堂"了。外边来的人一日三餐在他家吃饭，办事处书记格来、主任索朗公布两位单身汉，副书记欧珠旺堆全家五口人也是他家吃饭的常客。不论谁在他家吃饭，他和妻子从不收钱，我真担心他们这样长期下去怎么能承受如此大的负担。

双湖办事处的人们称张新坡副主任和欧珠旺堆副书记两家亲如兄弟，这话一点不假。张新坡和张嫂经常抱着欧珠旺堆的小儿子，教欧珠旺堆的大儿子巴桑学习文化。他们有什么好吃的东西，总惦记着欧珠旺堆的孩子，如同惦记自己的亲生儿女。我第一次来这里，张新坡俩口子抱着五六岁的巴桑，让我给照了张像。照片寄回家乡，左邻右舍都以为照片上的孩子是他的儿子。

35岁的张新坡，1979年毕业于河南省驻马店农业机械化学校（现河南省农业大学）。1979年，他带着妻子自愿来到那曲地区申扎县工作。1987年，他被调任为双湖办事处任副主任。

这些年来，他们的独苗9岁的儿子一直被丢在河南省西平县陶庄村，跟爷爷一起生活。作为父母，他们时常牵挂着自己的亲骨肉，惦记着儿子的身体和学习。1982年，他们的儿子患了肺炎，农村的医疗条件差，留下了后遗症。张嫂背着丈夫，泪眼汪汪地从桌面的玻璃板下拿出一张全家人的合影照片，我看到照片上的孩子很瘦弱。而眼前的张嫂身体也不好，患有高原心脏病。她上班时忙碌在办事处粮站的会计工作岗位上，下班时间则忙着做饭，不遗余力地招待外面来的客人和吃饭无着落的办事处藏族干部。俩口子从不谈及自己的困难，默默无闻地奉献着自己的光和热。

在双湖办事处，像张新坡夫妇、熊亮兵夫妇这样不少的汉族干部正在谱写着藏汉民族团结的新乐章。

为了更好地了解西藏，便于工作，汉族干部积极学习藏语文。1985年，根据办事处纪律检查委员会书记熊亮兵的提议，处直机关举办了藏语文学习班。几个月来，汉族干部坚持听讲，完成作业，尤其是熊亮兵坚持完成作业，从没有缺过一堂课。当时，办公室的范科创等汉族干部都能够写藏文单词和词句了。

在这里工作的十几名汉族干部生活上没有特殊的要求，他们努力改变自己，已适应了藏族的生活习惯。张新坡家里一天也断不了酥油、肉和糌粑。每当冬季宰羊时，他和藏族干部群众一样买羊，每只羊的肠子都要灌血肠和面肠。连家里摆的家具都是藏式的。

1987年，张新坡在一次全处干部职工大会上作了题为"理解万岁"的专题讲话。他要求汉族干部时说："藏族称呼我们为老大哥、老大姐。因此，我们在言论和工作上要对得起这个称号，当好老大哥、老大姐！"

1988年藏历新年，欧珠旺堆这位藏族大学生、办事处副书记以"高原不会忘记你们"为题满怀激情地致了词。他说，汉族干部不畏艰苦，为羌塘草原付出了代价……

在双湖办事处，藏汉族亲如兄弟。办事处温室的菜长大了，藏族同志优先照顾汉族同志。从那曲和拉萨千里迢迢拉回的蔬菜，先让汉族同志购买。汉族同志只要能够弄到一点像样的饭菜，就请藏族同志一起分享。

办事处党委书记格来是继土登才旺之后的第三任书记。他平时要求藏族同志要尊重汉族同志的语言、生活习惯，让大家掌握藏汉两种文字和语言。

每逢过年过节，他都要带领藏族干部给汉族同志献哈达，敬青稞酒，召开座谈会，征求汉族同志的意见。十几位汉族同志如同在自己的家乡一样温暖。

为了加深民族间的感情，使汉族更多地了解双湖草原，原双湖办事处副主任彭扎经常给汉族干部介绍这里的风土人情，讲解西藏的历史。

我到达双湖办事处的第二天，赶上彭扎副主任调到班戈县工作，正忙于搬家。十几名藏汉族干部帮他捆扎东西，东家请，西家叫，为他送行。

索朗公布主任经常利用星期天时间，带汉族干部到雪山上采雪莲，到西亚尔雪山脚下看未成熟的水晶石，使工作在这里的汉族同志开阔眼界，了解双湖草原的宝藏。

双湖办事处机关里，有一对年轻的夫妻可称得上是第二代民族融合的家庭。小伙子郑国贤家乡在河南，父亲和母亲是汉藏夫妻，同在那曲地区工作。小郑 4 年前来到双湖办事处财政局当会计，一年后和办公室的藏文打字员德吉旺姆也结为汉藏夫妻。现在，这对第二代的汉藏夫妻也有了一个活泼可爱的小男孩，年轻的父母给他起了两个名字：汉族名字郑小龙，藏族名字叫才旦。

双湖办事处组织部张海涛，这位 24 岁的汉族年轻人，1986 年从西藏农牧学院毕业后分配到双湖，在这里和财政局的同乡、一位四川姑娘结为伉俪，共同建设双湖草原。他告诉我说，去年双湖办事处分来了五名中专毕业生，其中一人就是汉族。他名叫董志康，毕业于西藏警察学院。

2008 年，时间过去了整整 20 年，我在拉萨又见到了张新坡和欧珠旺堆两家人。

张新坡时任西藏自治区党校副校长，欧珠旺堆已退休在家，两家人都搬到了拉萨，平时的联系也就更紧密了。

当年的小巴桑今年已是 24 岁的小伙子，他现是西藏那曲地区尼玛县卓瓦乡的一名汽车驾驶员。

1992 年，张新坡离开双湖办事处先调到索县工作，后又调到阿里、山南、最后调到拉萨工作。于是，他与妻子、一双儿女，以及父母便分别居住在山南、阿里、拉萨，以及河南郑州、驻马店老家，加上藏族儿子巴桑所居住的尼玛县，共有五个地方的五个家。长期以来，两家父母与子女、丈夫与妻子的多处分散生活并没有影响两家的往来。2007 年，张新坡从西藏山南地委调到拉萨后，最终张新坡的妻子陈桂月与欧珠旺堆的妻子扎西卓玛姐俩重新同聚一地，又有了经常见面的机会。

在拉萨，欧珠旺堆驾驶着他的现代牌越野车接我去他家做客。一进门大厅墙上挂着一幅大照片，欧珠旺堆指着说："记得吗？这照片是你帮我拍的！"我仔细端详站在摩托车架上的小巴桑照片，果真是我拍摄的。只是欧珠旺堆后来把我邮寄给他的 5 寸小照片进行了翻拍放大。这让我很感动，也让我回想起了二十年前的艰苦岁月的点滴往事⋯⋯

五、让无人区成为繁荣新牧区

"缺氧不缺精神，艰苦不怕吃苦。"2001 年中央第四次西藏工作座谈会后，中国石油、中国海油、中国石化、中信集团等央企加入援藏大军，在人类"生命禁区"谱写出一曲曲华美的乐章。

（一）向往高原　向往神鹰

这次我前往藏北无人区，飞抵拉萨当晚就见到来拉萨接中国石油审计人员的援藏干部、双湖区常务副区长王晖。第二天一早，我与他所接的两名人员，分乘两辆汽车一同前往双湖特别区。

到达双湖的第二天，我又跟随他们一同查看了援藏工程。

王晖是连我这位"老西藏"都佩服的年轻援藏干部。按说，在双湖这样的"生命禁区"结束了援藏任务，应早点回家与妻子儿女团聚才是。可

中国石油援藏干部郑斌（右二）和王晖（右三）在进行援藏项目情况调查（2008 年摄）

中国石油援藏干部、双湖特别区常务副区长王晖（左二）和区委书记珠巨（左三）、区长贡嘎（右一）在援藏项目建设工地现场办公（2008 年摄）

在我到达双湖时，他却与中国石油另一名援藏干部、双湖特别区副书记郑斌力争续藏。这意味着两位年轻的援藏干部将在这里度过四个春秋，比别人多援藏两年。

在西藏，一人援藏，等于全家援藏。事后我了解到，中国石油第三批援藏干部王晖和郑斌为了援藏，将年幼的孩子交给妻子和父母，自己帮不上半点忙，家里的负担全落到妻子和父母身上。而现在又要续藏两年，无疑更加重了他们对妻儿、父母的愧疚之感。

在双湖的日子里，我从藏族干部群众那里听说了许多有关援藏干部不畏艰苦的动人故事。

2007 年盛夏，中国石油王晖和郑斌从繁华的首都来到双湖援藏。他们除担任常务副区长和副书记之职外，还和中国海油、中国石化、中信集团和神华集团四家央企的援藏干部一样，担任着那曲地委和那曲行署副秘书长一职。他们是中国石油继蔡文浩、张希熠、高清祥、郝广民后的第三批援藏干部，也是后来的第四批援藏干部。

到双湖工作，对内地来的援藏干部是一个很大的考验！

王晖和郑斌从拉萨向双湖进发赴任时，丰田越野车在"不是路的路上"跑了两天。王晖高原反应严重，一路上吐了十几次，后来吐的都是绿水，不能吃饭、不能进水、不能说话、不能直腰。

双湖区索嘎鲁玛镇的一家小超市（2009年摄）

双湖区索嘎鲁玛镇新开业的"康健大药房"（2009年摄）

　　"抵达双湖后，许多干部群众夹道欢迎，让人感动！我当时心里想，当地干部、群众给我们这么高的礼遇，这两年我们能为他们做些什么呢？"王晖那一刻感觉身上的担子沉甸甸的。

　　以后的两个多月，两位援藏干部多次组织召开干部职工、群众座谈会，了解干部职工和牧民群众急需解决的问题。两年来，他们走遍全区7个乡（镇）的31个行政村，行程几万公里。

　　"援藏项目应突出改善农牧区生产生活条件，改善农牧民生活。"两位年轻的援藏干部牢记胡锦涛总书记对援藏工作提出的要求，像前一批援藏干部高清祥、郝广民一样，着力改善当地牧民的民生问题。

　　从2005年起，中国石油就开始实施小康示范村建设。到2009年，小康村项目共投资1580万元，援建了101户。

　　2006年，西藏开始实施农牧民安居工程，中国石油投入资金613万元，开展了牧民安居工程的"水、电、路、气、信"等配套建设，使部分牧民告别牦牛帐篷，第一次住上宽敞明亮、安全适用的房屋。

　　居住分散和偏远的牧民最怕患病，患了病只有到几百公里之外的县城才能得到医治。2005年，中国石油援建的第一个乡镇卫生院——北措乡（即北措折乡）卫生院落成。接下来的几年时间里，中国石油每年都安排资金修建卫生院。至2009年，中国石油共投入700万元在双湖区的7个乡（镇）援建卫生院。卫生院有门诊部、手术室、输液室，还配备了简单的急救设备……

在双湖建项目绝非易事，所需的钢筋、水泥等材料要从几百公里外的拉萨或那曲运来，运费每吨高达800元，再加上每年施工工期只有6月至9月的4个月时间，工程难度比内地高出许多倍。在项目实施过程中，援藏干部克服极端艰苦的自然环境，深入项目现场，及时帮助解决项目建设中所出现的问题。因为他们每次乘车去海拔5000米以上的乡里检查援藏项目，都要走上千公里，而每去一趟就像生一场大病。

有一次，王晖和郑斌一行的两辆车先后陷入沼泽地，想尽办法都没能把车子弄出来。夜幕降临，气温降到零下，路上又无过往车辆，八个人只好挤在一个车里度过漆黑夜晚。有一辆车因为陷得太深，钢丝绳被拉断了仍没被拖出泥潭，之后从四五十公里外的乡里请了二十多名牧民挖了两天，才把汽车挖出来。三天后，郑斌与家里联系上了，妻子在电话那头放声大哭："听到你的声音就好啦，就知道你还没死！家里都快急死了！"电话这头，郑斌安慰妻子："别哭，我没事！"挂掉电话，他自己也泪流满面了。

双湖区索嘎鲁玛镇的电话超市
（2009 年摄）

双湖区索嘎鲁玛镇电信所业务人员在办理手机业务（2009 年摄）

王晖和郑斌对此毫无怨言。相反他们总是用"越是艰苦的地方越能锻炼人"这句话来激励自己。

王晖告诉我说："记得我刚到拉萨，问双湖干部'双湖为啥叫特别区呀？'他们开玩笑说：'那是因为双湖特别高、特别远、特别穷、特别缺氧、特别艰苦。'我当时想，以前自己在基层呆过，油田也跑过不少，能苦到哪儿去呀？体会了一趟双湖的艰辛路，我理解了此话中的道理。"

几位藏族青年在双湖特别区职工活动交流中心打台球（2009年摄）

去双湖的"天路"，晴天，强烈的日光照射到车内，人被晒的焦躁难忍，车辆掀起的灰尘一阵阵席卷而来，车内充斥着粉尘，让人几乎无法呼吸。碰到雨天，一般都要走两三天才能到达，中途住到班戈县城或沿途小店，约1000公里的路程往往要多绕出一倍。

如遇风雪天则更是可怕。有一次，王晖和郑斌单车去双湖，刚走了一半，天越来越阴沉，空气里弥漫着冰山般寒冷的味道。远远的，王晖看见有座雪山，雪山好像还在移动，他大声说："不好，那不是雪山，是'白毛雪！'。"王晖曾经听在内蒙油田会战过的父亲说过，旋风夹杂着雪成了一个大雪团，人车一钻进去就会迷失方向，如果雪下的时间长了，人有可能就得冻死饿死在雪窝里。说话时，他们已经钻进了雪团，四周一片雪海，风雪像扫帚一样扫打着他们的车窗，车外能见度为零。看到这些，一向不抽烟的郑斌说："哥们，给我来根烟抽"，王晖知道他是真的有些担心了。还好，雪下了一个多小时就移走了，他

暴风雪中行进的汽车（2002年摄）

双湖特别区清洁工人在清扫城镇街道（2009年摄）

双湖牧民群众捕捞卤虫卵（2009 年摄）　　双湖财政收入的主要来源——巴岭乡卤虫卵（2008 年摄）

们走出了这可怕的暴风雪。

大自然给了双湖严酷的自然环境，也给了双湖特有的自然资源。其香错湖中特有的优质饲料——大虾等高级海产品养殖饲料的原料卤虫卵就像双湖的聚宝盆，每年销售收入 300 多万元，占双湖财政收入的一半以上。但由于缺乏专业技术和管理等因素，近几年一直在减产。援藏干部王晖和郑斌了解到这个情况后十分焦急。在做好援藏项目的同时，他们利用到拉萨出差的机会飞到北京，前往中国科学院动物研究所等相关部门咨询求教。通过多方努力，了解到可以通过科技手段提高卤虫卵产量，"这不仅可以帮助双湖的牧民致富，还可以增强双湖的自我发展能力。"目前他们已联系好西藏自治区科技厅等有关部门，正在解决项目的立项。

王晖说："在双湖，我们流过泪流过汗，也流过血。正是在泪水、汗水、血水的浸泡中，我们受到教育、得到锤炼！"正因为这样，郑斌与王晖在完成一届援藏任务后，不约而同地提出再续任一届，从而成为央企在高海拔地区工作时间最长的援藏干部。

2008 年 7 月，第十届全国人大副委员长热地重返那曲考察时对王晖和郑斌语重心长地说："双湖这个地方的艰苦我是知道的，在那里不要说是工作，能站到那里就是一种贡献。"

在中国石油蔡文浩、张希熠；高清祥、郝广民；王晖和郑斌三批援藏干部的艰苦努力下，通过实施一系列基础设施项目，双湖特别区插上了腾飞的翅膀。

截止到 2008 年，双湖特别区牧民自己购买的大型卡车已有 106 辆、小型汽车 83 辆、摩托车 421 辆、拖拉机 160 辆。昔日马运、牛羊驮的运输场景已经再难寻觅。牧民人均收入也从 2002 年的 2740 多元，增加到 2008 年的 3980 元，成为西藏人均收入增长最快和最高的地区之一。

我的老朋友、精干质朴的珠巨书记为人谦和热情。他自 1972 年从那曲地区卫生学校毕业分配到班戈县色瓦区（现双湖特别区巴岭乡）卫生所至今，已在藏北工作了 37 个春秋。他对这里的每一点变化都是感同身受。

尼玛县牧民群众跳起了欢快的"锅庄"（2006 年摄）

"这里传统的放牧方式已变成'骑着摩托放牛羊'；传统的扯着嗓子喊话的交流方式现已变成'打着手机拉家常'；过去饮食是糌粑、牛羊肉和酥油茶，现在是想吃啥就吃啥；过去是一件藏袍从早到晚从冬到夏穿到破，现在是一年四季有新衣，浑身上下'牌子货'！"珠巨书记一口气说完这几句话，喜悦溢于言表，很是铿锵有力。

双湖特别区的第一辆私家长途客车在等待乘客（2009 年摄）

藏北无人区的变化，凝聚着援藏干部的心血，也时时牵挂着每位曾在那里工作或战斗过的人。共同的情感，共同的感受，时常将这些内地的"老西藏"自发地聚在一起。大家回忆西藏留下的美好记忆，畅谈西藏美好的明天，盘算着为西藏做点力所能及的贡献。

前不久，在北京外馆斜街一家小餐馆，我与中国石化几位援藏干部相聚，没想到去年刚结束援藏任务回京的王晖副区长听说后也赶来参加，这让我喜出望外！

饭桌上我们聊了很多。当我问及他的身体情况时，他对我说："有时说话，大脑常会'断电'，常常说了前句忘后句。"但他对援藏生活无怨无

有了路灯的双湖区索嘎鲁玛镇（2009年摄）

悔，并很认真地告诉我，"如果有机会的话，我还要去援藏！"一语道出他对西藏的一片深情，也道出许多"老西藏"共有的情怀：一种爱藏、建藏的"老西藏精神"。

（二）人生的价值在于奉献

我到达尼玛县的时候，正赶上中国海油第三批援藏团队领队、县委副书记王江涛去了拉萨。不过，当王江涛从援藏干部文强那里得知我在采访援藏情况后，便拨通了我的手机，一来表示不能赶回的歉意；二来授权文强配合我的采访。在这偏远的地方，这个电话让我倍感亲切和温暖。

文强，一位中国海油项目组技术主管。他告诉我，他的领导王江涛是尼玛县推选出的优秀援藏干部，不久将出席"全国民族团结进步模范个人"表彰大会和国庆六十周年观礼。

提起王江涛副书记，年轻的文强滔滔不绝。2007年10月29日凌晨，尼玛县中学突发流脑疫情，一位名叫努加的初二学生不治身亡。

此时，在西藏那曲地区尼玛县人民医院的病床上还躺着一名昏睡的孩子。45岁的王江涛遭遇了进藏以来的第一次突发事件：与努加同宿舍名叫旦增的学生在宿舍昏迷，被紧急送到医院。

尼玛县文部乡富裕起来的牧民请来
画师彩绘新房（2009 年摄）

尼玛县文部乡一家庭获得尼玛县"十
星级文明户"称号（2009 年摄）

　　因为县委书记、县长出差，作为尼玛县委副书记的王江涛被授权负责
全面工作。由于县城医疗条件有限，必须立即向上级部门汇报，请求支
援。王江涛以最快速度整理了简要报告向上级求援，在那曲地区和自治区
医疗专家组的紧急支援下，30 日晚小旦增脱离了生命危险。专家组初步确
定为疑似流行性脑膜炎。王江涛和专家们吃惊地发现，在小旦增病后两天
内相继住院的五名学生患的都是"流脑"。

　　王江涛带领县紧急领导小组密切配合专家组，将 63 名曾与患者密切
接触的学生隔离，所幸没有新的传染。为了控制疫情传播，王江涛与自治
区和地区专家组迅速向上级相关部门反映情况，自治区卫生厅为尼玛县免
费提供了 2500 份价值 20 万元的"流脑"疫苗。很快，疫情解除，尼玛县
恢复了往日的宁静。

　　2009 年 5 月，王江涛偶然得知国家财政、建设部门首次出台了资助
太阳能光电建筑一体化的项目政策。他兴奋不已。

　　过去没有电，尼玛县许多农牧民看不上电视，信息闭塞。一次下乡调
研时，他看到用酥油灯照明的牧民是多么盼望能用上电灯啊！"以中国海
油援藏项目组名义去为牧民申请太阳能照明项目！"王江涛暗下决心。此
时，距离第一批申报截止日只有短短五天时间了。

　　在与中国海油总部以及尼玛县委、县政府沟通并获得一致支持后，王
江涛立即协调厂家帮助制定了立项报告和技术报告，同时开具了中国海油

尼玛县城购物的现代化交通工具（2009年摄）

中国石油援建的双湖区索嘎鲁玛镇加油站（2010年摄）

援藏配套资金证明。当他把准备好的材料火速递到有关负责人手里时，刚刚过了截止日期。王江涛陈述尼玛县牧民群众条件艰苦、迫切用电的情况，得到了有关部门的同情，特许宽限几天。功夫不负有心人，首次规模达50KW的申报项目得到顺利批准。

援藏两年时间，面对艰苦的环境，王江涛与中国海油援藏干部、常务副县长宋刚，以及援藏项目组的三名技术人员一道，利用中国海油的3970多万元投资，为尼玛县建设了综合文化活动中心、广电中心、临街商业用房、县中学的蔬菜大棚、500户牧民定居点等14个工程项目，还购置两辆翻斗车和一辆铲车，帮助尼玛县组建起第一个工程建筑队，用实际行动诠释了援藏干部的使命和责任。

尼玛县宣传部部长夏彦对我说，从2002年起，中国海油连续派出三批援藏干部赴尼玛县工作，每批援藏干部中有不同于其他援藏单位的三名专业项目管理人员。

虽然这是一个小的团队，却有着提出立项建议、负责具体实施的几乎涉及项目全过程的责任和权力。

"中国海油第三批援建的农牧民定居点工程在以往的基础上能有进一步发展，就是得益于项目组把每年500万元的援藏资金与国家投资、县财政配套资金捆绑使用，统一规划、统一标准、统一实施，大大提高了资金使用效率和推行速度。"在一旁的援藏项目组技术主管文强插话说。

不久前，中国海油投资约 300 万元为申亚乡小学修建教学楼和对师生宿舍进行彻底维修改造。施工期间，援藏干部、常务副县长宋刚看到有些学生在寒冷的冬天只铺一张老羊皮、盖一床薄薄的棉絮，心里非常难受。于是他就联络到内地的两个朋友，共同出资 2.7 万元，为申亚小学 100 名住校生购置了 100 套枕头及被褥。宋刚说，能让孩子躺在温暖的被窝里，那是自己应尽的责任。

尼玛县文部乡电信设施（2009 年摄）

在援建项目施工中，一次意外陷车令文强感触颇深。那天刚下过雨，一不留神所乘坐的汽车陷进泥里，动弹不得。正在着急想办法时，突然风雨交加，冰雹像石子一样砸了下来。等到风雨过去，文强建议大家到附近找找看有没有牧民人家，如果有摩托车带上到有手机信号的地方，再通知县里派大卡车前来营救。几个人分头向三个方向寻找，文强走了四十多分钟后发现了一户牧民，还真有摩托车。经过五个多小时的努力，汽车终于从泥里被拉了出来。

有了这次经历，文强真正认识到藏北草原环境的恶劣，同时也深深感受到藏北群众的淳朴与善良。

在地广人稀的藏北无人区下乡，什么事都会发生。2008 年 7 月 15 日下午，项目组商务主管任永明从申亚乡检查完小学楼项目赶回县城，此时天色已晚，离县城还有两个多小时的路程。没想到，汽车偏偏在这节骨眼上"抛锚"了。任永明想借这个时间取点水，走到一湖边，忽然看见一只狼从湖边的沟壑里一跃而上，瞪着蓝荧荧的眼睛望着他。这让任永明只觉得后背冒汗，浑身的肌肉都痉挛起来。可他没想到，狼一愣神转头走了。

也许是狼很少见到人，害怕人的缘故。对于这种情况，牧民群众的解

尼玛县文部乡女童（2009年摄）

释为："草原狼只吃羊子，不吃人。"

如果按照人均占有国土面积来计算，现有2万多人、15万平方公里的尼玛县人均6平方公里左右的土地，在内地不论是种田，还是放牧，人人都太奢侈、太富足了；然而这片广袤的土地却由于自然条件的恶劣显得荒凉贫瘠，土壤沙化严重，仅能生长的草也短矮稀疏。虽然这里牲畜超百万头，享有"西藏甲级牧业大县"之称，但目前不得不下出栏指标控制牲畜数量，避免草场超载。这里的盐湖锂矿、铜矿等资源还没有开发出来；达果雪山、当惹雍错湖等风景区，由于地远难行，要成为旅游经济，还有很长的路要走。

同时，广大的牧区还存在着教育、医疗、文化条件差；住房、吃水、用电、行路难；存在着基层干部综合素质较低、农牧民群众观念滞后、农牧业经济组织管理能力弱、教育科技医疗水平低；存在着畜产品加工能力低、特色产业缺乏等难题。

随着近年来国家投入的不断加大和中国海油的对口支援，尼玛县进入了历史上发展最快、最好的时期，许多难题得以破解。

我在尼玛县城看到，第三批援藏干部所投资援建的县城综合文化活动中心已成为群众休闲、娱乐、健身的好去处；所投资援建的800多平方米临街商业用房则吸引了众多个体户前来投资经商。

一分耕耘，一分收获。2009年6月，项目组技术主管文强以良好的表现和出色的工作被尼玛县机关第一党支部吸收为预备党员；援藏项目组副经理程兵被评为总公司机关优秀青年；王江涛荣获"全国民族团结进步模范个人"称号，在尼玛县干部群众看来，援藏干部是"飞鸽"，三年一批，但他们却帮助尼玛县培养了一批留下来的"永久牌"人才。

短短的三年援藏工作还有一年就要结束了，文强表示，人生的价值在于奉献。他们将继续发扬"老西藏"精神，在有限的时间内为尼玛县的经济社会发展贡献全部力量。

六、援藏，续延的故事

2009年盛夏，当我走完藏北西部四县（区）回到北京，便着手实施与中国石化首批援藏干部李一超在班戈县的新约定：那就是接斯求卓玛进北京，切除在脖子下已悬挂了20多年的巨大肿瘤。

终于在2010年3月28日，我和李一超从西藏接上"大脖子肿瘤"斯求卓玛，在中国石化第五批援藏干部、班戈县副书记陈志清和常务副县长潘峰的陪同下，乘上东去的火车。

在以后两年多的日子里，我与中国石化的几批援藏干部围绕着卓玛进京检查、治疗和康复，以及转院、复诊等许多工作而常相聚在北京和西藏，一来二去大家都成了挚友。他们的敬业、他们的西藏情怀，一一给我留下难以磨灭的印象。

（一）

谈起中国石化的几名援藏干部，我不能不先从卓玛的"救命恩人"李一超说起。

2002年7月，"老西藏"李本信、何蜀江之子李一超主动请缨，成为中国石化对口支援班戈县的第一批援藏干部。

作为进军西藏的十八军老战士后代，曾在拉萨西藏军区"八一"子弟学校读过书的李一超，一直视西藏为第二故乡。援藏对他来说，既是了却父母的西藏情缘，也是为"故乡"施展才华的难得机会。

2002年8月，担任班戈县委常委、常务副县长的李一超上任两个月，即走访了全县6乡4镇和11个行政自然村。

柏油公路和电网铁塔通向班戈县（2012年摄）

  班戈县平均海拔4700米以上，总面积3万多平方公里，与海南省陆地面积相当。在这里"下乡"即意味着对生命的挑战。

  一路上，李一超饿了啃自带的干粮，渴了喝矿泉水，呼吸特别困难时就吸一会儿氧气，以坚韧的毅力克服了在内地从未遇到过的困难。

  10月9日，李一超到新吉乡办事。归途中，大雪纷飞。在白茫茫的山坡上，李一超与新吉乡乡长多吉深一脚、浅一脚走进一座黑色牛毛帐篷，访贫问苦。

  掀开门帘的一刹那，李一超惊呆了。在这个不足十平米的低矮潮湿的帐篷里，一位身穿藏袍的中年妇女搂着一个女孩蜷缩在地上。妇女的脖子上长着一个像人头那么大的肿瘤。

  经过交谈，多吉告诉李一超，女主人叫斯求卓玛，因行动不便，只养了1头牛、3只羊。按照当地一个壮劳力一年自食20只羊的最低生活标准，她家是"贫困户中的贫困户"。

  目及空空荡荡的帐篷，望着帐篷外纷飞的雪花，听着雪水顺着帐篷边角往下滴嗒，他难以想象这对母女俩怎样熬过这寒冷的冬天。临走时，李一超把车上的饮料、干粮，把身上所有的钱和穿在身上的军大衣留了下来。

  "我要好好帮助这对母女！"李一超暗下决心。他意识到自己作为援藏干部有着太多的责任与义务。

不久，卓玛收到"李县长"托人捎来的第一笔钱。一张、两张……整整 500 元！卓玛从未见过那么多钱。钱在她手中变得滚烫，一直暖到心里。

从此，李一超便开始了长达八年对卓玛的资助和为她联系治疗疾病的爱心之路，直至为她解除病痛，走上脱贫的道路。

除了卓玛外，李一超的爱心一直是被人所称道的。

2003 年，他到医院看病拿药时，看到有许多白内障患者到医院求医。这是藏北草原强烈的紫外线所致。尤以中老年人患者为最多。他们渴望通过手术重见光明，但又无钱医治。回到县上，他立即组织县民政局和卫生医疗中心的干部，摸底排查，每个乡镇筛选出十名最贫困最需要手术的病人共计 100 名，以此安排手术计划，制定手术方案。他还从有关渠道争取 3 万元资金用于计划的逐步实施，使大部分患者恢复了视力。

新吉乡有户单身母亲，带着两个女儿生活。大女儿次仁拉姆刚考上内地的岳阳教育学院，但因交不上一年 2500 元学杂费，处于失学的窘境。有一天，次仁拉姆的阿妈在别人引导下，忐忑不安地来到"李县长"办公室诉说艰难。

李一超查明情况，立即给岳阳教育学院挂去长途电话，讲明情况，并很快给次仁拉姆筹到 2500 元钱汇去。

当他了解到当年去内地上学的贫困牧民子弟有 70 多人，大都受到经济拮据的困扰时，他向中国石化总公司申请"助学基金"，帮助这些孩子完成学业。

（二）

"雨天一路泥，雪天一路冰，晚上一路黑"是 2003 年以前班戈县城的写照。2009 年盛夏，中国石化首批援藏干部李一超和我走在班戈县城平坦的大街上，他告诉我，中国石化援藏的第一件事就是投资 2700 万元修建县城的道路和安装路灯。

"吃水不忘挖井人"。班戈县许多藏族干部在谈到当年修建县城道路

中国石化援建的班戈县城（2008年摄）

时，无不向我夸奖身边的"李县长"。

那时，县城道路施工正逢雨季来临，援藏干部李一超的高原反应期还没有完全过去，连续几天吃不好睡不好，依然与当地藏族干部群众一起搬石填坑修道路。泥泞沾满裤腿和衣襟，袖子也被石头划破，累得气喘吁吁仍不肯放下手中的活，藏族群众心疼地说："李县长，你歇歇吧，让我们来！"李一超笑着说："我来援藏，就是为班戈县出份力嘛！"他的脸上挂满了水珠，已分不清哪是雨水哪是汗水。

工作生活在这里的干部群众深深记得，在工程施工期间的140多个日日夜夜，"李县长"几乎都留在了施工现场。

施工伊始，有些群众看到挖掘机和推土机作业，很好奇地看了再看、望了再望，甚至一些居住在距县城一二百公里之外的群众，也搭便车、骑马专程来县城观看建设工地。

中国石化副总裁张克华（右三）视察农牧项目加工点（2009年7月26日摄）

班戈县副县长李正斌在街头与乘车熟人打招呼（2012年摄）

半年后，这项集给水、排水、污水、通讯、电力等管网于一体，并安装有照明设备的吉江扎西路顺利竣工，长期生活在乡下的群众，特意来体会一下在有几十盏桔红色太阳能路灯照明下的水泥路。

这条路修好后，生活在这里的干部群众一改以往很少上街的习惯，每当华灯初上之时，三五成群的结伴逛街。询问原因，一名叫德吉的藏族妇女告诉我说："以前上街少，那是因为街上灰尘太大，上一趟街回来，不但身上落满灰尘，就连鼻涕里也是灰尘；可现在大不一样了，地面上没有了灰尘，连皮鞋都是黑亮黑亮的。"

通向班戈县城的路（2012 年摄）

（三）

援藏资金的投入可以用数字计算，物质的丰碑也可以载入史册，为老百姓办好事自有口碑传诵，观念的影响无影无形，但却潜移默化，影响深远。它的价值将随着时间的推移而愈益显现。

随着援藏工程的开工，由援藏干部所带来的内地发达地区先进的思想观念和工作经验，在相当大的程度上成为这一地区观念的催化剂。

雪山下的班戈县乡村（2012 年摄）

李一超在县里主持政府工作期间，本着经营城市、搞活城市土地资源的理念，根据有关政策精神，他向县委和县政府提出"引进市场机制，有偿出让国有土地使用权"的设想，即拍卖县城可利用的面积为 8.8 万多平方米的 19 块国有土地。此设想一提出，就得到了县委和县政府的鼎力支持。但对长期以来形成国有土地无偿划拨使用观念的干部群众，这却是一个很大的冲击。拿钱买土地的使用权这在

班戈县城广场和纪念馆（2012 年摄）

班戈县，乃至藏北都是第一次。此举将实现土地有价，增加县级财政收入，活跃县城经济，开创国有土地资源工作的新局面。

没有人组织，干部群众就自发地讨论起这件事来，渐渐地参加讨论的干部群众在"赞成"和"不赞成"的争论中明白了一些市场经济的基本规律和基本常识，赞成的人多了，不赞成的人少了！

"纳木措建材开发有限责任公司"由李一超和其他干部共同策划组建。它是班戈县第一家现代意义上的有限责任公司。不仅因为它是援藏项目中的一项造血工程、财源工程，更是为当地贫困牧民提供了一个脱贫致富的出路。

这个开发公司还吸收一些当地企业和富裕户以各种形式参股。一些干部群众从认识"股东"这个名词开始，逐步了解了现代企业的管理经营模式，对现代企业有了初步的直观认识。

（四）

"中国石化像是我们的家，我们真切感受到了家的温暖。"西藏班戈县赴内地培训考察团团长、班戈县人大主任索朗央金在我看望他们时说。

2010 年 12 月 19 日至 24 日，这个培训考察团 24 名成员在中国石化管理干部学院参加集中学习培训，并顺利获得结业证书。

"中国石化帮助班戈解决了农牧民饮水、安居、生活困难和医疗教育等问题，改善了班戈县所有干部职工的办公条件、会议场所、餐厅条件……"尼玛乡党委书记次仁多吉说了一长串感激的话。

从 2002 年起，韩凤明、李一超；祝传林、赵文操；梁军超、张玉龙；李少青、苗波；陈志清、潘峰，从第一批至第五批援藏干部，已成为班戈人所熟知的名字。

"援藏干部真的不容易，他们克服许多困难，深入基层，与群众打成一片。他们的艰苦付出大大改变了班戈的面貌，他们的管理方法也对我们班戈干部启发很大。"藏族干部贡嘎动情地说。

内地到藏北援藏，最难过的是高原反应关、生活起居关、语言关。对于 2009 到 2011 年期间的援藏干部陈志清来说，他的包里必备三样药：丹参滴丸、高原康、安神补脑液。

"不吃丹参滴丸心脏受不了，高原康用来抗高原反应，安神补脑液能使夜里睡上三四个小时，喝两瓶头就没那么疼了。"

2009 年 3 月，中国石化经层层选拔，陈志清作为班戈县委副书记、潘峰作为班戈县常务副县长，开始了援藏工作。

2009 年至 2010 年，他们共争取援助资金 5112 万元，实施了牧民安居工程、基础设施建设、中国石化小学建设、特色产品加工项目、牧区照明等工程。

畜牧业是班戈县的支柱产业。2009 年底，全县牲畜存栏数达 103 万头（只）。但千百年来，这里的牧业一直延续着粗放型的经营方式，发展缓慢。

援藏干部陈志清和潘峰在广泛调研和听取牧民意见的基础上，认真实施草场围栏建设、人畜饮水工程、特色产品加工、技能培训、农贸市场建设等牧业基础设施建设，支持牧业的发展。

他们将企业的先进管理理念应用到牧业生产中，引导牧民科学养畜、合理放牧，进一步提高牧业综合生产能力，使牧业生产逐步实现集约化经营。

几年来，中国石化援助 3280 万元，实施了牧民安居工程和照明工程建设。截至 2011 年上半年，班戈县已有 1340 户牧民住上了宽敞明亮的住房，告别了低矮狭窄的住房或帐篷，4441 户牧民群众用上了既可照明，又可看电视、打酥油茶，使用简单、寿

班戈县居民在县城河边草地游玩
（2009 年摄）

班戈县城的太阳能照明路灯
（2009 年摄）

班戈草原人家（2009 年摄）

命长的太阳能电源。

为了让班戈县牧民子女都能上得起学，中国石化在班戈县设立"中国石化助学基金"，助学基金达到 200 万元。

为帮助县里开展职业技能培训和干部的教育培训工作，中国石化先后投资 387 万元支持开展此项工作，为班戈县农牧民再就业提供强有力的支持。

2009 年 10 月，援藏干部陈志清和潘峰结合企业的实际情况，挑选了 17 名优秀藏族青年到中国石化油品销售公司川渝分公司当加油工，来解决班戈县部分待业青年的工作问题。

在援藏过程中，陈志清和潘峰克服许多困难，舍小家顾大家，坚持工作。

援藏期间，陈志清把家中老人、小孩留给妻子照顾，长期坚守岗位，从不请假，也从未主动提出休假要求。尤其是在他父亲患病住院期间，陈志清正深入班戈基层为牧民群众排忧解难，只有以电话的形式询问父亲的病情。

陈志清的儿子因年纪小经常生病，他的爱人一边上班，一边还要带儿子去医院看病……许多的困难他没有办法搭上一把手，他就这样把对妻子

班戈县乡村的人畜安全饮水工程房（2012 年摄）　　　　班戈县城繁华的街道（2012 年摄）

和儿子的愧疚，化作为当地需要帮助的老阿爸、老阿妈服务的动力，以报答远在千里之外的亲人。

2009 年 4 月底，潘峰妻子的脚不慎在工作中骨折了。潘峰考虑到自己刚到班戈县工作一个月，为了不影响下乡走访、不让组织担心，他没有告诉任何人，只是让同学和年迈的老丈人背着妻子到医院治病，让妻子请了保姆送孩子和做饭。这样，潘峰的爱人赵洁坚持了一个多月才能慢慢下地行走，此时潘峰才把实情告诉大家。

2009 年 7 月，又一次不幸发生在潘峰的头上，他的父亲因突发脑溢血去世了，但由于工作忙，他仅在家待了 5 天，忙完父亲的葬礼，就匆匆回到工作岗位。功夫不负有心人，他们辛勤的劳动得到了广泛好评。在那曲地委组织部门考察中，援藏干部陈志清和潘峰在几家中央企业的援藏干部中成绩名列前茅。

（五）

从 2002 年开始至 2011 年，中国石化共派出了 5 批 10 名优秀干部、投入近 1.6 亿元资金对班戈县进行全方位的援助。

从中国石化第一批到第五批援藏干部，只要一踏上班戈这片热土，无不被当地人朴实无华的炽热情怀所感动、所激励！

中国石化的援藏干部和其他援藏干部一样，在向我谈起他们在藏北的工作感受时，全都认为西藏是祖国不可分割的一部分，进藏工作是自己义不容辞的责任；更认为在艰苦地区工作，对自己是一个很好的磨练，并由此加深了对这一地区、这里的人民的了解，产生了深厚的感情；同时经由他们，促进了西藏和内地之间的交流，使内地人更多地了解了西藏，也使西藏人更多地了解内地。这一生中，能有几年为藏族人民做些实事，是他们今生最珍贵的回忆，是人生之幸事！

2011 年 8 月，中国石化第五批援藏干部的援藏工作结束，第六批援藏干部詹超云和张毅已赴任工作。一人担任班戈县委副书记；一人担任常务副县长。更值得称颂的是中国石化第二批援藏干部祝传林在结束 2004 年至 2006 年的援藏工作后，时隔 7 年，再次告别家人，于 2013 年初来到新成立不久的中国石化西藏石油分公司任党委书记，再续援藏新篇章。

我与祝传林是通过李一超认识的，对于这位热情豪爽的老朋友，我很佩服他的工作魄力。祝传林援藏期间在班戈县任县委副书记，与援藏干部、副县长赵文操一起，用了不到两个月的时间，制定了《2005—2007 年中国石化对口支援班戈县工作规划》，为今后援藏工作的顺利开展打下了良好基础。

中国石化西藏石油分公司根据藏北地域辽阔、居住分散等特点，积极开展为农牧民群众送油下乡活动（2012 年摄）

中国石化西藏石油分公司在青藏公路线上新设立的加油站（2012年摄）

在祝传林和赵文操任职的 2005 年，中国石化共投资 1280 万元，实施了干部职工周转房建设、综合办公楼锅炉采暖工程、办公设备购置、集贸市场大棚、乡级政权建设、村级文化室建设、游牧民太阳能照明和教育培训等 8 大工程。

祝传林来到西藏石油分公司任职不到半年，在注重抓好加油站网络布局建设和油库、办公场所等基础设施建设的同时，积极落实集团公司"支援西藏、服务西藏"的工作要求，除接受班戈县 13 名贫困家庭藏族青年到西藏分公司各加油站当加油工外，还购买了 3 辆油品配送车辆，开展"送油下乡、真诚服务"活动，将近千吨油料送到农牧民手中。

一批批援藏干部的到来，为贫困的班戈插上了腾飞的翅膀，同时他们也得到了西藏人民的厚爱，在回报着西藏。我深信，有着西部交通枢纽和纳木错、班戈错等地理、旅游资源优势的班戈，加上"人杰地灵"，一定会重新书写出昔日大规模开发硼砂矿，为国家作出重大贡献的另一个新辉煌。

第六章　为卓玛合唱

一、从一个人到一群人

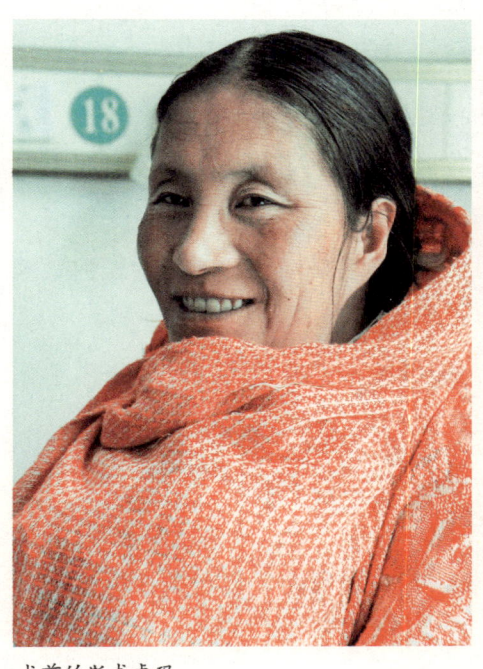

术前的斯求卓玛

当时光定格在 2010 年 4 月 21 日 11 时 08 分，藏北贫病牧女斯求卓玛在北京口腔医院历经两个多小时的手术，一个含有无数粗大动、静脉血管，重达 5 公斤的巨大肿瘤被成功切除。令人难以想象的是，这样一个巨大肉瘤在这位藏族妇女脖子上已经"悬挂"了 28 年！

在手术室目睹卓玛被"卸"去占据她十分之一体重的颌下腺混合瘤时，我的眼里充满了泪水……这泪水，因感奋而冲涌，因心情激荡而清澈。

（一）

时年 46 岁的卓玛家住西藏那曲地区班戈县新吉乡三村，地处被称为"生命禁区"的藏北高原，海拔 5200 多米。那里高寒缺氧，农作物无法生长，村民以放牧牛羊为生。

"卓玛"在藏语里意为"仙女"。然而，眼前这位"仙女"却遭遇了人间的艰辛。

斯求卓玛居住的由乡政府所给予扶贫的定居房（2008年摄）

除父亲早逝、母亲双目失明外，她有一个哥哥、两个姐姐、一个妹妹。18岁时，她脖子上鼓出一个肿块，但因家里没钱医治，所以只能听之任之。生孩子时，肿块长成了拳头大小，更为不幸的是，女儿生来智障，丈夫对妻女避之唯恐不及，终究在穷困中选择了离开。18年来，卓玛一直和女儿相依为命。

坠在卓玛左下颌的巨大肿瘤直径有四五十厘米，表皮下像葡萄串一样凹凸不平，血管纵横交错，还有多处因摩擦产生的局部破溃。

晚上，卓玛要用特制的长枕头托住肿瘤才能入睡。她常在剧痛中醒来，破溃处流出的脓血把枕头染得污迹斑斑。

瘤子实在太沉了，撕扯着肉疼，卓玛干不了重活，靠牧区的低保金来生活。

藏北的夜很冷，风很大。在狂风怒吼的晚上，冷风不时地吹进牛毛帐篷，卓玛在黑暗中常常紧搂女儿，坐等天明。

（二）

卓玛做梦也没想到，因为"李县长"的一次家访，自己的命运会出现转变。

2002年10月的一天，时任班戈县常务副县长的中国石化首批援藏干部李一超与新吉乡乡长多吉，走向一座黑色牛毛帐篷，访贫问苦。

帐篷里，李一超眼前这位身穿羊皮袍的中年妇女，搂着一个小女孩蜷缩在地上。妇女的脖子上长着一个人头般大小的肿瘤。

这位中年妇女请"李县长"喝茶，然而酥油茶却是清茶，没有酥油。李一超深知，牧民喝茶不放酥油，那家里肯定是穷得叮当响了。

中国石化援藏干部陈志清（右三）、潘峰（右一）、县财政局局长李正斌（右二）受李一超之托看望斯求卓玛

中国石化援藏干部陈志清看望斯求卓玛

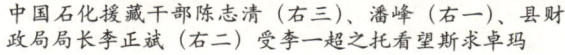

乡长多吉告诉李一超，女主人叫斯求卓玛。由于交通不便、医疗条件差以及当地十分贫困等原因，一字不识的卓玛一直无力走出家门来治疗自己脖子下所"悬挂"的大肿瘤。

此刻，李一超意识到了援藏干部的责任和义务。由此开始了他长期帮助卓玛的爱心之路。

2004 年援藏结束，调到北京的他坚持资助卓玛，只是程序复杂了。他先把钱打到父辈两代都是"老藏北"的班戈县好友、县财政局局长李正斌的银行卡上，李正斌把钱取出，再托人捎走，有时要经过几个人，钱才能到卓玛手中。李正斌出差、休假不在班戈时，着急的李一超就托县里其他干部帮忙将钱捎去，如县国土局长多吉次仁、县团委书记邓小良等。

2007 年来京出差的班戈县朋友说，卓玛住上了政府免费提供的安居房，面积有 18 平方米。欣慰不已的李一超让好友给卓玛捎去 2000 元钱，添置日用品，并要求照几张照片。

安居房里空空荡荡，卓玛脖子上的肿瘤又长到了将近两个人头那么大。看了照片，李一超心情沉重。帮卓玛治病刻不容缓！他明白，怪病是导致卓玛贫穷的"病根"。

"我的'西藏情结'源自父辈遗传。"李一超告诉我，他父母是解放西藏、建设西藏的十八军老战士，在西藏工作了 30 多年，直至离休。

2008 年 5 月 12 日汶川大地震发生时，我请缨赴灾区采访。在飞机上，我与中国石化首批援藏干部、油田企业经营管理部副处长李一超偶遇结识。他告诉我，他在西藏那曲地区班戈县担任常务副县长期间，发现并资助了一位脖子下长着巨大肿瘤的藏族妇女卓玛。如今，他离开了西藏，但心愿未了——想要为她治病！可他找了许多慈善机构都碰壁而回。

被李一超的义举所感动，我毫不犹豫地接过他手中的爱心接力棒。

不久，我找到自己的好友、北京安贞医院的"海归"医生顾虹博士，她答应帮我联系医院，通过社会捐助的办法一起来救治卓玛。

（三）

2009年6月1日，顾虹率国际医疗小组第八次到西藏与西藏自治区人民医院医生一起，为先天性心脏病患儿免费筛查和治疗。我和顾虹商量好时间，再通过李一超请班戈县派车将从未出过远门的卓玛送到拉萨进行检查。

当卓玛在西藏自治区人民医院摘下包裹在肿瘤上的大围巾时，在场的国内外专家惊呼："太罕见了！"

在B超显示屏上，肿瘤内血管密密麻麻，手术风险很大。震惊之余，专家建议："病情复杂，尽快到北京就医！"

顾虹回到北京后，与我国耳鼻喉科专家、时任北京朝阳医院副院长魏永祥（现任北京安贞医院院长）商讨，他也建议让卓玛来京检查、会诊和手术，实在不行，可入住朝阳医院来诊治。

在救助卓玛的这场大爱行动中，我既是救治卓玛过程中的联系人，又是报道救助卓玛全过程的记录者。对于后者，我是要通过手中的笔和照相机进行报道，以期呼唤社会对卓玛疾病的检查、诊断、手术和康复，以及日后的生活给予更多的爱心资助。

说心里话，我当初在飞机上答应李一超，要帮助卓玛进京治病，并非一时冲动，也并非没有想到困难。

幸好有顾虹博士的鼎力相助，还有卓玛那句"就是死了也要去北京治病"毫不动摇的决心。更有李一超，甚至包括他家人大爱之心对我的激励。记得有一次，李一超夫妇请我和来京出差的几位班戈县领导聚餐，顺便商量为卓玛治病的事情。李一超上大学的女儿在饭桌上将自己所攒的1000元过年钱，交给班戈县县长（后升任为县委书记）巴塔，请他捎给卓玛阿姨治病，让我甚为感动！

为了更有效地解决卓玛治病所遇到的各种困难和具体问题，我与李一超、顾虹可谓是"三个臭皮匠，顶个诸葛亮"，常常在北京外馆斜街的一家菜馆碰头，商讨救助行动。

2010年3月，经过我们半年多筹划，救治卓玛的爱心行动在京藏之间展开。许多事情出乎意料地顺利！各行各业的人们伸出了援助之手。

——"我们要不惜一切代价，无偿救治卓玛，让她真切感受到祖国大家庭的温暖！"3月15日，在北京安贞医院院长办公会上，时任院党委书记兼副院长伍冀湘动情地说，时任院长张兆光也拍板给予了全力支持。

考虑到卓玛从高海拔地区到内地，身体不适、语言不通、生活习惯存在差异，北京安贞医院医务处主动与合作单位的北京藏医院联系，让卓玛进京后先住进藏医院进行先期环境适应和身体恢复。

——3月18日，为解决卓玛进京路费和生活所需费用问题，李一超与中国电子科技集团第22研究所、中国石化华北石油局录井公司联系，两家单位献爱心所捐助的3万元及时电汇到班戈县民政局。

接斯求卓玛进京治病的人员在新吉乡合影留念

——为了更好地记录京藏两地救治卓玛的动人故事，新华社北京分社音视频部主任牛爱民和记者王普，24日飞赴拉萨，25日乘车前往海拔4700多米的班戈县，26日又乘车来到海拔5200多米的新吉乡三村。新华社国内部民族编辑室资深编辑、"女强人"杨步月，在北京开始了文字报道的案前工作。

——班戈县委、县政府对此高度重视，考虑到语言不通，专门选派县医院的藏医旦增达色给卓玛当翻译兼陪护。

——3月26日，中国石化第五批援藏干部、班戈县委副书记陈志清，常务副县长潘峰带车，前往180公里外的新吉乡接卓玛。光秃秃的戈壁滩上，没有路，也没有路标，汽车只能沿着冰河凭司机的经验前行。陷进冰河，爆胎……不断发生的险情，使原本四个小时的路程，折腾了十几个小时，终于将卓玛接到拉萨。

——西藏军区副司令员兼西藏军区总医院院长李素芝率领十几名医护人员等到夜里十一点半，终于见到卓玛。李素芝亲自为卓玛做检查，并安排她在医院休养了两宿。

——3月27日，我和李一超飞赴到拉萨去接卓玛进京。

3月28日是"西藏百万农奴解放纪念日"，也是卓玛终生铭记的日子。在人们殷切目光中，我和李一超、陈志清、潘峰、牛爱民、王普，还有给卓玛当翻译兼陪护的旦增达色，陪同卓玛从拉萨登上列车，奔向首都北京。

（四）

3月30日清晨，在北京安贞医院党办主任吴兴海的沟通下，北京安贞医院和北京藏医院的藏汉族医护人员手拿鲜花、手捧洁白的哈达同到北京西站接站，像迎接自己的亲人一样簇拥着卓玛登上开进车站内的救护车，入住到北京藏医院。

"我们藏医部的医护人员大多是藏族，与卓玛好沟通。"北京藏医院院长助理王斌说，"卓玛第一次出远门，我们将帮她从饮食到环境，慢慢适应。"

一切安排妥当后，北京藏医院院长黄福开安排藏医部主任西珠嘉措为卓玛体检。

当晚，女藏医增太吉从家里端来亲手制作的青海家乡饮食"尕面片"。闻着羊肉的醇香，看着碧绿的菜丝，卓玛胃口大开，连吃两大碗。

了解到卓玛的特殊情况，在火车上的46个小时里，北京客运段京藏车队列车员变着花样给卓玛调整饮食，但吃惯了糌粑的她却吃不下。

送饭的人一走，卓玛就从随身的袋子里，抓出一把青稞炒面，放在碗里倒上水，团成糌粑吃。卓玛悄悄跟旦增达色说："这些人太好了，我不忍心伤害他们。"

斯求卓玛（左）与翻译兼陪护旦增达色（右）在拉萨至北京的火车上（2010年3月28日摄）

前来医院看望卓玛的人络绎不绝。她习惯地伸出双手，将客人的手捧住，然后俯下身，用额头轻轻碰触。那是藏族群众对最亲的人才用的碰触礼，其中饱含着卓玛的无限感激之情。

卓玛喝上了酸奶和酥油茶，吃上了用人参果做的米饭……"这里像家一样温暖。"心情一天比一天开朗的卓玛说。

在北京藏医院院长黄福开倡议下，全院藏、汉、回、壮、满、彝、土家、蒙古、哈萨克等民族的106名职工排队献爱心，不到一小时就捐款1.68万元。

"我捐的100元钱微不足道，"家庭困难的藏族医生白玛曲珍说，"一人有难，八方支援，这是我们中华民族的传统美德。祝愿卓玛早日康复！"

一周后，卓玛被"接力"到北京安贞医院，进行核磁共振检查。经诊断，她患的是颌下腺混合瘤。

"这是一种口腔系统常见肿瘤，但长这么大非常罕见，而且肿瘤内最粗的血管有小拇指粗，术中稍有不慎，极易大出血。"考虑到卓玛的生命

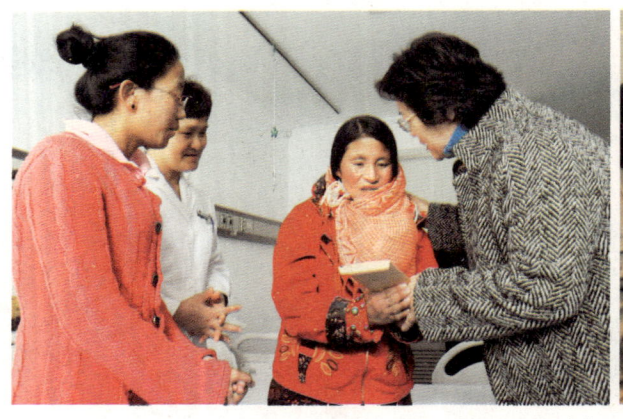

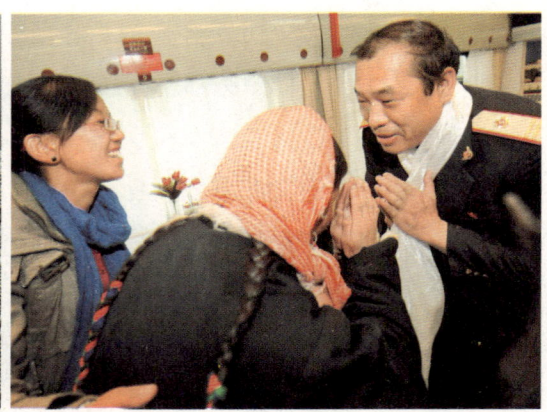

2010年4月14日，全国妇联副主席、书记处书记甄砚受全国人大常委会副委员长、全国妇联主席陈至立委托，到北京口腔医院看望斯求卓玛，并送来慰问金。

从西藏来京治病的斯求卓玛在列车到达北京西站后，特意向给予热情帮助的北京客运段干部王博轩献哈达，并双手合十致谢（2010年3月30日摄）

安全，伍冀湘决定向专业力量更加雄厚的北京口腔医院求援。

爱心接力棒又传了下去。4月14日，全国妇联副主席甄砚受全国人大常委会副委员长陈至立委托，到北京口腔医院看望卓玛。手捧甄砚送来的2000元慰问金，卓玛眼中泪光闪动。

"从今天起，我代表全国妇联接过爱心接力棒。卓玛康复后，我们将协调西藏各级妇联，为她提供小额贷款，帮她发展生产。"甄砚说。

当天，北京口腔医院口腔颌面外科召开术前第一次讨论会。卓玛是这个科收治的第一位高原病人，手术安全成为重中之重，会场气氛凝重。

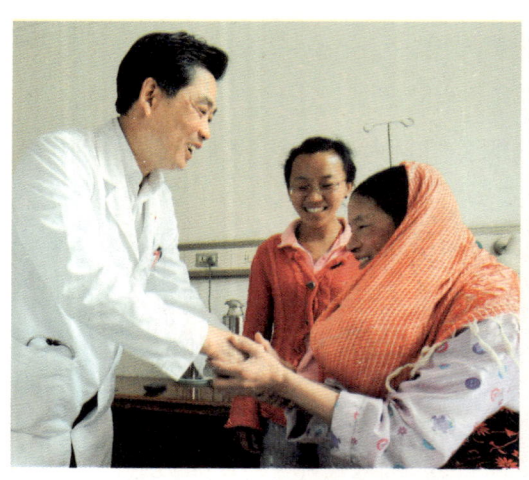

时任北京安贞医院党委书记伍冀湘（现任北京同仁医院院长）看望住进安贞医院的斯求卓玛

"充分备血""保护面部神经不受损伤""注意修补破裂动脉""考虑恶变可能，做好淋巴清扫准备"……针对卓玛的特殊病情，近二十名医护人员献计献策，生怕遗漏了任何细节。

4月19日，北京口腔医院请来安贞医院心内科、呼吸科、麻醉科专家，又进行了一次规模更大、更加充分细致的术前讨论。

4月21日9时，在安贞医院专家配合下，口腔医院口腔颌面外科主任韩正学率领医护人员，向他们手术史上的新纪录冲刺。

温暖的无影灯俯视着手术台上的卓玛，护士递上了钢刀、电刀、氩气刀；医生切皮、摘瘤、修补血管、缝合……两个多小时的手术一切顺利，没出现术前最担心的大出血、心肺功能衰竭等突发状况，术中出血不到300毫升。

手术台上的卓玛心律、血压、脉搏等生命体征平稳，她正从麻醉中逐渐醒来。

我激动地走出手术室，与等候在手术室门外的李一超、陈志清等人击掌相庆，一同欢呼！

八年里，从一个人到一群人，从西藏到北京，爱心点燃了爱心。在这场跨越时空的爱心接力中，永恒的大爱彰显出振奋人心的力量。

二、救治卓玛背后的故事

（一）我与藏北之缘

4月21日一早，我身穿绿色手术服，手拿相机与随行的藏医兼翻译旦增达色站在忙碌的手术台旁边，记录这一罕见肿瘤切除术，心里很是复杂。一方面是很紧张，毕竟任何手术都是有风险的，况且这么久以来为卓玛联系治病，她就像我的亲人了，亲人动手术心情可想而知。另一方面是激动，想到卓玛很可能从此会摘掉脖子下的大肿瘤，恢复正常人的生活，真是替她高兴。

在手术成功后的那一刻，身为记者的我，眼眶禁不住湿润了……两年前，我从援藏干部李一超手中接过爱心接力棒，成为全力救治卓玛的"秘书长"：几乎包揽了想办法治病筹款、联系医院直到会诊手术的所有事情。当我把一种不可能变为现实时，内心自然充满了无比的喜悦与激动。

犹如人们对故乡的眷恋，我对藏北高原有着一种独特的情感。

已是知天命年龄的我，现为新华社记者。1987年3月，我从青海调到西藏，沿着风雪弥漫的青藏公路一路采访，到达藏北高原。或许是被纯朴的民风、古老的文化所吸引，或许是被皑皑雪山、大漠戈壁所诱惑……总之，我深深地爱上了这片辽阔、壮美的大草原。

这里的干部群众给予我的厚爱至今难以忘怀。记得1991年6月11日凌晨，我乘坐的东风牌卡车在唐古拉山翻了车，是"天下第一道班"的老班长、全国劳动模范巴恰率领二十多名养路工人前来救援，使我和藏族司机等人及时获救；更记得，我与开发藏北无人区的洛桑丹珍、公觉扎朗、格来、桑木雄和珠巨等一大批开拓者，结下了兄弟般的情谊……

正因如此，从上世纪80年代至今，我总是利用一切机会，一次次地投入藏北高原的怀抱。其中，六次闯入海拔5000多米的藏北无人区，用手中的相机和笔，记录了这里的开发建设和发展变化，并与恩师张万象、西藏动物学家刘务林合作撰写并出版了《神秘的藏北无人区》和《离天最

2010年4月6日，北京藏医院医护人员在为斯求卓玛进行献爱心捐款。

近的地方》两本书。

2008 年汶川大地震发生时，我赴灾区采访。在飞机上，我与中国石化首批援藏干部李一超相遇，共有的"藏北情结"使我们一见如故。

他告诉我，他在西藏那曲地区班戈县担任常务副县长期间，发现并长期资助了一位脖子下长着巨大肿瘤的藏族妇女。如今，他离开了西藏，但他仍想为她治病。

得知了卓玛的不幸遭遇，我被李一超的爱心感动，毫不犹豫地答应帮忙。

2008 年元旦过后，从西宁来京的父亲因肺癌做了手术。看着父亲被病痛折磨得不成样子，我很能体会巨大的肿瘤给卓玛带来的痛苦，我暗下决心一定要帮她早日恢复健康。我找到采访中结识的北京安贞医院"海归"医生顾虹，得到了这位藏族群众眼中"活菩萨"的积极响应。

2009 年 6 月，顾虹率国际医疗小组第八次到西藏为先心病患儿进行免费筛查和治疗。我这位"秘书长"和李一超委托她在拉萨为卓玛进行首次检查。B 超结果显示，卓玛的肿瘤内，血管密密麻麻，最粗的已有小拇指粗。专家建议，尽快送她到北京就医。

经顾虹多方协调和努力，北京安贞医院院长办公会议做出了"不惜任何代价，全力免费救治"的决定，使卓玛有了重获新生的机会。

我不会忘记，一些单位和个人看到卓玛的照片后，纷纷表示愿意伸出援助之手。

我更不会忘记家人的理解与支持，使卓玛成了我家的编外成员。2008 年年底的一天，不到 10 岁的儿子拿出铁皮盒，"哗哗啦啦"地倒了一桌子纸、硬币。他很认真地问："爸爸，卓玛阿姨治病需要很多钱，这些钱都给阿姨治病吧！"我数了数，有 137 元，心头不禁一热。没想到，连儿子也知道要给卓玛筹款治病。

2009 年 7 月父亲病逝，我作为长子，悲痛无以言表。然而，为了救治卓玛，我在处理完丧事的第 10 天就奔向了藏北无人区，与李一超相会在班戈县。我们最后与当地政府及卓玛本人商定了进京治疗事宜。

2010 年 3 月 28 日是 "西藏百万农奴解放纪念日"。在人们殷切的目光中，身穿新藏袍、满脸喜悦的卓玛从拉萨登上了 T28 次进京列车。

列车要开动了，藏族司机小扎西眼噙泪花，给我献上了一条洁白的哈达。他拉着我的手说："卓玛和你每次见面都用碰头礼，这是藏族群众对最亲的人才用的礼节！"

当 "天路" 列车穿越唐古拉，奔向卓玛梦中的首都时……我在想，救治卓玛的爱心接力行动才刚刚开始。为了卓玛的今天和未来，我将继续努力，永不言弃！

（二）顾虹：藏族眼中的 "活菩萨"

在全力救治藏族妇女斯求卓玛的爱心接力过程中，我的好友、北京安贞医院 "海归" 医生顾虹博士起到了穿针引线的关键作用，可谓功不可没。

我与顾虹相识于 2008 年 8 月份的一次采访。那次是中国藏学研究中心声像室主任王红等人在救助来自西藏江孜县的一名先天性心脏病患儿，请我去报道其中的感人故事。由此，我结识了北京安贞医院小儿心脏内科副主任、"海归" 医生顾虹博士。

当年 10 月，顾虹率领国际医疗小组第七次前去西藏普查先心病患儿。随着一次次采访的深入，我被顾虹放弃国外优越工作和生活条件，不畏艰苦，以精湛技术治愈上千名藏、汉族先天性心脏病患儿的事迹所打动、所震撼，不仅结下深厚的友情，还成了好朋友。

北京安贞医院的 "海归" 医生顾虹博士来到北京藏医院看望斯求卓玛（2010 年摄）

2010 年 4 月 13 日，北京安贞医院的 "海归" 医生顾虹博士为从北京安贞医院转住到北京口腔医院的斯求卓玛送行。

"任何患者来找我，我都会尽已所能去帮助。更何况，这么多爱心人士为了让贫病交加的藏族妇女斯求卓玛摆脱病痛，整整努力了八年。参与爱心接力，我义不容辞！"顾虹告诉我说。

2009年5月31日，顾虹率国际医疗小组第八次到西藏，为先天性心脏病患儿进行免费筛查和治疗。我和李一超委托她，并请那曲地区班戈县派车，送卓玛到拉萨检查。

因病情复杂，无法确诊。回到北京，顾虹找到时任北京朝阳医院副院长魏永祥（现任北京安贞医院院长），找到时任北京安贞医院党委书记伍冀湘（现任北京同仁医院院长）等医院领导和专家，汇报卓玛的特殊病情和家庭状况，请求予以帮助，并得到了大力支持。

顾虹，对西藏以及藏族群众有着特殊的情感。

在北京安贞医院小儿心脏内科主任办公室里，衣架上挂着几十条洁白的哈达，文件柜前挂着一幅布达拉宫画。那些礼物都是藏族患儿家长送的。

顾虹曾经在日本和美国留学、工作15年，2004年她毅然放弃国外优越的工作和生活条件，回国建功立业。

作为小儿心脏病治疗领域的领军人物，顾虹一回国即受北京安贞医院委派，负责与西藏自治区人民医院合作，在国外一家基金会的资助下，对西藏的先天性心脏病患儿进行普查和治疗。

在过去的几年中，顾虹组织和率领美国匹兹堡儿童医院、日本东京女子医科大学、安贞医院的多名专家，七次到西藏进行先心病患儿的联合普查与治疗。

从2002年起到现在，专家们已持续对拉萨、山南、日喀则、那曲等地的近万名少年儿童进行了健康体检和心脏超声波检查，其中的140多人先后被送到北京安贞医院接受手术治疗。

当我跟随顾虹率领的中美医疗队来到海拔4450米的西藏浪卡子县时看到，短短的两天时间，专家们从800多名儿童中筛查出先心病患儿7名。顾虹和同事们一边工作，一边靠吸氧和服药来战胜严重的高原反应。

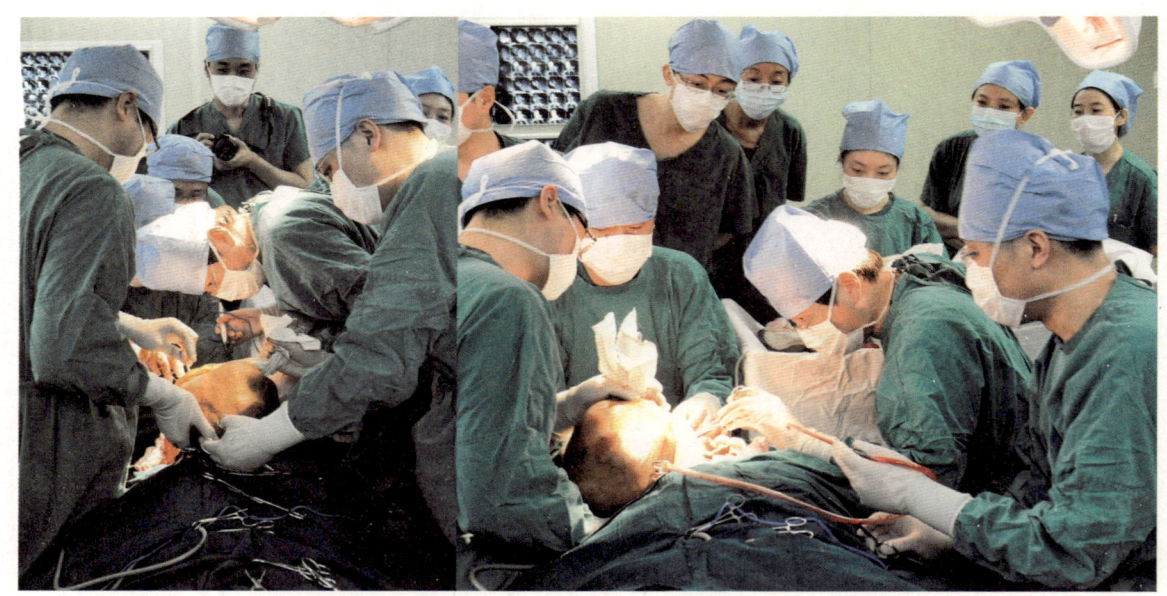

2010年4月21日，北京口腔医院口腔颌面外科医生在实施手术。当日上午11时许，北京口腔医院医生将藏族妇女斯求卓玛脖子上一个重达5公斤的巨大肿瘤成功切除。

在同事眼中，顾虹是"工作狂"；在患儿家长眼里，顾虹则是"活菩萨"。

2009年6月2日9时到20时30分，也就是顾虹在拉萨为卓玛检查脖下大肿瘤的第二天，她身穿十几公斤重的防辐射背心，带领北京安贞医院六名医学专家，在西藏自治区人民医院藏、汉族医护人员的配合下，在试运行的西藏自治区人民医院心脏导管室，首次为13岁的次旦桑珠等六名藏族儿童成功地进行了心脏介入手术，并日创高原六例先天性心脏病患儿手术的最高历史纪录。

这次在卓玛进京等待手术的日子里，顾虹总是在繁忙工作的间隙前去探望。卓玛已经学会用汉语叫："顾虹，顾老师！"

在卓玛手术的前一天，因为心脏不好，身上佩戴着心脏监测仪器的顾虹出现在了卓玛的面前，令她又惊又喜。

4月21日，手术当天临近中午，我用手机向忙碌的顾虹通报了好消息："卓玛的大肿瘤已被成功切除了！"

手机那端传来顾虹那熟悉、甜美和爽朗的笑声："唐老师，这太好了！祝福卓玛！"

（三）旦增：我陪卓玛来治病

不论是在北京藏医院，还是北京安贞医院，或是北京口腔医院，在藏族妇女斯求卓玛的病房中，人们总能够看到这样一幅温馨的画面：明媚的晨光中，一位瘦弱的藏族姑娘跪在床上，耐心地给卓玛编着两条大辫子。

很多人都以为她是卓玛的女儿，其实她是班戈县医院的一名藏医。受县领导委派，此行专门给只会讲藏语的卓玛当翻译和陪护。

她名叫旦增达色，时年 26 岁，拉萨人，毕业于西藏自治区藏医学院。2008 年，她被分配到班戈县藏医院当上了一名藏医。

"我第一次出这么远的门。在进京的火车上，不断接到阿妈打来的问长问短的电话。"旦增说，"没想到，一路上有那么多的好心人呵护我们，照顾我们，我的担心一扫而光。"

"县医院有三十多名医护人员，选中旦增，主要是考虑到她为人善良、工作认真。"班戈县委副书记陈志清说。

旦增则认为，能陪卓玛到北京治病，自己很荣幸，也很快乐。

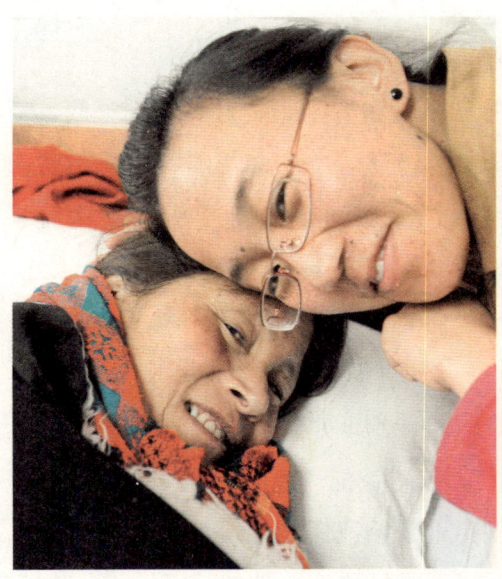 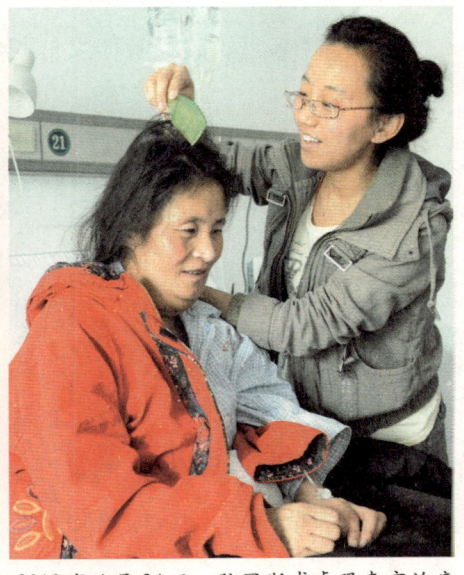

2010 年 4 月 21 日，陪同斯求卓玛来京治病的女藏医兼翻译旦增达色（右）在手术前与斯求卓玛（左）合影。

2010 年 4 月 24 日，陪同斯求卓玛来京治病的女藏医兼翻译旦增达色在为手术后的斯求卓玛梳头。

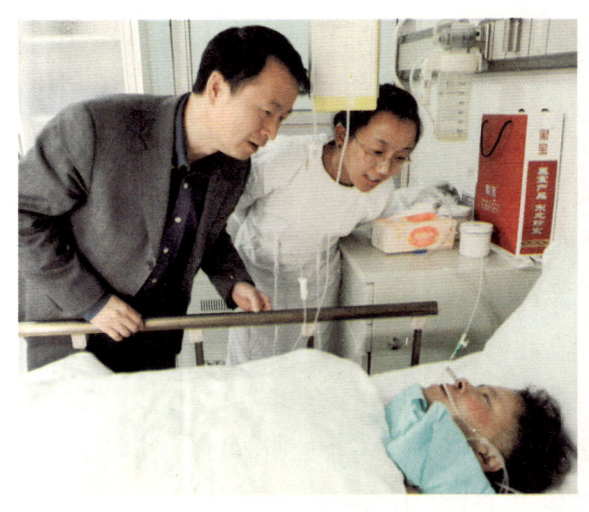

2010年4月21日，一直资助斯求卓玛的中国石化首批援藏干部李一超（左）在手术结束后看望刚苏醒的斯求卓玛。

旦增的爸爸是名汽车司机，在她14岁时去世。妈妈依靠在布达拉宫门前摆摊，供她和姐姐一直读完了大学。

"我妈妈很伟大。她心脏不好，眼睛也不好，还有骨质增生，不能干重活。"旦增说，不少人劝妈妈让女儿辍学帮她摆摊挣钱，她拒绝了。

"妈妈说，我家能有今天，多亏了亲戚朋友的帮助。她经常教育我们，别人遇到困难的时候，千万不要坐视不管。"旦增说。

3月26日，旦增随车到班戈县新吉乡接卓玛。第二天，她就把脖子上长着巨大肿瘤的卓玛带到家里做客。旦增的阿妈和阿姐热情地接待了卓玛，并给她做了可口的饭菜。

妈妈对旦增说："照顾好卓玛是你最大的功德。"旦增用心记住了妈妈的叮咛，对卓玛的照顾就像女儿照顾生病的母亲一样尽心尽力。

我每次去病房都会看到爱说爱笑的旦增稍有闲暇不是看医学书籍，就是看英语书籍。因她性格好、人善良、又好学，"求贤若渴"的北京藏医院院长助理王斌，几次让我给旦增做做思想工作，调她到北京藏医院工作，但都因旦增不愿意离开故乡而放弃。

旦增有着藏族诙谐、热情、质朴的性格，这点从一件小事上就可略知一二。

4月6日一大早，卓玛从北京藏医院转到北京安贞医院开始做核磁共振检查，陪同卓玛做检查的旦增身上所带的手机，连同卓玛所佩带的项链和手镯等物品都不能带入核磁室，便全部交给我保管。

不一会，"八戒，八戒，我是悟空，我是悟空，快接电话……"的手

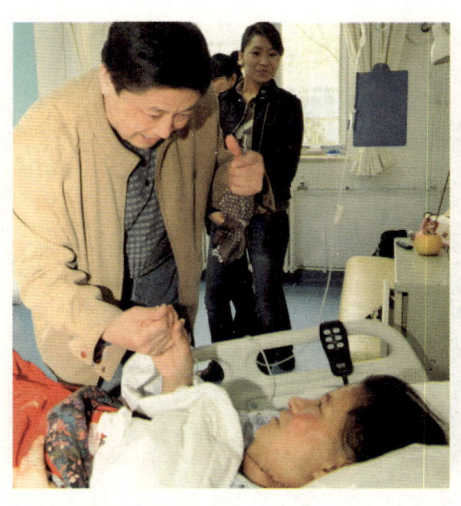

北京藏医院委派藏医部主任西珠嘉措等医护人员到北京口腔医院看望术后的斯求卓玛

机铃声大声响起，不知什么人在找旦增，我又不敢随便替一位藏族女孩子接电话。于是，连续不断的手机铃声惹得室外长凳上的许多人好奇地看着我，接着引来一片笑声，让我左右不是，尴尬不已。

在北京等待手术的半个多月里，有关卓玛和旦增的故事很多很多，仅我知道的第一次就有：旦增陪卓玛第一次洗了淋浴，第一次吃了洋快餐，第一次逛了商场，第一次坐了滚梯，第一次看见了怒放的玉兰花……

从西藏到北京，从胆怯、茫然到激动、喜悦，卓玛脸上的表情一天一天地变化着，心情渐渐开朗起来。

每当有客人来访，卓玛都会主动迎上前去，捧起客人的手，用刚学会的汉语说："辛苦了！""谢谢！"

"在北京的这些日子，太多的人、太多的事让我感动。"旦增说，助人是人生中最大的快乐，而这种快乐也是人生中最幸福的事情。

三、卓玛术后 48 小时已能进食

截至 23 日 11 时，卓玛在切除了脖子上的 5 公斤大肿瘤后，经过 48 小时术后恢复，已开始在北京口腔医院病房里下地走路和吃糌粑了。

当日清晨，我和李一超、陈志清、潘峰等人来到北京口腔医院口腔颌面外科病房看到，卓玛坐在床边一边吃着用手捏成团的藏族传统美食糌粑，一边不断向来人点头、微笑，并向来人打出 V 字形的成功手势。

西藏那曲行署副专员才仁桑珠（左三）与中国石化援藏干部李一超（左一）、梁军超（左二）和斯求卓玛（右二），以及陪同的藏医兼翻译旦增达色（右一）一起合影留念。2010 年 4 月 30 日，才仁桑珠代表那曲地委和行署专程慰问。

正在病房里为卓玛进行心电图检测的医生李维志告诉我，卓玛身体恢复很好，心电图检测的波形和术前一样，没有变化。

陪同卓玛来京治病的女藏医兼翻译旦增达色兴奋地描述说，从昨天晚上开始，卓玛就下地走路了，并开始用餐。她兴奋地说："卓玛一觉就睡到了天亮，现在能吃能喝。她除血压稍偏低，脖子转动有点不习惯外，其它都挺好的。"

这次在无数好心人和北京藏医院、北京安贞医院、北京口腔医院等单位的爱心接力下，卓玛来到北京接受治疗，并成功地实施了手术。

四、从雪域到北京——卓玛术后与亲人 电话连线

5 月 4 日 8 时多，在北京口腔医院已成功摘除了 5 公斤大肿瘤的斯求卓玛显得格外兴奋。她与往常不一样，早早地精心梳妆，走到阳光明媚的窗前，静静等候窗边手机的响起。那里面将会从万里之外传来她 18 岁女

术后美丽的斯求卓玛

儿相约通话的声音。

这是卓玛术后的第 13 天，她因切除了悬挂在脖子下的巨大肿瘤，体重减轻了十分之一。想到今后能轻盈地走路和生活，卓玛人也变得精神了。

术后卓玛俊秀的笑脸，处处透着"高原红"。

时间不长，旦增达色的手机铃声响起，卓玛接通了电话。"是'普姆'（女儿）吗？"卓玛泛红的脸上现出浅浅的酒窝。

电话那头传来"阿妈！你好吗？"的清脆声音。"好！好！"卓玛回答。

女儿告诉阿妈，她 3 日下午捡牛粪燃料回来，是乡长仁增让她"今天一早来乡政府打电话"。自阿妈去北京后，乡里一直安排人照顾她的生活，卓玛听着，豆大的泪珠顺腮滚落……

在电话里，卓玛一口气从自己 3 月 28 日乘火车离藏进京，一直讲到术后没有肿瘤压迫呼吸、第一次能平躺着睡觉的惊喜；讲到看到阳光明媚、百花吐艳、高楼林立的北京城时的兴奋；更讲到身着新藏装在天安门广场过"五一"、参观国家大剧院，以及在北京乘地铁、观夜景、逛商场时的激动与幸福。

半小时后，卓玛结束了与女儿的通话。谈到对北京的印象，她告诉我，北京真大，北京人真好。

五、卓玛切除大肿瘤后康复出院

得到众多热心人士帮助的藏族妇女斯求卓玛在切除脖子上的 5 公斤大肿瘤后，经过 14 天的术后恢复，5 日从北京口腔医院正式康复出院，被送

2010年5月1日，术后的斯求卓玛来到天安门广场游览。

2010年5月1日，斯求卓玛和藏医兼翻译旦增达色（左）及一直资助她的中国石化援藏干部李一超（右）一起在天安门前合影留念。

到北京藏医院进行身体调养，预计半个月后返回西藏高原。

当日15时，我在北京口腔医院口腔颌面外科看到，卓玛的病房热闹非凡，北京口腔医院的医护人员和病友络绎不绝地与她依依惜别。

我国口腔修复专家、北京口腔医院党委书记张振庭率领有关医疗专家为卓玛送行，康复后的卓玛接过医院赠送的庆祝中华人民共和国成立六十周年徽章和中国漆器等纪念品时，用不太熟练但最近使用频率很高的汉语连声说着"谢谢！"

北京口腔医院主刀医生韩正学为卓玛进行术后检查认为，卓玛现在的血压、心律及伤口愈合等各项指标正常，身体恢复顺利。韩正学高兴地说："现在出院，过几日返回西藏高原是没有问题的。"

卓玛自切除大肿瘤后，二十多年来终于能够平躺着睡觉，体重也因为切除大肿瘤而减轻了十分之一，她已能轻盈地走路了。

几天来，我与李一超、北京口腔医院党委办公室主任李茵和口腔颌面外科护士长吴宏，以及北京宣武医院羡红涛等人，与旦增达色一起陪着卓玛在天安门广场、鸟巢、雍和宫等地参观旅游。

在我和李一超、陈志清、潘峰的眼里，康复后的卓玛更爱笑了。原来由于肿瘤的牵扯，卓玛总是低着头，现在没有了肿瘤，卓玛一开始还不习惯，觉得脑袋总向后仰，过了几天才习惯过来。她现在不但可以抬头说话，脖子上也可以戴上项链了。

六、不该忘记的故事

在斯求卓玛进京治疗的过程中，所到之处，各行各业善良的人们都伸出了友谊之手。

3月28日清晨，拉萨火车站铁警为卓玛开设"绿色通道"，引领救护车直接进站上车，北京铁路客运段京藏车队提前为卓玛预留软卧包厢，给予一路热心照顾。

进京后，中国石化从第一批至第五批的援藏干部李一超、祝传林、梁军超、李少青、陈志清、潘峰，以及中国石化有关部门领导萧浩、周有武、石少波等人分别来到北京藏医院和北京口腔医院探望卓玛，为她送来慰问品和慰问金；北京藏医院女医护人员雍措和增太吉还为卓玛购买了新皮鞋和新衣物，以及生活用品。

4月6日清晨，当我送完上学的儿子，急匆匆赶到北京藏医院时，已

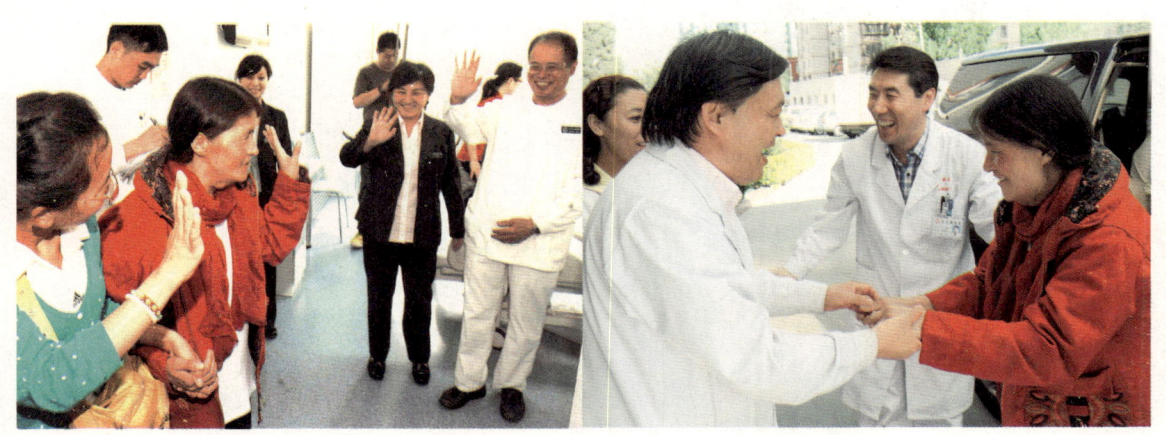

2010年5月5日，斯求卓玛从北京口腔医院康复出院时挥手告别。

2010年5月5日，北京藏医院院长黄福开（左）迎接康复出院的斯求卓玛又一次回到北京藏医院的新家来进行身体调养。

见卓玛被旦增达色打扮得漂漂亮亮。一件黑底带花的新藏装，里配红上衣，若不是脖子上那用红白两色大围巾包裹的大肿瘤，卓玛与她的名子一样，真是位美丽的"仙女"。

卓玛在北京终于等来了解除病痛的日子。激动得一夜未眠的卓玛天没放亮，便忙着梳洗打扮，早早地静坐床前，等候着安贞医院普外科医生杨敏京和护士长邱豫伟的到来。

两家医院办理了转接手续，藏医院院长助理王斌与女医生雍措一起护送卓玛来到安贞医院住院。

一切安排妥当后，在安贞医院普外科护士的引领下，我和旦增陪着卓玛到核磁共振室进行肿瘤检查。

由于斯求卓玛脖子下的肿瘤太大，而检查颈部的核磁仪器包裹"线圈"罩又太小，无法成像。于是，安贞医院普外科医生陈华志与核磁技师长晏子旭等十几名医护人员打破常规，首次尝试用检查腹部的"线圈"罩来进行颈部检查，直忙到午饭后，最终获得成功。

从卓玛进京到术后身体恢复，北京藏医院、北京安贞医院和北京口腔医院为卓玛提供了全部免费救助，而这一过程还有一位重要的牵线人——我国普外专家、时任北京安贞医院党委书记伍冀湘（现任北京同仁医院院长）。因为卓玛在这三所医院的住院和转院，都离不开他的帮助。

在卓玛术后的第七天，伍冀湘又来到口腔医院看望卓玛，为卓玛送来了各种水果的大果篮。这是他继到北京藏医院和北京安贞医院病房看望卓玛的第三站。

就拿卓玛转院来说，当安贞医院确诊卓玛患的是颌下腺混合瘤时，考虑到卓玛的生命安全，伍冀湘打电话向专业力量更

2010年5月12日，斯求卓玛（右一）在藏医兼翻译旦增达色（左）陪同下登上长城。

雄厚的北京口腔医院院长孙正求援，又一次实现爱心接力。

4月13日是卓玛从安贞医院转入口腔医院的日子。这天上午，安贞医院院党委书记伍冀湘、海归医生顾虹博士，以及医务处、办公室、普外科的几十名医护人员先后到病房与卓玛告别。

当卓玛被接到口腔医院时，口腔医院院长孙正、党委书记张振庭亲临救护车前迎接，并安排卓玛住进颌面外科条件最好的单间病房。

救治卓玛的大爱行动，时时牵动着京藏两地众多的干部和群众。

在北京藏医院院长黄福开的倡议下，北京藏医院藏、汉、回、壮、满、彝、土家、蒙古、哈萨克等民族的106名职工，排队共向卓玛捐款1.68万元。

14日，全国妇联副主席甄砚受全国人大常委会副委员长陈至立委托，到北京口腔医院看望卓玛，送来2000元慰问金。

30日，西藏那曲地委书记边巴扎西委托正在国家行政学院学习的行署副专员才仁桑珠代表那曲地委、行署来北京口腔医院看望卓玛，并送来5000元慰问金。

5月11日，著名的"老西藏"阴法唐将军和夫人李国柱，及女儿阴建白带着慰问金和礼物来到北京藏医院看望术后进行身体调养的卓玛。

"西藏是我的第二故乡，有关西藏的事

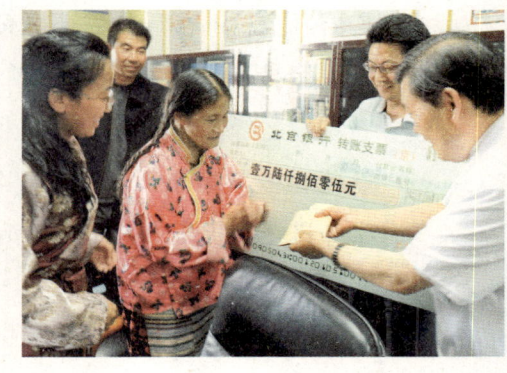

2010年5月20日，北京藏医院院长黄福开（右）将全院上百名职工捐助的1.68万元捐款正式交给来京求医的藏族妇女斯求卓玛。

全国妇联副主席甄砚（右二）受全国人大常委会副委员长陈至立委托，到北京口腔医院看望斯求卓玛时，与帮助卓玛治病的中国石化援藏干部潘峰、陈志清、李一超合影留念（从左至右，2010年4月14日摄）

2010年5月11日，著名的"老西藏"阴法唐将军，来到北京藏医院看望术后进行身体调养的斯求卓玛。

如同我自己的事。你们那里海拔高，条件艰苦，听说你的病情后，我一直十分牵挂！"时年88岁、前后两次在西藏任职的阴法唐将军，与西藏有着不解之缘。1950年，他随所在的第二野战军十八军第一批进藏，此后，就留在雪域高原工作。1971年阴法唐调离西藏。1980年，阴法唐第二次奉命进藏，担任中共西藏自治区党委第一书记。

老十八军战士李国柱用一口流利的藏语同卓玛交谈，并亲手为卓玛戴上一条黑白两色的石头项链。她告诉卓玛："我以前做过脖子上的手术，就戴过这种项链，既美观又能恢复伤口。"

当这条项链戴在卓玛的脖子上，与她身穿的黑白相间衣服相配，使梳着长辫子、处处透着"高原红"的俊秀笑脸变得更加美丽了。

七、我要回家了

"我要回家了！"这是46岁的藏族妇女斯求卓玛在离开北京前重复最多、最激动的话。

5月22日21时30分，在北京口腔医院成功切除"悬挂"在脖下巨大肿瘤的卓玛，在北京口腔医院党委副书记张翠英等医护人员和北京铁路客运段干部王博轩，以及援藏干部李一超等众人的相送下，伴着欢笑的泪水，挥手与人们惜别，乘火车返回雪域高原。

临上火车前，卓玛特意从衣兜里取出一份由自己口述、旦增达色翻译的感谢信交给我，表达自己的感激之情。全文照录如下：

感谢信

尊敬的各位爱心人士：

我是西藏自治区班戈县新吉乡三村牧民斯求卓玛，虽然28年前我脖下长了个巨大肿瘤，但我有幸的是得到了京藏两地许许多多爱心人士的帮助，让我处处感受到了祖国大家庭的温暖。

在我离开北京返回西藏时，我真诚地感谢党和政府为我治好了疾病，

2010年5月22日，北京口腔医院医护人员在北京西站站台上向斯求卓玛（中）赠送治疗期间为她拍摄的照片。

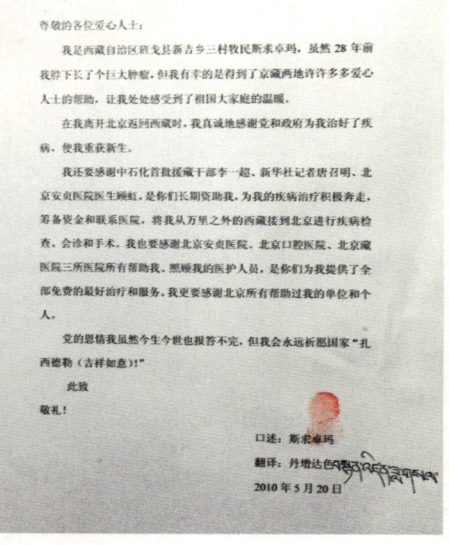

斯求卓玛口述留给北京各位爱心人士的感谢信（2010年5月22日摄）

使我重获新生。

　　我还要感谢中国石化首批援藏干部李一超、新华社记者唐召明、北京安贞医院医生顾虹，是你们长期资助我，为我的疾病治疗积极奔走，筹备资金和联系医院，将我从万里之外的西藏接到北京进行疾病检查、会诊和手术。我也要感谢北京安贞医院、北京口腔医院、北京藏医院三所医院所有帮助我、照顾我的医护人员，是你们为我提供了全部免费的最好的治疗和服务。我更要感谢北京所有帮助过我的单位和个人。

　　党的恩情我虽然今生今世也报答不完，但我会永远祈愿国家"扎西德勒（吉祥如意）！"

　　此致

敬礼！

口述：斯求卓玛（手印）

翻译：丹增达色

2010年5月20日

八、后续的故事和致谢

（一）

"共产党，'亚咕嘟'（好）！"这是两年前牵动京藏两地众人的藏族妇女斯求卓玛当日重复最多的话。

2011年8月16日，从西藏那曲地区班戈县来拉萨参加"中国石化援藏工作暨北京医生复诊座谈会"的斯求卓玛，饱含热泪说出"共产党给了我第二次生命，共产党'亚咕嘟'！"的肺腑心声。

当天，卓玛与专程为她来复诊的北京口腔医院医生和帮助过她的援藏干部相聚，共叙友谊。曾为斯求卓玛进行手术的北京口腔医院口腔颌面外科主任韩正学为卓玛做了术后的检查，高兴地说："卓玛恢复得很好，治疗取得了预期效果！"

这次复诊，与2010年8月16日专程到西藏看望卓玛的北京安贞医院

北京口腔医院院长孙正来到西藏为斯求卓玛复诊，并送上御寒的羽绒服（2011年摄）

为斯求卓码手术的北京口腔医院颌面外科专家韩正学到西藏为斯求卓玛复诊（2011年摄）

医务处主任张兰、杨敏京等医生，在拉萨与西藏军区总医院医生一同复诊的结果完全一致。

班戈县委书记巴塔（左）在拉萨与术后的斯求卓玛交谈（2011 年摄）

不同的只是上次送卓玛到拉萨，接待北京安贞医院医生复诊的是班戈县县长许军基；而这次送卓玛到拉萨，接待北京口腔医院医生复诊的是班戈县县委书记巴塔。

北京口腔医院院长孙正在座谈会上向大家介绍了免费救治卓玛的过程，表达了全院职工对卓玛的关心。

她说，在京藏两地的共同努力下，卓玛的疾病得到成功治疗，这既是一个圆满的治疗结束，也是一个良好的开端，北京口腔医院将在此基础上，为西藏口腔医疗事业的发展做出更多的贡献！

在当天的座谈会上，康复后的卓玛身着新藏装，喜悦之情溢于言表，她滔滔不绝地讲到了没有肿瘤压迫呼吸、能平躺睡觉的轻松；讲到了身着新藏装参观国家大剧院、圆明园、鸟巢、海底世界，登上天安门城楼和八达岭长城的激动与幸福。

唐召明看望他曾帮助治病的斯求卓玛，以藏族亲人似的礼节与她"碰额头"（2012 年摄）

唐召明与斯求卓玛母女俩合影留念（2012 年摄）

班戈县委书记巴塔在座谈会上动情地说："卓玛能够重获新生，体现了社会主义制度的优越性，更体现了祖国大家庭的温暖。我代表全县 3 万多名各族干部群众向所有关心帮助卓玛的人表示最诚挚的感谢！"

国务院国资委研究局副局长楚序平，中国石化集团思想政治工作部主任吕大鹏，北京卫生系统援藏干部、拉萨市卫生局副局长谢向辉，以及班戈县副书记、中国石化援藏干部陈志清，副县长潘峰和首批援藏干部李一超等人出席了当天的座谈会。

会后，孙正院长代表口腔医院向卓玛赠送了御寒服等物品。李一超再次向卓玛资助 2000 元，让她用来扩大畜牧业生产。

像见到久别的亲人一样，格外高兴的卓玛告诉我和李一超，她回到家乡后，那曲地区和班戈县各级政府对她的生产和生活都十分关心，经常派人去看望。这其中有班戈县的中国石化援藏干部陈志清、潘峰，以及县干部李正斌、陈龙、多吉等人。在许多好心人的帮助下，她将很快搬进当地政府新投资建设的安居房，所买的 30 只小绵羊和 7 只大山羊都已长大，还有 4 头牦牛。

她每天都在大草原上放牧着牛羊，迎来的是她全新的幸福生活。

（二）

这两年，我因去藏北无人区和救治斯求卓玛，对援藏干部有了更多的

斯求卓玛（左）和女儿嘎玛旺姆，相依为命的母女俩在草原上嬉戏（2012 年 8 月 3 日摄）

斯求卓玛（右）和女儿在摊晒奶渣（2012 年 8 月 3 日摄）

了解，其报道内容也多涉及到他们。

斯求卓玛（前左一）已搬进当地政府投资建设的新安居房，并与村民相聚（2012 年 8 月 3 日摄）

每每提及援藏干部，以及相关工作，我发现自己的身份有种不确定性，仔细想想，我主要在两种角色之间转换：在说到援藏干部对藏北的贡献，我觉得自己像藏北人一样，以朴素的感情对他们心怀感激；至于同援藏干部交谈，那种亲切感分明又和他们属于同一类人——汉族进藏干部。

正是由于两种角色心态不时转换，令我无所适从。但在援藏的话题里，我更多的是以藏北人的身份，在为援藏干部树碑立传。

不可否认，援藏工作在西藏各地由于力度不一样，发展速度快慢有别，也存在着一些不足之处。但从整体来讲，援藏给西藏百姓生活带来了实实在在的惊喜变化，是受老百姓欢迎的。

就拿救治卓玛来说，如果不是援藏干部李一超"八年坚持"的帮助，就不会有卓玛今天的幸福生活。

作为进藏干部，我会对现在和后来者说，援藏几年，以此充实自己人生是值得的；能在西藏高原这一无与伦比的高天阔地间行走几年，并留下自己的足迹，更是值得的。我不喜欢那些大谈艰苦的人和文章。当我们选定了进藏这条路，其实艰苦就已是前提和先决条件，从此忽略不计。忽略不计的还应该有过程，重要的是进藏我们做了什么，留下了什么，有什么样的结果。

凭心而论，李一超是援藏干部的好榜样。因有真情，他才会八年如一日，牵挂着被肿瘤所折磨的藏族同胞卓玛；因他胸怀大爱，才唤起社会的关注，让卓玛重获新生，成为卓玛心中"菩萨的化身"。

斯求卓玛在海拔 5200 米的草原上独立放牧
（2012 年 8 月 3 日摄）

斯求卓玛在当地政府投资建设的安居房新家晾晒草原
野生蘑菇（2012 年 8 月 3 日摄）

（三）

我早把自己当成藏北人，还因我是被班戈县授予的"荣誉市民"。在卓玛开始新生活之际，作为藏北人，借本书出版的机会，我在此替卓玛，也替李一超向给予她救助和关爱的所有单位与个人致谢，道一声"扎西德勒！"

单位：北京安贞医院、北京口腔医院、北京藏医院、西藏军区总医院、北京铁路客运段京藏车队、中国电子科技集团第 22 研究所、中国石化华北石油局录井公司、新华通讯社北京分社、中国石化集团、全国妇女联合会等。

个人（排名不分先后）：甄砚、阴法唐、李国柱、阴建白、李素芝、才仁桑珠（藏族）、巴塔（藏族）、许军基、陈志清、潘峰、祝传林、梁军超、李少青、萧浩、蒋振盈、周有武、石少波、张健利、朱卫华、李萍、旦增达色（藏族）、伍冀湘、张兆光、魏永祥、陈方、顾虹、吴兴海、张兰、杨敏京、欧阳川、黎旭、何力生、李华志、孔晴宇、邱豫伟、张旭玲、孙正、张振庭、韩正学、秦力铮、石立新、张翠英、刘萍、李茵、郑宇同、吴宏、胡晓东、石帅、黄福开、多尔吉（藏族）、王斌、西珠嘉措（藏族）、增太吉（藏族）、雍措（藏族）、吴秀芳、王旭章、李学武、王博轩、刘胜棋、刘小勇、李振武、杨津京、赵舰、李正斌、陈龙、多吉次仁（藏族）、邓小良、任卫东、杨步月、牛爱民、王普、孙蕾、李德欣、羡红涛、王虹等。

今日那曲

西藏自治区人民政府副主席、原那曲地委书记　　边巴扎西

　　2007 年底，根据组织安排，我有幸到那曲工作。时光荏苒，一晃五年过去了。五年中，我与那曲各族干部群众风雨同舟、共同奋斗，也亲身经历、见证了那曲的发展变化。这五年已成为我人生中最宝贵的一段经历、最为难忘的一段记忆。

　　那曲是一块神奇而美丽的土地。西藏和平解放 60 多年来，在中国共产党的英明领导下，在自治区党委、政府的高度重视下，在全国人民特别是浙江、辽宁两省和中国石油、中国海油、中国石化、中信集团、神华集团五大中央重要骨干企业的无私援助下，那曲的各项事业从无到有、从小到大，不断繁荣进步，从城镇建设到牧民生活，从经济发展到民生改善，那曲的面貌发生了翻天覆地的历史性变化，万里羌塘处处呈现出社会局势稳定、经济快速发展、社会事业全面进步、人民群众安居乐业的大好局面。短短几十年，跨越上千年。这是我们党在羌塘草原创造的亘古未有的人间奇迹。

　　放眼今日那曲，铁路横贯南北，公路四通八达，国道 317 线（黑昌公路）那曲至巴青段、省道

藏北首府——那曲镇新貌（2012 年摄）

藏北草原（2012 年摄）

301（那狮公路）那曲至班戈段全面实现柏油路面，藏中电网延伸至比如、巴青、索县、嘉黎县重大能源工程开工建设，那曲机场即将动工，"十二五"末那曲将基本实现县县通油路、40% 的乡镇通油路、用电人口全覆盖的目标，制约那曲发展的瓶颈将得到显著缓解，那曲已步入了跨越式发展的快车道。牧民新居星罗棋布、遍布草原，广大牧民群众结束了逐水草而居的游牧生活，基本实现了从无房到有房、从游牧到定居的历史性跨越，牧区小康示范新村全面启动，牧民群众将实现从分散定居到适度集中定居的新跨越。城乡面貌日新月异，胡锦涛总书记亲自关心的青藏铁路那曲物流中心已全面建成投入运营，国家投资 11.5 亿元的那曲镇给排水、集中供暖、污水处理三项工程即将全面开工，那曲地区赛马场、草原生态公园、镜湖公园和浙江小区、辽宁小区和杭嘉小区一期工程全面竣工，一个现代化草原生态城市呈现在世人面前。教育、文化、卫生等各项事业长足发展，全地区各级各类学校达 207 所，适龄儿童入学率达 98.9%，那曲地区"两基"攻坚顺利通过国家验收并被国务院授予全国"两基"先进单位荣誉称号，藏北教育实现历史跨越。如今，即使在最偏远的乡镇都有寄宿制完全小学，也能听到校园里孩子们琅琅的读书声，在海拔最高的乡村也有了便民的卫生院，各族人民物质文化生活水平犹如"芝麻开花节节高"。60 年的伟大实践雄辩证明：没有英明伟大的中国共产党，没有温暖强大的祖国母亲，没有无比优越的社会主义制度，就没有藏北人民的翻身解放和幸福生活，就没有今日欣欣向荣的社会主义新那曲，就没有藏北草原今天的一切。藏北各族人民永世不忘党的恩德，永世不忘全国各族人民的手足深情！

抚今追昔，饮水思源。西藏和平解放60年来，那曲的各项事业能够取得举世瞩目的辉煌成就、发生翻天覆地的变化，呈现欣欣向荣的崭新面貌，我们永远不会忘记为那曲的和平解放英勇牺牲的革命先烈们，永远不会忘记为那曲社会主义建设奉献牺牲的一代又一代进藏干部和驻地部队官兵，永远不会忘记在极其艰难的岁月里，为那曲革命和建设事业、为藏北人民翻身幸福做出卓越贡献的老领导、老前辈。

那曲镇街头的牦牛雕塑（2012年摄）

对于那曲西部我有着特殊的感情。五年中，我几乎每年都要到班戈、申扎、尼玛、双湖去调研，每次去西部都会有新的变化、新的感受，都会被万里羌塘壮美雄浑的风光所吸引，都会被纯朴善良的西部人民所感动，昔日的游牧区、无人区已经变成了今天的"藏北明珠"。展望未来，信心百倍。我们坚信，在党中央的英明领导下，在党的十八大精神的正确指引下，那曲各族人民团结一心、矢志艰苦奋斗，奋力开拓前进，一定能够谱写那曲各项事业更加光辉灿烂的新篇章！那曲的明天一定更加美好！

唐召明这位山东汉子，凭着超乎常人的毅力和坚忍不拔的意志，先后6次深入无人区，足迹遍布那曲的山山水水，用手中的笔和镜头记录着那曲几十年来的沧桑巨变，为那曲的发展进步鼓与呼。《走遍藏北无人区》是一部详尽记述藏北无人区开发建设、历史变迁的著作，具有珍贵的历史价值和文化价值，文风朴实无华，字里行间流露着对藏北的深深热爱，饱含着对那曲人民的深厚感情。借此机会，对唐召明同志深表敬意和感谢。

2012年10月27日

感动的心迹
——后记之一

《走遍藏北无人区》一书，
历时两年多写就，而为这本书
的准备却长达24年。此书以
《神秘的藏北无人区》为基础
完成，故此书是它的续集。

我与"老西藏"、恩师张
万象在合写了《神秘的藏北无
人区》一书多年后，一直有个
合写续集的愿望。尽管我们在
西藏工作了许多年，并因职业
的便利去了藏北很多鲜为人知
的地方，总还是觉得对它了解
得太少太少。基于这种感觉，
我一直害怕完成这本书，害怕
遗漏了什么无法再补充。可我
无法违背大自然生老病死这一

唐召明在科考石棺墓葬时劳动（2001年摄）

规律，尤其是恩师张万象三年前因病离世，更想到老一辈拓荒者大都年岁
已高，与时间赛跑便成了我完成此书的压力与动力，于是抛开冗杂与繁忙
开始动笔，并经开发无人区先行者洛桑丹珍详细核对书稿事实，于今年初

夏完成书稿，并交五洲传播出版社。

为了确保此书内容的准确性且为丰富新闻照片，今年7月，我又随北京免费救治西藏先天性心脏病患儿的医生来到拉萨，并再一次重访藏北高原。

此次藏北之行的首站是去班戈县新吉乡看望斯求卓玛。卓玛的救命恩人、中国石化首批援藏干部李一超闻讯后，在京打电话帮我联系车辆。凑巧，新任班戈县副县长李正斌和中国石化第六批援藏干部、班戈县副县长张毅在拉萨办事。第二天上午，李正斌的汽车来到新华社西藏分社接我上车，张毅听说后也赶来送行。

说起张毅，我和这位挺帅气的小伙子是去年底几位朋友在北京外馆斜街一家餐馆聚会时，经李一超介绍认识的。去年8月份，中国石化第五批援藏干部陈志清和潘峰结束援藏工作，是张毅和詹超云两位小伙子接替了他们。

央企援藏转眼10年，藏北西部4县（区）发生了可喜变化，援藏干部可谓功不可没。目前在藏北西部工作的第六批援藏干部，赴藏一年有余，不该忘记他们。这8位援藏干部分别是班戈县委副书记詹超云、常务副县长张毅；申扎县委副书记孟晓明、常务副县长裴晓明；尼玛县委副书记高胜民、常务副县长张志宏；双湖特别区委副书记陈轩、常务副区长郑建光。与前几批援藏干部一样，他们也都分别兼任着那曲地委、行署副秘书长。

每每在藏北大地上行走，那深入人心的感动总是不寻自现，有一种温暖之流不时冲撞着心扉，然后直达喉部和双眼。

李正斌从拉萨接上我的那刻起，整整三天时间跑前跑后，全程陪同。他先是陪我去新吉乡看望术后过上新生活的斯求卓玛，然后又陪我去纳木错"圣象天门"和多加寺两地，最后把我送到那曲镇。他是当地的"活地图"，有他的陪同，什么事都不用操心，可听到他手机铃声不断，看到他顺路查看各乡村施工盖房情况时的忙碌，心里甚感不安。我与他是两年前在救治卓玛过程中，经李一超介绍而相识。

被当地人尊称为"李县"的李正斌，40出头，脸膛黑红，有副"娃娃脸"。他是西藏"献了青春献终身，献了终身献子孙"的汉族家庭。妻子和女儿一直居住在四川农村老家，他一人在班戈"单身"了20多年，上不能尽孝，孝敬父母；下不能教子，教育子女。但是，扎根在班戈县，李正斌父子二人都称得上小有名气。虽然提起"李县"的父亲李恩义当地几乎无人知道，但要说起"李木匠"却家喻户晓，无人不知。

早在1986年就退休回老家的"李木匠"，至今仍被当地人所熟知、所怀念，那不仅仅是因为他为当地建了多少房子、打造了多少家具，更重要的是他与当地群众共患难、心心相印了27个春秋，建立起了深厚的友谊。

1959年时的班戈县技术人员相当匮乏，有手艺的人都不愿意来这片高寒缺氧的地方，而"支边"来的四川小伙子李恩义却不怕。他先来到班戈县"382"硼砂矿挖硼砂，后到乡村里干杂活。他除木匠活外，他还会铁匠活，盖房子，一时间成了当地的全能型人物。

当地干部群众告诉我："'李木匠'手艺高，没架子，只要提出要求，没有他干不了的活。"从上世纪60年代直到80年代，班戈县各区乡的土坯房屋不仅是"李木匠"带人建造，包括县城至今仍在使用的木质结构大礼堂，也都是"李木匠"带人一手修建。此外，他还打造了许多门窗、装修了许多房屋，也打造了数不清的办公桌椅。

说起"李木匠"，又让我想起此行新结识的那曲物流中心副局长明峥。她的父亲明光世在上世纪60年代与战友一起集体转业来到班戈县硼砂矿，并成家立业。明峥姐弟4人或出生在藏北；或在藏北长大、读书，又都在西藏参加工作。虽然有3人先后与退休父母回到四川南充老家，但明峥不愿意离开。在藏北生活了30多年的明峥甚至给自己起了个"明玛卓玛"的藏族名字，还学会了一口流利的藏语。当我问其不愿离开的原因，她一语道破地笑着说："人活着是为了一种精气神，而我的精气神就在那曲！"

在西藏，像"李县"和明峥这样的"老西藏"汉族家庭很多。他们也渴望家庭欢聚，也需要天伦之乐，但他们亲情再重，也重不过使命责任。他们有的单身一人在西藏工作，与亲人相隔千山万水；有的夫妻均在西藏工作，有了孩子只好送回老家请父母、亲戚代养。但他们舍小家顾大家、牺牲个人和家庭幸福的同时，却在当地实现着人生的最大价值。这既是西藏的传奇，也是藏北的传奇。

在新吉乡看望斯求卓玛那天，我遇到了平生最难、也是最不忍心的一次拒绝。临告别时，卓玛从她由政府提供的新房里拿出一个用洁白哈达包裹着的圆坨坨塞到我手里，我不明就里地打开层层哈达，里面竟是一个黄灿灿的"金坨"。它用最好的黄色酥油捏制。这是卓玛送给我的大礼啊！在京藏两地救治卓玛的大爱行动中，我只是帮助做了点小事，但对于切除脖子下重达 5 公斤肿瘤的卓玛却是新生活的开始，我很能理解卓玛此时的心情，但我不能接受这厚礼！她的生活还不富裕，况且回京路上天气炎热，它会在路上化掉的。我以路上酥油融化无法携带的理由来谢绝，可看到她那祈求的目光，又不忍心拒绝她的好意。最后我只好请"李县"和陪同的乡干部罗布次仁出面解释，卓玛才接回了她送我的"金坨"，也欣然默许了我谢绝的理由。

这次我在藏北采访了几位藏族干部，他们给我最大的感受是年轻有活力，工作有魄力，与过去的藏族干部至少在知识层面上发生了很大变化。他们大都毕业于内地西藏班（校）或内地名牌大学，不仅学历高，知识丰富，而且还是西藏干部的中坚力量。据说，按照西藏人口密度计算，西藏受高等教育的人数远远高于内地。我这次在班戈县委书记巴塔家中做客，就发现这对年轻夫妻全都毕业于内地西藏班（校），巴塔还具有研究生学历。

在那曲镇，给我留下很深印象的那曲地委书记边巴扎西是中国人民大学法律系的藏族高材生。他曾先后在中央国家机关多个部门供职，有着深厚的理论功底和丰富的涉藏工作经验。

我与边巴扎西以往接触不多，这次我和从拉萨赶来的无人区开发先行者、老地委书记洛桑丹珍一同住在那曲地委招待所，边巴扎西总会抽空来看望老书记，一起吃饭聊聊天。此时，我发现他不仅工作能力强，还非常有亲和力。

在边巴扎西书记的安排下，我跟随老地委书记洛桑丹珍和陪同的地委副书记赵红阳，先后来到烈士陵园、浙江小区、草原精灵广场、草原生态公园和藏医院改扩建工程建设基地参观。三天时间，对于那曲镇的基础设施建设情况，我们几乎是参观一处，惊喜一处，变化真是太大了！

我很赞同"洛书记"这样的评价："那曲镇一年一个新变化，令人惊叹！"

在参访中，我发现边巴扎西喜欢读书，也很关注新媒体，他每天都要上网浏览国内外各种信息。"老一辈领导在极其艰苦的条件下开发建设了无人区，为那曲创造了一个个人间奇迹！我们只有用好人民赋予自己的权力，加倍努力工作，多了解信息知识，才能像老一辈领导者一样，不负于藏北人民的厚望！"边巴扎西对我说。

在网上，我偶然看到一位网友写给边巴扎西书记的留言："我小时候生活在那曲，后来去内地上西藏班，再后来到北京上大学，2003年毕业分到乡上工作，现在在县上工作。以前每年从内地放暑假回那曲，路总是坑坑洼洼很不好走，现在街道都进行了整治，那曲变化很大，真心感谢书记您对那曲所倾注的心血……"

我很为这位网友的评价感动，也为自己眼见的、听到的种种感动而歌唱。在海拔4500多米的那曲镇，我连续不断地发出《那曲今昔》《走进藏北首府那曲镇：面貌日新月异》《走进西藏那曲烈士陵园》等新闻照片，来报道藏北所发生的巨大变化。而这些成就正是以边巴扎西为一班人的领导干部所拼搏和努力的结果。

——2009年，青藏铁路那曲物流中心竣工运营，黑昌公路那曲段改扩建工程提前开工。2011年，那（那曲）狮（狮泉河）柏油路供加至班戈德保段和那曲至嘉黎县柏油路相继开工，藏北东西大通道将全面贯通；藏中电网延伸至班戈、比如、索县、巴青和嘉黎县重大能源工程也开始上马，制约那曲发展的瓶颈一一被打破。

——2011年，由浙江、辽宁两省投资6亿多元的城市居民安居工程开工建设，分3批完成近3000套安居房，将逐步使广大城镇居民住上安全舒适的新房。

——2006年以来，那曲地区整合资金26.28亿元，使全地区6.13万户、30.59万农牧民住上了新房，基本实现了从无房到有房、从游牧到定居的历史性跨越；

——2010年，那曲地区农牧民合作医疗制度人口覆盖率达96.94%，每百个行政村拥有村医89名。覆盖城乡的社会保障体系日趋完善，新型农村社会养老保险基本实现全覆盖……

这一个个历史跨越，都在短短的几年时间内实现，民生工程也是人心工程。这里正谱写着一曲万里藏北优美和谐的乐章，令人感动，令人鼓舞，也令人振奋！

唐召明

二〇一二年夏于那曲

感动的心迹
——后记之二

在此书付梓出版之际，本该搁笔等待。然而，一场救治来京求医贫困藏族妇女才塔尔的爱心行动正在进行。它不时激励、感动着我，故提笔补充这个故事，了却心愿。

这场救治才塔尔的爱心故事，与前两年救治贫病交加藏族妇女斯求卓玛一样，曾牵动了无数人的心，也让我体验到了弥足珍贵的人间真情。

用爱心点燃爱心，用心灵温暖心灵。顾虹、李一超、陈志清等一批满怀"西藏情结"的人在多年的爱心活动中，把助人为乐的行为升华为跨越民族的大爱。融入其中，让人体会到竭尽所能帮助别人，自己会更加幸福与快乐！

（一）

"藏族和汉族是一个妈妈的女儿，他们的妈妈叫中国……"这是牵动京藏两地众人心的藏族妇女才塔尔最喜欢唱的歌。

4月15日中午，藏族妇女才塔尔在北京安贞医院接受中华美业标准化管理推行专业委员会3万元捐款。这份捐款是安贞医院国际合作办公室主任、小儿心脏内科副主任顾虹的外地朋友、中华美业标准化管理推行专业委员会主任委员黄乙晴女士委托中华全国工商业联合会美容化妆品业商会常务副秘书长李彦冰、副秘书长刘嘉和办公室主任朱媛媛送来的。在病房里，接过花篮和红纸包裹的3万元捐款，才塔尔和丈夫西加、当翻译的哥哥多青饱含热泪，一同为捐款人士和顾虹医生，以及病房里的病友再次唱起了这首动人之歌。

当天是才塔尔出院的日子。晚上，他们将乘火车离京返藏。下午，才塔尔在丈夫西加的帮助下梳洗打扮，伴着灿烂的微笑，早早换上新藏装。治好了疾病，现在的她能轻盈地走路，不再气喘，人变得精神，也显得更加俊俏。因为十多天前，她在京藏两地无数好心人的帮助下，终于治好了自己严重的先天性心脏病。

换好了藏装，才塔尔与朝夕相伴了一个多月时间的医护人员李芹、杨莉、陈晨等人依依惜别，合影留念，用相机定格美好瞬间，留作永久的回忆。

术后的才塔尔喜悦之情溢于言表。她做梦也没想到，今年2月份，她病情加重，睡不着觉，走不了路，濒临死亡。3月5日在家人陪伴下，从拉萨乘火车急赴北京求医，遇到众多好心人的帮助和捐款，一个多月后不仅治好疾病，还有剩余捐款可以发展畜牧业生产。

陪弟媳来京治病、当翻译的多青动情地说："我们得到许多人的热心帮助，祖国'亚咕嘟'（好）！"

（二）

2013年4月2日18时多，北京安贞医院"海归"医生顾虹博士身穿10多公斤重的防辐射背心，在温暖的无影灯下为才塔尔实施成人先天性心脏病介入手术。由于才塔尔的心脏缺损很大，心脏扩大明显，合并心功能不全和心律失常，以及肺动脉高压，并伴有传染性肝炎，手术即意味着要冒风险……

随着现代医疗科学技术的进步，现在有些先心病手术已不用做外科大开胸手术，只需内科介入手术就能解决问题。即从患者大腿处的股动、静脉插进去一根鞘管，把这根鞘管送到缺损的位置后，再沿着鞘管送进一个像小伞一样的封堵器堵住缺损就可以了。

然而，才塔尔的心脏缺损很大，需用粗大的鞘管，但由于先前使用的

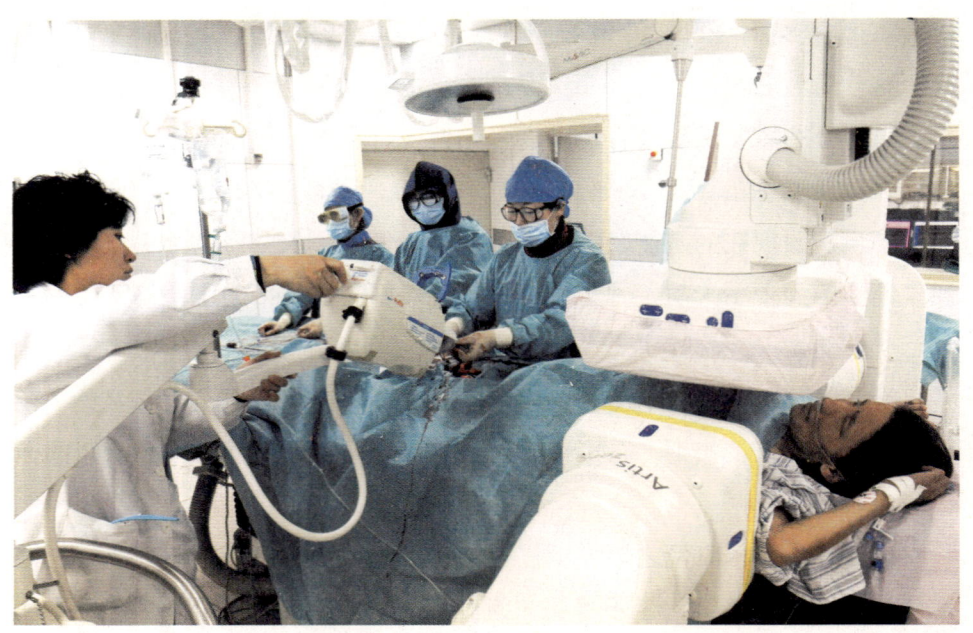

北京安贞医院医生顾虹（前右一）在为藏族妇女才塔尔实施心脏介入手术(2013年4月2日摄)

大号鞘管太粗、太硬，顾虹尝试多次都无法将这根鞘管送入降主动脉，她顶着稍有不慎就会捅破心脏血管的巨大压力，凭着娴熟的技术和20多年的临床经验，最终通过更换别的鞘管和变换角度等多种方法，一个多小时后在缺损位置成功打开封堵器，完成介入手术！

目前，我国成人先心病诊疗体系尚未建立，像才塔尔这样严重的成人先心病患者，看病有时需要找熟悉先心病介入治疗的小儿心脏科医生，风险性极大。正如顾虹对同事所言："这台成人先心病手术让我心惊肉跳，折寿啊！"

当天，我穿上绿色手术服，见证了手术全过程。目前，先心病介入手术均采用局部麻醉，躺在手术台上患者大脑十分清醒，可以相互交流……当躺在手术台上的才塔尔得知自己手术成功后，瘦削的脸庞露出了多日不见的微笑，一颗豆大的泪珠从眼角滚落，让她激动的是治好了疾病；更让她落泪的是，无数好心人给予了无私帮助。

一周前，她第一次被送上手术台时，因为自己太紧张，心率加快、血氧饱和度降低，根本无法手术，让许多医护人员白忙活了一阵。

那天晚上，才塔尔清楚地记得，她被推回病房时，顾'门巴'（医生）来安慰自己，还从她的办公室为自己送来"杏仁露""冰糖雪梨水"等食品饮料……让自己先调养身体，等心率正常了再做手术。

在才塔尔眼里，顾医生有着"菩萨"般的心肠，待她如亲人一样，嘘寒问暖，从生活到治疗给予了许多帮助。

才塔尔每次见到我，提及顾虹，眼里总是充满感激的泪水，夸奖"顾'门巴'（医生），'亚咕嘟'（好）！"

（三）

顾虹，被藏族群众称为"活菩萨"。自2004年以来，她九进西藏，已在西藏参与和组织筛查了上万名先心病儿童，并在北京安贞医院为160多名患儿和成人实施了心脏外科和内科介入手术。

以往，藏族患儿来京治病，许多家长不可避免地遇到人生地不熟和语言不通的困难。特别是一些患儿除患有先心病外，往往还伴有肝炎、肺炎、脑水肿等疾病。每当遇到这种情况，顾虹都会无私地予以帮助。过去几年，顾虹先后为洛桑巴姆、欧珠旺姆、洛桑扎西等10多名患儿请来北京地坛医院、天坛医院等医院的著名医生会诊，帮助他们治愈其他疾病后，再为他们实施心脏介入手术。

这些年来，顾虹挽救了多少藏汉族孩子的生命没有人记得清。一次在拉萨，身穿10多公斤重的防辐射背心的她，率领医疗队从8时到19时，连续进行了7台先心病介入手术，眼看就要虚脱了。但是，当她得知一名7岁的女童急需救治时，她硬撑着没有放下手术刀。如今，这名女童已经背着书包正常地生活和学习了。

去年9月28日晚，北京援藏的西藏"双百工程"首批14名先心病患儿术后从京返藏。临别时，15岁的卓嘎与新结识的"汉族妈妈"顾虹难舍难分，在站台上哭成了"小泪人"。一向能歌善舞的卓嘎原想以后考大学当歌唱家，但自结识了和蔼可亲、救死扶伤的"白衣天使"顾妈妈后，她一改初衷，将来想学医了。"我以后要像顾妈妈一样当医生，可以帮助更多的人。""等你考上大学，我就送你台电脑，帮你实现梦想！"这对新结识的藏汉母女俩两手拉钩约定说。

<h1 style="text-align:center">（四）</h1>

在素有"世界屋脊"之称、平均海拔高度达 4500 米的青藏高原，先心病发病率很高。正常情况下，在母体中的胎儿肺部不呼吸，而是通过动脉导管开放来和母体进行氧气交换，随着氧浓度在出生后增高，动脉导管会自动关闭。但是由于高原缺氧严重，一些新生儿的动脉导管无法闭合，这就导致了动脉导管未闭的先心病的发生。

曾在日本和美国进行先心病基因和临床研究的医学博士顾虹告诉我，全世界先心病发病率为 0.6%－1%，而在平均海拔高度达 4500 米的青藏高原，某些先心病发病率比平原地区高出 10 至 20 倍。

顾虹说，西藏地区海拔高，许多先心病患儿如不及时治疗都有可能在童年夭折，但如果及时发现这些患儿并实施手术，只需要一个多小时，他们的命运就会完全改变，可以和正常同龄人一样拥有充实的人生。

才塔尔家住西藏那曲地区班戈县北拉镇七村，地处被称为"生命禁区"的藏北高原。

由于患有严重的先心病，又长期生活在高原，才塔尔身体十分瘦弱，全身浮肿，经常说话喘不上气来。

准备出院的才塔尔（前左）双手合十向为自己实施心脏介入手术的北京安贞医院医生顾虹告别（4 月 15 日摄）

她生育了 5 个孩子，仅有一个活了下来。

她全家放牧着 20 多头牛犊，人均年收入不足 1000 元，为当地的贫困户。

今年 2 月份，才塔尔病情加重，无法生活，走不了路，被紧急送往西藏军区总医院，经检查为严重的先心病，当地根本无法救治。于是，经班戈县政府汽车司机基迪介绍，找到曾在班戈县工作过的中国石化援藏干部陈志清，陈志清又找到曾经为救治斯求卓玛给予帮助的北京安贞医院医务处主任张兰和内科医生杨敏京，然后再找到顾虹。于是，一场爱心救助就此展开。

——为能及时手术，班戈县人民政府通过借贷等方式共为才塔尔筹得吃住行和医疗费用 6 万元，让她急赴北京就医。

——3 月 5 日，才塔尔在丈夫西加和当翻译的丈夫哥哥多青陪伴下，乘坐火车到达北京。

当日 14 时多，一直致力于帮助贫困家庭就医的北京安贞医院安排才塔尔住进小儿心脏抢救病房，并破例允许西加和多青住在病房一同陪护，并为他们办理了食堂饭卡，便于就餐。

——为了更有效地解决才塔尔所遇到的各种困难和医疗费用不足的问题，3 月 9 日，顾虹、陈志清、李一超和我到外馆斜街的一家餐馆碰头，共同商讨救助行动。

在后来的日子里，李一超、陈志清，张兰、杨敏京等人和我多次去看望才塔尔，并为她送去水果，带去问候。

——4 月 2 日，在顾虹辛勤的努力下，经过 1 个多小时的心脏介入手术，才塔尔彻底解除了多年来疾病的折磨。

——4 月 14 日，术后的才塔尔康复要出院了，治疗费用还差 2 万多元，一向为患者"杀富济贫"的顾虹，向致力于善举的"爱心人士"、中华美业标准化管理推行专业委员会主任委员黄乙晴女士求助，为才塔尔捐款 3 万元。

——15 日晚，才塔尔一行三人乘坐北京至拉萨 T27 次列车与人们挥手告别，在列车长李鲲鹏、张斌等列车人员的精心照顾下返回西藏。

——17日10时多，我的手机铃声响起，电话里传来顾虹那爽朗和甜美的声音："唐老师，多青来电话，火车翻越海拔5000多米的唐古拉山时，才塔尔感觉很好，一点反应也没有，真为她高兴！"

从雪域高原到首都，正因为有了众多爱心人士的无私帮助，贫困藏族妇女才塔尔终于获得新生，又可以在广阔无垠的藏北大草原上放牧牛羊，去迎接她的新生活了！

结束语

  《走遍藏北无人区》一书终于付印了，时间仓促，遗憾多多，但也算了却了我的一份心愿。

  在西藏多年的记者生涯和离开西藏后多次再进藏采访的经历，使我的内心常有一种难以抑制的冲动，想要把自己在西藏拍摄的图片、采访笔记分享给更多的读者，以缅怀我的藏北，藏北的人们。

  我要特别躬谢西藏自治区、那曲地区，以及双湖、尼玛、班戈、申扎的许多老领导同志，是他们从各方面给予了本书真诚的关怀和支持：第十届全国人大常委会副委员长热地在百忙之中帮助审阅书稿，并提出详尽的看法和修改建议；原那曲地委书记、现西藏自治区人民政府副主席边巴扎西热诚为书稿撰写《今日那曲》；开发无人区先行者、原西藏自治区人大常委会副主任洛桑丹珍抱病详细核对书稿事实。

  同时，还要感谢新华社程云杰对此书写作的建议和对文字的修改润色，以及感谢五洲传播出版社徐醒生等同志给予此书出版的鼎力支持和竭诚努力，更要感谢援藏干部为此书提供了部分援藏图片。

唐召明

二〇一三年春于北京

图书在版编目（CIP）数据

走遍藏北无人区：羌塘变迁纪实 ／ 唐召明
著． －－ 北京 ：五洲传播出版社，2012.10
ISBN 978－7－5085－2391－0

Ⅰ．①走… Ⅱ．①唐… Ⅲ．①羌塘高原－概况
Ⅳ．
①K927

中国版本图书馆CIP数据核字(2012)第239735号

走遍藏北无人区
羌塘变迁纪实

作　　者：唐召明
摄　　影：唐召明
审　　读：热　地　洛桑丹珍
责任编辑：张彩芸
装帧设计：田　林　许　恬
出版发行：五洲传播出版社
社　　址：北京市北三环中路31号凯奇大厦7层B座
邮政编码：100088
电　　话：010-82002803
传　　真：010-82005975
印　　刷：北京利丰雅高长城印刷有限公司
开　　本：787×1092　1/16
印　　张：34.75
字　　数：300千字
版　　次：2013年6月第1版　2014年12月第2次印刷
书　　号：ISBN 978-7-5085-2391-0
定　　价：108.00元